谨以此书

纪念全民族抗战爆发86周年

擎旗溧阳

刘志庆◎著

中国言实出版社

图书在版编目（CIP）数据

擎旗溧阳 / 刘志庆著 . — 北京 : 中国言实出版社，2022.12

ISBN 978－7－5171－4333－8

Ⅰ . ①擎… Ⅱ . ①刘… Ⅲ . ①报告文学—中国—当代 Ⅳ . ① 125

中国国家版本馆 CIP 数据核字（2023）第 001207 号

擎旗溧阳

责任编辑：王蕙子
责任校对：郭江妮

出版发行：中国言实出版社

地址：北京市朝阳区北苑路 180 号加利大厦 5 号楼 105 室
邮编：100101
编辑部：北京市海淀区花园路 6 号院 B 座 6 层
邮编：100088
电话：010－64924853（总编室） 010－64924716（发行部）
网址：www.zgyscbs.cn 电子邮箱：zgyscbs@263.net

经　　销：新华书店
印　　刷：河北柏兆达印刷有限公司
版　　次：2023 年 8 月第 1 版 2023 年 8 月第 1 次印刷
规　　格：787 毫米 × 1092 毫米 1/16 31.25 印张
字　　数：732 千字

定　　价：80.00 元
书　　号：ISBN 978－7－5171－4333－8

…序 I…

《擎旗溧阳》出版了，这是溧阳文化界的一件大事，是溧阳抗战文化宣传的一件大事，也是新四军抗战文化宣传的一件大事。

溧阳，一片神奇、古老的土地，璀璨的文明、优秀的历史、锦绣的河山，使其熠熠生辉。

抗战爆发以后，毛泽东从战略高度指示新四军抗战，首先开辟以茅山地区为中心的抗日根据地，而溧阳成为这一根据地的核心区域，陈毅、张鼎丞、粟裕、谭震林等新四军领导人把这一战略预设变为现实。

溧阳是苏南领导抗战的中枢所在地，它是苏南抗战的指挥中心，它是东进北上的策源地，它是干部培养的大学校，它是将士成长的大熔炉，它是新四军在苏南长期进行敌后抗日游击战争的战略基地，它是由南向北发展的枢纽地带，它是进军浙西敌后的前进基地。

作为苏南抗战的指挥中心，它在苏南抗日根据地的党的建设、军事斗争、武装建设、统一战线、文化建设、群众路线等方面有着无与伦比的作用，为了更好地让人们理解那段峥嵘岁月，很有必要用纪实文学的形式，把其中的某些元素典型化、形象化地展现出来。

军事斗争在这些元素中具有独特的地位，选择一系列战斗进行叙写，可以让读者更好地了解那段历史，弄清溧阳在苏南抗战当中的特殊地位和对创建华中抗日根据地的特殊贡献，这是一个很好的创作视角。

书中叙写的战斗并不全是发生在溧阳的战斗，也不完全是从溧阳发出指令的战斗，它主要是围绕为了建立以溧阳、溧水为中心的茅山抗日根据地和以溧阳、溧水为中心的苏南抗日根据地所进行的战斗，还有以溧阳为起点实施战略扩张的战斗，甚至在其影响下、有着渊源关系的战斗，还包括远离这个地区的战斗（因为这个地区的指战员是在溧阳成长的，而指挥的战斗又和溧阳有着某种渊源关系，比方说浙东的战斗和浙西的反顽战役）。

但溧阳地区在苏南抗战当中处于指挥中心的地位，它对苏南抗日根据地的建立、发展和巩固，以及对苏中、苏北、浙东抗日根据地的开辟有着重大的贡献，所以本书把苏南、浙东的战斗统归于这个指挥中心之下，并取名《擎旗溧阳》是恰如其分的。

本书以新四军在苏南、浙东八年抗战众多战斗为题材，叙写新四军浴血奋战的战斗历程，战斗众多，人物众多，内容丰富，充分展示了作者一贯追求宏大叙事、史诗品格的风貌。结构宏阔，时空跨度大，作品的主旋律高昂激扬。

《擎旗溧阳》的七个部分，交相辉映。序幕篇吹响了茅山初战的号角；奋战篇展示了新四军一、二支队从金陵城下到上海虹桥浴血奋战的战斗画面；扬威篇展示了我军江南指挥部时期新四军战士由弱到强、勇于奋进的战斗气概；艰难篇表现了战略相持阶段，我军新二支队及十六旅在日伪顽夹击下顽强奋战、不屈不挠的悲壮历程；相持篇书写了我军江南雄狮十六旅在逆境中高举坚持与发展的大旗，体现了自强不息的战头风貌；反攻篇中苏南、浙西初步的反攻战斗，显示了曙光初现、胜利在望的前景；胜利篇以天目山三次反顽战役的胜利为标志，表明苏南、浙西的抗日力量空前加强，苏浙军区一纵队解放溧阳，奏响了抗战胜利的辉煌乐章。

《擎旗溧阳》以典型的战例讴歌了新四军的高超战斗艺术和昂扬的铁军精神，高举爱国主义和英雄主义大旗，展现的是英雄“典型”的创造和英雄主义的情怀。同时让人们真切地了解到毛泽东的“目前最有利于发展地区还在江苏境内的茅山山脉，即以溧阳、溧水地区为中心，向着南京、镇江、丹阳、金坛、宜兴、长兴、广德线上之敌作战”的深远意义，让人们深入地了解溧阳作为苏南抗战的指挥中心对华中抗日根据地的深远影响，让人们系统地了解在抗战时期游击战从战术层面上升到战略层面的历史史实，并给人以深刻启示。

《擎旗溧阳》体现了追求重大题材的史诗品质的特色，历史本质是历史的根本属性或历史现象的内在联系，它是由历史内部所包含的主要矛盾及主要方面决定的。就重大的军事题材作品而言，由于年代的久远、资料的缺失,对于反映历史的文学作品来说，如果没有较为正确的战争观和历史观，那么作品的主题旨向就会存在很大的偏差，甚至走向歪曲、丧失历史固有精神和固有价值的境地。新四军抗战是二十世纪中华民族反击法西斯战争的重要部分，战争观应该是鲜明的，抗战是正义的战争，也是人民的战争。

作为重大的历史题材,《擎旗溧阳》描述了中国共产党领导下的人民军队是抗战的中流砥柱这一历史事实，塑造了以陈毅、张鼎丞、粟裕、谭震林为代表的一批新四军将士的群体形象，记录了一系列重大的战斗，体现新四军的铁军精神，讴歌了他们缔造苏南抗日根据地、浙东抗日根据地的丰功伟绩，具有强烈真实感和庄重感，向着伟大，向着崇高，具有史诗性的品质。

《擎旗溧阳》是作家刘志庆继《溧水奔流》后撰写的又一抗战题材的力作，其创作态度严谨，笔力雄健。此书是又一部历史真实与艺术真实相结合的成功之作。

在全国人民学习党的二十大精神之际,《擎旗溧阳》的推出，适逢其时，这给广大干群和青少年学生的教育提供了一部很好的读物，相信大家从中能得到深刻的爱国主义、英雄主义、铁军精神的教育，获得血与火所汇成的战争画面所折射的英雄情怀之审美体验。

衷心祝贺本书的公开出版与发行。

福建省新四军研究会会长、原《福建党史月刊》主编

2022 年 12 月 6 日

…序 II…

作家刘志庆老师出了一本新书，邀我作序。我与志庆老师相识于2017年的溧阳，缘于北京电视台摄制《寻踪英雄路之塘马战斗：一场悲壮的突围战》的专题片，当时我任该片的总撰稿和出镜嘉宾，到塘马战斗遗址采访，认识了志庆老师。在采访中，他侃侃而谈，如数家珍。我们边拍片边聊历史，由此结下了友谊。后来我陆陆续续地看了他所创作的一系列抗战题材的报告文学作品，发现他在创作中一贯坚持“追求史诗品格，弘扬爱国精神”的风格，此部新作《擎旗溧阳》同样保持了他一贯的创作风格，展现了他对家乡诞生的英雄部队的崇敬之情。该书是战史题材的报告文学，与我的专业军事思想与军事历史相关度颇大，我因此有幸在出版之前先睹为快。

初看该书，我有些奇怪，一本新四军的战史题材作品为何命名为“擎旗溧阳”？看了该书，听了志庆老师的解释，才明白他的一番良苦用心。因为溧阳在新四军战史上具有很高的地位，它不仅是著名的塘马战斗发生地，先前也是新四军江南指挥部的诞生地，而且更因为它的战略地位极为重要。全面抗战第二年，毛泽东同志在筹划新四军发展战略时，在千里之外的延安就曾高瞻远瞩地指出：“目前最有利于发展地区还在江苏境内的茅山山脉，即以溧阳、溧水地区为中心，向着南京、镇江、丹阳、金坛、宜兴、长兴、广德线上之敌作战”，这一电文成就了溧阳成为苏南抗战的指挥中心的历史地位。此后，新四军以溧阳为中心，经略苏南，再后经略苏中、苏北、浙东等地。在深入研究新四军战史之后，热爱家乡的志庆老师将该书命名为“擎旗溧阳”也就不难理解了。

过去，由于诸多的原因，有关抗日战争史的读物不少，然而奇怪的是，关于抗战战史的作品却不多，以至于人们对战史不甚了解。对于正面战场，普通大众印象中除了淞沪抗战、台儿庄大战、武汉会战外，恐怕也说不出几个来；而对于敌后战场，人们则似乎只记得平型关战役和百团大战了，缺少严肃的战史书籍，也许这也是一些抗战神剧频出的原因吧。须知，抗日战争毕竟是打出来的胜利，无论是中国共产党领导的敌后战场还是国民党指挥的正面战场，都做出了巨大贡献。关于敌后战场，人们对八路军还知道一些，对于新四军似乎就只剩下皖南事变和黄桥战役的印象了。

事实上，抗战时期，中国共产党领导的八路军、新四军、东北抗联、华南抗日游击队在战场上进行了大大小小的上万次作战。敌后抗日根据地的建立和壮大，都是无数次血与火的拼杀打出来的。我们很有必要从抗战的角度，向中外的读者讲明白：中国的抗战胜利并非是从天上掉下来的，民族的尊严是打出来的！中国军民的抗战无愧于东方主战场的地位！要说明白这个道理，研究和宣传新四军历史无疑是十分重要的事情。

志庆老师作为一名作家，能将新四军战史与文学结合在一起，将自己的研究心得融为报告文学。书中讲述了新四军在苏南为主的大大小小的战例近 70 个。要写好这些战例，需要对新四军战史有相当扎实的研究作为基础，并要对苏南、浙东的抗战历程、特色亮点、战斗风貌，有深刻的把握，才能驾驭，无疑这是一项非常浩大的工程，其复杂程度可以想象。看得出，他花了大量的心血，整理收集了大量翔实的资料，丰富和完善了战例，并根据当时的历史背景去考察、叙述，确保了历史的真实性和生动性。据不完全统计，苏南军民（不包括浙东）在敌后抗击和牵制日伪军 10 万多兵力。其中日军 3 万，占国民党第三战区内日军长驻兵力的半数以上；伪军 7 万，占汪伪军总数的半数以上。苏南新四军及地方武装在 5 000 多次对日伪军作战中，共毙伤俘日伪军 4 万多人。通过阅读该书，相信读者能得出结论：从溧阳出发的新四军经略苏南、浙东等地战功赫赫，新四军不愧是华中抗战的主力。

书中讲述的塘马战斗十分出彩。志庆老师致力于宣传塘马战斗，堪称宣传塘马战斗第一人。他对塘马战斗的两名新四军指挥员深怀敬意，他在本书中对罗忠毅、廖海涛两人做了浓墨重彩的讲述，我特意搜索了一下，两位英雄的名字在全书分别出现了 171 次和 167 次之多。发生在溧阳的塘马战斗的确值得大书特书，堪称新四军最激烈的一战，也是战果辉煌的一战。此战以 270 余名指战员壮烈牺牲，换取了 1 000 多名党政军机关人员的成功突围，毙伤日伪军 200 余人。此战中两位旅首长罗忠毅、廖海涛冲锋在前壮烈牺牲，他们是新四军牺牲的高级将领的杰出代表。新四军牺牲了不少的将领，国民党军总长何应钦写过《八年抗战之经过》，其附录中提到国民党军在抗战中牺牲将领共 206 人，有人据此就说，中共抗日武装才牺牲了 1 个左权，国共双方抗战牺牲的将领之比是 206：1，事实真的如此吗？据统计，仅新四军就有 350 个团以上干部牺牲，其中旅以上干部牺牲人数有 45 人。而抗战时期，无论是中国军队还是日本军队，旅以上干部通常可授少将军衔，有的甚至可授中将军衔。可见，敌后战场牺牲的中共将领远不是一些人认为的仅左权将军一人，罗、廖两位旅主官同时阵亡牺牲，作为领导干部，他们在战场上所用的“特权”仅仅是带头冲锋陷阵，生死关头，把生存留给部下，把死亡留给自己。这是何等宽广的胸怀，何等高尚的品质！这也是人民军队战斗力生生不息、迭挫强敌的奥秘之所在！

十分难得的是，书中也讲述了鲜为人知的大反攻战例。很少有人注意到，中国共产党领导的八路军、新四军打了不少进攻性的硬仗，并非只是防御性质的游击战，特别是抗战进入战略防御阶段的后期，随着八路军、新四军力量的壮大，敌后战场的作战便不仅限于小规模的游击战，而向大规模进攻性的运动战发展。1943 年 7 月至 8 月，以卫南战役和林南战役、山东军区的几次进攻性战役为标志，揭开了敌后战场反攻的序幕，成为局部反攻的前奏曲，到 1945 年 8 月，进入战略反攻前中共武装进行的一系列进攻性战役，已是气势如虹，动辄消灭日伪军数千乃至上万人。在华中地区的新四军，战略环境远比华北的八路军艰难，但仍打出不少好仗。

本书就讲述了其中的溧高战役、杭村战斗、攻打上兴埠、朱家店伏击战、长兴战役、血战大鱼山岛、周城战役、泗安战斗等。

本书彰显了毛泽东军事思想的博大精深。苏南新四军将士因地制宜，大胆创新，灵活运用袭击战、伏击战、攻坚战、保卫战等战法，极大地牵制消耗了日军。袭击战：火烧新丰、夜袭句容城、夜袭溧水城、东湾之战、奔袭延陵、夜袭浒墅关、火烧虹桥机场。伏击战：韦岗战斗、珥陵战斗、水阳之战、博望战斗、黄土塘战斗、陈巷桥战斗。围困战的围点打援如东湾之战、陈巷桥战斗等。这些作战体现了新四军将士高超的军事艺术：战略上持久的总方针与战术上一系列速决的进攻战相结合；灵活机动的战略战术，神出鬼没、避实击虚、以弱胜强，攻其无备、出其不意；不断地积小胜为大胜，积沙成塔、滴水穿石，逐渐改变战争的天秤。

书中还潜移默化地传递了铁军精神。铁军精神是新四军对日作战中一以贯之的精神。如皖南事变后，新四军十六旅北返溧阳北部地区以后，以塘马为中心，进行了艰苦卓绝的斗争，其战斗主要体现在三个阶段：第一阶段以黄金山战斗为核心反顽反摩擦，击退了国民党的进攻，找到恢复茅山根据地的战略支撑点；第二阶段就是廖海涛北征茅山，攻下日伪军十几个据点，拓宽和恢复了茅山抗日根据地；第三阶段就是日军在偷袭马占寺，四十六团胜利突围。无论是罗忠毅、廖海涛等十六旅将士血战塘马，还是书中讲述的70多场作战的哪一仗，新四军健儿都不畏强敌，浴血沙场，他们以生命诠释了什么是铁军精神，即勇猛顽强、英勇善战、所向无敌。

该书有利于学史明智。志庆老师将战史与文学结合，将宏大叙事与微观细节有机结合，对军史报告文学做了一次有益的探索。他以新四军在苏南、浙东八年抗战众多战斗为叙写题材，生动叙写了新四军的征战历程，展示新四军作战的战略战术，讴歌新四军的铁军精神。党的二十大报告号召“加强军史学习教育，繁荣发展强军文化，强化战斗精神培育”，该书即学习军史的一部佳作，一部传播军事文化、开展资政育人的生动教材。

国防大学教授、军史专家、全军常备外宣专家、国家文物局入库专家

2022年12月6日于北京

目录

序幕篇
XU
MU
PIAN

韦岗战斗

6月的苏南地区，正处黄梅季节，天空似乎被捅破了，雨水从窟窿里哗哗而下，大地被洗刷一新。丘陵、平原上的那些野草、树木、庄稼，在雨水的浸润下，初始给人一种特别的赏心悦目感觉，旋即这种感觉就被另外一种感觉所取代——野草、树木、庄稼在雨水中浸泡过久，颜色渐成灰暗之色，给人一种浮肿感。再看丘陵地带，河流夹带着泥沙奔腾而下，犹如一条条黄色的巨龙在原野上肆虐翻腾。

在雨幕交织的旷野之中，一切都晕化了，就是耸立于眼前的高山，也被雨水晕化得朦朦胧胧。一切，似乎归于沉寂。

不过，在这朦胧之中，还有一些行动的人，细看，是一些军人，他们正穿行在山林之中。须知，他们可不是一般意义上的军人，他们是共产党领导下的新四军，时刻都在准备作战。20世纪30年代，在反法西斯战场上硝烟弥漫的时候，军人的天职就是杀敌，他们为了保家卫国，为了民族独立，在苍茫的大地上和法西斯匪徒做着不屈不挠的斗争。

在江苏省镇江市西南15公里处，有两座山，一座叫赣船山，山高198米；另一座叫高骊山，山高约425米。公路在两山之间穿行，两夹一沟，这样的地形，安置于战争环境中倒是伏击的天然好场所。

1938年6月17日，在高骊山东坡的树林之中，一群人在穿行着，晨光微露，天光渐渐放亮了，光照在树叶上，闪射着绿绿的光波，照射在这群人身上，却是别一番的“情致”。这群人，衣服破烂且早已被雨水浸透，湿衣裹拥着瘦弱的身躯，他们的头发、眉毛、胡子、他们的双脚所穿的草鞋在雨水的浸泡下，已渐呈膨胀之势。

他们的脸上虽然有几分倦意，但双眼发光，散射着一种旺盛的斗志，那种斗志充溢在他们的身体上。

有一个人静静地站立着，个子不高，看上去像一名普通的战士，但是从战士们围绕着他，以及他举手投足间卓然不凡的情形看，他具有特殊的身份，应该是这支队伍的领导人。

对的，他就是新四军二支队的副司令员粟裕，他现在的正式身份是新四军先遣支队的司令，他正实施着一个奇特的军事部署，他要组织一个战斗，用这个战斗来给他的抗战生涯谱上一支优美的序曲。

他对手下的这些士兵做了简单的动员和一番关照，然后转过身，静静地眺望着远方的山坡、山峰、山峦。他的眉毛紧锁着，但是从脸面上看得出来，他充满了自信，因为他的计划即将实施。这个计划的内容似乎在他的脸上也能显现出某些端倪来。是的，这样的一个计划于他而言说是胸有成竹毫不过分，所以粟裕的脸上显现出一种超级的自信。是的，他很自信，因为他要创造一个新的战斗的范例。

这样一个战斗的形成经历了一个漫长的过程。

1938年4月28日，先遣支队400余人从皖南潜口出发，经过南陵来到高淳，然后进入溧水。他们的目的是进行战略侦察。新桥会师以后，正当他们想班师回朝时，没想到国民党第三战区的司令员顾祝同在6月11日给他们发来了一个命令，要他们配合国军进行武汉会战，去镇江到南京的线路上破坏铁路。“着该军派兵一部，挺进于南京、镇江间破坏铁道，以阻京沪之敌，务于三日内完成任务，否则严厉处分，并将敌情随进具报。等因奉此，着该员即率先遣队及一支队各一部（共四个连），并电台一架，即由现地出发，务于三日内达到镇江、龙潭间完成破坏该段铁道之任务，并将战况及敌情随时具报。此令。”

接到这样的命令，这位先遣军司令员和已经到达苏南的第一支队司令员陈毅相会商讨，就此事作了新的部署。由于先遣支队去镇江和南京间的下蜀地区破坏铁路的人手有限，陈毅决定在第一支队中抽出80余人，由三营七连连长童炎生率领，到时归粟裕指挥。

在此情形下，11日14时，粟裕带领先遣军人马，从溧水里佳山冒雨出发，经白马桥到南庄，准备当晚越溧武路北去。由于受到国民党七十六师龚旅的阻挠，加上在雨中行进途中电台被损坏，需要派出一部兵力护送去茅山脚下修理，因而12日晚方经溧水、天王寺两日军据点之间的方边（今东屏）西侧跨过溧武公路封锁线。尔后，再经句容境内夏家边、郭庄庙、赤山湖西、谢桥，江宁境内土桥、上峰，句容境内新塘、大卓，经过3个雨夜急行军，行程125公里，道路泥泞，备尝艰辛，于15日拂晓到达句北徐家边隐蔽休息。

严格来说，这也是一场激烈的战斗。6月14日晚，战士们靠着人力破坏了一段近40米的铁轨，破坏的地段和日军驻守的车站还有一段距离，日军晚上不敢出来，只拼命固守，加之战士们的目的是破路，和日军始终没有发生近距离、有接触的战斗。

可以说，战斗的目的达到了，但是由于战斗并没有真正展开，战士们有一种意犹未尽的感觉，总觉得心里不踏实，心里的那种战斗的意愿没有得到满足。没关系，他们属于天生就是为了作战而生存的人群，敏锐的感觉告诉他们，战斗在等待他们，战斗在招呼他们，不用多久，他们就会实实在在接受战斗的洗礼。

破路结束后，部队来到下蜀以南的东谢村宿营。

16日，部队得到情报，说在镇江至句容的公路上，军车往来甚多。其实在十几天前，粟裕曾经过韦岗，一见那儿的地形就眼睛一亮，进行了一番深入的观察，虽然只是侦察性的观察，但于粟裕而言足够了。他天生对地形特别地敏感，有独到的研究，就像三国时期的邓艾一样，这儿可以安排一批人马，那儿可以安插一些军队，心中有千山万壑，可以安排千军万马。他觉得高骊山、赣船山，两山夹一沟的地势是一个天然的伏击场所，但可惜还没有确切的情报来弄清这一段公路上有多少卡车经过，他们进进出出有什么规律。

为了弄清楚日军进出的规律，他命令侦查参谋张铚秀和邹志成前去观察，邹志成的心思很细，他化装成学生来到了韦岗的这一地带。通过多次观察，他发现日军的汽车进出有一定的规律——上午 8 时至 9 时车辆特别多，下午 4 时左右车辆也不少。此外，他发现日军十分骄横，有一种肆无忌惮的感觉，卡车行走于公路上是大摇大摆、目空一切的，车和车之间的距离相距甚远，汽车往往落单，独自行驶。

其实，在当时过韦岗时，粟裕心中就有了一个简单的、初步的计划——完全可以搞一次伏击，不过由于当时任务紧迫，没有来得及实施就回到了里佳山，而这一次去破坏敌人的铁路后有一段空余时间，可以腾出手来实施这个计划，现在又有情报传来，是展开伏击战的时候了，主意一定，他便在东谢村召开了战斗会议。

战士们十分兴奋，个个摩拳擦掌，期待这一天早日到来。先遣支队从皖南出发后，没有和日军正面接触；南陵日机轰炸，先遣支队早已转移；下蜀路破坏日军的火车铁轨，也没有发生正面的接触性战斗。现在来到了苏南，很多战士都不知道日军长成什么样子，但是他们都清楚日军是一群凶恶的暴徒。为了民族独立，为了拯救苏南的百姓，他们必须信心百倍地用战斗来证明自身的价值。

路途之中，国民党官兵就用疑惑的眼光打量过新四军。在他们看来，新四军穿得破、吃得差，装备是那样的落后，连武器精良、人数众多的国军都不是日军的对手，更何况是破破烂烂的新四军呢？但这没有吓倒新四军战士，充满斗志的新四军战士都想用自己的战果来回击国民党官兵的疑虑，他们需要用战斗来表明自己的人生价值。是的，他们摩拳擦掌，跃跃欲试，斗志昂扬。

不过，对于怎样来阻击日军、攻打汽车，他们心里还是没有谱。有的人说，用枪打坏日军汽车的气缸，汽车就开不了。也有的人说，应当向驾驶员开枪，驾驶员死了，问题就解决了。不过这一方案立刻遭到了否决，因为驾驶员死了以后，还会有其他的日军替换。还有的人提出，把日军汽车的轮胎打坏，轮胎坏了，汽车就不能跑了。当然，这算是一个很好的方法，不过必须要枪弹命中轮胎并把轮胎打爆才能完成自己理想中的任务。这些都在粟裕考虑的范围之内，他集中了战士们的意见，又逐一地做了一些安排。当然，他更多考虑的是怎样埋伏、怎样出击、怎样来消灭敌人。

说粟裕身经百战并不为过，他在中央苏区就多次参加了反围剿的斗争。他和方志明一道北上抗日，抗日先遣队遭遇了重大的挫折，但在浙南三年游击战争中，他经历了更为艰苦卓绝的战斗，也换来了丰富的战斗经验，面对如此有利的伏击地形，他怎能轻易舍弃？

当天晚上，下着大雨，他们到了杜村宿营。

由于连续的行军，加之大雨绵绵，泥土湿滑，战士们十分疲劳，病员已增至 10 多人，如果全部参加战斗，不仅行动迟缓，而且影响战斗。为了精简部队，提高部队的战斗力，粟裕当晚进行动员组织，几次给战士们做解释与鼓励工作。同时，从各连抽选了 6 个步兵班、1 个侦察班（着便衣、带手枪）、1 个机枪班（机枪 2 挺），各班都配足手榴弹组成参战部队，取捷径小芦塘冒雨开进，在小芦塘稍事休息再作动员并分配具体战斗任务。其余部队及行李、病号等由副官处主任陈荷龙率领，取道徐家边、小芦塘、大西庄，经镇句公路上之东昌街、镇宝大路上的南青山到达上元庄附近待命。

……

现在，先头部队已经来到了高骊山下，只有步兵班还未到达，到达的战士已准备就绪，只等日军送上门来。

粟裕的心情极不平静，进入苏南的第一战就要在他的指挥下展开了。他想和日军较量一下，因为他听到“日军是不可战胜的神话”这一说法后十分气愤，而国民党军队四处溃逃，简直把中国人的脸面丢光了！我新四军必须通过此战狠狠地煞一煞日军的气焰，鼓舞一下我国军人的士气！在5月的蒋家河战斗中，新四军已经有歼敌的先例，现在有这么好的地理条件，新四军完全有可能打破“日军是不可战胜的神话”这一谣言。

“来吧，战斗！”粟裕的眼睛放出耀眼的光芒。

为了达到出其不意的效果，部队是在17日凌晨2时以后出发的，下了雨，道路十分泥泞，又十分光滑。泥泞时，道路黏黏糊糊的，像张开的嘴巴，把战士们穿着的草鞋全部吞噬了下去；光滑时，道路似乎没有了摩擦力，鞋底触其上，如同踩上了光滑的玻璃，脚下一滑，战士们便摔倒在地。前面的战士摔倒了，后面的战士笑着说：“你怎么摔倒了？”话音未落，自己也跟着后仰摔倒了。但是战士们毫不畏惧，这样的艰苦环境、这样的经历，他们遭遇得太多了。三年游击战争时，这样的情形，他们无数次地经历过，所以毫不奇怪。抗敌的火焰在他们心中燃烧，他们的脸上充满了旺盛的斗志，他们心境开阔，充满了乐观主义的精神，身上散发的热气在山沟间升腾弥漫。

天已经大亮了，步兵班的战士还没到达，而到了8时多，日军的汽车就会沿着公路肆无忌惮地在这里奔驰起来。粟裕急命侦察班的战士先行向北，在赣船山山口北侦察警戒，其他战士则迅速地在高骊山东面的山坡上找好有利的位置进行伏击。

地形非常好，丘陵起伏，树木虽然稀少，但不影响战士们隐蔽伏击。

张铚秀、董南才带领战士们向前走去，埋伏在山口的北面。

战士们紧张有序地做着战斗的准备，粟裕带着一挺轻机枪刚刚到达山间公路时，就听到了一阵汽笛声和时断时续的马达声，原来日军的一辆汽车已经开来了。侦察班的战士没有开枪，把他们放了进来，这辆车便很快地来到了粟裕和战士们的面前。

粟裕那边的机枪还没架好，日军的汽车就开来了，粟裕连忙喊：“打！”一声令下，机枪手仓促向日军车头射去，子弹纷纷向车辆飞去。这辆车的气缸被打坏了，却仍冲出了战士们的包围圈，强行开出四五百米后，停于山的南口外，那些慌张的日军纷纷从车上跳了下来，到处乱窜。等到战士们赶上前去的时候，那些日军已经跑得无影无踪。

战士们目视着逃遁的日军感到十分的遗憾——当他们看到日军汽车在公路上缓缓驶来的时候，内心有一种莫名的兴奋，因为攻击的目标就在眼前了，为国家出力、消灭日本鬼子、振奋抗战信心的时候到了！所以当粟裕一声令下时，他们直接倾泻出愤怒的子弹和手榴弹。而一眨眼，日军的汽车一下就冲过去了，又一眨眼，日军就跳下车，跑得无影无踪。现在就是想看看那些野兽，也没有了机会。

不过没关系，后面还有日军的车队，这时候步兵班的战士赶来了，粟裕命令战士们就地埋伏，做好战斗准备。他们迅速占好位置，尤其是机枪手，把机枪架在高地上，直接面对着公路。刚才他们的机枪还没有架好，“哗”地的一下，车子就飞驰而过，匆忙扫射，效果不佳，让他们溜走了，而这一次，可不会让他们再轻易溜走。

童炎生带领着步兵班的战士赶到时，他全身都是泥浆，眼眶凹陷了下去。14日时，他在丹阳的延陵镇见到了粟裕，当时陈毅命令二团三营抽调干部组织了七八十人的队伍，临时组成一个连，由童炎生任连长，程祥元任指导员。当时陈毅不在，由刘培善副团长陪同粟裕召见了他们，于是由童炎生召集的七八十名战士组成的一个连便归粟裕指挥。陈毅选中童炎生是经过反复考虑的——初入江南必须首战告捷，以此鼓舞士气。连级干部中，童炎生久经沙场，他参加过中央苏区的反围剿和湘赣边三年游击战争，具有丰富的战斗经验和顽强的战斗意志，他肩负重任和先遣支队的战士们一道来到了下蜀车站，破坏铁路。由于没有特别的工具，那些铁轨躺在地面上，就像生了根一般，很难撬动，后来他们发动群众，拔掉了道钉，转移了铁轨，完成了破坏铁路的任务。现在他又随着粟裕司令来到了赣船山和高骊山之间的公路边，一处极为有利的地带设伏，所以也感到无比的兴奋。

军部巡视员陈茂辉也来到韦岗，他曾在闽西和廖海涛共同奋战了三年。他拔出手枪注视着公路，只等粟裕一声令下，便和其他的战士一道袭击日军于山坡下。

6个步兵班一到，粟裕即派两个班占领赣船山南面公路东侧的地点，向句容方向警戒，一个班警戒镇江方向，其余战士全部就地埋伏，静候日军汽车的到来。

六七分钟后，战士们又听到了一阵汽车的马达声，他们的心紧紧地收缩起来，双眼紧紧地盯着那弯弯曲曲的公路。不一会儿，一辆汽车出现在赣船山的山坡下，侦察班的战士举起了枪，瞄准了前来的汽车。

这是一辆小轿车，他们属于内山英太郎为旅团长的日军野战重炮第五旅团，车上坐了3个人，一个驾驶员，两个日军军官。

刚下过雨，雾色茫茫，能见度很低，加之公路弯弯曲曲，听不到枪声，日军并没有发现前面的车已遭到了伏击，因此他们在毫无戒备的情况下进入了侦察班的伏击圈。汽车离张铚秀他们只有50米时，侦察员的机枪手一个点射，汽车失控，翻入公路以西的水沟里。

指挥员一声喊“打”后，战士们枪弹齐发，这一次机枪手打得又准又狠，驾驶员当场被打死，车翻了，一个日军负伤下车，另一个日军毫发无损地跳下车，趁机躲在车下面。

战士们齐齐地从埋伏的地点跳跃出来，冲向了公路，邹志成和其他战士勇猛地扑向日军。那个负了伤的日军负隅顽抗，趁机拔出刀朝战士砍来，战士一躲闪，他躲到车门旁，被车门夹住，一名战士抬手一枪，击毙了这个日军。

粟裕和战士们打扫战场，把车厢里的东西搬完以后准备点燃汽车，不料躲在车底下的那个日军突然冒出，用刀刺伤了一名战士，接着又向其他战士刺来，这时，三支队侦查参谋、刚任先遣支队侦察连连长的温国德冲了上去。

他手中的驳壳枪已经没有子弹了，他把枪一摔，用右手紧紧抓住日军的左手，日军用刀的右手也被他用左手卡住，两人扭打起来，从公路上滚到水沟里，又从水沟里爬到堤坝上。这个日军十分凶残，他一边扭，一边嚎叫着，眼神凶残而又冰冷，还夹杂着傲慢与不屑，愤怒的战士们纷纷向其开枪，将其击毙。后查明，此日军为敌上尉梅泽武四郎，另一个被击毙的日军是少佐土井。但是在射击梅泽武四郎时，温国德连长不幸被误伤，受伤严重，于战后壮烈殉国。

战士们草草地收拾了一番战场，缴获了一把军刀、一支手枪，还有一只保险箱。此时硝烟散尽，但刺鼻的火药味还在空中弥漫，粟裕看了看战场，又迅速命令战士们回到原地，再次进行伏击。他估计，日军后面的车队仍没有发现战情，后面的车子还会驶来，再次设伏，定有大收获。

果然，不久又有 3 辆卡车在蜿蜒的山道上出现了，这些卡车来到了赣船山山口便放慢了速度，因为这是一个大拐弯，加之天下大雨，道路光滑，车与车之间相隔的距离还是比较远的。

当第一辆车来到了公路中段的时候，第二辆车便进入了赣船山山口的南面，第三辆车已经到了赣船山山口的北面。

粟裕呼叫一声“打”，童炎生就一挥手，带领步兵班的战士们纷纷而出，用机枪、手榴弹、步枪击打这些日军。这些日军骄横惯了，认为这里是绝对的安全区，根本就没有想到会遭到袭击，他们还认为中国军队早已溃败，此时遇伏，惊慌之余还感到十分意外，但他们训练有素，从车上纷纷跳下，伺机反扑。

两辆车共有 20 多名日军，他们在指挥官的指挥下进行反扑。不过地形对他们不利，粟裕命令机枪手占领了路北右侧的一块高地，进行俯瞰式扫射，由于公路比较狭窄，两边又是高山，日军的武器一时无法展开。

我方机枪手一阵扫射后，打死十人，毙伤五六个，剩余日军乱作一团，战士们纷纷上前，进行分割包围。日军见近距离无法展开火力，准备用刺刀拼杀，他们本以为可以吓退新四军——这招儿对国民党军队屡试不爽，不料新四军战士迎头而上，有的用刺刀长矛向日军捅去，有的用烂泥巴往日军的面部扔去，还有的用手榴弹去敲击他们的脑袋。日军倒吸一口凉气，心想：这到底是不是中国士兵，为何如此勇猛。他们知道这样战斗下去不会有好结果，便纷纷回撤，丢下车子，窜到山沟里，四处奔跑。

第三辆车比较特殊，它只有踏板，左面、右面、后面均没有栏板。一听到枪声，这些日军也纷纷跳跃而下，进行反击，但是他们没料到我方战士人多、枪多，并已向其迅速合围，且地形对他们不利，再战下去讨不得便宜，便迅速后撤。他们把受伤的士兵迅速拉上了车，然后调转车头向后开去，其余的日军跑到水沟里面凫水而逃。

第三辆车还在山口北，离得较远且我方伏击的战士是一些穿便衣的侦察战士，他们使用的都是驳壳枪，射程有限，没办法阻拦这辆车，所以只能眼睁睁地看着这辆车倒开了一阵子，扭头跑回去了。

战斗结束，战士们蜂拥而上，看着那些倒毙的日军，纷纷议论，犹如看山林中的野兽一般，战士们从没有看过日本兵，只是听说过这些法西斯狂徒武器装备精良且战斗力极强，他们在中国的大地上横行霸道，国民党军队被他打垮了，所以战士们对他们有一种好奇的感觉。而现在这些所谓的不可一世的“皇军”已经倒毙在地上，看来他们没有什么了不起，并不是不可战胜的，他们在新四军战士面前一样可以被消灭。

战士们的脸上露出了胜利的微笑。

粟裕深知，日军汽车逃回，旋即必来报复，便果断下令撤退。因参加伏击的部队人员少，还要担运自己的伤员，所以仅挑选了一部分重要的军用品，便将车上的其余物品毁弃了，带着缴获的步枪、手枪、军刀、钢盔、日钞分路撤退。

此次激战历经半个多小时，共计击毙少佐土井和大尉梅泽武四郎以下日军 13 人，击伤日军 8 人，击毁敌军汽车 4 辆，缴获长短枪 20 余支和一部分军用品，另有 4 车物资全部被毁。

粟裕率部撤到离战地约 2 公里时，自镇江增援的日军乘多辆卡车，携数辆坦克、多门大炮赶至韦岗大肆轰击，刹那间，炸弹、炮弹、机枪在山间响成一片。敌人不知新四军去向，恼羞成怒，便将附近百姓的房屋付之一炬。

随后 3 架敌机从南京飞来，在上空盘旋一阵以后，没发现什么，便怏怏而去。

粟裕率参战人员赶到上元庄与未参战人员会合，当晚在句容县白兔镇附近的上兰、贡甲宿营，第二天，经宝埝镇到前隍村与一支队司令部胜利会师。

韦岗战斗是粟裕游击战术在抗日战争中的第一次实践：战前选定地形复杂的韦岗，周密安排部队埋伏的位置，规定出击路线，控制制高点，趁敌不备突然开火，待敌人混乱后进行追击，迅速结束战斗后马上撤离战场，转移到安全的地点。实战结果证明了粟裕游击战术是科学的，用此战术对敌作战是卓有成效的。

战后，粟裕总结了作战经验，对胜利的意义、敌我各自的优点和弱点进行了深刻分析，还提出了伏击日军汽车的 10 条注意事项。粟裕对这次战斗的意义作了以下总结：这是我军出动江南的处女战，这次战斗真是旗开得胜，大大地提高了我军的战斗情绪及政治影响；自南京失陷后，江南广大人民未见过中国军队的胜利，这次战斗大大鼓舞了群众；战区司令长官下达的任务只是破坏京镇铁道，但我军不仅完成了破坏铁道的任务，而且更加倍地取得了战斗的胜利，这使我军提高了在抗战军队中的地位；打击了日寇横行无忌的行为。他还即兴作五言诗一首：“新编第四军，先遣出江南。韦岗斩土井，处女奏凯还。”

陈毅听了韦岗战斗的经过十分兴奋，起身踱步吟诗一首，以示祝贺和赞扬：“故国旌旗到江南，终夜喧呼敌胆寒。镇江城下初遭遇，脱手斩得小楼兰。”

先遣队在韦岗打胜仗的消息如春风一般传遍江南大地，消灭的敌人数量被越传越多，事迹也越传越神了。

第三战区一个游击司令部闻讯派来两名副官向粟裕索要战利品，甚至愿意以一挺机枪换一支日本步枪。粟裕对来人说：“你们要，我们可以送给你们，只要第三战区长官司令部打个收条给我们。”那两位副官自然不能打收条，只好灰溜溜走了。

新四军成军后，江北四支队高敬亭部在安徽巢县蒋家河口首开对日作战纪录，在江南战场粟裕打下第一仗，所以韦岗战斗又称“江南处女战”。

新四军军部盛赞：“先遣队的确起了先锋作用，奠定了我们在江南发展和胜利基础。”并“在全军表扬，号召全军学习”。国民政府军事委员会收到战报后向新四军军部发了嘉奖电：

叶军长：

所属粟部，袭击韦岗，斩获颇多，殊堪嘉尚，仍希督饬继续努力，达成任务。

韦岗战斗不仅震慑了日军，鼓舞了我军士气，也振奋了民心，提高了新四军的威望。

火烧新丰

提到新丰，人们会想起《项羽本纪》中的鸿门宴，刀光剑影，鼓角铮鸣；提起新丰，人们又会想起新四军的抗战，火烧日军，爆炸声声……

江苏丹阳的新丰，历史悠久，以生产“新丰酒”而著称。唐代大诗人李白，因善饮而冠以“酒仙”之名，他对丹阳新丰酒情有独钟，客居丹阳时，他曾留下许多与新丰酒相关的千古佳句，如“南国新丰酒，东山小妓歌”“情人道来竟不来，何人共醉新丰酒”。新丰车站，规模虽然不大，但中转联运业务十分繁忙。车站南距丹阳近 10 公里，西北距镇江约 40 公里，地处京杭运河与沪宁铁路的交叉点，为水陆交通枢纽地，也是抗战时期我军南下北上的重要关口之一。

1937 年，抗日战争全面爆发；1937 年 12 月 8 日，京沪全线沦陷（京指南京）；1938 年 6 月 27 日，在江苏丹阳，新四军二支队二团一营营长段焕竞接到情报：新丰火车站驻扎着的日军十五师团松野联队广江中队一个小队的 50 余人，连同车站的汉奸、警察共 60 余人，均驻扎在停办小学的那座楼房里。据说，日军广江中队接到任务，要随师团开往武汉前线。这两天，他们正杀鸡宰猪，大吃大喝，天天喝得酩酊大醉。晚上，有时连哨兵都不派，敞开大门睡觉。段焕竞同随一营行动的二团政治处主任肖国生和副营长（营政委）李忠民、尹倩等研究，认为这正是偷袭的最好机会，便派二连连长张强生、一连副连长彭寿生和营部侦察员化装成商人和农民，潜入新丰车站附近，仔细观察日军所住楼房周围的地形及通往丹阳、镇江铁路的情况。

在查明敌情后，段焕竞下定了战斗决心，立即召集各连干部开会，布置战斗任务，肖国生主任做了动员和指示。在讨论时，针对敌人骄纵麻痹但增援近便的特点，大家一致主张要采取夜间偷袭、速战速决的战术。段焕竞要求各连立即着手准备。在开完干部会议后，段焕竞和肖国生立即赶往访仙桥，同丹阳抗日自卫总团团长管文蔚共同研究夜袭新丰车站作战的协同问题。管文蔚答应，从他所属 8 个自卫团各精选三四十人配合作战：负责向铁路两端丹阳、镇江方向的警戒，破坏铁路和电线电杆，以及向导、运输等工作。与此同时，段焕竞他们又向团部和支队司令部作了报告，陈毅司令员和团首长均表示赞同，并确定在 7 月 1 日发起战斗，以纪念中国共产党建党 17 周年。

6 月 30 日黄昏，段焕竞率全营经东岗村向新丰车站东南孔家垄进发，到达进攻出发地。其战斗部署是由二连担任主攻，段焕竞随二连前进并指挥该连攻击敌据点；三连作为营预备队，由肖国生主任、尹倩率领跟进；一连负责向丹阳方向警戒，并由丹阳自卫团一部配合，打击可能增援的日军，由李忠民指挥；丹阳自卫团参战人员大部分主要负责镇江方向的破路和警戒任务，其余负责破坏电线，由二团侦察参谋张铚秀指挥。

段焕竞带着二连战士上路，此前，从 3 个连各挑选了 10 名精悍的老红军战士组成突击队，由二连连长张强生带领，先行突击。

虽处盛夏，晚上却十分凉快，苏南的夏日，稻田秧苗青青，蛙声四起，田野上空飘着薄薄的水雾，那是夏日的农田在吐着白日吸纳的热量，伴随着阵阵的夏风，树叶瑟瑟作响。夏风起，风儿凉，人们心头感到阵阵惬意，这样的景致对于和平时期的农夫来说是一种困苦中的短暂享受，他们可以纳凉讲故事，说梦想，可以喝茶说天地，讲农桑稼穑之事，而在残酷的战争年代，这一切都不复存在。此时，段焕竞带着一颗火热的心，在这样静谧且犹如泼墨风俗画的景致中去参加战斗，用枪声、手榴弹爆炸声去谱写生活的乐章。

段焕竞带着二连如风一般快速向新丰挺进，他现在是二团主力一营的营长，手下有一批精兵强将：一连连长董玉堂、指导员李文魁、二连连长张强生、指导员肖治平、三连连长王萱春、指导员尹倩。这几个连干部都经历过残酷的三年游击战争，和自己一样经历过战斗中血与火的洗礼，具有丰富的战斗经验和顽强的战斗意志、坚定的革命信念，夜战、突击、偷袭、火攻这些战斗的类型对于他们来说可谓是烂熟于心了。

段焕竞带着战士们利用夜色快速前行，他个子中等，身板硬朗，身体矫健敏捷，他的头型较一般人要长，有点类似西部少数民族彪悍的武士，但清澈明亮的双眼散发着智慧之光。这位二团一营营长出生于湖南茶陵，从小便吃尽了人间的苦头，但也养成了吃苦耐劳的品德。他在土地革命时期参加了无数次的战斗，三年游击战争期间在武功山山区住的是穷山野营，风餐露宿，一日数战，在刀山上走，在火海里闯。他的生活充满了传奇色彩，尤其他和李发姑的爱情故事更是红军时期黑暗苦难战斗中的一道闪光、一段佳话。

段焕竞下山参加新四军时是踌躇满志的，因为他身上积累了足够多的军事常识和作战经验。现在就看他如何利用人与枪来完成这一战了。他笑了笑，脑海中闪过战前会议的一幕——若偷袭不成，便用强攻，而火攻是他和张强生几乎不约而同想起的一招。

段焕竞之所以想起这一招，是 1935 年初在武功山地区打碉堡时都用强攻，伤亡较大，而后则采用了火攻，在稻草上浇火油，没有火油用松脂，还夹上辣椒，点着了火塞进碉堡的枪眼，或者烧碉堡门，只消几分钟熊熊大火就能把碉堡大门吞没。当时，许多人都用此法，连他的妻子李发姑带着地下党和群众也用此法，而且屡试不爽。

火攻之强，难怪孙武在《孙子兵法》中单独为此列一篇章，也难怪火烧赤壁的故事如此深入人心。

想着想着，队伍已到了新丰车站，星光下可见铁路横躺着由南向北延伸，路东有一车站，路西有一大院，亦是一所小学，小学的楼房亦是日军的营房。夜晚静悄悄，蛙声四起，更显静谧，静谧得让人似乎听到了日军的鼾声。

左等右等，却不见突击队的影子，段焕竞只好耐着性子继续原地等待，可还是不见突击队的影子。段焕竞有些着急了："这是怎么回事？这可是打仗呀！"但此时又无法吼叫，万一惊动敌人怎么办。如果突击队不上，再另行布置有可能会打乱战斗计划。

段焕竞正着急时，眼前突然出现一个敏捷的身影，睁眼细看，原来是一名突击队队员。

“怎么搞的，其他人呢？张连长呢？”

“报告营长，向导带错路了，突击队已走过了铁路，张连长请示营长，现在该怎么办？”

段焕竞心如火烧：“怎么办？按原计划进行。”他转过身，命令通信员：“通信员，你和这位战士去找张连长，命其返回原定的冲击地，迅速投入战斗。”

不一会儿，张强生和二三十名突击队员全部回来了，刚才派去的通信员还拿了两支枪回来。

“怎么回事？”段焕竞眼睛一亮。

“营长，敌人睡得像死猪一样，门开着，门岗也没有，枪挂在墙上，我顺手拿了两支。”

段焕竞笑了笑，旋即吩咐张强生：“张连长，按预订方案进行，乘其熟睡，去收缴枪支，先楼下后楼上，一旦敌人醒来，立刻开火。”

“是。”张强生领命而去。

张强生弯着腰，带着突击队扑入日本营房，日军光着上身，露着胸毛，发着鼾声，正呼呼大睡，有几个还在梦中咂着嘴呢！

战士们小心翼翼地摘下墙上的枪，一支一支往外递，不一会儿就拿出了 5 支三八式步枪，其余两个队见突击队如此顺利，也迅速扑入日军营房，摸出好几支枪。

他们小心地向楼上摸去，准备去摘楼上的枪支。

突然响起一阵“叮铃铃”“叮铃铃”的铃声。

原来是一名小战士往楼上冲时，不小心碰到了门上的警铃。日军一下子被惊醒了。

警铃一响，所有的电铃都跟着响起来，几个日军迅速起身，发现不妙，连忙叫喊起来。

日军骄横惯了，和国民党交战大获全胜，在中国境内几乎没有碰到对手，所以看到楼下有人进入，他们根本不放在眼里，甚至有一个日本士兵在黑暗中叫道：“别开枪，别开枪，抓活的，抓活的！”

新四军战士退到一边。几个日军光着上身，徒手冲出屋外，他们做着相扑运动员预备搏击的动作，四下搜索，还拍着手到处找人：“人呢？人在哪里？”

人在哪里？人在这里！张强生手一挥，战士们齐齐放枪，一阵枪响后，这几个光着上身的日军全部被撂倒，其余快要冲出屋外的日军连忙退入屋内，他们从枪声中判断出，进入院内的不是一般的人，而是一支战斗部队。

这些日军都是训练有素的老鬼子，他们操起墙上挂着的枪支，向楼下、室内、室外猛烈扫射起来，甚至抛出了手榴弹，顿时枪声大作，爆炸声连连。

二连通讯员跑出屋向段焕竞汇报：“段营长，敌人全醒了，敌人的火力封锁了门，封锁了楼梯口，有了伤亡，张连长他们挤在院子里无法展开攻势，准备撤到外面打。”

“好！”段焕竞看到院内火光阵阵，知道日军利用房屋做掩体在疯狂扫射，敌人的武器好，若一味强攻肯定不利。

他即刻命令二连的两个排投入战斗，一个排从日军住房右侧包围侧后进行攻击，另一个排由指挥员肖治军带领包围车站站房，先用手榴弹攻击，随后冲入站房控制站台。

三个排围着敌人猛攻，但敌人的火力太猛，战事一时呈胶着状态，段焕竞见状，即命预备队三连投入战斗，预备队三连一个排由连长王萱春带领从楼房左侧包围攻击，战斗由偷袭变为强攻了。

团政治处主任肖国生也赶来了，并作场上的现场鼓励。

打了近一小时，日军的火力丝毫不减，似乎还变得更为猛烈，而新四军人数虽多，却没有重武器，一时奈何不了敌人。

张强生从战火中跑来："段营长，房子是灰板夹的墙，可以打墙洞。"

"打墙洞？"段焕竞愣了，在战前会议上没提到此法，战士们手上没有圆锹、十字镐，这一时要如何解决呢？

"没铁镐，用火烧吧，碉堡都能用，何况是木房呢？"段焕竞不知是战事过激，还是思维出现了短路，把先前的火攻给忘了，现在突然想了起来。

"对，火攻！现在该用了。"张强生挥了一下拳头。因为事前讨论过，也做了准备，战士们带了些煤油，有两只煤油铁皮箱，各带了半箱。

张强生命战士们把小学旁边新收的麦草搬来，浇上煤油，点燃后往院子里扔。段焕竞则命令战士们封锁日军楼房的窗户、枪眼、大门。

战士们冲进院子，扔起了火麦草，但煤油太少，火麦草威力太小，一时也不能烧着房子。

段焕竞立即命令攻占了车站的肖治军赶快找煤油，找到后即刻运来。

此时，几个点火小组的战士在其他战士把敌人的火力压制下去之际，扑向楼房放起火来。

即刻，烟火腾起，火苗蹿上墙头，爬进窗口，延伸到屋顶，房子烧起来了。

日军此时慌乱了，嚎叫着，咒骂着，扑火的扑火，开枪的开枪，手榴弹向窗外乱扔。

尹倩学过日语，见敌人的反抗乱了章法，便用日语喊起话来："日本弟兄们，放下枪杆，新四军优待你们！"这一连串喊话过后，日军的枪声果然稀落了些。

就在战士们翘首以待敌军投降时，突然火光中冲出十几名日军，赤着膊，端着枪，满脸杀气，吼叫着向战士们扑来。

战士们也都是身经百战的斗士，一见日军端着刺刀扑上来，许多人毫不犹豫地挺起刺刀迎了上去。

一交手，战士们才感到这白刃战不是昔日和国民党军队的格斗，这些日本兵技击精熟，而且十分顽强，如野兽一般，攻击力十分强悍，但我军战士们毫不畏惧，奋力搏击。

战士李炳林扑上去后，才想起自己的枪上没有刺刀，日军的刺刀刺来时，他侧身躲过，顺势毫不犹豫抓住刺刀往后一拉，李炳林的手掌被划开了，鲜血迸射而出，但他不顾伤痛，上步把那个日军掀翻，此时，班长彭勃跃上，一枪托送那个日军去见了阎王。

一名外号叫"小聋子"的小战士，看到一个日军穿着短裤，裸露着上身，握着一把军刀向他劈来，他一躲，绕到背后拦腰抱住了他，但日军力气大，扭打时，他有点招架不住，于是趁势一把抓住日军的睾丸，猛地一捏，日军大叫一声，一扔军刀，另一名战士趁势一枪，结果了日军的性命。

……

其他日军见状，返回屋内，又和屋内的日军一起在室内负隅顽抗。

在这场激战中，张强生光荣负伤。

此时，肖治军带着一个班的战士将从火车站搬来的煤油桶滚进日军营房大门内的过道里，然后扔入烧着了的麦草捆，又扔入几枚手榴弹。这一次的火势实在太猛了，手榴弹一响，煤油桶爆炸了，整个楼房变成一片火海，屋内的木板烧着后倒塌下来。几个日军无奈从窗口跳下，脚还没着地，子弹就如雨点般落在他们的身上。里面的日军开始还放着枪，不一会儿屋内就半点声息都没有了。随着屋宇的倒塌，他们全都葬身于火海之中。

张铚秀率领自卫总团的战士到达预定地域后，首先指挥他们切断了车站与外界的电话联系，战斗打响后立即进行拆铁轨、毁路基、割电线、锯电线杆等破坏工作。丹阳守敌虽距离极近，但见新丰冲天的火光，亦不敢在夜间增援。

夜袭新丰车站激战3个多小时，消灭日军军官5人和士兵53人，缴获步枪13支，刺刀13把。破坏铁轨一段，使电话不通，火车停驶，车站大部分设施被毁坏。新四军战士牺牲4人，干部、战士受伤6人。

沪宁线上的新丰战斗，是我军在江南铁道线上向日军打的第一枪。这场全歼敌守备部队的战斗，使铁道公路线上的日军大为恐慌，沪宁各地大为震动。日军各处增兵守备。我军虽是小胜，却起到了调动与支配日军兵力的巨大作用。

夜袭句容城

1938年8月的一天，陈毅、胡发坚、刘炎急匆匆从一支队司令部江苏茅山乾元观来到江苏句容城第二区墓东村，即二支队团部驻地，召集连以上干部开会。

自一支队进入苏南后，一团主要活动于江、当、芜地区，二团则活跃在茅山脚下，自抗日先遣队在丹徒韦岗打响第一枪后，新四军一支队先后在新丰、高资、竹子岗发起战斗，沉重打击了敌人的嚣张气焰。和国民党不一样，无论是参加长征的红军，还是留守参加了三年游击战争的红军，他们一直都是同强大于自己几倍几十倍的敌军作战，早已打造出无坚不摧的必胜信念。本就没有什么恐日症，加之在苏南接二连三地取得了胜利，战士们心理完全处于后来毛泽东所说的在战略上藐视敌人、在战术上重视敌人的状态，指战员们的斗志十分高涨，个个摩拳擦掌，意欲和日军再来几次厮杀。

国民党高层虽然多次嘉奖新四军一、二支队，但是他们还是轻视这支渐渐成长的抗日中坚力量，他们嘲笑新四军只能打小仗，只能做破坏公路、铁路、桥梁，放放火之类的事。第三战区七十九军的军官还扬言，说什么他们要攻下丹阳、金坛等县城，言下之意是说新四军根本不敢和日军在城市作战。

为了配合长沙会战，反击国民党军的流言，纪念淞沪抗战一周年，陈毅决定用自己的力量在城市“敲打”一下日军，让国民党看看新四军有没有力量和胆量在城市和日军一决高下。

二团的队伍主要由湘赣，粤赣边和桂东及皖浙赣边等红军组成。

二团的干部是团长张正坤、副团长刘培善、参谋长王必成、政治处主任肖国生。这四个干部都是身手不凡。张正坤、王必成参加过长征，在延安红大学习过，后派入新四军工作，二人都是师级干部，有着不凡的战斗经历和战斗业绩。刘培善与肖国生参加过残酷的三年游击战争，在湘鄂赣地区也有不凡的战斗业绩。二团的几个营长，段焕竞、廖昌金、刘玉林都能征惯战，骁勇异常，尤其是段焕竞，刚打完新丰车站，战斗的豪情十分高涨。

陈毅把战斗设想谈了谈，受到了指战员们的拥护。于是他决心把这个任务交给他的手下——光荣的二团。

二团军政委员会接到任务后便认真研究起来。当时军政委员会由5人组成，书记刘培善，副书记张正坤，王必成、肖国生、段焕竞为委员。

张正坤摸了一下下巴，说：“句容城位于南京东南90里处，距镇江、丹阳各80余里，驻有日军、伪军各一个中队，应该说兵力并不多，但是装备精良、训练有素，不可小觑。这城市作战和野外作战不一样。”

“对！”王必成接上了口，“这攻城与打一般据点还真不一样，我们人不少，但武器差，如果对敌情不了解，不能做到知己知彼，那么不要说攻城攻不进去，即使攻进去，也非常危险。”

刘培善点了点头，说：“先摸一下敌情。据闻，敌军守备不严，警惕性不高，这儿已没有正规的国民党军，他们又以为我们不敢攻打城市，这倒是个好机会。我看还是先侦查一下，再定作战方案。”

他们首先请了镇、句、丹、金四县抗敌总会的樊玉琳和王丰庆去摸敌情。别小看樊玉琳，他在地方上可是一个通天的人物，他曾是帮会头目，门徒甚多，后在陈毅的鼓励下，加入共产党领导下的抗日队伍中了。陈毅告知他利用现有身份广交朋友、广收门徒、收集信息、进行抗战。这次，樊玉琳还真的搞来不少消息。另外，句容城抗日游击队司令部司令张雍冲也弄到一些情报。二团基本上对句容城的伪军兵力分布和火力配置有了了解。

为了更好地、直观地了解敌情，王必成、一营营长段焕竞、侦查排长黄光裕带了侦察员化装成老百姓在句容城东门城门下进行实地侦察，选择进攻的突破点，由于他们不会说当地话，只是在城外转了转。后来他们又派三连连长王萱春和另外两名干部组成侦察小组，化装成百姓，偷偷潜入城内，把敌人兵力配备、工事位置摸得一清二楚。

他们查明：句容城的日军和伪军共150余人。伪军60余人驻在伪自治会，向东南西北四个城门各派一个班警戒。日军宪兵队40余人驻原县政府，日军的宣抚班驻天主教堂，另外有30多名日军驻扎在句容城北门外的飞机场。日军大量兵力被抽调到武汉作战，在苏南的城镇防御力量不强，警戒也不严，这仗完全能打。

团长张正坤、副团长刘培善决定了最后的作战方案。经一支队批准，具体如下：一营主攻句容城；三营攻歼驻飞机场的敌人，并向汤山、南京方向警戒，阻敌增援；二营布置在陈武、白兔一线，向镇江丹阳方向警戒；天主寺方向则由团部特务连和句容城的游击总队担任警戒。

暮东村，微微的月光照在段焕竞漆黑刚毅的脸庞上，他握紧拳头，下达了作战命令：“一连攻东门，三连攻南门，二连为预备队，夺取胜利，纪念‘八·一三’上海抗战……出发！”

二团一营从暮东村，三营从曹庄分头向句容城方向挺进。

1938年8月12日，亦是农历七月十七，月亮在半夜时分由灰暗变得格外明亮，大地一片银灰，道路格外分明。月光下行走本来就觉得快疾，加之战斗心切，步伐矫健，战士们真可谓是行走如飞，不知不觉已迫近句容城。

苏南乡下农户喜养狗，新四军的神速行动惊动了它们，它们不时地狂叫着，也引起了就近小据点里的伪军的注意，但由于伪军根本不相信新四军在夜间会有针对句容城的活动，他们并没有做必要的侦察，所以路途中新四军的行军并没有受到任何阻挠。

一营来到了句容城东南角，这是他们早就选择好的攻打方位。段焕竞那天侦察时看了半天，发现城东南角的城墙墙面破损得厉害，易于攀爬；另外，那一段护城河的河水较浅，能看到黑色的河底，凭目测也就是齐腰深，夏天蹚水过河不会有什么问题。

段焕竞早就在战斗前把连队分为火力组、架梯组、突击队。火力组在城下，枪口齐齐对住东南城墙口；突击队拎枪挎弹，准备随时爬梯攻城；架梯组扛着一丈五的梯子，还有成捆的稻草首先开路。

夏夜的河水有几分凉意，战士们并不知晓敌人城墙上的警戒情况，下了水的战士感到一阵从没有过的清凉，那股凉意袭掠着怦怦直跳的心脏。他们举着稻草把，小心地蹚着水，走到河中央，见城墙上没有声息，便连连挥手，月光下迅速探出了许多头，随即5架一丈五的梯子被递到了河下，几十名战士迅速滑到护城河里，架梯组的队员也抬着梯子轻轻地蹚水，突击队的队员紧随其后，快速蹚水，向城的东南角扑去。

5架梯子齐齐地搭在了城墙上，架梯组5名战士迅速爬梯而上，背上的钢枪钢刀发着闪闪的寒光。段焕竞在对岸紧紧盯着，屏住呼吸，他希望不要出现如古代小说中突然一声叫喊，城头火把通明，敌人早有准备，一阵哈哈大笑，然后用刀乱砍云梯的情况。如果真的出现这种情况，他就会让火力组毫不迟疑地扫射城上的敌军，攻城照常进行。但若如此，损失就大了。

5架梯子上的战士齐齐地跃上城墙，随后是几声惨叫，在野外显得格外响亮。段焕竞心头一凛，忙揉了揉眼睛，只见上城的战士齐齐招手，城下的战士见状迅速上梯。

段焕竞一看马上明白，城上的警戒力量极差，上面的哨兵已被干掉了。他一挥手，二、三连战士齐齐跃入河中蹚水而上。

段焕竞随三连蹚水到城墙下，又爬梯登上城墙。此时，战士们分路从城墙上摸到东门、南门，干掉了岗哨，城内的敌人尚一无所知。

段焕竞在静谧的夜空中向东北望去，东北的崇明寺宝塔在月光下清晰可见，风儿一吹，他感到一阵清凉。乌云随风飘动，句容城的屋宇、街道忽明忽暗，一片朦胧，一片优雅，似乎断难和即将到来的血雨腥风相联系。

在残酷的环境下，段焕竞没有心思去欣赏夜景，军人的天职和领导的使命使他赶快下达了命令：一连攻打东门，三连攻打南门。

一连攻打东门出奇的顺利，敌人在睡梦中惊醒，哭爹喊娘，哪有能力抵抗，纷纷遁逃。许多伪军是赤身裸体，一边跑一边叫着饶命，不一会儿就消失得无影无踪，战士们未发一枪，迅速打开东门。

王萱春率三连战士下了城墙，进到街里，在背后突袭南门。王萱春热血沸腾，他心中那股强烈的战斗欲望压抑太久，早已蓄势待发了。他和段焕竞一道刚参加完新丰车站的战斗，在战斗中火烧日军，打了一场酣畅淋漓的战斗。三年游击战争，他打了无数的恶仗，两次受伤，多次被围，无论刀山火海，他都勇往直前。下山时，他痛感山河破碎，百姓遭难，他不理解为什么国民党军队如此不中用，一触即溃，一溃千里，难道日军是妖魔鬼怪？他不信邪，共产党领导下的人民军队无坚不摧，哪怕是妖魔鬼怪，也将被一扫而光。新丰一战，他看到了日军的凶残，也看到了日军的战斗素养，日军虽然强大，但并非无懈可击——日军单兵作战能力虽强，但指挥官作战能力一般，新四军只要扬长避短，就能克敌制胜。前几天，他化装成老百姓，把南门一带街道线路摸得一清二楚，对敌人的驻防情况也了如指掌，现在进城过程比想象的要顺利，下面的战斗也会更顺手些，熟门熟路，进行突击，胜利就在眼前。

南门营房里的灯亮着，里面不时传来一阵噼噼啪啪的麻将声，偶尔传来一两阵嬉笑声。一张牌桌上，一个伪军刚和了一把大满贯，高兴得把钱抱成一团，此时他突感内急，起身出来小便，其他 3 个伪军边洗牌，边叫骂；其他几张牌桌上的伪军抽着烟，几只黑手胡乱地摸着麻将牌。

这时，王萱春手一劈，两个战士推门而入，刚好和那个因内急出门的伪军碰了个正着。那个伪军一见，惊得一声尖叫："新四军！"冲在前面的战士手起刀落，那伪军惨叫一声，顿时鲜血四溅。

里面的伪军一听，知道情况不妙。新四军自韦岗战斗后，在苏南打了一系列的胜仗，这些伪军早已闻风丧胆。这几日，日军严令伪军要加倍小心，所以他们虽然打着牌，枪却放在身边。一听外面先是一声尖叫，接着是一声惨叫，慌得将牌、钱一扔，操起枪来，准备往外放枪。

王萱春知道此时再要和平解决已不可能，决定先下手为强，命令战士往里扔手榴弹。几颗手榴弹往里一扔，顿时火光闪闪，浓烟滚滚，没有被炸着的伪军操枪朝外乱放，而这边三连战士一边放枪，一边朝里面继续扔手榴弹。

伪军的营房边有几间草房，手榴弹一炸便火苗乱窜，顿时生起熊熊大火，没死的伪军爬窗乱跳，大多脚没着地便被击毙。

王萱春见战事十分顺利，急令战士夺下南门，打开城门。城外的战士蜂拥而入。突然一阵"嗷嗷"声起，随即便是一排密集的子弹射来，有几个战士中弹倒下。

王萱春一愣，细一看，不知何时冒出了十几个日军，他们挺着枪，嚎叫着向战士们扑来。"白天侦查时，这儿没有日军驻扎呀，这日军从哪儿来的？"但他顾不了那么多，命令战士赶快隐蔽，利用墙体、墙角作掩护，不管三七二十一，猛甩手榴弹，轰轰轰几声爆炸，一个日军被炸翻，其余日军一看新四军人多势众，街道狭窄，不利于火力展开，慌忙向北退去。

段焕竞和副营长李忠民径直从南门内的刑场进入大街，传令二连立即投入战斗，协同一、三连进攻伪自治会。

一、二、三连齐攻伪自治会，战事却意料之外地不顺利。段焕竞感到奇怪：这伪军的战斗力都比不上三年游击战争中的白军，和日军比，那更是不可相提并论，但此时的战斗，三八机枪打得声音崩脆，射击精度奇高，看来射击手技战水平高、心理素质强，镇定而不慌乱。打了一会儿，段焕竞才发现，这自治会除了楼下有伪军外，楼上还有日军，这和白天时侦察的不一样。并且伪军有日军壮胆，也打得有板有眼起来。

"你们还顽抗？"段焕竞双眼圆瞪，"烧，给我烧，烧死这些畜生！"王萱春一听，忙命战士浇油点火。段焕竞、张强生、王萱春都是火攻的老手，王萱春在 1936 年 9 月底，指挥一大队攻打了宜春县小区的一个敌碉堡，碉堡里驻守敌军一个班，外面又修筑了工事。他们就用火攻，方法是用步枪封锁敌碉堡枪眼，再用捆扎好的一人多高的竹片子靠在碉堡的木门上，里面包上干辣椒，用火点燃后，熏得敌人只能越窗而逃，最后全部被擒。前不久，还用火攻烧死了一批据守新丰车站的日军。现在日军、伪军在大楼内负隅顽抗，用火攻击，不愁灭不了他们。

由于事先做了准备，战士们在大楼四周点火，火苗呼呼地乱窜起来，这木结构的楼房哪里经得起火烧，又是大热天，房屋上的木料被烤得干干的，被火苗的舌头一舔，便呼呼地燃烧起来。

不一会儿，大楼便被大火吞噬。在惨叫声中，几十个日军和伪军全部被烧死。

这自治会大楼的火还未熄灭，却见参谋长王必成带着三营营长刘玉琳和副营长健步而来。原来，敌机场并无驻军——机场的日军准备移营，晚上已全转到南门和自治会大楼休息。三营占领机场后，便焚烧大楼，留下一连担任汤山方的警戒和控制北门之敌，然后从东门入城，和一营一起攻打城内的日军和伪军。

张正坤决定，由王必成参谋长入城统一指挥一、三营向伪县政府之敌发起攻击。

王必成久经沙场，他入城后忙听取段焕竞的汇报，再根据刘玉琳反映的情况，立即下令二营全力攻打句容西北角的天主教堂。

战斗刚一打响，王必成就皱起了眉头。这天主教堂是钢筋混凝土浇筑，不是苏南通常的木结构建筑。这日军也是动了脑筋，将其修成了半永久性工事，而且在里面贮存了大量的弹药，现在他们龟缩在里面，负隅顽抗，火力十分凶猛，新四军战士根本无法近前。

如果新四军有国民党军队的重武器，那么日军的顽抗便是徒劳的，两炮一轰，这天主教堂就会崩塌，但如今新四军不要说炮，一个团就连重机枪都没有几挺，面对这样坚固的建筑，一时还真没有办法。王必成叹息："为什么七八个日军就能守一个据点？因为我们没有重武器呀。"

王必成想到用火攻，但面对钢筋混凝土，此法有效吗？试试吧！由于敌人的火力太强，一时无法近前，王必成下令，两个营的火力齐齐射击，把敌人的火力压制下去，然后派人绕到侧后，把油浇到柴草竹木上，然后点火扔向天主教堂。但柴草竹木都燃完了，房子还没有烧着，而敌人的机枪、步枪还在玩命地向外扫射。

王必成是一个能攻善守的将领，也是一个知进退的将领，他知道，再攻下去也不会有什么结果。他扭头朝东看去，天色渐渐发亮，苏南的夏日 5 时左右就将天亮，而天一亮，敌人的援兵会从四面八方拥来。现在句容城只剩下这几十个残敌，全歼当然好，但留下一点遗憾也未必是坏事，攻打句容城的目的已经达到，社会影响已经产生。行了，饭要一口一口吃，仗要一仗一仗打，抗战不是一朝一夕的事。

"撤！"王必成果断下了命令。清晨 4 时许，一、三营分批撤出战斗。这次战斗歼日军 60 余人，伪自治会人员及伪军 60 余人；一支队二团牺牲副指导员 1 人、班长 1 人，伤亡战士 8 人；缴获手榴弹 2 箱，子弹 10 余箱，共 7 000 余粒；因为火攻歼敌，所以缴获步枪只有两支；军用品斩获甚多。

句容战斗对南京、镇江及附近各县城的日伪军造成很大威胁，迫使日军从前线调回兵力来增强后方交通要道和城镇的防卫，新四军战士得到了攻城和攻镇的初步锻炼，特别是对于江南人民起到了极大的鼓舞作用。重庆中共的《新华日报》、国民党报纸、上海租界上的报纸纷纷以大字标题做了报道。国民党七十九军在二团的配合下在丹、金的漕河上打了一次伏击战，可日军一出动，一星期不到，他们便匆匆地退了回去。

珥陵战斗

苏浙皖交接处的深山密林的安全系数是较高的，但身处其中的顾祝同却显得急躁不安，堂堂三战区司令长官为何如此焦躁不安呢？因为他得到了确切的消息：新四军一、二支队在苏南取得了不错的战绩，特别是二团，取得了竹子岗、新丰和句容城攻坚战的胜利。按理说，国共合作时期，新四军的战绩也算在国民党头上的，他可不亏。但是他可不这么想，因为新四军不仅是共产党的部队，而且是用手榴弹、步枪击溃了自称拥有世界一流战斗力的日军。而他自己呢？显然，国民党军队在战场上溃败已不算是什么新闻了。可是抗战已经过去了一个阶段，装备如此之差的新四军取得了这样的战绩，相比之下，堂堂的国民党军队却躲在苏浙皖山区，这总不能算是光彩的事情吧。因此，他感到极度不安。

顾祝同和他的手下聊来聊去，觉得没有面子。为了挽回自己的抗日政治声誉，并且进一步遏制新四军的发展势头，他决定派遣七十九军四五六团去收复金坛和丹阳地区，这样可以一举两得，一方面可以挽回政治上的声誉，另一方面可以监视新四军。

其实，顾祝同也纳闷：装备如此好的国军，怎么就被日军打得一败涂地？新四军靠什么能够取得这么大的胜利呢？因此，他想去看看四五六团接受任务以后的表现。

经过一阵训练后，四五六团神气活现地越过宣长公路，跨过溧武公路，于 8 月 22 日来到了丹阳珥陵镇以南的黄土墩、吴家墩和庄角墩地带，团部就设在吴家墩。

四五六团毕竟是有作战经验的部队，他们之所以选择吴家墩作为团部的驻地，是因为吴家墩南面离金坛城不过 10 公里，东边是京沪铁路。黄土墩靠着金丹河边，这条河比较宽，是苏南水上漕运的重要通道，河宽 30 至 40 米，水深 3 至 4 米，一般的汽艇均可以通行，它是金坛到丹阳的重要水道。控制住这条水线，可以防止日军从水上通行。水乡密布的地区，汽艇的作用是显而易见的，控制一条河道，才能保证自己部队的安全。

新四军二团在取得了攻打句容城的胜利以后，继续积极地寻找战机歼灭日军。由于日军的部队在参加武汉会战后不断地抽调其他地区的部队参与战斗，所以在苏南的日军比较少，布防比较空虚，因此新四军在丹阳一带的活动使日军感到惶恐不安。

二团团长张正坤带领三营来到珥陵地区以后，老百姓非常欢迎，主动让出房子把军队接到家里。

1938 年的 8 月 23 日的早晨，三营营长朱长清一大早出来查哨，刚刚来到珥陵镇边的哨位上时，突然听到一阵密集的机枪、步枪声，还不时地伴有掷弹筒的枪炮声，且枪声十分密集，规模也很大。

朱长清觉得奇怪——他有着丰富的战斗经验，凭这么密集的枪炮声，就知道是两支部队在正面作战。正面较量，他清楚，可不是一般的部队能实施的，新四军的部队在丹阳一带活动的只有一支队，一支队当中只有二团三营在这一带活动，而自己的三营没有参与作战，那么苏南还有什么部队在作战呢？他想到了前几天上级曾经指示，国民党的军队将进入苏南作战，并且要求我军积极配合友军作战。他估计是四五六团和日军发生了遭遇战。

朱长清的判断很准确，果然是四五六团和日军发生了遭遇战。原来踞金坛的日军约有一个中队，100多人。他们用一只汽艇拖了几条民船，载着武器装备，沿着丹金河向丹阳开进，当途经黄土墩的时候，遇到了四五六团的前哨部队，四五六团的国民党军队随即开始攻击。日军战斗经验丰富，他们纷纷上岸，利用河堤进行还击。河堤是天然的屏障，又由于日军的战斗力很强，武器装备也十分精良，而四五六团的前哨部队人数也不是太多，所以打起来以后就成了一个胶着状态。

侦察员把侦察到的情况向朱长清做了汇报，朱长清低头想了想：虽然国民党军队的武器装备精良，人数也占优势，但是要战胜日军也不是很容易的事。现在是国共合作的时期，是共同打击日本侵略者的时候，也是合作抗日的有利时机，如果此时新四军奋勇出击，既可以收到战斗的奇效，政治上也可以产生一定的影响。

正在思考之际，副营长刘别生匆匆赶来了。刘别生是二团的一员虎将，他也从密集的枪炮声中判断出南面发生了激烈的战斗，根据他的经验，他清楚这儿不会有其他的部队作战，这支部队非国民党军队莫属。他见到朱长清，在消息得到证实以后，也觉得应该主动出击，因为国民党军队的装备、数量都有一定的优势，但是他们对苏南的地形不熟悉，作战经验也不丰富，士气也不高涨，如果有新四军鼎力相助，那么战场的形势将会有很大的改观，战斗的结果也会比较理想。

朱长清、刘别生集合部队，做了简短的动员。朱长清对大家说："同志们，现在国民党军队在和日本军队决战，我们准备参战，我们要让国民党军队看一看我们新四军的战斗力，看一看谁抓的俘虏多，谁缴获的多！谁是真正的抗日力量！"

战士们听后，干劲倍增，决心用自己的实际行动来证明共产党的军队是抗战的中坚力量。

当时三营只有七连和九连，八连不在，刘别生和朱长清商量以后，决定以七连为主攻，九连做预备队。

一声令下，部队匆匆出发，越过珥陵镇大桥，向枪声响起的地方奋力挺进。按原来的部署，七连、九连的部队将进入河的西岸，协同国民党的军队夹击日军，但是当部队出了珥陵镇，前卫部队还没有出镇多远，就被日军发现。日军用火力制止我军前进，他们用机枪扫射，用掷弹筒向战士们投来炮弹。

七连连长姚炳成只好命令前卫部队纷纷闪开，沿着河堤慢慢前进；另一个排在河堤的两侧展开，利用田埂和坟包作掩护，继续向敌方推进。

日军非常狡猾，他们所有的部队已经从船上撤至东岸，在吴家墩一带向国民党进攻。他们怕有其他部队夹击，所以在北面也配置了一些部队，一看到新四军的部队匆匆而来，便用密集的子弹和炮弹进行阻击。双方一交手，日军从武器装备、火力强度就知道这不是国民党的部队，很有可能是新四军。

他们把所有的火力转向了新四军，而原来和日军作战的国民党军队看到日军不再用猛烈的火力向他们进攻，也没有采取积极的措施，而是采取一种观望的态度，战斗很快转为日军和新四军作战。

此时，朱长清命令姚炳成，要求七连的火力全部展开，掩护部队继续向敌方挺进，因为他知道这个地形对日军不利。如果日军有碉堡进行防守，那么部队的进攻可能难以奏效，而在平原上，日军并没有工事可以依托，而我军人数占优，一定会收到奇效。

日军的火力太猛了，步枪、重机枪、轻机枪、掷弹筒猛烈地轰击新四军，我部虽然人数占优，但武器装备太差，弱点就显现了。进入茅山地区以后，新四军进行了一系列的战斗，这些战斗往往都是在各种因素有利于自己的条件下展开的，而且往往采取的是偷袭战斗。现在和日军展开的是正面较量，军事上的不利因素被放大了，况且我们有些战士对日作战的次数并不多，经验也不丰富，往往暴露在日军攻击的视野之下而不会隐蔽，所以伤亡特别大。

刘别生观察了一会儿后，对朱长清说："敌人的火力太猛，我们一味强攻，至多只能把敌人打退，而不能消灭敌人。不如我带领预备队九连向西进发，然后再向东，也就是说，先到德木桥村之后，利用这里的村庄再向东南的野鸭塘方向进攻，这样日军就会两面受敌，效果会更好些。"

朱长清点点头："强攻不行，就迂回包抄吧。"巧得很，这时候金坛县地方武装的领导也赶来参战，他们的营就在德木桥西面的阮巷里，因为听到这个方向的枪声就赶来了，准备一起战斗。

"有多少人？"朱长清问道。

"不到100人。"

"那好，跟我们一起战斗吧。"刘别生说完，便带着二营九连向西猛插，日军发现新四军分兵，也不顾一切疯狂地进行阻拦。好在刘别生带领部队奋勇挺进，在德木桥和金坛地方武装汇合以后，作出了部署：九连在右，地方武装在左，向野鸭塘方向进攻。刘别生还鼓励两支队伍飞速前进，地方武装看到九连动作那样迅捷，便也不顾日军的火力阻拦奋勇挺进，而九连看到地方武装这么勇敢，奋勇向前，也精神百倍。

日军非常骄横，又非常狡猾，他们仗着武器精良，战斗人员军事素质较高，就想在这儿打一场"辉煌"的战斗。他们想把北面的新四军消灭掉，然后全身而退，因此把所有的兵力都投放到北面的战斗之中，七连和日军打得是难解难分，战况极其惨烈。在战斗中，连长姚炳成、一排长秦邦海、三排长曹克华先后壮烈牺牲，连指导员邹志成、副连长黄光裕也相继负伤。好在九连在刘别生的带领下奋勇前进，迂围包抄到了日军的侧后猛攻，延缓了日军向北面进攻的势头。

此时，日军作出调整，一部分军队继续挡住七连的进攻，另一部分军队挡住西面和西南方向拥来的九连部队和地方武装，双方又展开了混战。由于七连伤亡过大，北面的战斗渐渐地沉寂下来，日军调整部署，转过头和从西岸夹击的刘别生的九连和金坛的地方部队展开恶战。

刘别生十分勇猛，接近敌人后就和日军展开格斗。在白刃战中，九连连长袁光有光荣牺牲。战斗又成为混乱状态。

而此时，位于金丹河东岸的国民党军四五六团正值观望状态，原本他们和日军进行了一阵枪战后想往东北撤退，但因为有金丹河作障碍，日军一时也无法上岸，所以他们也没有转移，想看一下情况再定。这个时候，他们听到了河西岸新四军参战的枪炮声，也决定不再撤退了。由于九连的英勇作战，把日军大部分的力量吸引到西岸，一些日军也慢慢地爬到西岸堤上作战，而背靠东岸的国民党军队因为敌我双方靠得很近，这些举动被他们看得清清楚楚，新四军顽强的战斗精神感染了他们，国民党军队为自己做“观赏客”羞愧不已，正义感也油然而生，所以他们马上用密集的火力向日军的背后扫射，日军突然遭到国民党军队的猛烈枪击，乱作一团。

朱长清看到日军的部队呈混乱之态，连命令七连的战士吹起冲锋号进行冲锋，而刘别生看到日军混乱起来，也同样命令战士们奋勇杀敌。

日军开始动摇了，一面有新四军顽强作战，另一面有国民党背后开枪，更重要的是，他们打了很长时间，早已饥肠辘辘，皮鞋里灌满了水和泥，水田又高低不平，只得返回原路，登上大船，仓皇逃脱。

小丹阳之战

1938年6月中旬，在罗忠毅、王集成等人率领下，二支队继一支队后向苏南敌后挺进。这时，在粟裕率领的先遣队光荣地完成历史使命后，几个连队各归建制，6月下旬到达当涂大官圩马家桥与二支队司令部会合。原二支队司令员张鼎丞根据上级安排去了延安，新四军军部安排粟裕指挥二支队。

粟裕和罗忠毅会合后，便率二支队到江当芜地区、横山地区和日军血战。

在确定了以茅山为中心的苏南抗日根据地后，原在闽西地区参加了三年游击战争的红军将士十分欣喜。山区作战是他们的长处，现在要到茅山地区，以自己擅长的战术作战，将士们十分高兴。但一到苏南，看到辽阔的平原，低矮的山丘，好多战士傻了眼，这苏南的山和闽西的山没法比，这样的小山小丘，隐蔽性差，回旋空间小，闽西那套对付国民党的战术也许根本不适合在苏南对日作战。但罗忠毅成竹在胸。罗忠毅自从在襄阳进入中山军事学校后，随国民党军队到过许多地区作战。在中央苏区的红五军团的作战中，他也经历过各种地形的作战，加之他脑袋灵活，善于总结，对于苏南、皖南地区的水乡、平原作战有一定的方法。他告诫指挥员不要慌张，要沉着作战，并协助粟裕设计各种战术，在战斗中取得了一定的成效，有力地打击了敌人的气焰。

小丹阳位于当涂东北部，属横山地区，是南京的外围，其战略地位十分重要。小丹阳及其附近地域是新四军二支队的重要活动地区。二支队来到当涂以后，一部分以小丹阳两侧山地为根据地，破坏南京至当涂的铁路线并争取群众；另一部分在小丹阳、当涂县城和芜湖之间的河网地区活动和争取群众。二支队所属的三团主要在小丹阳一带活动，二支队领导机关一度驻军小丹阳。

真正考验粟裕、罗忠毅的时刻终于来临了。由于二支队三团在横山地区开展抗日游击战争，沉重地打击了日军，因此面对新四军的积极进攻，日军不得不改变兵力部署。以南京为中心的日军增加到一个师团，以镇江为中心的日军增加到一个旅团，以芜湖为中心的日军增加到一个师团；另外，他们还从满洲调来伪军5 000多人，这样江南的日军有两个半到三个师团。交通要道，如京沪线上的桥梁、车站、公路的转弯处，都驻有队伍，小地方挖筑工事作为掩护。日军的运输都要用兵力保护，少数日军再不敢轻易下乡了。

南京、镇江是日军在南方的战略据点，京沪线、京杭线是日军统治江南的交通命脉。新四军对日军的积极进攻，直接威胁着南京、镇江，威胁着京沪线、京杭线。日军决心反攻，企图消灭或者驱逐在京沪线、京杭线上的新四军，以保证他们的后方安全。

从 1938 年 8 月开始，日伪军连续向新四军发起进攻。

日军考虑到苏南的日伪军已连续在卫岗、新丰、句容等地遭到新四军的严重打击，为了报复，并配合其主力大举进攻武汉的行动，他们制订了一个分进合击的计划。自 8 月中旬开始，数日之内，日军抽调十八旅团石井所属的两个联队及其他一部，共计步兵 4 500 余人，骑兵 500 余人，配以重炮 10 门，轻炮数十门，轰炸机 20 余架，装甲汽车数辆，由秣陵关、溧水、当涂、采石、江宁等地兵分八路，水陆并进。

8 月 22 日，日军指挥官由南京率领 700 余人，分乘军舰两艘，由 8 架水上飞机掩护，溯江而上，在采石登陆，企图占领出产大量乌砂的石马桥矿山。日军调重兵准备围攻小丹阳，妄图一举消灭新四军二支队，扫除其占领石马桥矿山的障碍。

而早在 1938 年 8 月 20 日，二支队就得到了确切的消息：日军调重兵八路准备围攻小丹阳。其实不用判断，日军的目标也只能是新四军，当时苏南一带没有国民党军队，日军八路进攻的路线也清清楚楚。第一路，由秣陵关经陶吴进攻横溪桥。第二路，由秣陵关经禄口、谢村进攻横溪桥。第三、第四路，溧水之敌进占洪兰埠后，分两路行进，一路经马塘头、田家进攻桑园铺，另一路经何村坊、明觉寺进抵博望。第五、第六路，由当涂出发的敌人，分水陆两路进攻，水路以装甲汽船运兵进占护驾墩，陆路进藏汗桥，进占薛镇。第七路由采石出发，经霍里镇、占石马、落星。第八路，由江宁镇出发经陆郎桥进攻朱门。与此同时，金家庄到敌舰两艘，载兵约 700 名，配有两架飞机，有向矿山十七、十八村前进的模样。

敌人八路进攻，且有骑兵、重炮、轻炮、飞机，有些人产生了恐慌情绪，但粟裕、罗忠毅非常冷静，因为他们几乎一直参与着弱对强的战斗，对付敌人的围攻有许多出人意料的办法。粟裕、罗忠毅等二支队领导人决定以小部兵力进行阻滞，与敌周旋，主力集结在小丹阳西杨家庄隐蔽待机，以一部分兵力绕至外线对当涂、陶吴及南京近郊进行袭击，以打破日军分进合击的作战计划。粟裕、罗忠毅命三团三营转移到落星以东的杨家庄相机待命，主力一、三营当晚调向上泗陇、太平山，靠近十八村方向的山地，准备侧击日军。其部署是一部进袭当涂，造成日军的恐慌；一部穿过陈塘头，占领鸡笼山阵地，与日军对峙；又以一部进袭陶吴，牵制日军；另选精干部队进袭南京近郊，使日军首尾忙于应付。

事实与预料得差不多，8 月 23 日，小丹阳战斗正式开始。当晚，大官圩三团的一个连乘日军占领护驾墩之际，迅速向日军后方当涂进袭，使留城之敌惊惶失措，退守城北，日军不得不连夜从护驾墩赶调两船兵力（20 余人，2 门炮、4 挺机枪）回援当涂。同时，当日军进至横溪桥时，三营一部进袭陶吴。这支部队夜行数十公里，由陶吴以北的徐村直插南京中华门外，打掉了一个伪乡公所，将企图顽抗的伪乡公所 16 人全部击毙，然后夺取雨花台制高点，向中华门内外的日、伪军事目标射击。

当时，南京是大汉奸梁鸿志的伪“维新政府”所在地。日伪军遇到袭击，不知新四军到了多少，城外日伪军警急忙退入城内，紧闭城门，拉响警报，并以城楼及墙垛为依托，到处放枪，向雨花台上盲目射击。

这时，一支队进行战役配合，动员了广大群众和地方武装，对京沪、京杭、镇句、句丹、溧武等公路进行大规模破坏，许多涵洞桥梁被炸毁。一支队还派了一支部队突然袭击了麒麟门，威逼南京东南一角。南京的敌伪胆战心寒，连连告急。

敌人对此十分恐慌。24 日 10 时左右，采石镇之敌已到矿山，与第三营在矿山及杨家庄的部队对峙了一天。因情况变化，三团团部决定当晚主力移向上泗陇、太平山一带侧击敌人。那时十八村、矿山之敌已同时向陈塘头并进，当三团主力发现敌人时，18 架敌机在上空盘旋，另两架飞机对小丹阳进行轰炸。见此情况，三团主力部队迅速穿插来到十八村，即遇敌兵，敌尖兵已过三四十名，敌车队当即被三团主力截断。三团一部随即占领鸡笼山阵地，与敌对抗，敌以重炮、机枪向三团部队射击，经 3 小时激战，各路之敌逼近小丹阳，粟裕和罗忠毅下令部队安全撤退，三团取得了小丹阳“反扫荡”胜利。

日军以优势兵力企图扫荡新四军，但由于二支队采用灵活的游击战术穿插敌后，变内线为外线，由被动变主动，使日军消灭我军的企图彻底破产，并且提高了新四军在政治上的影响，使广大民众认识到游击战消耗敌人的意义。同时，锻炼了我部队坚持抗战的意志，并且收获了一部分对日作战的经验。

合击小丹阳的敌人共耗费了 190 颗炸弹，300 余发炮弹，5 万余发子弹，待石井指挥八路大军到达小丹阳时，却不见了新四军。新四军一下子消失得无影无踪，又得到后方到处挨打的急电，日军指挥官深感处境恶劣，于 8 月 26 日仓皇逃遁了。当其一部从小丹阳经叶家桥乘舰向护驾墩撤退时，遭到二支队一部伏击，死伤三四十人。日军十分恐慌，竟将船中之物尽抛入河中。

小丹阳战斗于 8 月 26 日结束，共持续 5 天，先后在当涂、陶吴、护驾墩、鸡笼山进行了 4 次激战，共毙敌 20 余人，伤敌 30 余人，缴获烟幕弹 60 余枚，作战命令及地图各一张，手榴弹数枚，日记本及其他军用品一批；并攻克小丹阳、薛镇、护驾墩、横溪桥、桑园铺、博望等地。三团无伤亡，只消耗手榴弹 1 000 余枚。

这次是粟裕、罗忠毅进入苏南后第一次面对日军大规模的扫荡行动。这次的反扫荡行动，反映了粟裕、罗忠毅高超的指挥艺术，同时，宣告了苏南真正的抗日力量是共产党领导的新四军。8 月 26 日，恰巧张鼎丞从延安学习回来，率四团团部和三营从南陵佐坑出发东进到达当涂塘南阁。二支队司令部领导汇聚齐全，共庆小丹阳战斗的胜利。

此战不久后，新四军二支队三团又派出一支精干部队，在一个夜晚突然袭击南京大校场机场。搅得敌人惊魂不定，乱放空枪，10 余架探照灯照得机场四周如同白昼，接着信号弹升起，马达轰响，20 多架敌机如惊弓之鸟一般蹿上天空。直到天明，南京东南一角的枪声才慢慢沉寂下来。

三团从进驻横山起至 8 月的一个多月内，摧毁了禄口、朱门、陆郎、博望、老虎墩等处的敌伪据点和维持会 13 个，收复了小丹阳、横溪、谢村、护驾墩、霍里、濮塘等村镇。三团在摧毁禄口、朱门敌伪据点时，救出已被强征即将送往南京的“慰安妇”青年妇女 30 余人。8 月 17 日，三团在芜湖以东的永安桥与日军遭遇，俘虏日军田畑作造。同一天，二支队四团一部伏击当涂、芜湖间日军巡道车一辆。据不完全统计，仅从 6 月中旬至 8 月底，一、二支队在南京周边共进行了大小战斗 100 多次，麒麟门、大校场、雨花台畔都响起过新四军游击战士们的枪声。

夜袭溧水城

1938 年 8 月 27 日，一支队一团团部特务连奉命夜袭溧水城，狠狠打击了日寇的嚣张气焰。

连长傅彪、指导员毛英奇率众疾进，当到达离溧水城不到 5 里路的小村庄时突遭大雨，行军的速度一下子慢了下来，两人决定进入村中暂避大雨。

闪电撕破了夜空，照亮了泥泞的大地，雨水沿着茅房屋顶的茅草梢飞泻而下，在屋檐下汇成一幕雨帘。门前的谷场上，泥水汇着泡沫向低洼处肆虐地流淌；闪电照亮了毛英奇英俊而又儒雅的脸庞，这位只有 19 岁的连指导员，眼神坚定沉着而略带些幽迷，似乎蕴藏着说不清道不明的丰富内涵。雷鸣震撼着大地，一声霹雳，茅房在颤动，树木在抖动，脚下的大地在涌动。战士们紧握的双枪早已卸下，放入屋内，以避雷击。闪电也使毛英奇的那支心爱的手枪静静地斜躺在茅屋内的一张破旧的四仙桌上。

毛英奇进入苏南已有一两个月，他清晰地记得他跟随傅秋涛、江渭清到了小丹阳，为了争取地方武装，奉傅秋涛之命先去拜会当涂坝头的地方武装首领刘一鸿，为刘一鸿全力配合一团消灭朱永祥打下了良好的基础。这以后，一团团部离开小丹阳来到溧水大李巷，他便和一团的战士奋战在溧水的土地上。就在不久前的 7 月 15 日，他还率队夜袭溧水城郊的一个大村庄，活捉汉奸、维持会头子蒋某。

此时，7 月 15 日夜晚的那一幕又在毛英奇眼前浮现：维持会会长蒋某准备大办生日宴，趁机对乡邻进行敲诈勒索，还请日军小头目参加，一团特务连决定趁机歼之。他和傅彪及副连长陈才桂带领警卫排和侦察班在向导的带领下直扑蒋某所在的村庄。他们从云鹳山出发，专走小路，避开村庄，在溶溶的月色下来到蒋某所住的村头。此时，打谷场上人山人海，蒋某和日军小头目一边说笑，一边喝茶，正有滋有味地看着戏。毛英奇和傅彪带领侦察班挤入人群，来到台前，副连长则带着警卫排负责接应，封锁路口。

蒋某和两个日军小头目分别坐在 3 把太师椅上，背后站着七八个保镖，戏台两侧有人持枪护卫，他们在“绝对安全可靠”的氛围中观看着《贵妃醉酒》。

只见毛英奇手一挥，战士们“砰砰”几枪，首先撂倒两个日军小头目，然后一拥而上击倒护卫，傅彪一个箭步，把瘫倒在地上的蒋某抓起，朝天放枪。那些护卫本为乌合之众，见蒋某被抓，于是个个放下手中的枪支，连叫“饶命”。

特务团此次满载而归……

闪电又起，照亮了周边的水田，秧苗在风中摇摆，随即消融于黑暗中。毛英奇见此情景，竟脱口而出："月黑风狂夜，天沉地欲倾。"

傅秋涛笑了："英奇，你又作诗了。"

黑暗中，毛英奇点了点头，说："触景生情，有感而发。"

是啊，触景生情，有感而发，于毛英奇而言，倒是家常便饭，所以说毛英奇为"军中诗人"并不为过。

毛英奇，湖南平江人，出生时家境一般。后其父被当地豪绅诬告，以通共罪下狱，半年后幸遇红色游击队攻克伪区署才得以出狱。其父出狱后远走他乡，买一小舟摆渡于湘水、洞庭间避难。那年毛英奇 8 岁，家贫不能就读，好在其母出身名门，熟读经史、诗词，每于纺绩之余，教授于毛英奇，因此毛英奇从小受到了良好的教育，积累了深厚的古典文学的功底。后毛英奇参加红军，因其文笔流畅，被选为八路军驻汉办事处党代表董必武的秘书。

傅彪和毛英奇在一个红军连队里待过，知道他写过《留别湘鄂赣军区诸战友》《出征》等诗，尤其在下山东进途中，他一路走来，一路写，遂成《东进纪程》组诗，流风余韵，传为佳话。如今箭在弦上，即将发出，途中遇雨，有感而发，是最自然不过的了。

不久，闪电雷鸣消失，雨却没有停止，他们决定疾速前进，决不能错过攻取县城的良机。

到达城下，根据侦察员的报告，傅彪迅速作出决定：由其带一排战士攻打驻天主教堂的日军，由毛英奇带二排攻打驻火神庙的伪军。

一切布置停当，副连长陈才桂带领侦察班战士从县城西北角登上城墙。他们弯腰前进，两个伪军迎面走来一声喝，他们猛扑过去，活捉了两个俘虏。陈才桂一挥手，众战士纷纷攀援而上，然后翻下城墙，迅速向天主教堂扑去。

二排战士则在向导带领下由毛英奇指挥，直扑火神庙。大雨刚停不久，一个敌军哨兵听到声音还没有反应过来，两把刺刀就同时插进了他的胸膛，他没有来得及哼一下便倒地毙命。

毛英奇枪一挥，众战士冲进大庙正殿，排长眼明手快，一把抓起架在桌子上的一挺轻机枪，战士们的枪口则对准正在熟睡的伪军，齐声喊道："投降不杀！"伪军醒来，哪敢反抗，乖乖地举手投降。

火神庙的伪军被解决，毛英奇根据事先的布置，由向导带路，直扑城隍庙对面的周家住宅——溧水县伪维持会。

此时，这段街上寂静无声，没有人影，只见维持会的大门关得紧紧的，黑漆漆的门，十分沉重。毛英奇上前轻敲了几下，叫道："屋里有人吗？"

没有反应。

毛英奇又用门环敲了几下，里面终于有人搭腔了："谁呀，半夜三更敲什么门？"

毛英奇故意大叫道："还不开门，我是警备队皇军派来的，有要事告知，你们睡死啦，还不开门。"

屋里的人连忙答道："来了，来了，刚听到。"随即传来一阵急促的脚步声，门"吱"地一下打开了半扇。

门一开，两只手电筒的光柱照在对方的脸上，对方忙用手遮住眼："喂，别乱照，有事请吩咐。"

两名战士猛扑上去，把他捆了起来，经短暂审讯，得知此人就是"铁杆"汉奸蒋某某。

此时，天主教堂那边连着一阵手榴弹爆炸声后，响起了一阵枪声，傅彪他们开始向日军进攻了，日军急忙打开探照灯，步枪、机枪在探照灯的照射下同时射击。日军的枪弹组成了有效的火力网，新四军难以近前，两小时后，天色微明，傅彪见攻克无望，便下令撤军，并在撤退前四处张贴布告。

毛英奇等人则在周家住宅留下一封信，信上写道："你们这些民族败类，死心塌地为日军效劳，欺压百姓，绝没有好下场。"

战后，毛英奇赋五言诗一首："月黑风狂夜，天沉地欲倾。填薪超巨堑，攀索上危城。照道雷催电，消声雨助人。弹轰山岳颤，红焰夺黎明。"

奋战篇
FEN
ZHAN
PIAN

博望战斗

1939年1月6日，桑园蒲。“壹来茶社”特别热闹，这西边房子的七八张桌子坐满了茶客，修钟表的小柜台上的一只闹钟突然响了起来，主人杜可森忙上前一看，已是中午时分了。

杜可森本为殷实之户，可这几年日军横行，民不聊生，家境也是王小二过年——一年不如一年，他勉强开着茶社兼修钟表，以维持生计。

在抹桌倒水之际，他无意中听到了两个农民在议论：今天一大早，日寇到博望去扫荡了。起初他没在意，就在他准备再次给茶客倒水时，突然闯进一个人来，着实给他带来一阵惊喜，此人是二支队三团侦察参谋王培臣。原来，三团自1938年7月进入横山地区后，便经常在洪蓝、石湫一带活动。王培臣喜喝茶，常常化装成农民到“壹来茶社”喝茶，有时也到此落脚，一来二去，便成为杜可森的好朋友。由于王培臣的大力宣传，杜可森在思想上有了很大的转变，后来成为新四军的地下情报员。

王培臣四下扫视了一下，除了一张张被热气熏红了的朴实的脸外，没有什么奇异的征兆，他慢慢地到内室坐下要了一碗茶。

“老杜，我路过此地，近来有情况吗？”

杜可森随口应道：“没有。”他递给王培臣一根烟，忽然想起刚才两位茶客的议论，便有意无意地回答道：“听两位茶客讲，洪蓝埠一个小队的日军今天一大早去了博望扫荡，其他没什么。”

“扫荡？博望？”王培臣立刻站了起来，“老杜，这可是重要情报，你去核实一下，我们正要去博望地区粉碎日寇的进攻。”

“好，我去问问。”杜可森给茶客倒水时有意无意地问起此事，两位茶客不知就里，如实地讲述了早晨亲眼目睹日军去博望的事。

杜可森忙把此事向王培臣做了汇报。

“太重要了。”王培臣按了一下额头，“日军去博望扫荡，晚上必回洪蓝埠，这是个重要战机，我得赶快向罗参谋长汇报。”说罢，便匆匆离开茶社。

杜可森觉得奇怪，这只是一个普通的消息，为什么王参谋会如此重视？

杜可森哪里知道，就在1938年冬，日军联队长横山大佐指挥2 000余人的日、伪步骑兵（其中骑兵200多人），分路奔袭合围横山，妄图一口吞掉初进江南敌后的新四军二支队三团，摧毁我军根据地。敌人以三路围攻横山，一路袭占博望，断我后路，企图迫使我二支队主力退缩于秦淮河、姑溪河、石臼湖之间的博望平原而予以聚歼。

军情紧急，三团首长派团政治处总支书记钟德胜向支队首长请示，把在狸头桥支队部轮训的两个连派回三团参加战斗。1938 年年底，二支队司令部移入安徽宣城狸头桥张家村。

支队参谋长罗忠毅决定亲自率队前往，粉碎敌人对横山地区的进攻。罗忠毅和二支队三团一营政治教导员、支队政治部统战科科长王荣春、二支队参谋王培臣，以及钟德胜率三团两个连从狸头桥张家村步行到高淳，后乘船渡过石臼湖，登岸后在天亮前到达桑园蒲，本拟到横山东侧的独山李家。

二支队参谋长罗忠毅是红军时期资历极深的分区司令员，进入江南敌后已带领二支队打了许多仗，一听王培臣带回的消息十分兴奋："战机！战机！日军下午必回洪蓝埠，我们何不设伏消灭之？"

他急率三团两个连的战士从桑园蒲出发，直扑独山李家。

独山李家那地方是新区，由于匪患太多，许多群众对新四军不了解，见之便四处奔散，后见新四军秋毫无犯，和气待人，才渐渐接近。

罗忠毅十分友好地和乡亲攀谈着，不时地作宣传。群众看新四军装备太差，有些担心。罗忠毅微微一笑，说："老乡，别怕，我们是共产党的部队，有特殊战斗力。你别急，看我们收拾那些狗强盗。"

一村民见罗忠毅声音洪亮，掷地有声，气度不凡，大着胆子说，镇上来了几十个鬼子，十分凶残，已经杀了好几个百姓。

罗忠毅强压怒火，他急命侦察员去博望侦察敌情。

侦察员很快回来，向罗忠毅参谋长报告：镇上来了 37 个日军、1 个翻译、1 个汉奸向导，共 39 人；武器装备有轻机枪 2 挺、步枪 30 支；敌人就是从洪蓝埠来的。

罗忠毅迅速作出判断：日军初次占领博望，没有据点，也不急于离开，看来不会参加战斗，所以他们当日必回洪蓝埠。

罗忠毅摊开地图查看后发现，当涂博望与溧水明觉寺之间的下圭塘有小土丘，利于埋伏，并且那儿是日军回洪蓝埠的必经之路，如果于此设伏，则可以一举歼灭日军。

但问题是，两个连的兵力装备太差，虽有两挺机枪，但步枪很少，子弹也缺乏，很多战士还背着大刀，拿着梭镖，名义上是两个连，实际上只有一个排的兵力。并且我方战士多为新兵，没有战斗经验。而日军有一个小队的兵力，并且武器精良，战斗力强，伏击未必能稳操胜券。

罗忠毅权衡再三，仍决定设伏。他很清楚，地形有利，一个排的兵力可以围住敌人；近距离作战，敌人施展不开；我军人数占优，大有胜机。加之敌人小股外出，遇险必不敢逃窜，肯定就地固守，这正好可以围而歼之。从军事战略上讲，打这样的仗是有充分把握的。另外，日寇在江南横行霸道，十分骄横，打一个歼灭战，可以挫败他们的威风，鼓舞江南军民的抗日斗志，提升新四军的形象，意义重大。

罗忠毅手一挥，决定设伏，他临时召开了连排长干部会，研究了伏击战的打法，并分配了各连、排的战斗任务。接着，他作了战前动员。一些新兵刚刚整训完，有一些恐惧心理，罗忠毅讲述了设伏的种种有利条件："同志们，地形有利于我，在闽西，我们打过许多这样的仗，有时敌人比我们多十倍。伏击战出其不意，敌人猝不及防，我们人数众多，近身作战，敌人占不到便宜，加上有群众的支持，我们完全有信心取得胜利。"

罗忠毅和两个连的战士在独山李家吃完午饭，迅速出发，经华府村、上甸村到明觉寺与博望之间的下圭塘，旋即迅速登上下圭塘附近的小岗。

罗忠毅心潮澎湃，这是他进入江南后亲自参与的第三个战斗：1938 年的 8 月 22 日和 26 日，他协助粟裕司令员率队作战，一举粉碎了敌人八路对小丹阳的围攻；两天前，他又协助张鼎丞司令员、粟裕副司令员在水阳一举消灭北犯之敌；现在他亲自率队，即将与 30 余个敌人展开血战。

他用望远镜朝博望镇望了望，又转身回望绵延起伏的横山山脉，他的热血在沸腾，思绪在奔涌，瞬间，中原大战、宁都起义、苏区作战、闽西鏖战的情景如电光火石般地在眼前闪现，一股战斗的豪情陡然升起："战斗，迎接血与火的洗礼。日寇呀，新四军战士，决不会允许你们在中华大地上横行霸道。我们要用铁拳砸烂你们，用血与肉谱写战斗的乐章。"

敌人出现了，罗忠毅手一挥，战士们俯伏下来，静候敌人进入伏击圈。

一小队日军在小队长的率领下大摇大摆往回走。他们十分骄横——几十万国民党军队被他们打得弃甲丢盔，日军的队伍两三人便可横行天下，现在几十人的队伍谁又敢冒犯。

敌人进入了伏击圈，罗忠毅手一挥，喊道："打！"两挺捷克式轻机枪同时吐出火焰，十几颗手榴弹同时飞向敌群，一阵阵排枪齐齐射向敌人。

敌人没料到会在此地遇上伏击，一阵慌乱，但久经沙场的日军很快镇定下来，四面散开，卧地扫射起来。

果然不出罗忠毅所料，敌人由于人数少，突遭袭击一下子就"报销"了七八个，加之地形不利，没有选择突围，而是保持队形，就地扫射，等待救援。

战士们一边放枪，一边叫喊，一边收缩包围圈，四周的群众也在远处呐喊。敌人不知遇上的是多少人的部队，更不敢贸然出击，只趴在地上，疯狂扫射。

敌人不敢突围，但战士们缩小包围圈后，倒下了好几个，主要是新兵不懂得保护自己。罗忠毅急命战士们注意隐蔽，守好口袋，待敌人子弹打完后再近身搏击。

敌人打了一阵后，见新四军利用地形紧紧围住他们放枪，并不上前，双方足足对峙了一个小时。日军小队长见弹药越来越少，眼看固守待援无望，便命残余日军用掷弹筒和机枪猛烈向东发射，准备杀出一个缺口，突路而逃。

罗忠毅识破了敌人的奸计，命战士们迅速收紧口袋，封住东面出路，进行围歼。

日军小队长一声喊，几十个日军猛地齐齐跃起，一边放着枪，一边喊叫着向东冲去。

罗忠毅大喊一声，拿起战士手中的机枪，利用田埂封住东面的缺口，对日军猛烈扫射起来。敌人一下子倒下了七八个，其余的战士则叫喊着扑向敌人，一场厮杀在下圭塘的原野上展开。

一个日军抱着机枪扫射，几名冲上来的战士被击倒，另一个日军乘机冲出包围圈，玩命地进行东突。其余的日军刚想冲，就被罗忠毅的机枪逼回，顽抗了一阵子，剩下 10 余人没有了子弹，嗷嗷地叫着，端着刺刀和战士们厮杀起来。

一瞬间，血雨腥风，刀击声声，战士们的呐喊声和敌人的惨叫声混在一起，英雄和日军共同倒在了血雨中……

突围而出的那个日军端着机枪扫射了一阵，见有人追来，便把机枪丢入池塘中，玩命地奔跑，战士们追赶不上，只好返回。另有 3 个日军丢下武器向东逃跑，到达明觉寺东北的大通庄时被我民兵用大刀全部砍死。

博望一战，共打死日军小队长以下 36 人，俘获 1 人，缴获轻机枪 2 挺，掷弹筒 1 具，步枪 30 支，手枪 1 支，军刀 1 把。我方也伤亡了十几名战士。战士们十分气愤，还没等罗参谋长到来，便将生俘的日军杀掉了。

后来，罗忠毅率队指挥三团，在地方游击队的配合下，粉碎了日伪 2 000 余人的大“扫荡”和破坏横山抗日根据地的企图。

罗忠毅指挥的博望伏击战虽然规模不大，但政治影响很大。这使人民群众真正认识到，新四军才是抗日的部队，和国民党的所谓抗日游击队完全不一样。人民群众开始对新四军真心实意地拥护：主动给部队带路、报告敌人的情况等。一些原来对新四军抱怀疑态度的中上层人士也改变了对新四军的看法，他们认为新四军才是真正抗日的部队，于是积极接近新四军，给新四军送去红旗和慰问品。连国民党部队的一些下级官兵也对战士们说：“新四军真有办法，武器装备差也能消灭这么多日军，而我们有这样好的武器还不敢与日军打……”这次战斗还沉重地打击了敌人的气焰，敌人从此接受了教训，再也不敢轻易离开据点到处乱跑乱窜了。

水阳之战

1938年1月，日军曾火烧水阳镇，并大肆屠杀百姓，奸淫妇女，抢掠财物。日寇的暴行激起了群众愤怒的火焰，群众不断地自发地以各种形式打击敌人。2月12日，水阳群众张大银率乡人击毙日军多人。4月下旬，邢璧贵等群众率壮丁36人在水阳附近与遭遇的日军搏斗，有16人当场牺牲。5月中上旬，粟裕率抗日先遣支队抵达金宝圩，大力宣传抗日救亡。8月，二支队协助群众成立了抗战动员会，有组织地开展抗日活动，并消灭了盘踞在南漪湖郑村、宣北吴村的土匪。

新四军二支队三团主力以当涂县横山为中心开展活动，连获小丹阳战斗、塔桥战斗胜利，沦陷区人民受到极大鼓舞。日军在芜宁线屡受威胁和打击，视二支队三团为眼中钉，迅速在秣陵关、陶吴、丹阳、溧水等据点增强兵力，分六路进击，围攻横山。二支队司令部这时已由宣州市狸桥镇晏家堡移驻张家村（蛮张村），侦悉敌情后急令三团北袭陶吴绥靖队，以争反"扫荡"之战机与地利。1939年1月6日上午，司令部又电示三团：参谋长罗忠毅已于5日率三、九两个连由狸桥赴横山，至时可会战陶吴，全歼守敌。

当天下午，侦察员传来情报：一股130余人的日军，携轻机枪6挺、掷弹筒3具，从宣城县城向北开拔，下午1时在新河庄吃饭休息，是否在该地宿营尚未得悉，宣城现已无敌踪。"这是围攻横山的第七路敌军！"粟裕判断该股敌军意在博望，如此，对三团反"扫荡"战役更为不利。他和政治部主任王集成当即决定：必须消灭敌人于宣当之间。于是命令侦察班，密切监视敌军动向，采取递步哨方式，分段传递情报。

4时30分又得报：敌百余，由水阳以南沿东西两岸北来，于3时左右进入水阳镇，敌从何处来及是否在该地宿营，尚未明悉。

在当时的江当芜地区，国民党军队早已逃得无影无踪，地方上的一些散兵游勇和国民党残留部队只会扰民，根本不可能去抗日。新四军的到来打开了新局面，振奋了民族精神，成为抗日救国的希望。

水阳及其附近群众对敌仇恨甚深，敌入水阳后，大部分群众逃避一空，恐慌之余，渴望我军进击该地之敌。

当敌人进攻宣城时，我军已在官圩以南，故未能获得与敌作战之机。有少数汉奸造谣，说我军不打日军，但广大民众对我军印象颇好，均不信。

粟裕和罗忠毅在取得了小丹阳战斗胜利后，准备连续作战。张鼎丞的归队、四团三营的到来，使二支队的力量得到了加强，抗战的气氛更为高涨。

狸头桥蒋山村、张家村现在成了二支队司令部的驻地。新四军二支队在当涂一带奋勇杀敌，声望日增，老百姓踊跃参军。

三团仍以当涂为主战场，藏汉桥、青山、乌溪、黄池、小丹阳、当涂县城及火车站等地的敌伪频繁受到二支队的进攻，尤其是黄池、青山街之敌是重点打击对象，反复受到三团的打击，此时的支队部大多和三团在一起活动。

这天，司令部里洋溢着紧张而热烈的气氛，三团二营长杨洪才和四团参谋长王胜、一营长邱立生、三营长郑桂清等得知要消灭水阳镇来犯之敌后特别起劲，争先恐后地要求率部请战。

情报不断传来，作战科的领导敏锐地感觉到有作战的机会，经过多方侦察、分析，在尚未确知敌人是否在水阳宿营的情况下，确定了两种方案。

第一种方案：如敌未在水阳宿营而继续向乌溪黄池前进，我军则跟进，当于次日晨敌离开宿营地至乌溪附近渡河时，予以半途追击歼灭其一部。

第二种方案：如敌在水阳宿营，则估计敌人有于次日沿河埂北进黄池之充分可能，水阳东埂或有其一部平行前进，以为掩护，如此我军当超越敌之先头，伏击该敌而歼灭之。对于设伏地点，本来应超越敌宿营地（水阳）前 10 里外设伏较为隐密，也便于我尾追部队之动作，后因我军部队尚在距水阳 35 里之狸头桥附近张家村刚出发，如绕道超越水阳太远，部队必过于疲劳，于战斗不利；又因群众对我军印象好，除汉奸外无人告密，可在距敌甚近之地设伏，因此决定在水阳北 7 里之白沙李附近伏击。对于作战方式，根据五万分之一地图观察，白沙李附近尽系河网，其中仅有宽约两米的河岸，敌我均无法展开强大兵力突击。同时，我军因缺乏刺刀，且新兵成分增加，不宜使用白刃战斗。于是决定采取集中短兵火力之法，首先杀伤该敌，然后以肉搏而全部歼灭之。

张鼎丞、粟裕认为两种方案均可以，至于实施何种方案，要待进入狸头桥至水阳中间的慈溪镇与侦察班会合后再行决定。

接着，二人对部队做了动员。晚上 6 时 30 分，月明星稀，粟裕和王集成率三团二连，四团六、八、九连及重机枪排自张家村轻装出发。8 时许进至慈溪，侦察班班长报告敌情：日军在水阳镇北端占房宿营。粟、王示意部队停止前进，就地休息。

由于敌人尚在水阳，分布于东西两岸，且在街之北端宿营，粟裕便决定采取第二种方案，进行了任务分配：三团二连，四团六、八、九连（各连新兵随行）及重机枪排为阻击部队，由袁家塘经画塘、冯渡、七里埂、夏村，进至白沙李两岸，布置伏击，至部队及火力配备到达伏击地点再行分配；着三团杨洪才营长率该营四连，于当晚进至水阳南大福殿隐蔽，并加强侦察警戒，俟次日晨敌人出发后在敌后秘密跟进，待我正面阻击部队开火后，该连即由敌后猛袭而夹击之；各部仅带被毡及伙夫数名随行，不必携带包袱行李，俟到达目的地后再行指定具体位置；副司令随阻击部队行进于尖兵排之后，到达伏击地后，拟在白沙李附近指挥；俟战斗结束，各部到水阳东街附近集合。

各部很快以连为单位进行战前动员，指战员们情绪高涨，斗志昂扬。当晚 10 时左右，各部先后离开慈溪村。粟裕和王集成随阻击部队行进，他们走在尖兵排之后，以便指挥。部队是7日凌晨1时到达河东亮陡门的，估计敌人仍将沿水阳江两岸平行北进，故令八连配置于此以钳制东岸北进之敌，并以火力支援西岸主力部队，消灭西岸之敌。白沙头南100余米的堤埂内侧是千福滩坟地，二连主力埋伏于此。埂面上有座晏公庙，这里是正面阻击的要点，二连一班携2挺轻机枪于此。在晏公庙以南200余米，埂面开阔，有草屋数间，还建有财神庙和观音庵，尾追部队占领此处后，日军就会完全暴露在无可凭借的埂面和两侧斜坡上，处于被动挨打的境地。其东侧，有八连隔江射击；其西侧，九连位于汪家埠、小泥埠及前旺埠一线，以步枪火力隐蔽射击，又有四团六连连长率一排和轻重机枪各1挺隐蔽于相距100米远的双陡门砖瓦房内，在敌侧后夹击；正面是千福滩坟地，敌之残余将由白刃搏击而消灭。

这是一场布置严密的伏击战。东岸八连由四团彭副营长指挥，正面阻击由四团余龙贵营长指挥，右侧由刘亨云副营长指挥。粟裕命令各部须等西埂日军离开财神庙和观音庵，进至晏公庙80米处才准开火，这样，就可以将敌人全部消灭。另外，又从二连调出新兵排，在干鱼咀北端担任警戒，以防止黄池日军出动接应。

一切布置停当，只待敌人进入伏击圈，便行开火。

粟裕强调四团三营堵住日军去路，作为“口袋”底，令二营营长杨洪才率四、五连收缩“袋口”。他强调战术要求：静观日军出水阳街，我部即迅速占领之，尾追部队务须隐蔽跟进，三、四团其余部队布置在水阳江西岸圩埂的东西两侧，形成口袋以全歼该敌。杨洪才根据命令，率两个连在水阳以南约两里处隐蔽，并指定四连长吴金辉率一个先锋加强排在前，蔡指导员率两个排在后，杨洪才率五连在四连后跟进。7日上午8时左右，日军果然如预料从水阳出动，沿水阳江东西两岸平行北进，其主力果然走西岸。

三团二营长杨洪才即率四连占领水阳镇，跟踪敌后。四连连长吴金辉率先锋排在前开路，蔡指导员率两个排在后跟进。日军上了全宝圩埂，四连也随后上埂，双方相距约300米。水阳镇以北里许有座土地庙，四连跟踪到此发现东埂枪响，这是四团八连与少数东埂北进之敌交火。西埂敌之主力故顺着内坡跑步前进，似有避开正面向前迂回过水阳江会合东埂作战之势。四连继续跟进。日军很快超越财神庙和观音庵，接近双陡门，再向北50米就进入最佳伏击位置——若我部占领了财神庙和观音庵，日军就无地形利用，我军可四面开火，完全置日军于“口袋”之中。

东岸之敌首先与我东岸八连接触，而敌西岸主力闻枪声均沿埂之西面斜坡行进，这正合我右翼部队之侧击，但敌刚到达双陡门东南之A点时，不料刘亨云副营长竟下令：“打！”九连机枪一响，各排于汪家埠等处也都对敌开火，顿时枪声大作。日军发现右翼受威胁，又警觉后有追兵、前有阻击，便调头占领财神庙及附近草房等有利地形地物进行顽抗。这时，正面阻击的二连火力完全失去效能，而杨洪才所率四连又未及时抢占财神庙迫敌向前，以致“口袋战”未能形成。

战斗异常激烈，敌人一暴露即被步枪击中，加上在财神庙前段开阔坡堤被九连火力伤亡一批，敌人龟缩在草房和庙中，不敢出击。阻击部队如若迫近，势必造成较大伤亡。

粟裕本来精心设下一个包围圈，目的是全歼这股日军，但现在包围圈没有合拢就打起来了。

日军战斗力强于新四军，而且装备齐全、弹药充足，现在还占有地形优势，但人数不及新四军，一时逃不了；新四军虽然人数是这股日军的数倍，但单兵素质、火力不如日军，也攻不进去。战斗打成僵持状态，全歼日军的计划难以实现。

粟裕与日军交战多次，知道打不下就要撤，因为几小时后日军即有可能得到支援。但如果不打了马上就撤，一方面损我方士气；另一方面，日军见新四军撤退肯定会追击新四军。所以粟裕决定痛击日军后再行撤退。

这一次先后打了 3 个小时，因我尾追部队四连未适时赶到，如今已成对峙形态不能解决战斗，这里距高淳县境的几处日军据点较近，离黄池之敌也只有 7 公里。粟裕恐为敌所乘，于是决心撤退。我东岸部队由高家桥方面撤至慈溪附近，我西岸部队则向杨泗渡方面撤退，敌人也仓促向黄池方面退走，我军遂即占领水阳。

水阳战斗后只一天，日伪 600 余人对江宁横山根据地发起六路围攻。随后，三团以很小的代价毙伤俘敌 200 余人，粉碎了日伪破坏横山根据地的企图。

水阳之战虽未能全歼日军，但震动很大。三团在当涂横山粉碎了日伪军的分进合击，水阳之战可谓是有力的策应和配合。水阳及当涂、高淳一带的人民群众得知二支队主动截击日军，致使日军弃尸 31 具，兴高采烈，奔走相告。不久，这一带就成立了中共宣当芜中心县委，以狸桥为中心的抗日根据地也很快形成。战后，二支队指战员作了认真总结，并写出详细评述《水阳战斗详报》。刘亨云副营长作了深刻的检讨，粟裕对他进行严肃批评之后，调他和钟国楚、余龙桂、杨洪才等人去泾县新四军军部高干队学习。二支队针对伏击战中暴露出来的缺点和弱点，如存在游击主义习气，不遵守时间，射击过早；部队利用地形地物能力差，目标容易暴露等，花了几天时间进行训练。当月 20 日，粟裕率三团主力在星罗棋布的敌人据点中迂回穿插，隐蔽接近芜湖近郊飞机场附近的官陡门据点，于 21 日凌晨，冲进 300 余人的伪军司令部，只用了 8 分钟就毙伤伪军大部，活捉 57 人，凯旋。水阳之战和官陡门奇袭战仅相隔 10 余天，官陡门之战之所以能够出奇制胜，与认真总结并汲取水阳之战的经验教训是分不开的。

战后，张、粟和对战斗的战术实施又做了深层次的分析，决心在对敌作战中，总结有益经验，扬长避短，以在抗日战争武器军力不对等的情况下，更好地实施战术，有效地打击敌人。

当地百姓欢欣鼓舞，庆祝胜利，他们给新四军送来一帧绸质软匾，上书“杀敌致果”四个大字。粟裕笑着说：“感谢父老乡亲对我们的鼓励。不过，从今天打仗的情况看，这匾上应该改一个字，否则名不副实。”在场的战士和群众一起疑惑地望着粟裕，粟裕解释：新四军从狸头桥奔袭水阳，赶在敌人前头布下了“口袋阵”，本应等敌人全部钻进圈套再封住“袋口”一网打尽，可惜一枪早发，打破了“口袋”，漏掉了许多日军，“杀敌致果”变成了“杀敌未果”。他表示，有了这次教训，以后一定就会“杀敌致果”了。粟裕绘声绘色的表情和动作使得军民开怀大笑。

“粟裕改字”被传为佳话。战后，粟裕认真总结反思，向军部上报了专题战报，作为部队的教育、战术的参考材料。

1938 年 9 月至年底的 4 个月里，新四军在苏南敌后的各部队共粉碎敌人大小扫荡二三十次，并主动出击进攻日伪据点 10 余次，大部分获得成功。新四军以简陋的武器装备，粉碎了日军的扫荡，打破了“日军是不可战胜的”的神话，逐步把日军占领的地区变成为新四军控制的地区，建立起许多小块的游击基地。

横山战斗

自从我新四军先遣支队于1938年的6月17日在韦岗打响了苏南抗战第一枪后，我一、二支队挺进江南，奋战茅山地区和江当芜地区，狠狠地打击了日寇的嚣张气焰。一支队火烧新丰、夜袭句容城。二支队在小丹阳粉碎了日军的八路进攻，挺进横山，搞得日军恼羞成怒，决心在横山地区全围二支队，于是在1938年的冬天，一个罪恶的计划在日酋的脑海里展开了——敌伪2 000余人的步骑（骑兵百余）准备兵分四路奔袭合围我横山根据地，并统归敌联队长横山大佐指挥。其一由当涂县城出发，敌伪700余人，经薛镇东犯，占我小丹阳，再经五山口向东攻我横山主峰；其二由秣陵关出发，敌伪700余人，经陶吴南犯，占我横溪，再经韩村、陶庄向东攻我横山；其三由溧水城、柘塘出发，敌伪600余人，西渡秦淮河，占我铜山、石湫坝，向西攻我三五一高地（横山东北）；然后三路会攻并占横山，同时由洪兰埠派出敌一个小队袭占博望，以断我后路。

敌人企图逼我军聚在秦淮河、姑溪河、石臼湖之间的博望平原，而后骤歼。我三团则采取“敌进我进”的战术，以粉碎敌伪对我横山地区的“扫荡”，即派出一个连协同朱门的游击队深入陆郎桥、陶吴一带去活动，袭击陆郎桥维持会，击毙伪军2人，缴获短枪4支，破坏了陶吴至秣陵关的桥梁1座；派出一个连协同小丹阳游击队深入小丹阳、薛镇、霍里一带去活动，破坏了小丹阳至薛镇的桥梁1座。我便衣队袭击霍里维持会，打死伪军4人；三团率两个连和侦察队坚持在横山、三五一高地与敌周旋；团政治处总支书记钟得胜把在狸头桥支队部轮训的两个连带回我三团，同来的还有支队参谋长罗忠毅和去迎接罗参谋长的三团参谋王培臣，他们一起从狸头桥步行到高淳，后乘船渡过石臼湖，登岸后经博望奔赴横山。

1939年1月7日，新四军得悉，敌伪正在秣陵关开会商讨具体围攻横山、扫荡新四军的计划。三团遵照二支队的指示，决定进攻陶吴绥靖队，后因二支队司令部电示和三连、九连尚未到达，上述计划延缓一日执行，于是部队移至陈村附近隐蔽待命。

敌情骤变，8日，我军又探知有绥靖队40余人由秣陵关向禄口开进，横山东面的洪蓝埠发现日军骑兵40余人；谢村到敌20余人；横溪桥方面有敌200余人向西山前进。敌人的企图显然是要围攻横山，先消灭新四军，以便巩固伪军及维持会的统治，达到伪化的目的。

不久，侦察员从横溪方面得悉，敌军200余人正向西山乡前进，距三团驻地约2公里。面对突变形势，三团指挥员决定派特务连一、二中队在呈村掩护驻前旺村的团直属部队和电台向神仙洞方向撤退，其余部队立即占领横山高地，并命令一营一连一排占领白石村背后山岗，其余两个排占领白石村左侧一带高山；三营七连一排占领前倪村北面高山，担任掩护侦察连三、四中队向前旺村撤退与七连会合；地方武装四中队先到毕村担任谢村警戒任务，待战斗打响后，疾奔谢村扰敌或截击敌人。

发现敌情后，三团团长黄火星表现得非常冷静。作战，于他而言是家常便饭。闽西三年游击战争时，他一直在山区作战，经常遭到国民党军队的多路围攻，他和廖海涛在红七支队时，经常在一起运用成熟的智慧巧妙化解敌人多点多层次的进攻，所以当听到有数路日军前来时，他表现得格外冷静。根据以往的经验，在遭遇敌人多路包围的情况下，首先要占据有利的地形，然后根据战时的变化不断调整战术，这是最起码的常识。如果一味地在敌情不明的情况下向一个方向突进，那是非常危险的。另外，在突围时候不能只作单纯的转移，要适时地调整战术，由被动变主动。

时间仓促，容不得他多加思考，战斗部队需要精炼强干，一些机关人员必须先行转移，在他们到达安全的地方后，部队才能更从容地应对战场上各种变化的战况，所以他当即决定，以特务连一、二中队掩护团直属队与电台向神仙洞方向转移，然后与日军放手一搏。

战士们按既定部署迅速抢占有利地形，首先抢占附近山头，部队登山不久，即发现敌人分三路前来：一路 40 余人由禄口南下，为左翼；一路 200 余人由横溪桥直向西王村，为中路；一路 70 余人由小丹阳东进占领东山，为右翼。三路并进，来势凶猛。

部队按既定计划，加速展开布置，一连的战士迅速来到了白石村，一个排来到了白石村背后的山岗，另两个排来到了白石村左侧的山背上。刚刚部署完毕，日军便从横溪桥向西旺村扑来。

日军气势汹汹，十分凶悍。他们按原先设置的计划加速前行，显现着精明强干的风格。他们都是一些富有经验的老兵，在和国民党军队的战斗中所向披靡，因而十分骄横，但是他们和新四军交战了几次后，觉得新四军跟国民党的军队不一样，是一块难啃的骨头，于是在骄横之余又多了狡猾的成分——在前进的时候注意相互掩护，相互保持一定的距离。

这一次，日军是满怀信心的，因为他们采取了偷袭的方法。在中国战场上，这样的成功战例实在太多了，他们拥有这方面的经验。但为小心起见，日军部队虽然十分猖狂，但又非常谨慎地向前推进。

我军战士刚刚到达自己既定的位置，发现敌人气势汹汹地扑来也毫不慌张，这些战士都是富有经验的红军战士，在三年游击战争当中，这样的阵势他们见多了。他们和日军交战了几次，发现日军也并没有什么了不起的，只是比国民党的部队更富有战斗经验而已，但本质上是一致的——外强中干。

我军战士严阵以待，目视着前来的敌人。

近了近了，甚至能看见日军飘扬的膏药旗、发光的头盔；近了近了，看到了他们胸部、眼睛和凶恶的样子，甚至能够听到他们的呼吸声了。

连长一声喊："打！"枪声响，硝烟起，空气中弥漫着刺鼻的火药味。日军虽然小心翼翼地搜索前进，但内心仍是那么狂妄，所以当他们听到枪声后，吓了一跳，他们没有料到新四军已经有了准备，而且子弹射击的精度、射击密集的程度都超出了他们的意料。有几个日军还没有反应过来便被击倒在地，还有几个受了伤的日军嚎叫着四处乱窜，其他日军连忙卧倒进行反击。

由于新四军占据了有利地形，日军虽然武器装备精良，火力凶猛，但因是仰攻，一时也奈何不了我新四军战士。

日军慌乱了一阵子后，开始根据地形展开有序反击。这些日军经验很丰富，他们利用各种各样的地形交替掩护，偷偷地向新四军靠拢，但是他们处在低位，必须采取仰攻的方式，所以进展很慢，有 20 余个日军为我军所击伤。

正当一连战士在白石村和敌人交战得难解难分之时，不料有 70 余个日军从小丹阳而来，他们抢占了白石村西二里路的东山，并乘机向一连发动进攻，一连腹背受敌，不得不分兵作战。

由于地形于我军有利，日军一时也没有能够有效地合围我新四军，拉锯战形成。

战斗持续了一小时后，形势呈危险之态，因为日军越聚越多，火力也越来越猛，而且他们用重武器不断攻击我一连阵地，九二式步兵炮、小钢炮、掷弹筒也纷纷前来“助阵”，炮弹像雨点般飞向了一连阵地。

一连已经完成阻击敌人的任务，便与侦察连三、四中队一起向西旺村撤退。

敌人三路靠拢，向一连、侦察连猛扑。但由于指战员们沉着应战，并利用有效地形，主力部队已秩序井然地向白石村南面的高山一带转移了。

横山西部，我军与日军战斗正在进行时，博望方向又冒出一二百敌人。战士们大吃一惊，没料到还有如此之多的日军，若他们迅速扑来，则我军有被围住的可能。但见他们有的穿灰布军装，有的穿黄衣服，装具虽多，但行动迅捷，由横山侧后直冲山羊祠山地，迅速占领了有利地形，随即响起了三八大盖的枪声。

黄火星拿着望远镜朝枪声所响的地方观望，只见枪声响起后，那些持枪者枪口一致朝外，正疑惑时，侦察员前来报告：“三连、九连在博望打了胜仗，全歼鬼子，缴获很多，还有掷弹筒一具，现在全部赶来了。”黄火星放下望远镜，兴奋地说：“好极了！”

原来罗忠毅率领三连、九连一起从狸头桥步行到高淳，后乘船渡过石臼湖，登岸后经博望于天亮前到达横山东侧的独山李家。得悉洪兰埠出动敌 1 个小队于半小时前袭占了博望，罗参谋长立即率两个连由独山李家出发，经华府村、上甸村到明觉寺与博望之间的下圭塘，埋伏于下圭塘南北的小岗上。

10 分钟后，敌人由博望东经明觉寺返回洪兰埠时，被我军埋伏的 2 个连包围在下圭塘，经过半个小时激战，大部分被歼，此战共打死敌人小队长以下 37 人，缴获轻机枪 2 挺、掷弹筒 1 具、步枪 30 支、军刀 1 把。

三连、九连向团部会合时正遇上了战斗，他们便迅速占领山羊寺一带的有利地形，与侦察连一、二中队一起掩护各部队向老虎头、神仙洞一线撤退。

当部队退至山羊祠一带时，溧水及洪兰埠 190 余敌人（其中骑兵 40 余人）已进至前旺村后面的朱家一带山地，谢村 30 余敌人已进至山羊祠，小丹阳 70 余敌人已进至上庄一带。敌人分三路攻击，企图与三连、九连争夺百祠左侧一带山头。

这样一来，敌人共分六路进击，三团形势十分危险。

日军企图与三团争得山羊祠左侧一带的高山，我军三团侦察连毫不畏惧，顽强阻击，击退了敌人的多次进攻。

在前旺村，我军三团一连一排战士向敌人猛烈射击，意图把敌人分割开，但日军此时也不顾伤亡了，30 多个日军端着刺刀，借着炮弹的烟雾向山顶冲击，遭到了新四军机枪的交叉射击。在枪雨中，敌人纷纷后退。

敌人恼羞成怒，满以为偷袭会十分顺利，没料到遭到新四军的迎头痛击，他们横下心要打赢这一仗。现在，他们唯一的办法就是用猛烈的炮火来弥补地形不利带来的影响，他们想在炮火轰炸后，利用我军躲避时的空隙一拥而上。

70 个疯狂的日军利用这一战术，在炮火的掩护下，又向三团七连的阵地发起进攻。

日军嚎叫着纷纷向前，但是他们没有料到地形狭窄，有一条山埂是他们的必经之路。新四军七连战士用机枪封锁着这条山埂，其他战士再用火力协同作战，所以日军冲上来的结果是纷纷倒下，有的像皮球一样从山坡上滚下，战士们大叫起来，看着“皮球”滚下山去。

七连的战士在北面的高山上阻击着敌人，敌人进攻了 3 次都失败了。这一次，他们花了血本，用所有的炮火向这个小高地进行轰击，准备组织第 4 次冲锋。

战斗激烈地进行着，战情不断发生变化，照此情形打下去也于我军不利，我们不能打消耗战。黄火星想起了在闽西三年游击战争的时候，曾经在红七支队和廖海涛一起组织了杀人岽战斗，当时国民党的军队数路攻击红七支队，红七支队采取了诱敌深入的办法，战斗呈白热化时，廖海涛抽出一部，分头出击，打乱了敌人的部署，最终取得了胜利。

现在日军围困我军，虽然他们所处地形不利，但是炮轰猛烈，装备占据着绝对的优势，如果消耗下去，后果难料，我军必须采取机动灵活的手段，用反包围的方式打乱敌人的部署，这样才能有效解决眼下的困境。

黄火星与其他团领导商量后决定，留一连一班坚守阵地，特务连三中队和九连秘密向西，抄敌之小丹阳退路；一连和特务连四中队向东北方向隐蔽撤退，抄敌谢村方向必经之归路。

三团一连一班在江排长的带领下坚守阵地，他们不时地向敌人发动进攻，有时候用猛烈的火力向某一个方向主动出击，这样就大大地迷惑了敌人。

下午 2 时，日军又组织了一次规模更大的进攻，由于地形不利，他们仍然没有达到预期效果。

日军想了半天，终于想到一个“绝妙”的方法，他们想利用炮弹的烟雾加速推进，一旦黑烟四起，我新四军战士也无法判断出敌人所在的方位，而敌人利用这个时机，就可越过路途的陡坡，近距离接近我军，而不容易暴露在我军的枪口下。他们用这样的方式渐渐地逼近了一连一班的阵地。但新四军战士很快就发现了这个花招。他们见招拆招，见到哪个地方有黑烟，哪个地方有烟雾，就把手榴弹投向哪个地方。

日军本来是想利用烟雾来遮蔽战士们的视线，然后跳跃前进，越过陡坡，但没料到我新四军战士一见烟雾便投弹，这些烟雾反而成了进攻的标记。烟雾之中，他们什么也看不清，得到的只有手榴弹爆炸后飞溅的弹片，除了惨叫和痛哭以外，他们还能做什么呢？

日军停止了这样的进攻，但没多久，又有十几个不甘心的敌人悄悄地向上攀登。等敌人靠近了，战士们一阵猛射，再次把敌人打了下去。

太阳已经西下了，敌人仍不甘心，还准备发动新一轮进攻。突然，小丹阳方向响起了猛烈的枪声，原来三连、九连抄了敌人的后路，发起了进攻。日军见后路被抄，并且不知道有多少新四军战士，终于无心恋战，拖着枪分头撤退，一路撤向小丹阳，一路撤向柘塘。

一连及特务连四中队沿谢村方向抄敌后路，到达指定地点后，占领了有利地形，隐蔽待机。敌人一到，四中队便迎头痛击。

敌人见归路阻断，十分惊慌，他们没料到新四军还敢包围他们，于是丢弃一批尸首后，便组织炮兵向四中队阵地轰击，还用机枪乱扫。此时，一连乘机向敌人开火，分散敌人对四中队的火力。

敌人见势不妙，借炮兵掩护，三四百人拥挤一路，惶恐不堪。有的抱着头，有的勾着腰，边跑边射击，鞋子丢了，装具丢了，留下一片污秽的血迹，付出了50余人伤亡的代价才突围而出。

战斗结束后，黄火星没有就地收兵，而是带着部队向陶吴进军，因为还有一支部队需要新四军去清理。

是什么部队呢？哦，原来是汉奸的绥靖队，有70余人。他们刚刚从南京赶到陶吴，和当地的三老板、四老板相互勾结，鱼肉百姓，横行乡里。新四军应百姓的要求，早想在新年以后清除他们了，但由于三连、九连在狸头桥，就暂时搁置了下来，现在刚好乘胜追击，趁机灭之。

新四军和日军交战的枪声在横山一响，汉奸们高兴极了。下午枪声一停，四周一片宁静，在陶吴的那些汉奸还沉浸在喜悦之中，他们认为皇军已经把新四军消灭了，因此准备欢庆一番，抓鸡的抓鸡，杀猪的杀猪，买鞭炮的买鞭炮，恭迎皇军的到来。还有几个邪恶的汉奸抓了一批女子，准备孝敬皇军。时间到了，三老板、四老板放下烟枪，穿戴整齐来到街头，准备迎接他们的皇军。

他们见大路上有一支队伍迅速赶来，形如蛟龙，是又惊又喜，但他们又感到疑惑，因为皇军的服色是黄色的，而前来的部队的服色是灰色的。不知是哪个汉奸突然醒悟过来，尖叫一声“是新四军”！这一声喊叫惊醒了这些汉奸，他们慌不择路，四散奔逃。不料新四军一部迅速冲进了街头，另一部队又迂回包抄，把整个陶吴包围了起来。

三老板、四老板无处躲藏，已成瓮中之鳖，被我军擒住，其余的绥靖部队也被一网打尽。

三老板、四老板应群众的要求被游街示众，然后就地枪决，实在是大快人心，也震慑了一批两面派，他们纷纷表示愿向新四军靠拢，为新四军效劳。

整个横山战斗，三团有7人负伤，2人阵亡；日军伤亡40余人。

第二天，日军又来到横山，他们反复观察，又详细地测量了地图，怎么也想不通，经过精心策划的围攻怎么就成了泡影，反而被新四军来了个反包围，这到底是怎么回事呢？

日军并不服气，春节前夕还给黄火星写了一封信，要和新四军三团摆开阵势来打。

横山战斗虽然只毙伤敌军50余人，但沉重打击了日军不可一世的嚣张气焰，同时激发了横山地区人民的抗战热情。

奇袭官陡门

官陡门是芜湖近郊的一个小地方。1939 年 1 月 21 日，它和一场典型的游击战斗联系在了一起，也和两个人的名字——粟裕和罗忠毅紧密地联系在一起。

官陡门之战是游击战的典范，在新四军抗战史上闪耀着奇异之光。

在新四军一、二支队胜利进军苏南敌后的情况下，日军在一、二支队活动地区实施了分割封锁和分区扫荡的策略。对此，新四军采取了避实击虚的方针，相应减少在京沪铁路沿线的攻势，逐渐将战线转移到溧武公路两侧地区和芜湖附近一带，选择敌人薄弱环节或孤立据点予以打击，消耗敌人，牵制敌人。二支队首长首先盯住了芜湖近郊的官陡门。

官陡门位于安徽芜湖附近，据点四周均是河沟交叉的水网（纵横交错的河川、水沟、湖泊）地区，距离机场约 3 公里，离铁路仅 1.5 公里。驻守该地的伪军殷明才部有 200 余人，装备较好，有轻重机枪及迫击炮，他们原是当地土匪，前属孔荷宠部。该点曾是日军驻守很久的据点，有坚固的工事，南面永安桥、北面年徒门均有日伪军驻守。可供进攻官陡门的路只有两条，都需要通过几条深不可涉的河流，并且必经敌人的青山、黄池据点。官陡门周围 3 公里内均有敌人的炮楼碉堡，该地驻有日军约 1 500 人，伪军约 1 000 人。这一地区西距长江，和京赣公路很近，东临丹阳湖，周围百余里都是水网，地形复杂，地势险要。可以说，官陡门是一个极其安全的地方。而在官陡门地形如此复杂，周边又有敌伪据点的情况下，粟裕、罗忠毅为何要紧紧盯住它呢？

首先，从政治局势上讲，新四军的一系列胜利既搅得敌人寝食不安，又极大地鼓舞了铁蹄下中国人民的抗日士气，如果能“掏心”——在敌人的心脏附近、在敌人据点中心捣毁它，那么它的政治意义是可想而知的。其次，从军事上讲，最安全的地方也是最危险的，出其不意可以攻其不备，收到奇效。最后，从现实角度看，日军入侵中国后，主要是和国民党军队进行正面较量，而这些最凶残、最狡猾的日军对初入江南的新四军的游击战很不熟悉。虽然进行过一系列的战斗，但他们还始终找不到有效的办法。如果大胆实施“掏心”战术，从现实角度看是完全可行的。

这样的大胆计划虽可行，但必须周密布置，否则很可能陷入敌人的重围，导致全军覆没。

对这一作战计划，多数同志的反应都是“太过于冒险了”，理由有三点：其一，官陡门据点四周河沟交叉，河上只有约 1 米宽的木板桥贯通，敌人在据点周围设有 3 层铁丝网和掩蔽工事，可谓易守难攻；其二，官陡门据点地理位置独特，距铁道最近处只有 1.5 公里，距飞机场不到 2.5

公里。南面 4 公里的永安桥、北面 5 公里的年陡门均有日伪军驻守的据点。一旦官陡门有风吹草动，敌人必会从西、南、北三面据点派出增援部队，半小时内就可以赶到。从芜湖机场起飞的敌机不到 2 分钟即可飞临官陡门上空，实施空中支援；其三，进攻官陡门据点的路线只有两条，不仅要通过几条深不可涉的河流，而且必经敌人重兵把守的青山、黄池据点。

作为参谋长的罗忠毅深知此事重大，对战斗可能出现的问题作了充分的研究，坚定了粟裕“一个敌人认为最安全的地方，却正是我们出奇制胜的地方”的判断。

粟裕耐心地向大家解释：“现在我们是在交通发达的平原、水网地区同敌人作战，这就要求我们要像鹰抓兔子，采取突然的、短促的、像闪电一样的袭击，打敌人一个措手不及。敌人认为最安全的地方，往往就是最麻痹大意的地方，看似固若金汤的据点，实则疏于防守、不堪一击。只要我们计划周密，行动果断，就一定会成功的！”

善于出奇谋、用奇兵、建奇功的粟裕，这次要在敌人的心脏地带导演一幕出奇制胜的话剧。他在 1939 年 10 月 7 日《新华日报》上刊登了自己撰写的介绍官陡门战斗经验的文章——《芜湖近郊的奇袭》，部分内容如下：

“一月十日左右，我们就在参战部队中进行动员，除政治上以敌人残暴、民众所受痛苦，我们坚持江南抗战与配合友军的意义，和敌人的弱点以及我们胜利的把握等条件来鼓起战士的热情外，并从军事上加紧进行了几天的夜间战斗动作、白刃战、河川战和街市战的演练……

“十八日早晨，天还未亮，大家闹着起床，伙夫同志也先起了床煮好了早饭。大家吃得饱饱的，准备向目的地进发……

“前进号响了，队伍出发北进。虽然下着毛毛雨，但谁也不愿意撑伞，从银色的地面上，踏印了一条斑斓蜿蜒的步痕……

“为了保守秘密，第二天上午在原地停候了大半天，到了预定的时间，队伍偷偷地上了船，突然转向西开，渡到丹阳湖的西岸，那时已经夜间九时了。大家翻过堤埂，改乘预备好了的几只装肥料的船，继续由水道西进，午夜十二时以后才到达了预定地点隐蔽集结，距攻击目的地还有七十余里……

“一切都准备好了，时间已是二十日午后五时，部队出发，当地的人民，男的女的，老的少的，在村边群集着目送我们，直到队伍走完了，走远了，看不清楚了，才回转屋里去。天还没有黑，队伍中有些人边谈边走，天色慢慢黑了下来……天上没有星光，可是部队仍然走得很迅速，到八时半光景，已走了三十里左右的路程，正好到青山通黄池大道中的亭头镇……

“晚上十点钟到了大闸，在此必须渡河，可是河的东岸没有一只船，西岸有没有船又看不清楚，派人到处摸索，从水塘边抬来一只仅可装三个人的小船，划水的工具也没有。由于河对岸常有敌人的坐探，不好喊老百姓的门。怎么办呢？会游水的同志偷偷地找来了一只装了东西还可装十人左右的木船，船上只有一个老板。两只船要渡完整个部队，计算起来需要四个小时。但此去目的地还有三十余里，而且还要摆渡，假如天亮了便不好攻击。

于是先把河西岸的去路加强了警戒与封锁，又派出了预先选好的一批水手，加快木船渡河的速度。小船则用绳索连起来，两岸用人力牵拉。上下船也派人招呼，免得有人滑倒耽延时间。这样努力的结果，只两小时半以内，队伍统统渡过了河。

“人数到齐后，我们急速的离开河岸向西赶路，速度异常快，比平常差不多要加速了三分之一。这时已是二十一日凌晨两点钟了，还有十七八里路倒不算什么，可是还要渡过一条河，又不知渡船是否被敌人封锁了。如果不渡河，则须再多绕十里路，并且须从靠近敌人据点头道桥两三里路的地方通过，假如被其发现，用电话通告了各处，那就不好办了。决心要快，还是绕十里路好，即使被头道桥敌人发觉也不要紧，走快点，冲猛些就是了。于是开始快步，又断断续续地跑步，只听得紧促的呼吸声与跑步声，我心里禁不住想着地球转慢一点吧，不要过早天亮才好。足足跑了二十里，虽是地上铺满了严寒的霜雪，天又刮着寒风，可是大家却跑出了一身汗来。到头道桥附近，用静肃的步伐安全地偷过，才觉得汗湿的衣服冰人。这样又费了半小时，才避免了敌人的发觉，折向正北急进，约四时光景，赶到了王石桥，距目的地三里了，这时才放下心来。”

按原先的计划，粟裕率主力过桥到达扁担沙西岸，沿西岸北边，另一部沿东岸前进，并规定待西岸打响后，东岸再行攻击。前进，前进，离敌人的据点越来越近，只有半里了，“停！”粟裕手一挥，战士们蹲了下来，突击队的干部和几个尖兵摸上前去，看清了敌人有两个哨兵，穿着大衣，带着风帽，缩头缩脑地在四处张望着，三层铁丝网不高，从西边摸过去，敌人看不清。

突击队回报：“好打，好打。”粟裕一挥手，战士们趴在地面上向前爬行，第二梯队也屏息静气地爬行跟进。

战士们的心怦怦直跳，有一种按捺不住的兴奋：三年游击战争打过多少次袭击战，但像这样远途奔袭，采用“掏心”战术的战斗并不多见；打浑然不知的敌人，有一种惊喜感，因为可以亲眼看看，当神兵从天而降时，敌人是如何惊骇与恐惧的。

距离敌人还有100米，又近了50米，再近30米，战士们的心脏似乎要跳出嗓口。

一个战士正想拨开障碍物，一个头脑龟缩的伪军突然伸长了脖子，先是带有威吓的一声喝叫：“谁？”接着是带有恐惧的一声尖叫：“谁呀？！”

哨兵得到回应：“是你爷爷。”然后是另一声高喊“打”！接着是一阵劈劈啪啪声，闪烁的火光、弥漫的烟雾和呛人的硝烟味充塞于这个特殊的时空中。

突击队的手提机枪、花机关、轻机关、驳壳枪一齐开火，那个哨兵脑袋还没缩进去，身子就被打成马蜂窝，只见他枪一丢，身子一软，委落于地。

西岸枪声一响，东岸随即响起一片枪声，接着冲锋号的嘹亮之声也伴和着枪声、手榴弹声响起。

战士们越过铁丝网，奋勇地扑向据点。

两个哨兵倒下后，离哨兵后面10米许掩体里的伪军忙乱地穿衣摸枪，动作快的刚出洞口，枪刚抬起便被战士们的子弹撂倒；动作慢的还未出洞口，就被击毙，身子把洞口都塞住了；还有的在一阵手榴弹的爆炸声后，永远地躺在了掩体里。

掩蔽部里和街口的敌军还未肃清，第二梯队的战士已冲了上来，外面的伪军丢下了许多枪，通过木桥向东岸司令部退去。战士们不要枪支，只奋勇出击，他们冲进街中，扑向木桥，冲过河东，转眼间就来到了伪军司令部门口。

伪军司令认为据点在核心地带，安全万分，固若金汤，谁有那么大的胆来踏入此地？第一声枪响时，他还以为是哪个该死的家伙枪机走火呢，但随后的枪声、手榴弹声把他彻底惊醒，他的心理防线崩溃了：哪来的兵？从天而降？即使是空降兵也不可能如此迅捷啊？

他哆嗦着穿上衣裤，拿起枪，想组织有序的抵抗，可还没下令，便听到喊杀声从西岸传来，转眼间脚步声、喊杀声就已到了门口。

“给我顶住，给我顶住！”他用脚踢了踢哆嗦着的伪军的屁股，命令他们朝外放枪，伪军们硬着头皮向窗外放了一阵枪，他见势不妙，便打开北面的后门，带了几个警卫，仓皇逃遁。

伪军士兵一见司令逃遁，顿作鸟兽散，打开门，纷纷抛出武器，跪在地上连喊“饶命”。

东岸的战士们也冲破了铁丝网，奋勇北进，突击到了敌人的侧背。那些伪军原为土匪，都是些乌合之众，也没受过什么正规的训练，大多是本地人，是怀着乱七八糟的念头参加伪军的，有的是有名的兵油子，见新四军攻势凶猛，又无日军督战，哪还有心抵抗，惊慌之中乱作一团，抱头鼠窜。他们挤进一座店铺，但随着手榴弹的爆炸声响起，他们也随着腾起的火苗、烟雾化作烟，化作灰，剩下的全磕头求饶，成为俘虏。

整个战斗仅持续 8 分钟左右，剩的便是打扫战场，粟裕在《芜湖近郊的奇袭》中说：“从开始攻击起到解决战斗，大约经过八分钟光景，连清扫战场总共只耗去了二十分钟。东方已经发白，天快大亮了，街上只见到两种极端异样的情景：一种是横七竖八的敌尸和血肉模糊地呻吟着的敌人伤兵，满街杂乱地堆着军用品及用具；另一种情形，老百姓领着胜利的我军官兵，肃清残敌，并送茶烧水，忙个不停。东边牵一串，西边押一群的俘虏，在南边街口的地坪里集合清查人数。击毙和击伤的，在地洞里和地洞外，在街上到处都有。也有跳下水去的，那就无法统计了。单是活捉的就有五十七名，因为天还未亮，看不清楚，逃散了一部。缴步枪六七十支，短枪十多支，机关枪四挺，其余手榴弹、子弹、军用品，更不计其数。×连‘坐了飞机’，缴获最多。我们由河西攻击的部队全无伤亡，攻击河东的部队伤卫生员、司号员各一名。消耗弹药，总不会亏本。队伍除警戒之外，其余都照指定地点集合。大家经过一晚的疲劳，脸色虽略显苍白，但是精力仍然很充沛，情绪更加高涨，愉快压倒了疲劳。肚里虽早就饿空了，可是那时也忘了。大家都在兴高采烈地谈着，‘这个伪军真是豆腐做的，真叫作豆腐军’‘可惜了，那个狗司令在芜湖没有回来’‘铁丝网简直像蜘蛛网’‘哼，这样好的地形，四面都是水，只要有子弹，我们包守一个月’。”

在官陡门之战中，粟裕谋划之精、出兵之奇、行动之快、用时之短，都堪称突袭战的经典范例，其中甚至可以依稀见到史书中“李愬雪夜入蔡州”的影子。

此战让日军既气急败坏又无可奈何：“新四军是个神，你打他时一个也没有，他打你时都出来了。”国民党第三战区还专门邀请粟裕去讲授游击战的经验，从战法、战术动作到打击对象和目标选择，粟裕一连讲了几个小时，生动活泼，通俗深刻，令国民党军队将领们赞不绝口。

一位参与过“围剿”红军的川军师长更是颇为感慨：“粟司令，从前我对你们共产党的军队是有点瞧不起的。可是今天听了你的报告，我才知道你们的水平太高了。共产党里有你这样的人，难怪立于不败之地！以后还请多多关照。”

在官陡门战斗中，罗忠毅自1月18日随粟裕一道从亭头出发，至21日4时30分，随三团战士一齐攻击敌人，直接参与了整个官陡门之战的研究、指挥与战斗。可以说，官陡门战斗的成功，与粟裕的指挥成功与罗忠毅的努力是分不开的。乐时鸣的《茅山飞泪，永悼英忠》(《铁流》第16期）中说：“罗忠毅作为支队参谋长，协助张、粟司令，严密组织战斗，充分发挥了他的军事才能。”在以后的战斗中也证明了这一点。方克强在《罗忠毅印象记》中说：“罗司令指挥二三个连就好像一两个圆球放在手里一样灵活。众敌包围中，他带一两个连突围，就好像在人丛中抛出两个球一样轻松与安全。”肖斌在《血洒塘马》中也说：“跟罗司令一起打仗，伤亡少而缴获多！……跟罗司令一起宿营，是可以安心睡觉的。”

东湾之战

王必成上任了，由新四军一支队二团参谋长升为二团团长，原团长张正坤调任一支队参谋长，时间是 1939 年 2 月。

1939 年 2 月某日的一个上午，战士们正在训练，陈毅与张正坤匆匆来到二团团部，给团长王必成和政委交代战斗任务。陈毅严肃而认真地说：“根据国民党第三战区顾祝同司令官给我们的任务和当前茅山的敌情，要趁敌扫荡我基地之前来个先发制人，也就是在进攻天王寺大据点的同时，要扫除其东湾前哨据点，还要准备收复安插在我丹阳根据地的敌延陵据点，从而证实我军不仅善打游击战，也能打运动战、攻坚战。这样一个任务就交给你们二团，我想你们一定能完成得很好。”他讲得轻松而自信。

原来就在前几天，国民党第三战区顾祝同为执行国民党中央 1939 年 1 月 11 日五中全会关于溶共、防共、限共的反共方针，设法把江南新四军的一支队调离茅山，进到无法机动的高淳县水阳地区，去接替一〇八师防务。水阳地区地形不利，前面有日军且是一片水网，后面是国民党五十二师，一支队若进驻那里，既无用武之地，又处在被监视地位，陈毅自然不会进入这个圈套的。

第三战区为实现他们的意图，一是要其副指挥冷欣和参谋长徐笙来到高淳的东坝镇，找一个祠堂作为他们的临时指挥所；二是邀请一批国民党顽固派的政客，如所谓江南的民意代表吴则志、周绍成等一起开会。会上，他们突然责问陈毅，责备他不尊重第三战区的领导，多次违抗命令，派兵去东路，去占领扬中，还有什么游而不击，不去进行攻坚战斗，企图保存实力，等等。陈毅听后则是微微一笑，慢慢说道：“我一支队从 1938 年 6 月进入江南，先战韦岗，后战新丰，再攻句容县城，至今共有一百多次战斗……”他又从战斗缴获日军的武器装备等情况列举了具体数字。在铁的事实面前，对方个个张口结舌，无话可言，但他们也不会就此认输，于是继续开展争论。会开了 3 天 3 夜，最后迫使顾祝同撤回了我一支队去水阳的命令。

争论虽取得了胜利，但陈毅为使这些人能给他们的上司有个交代，也为了向日军显示我军的作战能力和进一步激起江南人民的抗日热情，故要二团执行这一在溧武路上具有政治意义的战斗任务。

当时，我江南新四军已经牵制了日伪军 2 万余人。敌人的兵力确实不少，不过如果他们没有足够的兵力，也不能形成“梅花桩”的防御体系。在茅山周围，凡是一些大的村庄和乡镇均有日伪军据点，并且每五六公里就有 1 处据点，简直是星罗棋布，加上有公路和电话以及伪政权作他们的耳目，一有枪声，敌人便会从四方迅速围来。南京日军指挥部向南设数道防线，第一道防线是溧（水）武（进）路，即由溧水县起，经方家边、天王寺、薛埠、朱林、金坛县至武进，此防线上各个据点人数不等，像天王寺和薛埠是日军的大据点，兵力约三四百人。这些分队均属池田联队，指挥部设在镇江。这条防线的作用，向南是防止国民党军队北进；对北则是扫荡我军的出发地点，封锁限制我军活动的防线。在这条防线的后面还有二线，即后白墅、张庙、句容县等。东湾仅是天王寺向南伸出的一个前哨据点。

王必成立即着手布置新的战斗。这并非是新官上任三把火，而是他早已成为新四军的一员虎将了，其战例足够支撑起他的名声。战斗的策划主要围绕上级指示为了进一步打开茅山抗战的新局面，新四军一、二支队必须有更大的行动而进行，这样才能有效地遏制敌人的嚣张气焰。况且二团在新丰车站、句容城战斗后就休整了，兵员已得到补充，训练水平也得到提升，现在战士们战斗热情高涨，正蓄势待发。

为了完成好陈毅司令交给的任务，也因一营已开拔到丹阳延陵，所以王必成团长组织会议做具体部署时，根据攻点和打援的不同，对部队各有要求：二营配属三营七连强攻东湾日军据点，要隐蔽地接近，发挥我军近战和敢于拼刺刀的精神。人员组织上，可分火力组、突击组，而突击组人员的武器均应作必要的调整，把连队的好枪调给他们，同时告诉他们通过外围及铁丝网的办法；指挥上要提前，也就是营长要到突击组去掌握最前面的敌情，做到处理情况适时、灵活。在给打援分队三营（缺七连）和特务连交代任务时，王必成团长强调，在到达指定地域后，部队要迅速展开，进行地形勘察，部署兵力。由于夜间地形不熟，部署变动是常有的事，部队要不怕苦不怕累，要构筑工事，要派人到我阵地前扫清射界，有条件的要设置必要障碍，将火力与障碍相结合。各级指挥员要不断进行检查，部署上不能有空隙，要守住阵地。特务连担任薛埠方向警戒。

刘培善政委则在会上强调，要发扬我军“三猛”战术的猛打猛冲，不仅要守住阵地，而且要短促反击，但反击不要离开阵地过远；要组织对日军喊话，尤其是二营，既要勇敢，也要讲战术，特别要注重运动和火力的结合。这次战斗既有攻坚，也有打援，攻坚就得攻开，担负防御的就得守住，把我阵地变成铜墙铁壁。

会议开得很成功。指挥员们非常高兴，他们认为进入江南后应当和日军拼一下，因为这时我军的装备已不再是刚下山时那样的情况了。我军将武器一集中，在力量上也是可以同日军抗衡一段时间的，所以对完成这次战斗任务，大家有信心和决心。

东湾据点并不是像人们想象的通常的那种大据点那样设于街镇，有高大的炮楼和壕沟吊桥，而是一个地地道道的小据点，它设于句容城天王寺南 7 公里处，因靠近东湾村（现为句容天王镇郑武村）而被称为东湾据点，其实据点就在东湾村北面几百米处的一个姓叶的棚子上。所谓棚子，就是苏南地方土族势力强盛，凡外来客只能住居在野外，三两户，不能成村，只是棚户。

这叶家棚子是一个姓叶的外来地主的房屋，共有 11 间，分成 3 排，其中南北走向的有两排，西有 3 间，东有 5 间，在两排的北端有东西走向的 1 排屋，有 3 间，形成了一个向南敞开的形似北方四合院的房子，唯一的区别是，两排房的南端没有连接墙体，这样 3 排房围有一空阔的大天井。

日军为了观察，在叶家棚子的西面紧临第一排房屋的大树上设了一个哨所（所谓哨所，即是在大树上吊有一苏南采菱用的大木盆），这样便于观察瞭望，因为叶家棚子就在京杭公路的东侧。

应该说，这是一个乡间的孤立据点，并没有什么真正的掩体工事，那么王必成为何要选择攻拔这一据点呢？而且还要反复商讨，并派人化装成百姓去侦察呢？这主要是由其地理位置决定的，东湾村位于天王寺以南 7 公里处的京杭国道上，是日军自溧阳撤退后向南进出的前哨阵地，驻有日军十五师团（岩松部队）和五十一联队（池田联队）一部（大田中队）50 余人，配备有掷弹筒 2 只，轻机枪 2 挺，步枪 40 余枝，并储存大量弹药。叶家棚子的日军不多，但其北面天王寺驻有日军 200 余人，东北薛埠驻有日军 400 余人，西北方边驻有日军 70 余人，地理位置十分险要，要想拔除它，必须同时阻击敌人的援兵。一般来说，要选择夜间突袭，且必须布置足够的兵力伏击敌人援兵，攻点打援。当时，新四军初上战场，还没有在梅花桩式据点林立的苏南敌后采用过这种战术，为了阻止敌人企图修筑天王寺至延陵的公路，使其不能扩张据点和封锁线，一支队司令部下了决心，必须拔掉这个据点。

难度再大，也难不倒经历过三年游击战争的新四军战士和王必成这样经历过长征的红军干部，从侦察来的情报看，敌人在叶家棚子修有坑道，在外围筑有铁丝网，且日军训练有素，这个据点不是想拔就能拔的。不过，由于日军十分骄横大意，平时常常出门惊扰百姓，抢鸡抢鸭，到了晚上也是寻欢作乐一番后就早早睡觉，所以哨兵的警惕性并不高。

王必成决定，二营及三营七连担任主攻任务，三营八、九连担任警戒并阻击敌人援兵任务。

1939 年 2 月 8 日晚，天气非常寒冷。二团战士从溧阳北面的杨湾村向北面的瓦屋山挺进，他们来到瓦屋山脚下，沿山向西行进，再拐向北面，向着东湾的方向迈进。

狂风怒号，寒风四起，风撼松树，松枝松果相击，哗哗声一片，早已淹没了战士们的脚步声和说话声。战士们的话语中有刚学的歌曲，有家乡的小故事，有用于呼口号的半生不熟的日语，而这带口音的日语早已笑坏了敌工股长。

离东湾不远了，部队的战士早已停止了说笑，平心静气，快速前进，部队一分为二，一部攻点，另一部打援。

战士们来到东湾，迅速向叶家棚子扑去。

东湾村 25 岁的赵杨顺是为叶家棚子的主人看家护院的。日军来了，把他抓起来，让他做饭烧水。这寒冷的冬天，日军经常出操，出汗后要洗澡，烧水的“重任”便落在了赵杨顺身上。苏南民间冬日是用浴锅洗澡，也就是用大铁锅烧上热水，然后下锅洗澡，日军害怕，不敢这样洗，便命人买来几口大缸，把热水倒入缸中，再脱衣跳入。这让赵杨顺觉得有趣，他自己试了试，觉得浸泡在缸中格外畅快，也认为此法甚好。到了晚上，日军分队长小田去邻村的一个地主家中睡觉，他早已勾搭上了地主的小老婆，这地主害怕日本人，不敢怠慢。赵杨顺照例是添柴烧水，他一连烧了几缸热水，这几十个日军在几口大缸中轮流洗着，洗好后就躺在床上睡大觉了，只剩下赵杨顺独自在缸中洗澡。在昏黄的油灯下，在水汽朦胧的灶房里，赵杨顺拿着毛巾有滋有味地在缸中揉擦着自己干厚粗糙的皮肤。

二营战士匍匐前进，冰冷的泥地擦刮着他们的双肘。他们巧妙剪断敌人设在南面的铁丝网，然后一个个爬进去，靠近了南北走向的两排房屋的南端。

日军分别居住于南北走向的两排房中，北面的东西走向的房中是灶房和浴室，一个日本兵在天井的南端来回走着。

王必成下令命战士们从东西两端进行攻击，西面临近公路的池塘边正对南北走向的西边房屋，战士们伏于塘边，用枪封锁着大门，东面临近小河的南北走向的房屋也有战士们包围，用枪口对准了墙上的窗户，而其他战士则伏于南面。

当战士们钻过铁丝网向东面摸去时，突然弄响了墙边的小树，树叶发出唰唰声，警觉的日军哨兵惊跳起来，黑洞洞的枪口朝向了树叶响声处。

战士们的反应何等迅捷，一个手榴弹迎面抛出，随即火光一闪，一声爆响，日军的尸体四分五裂，洒落一地。

一声巨响后，赵杨顺从缸中爬出，抱着被子，狂奔而出，却一下被新四军按倒在地。

两排房屋中的日军一阵尖叫后，穿上衣服，一两分钟的寂静过后，窗口伸出火舌，随即是枪声一片。

狡猾的日军并不出屋，而是利用墙体从窗口向外狂射，一时间，火光弹雨交织。

你不出来，我就逼你出来！战士们对付敌人的最好办法便是往里面扔手榴弹。于是，靠近公路南北走向的窗口接二连三地被战士们投入手榴弹。爆炸声后，便是惨叫声，敌人的机枪歇火了，窗口被炸塌一半。硝烟还没散尽，团部侦察参谋便破窗而入，只见十几个敌人非死即伤，屋里躺下了一片，没有被炸死、炸伤的日军打开门，退到大天井里，而东面南北走向屋中的日军却只顾朝外打枪，无法接应他们。

战士们迅速冲入天井，与日军在黑暗与光明交替的夜幕下展开了肉搏战。一名25岁左右的四川战士一下子扑到3个日本士兵中间，经过猛烈的搏斗后，一个日本兵倒下，另两个日本兵迅速躲到墙角去了。此时，又迅速冒出5个日本兵，他们端着枪、弓着腰，试探性地在天井中探索前行。随着阵阵的呐喊声，又有好几名新四军战士跃入天井，他们用手榴弹和日军近身肉搏，敌人的刺刀在夜间失去了作用。在手榴弹的敲击下，他们的脑袋前后开了花，8名日军先后毙命，而东面那排屋中的日军始终不敢开门，只是从窗口胡乱地向外开枪。显然，日军中队长大田想固守，他清楚，夜间黑灯瞎火的，不能贸然出屋，只有坚守，等待援兵的到来。

王必成下令四面围住日军，但枪只能封锁大门、窗户，却无法轰开墙体。

此时，正搂着地主的小老婆睡觉的小田，一听到枪声和手榴弹的爆炸声，就知道中国军队来夜袭东湾据点了，忙从床上爬起，穿上衣裤，连滚带爬地跑去天王寺搬救兵去了……

现在天井里已空无一人。日军谁也不敢进入，谁进入，谁将成为活靶子。

大田在开战之初刚刚洗完澡入睡。在这之前他吃了一顿丰盛的晚餐——几个日军白天从乡间抢来几只鸡、一筐鸡蛋，晚餐热气腾腾的红烧鸡和圆润可爱的煮鸡蛋着实让大田的口腔、肠胃舒畅了一阵，加之在浴缸中一泡，那舒服劲儿甭提了。在暖暖的被窝里唯一的缺憾便是少了个女人，分队长小田向他请假时，他着实有些眼馋，但责任在身，也出于对部下的偏爱，他同意了。

枪声一响，他从被窝里惊起，摸到挂在墙上的枪胡乱地扫射了一阵。在战斗间隙，他穿上衣服，拔出战刀，仓促指挥。

看到西面的房屋接二连三地被投入手榴弹，大田心中一阵绞痛，当初联队长决定在东湾设据点时他是反对的，因为叶家棚子无险可守，最好把据点设在不远的名为红山的小丘陵上，若构筑坚固工事，可高枕无忧，但联队长以控制公路交通为由，否定了他的建议。来到叶家棚子后，他看到三排屋环形排列，也可利用，只是南面是一片平坦之地，又无墙体屏障，十分担忧，几次建议修建围墙，但终日战事不断，便耽搁了下来，只是胡乱地圈了些铁丝网。

他实在不踏实，虽然天王寺的据点、薛埠的据点离这儿都不远，但是谁能保证他们一定能及时增援呢？于是，他便下了决心，一是多存弹药，二是在房内挖坑道以备战时之用。

现在战火燃起，在夜间无法看清新四军的火力点，如果固守屋内，这草屋能经受得住手榴弹的袭击吗？固守不是办法，现在只有往外冲，突围到野外，向天王寺靠拢。他命令手下做好突围准备，先从东面那排屋与北面那排屋的结合处出击，然后向北突围。

不料，此时王必成已命令战士们把枪口齐齐对着窗户和门洞夹巷。

大田拿着指挥刀一声喊，七八个日军从夹巷中向东突击，刚进巷口，二营战士排枪齐发，日军惨叫着倒下了好几个，大田见势不妙，忙退入屋内。

大田一面命士兵利用窗口向外扫射，一面反复盘算：现在东面已没有出路，唯一的办法是从西面突围，总之留在院内万分危险，援兵再快，也快不过新四军的攻击，他对士兵作好简洁的部署，然后悄悄地命士兵出屋，准备从西门突围。

王必成胸有成竹，二营战士和三营七连的战士早已四面围住，所有的出口都已封死，尤其是西面的出口。因为东面有河，敌军即使突围，一时也难以逃逸，而西面有京杭公路，一旦敌人窜上公路，再要拦截，便非常困难了。

西面有一棵大树，上面为了瞭望而吊着的木盆在寒风中哐当哐当直响，大树边有一干涸的池塘，王必成下令战士以塘埂为掩体，对着关闭的大门和被炸坏的窗户门架好机枪。现在日军只有这两个出口。

狡猾的大田准备从西面的两个地方出击，他一面命令几个士兵打开西门伺机突出，另一面他命令大部士兵从被炸坏的窗户中突出，他清楚新四军是有备而来，不会不注意目标明显的西门。

西门一开，战士们手指勾着扳机，准备射击，但不见日军出来，稍一松懈，几个日军嚎叫而出，迎接他们的当然是雨点般的子弹，日军惨叫着倒下，狡猾的日军利用同伴的尸体、钢盔、战刀作诱饵，吸引战士们的注意力，而在炸坏窗户的一旁，几个日军弯着腰，突然跳跃而出。

由于王必成早有安排，日军的脚刚一落地，子弹就像刮风一样向他们扫射而去，除了惨叫，便是飞溅的鲜血。

大田头上直冒汗，从枪声的密集程度上看，这次的新四军人数并不少，现在是四面被围，无法突围，唯一的办法就是固守待援了，他只好命令士兵撤回屋内，架好机枪，封锁出口，防止新四军突入屋内。

枪声不断，战事呈胶着状态，新四军无法入屋，日军也无法出屋。

王必成下令停止火力发射，命敌工股长邱东平用日语喊话。邱东平喊话：“缴枪吧，优待你！缴枪吧，送你回家去。”

随即，有三个连的文化战士在火线的稍后方集中起来，组成一个小小的歌咏组，当邱东平的喊话停止后，他们便开始唱：“我们都是劳动的人呀，现在觉悟了，把枪放下，你放下，我也放下，我们的去路是到新四军那边去。”

话一喊，歌一唱，日军的枪声忽地稀落下来，旋即是一阵粗暴的叫骂声，接着是更为猛烈的枪声。

日本法西斯多年宣扬的军国主义思想，早已毒害了这些日本兵，他们早已被训练成半人半兽的怪物，他们叫喊着“为天皇尽忠”的口号，疯狂地发射着他们枪筒中的子弹。

“报、报……报告，东湾据点遭到攻击……”小田上气不接下气地向天王寺据点的日军求救，大队长黑田一声叫喊：“集合队伍，向东湾开路！”黑田没有忘记通知薛埠的日本驻军，让其也赶快率队增援。

王必成见唱歌喊话无用，决心采用火攻。对于这些鬼子，既然劝告无效，就只能采用这种方式了。

战士们点燃了倒上煤油的稻草，然后往北面那排房屋的房顶扔去，只见那草房房顶顷刻间燃烧起来，燃烧的火苗迅速窜上东面的那座草房，火苗如赤蛇一般乱窜起来，只听见劈劈啪啪竹节声响，叶家棚子笼罩在火光之中。

火光阵阵，浓烟滚滚，这是大田最害怕的事，日军怕夜战，更怕火战，新丰车站烧得日军焦头烂额，而今这火神又将“拥抱”大田了。他知道，这火一起，他们就会陷入两难的境地：一出屋便成为活靶子；不出屋，不是被烧死，便是被熏死、闷死。咳嗽、流泪，是日本兵的必然形态，除此之外就是吼叫、谩骂和疯狂地倾泻子弹。

天王寺蜂拥而出的日军看见南面熊熊燃烧的大火，心急如焚，他们无法按惯例搜索前进，而是沿着公路，双眼紧盯南面，疾速而来，他们仿佛看到了在大火中被烧着的惨叫的同伴。

三营八连、九连的战士早已埋伏在蔡巷南面俞家棚子西侧的霸王桥，他们依托田埂，严阵以待。

70 多个日军分四路纵队急速而来，200 米、100 米、50 米……“打！”一声喊后，两个连的战士接连扔出 30 余枚手榴弹。这些手榴弹把敌人炸得血肉横飞，他们有的倒在路上；有的滚到公路两侧的水塘中；还有的迅速占据俞家棚子，用猛烈的火力向新四军扫射；落在水中的除了死掉和受伤严重的外，都爬上岸，迅速投入战斗。一时间，火光闪闪，劈劈啪啪声一片。有几名战士冲上公路意欲击杀日军，却被日军击倒……

天王寺第二路的援兵到了，这一次日军来得更多，火力更猛，六零炮的炮弹倾泻而下，日军在夜间见新四军伏击有序，便命士兵从西向南迂回包抄，准备围歼新四军战士。

此时，东湾叶家棚子的火焰熄灭了。王必成命攻打东湾据点的战士迅速撤离，另外通知三营八连、九连的战士也迅速脱离战场。但天王寺的援兵多，汽车来了 5 辆，步炮兵 50 余人。八连、九连战士迅速撤离，日军奋力追击。二三十名战士在弹雨中殉国，几名战士撤退到董咀村，其中一人负伤，落在了后面，但他还是艰难地向山里的方向爬去，日军赶上来用刺刀刺他，他就用手抓住刺刀，连抓了好几次，最终还是被日军刺死。

从薛埠赶来的日军更多，还开来了几辆坦克，他们严阵以待，准备围歼撤退的新四军，但二团二营、三营战士早已向南撤退，敌人的“美梦”没能实现。

在攻打东湾据点撤退的过程中，有 15 名烈士的遗体来不及掩埋，被抬到上杆村时，只得交给群众，上杆村的刘有光、王保乾两位村民召集群众，将 15 名烈士抬到离上杆村 5 里路外的瓦屋山下一个叫秋洼的地方安葬了。

东湾战斗历时 4 小时，共击毙日军中队长大田等军官 4 人、士兵 75 人，击伤日军军官 5 人、士兵 27 人。缴获三八步枪 21 支、十一年式轻机枪 1 挺、军刀 2 把、日军中队的军旗 1 面、步炮弹 3 箱、驳壳枪 2 支、手枪 2 支。

奔袭延陵

1939年2月8日，我二团的二营和三营取得了攻克东湾据点的胜利，创造了在“梅花桩”据点群中攻点又打援的先例，两次打退了天王寺日军100多人的增援。

不久后，陈毅司令员亲自召集段焕竞和一营长张铚秀，在句容二区崔庄村布置攻克延陵的任务。延陵这地方古老得很，是2500年前春秋时期吴国国王的弟弟季子的封地，那时候还没有常州、武进、丹阳，这个地区就叫延陵。可是后来交通情况改变，延陵变得偏僻起来，直到今天。但偏僻也有它的好处，延陵正好作为部队在点线之间的活动中心。延陵离各条公路都在40里以上，距周围的据点宝埝、珥陵、西旸、蒲干都有20多里到三四十里，但是延陵离沪宁铁路不太远，又是我们东进北上的出发基地。延陵的群众条件也好，所以我们的苏南特委、江南战地服务团和即将成立的丹阳独立支队打算以延陵为活动的中心。上级对段、张二人说道：“延陵日伪据点这个‘钉子’一定要拔除，否则将会使我们在茅山地区的活动遭到很大的困难，也会使东进北上的行动增加障碍。”

据史料，周恩来（时任中共中央军委副主席）不久将要到皖南新四军军部来传达中共中央六届六中全会的精神，而陈毅也即将去皖南。如果要力争东进北上，以冲出国民党“划地为牢”的限制，那么，延陵这个出发基地的重要性可想而知。

陈毅很有战略眼光，作出这种打算是一种积极的应变手段。当时国共合作的态势在全国有了微妙的变化。在茅山地区，日伪军和国民党顽固派两面夹击的态势开始形成。自从1938年10月底广州、武汉相继沦陷以后，日军便停止了对正面战场国民党军的战略进攻，对国民党政府采取了以政治诱降为主、军事打击为辅的方针；而将其进攻的重点转向其后方战场，企图迅速消灭八路军新四军，巩固其占领区，做到“以战养战”，支持其长期的侵华战争。蒋介石有了喘气的机会，也转而采取消极抗战、积极反共的方针。在如此情形下，日军在茅山地区的据点越筑越多，而国民党三战区还讨巧卖乖，诬蔑新四军“游而不击”“只打小仗、不打大仗”，并于1939年1月下令调一支队到水阳地区对日军进行阵地防御，企图使一支队在日军的飞机大炮下不能机动而损兵折将。这阴谋被陈毅以两党协议中新四军的任务是敌后游击绝非阵地防御为理由击破了。顾祝同见一计不成，又生一计，在其他方面不断挑衅，派遣其特务武装“挺进军”深入我区进行暗害，加紧收编各县地方游击队成立“江南第二挺进纵队”，茅山地区面临着“前有虎后有狼”的局面。

为了巩固并发展茅山根据地，为了东进北上，也为了应对顽固派的诽谤，陈毅决定先拔除据点，歼灭日伪军。东湾是第一战，紧接着就是延陵之战。

陈毅做了精心的准备，他具体指明："据可靠情报，日军占据延陵后，在镇北昌国寺筑了据点，有日军十五师团池田联队青木大队第八中队30多名官兵守备。另外，在昌国寺还有伪警察所60多个武装警察驻守。昌国寺大殿据说已被日军烧了……"

陈毅明白，东湾和延陵战斗胜，东进有希望；败，即使军部同意，也难有作为。最后，陈毅严肃地对段、张二人说："这个任务就交给你们一营去完成，由延陵区常备大队和支队部特务营配合。这一仗一定要打好，以扩大东湾战斗胜利的影响！作战指挥主要由段焕竞负责。"

段焕竞、张铚秀一回到一营驻地，就立刻召开营干部会议，分析来分析去，觉得这项任务既光荣又艰巨。日本驻军虽然只有30多人，但和新丰情况不同，那时日本官兵极度麻痹，现在却有碉堡，有射击预测和火力封锁。二营打东湾时，据点内的房子几乎房房是堡垒、墙墙有工事，二营逐屋争夺，近战一个多小时，伤亡30余人，所以这一次更为艰巨，务必要周密侦察，充分准备，并且还要利用有利时机。

营干部商量完便召开排以上干部会，张铚秀做了动员布置。段焕竞在会上提出要求："要更好地发扬爱国主义和革命英雄主义精神，学习二、三营夜袭仓头镇、珥陵河川伏击战，尤其是东湾战斗的灵活战术和勇猛作风；更要充分准备爬墙、打洞和火攻歼敌的工具器材，要像二、三营那样，俘虏活鬼子给民众看看！我们誓必用打下延陵据点的胜利，作为给丹阳人民，乃至整个茅山地区人民迎新年的献礼！"

陈毅在这之前可是在丹阳下足了功夫，除了收编管文蔚的部队，还到达延陵，与党外人士贡友三接触。贡表示拥护抗日。陈毅向有关方面推荐贡担任国民党地方政府丹阳县二区区长兼常备大队大队长。贡请求陈司令给他配备干部，陈毅遂派林胜国任该大队副大队长，朱即平任该大队政治指导员。

1938年8月，新四军一支队政治部在附近的前隍村举办"东南青年抗日训练班"。9月18日，中共苏南特委在延陵地区成立，吴仲超任书记。延陵便成为茅山抗日游击根据地的活动中心区之一。

陈毅在《论茅山战局》中称："这种巨大的抗战作用，……就是我国军部队如七十九军二十四集团军之一部，及新四军和地方诸游击队英勇地参加了这一残酷的浴血斗争，最后就是镇（江）、丹（阳）、句（容）、江（宁）、金（坛）五县地方政府人员及广大居民领导并援助这一伟大的斗争。"

因此，丹阳有较好的群众基础。在延陵区委配合下，派出的侦察人员进一步查明了敌情：日军据点设在延陵镇中心宝庆桥东北的地主大院和昌国寺内，地主大院是一座方方正正的四合院，东西南北共四排瓦房，其东北角与昌国寺的藏经楼相通；西墙外是几乎干涸了的简渎河。在地主大院西墙的南北两角，日军各筑有一个二层碉堡，碉堡上有哨兵守望；东北角的藏经楼也被日军改成一座高大的碉堡。只要把地主大院南面的大门一关，就与外界隔绝得像铁桶一般。大院的北屋原来曾作为酿酒的作坊，东屋是酒缸仓库，南屋已被日军占用作为厨房和饭堂，西屋则是日军官兵的住房。这样，日军进入南北碉堡很方便。与地主大院东墙毗连的昌国寺，大殿已被日军烧毁，前殿住着警察所和维持会的人员；前殿后面是个大庭院，庭院西侧依靠地主大院存酒仓库的东墙搭了几间披屋，作为警察所的柴房，堆着稻草和劈柴。

有了敌人确切的布防图，进攻便有了底，就可以设计进攻的套路，剩下的便是进攻的时间了。

段焕竞和张铚秀决定利用除夕之夜，乘日伪军大吃大喝大赌之际，“出其不意、攻其不备”，向延陵发起突袭。

除夕之夜，在中国文化之中占有特殊的地位，它是阖家团圆的日子，即使是残酷的战争年代，人们也不会改变这一传统习俗，但战争中有一句名言是“兵者，诡道也”，即战斗不会回避任何日子。日军在1938年春节于溧阳竹箦桥进行大屠杀，根本没有考虑这天是中国人最重要的日子，那么显然，对侵略者实施攻击也用不着考虑是什么日子。

段、张二人的具体部署是：一连、二连担任主攻，三连两个排为预备队；三连的另一个排和延陵常备大队向丹阳珥陵方向警戒，二团团部特务连向蒲干、宝埝方向警戒；一支队特务营袭扰牵制宝埝、白兔之敌。战斗计划则是先由一连尽可能用偷袭手段解决昌国寺前殿的伪警，然后由一、二连共同歼灭地主大院的日军。段焕竞和张铚秀一起紧随突击连一连指挥作战。

1939年2月17日，由延陵区委负责人和交通员武小虎带路，段焕竞和一营全体指战员从白兔以东延陵西北的谭家巷出发。腊月，天气十分寒冷，还淅淅沥沥地下着小雨，有时夹着雪花，视野里一片漆黑，看不见人影。战士们踩着冰雪，在泥泞地里急行军3小时，于晚上11时左右到达延陵镇外杨城桥。延陵地下交通站负责人王建和情报员钟锁贵前来接应，说：“鬼子还在喝酒、赌博。”段焕竞命令部队立即按原计划行动。

各连立即分开执行预定任务。一连具体任务是：由副连长姚发生率一排首先偷袭昌国寺东南碉堡里的伪警；由连长彭寿生率二排主攻昌国寺的日军；指导员则带领三排在寺庙外围包围敌人，封锁庙前拱桥，不让敌人从桥上逃跑。

此时，日伪军正沉醉在除夕的欢乐中。日军入侵苏南以后，并没有立即派兵入驻延陵，一年多以后，日军十五师团五十一联队才把联队部撤出溧阳，移驻金坛，派日军中尉川越信带一个警备队在延陵设下小队规模的据点。

在此之前，川越信带领据点内日军向北攻打丹阳麦溪镇，向南袭击金坛天荒湖。“整肃”之后，川越信放心地去了金坛城，命令日军准尉宇留田真一作为代理小队长负责警备。

整个小队设四个分队：第一分队，队长青山好一军曹、鸠谦卫生上等兵，配秋田正雄、浅川正吉、检永一行、深野义男上等兵，东卯助、小山岩南一等兵；第二分队，队长保仓松雄上等兵，配向山十郎、坂仓清治、川锅米藏、高山繁治上等兵，平谷逸治一等兵；第三分队，队长服部菊太郎上等兵，配清水博、西久保良三、西村精八一等兵；重机枪分队，队长田口光好伍长，配大平善一、铃木三男、酒井丰三郎、吉壳煞末吉、东繁之助、山口润太郎上等兵，虎谷辰男一等兵。无线通信兵两名，分别为池田正雄、盐川观三一等兵。

在这个据点内的日军并不多，但战斗力不弱。日本兵在征召入伍以后，每人都必须进行3个月的训练，每个步兵必须做到射击多少发子弹、击中多少环，才够资格走上前线，这就是他们的军事素养。每个日本步兵配备1支三八式步枪，1把刺刀，4枚手榴弹，120发子弹。每个日本兵头戴钢盔，身穿毛料制服，盖毛料军毯，脚着大头皮鞋，吃罐头食品，这就是他们的后勤保障。每个日本官兵都有为天皇圣战到底的愚忠信念，宁死也不投降，这就是他们的武士道精神。一个小队有掷弹筒，有轻、重机枪，有无线电通讯，比新四军一个团的武装配备还强。他们人少，装备却精良。

2 月 17 日当晚，宇留田带领 5 名士兵在延陵街上巡察了一遍，看到人们都在忙着过年，9 时许才回据点。“一米前方看不见人影的黑夜，渐渐深沉，喧闹的村落也归于平静”。宇留田认为万无一失，可以高枕无忧。

而我军在任务下达后，姚发生副连长就带着一排的战士，迅速奔向了昌国寺东南角的三层楼的碉堡。

姚发生个子不高，身子精瘦，常常带着的微笑，配上那张黑黝黝的脸庞，给人一种温和的感觉，但是一有战斗任务，他就会双眼猛睁，寒光凛凛，满脸的杀气，精瘦的胳膊上青筋暴露。

只见他手一挥，说道：“同志们，给我上！”在凛冽的寒风中，战士们迅速扑向了昌国寺东南的碉堡。

昌国寺的外围有围墙，很高，但这难不倒我新四军战士，他们两两相配，一人踩着另一人的肩膀，迅速地爬上墙顶，再回过身来，把另一名战士拉上来。这样，一个排的战士不消多时就翻过了围墙。

他们迅速扑入碉堡。这个时候，敌人一楼的门紧紧地关闭着，但这也难不倒经常作战的战士们，他们用预先带来的冷水浇在门臼膛里，这样门被推开的时候就不会发出嘎吱嘎吱的响声了。

不知为何，伪军关上门，却没有插上门栓，所以门很快就被推开了。当战士们推开门，进入一层楼碉堡的时候，发现里边空无一人，原来伪军全部集中在二、三楼，他们为了防止意外，把楼梯抽到二楼，这样就确保了二楼的安全。

三楼的确有人在放哨，不过他们哪有心思放哨，都恨恨地发着怨言，骂骂咧咧地张望了一会儿，凛冽的北风早已使他们瑟瑟发抖，心中的那点欲望也被寒意吹得无影无踪，他们硬着头皮，东张张西望望，没过多久就抱着枪，两手插在袖管里，靠在楼柱旁进入了梦乡。

二楼的伪军则吆五喝六地打着麻将，推着牌九，他们当兵打仗没有任何信念，就是混口饭吃，他们也知道干这个活过了今天也许就没有明天，所以他们完全沉浸于原始的欲念之中，赢了钱，欢乐无比，输了钱，沮丧透顶，只是图一时之快，至于明天是什么，他们也根本不考虑。他们的战斗力有限，他们的精神更是无从谈起，日军也只是利用伪军作为外围、作为炮灰，也没有对他们抱有很大的期望。姚发生一看这情形，唯一的办法就是到门外通过人梯爬上二楼的阳台实施强攻。一切准备就绪，战士们准备搭人梯。

一班长雍发祥来到门口刚准备搭人梯，不料头顶上发出哗哗的响声，没等他反应过来，一股臭尿就从天而落，原来是一个伪军在阳台上朝下小便，由于伪军打牌着了迷，硬憋着尿不放，所以那泡尿是又长又臭。雍发祥硬是咬着牙强忍着没有发出声音，他把愤怒的火焰强压在心底，因为一旦发出响声就会惊动二楼的伪军，那么战斗的计划就很难顺利地实施了。他想，他的火总有发泄的地方，总有燃烧的时候。

伪军撒完了尿，抖了一抖，又哼着小调，转身回到二楼去打牌了。雍发祥低吼一声：“同志们上！”战士们搭着人梯，悄悄地爬上了二楼的阳台，一个、两个，三个、四个，五个、六个……不一会儿就爬上了许多的战士。他们猛地踢开了二楼阳台的大门，朝里面大喝一声：“不许动，举起手来！”

那些伪军吓坏了，他们做梦也没有想到，除夕之夜竟会有新四军前来袭击，而且是从天而降。他们丢下了麻将，丢下了牌九，丢下了手中的钞票，乖乖地举起手跪地求饶。还有几个懵头懵脑地愣在那儿像泥塑一般，战士们迅速缴了他们的枪，不料下面的声响惊动了三楼的伪军，三楼的伪军头向二楼伸了伸，一看到这情形，忙不迭地朝空中发了一枪，战士们迅速扑上去，用刺刀“报销”了他。

这一枪声惊动了西房的日军，日军打来电话，姚发生机智灵活，马上回答说，一个兄弟不慎枪支走火。日军很累，也想睡个安稳觉，并且也觉得在这样一个日子里不会有任何的战斗，所以也没有怀疑，就悄悄地钻入被窝做起美梦来。

战斗出奇地顺利，没有发生激烈的战斗就完成了任务，他们把俘虏关在碉堡的底层，留下几名战士看管，其他人则准备参加攻打鬼子的任务。

战士们在解决了东南碉堡的伪军以后，直扑昌国寺的大庙的前殿。这个时候，大庙前殿里的伪军，还有一些维持会的武装汉奸正乐成一团，他们有的划拳猜令，有的打着麻将，有的唱着京戏，有的说着下流话、唱着黄段子，这些汉奸伪军醉生梦死，自然想不到在这样的时刻，新四军会从天而降，当前殿的大门被推开以后，随着一声“不准动”，乌黑的枪口已冷冷地对着他们。他们慌了神，手脚发麻，四肢难动，舌头僵硬，他们眼眶里面展现的图像是愤怒的新四军用枪顶着他们，他们也清楚，若自己稍有动作，那么子弹会从新四军无情的枪膛里喷射而出，分裂的是自己的身体，喷出的是自己的鲜血，消亡的是自己的性命，所以他们乖乖地举起了手，唯恐新四军听不清，拼命地叫喊着“我投降，我投降”。

这批伪军有四五十人，加上前面一个班，全部被关押起来，然后一连一排的战士考虑到战斗的需要，就把这 60 多个俘虏全部交给了延陵常备队的一个分队，然后向日军住宿的地方扑去。

段焕竞见战斗如此顺利，大喜过望。虽然他对这次战斗作了周密的部署，也根据战前的判断，觉得很有把握拿下这场战斗，但是他知道，战场上的情况瞬息万变，战斗的变数实在是太大了，无论是三年游击战争在武功山的浴血奋战，还是在苏南攻打句容城、火烧新丰，他都感到了战斗的无常，因此，他也很难确定这场战斗是否能够顺利展开，但是眼下的情形却实在令人振奋。

他立即命彭寿生按原计划行动，带领二排进入昌国寺，想办法从柴房突破进入地主的大院，因为地主的大院住的是日军。

段焕竞和张铚秀从桥西来到了昌国寺旁的分院，观察着战斗的情景，彭寿生和二排的战士在钟锁贵的带领下直奔昌国寺庭院西侧的披屋柴房。

他们找到了墙角的一个大洞。因为这个洞口是刚刚用砖头砌上的，所以拆开很容易，他们就从洞口钻进了地主大院东屋堆酒的仓库，看仓库的老头就是钟锁贵的父亲，因为预先联系好了，所以一进来就接上了头。此时，一连三排和二连已在地主大院的墙外进行迂围包抄，用枪口对准了藏经楼和地主大院西墙南北的两个碉堡，钟锁贵的父亲见新四军扑了进来，兴奋异常，满心欢喜地报告，有好几个鬼子还在厨房里面吃喝，十几个吃饱喝足的鬼子已经回到西屋睡下了。一排、二排战士进入地主的大院，看见南面饭堂的门半掩着，里面灯光昏暗，烟雾腾腾。这个时候，战士们竟忘情地向南屋扑去，忘掉了之前做的统一部署，按理来说，首先应该解决西屋睡觉的日军，再解决藏经楼上的日军和南北两个碉堡里的日军，但战士们由于兴奋，一下子全部扑向了饭堂。

在食堂外放步哨的西村，隐约看到前方约 40 米处有人影移动，他感到奇怪，此时应该不会有人游荡，警觉的他端着上了刺刀的三八式步枪，上前五六步仔细看了看，对着黑暗处大喝一声："什么人？"没人回答，只见一颗手榴弹飞来，在他跟前炸开了。接着前方、右侧方步枪、捷克式机枪同时射了过来。夜很黑，手榴弹、子弹均未击中他，他一边叫喊："敌击，敌击！"一边卧倒，并迅速滚入大门内。卫兵司令田口伍长听到西村的叫声，拔腿奔向门外，正好看到手榴弹爆炸，随即让松永上等兵赶紧向小队长报告，并对部下 7 名士兵下达抵抗命令。

在彭寿生的号令下，战士们将集束手榴弹齐齐地投入饭堂内，然后机枪、步枪一齐喷射，日军尽管训练有素，但在如此狭小的饭堂内，除了叫喊便是血肉横飞，身首异处是其必然的结局。

西屋，正在睡梦中的宇留田、青山以及士兵们被手榴弹爆炸声惊醒了，他们几乎同时用双脚踢开被子，提着枪支紧急集合。宇留田大叫："听着，第一分队的轻机枪进入右边碉堡；第二分队的轻机枪进入左边掩体，掷弹筒就在这个位置，首先射击南面的敌人；重机枪分队进入北碉堡；其他人就在这里集结。"

此时，飞来的一枚枚手榴弹接二连三地炸开了，步机枪不停地射击。警备队全员开始激烈还击。宇留田命令盐川、池田两个通信兵赶紧向金坛联队本部呼救后，自己便进入北碉堡参加战斗。

宇留田命令担当联络的青山负责指挥正门碉堡抵抗线，令卫兵司令田口前往指挥北碉堡的重机枪分队。田口立刻叫来山口，每人拎起一箱卫兵所的弹药冲往北碉堡。

宇留田也冲进北碉堡，站在楼上察看四周敌情。只见正门南面有轻机枪进攻，西边河汊处有人从民房窗口或房顶开枪或掷手榴弹，北面还有不少后续部队，东侧昌国寺房顶也有三三两两的手榴弹扔过来。好在驻守在藏经楼上的士兵在拼命还击，居高临下地用火力压制新四军。西屋中的士兵投出燃烧性的手榴弹，立刻点燃了堆放在大院天井里的稻草，照亮了整个大院，使新四军难以接近西屋及北房。

不过，宇留田心里非常着急——这倒霉的事早不来，晚不来，偏偏在川越不在家时轮到自己头上。现在四面楚歌，包围重重，只有孤注一掷，拼死到底，照已订计划打下去了！

段焕竞和张铚秀命令二连和一连三排积极配合。他们除了向两个碉堡和藏经楼开火外，还派战斗小组利用死角冲到西屋旁，以竹竿绑手榴弹抵在枪眼上拉爆，炸开墙洞，然后再向里面扔手榴弹。还有的班长用长竹竿捆绑集束手榴弹炸开了屋顶。这样，二连一部冲进了西屋和北屋。一连、二连内外夹击，逐屋进攻。

一个多小时过去了，日军报话机仍没有接收到金坛回应的信号。战斗中，重机枪分队三号射手酒井被正面射击的子弹击中腹部倒下，还有数人被打伤。四周的包围圈越缩越小，日军全军覆没仅是时间上的问题。

两个小时过去了，宇留田决心命第一分队突入前方房屋西侧的桥梁，第二分队突击房屋东侧的新四军，第三分队轻机枪移到右边碉堡内，压住桥梁附近新四军的轻机枪火力，准备突围。命令下达后，新四军投过来的手榴弹几乎同时炸裂在阵地前，日军一步也推进不得。无奈，宇留田命令士兵全部退守至两个碉堡和藏经楼，伺机突围。

日军退守至昌国寺藏经楼和戏台后面，在地堡内负隅反抗。但我军不会让敌人有丝毫喘息的机会。新四军从里面往外打，也从外面往里打，还从房顶上向下打。这时，指导员带的三排在大山门内封锁拱桥和地堡，形成日军出不来也进不去只能挨打的局面。在战斗过程中，二排副排长钱大个子发现东厢房里仍然有枪声，估计里面有日军躲藏，于是就冲入东厢房四处寻找。一个藏在床底下的日军冷不防直窜出来，抱住了他的腰。两人扭住撕打起来，桌上茶壶的摔碎声惊动了我军的一名小战士，他循声前来，朝日军手臂开了一枪才结束了这场撕打，活捉了这个日军。

段焕竞和张铚秀进入昌国寺，指挥一连、二连打通地主大院的东、西、北屋，进抵藏经楼和碉堡的入口，实施火攻。

一道道墙壁上全都打通了墙洞，战士们从伪警察所柴房搬来大批干草和木柴，浇上煤油，再放上预先备好的干辣椒，在这三处放起火来。有些战士在稻草把上浇了煤油、点着火用竹竿塞进枪眼。东北风刮得正紧，火借风势越烧越猛，火焰爬上了藏经楼和碉堡，辣烟呛得日军狂叫。

宇留田一直等待逃出包围圈的机会。18日3时左右，燃烧的大火渐渐熄灭，警备队处于烟雾之中，宇留田心想，时机到了！于是命令日军撤出正面碉堡抵抗线，紧闭正门，并叫来重机枪分队长田口，下达出击命令。

3时30分左右，日军打开西侧出口小门，从掩体暗道冲出据点，跳进河汊，河床干涸，泥土没膝，全员悄悄斜渡河汊。田口指挥重机枪分队也进入道路，对着南面射击。

新四军侦察时未发现暗道，对这股突然来犯之敌毫无准备。好在坚守在这边的正好是勇猛能打的特务连一排，战士们不顾伤亡，坚持战斗，与追击部队前后夹击。

池田、盐川眼看手里的收发报机有被缴的危险，随即用脚踩坏无线电器材，并与密码本一起丢进燃烧的民房，付之一炬。

宇留田心想：唯一向外求援的无线电毁了，怎么办？总不能孤军作战到全军覆没为止呀！于是，他又命令秋田、高山、盐川三人突围出去向珥陵警备队求助。但由于我军火力太猛，他们无法前进一步，求救珥陵驻军的希望也破灭了。同时，新四军两挺机枪又从背后猛射过来，日军一个接一个仰面倒下。宇留田心想：难道就此完了？他抹去绝望的泪花，右手扬着军刀，左手提着手枪叫道：“冲上去！”结果在冲锋的同时又遭到新四军捷克式机枪集中的火力封锁，其中的一颗子弹命中了他的要害部位，宇留田随即断了气。

农历大年初一拂晓，丹阳、珥陵、蒲干等地的日军才出动增援，而战士们早已打扫战场结束，从容撤出了战斗。

这次战斗，激战 5 小时，击毙日军小队长以下 28 人，解决伪警 60 余人，缴获掷弹筒 2 具、高射机枪 1 挺、三八式轻机枪 1 挺、步枪 10 余支、手枪 1 支、无线电台 1 架、望远镜 1 具、指挥刀 3 把、皮包 10 多个，以及其他军用品。一营伤亡班长以下 23 名。

战士们从未见过掷弹筒，结果还闹了一次大笑话：误说掷弹筒为两门小钢炮，上报了军部和支队部。待上级前来验收战利品时，才纠正说这是掷弹筒。

攻歼延陵守敌的胜利，给予敌人新的沉重打击，日军在此后很长一段时期未敢再到此设立据点，延陵真正成为我苏南党政的活动中心之一，成为东进北上的前进基地。东湾、延陵和后来淳化、高资的胜利，不但使日军新年全面“扫荡”的计划破产，还使日军察觉到小据点容易被我军消灭而改变计划，放弃小据点。因此，日军在 3 月间，放弃了茅麓、丁庄，导墅桥、上党、白兔、西旸、蒲干、茅山顶宫等据点；驻守珥陵的日军夜晚分住镇外，碉堡交伪军警守备，以防我军夜袭火烧。

云台山战斗

一个老头被一名小战士推到了战士们的面前，众战士抬头一望，满脸惊讶。老头的头发如杂草一般纷乱不堪，头发里还夹杂着一些破碎的棉絮；看那脸皮，皱皱巴巴，形如山中的土坎儿；再看那脸面，鼻涕直垂；那两只手，形如枯柴，一只手握着一根木棍，且捏着一只皮袋，另一只手拿了一只破碗，破碗的缺口处还钉有铁钉。

看到老头这个样子，战士们就明白了他的身份，再看他那身上穿的衣服，破烂不堪，遮蔽着他萎枯的身躯。新年刚过，天气十分寒冷，在寒风中老头瑟瑟发抖。

一到战士们的面前，哀求之声就从他的嘴中不断飘出："老总啊，老总，可怜可怜我吧，放我回去吧，家里人还等着我。"他用手擦着眼泪和鼻涕，"我要回家，家里人还等着我，我家里揭不开锅了，我要了一些米，老婆孩子等着吃饭呢。"他的身边还有一只小狗，也眼泪汪汪的样子。

战士们犯难了，干部们也犯难了。这是怎么一回事？原来在 1939 年的 2 月 25 日，我新四军二支队三营，包括营部和两个连，130 多名战士在营长邱立生、营教导员王荣春的率领下，携带轻机枪 2 挺，步枪 30 余支，奉命赴江宁镇一带破坏敌人的京芜铁路，途中因情况发生变化，于是撤回到云台山区的后石塘村。按照惯例，进驻云台山区后石塘村以后，三营便布置警戒封锁的任务。

部队封锁村庄以后，对于村民出入有严格的规定，要求只进不出，只怕走漏消息，而现在一个乞丐哭哭啼啼地要求离开，怎么办？领导也犯难了，看上去这是一个不折不扣的乞丐，家又住在附近，如果不放出去，时值新春，可能会影响军民关系。横山抗日根据地刚刚建立，我新四军立足未稳，必须得到民众的支持。但如果把他放出去，显然是违背了战斗条例，怎么办？领导考虑了一下，觉得一个乞丐住在附近也没什么大不了，便挥挥手放他走了。不料，这一放竟酿成了大祸。

原来这个乞丐可不是一般的乞丐，而是汉奸密探，他一直尾随着我新四军，悄悄地来到了后石塘，见天色已晚，我新四军战士必驻于此，便趁机想溜走，向他的日本主子告发，不料被我军拦截，但一番哀求后竟然被放了出来。他喜出望外，迅速来到了小丹阳的日伪据点，把这一情况告诉了他的日本主子，日军喜出望外，迅速通知了周围据点的日军，连夜向我新四军袭来。

日军在此前的小丹阳之战、横山之战、博望之战中不仅没有讨到便宜，还吃了大亏，这一次，他们肯定要一雪前耻。

这次合围奔袭我军的、附近的据点的敌人是倾巢出动，共有500余人，其中有日寇精锐的伊腾、沃野等部。敌人分为四路，其一为矿山敌一路，70余人先占领前后石塘、莺子山一带。其二为慈湖敌一路，100余人，由朱门出，先占查塘及西南一带山区。其三为陶吴敌一路，百余人，分两路，一路经龙庵桥向后石塘、曾庄方向搜索；另一路由云台山脚下向后石塘、曾庄方向合围，并分兵占领云台山最高点云台寺。其四为小丹阳一路，百余人，由窑头进逼后石塘、曾庄一带，另以一部占领云台山南端高地。

放走了老头以后，我新四军三团一营的官兵在后石塘吃了饭，然后按照惯例又连夜转移到后石塘后面三四里远的曾庄宿营。

一营进驻云台山脚下的曾庄村，营部和战士都住在村民曾照献、曾宪凤、陈老头等的5栋大瓦房里，一营一连二排四班住最后一栋房子，营部住在最西的房子里。二排四班刚住下，房东陈老头对二排副排长兼四班班长曹金有说："四班长，明天可能有敌人来扫荡，夜里你们最好到山顶庙里去住。"

曹金有觉得有道理，云台山位于南京市西南方，距离南京约30公里左右，西北依江宁镇，东南为横溪镇，此座山因横溪镇上古有云台寺得名，山略呈东北—西南向，山有十五峰，山势连绵，地势险要。俗语云"车不立险地"，移居云台寺退可守，进可攻，这样才无后顾之忧。

曹金有忙把这一建议向营长邱立生汇报，不料邱营长笑了笑，说："曹排长，你可知道今天是什么日子？今天是正月初七，明天初八，是好日子，老百姓嘛，可能不欢迎我们住他们的房子。"

曹金有虽觉得此话没有道理，但又不好反驳，便无奈地退了回去。房东陈老头一听邱立生的解释，略有不快，说："我不是讨厌你们住在我家。现在风声紧，还是小心为好，避过风头，欢迎你们再来住，我保证给你们住。"

曹金有觉得有道理，战争环境中容不得丝毫马虎，强烈的责任感驱使他第二次来到了营部，他又向营教导员王荣春做了汇报，不料他和营长讲的话一样，曹金有判断营长和教导员通了气，已达成一致意见，自己也不好再坚持，只好又回到住处。

这一次陈老头发急了，向曹发誓："你们躲过鬼子扫荡后，到我这里住一个月两个月，我都留你们，可现在，实在危险，鬼子天天在外面转呀。"

曹金有有些犹豫，但见陈老头言之凿凿，又想起不久前出村的"乞丐"，内心实在不安，便第三次到营部汇报。营长、教导员都在场，见曹金有又提此事，便发了火，把他批评了一通，说他大惊小怪，搞得曹金有满脸通红，一头恼火。

第二天，即2月26日，农历初八，凌晨三四时，在曾庄东南方向200米处的小山坡上，新四军战士和民兵江天顺在放哨，他们隐隐约约地看到在曾庄东北方向的小山坡上有人走动，战士连忙问江天顺，那是一些什么人？江天顺看了一会儿，早晨天还没放亮，能见度很低，他判断那些影影绰绰的点儿可能是进山打柴的乡民，因为乡民缺少柴火，需要时常上山打柴，而打柴必须经过那个小山坡。虽然时值新春，乡民们很少出动，但也不排除有少量的乡民因缺柴而上山打柴，乡民们起得早，完全有可能是他们。

他们放松了警惕，许久，天光大亮，江天顺突然发现那片山坳里出现了日军的太阳旗，他吃了一惊，赶快向一同放哨的战士汇报，战士一看，确认那是日军的太阳旗，便马上鸣枪报警。

枪声一响，日军便像被捅了窝的马蜂一般纷纷而出。在曾庄南面、埋伏于曾庄前的日军，到达曾庄西边后石塘的日军，以及抵达曾庄东南不远龙庵桥的日军，发现新四军已移住曾庄，很快蜂拥而上，用火力封锁了进出路口，妄想包围曾庄、紧缩包围圈，一举全歼新四军。一时间，敌人的迫击炮、机枪、步枪、手榴弹如雨点般倾泻在曾庄村内。

军事哨一个班的战士，都没有料到日军会突然出现，还没有等到他们反应过来，日军已经扑了上来。

但他们毫不畏惧，开枪不及便和日军近距离搏斗起来，有的徒手，有的操起手榴弹，有的端起刺刀和日军展开了白刃战，那些日军也疯狂地叫喊着和战士们拼起了刺刀，虽然部分日军被我新四军战士刺伤、刺死，但是由于寡不敌众，且敌人是有备而来，这个班的战士最终被疯狂的日军刺杀、射杀，无一生还。

天一亮，村里的战士们有的唱歌，有的吃饭，一听到枪声，知道情况有变，便纷纷而起，拿起了枪。

营长邱立生、教导员王荣春一听枪声四起，暗暗吃惊，后悔没有听从曹金有的意见，现在出现敌情，四面枪声响起，且密度如此之大，我方已经完全被包围，现在唯一的选择就是突围。

枪声响起，紧接着子弹如雨点一般落下来，整个曾庄的上空被弹雨笼罩，邱、王二人连忙召集连干部开会，并迅速作出决定，一连留下阻敌，二连突围，向云台山进发，占领制高点，然后伺机翻山，进入安徽境内。

一声令下，干部、战士一边还击，一边四散而出，冒着枪林弹雨沿着曾庄西北一条小路沟边的深坳子向云台山迈进。

但是敌人有备而来，设伏地点离曾庄很近，枪声一响，蜂拥而至，早把曾庄团团围住，战士们刚想冲出，就被枪弹阻击，许多战士倒在了村边。

王荣春刚冲出住房 100 多米远，双腿就被日军的炮弹打断，昏倒在地。曹金有带领了两名小战士想从正门往外冲，冲了好几次未果，但见弹雨如注，炮火连连，无法冲击，他只好带了一支马枪和三颗手榴弹，又穿了一件日本的军大衣从房后突围。

在日军射击停歇的一刹那，曹金有和两名小战士从房后菜园的矮墙洞中冲了出来，刚好碰到了受伤的王荣春，见他的双腿已被日军的炮弹炸断，便要背着他走，王荣春摇了摇手。

王荣春鲜血流了一地，脸色苍白，头上全是汗珠，他眼神黯淡，望着满脸灰黑的战友，蠕动的嘴唇轻轻地发出断断续续的话音：“不要管我了，我不行了，你们赶快冲出去，赶快冲出去。唉，我们没有听取群众的意见，吃了大亏，要吸取教训啊。”

王荣春取下身上的望远镜，还有一只公文包，交给了曹金有，要他交给黄火星团长。他催曹金有赶快带领小战士向外冲，话未说完就渐渐地闭上了双眼。

日军围了上来，小战士陈秀莲是福建龙岩人，他扔出了一颗手榴弹，炸死了两个日军，就在他奋勇前突时，敌人的枪弹无情地击中了他的躯体，他慢慢地倒了下来。

新四军刚刚下山的三团战士，绝大部分是参加了三年游击战争的闽西红军战士，这样的战斗他们经历过许多次，走山路对他们来说是驾轻就熟，在弹雨中前行是司空见惯，在硝烟中滚打也是常见的事。此刻，他们也表现出大无畏的精神，从曾庄的村口四面突围，分散进发。

从曾庄突围出来的战士，纷纷向云台山山顶进发，这一路上没有遇到日军的阻击，战士们松了口气，以为已经脱离了危险，便急急地向山顶进发。

这云台山的主峰只有 319 米高，不是什么深山大林，和闽西的山区比，只能算是丘陵，但在苏南也算是不大不小的高山了，且山坡陡峭，这些战士虽然擅长爬山，但由于战情危险，战斗激烈，感觉还是与往昔不一样，待他们气喘吁吁地往山顶上冲时，没料到从陶吴来的敌军已经在深夜 3 时左右占领了山头和大庙，架好了机枪、大炮，埋伏隐蔽，专等新四军上来。

若按原计划，战士们占领了云台山、云台寺以后，便要就地狙击，等到突围的战士全部汇合后向安徽境内转移，没料到战士们刚刚来到半山腰，狡猾凶残的日军便在敌酋的一声吼叫下纷纷开枪射击。

战士们毫无思想准备，又处在敌人的有效射程之内，一阵枪响后，前面的战士纷纷倒下，后面的战士马上就地阻击，没料到处在半山腰仙人洞附近的日军从后面夹击，从战士们的背后齐齐开枪，还不时地弹炸炮轰，战士们一个又一个地倒了下去。

在万分危急的情况下，战士们只有一条出路，那就是向凤凰岩方向出击，杀出血路，向西转移。邱立生和战士们扭过头向凤凰岩方向挺进，没想到后石塘的日寇用火力封锁了凤凰岩，历尽艰险的战士又遭到日寇的伏击，接二连三地倒在凤凰岩土坳深塘和后石塘山坳附近。营长邱立生左冲右突，怎奈敌人火力凶猛，他也不幸倒在了后石塘村村后的小坡上。

此战十分惨烈，战士们完全暴露在日军的枪口下，对敌人的伏击毫无思想准备，但他们仍临危不惧，血战到底。

我军一名机枪手冲在最前面，用机枪开路，撂倒了好几个日军，但不幸冲到半山腰时，被日军的子弹击中，他翻身倒地，身子趴在机枪上一动不动，想把机枪完好地交给后面的战士。

一排副排长曹金有带领两名小战士往山顶上冲，不料雨点般的子弹击中了两名小战士，他们慢慢倒了下去，曹金有也负了伤。但他富有作战经验，在三年游击战中有过类似的遭遇，在敌人四面合围很难冲出去的时候，唯一的办法就是顺势从山坡上翻滚而下，在此情形下，敌人的枪弹很难击中自己。

他咬了咬牙，裹紧了日军的军大衣，顺势就沿着山坡滚落下来，日军的枪弹没有再次击中他，他浑身是伤，被当地的群众发现，送到查塘，后来又送到溧水洪兰埠我军卫生队，幸免于难。

云台山战斗前前后后经过了 4 个小时，战士们通过反复冲杀，终于从重重包围中打开了一个小缺口。一部分干部、战士突围而出，敌人妄图一举全歼的计划落空了，但是这次战斗我军也损失惨重，牺牲 65 人（其中，营长、教导员、连长、排长各 1 名，班长 3 名）。有 27 人从云台山突围而出，其中受伤 24 人，一名文书和两名小战士没有负伤。敌人被打死打伤 40 多人。

在此战中，江宁区人民积极救助新四军战士。一名炊事员突围时见十几个日、伪军在后追赶，便拼命向凤凰岩突围，刚出村，见敌人层层包围，无法前进，情急之下，便奔向离曾庄

300 米左右的孙塘附近的一户人家。

这是贫农李大的家，刚巧李大不在家，外面枪声一响，李嫂担心着丈夫的安危，带着孩子惊恐地躲于房间一角。突见进来个新四军，李嫂一颗忐忑不安的心更为惶恐不安了！她两眼睛直直地凝视着炊事员，不知如何是好。

炊事员急促地说："大嫂，有鬼子追我，我在你家躲一躲行吗？"

李嫂一想，新四军抗敌报国救百姓，现在有危难，怎能不救，便说道："好，就在这里躲一下吧。"说着，进房拿出李大的衣服，"快！快换上孩子爹的衣服！"

炊事员在李嫂的帮助下换好衣服，四下一看，急急地说："大嫂，我就藏在帐子后面吧。"

"不！"李嫂一把拉住炊事员，"你就坐在这里不要怕，鬼子问你，你就说叫李大，是我的丈夫，孩子爹外出还没有回来，也许能瞒过敌人。"说完，李嫂又急急地把新四军的衣服塞进草堆里，然后牵出两头牛，叫炊事员牵出门去放牛，再伺机脱身突围。

还没出门，外面传来一阵乱七八糟的皮鞋声响，这显然是敌军的脚步声，旋即十几个日、伪军端着上好刺刀的枪、满脸杀气地冲进李大的家。

一个日军眼睛发出绿色的凶光，他盯着炊事员，进门就骂"巴嘎亚鲁"，并用枪对准炊事员，手指比画了一个"四"，凶狠地叫道："新四军的，在哪里的？看到了没有？"

炊事员和李嫂摇摇头。李嫂听到日军问"在哪里的"，心里便有了底，知道他们并不清楚站在这里的就是新四军。

"我们看到的，新四军跑到你家的！"日军恶狠狠地用眼光扫视着，想搜寻他想要的东西。

李嫂冷静地回答："太君，我们没有看到新四军，你不信就在我家搜吧！"

"巴嘎亚鲁！"一个日军指着炊事员，"你的，新四军的干活！"另一个日军旋即用刺刀向炊事员刺来，炊事员一躲闪，刺刀刺中嘴巴，鲜血直流，但没有刺到要害处。日军虽不能确认炊事员是新四军，但要把他带走。

李嫂急中生智，双膝跪在地下，哭哭啼啼，苦苦哀求："太君！他是我孩子的爹爹，我们是种田的呀！太君饶命！太君饶命！"

李嫂的儿子也上前来认爸爸，正相持不下时，外面又响起一阵枪声，一个伪军跑进门急促地嚎叫着："快！命令！上山！"

领头的日军叫了一声"嗨依"，接着又疑惑地看了李嫂和炊事员一眼，无奈地喊了一声："开路！"日、伪军才一窝蜂地出门而去，匆匆地向云台山跑去。

当晚，李嫂帮炊事员包扎好伤口，由村上的步哨送走。

在这场激战中，云台山游击区的人民群众冒着枪林弹雨，掩护新四军，抢救伤员，出现了许多可歌可泣的动人事迹。有为帮助新四军突围、主动把自己身上穿的棉袄脱给新四军战士的贫农钱白玉，有奋不顾身掩护伤员的丁宝华，还有细心护理 8 名伤员的陈老太等，这些都表现了军民鱼水关系的深厚情感。

上下会战斗

王必成登上小青山，用望远镜朝四周看了一看，日军蜂拥而至，他为部队没有及时转移而感到后悔。

1939 年 2 月 8 日，王必成率二团二、三营攻歼溧武线上的东湾日军据点。17 日夜晚，一营又以迅雷不及掩耳之势，全歼安插在我根据地中心区的延陵镇的日、伪军。我军的几次胜利，让岩松师团所辖的镇江池田联队长坐立不安，暴跳如雷——自入侵江南以来，日军从未受到过这样大的打击和损失，他发誓要与新四军决一死战，以振他皇军的威名。他不惜一切代价收买汉奸特务深入抗日根据地，刺探我军情报和收集根据地政权建立等情况，了解二团经常行动的地区、驻扎的村庄、停留的时间、行军的路线、指挥员的姓名、兵力数字，以及装备等情况；他下令，一旦发现新四军营地立即报告并加以跟踪，各个据点的军队旋即出动，分进合击。由于敌我力量悬殊，为了避其锋芒，王必成所率的二团在行动上作了调整，驻之隐蔽，行动分散，声东击西，虚虚实实，使日军无法摸清我军活动规律。日军每次多路合击“扫荡”，常常是扑空或受到损失。但他们仍不肯就此罢休，而是经常地、反复地进行“扫荡”。

3 月 6 日夜晚，二团静悄悄地进入镇江丹徒上会村、下会村和丰陈村营地，准备在这里隐蔽休整几天，再寻找歼敌良机。苏南地域狭小，敌据点林立，这个驻地的西南是白兔镇，西北是东昌街，相距都不远。从这里到上党 8 公里，到句容城 18 公里，到丹阳城 17 公里，到新丰火车站 20 公里。上述各地均是日伪的据点，兵力有多有少，均属镇江池田联队的建制。

王必成非常小心，按据点的远近分别派出不同的侦察员对敌进行监视，警戒均设双哨，白兔镇方向设排哨，目的是为了确保部队的安全和遇敌时情报队能及时投入战斗。

当晚 0 时左右，从镇江城里送出一份敌人的情报，该报称，镇工五十一联队获悉，新四军二团已进入镇（江）丹（阳）句（容）三角地带进行游击活动。果真五十一联队连忙报告给南京十五师团，岩松师团长得知后大喜过望：“吆嘻吆嘻，师团搜索队、五十一联队迅速查明二团的营地，跟踪监视并及时报告。五十一联队抽调兵力加强丹句公路和京沪铁路的封锁，抽调步兵骑兵 2 000 进入镇丹句三角地带，控制重要地段……”他咆哮着“合围他们，消灭他们”，口中的热气直喷而出。

王必成团长与政治处主任肖国生对这份转来的情报反复研究，认为如果敌人确已行动，我们越过丹句公路就行，但这份情报与前天敌人放出要对我军进行“大扫荡”的风差不多，会不会是敌人放的烟幕弹？况且二团刚进入新的营地还不到3小时，镇江的日军不可能知道得这么快。不如先原地不动，提高警惕，加强战备，待查明敌情后再定。因此，他们两人要司令部即派侦察兵对丹阳、上党和东昌街敌军据点进行监视；驻地各分队要指定值班分队，加强各级干部查哨带班，做到一有情况立即能投入战斗。

可惜王必成、肖国生判断错了，日军已完全掌握了二团活动的情报，日军十五师团五十一联队，分为镇江、句容、金坛、丹阳、天王寺、东昌街、白兔和延陵八路，采取重点围攻，分进合击，妄图一举消灭二团。

日军八路围攻，而上下会地区地形狭小，我军可谓风险异常。

丹徒上会村、下会村和丰陈村在沪宁铁路以南，属茅山山脉。茅山山脉绵延到句容、溧阳、溧水、金坛、丹阳、丹徒、镇江等市县。在句容县境内的有大茅峰、二茅峰、三茅峰，主峰为大茅峰，海拔373米。山脉起伏，上有松柏、杂树、茅草，被毛主席称为全国六大抗日根据地之一。当然，这儿的山峰较低，山脉短且单一，从严格意义上讲，只能称为丘陵山区，和闽西三年游击战争时期的山区比，实在不具备山区特有的地形上的优势，新四军初入苏南时，那些老红军确实失望，原先的欣喜之情消失得无影无踪。好在陈毅、张鼎丞率一、二支队顽强奋战，在丘陵平原上建起了抗日根据地。

上、下会离茅山主峰约30公里左右，仍属茅山之脉，是中等起伏地的丘陵地带，标高一般为15~20米，最高的也超不过30米。这些山岗上都是茅草杂树，其也因常年被雨水冲刷，呈现各种颜色，平日里被人称为白石山、小青山等等。这样的地形比山区弱，比平原强，从地形上讲，多少还有一些依托。

7日凌晨4时，上、下会一带浓雾重重，二团设在毛榨村的排哨发现，从东边的丰城村方向过来一批日军，便开枪报警。原来这是一批从白兔镇赶来的日军，他们向二团二营六连设在毛榨村的排哨发起进攻，新四军奋起还击，连长率主力很快赶到，打退了日军的进攻。

王必成、刘培善、肖国生等住在丰城村西三公里的上会村，听到西南方向的枪声后，王必成和刘培善立即翻身下床，命令团部机关集合。此时的二团缺三营七、九连，他们随朱长清到武进会合管文蔚部去了，而团参谋长段焕竞已到军部学习。

王必成听到枪声从西南方向响起，十分密集，随后接到二营的情况报告，判定这不是一般的袭击，而是大规模的合围。随即下令全团来丰城村集中待命，同时派出参谋严令六连抗住敌人的进攻，以确保全团胜利转移。

凌晨5时左右，全团在丰陈村刚集合完毕，从丹阳方向来的侦察员就报称：丹阳城日军沿丹句公路开来，先头部队已到丁庄铺，具体人数不清，那儿离这里有7公里。看来日军是企图封锁我军向延陵方向转移。王必成本来拟定南走，但南去的道路已被切断，并且这里据点林立，敌人人数不少，附近日军据点情况是茅庄、丹阳城、宝堰街各驻日军七八十人，五岗头、上党镇各驻日军50余人，句容城驻日军100余人，青山街驻日军一个小队30人，白兔镇驻日军步兵一个中队200余人、骑兵中队300余人。现在只能先向北了。

王必成立即召集几位营长、教导员开了一个碰头会，除了王必成、刘培善、肖国生外，一营营长张铚秀、教导员李文魁、副营长罗斌，二营营长张强生、教导员罗维道也参加了，短短几分钟就作出了决定，具体顺序是三营八连为前卫，团直、二营、一营依次跟进，向上党、五岗头方向突围，二营六连在下会村继续抗击日军的进攻。八连接受任务后，立即指定尖兵排，拧松手榴弹盖，搜索前进，来到北边五里的元庄村。

此时天色已放亮，部队走不多时，就发现薛村前面有敌人，我军立即向敌人开火。敌人退入村庄，用火力阻拦我军前进，我军则展开兵力和火力，准备继续战斗。但王必成命令暂停进攻，因为他从望远镜里发现薛村后面有密密麻麻的日军在向前开进，可以判定这股敌军肯定是东昌街、上党、镇江三处之敌，不然不可能有这么多。

王必成匆匆在地上展开五万分之一的地图，在清晨并不明亮的光线下对肖国生比画着，说："看来日军已对丹句公路进行了封锁，逼迫我北走，尔后北面再出重兵，拦我去路；现在我们的东边是南北大运河及宁沪铁路，是天然障碍，我军无法越过；西边句容即是日军重兵集结之处，也不能去，看来我军已处在敌人重重合围之中，唯一还有一块小的空隙地区，即上下会和丰陈村，敌军未到，还可以去选择和占领，并且必须迅速行动，否则我军更加被动。"

肖国生点头同意，王必成立即下令一营由后卫改作前卫，二营仍进入上下会坚决阻止句容、白兔方向的日军，三营八连和特务连掩护，最后坚守丰城村抗击镇江方向日军的进攻。布置完毕，他对肖国生说："你在后指挥督促这几个分队，我去前卫连了解一下他们执行任务的情况。"

王必成带着两名警卫员飞速赶到一营阵地，营长张铚秀、副营长罗斌、教导员李文魁都在，王必成登上十几米高的小青山顶端，用望远镜向南看去，只见 1 000 余日军的步兵、骑兵成散兵队形，蜂拥似地向新四军压来。形势相当危急，他后悔当初没有果断地转移。但王必成久经沙场，异常冷静，继续观察敌情，寻找最佳的作战方案。王必成的冷静和他不平凡的军事生涯有关，他在红军时期就经历过多次的反包围战。

1932 年底，红四方面军主力冲破大巴山进到川北通江两河口地区，迅速打开了入川的门户，接着直下通江、南江、巴中，其势锐不可当。一个多月时间里，先后解放通江、南江、巴中 3 座县城及周围地区，初步完成了进军川北的战略任务。红四方面军主力迅速入川，占领通（江）南（江）巴（中）地区，震惊了正在混战的四川大小军阀，他们被迫接受蒋介石停战言和的方案，转而共同对付红军。

1933 年 2 月中旬，在蒋介石拨发 100 万发子弹和 20 万元军费，并派出 4 架飞机助战后，国民党军川陕边"剿匪"督办、二十九军军长田颂尧委派其副军长孙震为前敌总指挥，集中 38 个团近 6 万人，分左、中、右 3 个纵队，开始对川陕苏区进行"三路围攻"。

面对气势汹汹的国民党军，红四方面军总部决定以七十三师、十一师扼守北起南江的三江坝，南至巴中的曾口场一线，抗击国民党军左纵队；十二师屏障于巴中至通江以南，对付国民党军中、右纵队的杨森部；十师在通江东北之洪口场、竹峪关一线，迎击刘存厚部，保障方面军侧后安全。

王必成率部奉命和兄弟部队坚守洪口场，抗击刘存厚部主力的进攻。当时的洪口场战云密布，箭在弦上。炮火疯狂地向洪口场王必成的三营阵地倾泻。

"营长，敌人爬上来了！"观察哨报告。

"大家听我的命令，等敌人靠近了再打。"王必成命令道。

在炮火的掩护下，黑压压的国民党军如蚂蚁上树般嗥叫着扑向三营阵地前沿。200米、100米、50米……越来越近了。

“打！”王必成瞪着血红的双眼，怒吼一声……“营长受伤了！”通信员惊叫一声，背起王必成就往下撤，卫生员赶忙为他包扎伤口……王必成还在养伤期间，反“三路围攻”就于6月中旬以红军的胜利而结束。

红军的胜利和川军的惨败，使蒋介石如坐针毡，一面任命刘湘为四川“剿匪”总司令，并下拨军费200万元、枪1万余支、子弹500万发，严令刘湘立即发动新的进攻，荡平川陕苏区。刘湘接到命令后制订了一个“六路围攻”的计划，纠集110余个团约20万兵力、飞机18架，在西起广元，东迄城口地区千余里的弧形线上，对川陕苏区展开了空前规模的“六路围攻”。面对川军“六路围攻”的严重形势，红军实行“收紧阵地”的战略方针，决定分东、西两线粉碎刘湘的“六路围攻”。

在我军八十八师内，一营政治委员王必成率全营将士激战雷音铺、痛击“双枪兵”、血战万源、再战黄猫垭，和红四方面军将士一道通过了10个月的反“六路围攻”。最后红四方面军取得了空前的胜利。11月初，在通江县毛浴镇召开的红四方面军党政工作会议上，表彰了一批在反“围攻”作战中战功突出的部队。王必成所在的二六三团，被授予“铁军”奖旗。会后，王必成调任为被授予“夜老虎”奖旗的八十八师二六五团副团长。

……

眼下合围规模远没有红军时期大，虽然日军的战斗力远胜于国民党军，不过现在形势危险，必须打开一个缺口，迅速突围。

王必成立即发出第一道命令：王萱春率领一营三连为突围部队开路。一排排长曾旦生是有名的猛“张飞”，端着歪把子机抢带头冲锋，但遭到日军的骑兵中队300余人围堵，三连被堵住了，突击失利。

这时候，王必成看到日军在迅速向白石山进发，形势十分危急。白石山高不过30米，在山区只能算是一个小山岗，但是在苏南已经是少有的制高点了，这可是生死攸关的制高点，若日军占领，其火力会发挥到极致，对我军极为不利；若我方占据此制高点，则可以压制敌人，稳住阵势，为伺机突围创造条件。

王必成果断地大声命令一连连长彭寿生率一连迅速占领南面的白石山，越快越好，他怕彭寿生听不清楚，还用手比画着说：“就是前面那个有一块白石头的山，快去快去！”

此时白石山的顶部浓烟升起，炮声隆隆。日军、新四军双方都意识到这个30米高的小山头具有非常重要的价值，必须占领，双方势在必夺。

彭寿生连长随即按团长要求向全连下达命令：抢占白石山，顺序是一排为先，二、三排跟上。

一连副连长姚发生右臂一挥，说：“一排跟我来！”带头向白石山顶冲去，彭寿生和二、三排战士在下面等待，短短的几分钟，他觉得比几天还长，头上的汗也冒了出来。终于，他见到占领山顶的联络讯号，便立即带领二、三排跟了上去。姚发生是一个猛将，危急关头，他身先士卒，率先冲上前去，一连一排40多人齐刷刷端着三八式步枪猛冲，不知从哪里来的一股劲，不仅无人掉队，而且边跑边拧松了手榴弹盖。10 多分钟后当他们登上白石山的顶部向下一看，日军也快爬到顶了。“打！”一排手榴弹下去，死的死、伤的伤，一片嚎叫声，敌人退了下去。真险啊！仅先敌一步，快了两三分钟，主动权便为我方控制，大家感到无比欣慰，但旋即敌人又扑了上来。

彭寿生在山下猛叫一声：“二、三排赶快跟上我，冲上山去，增援副连长。”他们飞步而上，使出全身力量。刚到达一排阵地时，大批日军已冲上山头，一排正在和他们拼手榴弹，爆炸声震耳欲聋，二、三排赶到，居高临下，立即投入战斗，短兵相接，拼起刺刀。因一连居高临下，地形有利，一个日军被拼倒，滚下山去，砸中了一大片敌人。日军约有 300 多人，一下子退下山去。第一次交锋，日军死伤七八十人，光在山头上抛下的尸体就有五六十具之多。一连也伤亡 10 多个名战士，其中，一排伤亡最多。三排长田光秀立即整顿部队，以便再和日军浴血奋战。姚发生则带领一排战士在后面暂时休息，准备随时发起冲锋。二、三排部署战士在日军正面防御和阻击的战斗间隙，寻找有利地形，掩护自己。

不一会儿，一阵阵排炮铺天盖地向白石山袭来，敌人的第二次冲击开始了。日军像潮水般地涌向山上，早已做好充分准备的二、三排战士，个个手扣手榴弹拉环等待连长的命令，当敌人接近到 20 多米时，一声叫打，轰隆隆的手榴弹声在山坡响起，接着就是机枪猛烈地扫射。日军死在山坡上，钢盔满地，三八式步枪横躺，受伤的在叫喊，活着的向山下跑去。山坡上顿时一片平静。敌人恼羞成怒，又把成吨的炮弹倾泻在这座小小的白石山上。彭寿生要部队除留观察人员外，其余人员均在工事内防炮火轰击，迎接日、伪军又一次的进攻。

就在一连与日军争夺白石山时，王必成又派出一营二连向白石山的右翼出击。一方面减轻敌人对一连的压力，另一方面也威胁到日军的侧后。二连攻占了一些小高地，打退了敌人的进攻，稳住了阵地。接着三连继续跟进，扩大战果，对一连阵地的稳定起到了很重要的作用。

此时，二营按团部的要求，在上下会村周围控制了一些有利地形，制止了日军的多次进攻，尤其是六连和八连的阵地，是日、伪军进攻的重点。好在上下会和丰城村之间距离不大，形成一个三角形，便于组成环形防御。

对于王必成来说，此时对白石山的控制是最重要的，占据白石山便能居高临下地掩护整个上下会阵地。白石山成为敌我争夺的焦点。为了守住白石山，王必成就站在山后的青石山上。

十几分钟后，日军在山下集中分三路攻上山来。一连在山头上居高临下打击敌人，敌人的一举一动都被看得清清楚楚，日军成堆的地方，便是机枪子弹向下倾泻的地方，日军成批成片地倒下来，死的死、伤的伤。日军组织了四五次冲锋，但一次又一次都被一连打下山去。一连和日军对峙着快一小时了。向后看，团部、营部的直属机关干部与二、三连的指战员们大部突出了日军的包围圈了。一连剩下的战士们，尚有二排仍然监守在白石山头前沿阵地，一排交叉后撤在山顶小丛林中休整。三排在接应二排撤出阵地时，敌方炮弹倾泻二排阵地上，炸伤了几名干部和战士。

危急时刻，彭寿生和姚发生判断，日军数次正面冲锋均遭失利，不会甘心放弃阵地。敌军炮击我军阵地，阻击我后退，他们想搞什么鬼名堂？日军不再硬着头皮从正面进攻，是否会把攻击方向改在左侧，迂回包抄过来，切断我军的退路呢？两人认为有此可能，于是立即下达命令，将三排留在原地继续监视敌人，在正面防守，一、二排则调去左侧监视敌人。

果然，日军从左侧东南方向偷袭上来，他们认为我军左侧不会防范，竟以五六路纵队爬上山来。此时，我连一、二排的轻机枪已做好了反击准备，机枪架在山石上，枪口瞄准日军；步枪、手枪也不闲着；手榴弹盖已经打开，放在前沿阵地上，有的战士已把引线扣在小指头上。

由于前几天晚上下了一场大雪，又经过凛冽的北风一吹，山路更滑了。日军穿的大头皮鞋直打滑，因此他们向上爬行的速度十分缓慢。

一连指战员眼中冒出复仇的火，一眼不眨地盯住敌人。姚发生看到日军进入射程之内，一声大喊："打！"这时，机枪、步枪齐发，手榴弹纷纷抛向日军。

彭寿生和姚发生看到团部和其他兄弟部队还没有转移完，便商量了一下，部署一班留在前沿阵地，正面监视日军的动静，三班在左侧监视山下敌人的运动去向。其他一、二、三排战士们原地休息，但不要太集中，三三两两地尽量分散一些，防止敌人的炮击。

短暂休息后，重新部署兵力。一、二排回到正面阵地上，三排作预备队，3个排交替休整。

部队调整后，彭寿生刚要起身到正面阵地去指挥一、二排时，姚发生伸出手来予以阻挡："你在后面指挥，前面让我去安排吧！"说着，就赶向正面阵地。

此时，突然飞来几发炮弹，在姚发生的身旁爆炸开来，硝烟散尽，姚发生已躺在血泊中。他一身漆黑，脸上溅满泥土，身上棉军衣的棉花絮也被炸露在外面，腹部被弹片击中，肠子已流到体外。彭寿生急忙上前叫卫生员予以抢救包扎，曾梅生指导员则鼓舞大家说："同志们！注意山下敌人，炮弹是吓不倒我们革命战士的，继续坚守阵地，让团部安然撤出鬼子的包围圈。"此时，受重伤的姚发生嘴唇忽然抖动了一下，声音低沉而坚强地吐出一串话："连长！我熬不住了！完成任务全靠你……了……"彭寿生俯身握住他的手，嘴凑在他的耳边连连唤着他的名字，但还是看着他渐渐停止了呼吸。

彭寿生望着战友的遗体，举起右臂说："我们要为姚发生同志报仇！"

正在此时，正面枪声大作，他回头看了姚发生一眼，含着热泪，头也不回地冲向一、二排的阵地。彭寿生、曾梅生的驳壳枪都对准日军猛烈扫射，一枪一个。

日军被打退了，可是日军的炮弹又泻向我军阵地，战士们伤亡数不断增加，曾梅生也身负重伤。

战斗打到如此激烈的程度，丝毫不见日军有撤退迹象，彭寿生也清醒地估计到日军可能采取迂回战术。他命令一、二排坚守正面阵地，千叮万嘱地告诉战后余生的每位同志，要与阵地共存亡。自己立即下去，把三排展开在侧后东北角小山包上。这时，青石山脚下，团部和营部及二、三连只剩下最后几副担子了。彭寿生以此鼓励三排战士们说："我们要坚决守住阵地，要让团、营部突出包围圈，任务很快就要完成了。大家狠狠地打击鬼子吧！要替在这次战斗中牺牲的副连长姚发生等死难烈士报仇！"

九班班长陈秋元眼睛凝视敌方回答："保证完成任务，为阵亡烈士们报仇！"

在三排阵地前面六七十米的斜坡上，茅草丛里又出现了古铜色的钢盔顶部，一顶两顶地向阵地上爬过来，在阳光下泛着光。战士们怒吼道："这一回，我们三排再打一个痛快，为阵亡烈士们报仇！"

等敌人离三排四五十米时，一批批子弹又射去，打倒了一大片，余下的全滚了下去。但是，在后面督阵的日军指挥官毫不吝惜部下的性命，在“巴嘎亚鲁”的骂声中，一群又一群日军冲上山来。连续4次冲锋，均被三排打垮了，山腰里成百个日军又拼命往上冲来。彭寿生看到三排人数伤亡过半，掉过头来，看到一、二排的阵地上硝烟弥漫，枪声密集。此时，连一个机动兵也没有了！

此时撤退的命令来了，战斗已过了5个多小时，已是下午1时了，王必成认为已初步获得战场的主动权，敌人的进攻有所松懈，不能再拼消耗了，于是下令一连撤退。

撤退的时候到了，但还没有等到彭寿生下命令，就在七、九班的几名战士中间落下几枚炮弹，掀起了几尺深的泥土，也溅了他一身。九班的几名战士当场牺牲了，九班班长陈秋元同志也负了重伤，彭寿生上前说：“秋元！完成阻击任务了，要转移了，我来扶你一起下山去。”

“连长！”陈秋元说，“我伤得很厉害，两腿都断了，快把我的枪拿走，多留几颗手榴弹给我。”

彭寿生仍要弯下腰去扶他，陈秋元叫道：“连长，不要管我！我已经无法下山了，还是把所有健全的同志带下山去，不能为我一人，让全连都给鬼子毁了！”彭寿生含着满眶热泪，别过头去，解下了几枚手榴弹，放在陈秋元的身边。他带着无限悲痛的情绪，下令收拢一、二、三排的战士，组织他们后撤，同时，他又颤抖地叫了一声：“秋元同志，快向后爬！”陈秋元回过头来，几乎像下命令似的说：“连长！你们快走！”

彭寿生离开了陈秋元同志，带着三排仅存的三四个人和一、二排的十几个人撤下白石山，此时，三排阵地上传来一阵剧烈的爆炸声，在烟尘弥漫处突然看见几个人影从山崖上跳了下来。

在青石山上的王必成团长不断观察丹句公路前潘甲、大隅、夏家等村庄的情况，望远镜中看不到敌人在调动；一、二连报称他们右侧方向伪军居多，我方防御阵地十分稳固。“现在组织突围应该没问题。”王必成估计日军兵力有限，他把他的想法告知了肖国生，肖完全赞同。

肖国生立即安排一营二、三两连为前卫部队，负责开道，并要在这两个连中选择人员组成突击分队，调整好火力，定下前进的路线。跟随他们前进的是团直机关、特务连和二营全部，接着是八连，掩护全团撤出的仍是一连。肖国生要机关人员将团的决心告诉各级干部，要他们做好全体人员的政治思想工作，还提出党员干部要以身作则起模范带头作用，发扬团结友爱的互助精神，处理好伤病员，节约子弹，确保任务的完成。

下午2时左右，突围战斗打响，二、三连按团的要求隐蔽接近，向敌人发起冲击。他们并肩进攻，很快突破了敌人的防御阵地，分别进到了蒋庄和大合院，接着进到丹句公路，之后分别向丹阳的丁庄铺和句容的白兔镇方向进行警戒，以掩护整个部队通过。

日、伪军发现我向丹句公路突围，立即用火力封锁突破口。子弹从东西两个方向交叉射来，部队利用高高低低的小山岭地形迅速奔跑。肖国生边跑边在指挥分队和机关前进，还根据地形特点和人员情况，不断进行战场宣传鼓动工作。这位经历过三年游击战的优秀的年轻政治工作者负过伤，两腿致残，走起路来一拐一拐的。为了照顾他，领导配给他一匹马，现在这马也跟着他前进。

昨天吃了晚饭后，战士们仍十分饥饿，且极度疲劳，但当大家看到肖国生和颜悦色得像平时一样地在说这说那，顿时勇气倍增，忘记了饥饿和疲劳，迅速地通过炮火封锁区。敌人火力虽强，但战士们掌握了敌人的射击时机，所以伤亡不大，倒是肖主任的那匹马成了日、伪军射击的目标。

突然，肖国生被击中。他为了不连累其他战友突围，把手枪交给警卫员小王，命令守卫在他身旁的战士们火速冲出去。10 多名战士一听都哭了，大家说："要死，死在一起，要活，活在一块，我们绝不离开你！"肖国生严肃而吃力地说："死在一块有什么好处呢？多活一个人，就多一份革命力量。"言讫，就停止了呼吸。

六连指导员温德生最后撤退，不幸被日军赶上，于是他抱起一大捆手榴弹和一群日军同归于尽。

二营六连完成任务后，向句容境内下荣庄突围，也胜利突出了重围。

二团的 7 个连队大部突围出去了，此时站在小青山的王必成对一连长彭寿生说："打得很好，完成了任务，但还得坚持一下，让八连撤得差不多时，再撤出战斗；撤出时，要组织好互相间的掩护，伤员先撤走。"说完他随八连撤出了小青山。

我各分队有计划地撤走后，日军从各个方向开始向上下会和丰陈村发起进攻，白石山也不例外。但当他们攻占这些地方后，得到的是些抗日烈士宁死不屈的遗体和被各种炮火轰炸后仍在燃烧的树木，日军嚎叫着，乱开着枪。

一连继续阻击，阻击一阵后便开始突围。几名伤员无法带走，最后只好以保存革命种子为重，硬下心肠，带了全连 20 几名战士先行突围了。他们含着满眶热泪回望突围的道路时，只听得一阵手榴弹爆炸，原来有 6 个来自建制不同班的战士被敌人包围在一个破窑洞内，当敌人进到窑洞附近时，他们狠狠地甩出手榴弹，当场炸死炸伤敌人数名。敌人不肯罢休，在火力掩护下，继续向这个窑洞发起进攻。他们又甩出一排手榴弹。见我战士坚决不投降，敌人立即集中火炮猛烈轰击这个窑洞，最后这 6 位抗日英雄在窑洞中壮烈牺牲。

曾梅生身负重伤，经群众抢救，背下山来，他们避开鬼子藏在老百姓家里，老百姓帮他换上便衣，准备送到大茅山后方医院救治。但战斗结束后，日军到这个村庄集结，他被发现了。敌人如获至宝似的将他推向敌酋，敌酋先用欺骗的手段，威胁、利诱，但他不吃那一套。日军又用刺刀威吓，他毫不动摇，他猛然拾起一块砖头，狠狠地砸在敌酋脸上，打得他脸上鲜血直冒。最后，他被日军杀害了。

一连伤亡大半，一营一连指导员曾梅生和 5 名正副排长牺牲，副连长姚发生当时重伤昏迷，被认为牺牲了。但后来他苏醒过来，被农民救了出来。

一连 100 多人只剩下连长彭寿生等 17 人杀出重围，与团部和一营主力会合。

战斗结束后，晚上由彭寿生带领几名同志和当地部分群众一起上白石山打扫战场，掩埋为国捐躯的革命烈士，在团部突围的路上，他们找到团部政治处主任肖国生同志和一营教导员李文魁同志的两具遗体，由群众抬到句容县某地下葬，在青石山和团部二、三连突围时牺牲的同志都就地掩埋。在掩埋时，战士们一面盖土，一面流泪，许多群众号啕大哭，他们像牺牲了亲生儿女一样的悲痛。

在清理战场时，还发现埋伏在青石山山洞里来不及撤退的伤员们牺牲的现场，四周血渍有

20多滩，这是集束手榴弹的威力所致，是敌人遭到杀伤所遗留下来的痕迹。

此战，毙伤敌军近300人。我方牺牲58人，伤82人。团政治处主任肖国生、营教导员李文魁等壮烈殉国。经过8小时的苦战，粉碎了日军的分进合击，二团胜利突围。二团部队基本被打散，于南边丁庄铺收拢，回水西附近整理补充。王必成立即宣布团的决定：一营副营长罗斌接任一营教导员职务；立即从一营二连和三连、二营新兵连各自抽调一个排，补充到一连；肖国生弟弟肖治平担任一连指导员。

战后，当地群众先后举行肖国生等烈士的追悼大会。在元庄村的追悼大会上，出现20余名和尚，他们的代表登台演讲，表示要组织和尚抗敌协会，参加抗战工作，要求新四军发给武器，组织游击队，为烈士报仇。讲毕，轰动全场，大家一致称赞他们的热心和爱国精神。

陈毅司令员亲撰悼文：茅山的风雪，长江的波涛，都在追悼我们的抗日英雄，我们应该以更大勇气来继承他们的事业。

在云岭军部检查工作的周恩来听到肖国生同志阵亡的噩耗，挥泪写下悼文，称肖国生同志的牺牲，代表了一年来新四军无数英勇烈士的牺牲，代表了新四军高级干部奋斗牺牲的领导精神，更代表了多年奋斗至死不息的革命者的意志，不畏强寇，是勇往直前的青年政工人员的模范。

上级和张正坤、刘炎、钟期光等人研究，决定调新四军吉安通讯处主任郭猛接任二团政治处主任职务。

狸头桥战斗

1939 年 4 月 10 日，在宣城境内狸头桥二支队司令部驻地，张鼎丞、粟裕指挥第三团、第四团的两个连，粉碎了 1 300 名日军的三路分进合击。

狸头桥地区在宣城（现宣州区）北乡，此地“一脚踏三县”（宣州区、郎溪、高淳），“鸡鸣闻两省”（安徽、江苏），距江苏交界沿线 50 华里，它与苏南地区茅山抗日游击根据地成犄角。狸头桥介于南漪湖与固城湖之间，水阳江把两个湖连成一串，它三面环水，一面靠山（云山、昆山、三十里长山、九龙山），广袤 60 华里，境内群山逶迤，地势险要，河网交错，成为兵家必争的战略要地。另外，狸桥紧临南京、芜湖、镇江等敌占区，对其构成重大威胁，故此正是新四军开展建立以狸头桥地区为主的苏皖边区抗日根据地和开展游击战争的好地方。

4 月 7 日新四军得报：溧水之敌逐渐增加，现计有步兵 3 000 余人，骑兵 300 余人，并由南京近日运来军械火炮弹药 40 余辆卡车。湾趾方面有敌人千余人，向新丰前进中，当涂、芜湖之敌约 400 人，增至青山、黄池。据消息：敌企图进攻高淳东坝、下坝，再企图进攻广德、溧阳等县。

4 月 8 日新四军得知：新丰之敌分二路在深夜浩荡前进，一路约 300 余人，向水阳前进，另一路约 800 余人，由马山铺绕到节村。溧水之敌 500 余人，向上沛埠前进，有向狸头桥进攻模样。后又获息敌人已经至咎家台，兵力不详。

当时二支队司令部驻蒋山蛮张家村，下属机关部队驻扎在红杨树，花水张家狸桥一带，大部分主力部队在当涂、石臼湖、天王寺等地和江苏句容一带开展游击活动，狸头桥地区兵力单薄。

日军分进合击，企图迫使二支队及其司令部退守狸头桥，达到围歼消灭之目的。

面对来势汹汹的敌人，张、粟二位司令与罗忠毅参谋长经过分析对比认为，一方面，敌人有较我方优良的武器和装备，同时受法西斯教育，因此处处表现出其野蛮、凶残和顽强的特性，但是大多数士兵战斗情绪不高；另一方面，敌人下级军官是经过严格军事的训练，颇有战术素养，能够掌握部队的情况。

我军干部经过长期的革命斗争，他们不但政治上很坚定，始终能为民族解放事业而斗争到底，而且游击战是我们的特长，有丰富的战斗经验。战士大多数是新参加的，军事技术还较差，抗战情绪却是很高，因为这些战士们，是亲身经受过日本侵略者的压迫与残暴，到了忍无可忍时自动来参加的，再加上坚强的政治教育，所以他们在政治上发展得更快。

在敌人铁蹄底下被践踏的人民，其痛苦的惨状，实难形容，虽然敌人有时也用一些甜言蜜语进行欺骗，但收效是很少的，除了一些汉奸之外，广大的群众都同情我军。

粟裕原设想变内线为外线，集中兵力消灭或杀伤敌人一路，但是由于派出去的侦察部队未能完成任务，对敌的兵力和行动也不是很清楚。敌人行动极为周密，各路协同很好，利用夜间掩护行军，并伪装成中国军队迷惑群众。

为粉碎敌人的分进合击计划，相机打击敌人，支队部决心先行转移阵地，以避免无谓的损失，派少数兵力，实行佯动，掩护主力脱离敌人，以争取主动。

4 月 9 日上午 9 时前，二支队机关及后勤人员开始向郎溪东夏一带转移。9 时许，有一股日军由南沿小山地向狸桥进攻，二支队主力也迅速转移，三团五连、四团六连奉命占领九龙山制高点阻击敌人掩护主力撤退。

战斗展开了，上午 9 时与敌军接触后，虽然敌军占优势和渐渐迫近，但我军立即实行退出战斗，粟裕、王集成率少数人也上了山。粟裕在山上一面用望远镜观察敌情，监视敌情的变化，一面实地教育董南才等参谋。

他说："你们看到敌人打炮了没有？听到炮弹爆炸的声音没有？"

"看到了，也听到了。"他们回答道。

董南才他们就按照粟裕教的计算方法，从看到炮弹出口冒烟到听到炮弹爆炸的声音的时间，一个一个炮弹地计算，计算出炮弹的射程，实地学习，增长知识。

这股日军很快占领二支队主动放弃的阵地，并以密集的炮火向九龙山进攻。另一股日军由南面的方村穿插过来，直扑刚撤离的二支队司令部所在地——张家村，并转向狸桥向九龙山进攻。九龙山是一道屏障，战士们能否守住阵地，关系到这次反"扫荡"的成败。二支队三团五连、四团六连在九龙山顽强阻击敌人，打退了敌人一次又一次的进攻。各路敌人气势汹汹地向九龙山合围，摆开与二支队决战的态势，战士们则凭借山头的有利地形坚定沉着地打击敌人，阵地前沿日军一个接一个地被击毙。这两个连的指战员，与数倍之敌激战 5 个多小时，胜利地完成掩护主力安全转移的阻击任务后，悄然撤退。

四团六连、三团五连占领九龙山一带阵地与敌对峙，掩护退却，用穿插的办法，向郎溪方向撤退。

原来敌人在我军的正前方，炮击后敌人就向狸头桥前进，我军的位置转为敌人的侧翼了。大批日军在密集炮火掩护下冲上硝烟弥漫的九龙山，却早已不见新四军的踪影。

太阳渐渐西斜，快近黄昏了，指挥员们把部队在山上集合起来，进行战斗动员："之前是敌进我退，现在敌退我进，我们跟着敌人，监视敌人的行动，敌人在前面走，我们就在后面跟。"

我军占领九龙山之部队与敌军对峙有 5 个小时之久，在战斗激烈时，因任务已达，即安全退出。至下午 4 时，由慈溪进攻狸桥的敌人 250 余人占领红杨树。咎家台方向的敌人 800 余人和马山埠窜来的 250 个敌人先后占领狸头桥。该镇早已坚壁清野，除少数老弱外，群众在 4 月 8 日就撤之一空。日军杀害两名居民后，就四处抢劫、放火。敌人不敢在狸头桥停留，没有多久就向东南方向撤退了。

晚上他们与慈溪一路会合于红杨树宿营，当晚我军派游击小组袭扰之，敌固守房屋射击，仓皇应战，游击小组任务完毕后立即撤回。

结果占领狸头桥之敌，于翌晨向慈溪撤退，至慈溪以后，又派少数兵力，到高淳去联络，其余向水阳撤退。

高淳之敌，亦于上午 10 时，向上沛埠、丹阳湖、黄池、芜湖撤退。

敌人这次进攻狸头桥是为了巩固占领地的统治和扫荡计划的实现，所以大举进攻游击区，尤其是江南。敌人感到新四军最可怕，这一次进攻狸头桥，是费了九牛二虎之力，耗费了大的代价，其结果是出其意料之外地一无所得、徒劳往返，并且烧杀淫掳，无恶不作，狸头桥被敌杀害民众两名，财物一扫而尽。敌人这次在战术上采取的是分进合击。当然这次战斗，我军还未进行反合击的积极行动，当敌人迫近包围时，不仅没有被消灭，反而安然脱离，打破了敌人这次进攻的企图。正由于新四军能迅速机动地脱离了敌人，使敌人也不得不承认新四军是不容易被打倒的。

正由于我军击破了敌人这次进攻的企图，部队能进一步地认识到敌人采取分进合击的战术并不是一种可怕的战法，一方面只要我军事先有准备，侦察严密，是可以变内线为外线，消灭敌人的一部，或给敌人杀伤；另一方面由于我军安全的撤退，保存了有生的力量。一般说来，这次战果，新四军不但没有不良现象发生，而且更增强了胜利的信心，同时也警惕了自己。

由于日寇的烧杀淫掳蛮行，使民众认识了日寇一切的花言巧语，都是欺骗，这次对狸头桥的屠杀暴行，是其真面目的进一步暴露，反促使狸桥的民众增加了同仇敌忾之心，提高了抗战的热情。

张毅作为一名医护人员亲自参加了看护伤病员的战斗，不亚于一线作战。这次日伪军配合“扫荡”，前后持续一星期左右，一路不停地滥杀无辜，在日伪军来狸桥的头天晚上，军医处接到司令部的紧急通知：立即转移。当时军医处驻在花水张家，伤病员很多。军医处所有工作人员立即行动起来，轻伤病员也主动来参加把笨重的医疗器械和药品包扎掩埋起来的行动中。轻伤病员换了便衣，化整为零，同当地老百姓一道转移到山里隐藏起来，军医处副官找来许多老乡，绑扎担架，一直忙到天亮才把重伤病员抬走。重伤病员都发了干粮，行军水壶和几斤装在袋子里的大米，放在担架上。为了减轻伤病员的伤痛，担架抬得很慢。抬呀，抬呀，他们就逐渐听到清晰的枪炮声，日伪军渐渐包围过来了，“嘎喷、嘎喷”的步枪声和“哒哒哒”的机枪声响成一片，隆隆的炮声震耳欲聋。伤病员的担架从花水张家出发，翻过狸桥塔山，他们尚未到山傍村的时候，日伪军的包围圈就大大地缩小，估计担架走不掉了，这时军医处首长果断下命令停止前进，把伤病员的担架放在山傍村后深密的树林里隐藏起来。军医处的医护人员和 30 余位老乡跟部队走。首长命令张毅一个人留下来，守护 20 多名伤病员。张毅深感责任重大，哪怕牺牲自己，也必须确保伤病员的安全。他向首长敬了个军礼，表示坚决完成任务！他身穿夹袍大褂子和大脚裤，头戴旧礼帽，身藏两颗手榴弹，站在树林外放哨。敌人越来越近，带路的几个汉奸穿便衣，歪戴礼帽，大摇大摆地走在前面，远远望见他就“啪”的一枪，但没有打中他。“千万不能让日本鬼子发现树林里有伤病员。”他心想，于是便向树林相反的方向跑去。他也顾不上什么地形地物，只拼命地跑，有意把日军引到汪村云山的相反路上去。众多日军从后面追上来，步枪、机枪子弹从他头上身边呼呼地飞过去。

半路上，张毅急忙钻到一个土洞里边去，洞前长满矮树丛，在洞里能望到外面。他把手榴弹盖子揭开，做好战斗准备。日军遇到树丛荆棘，东挑挑、西捅捅，用生硬的中国话喊道："新四军的出来，出来不杀的，不出来逮到刺啦刺啦的！"

这条路树林茂密，日伪军大概有些胆怯，怕有新四军埋伏，不敢穷追，闹腾了一番，就匆匆地调转头追赶他们的大队人马去了。

张毅在土洞里藏到太阳快要落山的时候，枪炮声停止了，路上没有行人，四周死一般的寂静。他赶紧跑到山傍村的树林里给伤病员换药、喂药。村里的老百姓都逃走了。他怕伤病员夜里受寒，在村边稻草堆里拿些稻草，把每个担架都加盖起来。他白天给伤病员换药、喂药和烧吃的，夜里到树林里巡视照应伤病员，给其盖好稻草。在这里住了 3 天，军医处派通讯员带来许多老乡，把伤病员抬到亳里。军医处全体同志都非常高兴，手舞足蹈，握手欢迎，异口同声地说："重伤病员回来了，重伤病员到家了！"军医处的首长对张毅机智勇敢地掩护伤病员，悉心护理伤病员，十分圆满地完成了任务，赞赏有加。

这次新四军毙敌 40 余名，伤敌 30 余名；我军仅伤 15 名，阵亡 16 名。

二支队首长总结经验，教育司令部干部要通过这次战争，认识到在抗日战争时期，社会的进步和军事科学的发达，使得战争的组织与指导及战斗的组织与指挥，都有着新的改进，个人的司令时代已经是过去式了，这种指挥方法是落后的，是不能在今天民族革命战争里和战场上取得应有的胜利的，因此有些人认为参谋工作是"幕僚机关"或"武秘书"，这种观点与认识是错误的，应刻不容缓地克服这种现象。因此，如何健全参谋工作，如何提高参谋工作人员的素质及工作效能是目前值得我们注意的问题。比如这次战斗，一方面，参谋人员事先就没有搜集各方面的情况供给首长，另一方面，参谋人员接到情况以后，起草命令就花费了四五个小时，不能及时地发出命令，延缓了作战部队的准备。这些弱点是我们应该立刻纠正过来的。

黄土塘战斗

1939 年 5 月 29 日深夜，有一支部队悄然地来到了无锡黄土塘镇的小城巷村。他们来到了小城巷村以后，留下了大部分人马就地驻扎，而悄然分出的另一部分人马则住在附近的村庄上，一切都十分的静谧、安详，他们迅速地进入梦乡之中。

他们为什么要悄然进入这一个地域？他们又为什么选择这个地域进行驻扎？如果我们把这个地域考察一下就会发现，这个小城巷村和别的村庄大不相同，在它的北面横贯着一条清清的河流，东西一线，东西两头沿村两边向南延伸。在河流的中间，又分叉着一条南北向的河流，把小城巷村分为东西两部分，小河上建有石坝，沟通了东西两部分村庄，而在南北河的北头与横贯东西的大河流连接处的东面上，也建有一条石坝，这条石坝沟通了这个小城巷村和黄土塘之间的联系。

在小城巷村和黄土塘的中间，是一片开阔的地带，分布着稻田和坟包，而在开阔地带的北端，紧接黄土塘东街的怀仁中学，那儿也分布着一片坟包，所以小城巷村就形成了易守难攻的一个区域。

黄土塘镇和小城巷村有一段距离，如果在黄土塘镇上出现敌对的力量，即使他们利用黄土塘街的房屋建筑，因射程较远，也难以对小城巷村构成足够的威胁。这就是小城巷村易于隐蔽的最有力的因素，而一个指挥员把部队安置在这个地方，显然是极具战术眼光的。

这是一支什么样的部队？那个极具战略眼光和战术眼光的指挥员是谁？噢！原来这是一支新四军的部队，是新四军江南抗日义勇军的二路部队，指挥员为吴焜。

提到新四军三支队六团的副团长吴焜，这必须联系到新四军发展的战略决策，当初毛泽东选择了一、二支队进入茅山地区，准备创建以茅山为中心的抗日根据地，他将计就计，打破了蒋介石借刀杀人的阴谋，新四军一、二支队在陈毅、张鼎丞的领导下迅速壮大，茅山抗日根据地逐渐形成。但是新四军军部的领导人碍于统一战线的方针，片面强调要服从国民党的领导，对新四军一、二支队的发展做了种种的限制，这一点使一支队司令员陈毅大为恼火。一支队司令员陈毅在 1939 年 4 月作出了果断决定，派遣六团向东路发展。他的这一决定，是坚决执行了中央关于新四军向敌后发展的战略方针，那就是“向东发展，向北进攻，向南巩固”的方针。向东发展，即部队必须进入东路地区，在东路地区建立抗日根据地，这样才能为苏南抗日的发展提供足够的支撑，同时也为进军苏北创造有利的条件。

就这样，在1939年5月1日，叶飞率领新四军第六团，在武南戴溪桥与江南抗日义勇军三路汇合。部队经过统一整编，成立了江抗总指挥部，由梅光迪任总指挥，叶飞、何克希、吴焜任副总指挥，第六团整改为江抗二路。5月5日，江抗1 000余人从武进、横林附近，越过京沪线，进入东路地区。5月29日，由吴焜率领的江抗主力一部，在廓清了常熟东乡10多个日伪据点及匪伪武装以后，围师无锡梅村。他们途经顾山、陈市、张缪舍，到达黄土塘后，便悄然地居住在以小城巷为中心的附近的村庄里。

吴焜考虑到锡、澄、虞地区，河汊密布，湖泊林立，大部队难以展开，而小部队又很容易被敌人分割包围。当时日军的部队机动性很强，他们有许多小汽艇，从水路进发，速度极快。如果稍有不慎被敌人合围，那是万分危险的，所以他们选择在小城巷村居住，原因就是这个地方易守难攻。

到了小城巷村以后，他们就做了布置。江抗二路二支队和独立支队居住在西面的村子里，一支队一连住在东面的小村子里；一支队的二连住在后祁；一支队的三连住在蔡庄，一支队的机枪连和江抗二路司令部也住在蔡庄。当晚，吴焜命令侦察员进入黄土村进行侦察。

第二天，江抗独立支队的一名炊事员上街买菜，他刚进入街口，就发现有五六十名荷枪实弹的日军封锁了街道。日军封锁了街道了以后，便在街里大吃大喝了起来，而我军原来的侦察员由于日军封锁了街道，无法脱身，导致险情无法及时传到二路的司令部。炊事员见状，顾不得买菜，便匆匆地返回，来到了二支队司令部，向吴焜做了汇报。吴焜根据炊事员的汇报，又拿出了军用地图，反复察看着周围的地形。他根据自己多年的经验得出这样的结论：日军进入黄土塘镇以后，封锁街道，早早就餐，而且没有特别异常的情况，看来他们并没有发现我们。

日军封锁街道，吃完早饭，肯定是要向南方向进发的，那么必然要经过小城巷村，自己的部队如果不迅速脱离这个地方，则必然要相遇。而从侦察员侦察到的情报来看，日军部队的数量不多，如果他们向南方向进发，我们完全有能力消灭这样一支日军部队。

从现在的情形来看，日军很有可能会迅速地来到这小城巷村，如果我军集合部队，迅速后撤，往往容易暴露目标，为日军所乘。与其为日军所乘，还不如就地阻击，根据战场的形势，做出相应的部署，能消灭就消灭之，不能消灭打一阵子再撤也不迟。根据这样的判断，他迅速作出了决定。

江抗独立支队由于刚刚成立不久，战斗力极差，所以他们把机枪贡献给了其他部队，让其他部队把枪架在东西横贯的河面的河坝上，战斗打响以后，独立支队便迅速向南方向转移撤离。一支队一连进入河堤西侧的阵地，二连作为后援，三连及机枪连在小城巷村东北角右翼，陈兵待命；二支队在小城巷村西北角左翼驻防。

部队根据他的决定迅速地来到了相应的地点，严阵以待，就在战斗部署刚刚完毕以后，我军躲在村头大树上望风的江抗哨兵，已经看到日军的先头部队数十人从黄土塘的镇东街，沿着怀仁中学西侧的小道，向小城巷方向过来。

由于哨兵没有接到我军江抗二路预先布置的伏击命令，按惯例鸣枪报警，而日军一听到鸣枪声就慌忙地窜入小道东侧的坟包里架起机枪、小钢炮，向小城巷方向拼命地轰击，并组织兵力向小城巷扑来。

日军这样的部署也是出于战斗的惯例，他们听到枪声就能够判断出这儿有多大的抗日力量，他们根据自己的目测，发现对面有村庄，就估计对面会有我们新四军的伏兵，所以他们在轰击的时候，是既有一定的针对性，又有一定的盲目性。

他们胡乱地轰击，以试探我军布防的情况，不巧我军一支队刚刚进入河堤阵地就突然遭到了日军的火力轰击。他们没有办法按照原来制定的部署采取伏击了，只能选择正面进攻，双方就在相距 200 多米不到的地方开火，展开了一场激烈的遭遇战。

战斗一打响，日军就傻了，他们虽然火力凶猛，但人数有限，无法压制一连战士的英勇反击，所以他们并没有向前推进，而是隔着 200 米的隔离带相互对射。这个时候，在黄土塘镇上的日军听到了前沿部队的枪声，纷纷前来，他们马上利用机枪、小钢炮、掷弹筒向一连阵地进行攻击。这个时候，枪炮声声，硝烟弥漫，火光阵阵，战场上一片厮杀声。

狡猾的日军利用炮火、机枪强行攻击以后，又命令士兵迅速向前推进，这些日军单兵作战能力很强，每人都相隔八九米，他们或匍匐前进、或跳跃前进，还不时地投掷着手榴弹。这个时候一连的阵地出现了险状，连长谭冬升身负重伤，倒在地上，而日军乘机疯狂而上，一连的战士们被迫向后退去，形势处在危险之中，所幸的是二支队赶了过来。

二支队支队长廖政国是有名的老红军，他一看险状，来不及指挥战士们向前反击，而是独自挺身而出，身先士卒，拿起了机枪，向处在前面的日军疯狂地扫射。那些日军还没有反应过来，有的抱着肚皮，有的抱着膝盖，有的抱着脑袋惨叫着，倒下好几个，他们没有想到新四军战士在这样一种险情之下来了一个绝地的反击。就在那一刹那间，一支队支队长王萱春迅速地组织一连来到了原先的阵地，并且命令一连必须严守阵地。此时，二连也赶了上来，王萱春命令二连连长吴立夏带领部队进入小城巷村的东面的那个村子，在河堤的东面进行夹击。

吴立夏点点头，带领战士们流星一般地向规定的阵地挺进，这些战士个个斗志昂扬，手里拿着枪，双腿迈开，坚定有力，“唰唰唰唰唰唰”以极快的频率，脚踏着大地，向河堤冲去。一来到河堤，战士们的机枪便发出了愤怒的吼声，纷纷向日军扫射。

要知道二连的装备原来很差，全连只有 3 挺机枪，还有 1 挺是哑巴，步枪都是汉阳造的，5 发头的步枪。不过他们前不久在常熟打击日伪军的时候缴获了一批武器，现在已经有了 9 挺机枪，每个班 1 挺，更可喜的是他们还拥有 1 挺苏联造的大圆盘轻机枪，这挺轻机枪原来是苏联援助中国军队的。国民党只把少量的轻机枪配置给新四军，一共配置给新四军 6 挺圆盘式轻机枪，而六团得到了一挺，六团的战士十分珍惜这挺机枪，把它当作宝贝，现在宝贝派上了用场。这圆盘式的苏联轻机枪，威力极强，它就像被压缩了的水龙头一般，把子弹纷纷喷向了日军。日军被打得抱头鼠窜，鬼哭狼嚎，嚣张的气焰一下子被压制了下去。

接着吴焜带领了机枪连三连赶了过来，战场上的局面一下子改变了过来。

日军富有战斗经验，见自己的部队数量有限，在火力上也不占优势，即使他们进行阵地战，也占不到便宜。于是他们迅速后撤，利用手中的小钢炮、掷弹筒向新四军的阵地进行攻击。这掷弹筒、小钢炮不仅极具机动性，可以利用建筑物进行遮蔽，可以在射程较远的情况下向新四军发起攻击，而且它的准确率、成功率非常高，这是日军的杀手锏。

而新四军在缺乏重武器的情况下，常常受制于日军，所以在正常的情况下，新四军部队很难正面与日军较量。果然，日军这一招起到了效果，日军的炮弹在我军阵地上纷纷爆炸，我军机枪手倒在血泊之中。敌人趁机枪手倒在血泊之中的一刹那，纷纷涌了上来，情况又危险了。

这个时候，一名新四军干部、二连的指导员赖生弟奋勇而出，赖生弟学过武术，步法灵活，艺高胆大，在战斗中经常是身先士卒，奋勇杀敌，真可谓是威风八面。他迅速扑入日军的阵地，拿起手榴弹疯狂一般地扔了过去，一下子炸死了许多日军。一刹那，日军又退了下去，我军的机枪手又迅速跟上，拿起圆盘式轻机枪疯狂地扫射起来，其他的机枪也纷纷吼叫了起来，我军战斗的局面又一次得到了改观。

二连把日军压制了下去，一连在原先的阵地上经过短暂的休整以后，开始进行反击。而吴焜带领的部队，三连机枪连也从东面纷纷合围上来，整个战斗的局面大为改观。

日军见状，知道无法进行正面出击，便利用手中的武器，利用怀仁中学的建筑和黄土塘镇的街头的民居，进行反击，两军成僵持状态。

新四军战士虽然人数占优，武器装备也不差，但是缺乏重武器，而日军又利用建筑，如果我军实行强攻，必然伤亡重大，得不偿失。双方打了半天，僵持不下。日军死伤惨重，新四军也有牺牲，赖生弟也在日军炮火的轰击下，英勇献身。

到了午后，战斗依旧断断续续地进行着，夜幕降临了，日军见没有增援部队过来，也悄悄地撤出了阵地。

日军怕夜战，因为夜战的时候，他门那些武器就发挥不了作用。而新四军由于装备有限，没办法进行追击，所以战斗就在晚上结束。战斗的结果是，新四军击毙了日军 30 余人，内有大佐 1 名，日军无奈地用白布、棉被裹着尸体，抢了 2 只农船，押回了据点。而我军江抗战士，牺牲了 7 名，受伤 8 名，由地方党干部动员爱国师生及当地群众，捐赠了木板和钱，把抗日英勇牺牲的战士的遗体就地安葬在小城巷附近。他们将伤员转移到无锡夹山治疗、养伤。

就在江抗战士奋战日军的时候，“忠救军”十支队一大队在距黄土塘 10 余里的江阴河塘、肖庄圩袖手观战，还妄图坐收渔翁之利。江抗战士对此愤怒万分，数日之后，江抗总指挥部对“忠救军”十支队采取了武装缴械。江抗二路结束了黄土塘战斗以后，回到了总指挥部，与三路会师。

黄土塘战斗是江抗东进征途上与日军交战的第一站。首战告捷，震惊了日伪，大大鼓舞了人民抗战必胜的信念。新四军英勇抗日，“忠救军”误国害民，这样泾渭分明的观念，深深地留在了东路人民的心坎中。6 月 24 日，江抗部队再度从梅村出发，夜袭浒墅关，又一次打击了日军的嚣张气焰。

夜袭浒墅关

浒墅关，苏南的一个大镇，闻名遐迩。从文化上讲，其因民间流传乾隆下江南，不识“浒”字，将其误读成“许”而名声大噪；从经济上讲，因其濒临运河，“上接瓜埠，中通大江，下汇吴会巨浸，以入于海”，号称“十四省通衢之地”，所以北方的棉花、小麦、杂粮，南方的海货、丝、棉织品和其他手工业品，皆于此通过，故镇内商贾骈集，贸易繁盛，为明代最著名的钞关之一，商税收入十分可观，在清代也是驰名全国的繁华市镇。

自日寇侵华以来，它便成为日寇掠夺中华资的源重要地域之一，也是日伪心脏腹地，它东离苏州 20 多里，西距无锡 40 多里，周围的黄埭、望亭、枫桥等地均为日伪据点。显然，具有战略眼光的军人是不会忽视这个在地图上只标有一个小黑点的战略要地的。

江抗副总指挥叶飞双眼紧紧盯住了这一小黑点。1939 年 6 月 20 日，叶飞在地图前反复查看着这一小黑点及其周围的区域，他召来参谋长乔信民，两人商讨起来。

叶飞用手比画着地图，缓缓地说：“日军在茅山扫荡，我们挺进东路，一要策应茅山军民反扫荡斗争；二要开辟东路地区，实现中央向东进攻的方针，这有风险。政治上由陈司令负责，军事上由我负责，我们首战黄土塘，初战告捷，但离目标甚远，我们还需要更大的战果。”他用手指着地图上的浒墅关，“我觉得这儿有文章可做。”

乔信民细看了一下地图，连连点头：“上海沦陷，南京失守，东路地区陷于混乱之中。浒墅关据点驻军不多，且趾高气扬，不可一世，疏于防备，有很大的战机，是可以在这儿做些文章。”

“若能拿下浒墅关车站，就如同在京沪线上投下一颗重型炸弹，将震动上海、南京和整个东路地区，杀一杀日军的嚣张气焰，为我军在东路地区立住阵脚，提供兵源、枪支和钱粮打下基础。”叶飞眯缝着双眼，话音高亢起来。

“对！”乔信民完全赞同这一决策，不过身为参谋长，他深知用兵不是儿戏，战前筹划是司令部的头等大事，不打无准备之仗是其作战的信条。他一一陈述了双方的有利条件和不利条件，决定先摸清敌情，再加以周密部署，迅速拔掉这一据点。

旋即，叶飞、乔信民亲自找来对那一带情况最熟悉的，曾在浒墅关小学当过教员的江抗司令部工作人员李关玉，当面交代给他一项任务：要详细查明浒墅关车站驻军情况和周围的地形、道路等。

无锡梅村的夜晚漆黑一团，天空中下起了细细的小雨。透过雨帘，叶飞看到的是黑漆漆的夜空和偶尔闪着黄色的灯光，江南的大地还笼罩在黑暗之中，叶飞的心情久久不能平静。

外面下起了瓢泼大雨，哗哗的雨声把叶飞拉回到现实中来，不过陈毅的那段话仍在他耳边回响，“部队被消灭了，可要你叶飞负责”。

“是啊，是要我负责，是要我负责呀！”叶飞在室内踱着步，自言自语道。

新四军进入茅山是毛泽东的英明决定，他的目的就是要在建立茅山抗日根据地以后，向北、向东发展。1938 年 5 月 4 日，毛泽东在电文中明确地指出：“在茅山根据地大体建立起来之后，还应准备分兵一部，进入苏州、镇江、吴淞三角地区去，再分一部渡江进入江北地区。”

这是一个具有战略眼光的电文，当然，蒋介石也希望新四军待在茅山，他的目的是画地为牢，企图把新四军困在茅山，借日军之手将新四军消灭在茅山。但是新四军的主要领导人项英没有真正领会到中央和毛泽东的指示，他担心破坏统一战线，不敢在苏南发动群众进行抗战，而且在一、二支队取得了良好战绩的情况下，就匆忙地在 1938 年 10 月把一团调回皖南。陈毅怒而交涉，要求军部必须派部队来交换。项英无奈，派叶飞带了六团的两个营进入了茅山地区。叶飞进入茅山地区是 1938 年 10 月，1938 年 12 月，六团归入一支队建制。

陈毅是一位具有战略眼光的军事家，他觉得新四军的发展必须按照毛泽东的指示，应该向东、向北发展。但是，项英百般地阻挠，认为这给国民党造成借口，破坏了民族统一战线。但陈毅顾不得这么多，尤其是周恩来在 1939 年 2 月南下皖南军部以后，已经明确传达了六届六中全会的精神，新四军的发展方向就是向北、向东。因此，陈毅反复思考以后，决定派叶飞进入苏州、常熟、太仓的东路地区进行作战。

为了应付国民党，叶飞的六团被改为江南抗日义勇军三路，他们从茅山地区到达武进的戴溪桥以后，和江南抗日义勇军三路汇合，成立了江南抗日义勇军总部，梅光迪担任总指挥，叶飞担任副总指挥，六团改为江抗二路，下设 3 个支队。江抗二路进入无锡地区以后，首战黄土塘，副总指挥吴焜带领一支队的战士首战黄土塘，取得了胜利，振奋了民心。

但是叶飞还是深深地感到忧虑，因为东路地区的日军的兵力非常强大，我们党领导的游击队只有很小的一部分，而且分散在各地，地方武装都是一些面目不清的杂牌部队，还有反共的特务军统组织“忠义救国军”，因此在东路抗战，困难是可以想象的。

由于六团打的是江抗的旗号，而江抗只不过是常州一带的地方抗日部队，在东路地区并不为人所知，所以当地的老百姓对江抗能不能打胜仗还存有疑虑，因此，叶飞为了鼓舞士气，树立群众的抗日信心，扩大江抗的影响和地方党组织力量，决定在沪宁线上打一仗，以提高江抗的声望。

对于作战之地，叶飞首先选择了浒墅关车站，浒墅关镇是苏州地区的一个大镇，它东距苏州 10 余公里，西靠无锡，是京沪铁路和京杭大运河上的一个关隘，紧靠铁路南边的浒墅关车站是日军的据点，驻扎日军警卫队的一个小队。

自 8 月 3 日起，经淞沪 3 个月激战后，上海沦陷，南京失守，东路地区陷入混乱之中，这支据守浒墅关车站的日军小队趾高气扬，不可一世。如果能拿下浒墅关车站，就如同在京沪线上投下了一颗重型的炸弹，将震动上海、南京和整个东路地区，可以杀一杀日军的嚣张气焰，为我军提供兵员、枪支和钱粮，为其在东路地区立足城郊起到极大的作用。况且在明朝倭寇入侵的时候，明军就曾在浒墅关一带全歼倭寇部队，所以在叶飞看来，在浒墅关发动一次战斗，于六团而言应该是非常重要、明智的选择。

李关玉来了，她详细地向叶飞、吴焜做了汇报，叶飞、吴焜又把作战参谋周达明叫来，要他和李关玉一道前去进行侦查任务，周达明曾是抗大毕业生，有比较丰富的斗争经验。

周达明和李关玉接受任务后，决定前去侦察，他们化装成学生模样，还觉得不安全，又扮作兄妹，从无锡洪声里乘小船先到了吴县的东桥镇，在东桥镇上吃了一碗面，稍作休息，观察一下后，步行至浒墅关镇。

在镇上比较清静的郝家弄同福馆坐定后，周达明泡了壶茶，李关玉就去找以前的同事、结拜小姐妹的丈夫徐双林。徐双林见李关玉前来，忙赶回家要招待她吃中饭。李关玉说："我们到同福馆去吃吧！我那儿还有一个朋友。"

到了同福馆，李关玉向周达明介绍了徐双林，周达明乘机向徐双林说明了抗日救国的道理和今天的来意。徐双林听了非常兴奋，当即介绍了浒墅关车站的日军驻守及周围交通等情况，并画了一张草图交给周达明。周达明听完介绍，看过草图后，还要实地去看看，考虑到女同志到日本人处不安全，便决定让李关玉留在饭馆等候，周、徐二人去车站实地观察。徐双林平时爱好踢足球，和车站的日本职员比赛过，人头熟悉，进出车站不会引起注意。二人在车站四周察看了一会，回到同福馆，将草图上遗漏的地方又一一补画上去。完成侦察任务后，周达明立即返回指挥部汇报，李关玉则留下和徐双林一起监视敌人。他们约定，如有敌情变化，3 天内即由李关玉回部报告。

叶、吴两人高兴极了，周达明带回了极具价值的情报，浒墅关镇依傍京杭运河，有居民 1 000 多人，镇东北 1 里处为浒墅关车站。车站位于铁路南侧，紧靠小村子许埂上，对面的小村子叫袁埂上。车站往东有座大洋桥叫黄花泾，往西是白潭尖大洋桥。车站业务不忙，白天一来一往两趟混合客车，晚上就没有客车经过了。车站共有 3 条线，车子进出的两头有木板挡住。车站驻有日军警备队约 30 人，小队长叫大丸内，50 岁上下。车站上的房屋建筑和日本人的居住情况是，靠东有木屋 3 间，外面用铁丝网围住，驻有日军小队长和士兵 10 余人，门口设一岗哨；中间是月台和票房、站长室等业务用房 4 间，靠西建有木平房六七间，四面有砖头围墙，墙上有枪眼，驻有日军 1 个班，墙外设 1 个岗哨。车站上还有 7 个日本职员，站长叫清水井远，副站长叫佐藤。

为了配合部队作战，中共无锡县委也召开紧急会议，议定了支前方案。与东桥毗邻的后宅地区的党组织根据县委指示，由邹泉根、施侠、张永康等人组织了担架队和运输队，并发动群众把船只集中起来，连在一起，铺上门板，停靠在蠡河的要道口，以便部队通行。浒关镇上做地下工作的张福来，派出了联络员和向导，并做好了警备小队长大丸内的佣人麻子娘娘的工作，要她在那天晚上搞"斋星宿"宣卷活动，把日本人吸引到那里去。

江抗指挥部领导在听取周达明的侦察汇报后，制定了周密的作战方案。决定兵分几路，一是由参谋周后荣带领侦察排抢占东桥镇，二是由三路一部攻击黄埭伪军，打援支浒，主攻任务交给二路一支队，直扑浒墅关。一支队的分工是二连主攻车站，一连往车站东面警戒，炸毁黄花泾铁路桥，阻止苏州援敌，三连往车站西边警戒，炸毁白潭尖铁路桥，阻止无锡援敌。

叶飞于6月24日上午召集排长以上干部会议，进行了夜袭浒墅关车站的动员。他介绍了车站的情况，讲述了打好这一仗的意义，要求大家发扬红军英勇顽强的战斗精神，战则必胜。连排长回去后向战士们进行了传达动员，随即检查武器，擦亮枪支。

24日傍晚，各路部队集中在梅村的田野里，副支队长做了简短的战前动员后，随即冒着绵绵细雨，沿着泥泞小道，向浒墅关方向进发。部队渡过蠡河到东桥镇，天已黑了。参谋周后荣率领侦察排解决了东桥镇的伪警察所，抓获了伪镇长和巡官等5人，并将江抗总指挥部设在东桥镇上。各部队按计划分兵前进。

江抗二路一支队战士由支队长王萱春率领，迅速地进入浒墅关火车站外围地区，王萱春迅速做出决定：二连主攻车站，一连往车站东面警戒，炸毁黄花泾铁路桥，阻止苏州援敌，三连往车站西边警戒，炸毁白潭尖铁路桥，阻止无锡援敌。

王萱春是江西安福县人，17岁参加了工农红军，经历中央苏区的红军长征以后，留在湘赣边区坚持游击战争。新四军组建以后，他在二团任连长、营长等职，后来到了六团。王萱春按照既定的作战计划，命令二连担任主攻，速战速决。

担任主攻任务的二连，其连长叫吴立夏，指导员叫吴立批。二连具体的布置是，吴立夏连长带领一排和一个侦察班，负责攻打火车站东边的日军警备小队营房；吴立批带领二排，负责解决火车站上的日军士兵；三排在火车站外负责警戒，发动支援。

到了半夜时分，二连战士们纷纷去执行任务，指导员吴立批带领二排的战士，向浒墅关车站摸去。正巧有5个巡逻的日军也往车站方向走。这些日军一边走，一边说说笑笑，一副轻松愉快的样子。现在的日军狂妄极了，因为在东路地区几乎没有遇到什么抗日力量，他们做梦也没有想到新四军已经来到了浒墅关。指导员吴立批灵机一动，带领二排战士不声不响地尾随其进了车站。显然，日军没有丝毫的防范，如果他们有一丝的戒备，吴立批的二排尾随计划就无法成功。

连长吴立夏带领一排和一个侦察班，去进攻日军东面的营房。由于陈排长带领侦察班摸错了方向，吴立夏抢在他的前面进入了日军的营房。日军的营房并没有岗哨，看来日军是太大意了，吴立夏迅速把3间木结构的营房包围了起来。

吴立夏伸头一看，3间木房中，中间的屋子里没有人，桌子上放有罐头食品，而东、西两间房屋里住有日军。夜深人静，这些日军全部进入了梦乡，他们露着臂膀，鼾声阵阵。日军本就狂妄自大，十分麻痹，另外他们也非常劳累了，因为这天晚上他们中很多人都到过车站旁边的许埂上的麻子娘娘家去看“斋星宿”，听宣卷。警备小队大丸内晚上10时左右也带了20个士兵去玩了，有意思的是，他还不时地向“星宿”磕头、跪拜，半夜里吃了许多饭，喝了许多酒，11时多才回到营房。车站上的日本职员宫夏义美等还在那里搓麻将。当然，他们做梦也没有想到江抗会来袭击他们，所以连一丝戒备都没有。

浒墅关的夜晚是漆黑而又宁静的，只有昏黄的灯光照着孤零零的几间房屋，寂静到极点，甚至能够清楚听到日军的呼噜声、打鼾声。

战士们静心屏气，甚至能够听到自己心脏怦怦的跳动声。吴立夏暗暗高兴，日军睡得像死猪一样，毫无戒备，正是偷袭的好机会，只要把一颗一颗的手榴弹扔向日军的营房，就可以把他们炸得稀烂。吴立夏叫战士通知二排，也就是通知指导员吴立批，以这边手榴弹的爆炸声为进攻的统一信号。

通讯战士走了以后，他又命令机枪手王明荣在大门口架好机枪，如果日军胆敢从房间里奔突而出，就用机枪扫射。吴立夏看见营房有许多窗口，这正是投掷手榴弹的好地方，他刚想把手榴弹扔进去，却觉得窗户上隐隐约约有一种不透明的东西遮蔽着，手一摸，细一看，吓了一跳，原来这些窗口都拦了铁丝，这样可以阻挡硬块实物，却不阻挡空气流入。如果从窗户投掷手榴弹进去，是肯定要被反弹回来的。他想把铁丝网拉开，但是铁丝网十分牢固，既毁不破，也拉不断。

怎么办？他急得一身汗，便悄悄地来到了中间敞开着的那间房屋，因为日军疏于防备，中间的那间屋门开着，里面没有任何的人警戒。吴立夏来到了中间的那个房屋，看看左、右房间的门都开着，他便掏出手榴弹，分别向两个房间扔去，“轰轰”几声响，吴立夏扔出的手榴弹的爆炸声揭开了夜袭浒墅关车站的战斗。

一排的战士如法炮制，他们进入中间的房屋狠狠地向东、西两边的房屋投掷手榴弹，刹那间，20多枚手榴弹飞速地奔向了日军的房屋。“轰轰轰……”，爆炸声一连串地响起，巧得很，在日军居住的房屋里面还有汽油桶和弹药箱，手榴弹引爆了汽油桶和弹药箱，爆炸声更响，烈火熊熊地燃烧起来。

但遗憾的是，一排长陈阿德并不知道窗户上糊有铁丝网，所以他投掷的手榴弹被反弹了回来，炸伤了自己。

那些日军在屋内正做着美梦，突然感到身上发热，猛觉热浪滚滚，轰鸣声刺破耳膜。他们训练有素，又处在战争的背景下，所以反应奇快，实战经验很丰富的他们惊慌之中翻身而起，迅速抄起枪，准备冲出房屋。

爆炸声、枪声，以及熊熊大火的燃烧使日军刹那间就明白自身处在什么样的环境中，身边发生了什么样的事。

一瞬间，他们的心头也涌起了阵阵的后悔，在屋内乱喊乱叫一阵后，侧着身往外冲。可是他们的脚还没有迈出中间房屋的大门，就被王明荣的机枪挡了回去。王明荣的机枪扫射起来，“啪啪啪啪啪……”，子弹像雨点一般地喷去，日军惨叫着退了回去。

由于弹药箱被引爆，油桶被点燃，大火熊熊而起，左边一间的木屋迅速处在火海之中，房屋即刻倒塌了下来，连屋顶上的太阳旗也坠落在烈火之中。

战士们听到了日军的哭叫声、咒骂声和惨叫声，他们在大火中纷纷倒地，还有的在做垂死挣扎。

忽然右边一间屋的窗口跳出了一个日军，这个人穿着白色的衬衣，凶狠异常，他就是小队长大丸内。战士们见有日军跳窗而逃，想去生擒活捉，两个侦查班的战士迅速地扑了上去，生擒以后正准备捆绑，但是这个队长凶狠异常，膂力过人，一个战士的手腕被他咬伤，另一个战士也被他踢倒，在这样情形下，随时都可能发生难以预料的后果，吴立夏命令战士迅速开枪，将其当场击毙。

而在另一个战斗区域，也发生了火光冲天的战斗，原来指导员吴立批带领了二排战士，尾随着巡逻的鬼子，摸进了营房大门，战士们隐蔽在门墙边，刚好门边上放着一挺三八式轻机枪，二排长爬过去就提了过来。战士们正要去摘其他枪的时候，一个睡得稀里糊涂的日军跑出来小便，大家连忙紧贴在墙边隐蔽好，巧的是，那个日军由于睡意太浓，睡眼蒙胧，也没有发现战士们，他像喝醉了酒的汉子一样，东摇西晃地又回去呼呼大睡了。

“轰轰……”，两枚手榴弹的爆炸声响起以后，吴立批知道东边的战斗已经打响，车站也该开始战斗了。他命令二排战士掏出手榴弹，向着眼前的房屋里投去，“轰轰轰……”，一阵连续的爆炸声以后，整个营房陷入了一片火海之中。同样的，吴立批也命令二排的战士用机枪封锁大门，封锁住里面敌人的出路，惊慌失措的鬼子鬼哭狼嚎，顿时葬身于火海之中。

周俊荣带领的侦察排在解决了东桥伪据点之后，迅速地赶到浒墅关车站。他是从另一个门进去的，他看到车站岗亭上亮着灯，立刻把侦察兵分为两股，一股去干岗哨，一股进去打鬼子。侦察员们摸到岗亭边，见里面灯光明亮，4 个日军赤着膊搓麻将，桌边摆着刚剖开的西瓜，他们边吃边玩，有说有笑。门外，站着一个全副武装的日本兵在放哨。

侦察员们一下子分成两股，向那个日本哨兵扑去，一股按头，一股抱腰。侦察员们觉得这哨兵软乎乎的，不像一个真人，使劲一抱，竟然响起清脆的电铃声，原来这是个带信号传输功能的橡皮人。搓麻将的 4 个日军一听铃响，跳了起来。不等其抓枪，侦察员已经扑到了面前，在小岗亭内与其展开了格斗。战士们和敌人抱作一团，滚在地上扭打，直到听到吴立夏甩出的手榴弹的爆炸声后，侦察员们才用驳壳枪击毙了敌人，冲向房屋。

房屋里，战斗激烈，敌人在机枪的掩护下不断向外冲锋，战士们狠狠地将其打回到燃烧着的屋子里。

激战中，参谋倒在机枪的旁边，一手紧捏着机枪枪管，一手举着驳壳枪，枪口还冒着硝烟，三四步外，一个日本兵扬着双手仰倒在地上。

经过半个多小时的激烈战斗，日军死伤大半，幸存无几，营房一片焦土。我军牺牲了 2 人，一位是一排长陈阿德在投弹时，中了铁丝窗上弹回来的手榴弹片，最终不幸牺牲；另一位是侦察参谋周后荣，他牺牲在铁轨旁。这两位抗日英烈，为中华民族的解放事业流尽了最后一滴血，后由当地群众把这两位烈士埋葬在石灰桥的台基上。

浒墅关枪声打响后，三连按预定计划炸毁了西大洋桥，使无锡方向的敌援兵无法过河。可是一连由于受镇边一条河的阻挡，未能按计划炸毁大洋桥。

当东方露出晨曦，我江抗二路一支队凯旋。沿途群众担茶送水，热情慰问这支英勇的抗日部队。

我江抗三路也击溃了盘踞黄埭的伪江苏省水警二纵队第二大队王海晏部，完成了打援支浒的任务，在东桥和二路一支队胜利会师。早饭后，二路一支队在前，三路在后打掩护，安全地渡过蠡河，返回梅村驻地。

凌晨，苏州日军出动 200 多人，乘坐着装甲车赶来浒墅关增援。当他们放着空炮，气势汹汹地追到东桥时，我军已渡河过去。他们在蠡河渡口观察了半个多小时，怕中埋伏，不敢贸然渡河，只好灰溜溜地缩了回去。

该战毙伤日军警备队官兵 20 余人，炸毁了日军营房和火车站，炸毁铁路轨道 100 多米。

次日，日军在沪宁线上的大小车站都进行戒严，而且增加了日本军哨，到处盘查行人。沪宁铁路也被迫停车 3 天，只有装甲列车呜呜地开来开去，分段巡逻着。

浒墅关，这是个值得中国人民自豪的地方，明嘉靖三十四年（1555 年），进犯的倭寇在这里遭受到全歼的命运。380 多年后，当年倭寇的子孙又在这里葬身于烈火中。

“你们是真英雄，叫浒墅关的东洋赤佬都上了西天……”苏州老百姓发出了由衷的感叹。

《申报》报道新四军全歼驻浒墅关日军：“1939 年 7 月 2 日英文《大美晚报》云：今日（一日）据可靠方面消息，京沪铁路苏州与无锡间之小站浒墅关，六月二十五日夜三时，有游击队袭击，该地日驻军悉被歼灭。游击队约三百五十人，系江南抗日军，进行夜袭，逼近车站。小队日驻军，即宿站上营中。游击队先悄然“清除”放哨日兵五名，然后以火油灌于驻军所宿木舍，并以手榴弹投入门内，木舍起火，尽毙其中日兵，共死二十三人。该地日驻军原为二十五名，惟两名暂时离队，入乡参加喜宴，遂得幸免。惟据另一方面称，该次突袭中丧生之日兵，约有五十名，因浒墅关为公路与铁路上之要镇，故驻有较强之日兵。游击队引退之前，纵火焚烧车站，拆毁铁道一段，使京沪交通停止数日。”

此战的意义在于，在东路地区亮出了江南抗日义勇军的旗号，打出了江南抗日义勇军的军威，这对东路人民群众坚持抗战是一个极大的鼓舞，夜袭浒墅关火车站不仅是军事上的胜利，更是政治上的胜利。

火烧虹桥机场

二战时期，中日战争的不对等，众所共知。就陆军而言，国民党的武器和日军的武器相比，代差不大，而我新四军的武器和国民党的相比，相距甚远，和日军比，相差更远。就空军而言，不要说新四军、八路军没有一架飞机，就连堂堂的国民党政府的几百万军队所拥有的飞机和日军相比，也有天壤之别，这就是不对称战争。

在此情形下，要销毁日军的飞机是难上加难，但是我英勇的中国人民，就是在这样的情况下，创造了辉煌的奇迹。八路军有夜袭月明堡机场的先例，而我新四军也有火烧虹桥机场的战果。1939 年 7 月 23 日，我江抗二路二支队在廖政国支队长的率领下，夜袭日军的虹桥飞机场，烧毁敌机 4 架，提高了我军民抗战的士气，极大地震慑了上海的侵华日军。

新四军火烧虹桥机场的史料记录了这一珍贵的时刻。1943 年 10 月 10 日，新四军一师师长粟裕在《滨海报》增刊第 9、第 10 版撰文，题为《本师坚持大江南北抗战的六年》，文中写道："同时我以分散穿插游击战术，在梅花桩中来去，保持我之主动，并进一步深入敌之腹心，沿京沪路向西向东展开广泛游击战争：西至南京秣陵关、汤山、龙潭，东至上海浦东，并袭击虹桥飞机场，给予京沪之敌寇以直接威胁。"

1943 年 10 月，新四军政治部编辑出版《新四军殉国先烈纪念册》，特约军长陈毅写序。陈毅"乐为执笔"，在其写于当年 10 月 12 日（即新四军成立六周年纪念日）的该纪念册序言中介绍了"本军六年来的抗战战绩"，在"爆破"一栏内有"飞机 4 架"的记载。

1945 年 3 月，八路军总政治部宣传部编辑出版《抗战八年来的八路军和新四军》一书。该书在介绍新四军"向上海近郊挺进"一节中写道："1939 年春夏间，新四军组织了东进纵队，由叶飞同志率领，冲过了京沪路，经过黄土滩（黄土塘）和休士官（浒墅关）两个战斗，胜利地进入江阴、无锡、常熟、太仓、苏州和上海近郊，并建立起以苏常太为中心的解放区。从此新四军威震上海，甚至上海租界内的中外人士，也时时可以清晰地听到新四军袭击日军的枪声，他们的心常为这些枪声所鼓舞。如 1939 年 6 月，新四军曾袭击上海近郊的虹桥飞机场，这是由观音堂出发的东进纵队一部，约四五百人；袭击结果，毁敌机四架。"

新四军是怎样火烧虹桥机场的呢？

1939 年 6 月，陈毅坚决执行党中央关于新四军"向南巩固、向东进攻、向北发展"的战略方针。一支队六团首先向东路进军，由于要考虑到统一战线的需要和国民党原先的不能越界的要求，六团两个营就地改编为江南抗日义勇军二路，也就是江抗二路。江抗二路下设两个支队，其中廖政国的二营改为二支队，廖政国担任二支队的支队长。江抗二路首战黄土塘，又战浒墅关，打出了军威，扩大了自己的武装，装备也有了很大改善。

为了扩大抗日影响，吴焜、何克希带领二支队和第五路部队继续东进，奔向上海近郊。出发后的第二天，部队到达外岗，他们决定连夜向青浦前进。没有军用地图，只有一本中学生用的袖珍版的分省地图，他们在分省图上一比画，离青浦不到半寸长，但弄不清楚到底有多少路程。

经过千难万险，在青浦观音堂地区，他们与原在这里活动的顾复生领导的部队会合了。顾复生连夜从十几里路以外赶来，与吴焜、何克希见了面，安排了今后的行动计划。

日寇加紧了扫荡。有一天，江抗二路打了一次伏击，缴到了一条汽船，也打死了十几个鬼子，后日军四路围攻，新四军奋力抗击。7 月 23 日，部队快要撤出战斗的时候，国民党许雷声部竟夹击我江抗部队，许雷声是伪化的顽军，他们表面上是国民党军队，实际上是伪军。显然，对于这样一只卖国的军队，江抗二路立即予以反击，许部遭到了歼灭性打击以后，夹着尾巴逃跑了。

廖政国带领四连、五连和两个机枪排奋勇追击，许部仓皇出逃，江南水乡河岔密布，到处都是交通的阻碍，在此情形下追击有一定的困难，但廖政国对这些民族败类痛恨异常，他带领战士们毫不放松，一路追击，从白天一直追击到晚上，一下子追出去了 60 多里路。晚上到了一个漆黑的地带，四下什么也看不清楚，廖政国问地下党派来的两个向导：“这是什么地方？”

向导回答：“前面是日军在虹桥的飞机场。”

一听到有日军的机场，廖政国眼睛一亮，他向机场的方向望去，夜幕下隐约看到有圆弧形的光带，在黑暗中像昏睡的双眼一样耷拉着，毫无生气，四周是死一般的寂静，除了虫鸣声以外，什么都没有，偶尔能听到汩汩的流水声。

已经到机场，廖政国热血上涌，机场是日军侵华的魔爪，如果砍断这只魔爪，对于抗战来说意义非凡。不过机场是军事要地，可不是一般的地方，按常理推论，此处必定戒备森严，重兵布防，是很难攻击的。但是廖政国想到八路军夜袭阳明堡机场的壮举，心里有一种强烈的冲动：如果能够袭击一下，不管结果如何，都会对日军产生震慑作用，对提高我军士气也具有极其重要的意义。

慎重起见，廖政国又仔细地观察了一番。除了灯光以外什么都没有，也许日军驻守的力量有限，如果是这样的话，偷袭完全有可能！廖政国想到新四军六团化名为江抗二路进军上海近郊的消息还没有扩散出来，日军很有可能疏于防范，做梦也不会想到新四军能够钻到他们的眼皮底下。

不管怎么说，战机稍纵即逝，还是要试一试。

廖政国 1930 年参加中国工农红军，同年加入中国共产党，先后任黄安独立团副连长、连长，红四方面军警卫营副营长，补充团营长、副团长、代团长等职。参加了鄂豫皖苏区反“围剿”作战和川陕苏区反“三路围攻”、反“六路围攻”。他经历了无数次的恶战，取得过辉煌的战果，明白把握战机对战斗有非凡的意义，而战机稍纵即逝，完全靠指挥员的临场的决断，而决断需要精确的判断和伟大的雄心。

廖政国紧急召开连排干部会议，决定攻打虹桥机场。

这样一个大胆的决定，让干部们乐开了花，心也是怦怦直跳，他们要参加的这个战斗和以往的战斗相比有着不同寻常的意义，因为这是和日军的空军较量，他们怎么能不感到格外的兴奋呢？

廖政国握紧了拳头："同志们，我们今天要袭击一下日军的机场，杀一杀日军的气焰，扩大我军的影响……伺机行动，能打成怎样就打成怎样，偷袭不成便迅速撤退，放心，日军不敢夜战。"

他们详细地研究了一下打法，就悄悄地向机场扑去。

廖政国原先的部署就是伺机进入机场内部，若不行就在外面打两下，至于战果如何，他并不在乎，就算只打响一枪，也会有非凡的意义。

进入机场不是容易的事，要悄悄潜伏而行，打敌人一个措手不及，即使冲不进机场，也会惊吓他们一下，这一点是毫无疑义的。

战士们在黑暗的掩护下悄悄地向机场摸去，机场四周有高大的围墙，边角还有高大的碉楼，碉楼不见日军的踪迹，只有昏暗的灯光。

战士们在墙边摸索前进，没有遇到任何日军，东摸西摸来到了机场的大门口。机场大门口的两扇大门静悄悄地闭合着，周围什么声息都没有，也不见执勤的人员和士兵，只有死一般的寂静。

战士们趴在地上看了一会儿，见没有动静，又根据刚才悄然前行不可能被人发觉的事实，确证日军不会在里面"静候"自己，便决定翻门而入。保险起见，一部分战士搭着人梯翻门而入，另外一部分战士用枪口紧紧地盯着墙里面房子，防止敌人突然出击。

战士们搭着人梯，翻过大门，因大门没上锁，便把插鞘抽掉，把大门打开。

没想到会如此顺利，真是喜出望外，畲族干部、五连指导员蓝阿嫩率领五连战士迅速进入，侦察排随后跟进，叶克守排长所在的六连也随之跟进。战士们迅速冲进了机场围墙边的厢房里，房子里面住着那些值勤的伪军。他们睡得像死猪一般，战士们冲了进去以后，他们还以为是同伴在外面小便回来，嘟嘟囔囔地骂着。战士们纷纷上来，捆的捆，绑的绑，堵嘴巴的堵嘴巴，迅速地把他们推到一间屋子里。

一部分战士在房间里搜索，还有一部分战士向机场的停机坪方向搜索前进。

在房间里搜索的时候，战士们发现了许许多多的战利品，高兴极了，左手拿，右手拿，有的还用双手把东西抱在胸口。

有一名战士看到一些罐装的物品，大的大，小的小，小的很精致，却很沉重，他以为是贵重的物品，也许是美味的食品，他叫其他的战士把这些东西全部放在一起带走。事后才发现这些战利品全是油墨，不是什么食品，引得一场哄堂大笑。

廖政国也冲了进来，有战士向他汇报："飞机场上停着 4 架飞机。"

"有没有日军巡逻？"

"没有，飞机孤零零地停在场地上。"

廖政国大喜，他想如果把飞机烧毁，那绝对是具有震撼力的一场战斗。没等他细想，就传来一阵枪声。原来搜索前进的战士被日军发现了，日军吆喝着问了几声以后，见没有规定的回答和相应的口令，便在四角的碉楼上疯狂地打起枪来，但始终也不敢出击。为什么呢？因为日军怕近战、怕夜战，而且现在突然有部队从天而降，他们怎么可能有思想准备。他们不清楚对方是什么人，不清楚来的是哪一支部队，但是他们清楚，肯定是中国军队。对方来了多少人，带了什么样的武器，作什么样的战术安排，他们也不清楚。他们没有胆量下岗楼、炮楼，他们清楚，一旦下楼，他们在明处，将成为暗处对手的活靶子。

敌人打开探照灯在岗楼上四处打枪。廖政国清楚，这是一个险恶的地方，弄不好就很难出去，但是飞机停在机坪上，就绝不能放过它。他速命令战士们把找到的汽油迅速往飞机上泼，泼完后，赶快点燃，因为日军不敢往飞机附近打枪，怕伤了飞机。

战士们兴奋异常，把汽油桶盖子拧开，又迅速地将汽油泼洒在机身上，一声大喊后便把火把往机身上扔。

火把一碰机身，火苗“唰”的一下就窜了出来，火苗用自己尖尖的舌头无情地舔吻着飞机的机身，在机身上肆虐。顷刻间，飞机燃烧起来，硝烟向四周弥漫起来，飞机形如火龙，身子扭动着、颤动着，似乎在呻吟挣扎，整个飞机在燃烧，四周如同白昼一般。

探照灯下、火光下，战士们火烧飞机的行动，日军看得清清楚楚，他们慌张极了，又惊又怕，但驻守人数少，他们绝望地开着枪，始终不敢下来，眼睁睁地看着新四军战士在机坪上来回穿梭。

燃烧一阵后，飞机发出了猛烈的爆炸声，显然，飞机的油箱被烧着了。廖振国见状，知道目的已达到，便挥手撤退。此处是险地，不知道机场附近有没有日军的驻军，见好就收，走为上。

战士们迅速撤离了现场，悄悄地离开了虹桥机场。

这一次战斗虽然没有消灭日军，但烧毁 4 架飞机，新四军威名远播，有力地震慑了日军。

当夜，虹桥周围枪炮声彻夜不停，兵车来往不绝。上海日军也慌张起来，如临大敌似的。

第二天，上海租界出版的《华美夜报》《大美晚报》都用特大字体刊载了我军夜袭虹桥机场的新闻。描写虽然带有传奇色彩，有些情节甚至被过分地夸大了，然而它却极大地鼓舞了当时敌占区广大人民的抗日信心。

过了几天，上海的地下党送来了许多慰劳品，同时还动员了许多优秀工人和青年学生前来参加新四军，之后又有大批爱国青年陆续涌进江抗的行列。部队不断地增加新的血液，这就为江南游击战争的广泛开展创造了有利条件。

扬中上空击落日机

1939年8月，一支队二团一营在张铚秀营长的率领下，奉命再度进驻扬中县，因国民党限制新四军活动的区域，一营用的是挺进纵队第五支队番号，暂归管文蔚司令指挥。几个月前，一营曾进驻过扬中，4月9日打过贾长府，消灭了日军两个营。

8月10日，一营各连分散隐蔽在老郎街一带，一连跟营部住在老郎街西南大竹园边。一连连长为彭寿生，副连长为姚发生，指导员为肖治平。

上午八九时，一连正在上课，突然天空中传来一阵轰鸣声，战士们抬头一看，一架日军飞机出现在扬中上空，它飞得很低、很慢，机舱内的日军十分骄横傲慢，他们的面容被战士们看得一清二楚。

突然驻地又传来"叭叭"两声枪响，这一下惊动了上课的连队，战情已现，敌情不明，彭寿生命一排立即疏散转移，占领有利地形，迎接战斗。旋即，战士们隐隐地听见空中发出一个闷雷似的爆炸声，众人感到惊奇："天这么晴，哪里来的雷声？枪声？这枪是谁开的？如果是自己人，这不暴露目标吗？"

彭寿生连忙查问，原来是一连的李道南副班长和战士陈秋生开的，他俩是在值勤放哨时开的枪。彭寿生十分恼火，把哨兵撤了下来，并追问为什么要开枪，为什么要违反哨兵值勤纪律。他一脸怒气，话语都有些颤抖："我事前交待过，为了保密，哨兵不准随便开枪。部队是隐蔽开拔到此的！"

李道南申辩说："小日本的飞机向我们摆威风，飞这么低，我们气愤极了，实在气不过，才开枪的。"

陈秋生补充道："我们只是瞄准机头上的风车，稍稍提前点，放了两枪。"

李道南、陈秋生见彭寿生怒气未消，便请求给予处分。

彭寿生和指导员肖治平研究了一下，考虑到事出有因，但又要遵守制定的纪律，便宣布说："这次就算了。下次不可以冒失，暴露目标，会给部队带来麻烦的！知道吗？"

李道南、陈秋生十分感动，猛地一个立正："是！"

中午11时多，饭菜煮好，有的战士已把饭菜端到阴凉的树底下准备吃午饭，彭寿生刚端起饭碗，只见张铚秀飞步而来，急促地命令道："一连紧急集合，立即向三茅镇急行军！"因为没有说明原因，彭寿生惊讶无比，忙问道："营长，发生了什么事？"

张铚秀营长回答说:“赶快出发，鬼子的飞机被打下来了，是老百姓来报告的，飞机落在三茅镇以北的长江边上，你们跑步前进，见机行事。”

他不放心，又嘱咐彭寿生:“部队要携带武器轻装前行，飞机上可能有活着的鬼子。找到飞机残骸后，把它全部破坏掉，残骸也要转移。要注意防空，防止其他敌机来轰炸和报复！你们一定要很好地完成任务。同时，还要动员疏散当地群众，防止附近敌据点的鬼子和伪军突然袭击。如有情况，你们要见机行事。”

彭寿生放下饭碗，率队即刻出发。

副连长姚发生动作迅捷，干劲十足，他带领一排为尖兵奋勇向前，彭寿生率二排居中，指导员肖治平带领三排在后面跟进。

战士们刚端起饭碗，未吃一口，此时肚子饿得咕咕直叫，有的战士已呈头昏眼花之状，但一听说前面有飞机坠落了，情绪一下子高涨起来，他们一鼓作气地跑了十几公里，就是那些体质比较弱的战士也奋勇向前，没有掉队。

一个小时以后，彭寿生带领的连队来到了江边，离木桥港不远，但见四野寂静，芦花摇曳，渔帆点点，白浪滔天，什么也没有。他觉得奇怪，正想找人询问情况，突然“呼呼呼”一阵重机枪响，从木桥港西北角的堤岸上打来一梭子子弹，硝烟在空中飘散，一个战士被击中，“啊哟哟”地叫了起来，伤势不轻。

战士们密密地挨着，正在伸着头，四下寻找飞机的残骸，突然间有人在暗中向他们扫射，战士们吃惊不小，姚发生连忙叫:“趴下！散开！”战士们一下子散开趴下了，旋即，副连长命令一排从正面进攻，彭寿生带领二排从左面迂回包抄攻击，指导员则带领三排从右边插上，形成一个马蹄形包围圈。

开枪的人见新四军战士四面合围，慌了手脚，又开了几枪以后，赶忙撤退，向江边溃跑，连重机枪都丢了。

彭寿生见敌人要逃，率队猛扑过来，见开枪处空无一人，一挺机枪还在，枪口还冒着热气，他未及细想，便留下一个班看守机枪，其余部队齐头并肩向江边搜索。

彭寿生带领战士们向江边搜索前行，那几个开枪的人刹那间已不见了踪影。他顾不了那么多，他们的目标是搜索飞机的残骸，于是继续向江边扑去。

在离沙地不远的地方，一名战士指着前面叫道:“连长，你看那是什么？”

彭寿生抬头一看，只见一个巨大金属体呈西北—东南向斜躺在沙地上，阳光下，巨型金属体闪闪发光，彭寿生揉了揉眼睛，细细长看了一下，惊喜叫道:“同志们，那不就是飞机嘛，那是飞机的残骸呀！”

战士们听说是飞机，高兴地叫起来，平时他们也看到过飞机，会觉得那东西神奇，但他们的情感中更多的是愤怒，因为日军的飞机给我们的同胞带来了无尽的灾难，现在飞机坠落于此，近在眼前，他们想看看在空中翱翔的飞机到底是什么样子。

战士们叫喊着扑向飞机，只见机尾朝西北上翘着，机头朝东南钻进泥土里，机头前的推进器却不见了。

战士们欣喜万分，又说又笑，围着飞机是东摸摸西摸摸，有的用枪托敲打着机身，有几名战士还爬上了飞机，通过飞机的舱盖，看到里面有很多东西，有照相机、挎包，还有航行图。

但是飞机的舱盖封得十分严密，战士们想进去又进不去，怎么办？后来有人想了个办法，就是用枪对着舱盖打几枪，再扣住洞口往外拉，也许能把舱盖打开。

一名小战士拿起了驳壳枪，对着舱盖打了两枪，舱盖上出现了两个小洞，还没有等彭寿生用手指去扣，舱盖竟自动移开。由于枪弹的穿击，舱盖受到强烈的震动，把机舱盖锁柄给震松了。

一排长一头钻进机舱内，在驾驶室里把所有能拿下来的东西，如照相机、挎包、航行图等，都搬了出来，还想办法卸下了一些仪器。战士们拿着这些战利品传看着，脸上绽满了笑容。

彭寿生没有爬上飞机，他从战士们的手中接过照相机，东看西看，反复把玩着，还没等他看懂这稀奇的物品，突然从江面上传来了隆隆的马达声。

彭寿生一惊，翻身爬上飞机，登高一看，只见江面上驶来两艘兵舰，舰尾上插着太阳旗，阳光下似乎在猎猎作响。

彭寿生心头一惊，看到敌人的军舰，他就明白，战场上出现了险情。要知道，日军军舰的火力很猛，如果日军的军舰登陆，以眼下的兵力与之作战，是要吃大亏的，因为双方的力量是不对称的，他们有被歼的危险。

三十六计走为上，不过要完成任务才能撤退，彭寿生命令一排警戒江面，负责掩护部队撤退。他又令姚发生副连长带领 3 名战士钻进机舱，把手榴弹绑好，用长长的绳索系好导火线，用集束手榴弹炸毁飞机。

副连长立即带领 3 名战士到敌机驾驶室里挂好集束手榴弹，引出长拉绳索，系在导火线上，人离开飞机后，拉动绳索引爆。只听得一阵手榴弹爆炸声，飞机残骸成为一堆废铝。彭寿生立即下达撤退命令，战士们迅速撤退到江堤上。

军舰上的日军已经预先知道了飞机坠落的方位，现在听到一阵阵手榴弹的爆炸声，马上明白了一切，便疯狂地用火炮向炸毁飞机的地方进行轰击。彭寿生回头一看，只见江中水柱冲天，阵阵烟雾在江面弥漫，爆炸声是一阵接着一阵。

彭寿生他们撤退到原来有人用机枪扫射的地方，一看，这重机枪只有 3 只脚，而且是双管的，肯定是飞机上卸下来的，现在确定飞机上没有人，那么这个开枪的人必然是飞机上下来的飞行员。刚才，日军飞行员扫射了一阵以后就消失了，他们到哪儿去了呢？彭寿生判断他们肯定不会走得很远。

“搜！”彭寿生要扩大战果，不想便宜了这几个鬼子，他命令二、三排留在江堤上监视敌舰的动向。一排分散以二人为一组，仔细搜索着鬼子驾驶员。

战士们分头搜索，可是搜来搜去，没有发现任何踪迹。这就奇怪了，这一带已没有任何遮蔽物，飞行员要想逃走是不可能的，但现在其踪迹全无，难道他们有地遁之术？彭寿生招呼战士们来到小桥边，面对小河犯了愁：“这怎么可能呢？”

突然他眼睛一亮，一个奇怪的画面在他眼前出现了，小桥下的水流非常湍急，上面不可能有任何停留物，但奇怪的是桥下有两堆青草浮于水面，任凭水流冲击，青草仍停在原地，不再移动。彭寿生觉得奇怪，难道这草有根不成？会不会草下有什么东西隐藏着？他挥了挥手，叫小战士用刺刀撩拨水面上的两堆青草，不料刺刀刚刺下草，草下就传来怪叫声。原来有人躲藏在下面。

战士们用枪齐齐地对着传出怪叫声的地方，两个人头终于暴露在众人的视野下，原来此二人便是从飞机上逃下来，还用机枪向战士们扫射的日军飞行员。他们隐藏在青草底下，头部顶着青草堆。这两个鬼子自以为聪明，但他们没有想到，或者是想到了也没有其他办法；因为这条小河是活水，是停留不住水草的。

彭寿生要活捉他们，便派人下去拉其上来。这两人全身湿透了，又穿着大皮靴，一拉一滑，几名战士连拉几次都没有把他们弄上岸来。就在这时，来了8架飞机，低空盘旋着向战士们扫射，两个鬼子一见，突然来了劲，死活不肯上来。彭寿生一想，这样拖下去太危险了，便下令干掉他们。副连长和一排长各打两枪，两个鬼子即刻丧命于河中。

这时，敌机仍在俯冲扫射，战士异口同声地提出"打击敌机"的要求。彭寿生一咬牙，和指导员一道下令："打！"

全连轻机枪、步枪一齐瞄准敌机，猛烈地开火，其中两架敌机中弹，尾部冒着黑烟，摇摆着像喝醉了酒似的向长江对岸逃命去了。其他敌机见战士们纷纷还击，再也不敢向下俯冲扫射，全部升向了高空。停在江面上的敌舰却向他们猛烈开炮射击，但始终不敢靠岸出击。

这次战斗真可谓是"陆、海、空"的交战，一直延续到下午四五时。敌机、敌舰没有捞到什么好处，也不知岸上有多少部队，轰炸了一阵，便无可奈何地离开了战场。

战士们斗志昂扬，扛着缴获的双管重机枪及其他战利品回到三茅镇。吃了晚饭，回到了老郎街。

当地群众第二天来慰问一营，还送来了慰问品，不少群众围着一连的干部战士问这问那。彭寿生愧疚地说："我差一点把打落鬼子飞机的两位同志当作违反纪律来处理，要关他们禁闭呢。"

张铚秀把一连击落日军飞机的战果向上汇报。管文蔚当即让把双管机枪和其他战利品送到支队部去，营首长要二连派一个排去。后来管文蔚司令和支队首长发来了贺电和嘉奖令。

陈巷桥战斗

1939 年 9 月 5 日，丹阳访仙桥王村，王必成对着地图构思着新的作战计划，他想在这儿打几仗，打击一下日寇的气焰，支援一下“江抗”的部队。

原来在 9 月初，我二团奉命由王必成团长率三营和团特务连、侦察排，由溧阳护送弹药去东路（即江阴、常州以东至淞沪地区），途经丹北访仙桥地区，时值日伪对我访仙桥地区实施扫荡，所以他迅速根据敌我态势作出反应。因为这对于巩固丹（阳）北、武（进）北游击根据地，稳定扬中，向东开进都具有重要的意义。

1939 年 5 月，为了打破国民党对我新四军作战地区的限制，执行向东作战的任务，新四军决定将叶飞同志领导的六团番号改称为江南抗日义勇军第二路，叶飞本人也化名为叶琛，并指挥梅光迪的江抗第三路，挺进京沪铁路以东无锡、江阴、常熟、苏州、太仓地区，开展抗日游击战争。

在叶飞同志的指挥下，江抗二、三路稍加准备和整顿后，就迅速跨过京沪路，进入苏常太和澄锡虞地区。5 月下旬，我军首战黄土塘，歼灭日军近百人。接着在京沪铁路上的苏州段浒墅关火车站歼日军六七十人，并使铁路中断 3 天。尔后，直插上海市郊，夜袭虹桥机场。这一系列的战斗胜利，极大地振奋了人民群众，纷纷要求组织起来进行抗日斗争。3 个多月以来，我江抗也在这里由二、三路扩编出四、五两路，人数由 500 多人发展到 5 000 多人。我军的胜利，使京沪线上的日军大为震惊，敌方多次采取水陆并进、多路合击的方式对我军进行扫荡。东路形势十分严峻，于是我二团奉命增援江抗。

现在二团团长王必成根据上级的作战意图，要在东进路上多打几个好仗，他给部队提出“行好军，多打胜仗，多缴枪，多捉鬼子，与江抗胜利会师”的任务。现在正是完成这一任务的大好时机。

王必成看着常州、奔牛、孟河、丹阳等地的地图，仔细测量各据点间的距离，认真分析敌人的兵力，当他看到西夏墅南陈巷桥时，眼睛一亮，一个计划在心中涌起。陈巷桥地处西夏墅南、奔牛北，桥位于孟河上，镇澄公路于此而过，常州日军经常配合西夏墅百子庵的日军木下部据点对丹阳地区扫荡，此桥是必经之地。如今西夏墅镇有日军 1 个小队 10 余人、伪军 1 个排 40 余人驻守，常州敌调 1 个大队已至奔牛，企图配合丹阳、孟河、镇江之敌，对访仙桥地区进行报复扫荡，如果部队攻击西夏墅之敌，奔牛之敌必来援救，这可是我军“围点打援”的好机会。

王必成连忙召集排连以上的干部召开会议，他提出了自己的设想，用手指着地图说："同志们，从陈巷桥至安桥村段的标高是 10.9 米，可以判定，公路低于两侧地面，会有一些土堤可以被利用，路旁肯定有小杂树。这样的地形对我军有利，加上这段公路紧靠孟河的西岸，与横穿南北的孟河平行而过，敌人的火力难以施展。唯一能利用的地形，就是公路东侧的岸堤，所以我们在火力配置上要尽量消灭这一死角。"

大家一听有仗打，兴奋不已，又听是"围点打援"，个个喜形于色，齐声说："一定要打个歼灭战，叫鬼子有来无回。"

对着地图，王必成作出以下部署：团的特务连，分南、北两路，强攻西夏墅日伪据点，攻击必须积极，尽量攻占之，目的是使奔牛、常州之敌必须来增援；三营和团的侦察分队负责伏击奔牛方向的增援之敌，其中七连两个排配置在西陈巷村东侧，负责正面阻击，另一个排配置于孟河的东岸，阻止敌人利用公路东侧河堤向我军还击，同时歼灭渡河逃跑之敌；八、九两连配置在陈巷桥至安桥公路段西侧，担负侧击日军任务，务必将敌人就地歼灭，同时以一部兵力阻止日军第二梯队的增援；3 挺团属重机枪配置在公路西侧，分散配置，火力集中。团营侦察分队配于候家塘之线，既有阻止敌人向后逃跑、又有担任奔牛方向警戒的任务。

王必成是久经沙场的战将，他知道地图和实际的情况会有差距，打仗不能仅凭主观想象，还要进行实地考察，就像攻打句容城一样，他事先得侦察一下。

会后，王必成与连排干部着便衣悄悄地来到陈巷桥，对作战地形进行实地勘察。王团长要求："七连必须在公路上堆放乱石，并挖沟迫使敌人停车；各连到位后对机枪火力和投弹手进行分工，使火力和手榴弹交叉在一起；射击命令由我发出，不准乱打枪；进入阵地要构筑工事，封锁消息。因奔牛到这里仅 18 里，常州到这里仅 40 多里，各项战斗准备工作必须抓紧。"

9 月 6 日上午，九连忙开了。其中，九连全连共有红军 5 人，以及连长黄祖煌、指导员邹志成、二排长钟志楷和机枪手汪福财，全连其他 100 多名官兵则大多是 1938 年 11 月起由江苏省武进县、金坛县和茅山地区参军的，九连二排六班副班长戎克勤就是武进本地人。九连的武器装备很差，全连只有 1 挺白朗宁轻机枪、几支中正式步枪，其余大部分都是湖北条、老套筒，弹药奇缺。

午饭后，又召开了全连大会，邹志成向战士们阐述了为什么要打这一仗，以及怎样打好这一仗。并且提出，只要大家服从命令、听指挥，就一定能够打好这一仗。

接着由连长下达了作战命令和具体作战方案。

第一，200 多个鬼子将分成两个梯队 7 辆汽车由奔牛镇（南）沿公路向西夏墅（北）方向行驶。二排负责打头，一排负责中间，三排负责截尾。

第二，二排四班、五班打第一辆汽车，六班打第二辆汽车，一排一班打第三辆汽车，二班打第四辆汽车，三班打第五辆汽车，三排七班打第六辆汽车，八班、九班打第七辆汽车。为什么两头的鬼子汽车要由两个班打一辆呢？是由于鬼子的第一辆汽车是头，不能让它冲出伏击圈，而重点打尾部第七辆车则是为了不让鬼子往回跑掉。此次伏击战胜败的关键就在于这一前一后，尤其是最前面的第一辆汽车。

第三，将全连唯一的一挺轻机枪安排在最前头，其主要任务是将鬼子第一辆汽车的驾驶员打死。然后架枪在河边，由北向南顺公路东侧和河沿扫射鬼子。这挺轻机枪在此次伏击战中也起指挥信号的作用，即机枪一响，伏击战开始。

第四，每个战士配备 4 颗手榴弹，但每人只许投 3 颗。第一颗向车上投，第二颗往公路上和车下扔，第三颗投向河边，投完 3 颗手榴弹后，每名战士向河边打两排子弹。

第五，在整个伏击战斗过程中，如有突变，各排、班、个人要随机应变，灵活机动地处置。

第六，一切行动听指挥，按上面各点顺序执行，不能有丝毫差错。

第七，从进入伏击阵地开始，不准讲话和发出异样声响及火光，防止暴露目标。

第八，指挥位置在二排，指导员在一排，副指导员在三排。机枪响就是战斗开始的信号。机枪一响，就是战斗开始了。

晚饭后，三营及特务连、侦察排稍微休息一会儿就出发了。晚上不到 8 时，三营就进入了伏击阵地。

9 月 7 日晚上，苏南的大地被黑幕所笼罩，一切都消失在黑暗之中。秋天到了，初秋的风儿吹来，有阵阵的凉意。战士们的脸和四肢都有一种极度舒适的感觉。但是他们没有时间去享受这种快意，因为马上要投入一场火热的战斗中了。

王必成面容清瘦，身躯瘦削，双眼紧紧地盯着奔牛镇方向，有时回过头来看看西夏墅的方向。他是一个身经百战的战将，他对在这一地段设伏感到非常满意。因为这儿的地形太好了，虽然说不上是两山夹一沟，但是一面有河，公路的另一边又是高坡，对于伏击公路上的日军，他有很大的胜算。

他在红军当赤卫队员的时候就多次打过伏击，后来在红四方面军担任中高级领导的时候也打过许多伏击。伏击会收到奇效，更何况，围点打援和一般的伏击不一样，一般的伏击是敌军进入伏击圈，其心理上往往失去戒备，而打援和一般的伏击的区别就是援军的心理和平时不一样，其是怀着急匆匆的心态去增援自己的部队，往往在心理上处于一种紧张的状态，而且有所戒备，如果一旦发生战斗，那么对我方来说是极为不利的。

晚上 9 时，西夏墅响起了敌人的枪声，火光一片。特务连连长谢有才率领两个排由北向南进攻，指导员王全林率领一个排由南向北进攻，应该说投入西夏墅的兵力并不多，也就一个连，但是西夏墅日军的据点日军只有 10 人，伪军只有 30 人，一共只有 40 余人，也不多。但日军非常顽强，战斗力也强，伪军的战斗力则很差，尤其是晚上，他们往往是处于一种惊恐状态。

由于一支队在茅山地区接连发起了几次战斗，而且取得了辉煌的战果，所以日伪军一到晚上还是非常害怕，当西夏墅响起激烈的枪声的时候，他们乱作一团。虽然日军很镇静，但是只有区区 10 人，面对汹涌而至的特务连，他们也慌了手脚，拼命地抵抗着。

王必成曾经要求特务连要打得猛、打得狠、打得准，只有这样，才有可能让常州、奔牛的日军前来增援。果然，战斗的时间一长，日军开始惊慌了。巧的是西夏墅镇南有一条河也可作为屏障，他们有比较坚固的据点，所以玩命地强撑着。不过他们知道，在新四军猛烈的进攻下，这点兵力是难以坚守的，更何况他们也不清楚新四军到底有多少部队，并且日军害怕夜战，害怕近战，所以支撑了一阵子以后，日军小头目便打电话，要求常州的日军前来增援。

这个时候，西夏墅南面的陈巷桥却是出奇的平静，战士们能听到孟河缓缓的流水声，偶尔也能听到些轻轻的言语声，虽然伏击的时候一再强调不能发出声响，发出声响会暴露计划。红军时期曾经发生一个笑话，当埋伏的红军等待敌人上钩时，一个意外的情况出现了，敌人已经进入伏击圈，我们的一名战士一不小心放了一个屁，结果大家哈哈哈一阵笑，进入伏击圈的日军一看，吓得连忙扭头就跑，所以伏击计划流产了。

不过，现在是晚上，而且日军并没有进入伏击圈，一些声响应该不会形成大的影响，但是战斗历来要求万无一失，所以在进入这个地段以后，王必成就下了封锁令，所有的人员只能进，不能出，他们现在的任务就是等待日军援军的到来。

久久不见日军的出动，王必成双眉紧缩，他紧紧地盯着奔牛方向，虽然奔牛方向传来的灯光似隐似现，因为那边有一个火车站，但是除了似隐似现的灯光之外，什么征兆都没有。

王必成心里有些着急，日军会不会出动呢？是不是他们没有得到消息呢？或者说，得到消息以后，晚上不敢出来呢？他细细地思考了一下，觉得日军出来的可能性非常大，因为日军不可能得不到消息，从现在西夏墅传来的枪炮声来看，日军快支撑不住了，肯定会向奔牛、常州求援。日军收到求救信以后，必然会增援，因为这儿的日军还没有遭到过新四军的打击，并且他们在淞沪会战和南京保卫战当中把国民党装备精良的部队都打得落花流水，所以根本没有把中国的军队放在眼里，虽然茅山地区的日军吃过新四军的苦头，但是常州的日军还没有和新四军较量过，他们非常狂妄，王必成判断其一定会出兵增援。

9 时 30 分，没有见到日军的车队；10 时，日军的车队还没有出现；快 11 时了，还见不到日军的车队。战士们有些着急了，可就在这个时候，也不知道是谁在慌乱中突然叫了一声：“团长，你看灯光。”

王必成抬头一看，果然有一道灯光在前面移动。这灯光不同于一般的路灯光，强度很高，显然是汽车灯的灯光。

战士们齐齐地伸着头，看着灯光前来，尔后听到了汽车的马达声，不久就看到敌人的车队正飞速地向我方开来。

敌人的汽车飞速前进，开到陈巷桥伏击圈内以后，第一辆车突然“咔”的一声，停了下来，因为驾驶员透过灯光，看到了公路上布满石块门板，还有树木一类的障碍物。

日军汽车司机哇啦哇啦地叫喊着，日军大队长伸头一看，见路途上有这么多障碍物非常恼火，他以为是地方游击分队设置路障阻碍他们，还没有意识到这儿有新四军的伏兵，便叽里呱啦地命令士兵下来，搬开前面的障碍物。

其他的车辆也陆陆续续开来了，一看到前面的汽车停下来，也只好刹车，准备清除路障，敌军第一梯队只有最后一辆车还没有进入伏击圈。但是时间不等人了，王必成见状，大叫一声：“打！”七、八、九 3 个连的战士纷纷开枪，并且将手榴弹扔向了日军的汽车，3 挺重机枪也疯狂地吐着火舌喷向日军。

当时日军有的下了车搬运东西，有的在车上，突然遭到新四军急雨般的枪弹袭击，死的死，伤的伤，慌作一团，剩下的人钻到车子底下去了。

战士们见状，第二颗手榴弹便齐齐地扔向了车子底下，躲在车下的日军几乎没有还手之力，瞬间就见他们的天皇去了，还有极少数的日军在河堤上负隅顽抗，但在七、八、九连战士的齐齐扫射之下，死伤惨重，只能垂死挣扎。

由于日军的第四辆汽车没有进入伏击圈，所以新四军战士一阵枪弹之后，他们慌忙下车，架好枪和弹筒，进行疯狂的还击。

此时，第一辆车、第二辆车、第三辆车在新四军手榴弹和子弹的攻击下，油箱爆炸，燃起了熊熊的烈火，照得周围如同白昼一般，八连、九连的战士又纷纷地扑向了第四辆车，在一阵攻击之下，第四辆车的油箱也发生了爆炸，但是车内的日军已经下了车，他们退至一旁进行疯狂的还击。好在地形对敌军非常不利，其火力也无法充分地展开，只是龟缩在河堤上负隅顽抗。

但是敌人的第二梯队已经前来，他们乘着3辆卡车飞速扑来，马上就发起了反攻，想解救伏击圈内的日军。好在我奔牛方向的警戒分队切断了第二梯队的前进之路，顽强抗击，打退了敌人几次的进攻。晚上，公路又比较狭窄，日军在黑暗中难以看清目标，所以后面3辆卡车的日军虽然火力凶猛，但由于地形狭隘，进展不大，时间一长，其很有可能冲进伏击圈。

王必成见状，果断地命令八连组成突击力量，歼灭伏击圈内的敌人，尽快结束战斗。八连连长马上组织了突击队，他以一个排为突击队，跳下高地，端起刺刀穿过公路，和敌人展开了白刃战。这位八连连长不是别人，正是黄光裕，黄光裕在攻打句容城的时候，还是一个侦察排长，后来他又参加了攻打东湾的战斗，现在刚刚升任为八连的连长，他英勇善战，作风顽强，尤其精于白刃战。因为新四军初入江南和日军交战，在格斗中往往处于下风，为此，黄光裕在平时的训练中狠抓格斗，狠抓刺杀技术，所以部队的战斗力有了明显的提高。

黄光裕高喊着，端着刺刀从大堤冲向了敌人。日军本来非常骄横，没有把新四军放在眼里，现在突然遭到袭击，心理上落差太大，而且许多日军受了伤，刺杀技术的质量也得不到保证，只剩下仅存的武士道的精神支撑着他们负隅顽抗。

在黄光裕的率领下，经过一番激烈的厮杀，日军纷纷倒下，日军大队长见状，想钻到一个车厢底下，但是还没有来得及钻进去，就被战士们的一阵排枪撂倒。

八连战士终于扫清了残敌，战斗进行了40分钟，而第二梯队的日军已经压了过来，王必成一看任务已经完成，命令部队迅速撤退，然后通过陈巷桥向东转移。

这次战斗共毙伤日军大队长以下180余人，击毁敌军军车5辆，缴获日军重机枪和大批武器弹药。我军伤亡30人。此战狠狠打击了日军的嚣张气焰，粉碎了敌人再次扫荡的计划，首创新四军攻点打援的成功战例。

扬威篇
YANG
WEI
PIAN

贺甲战斗

贺甲，一个并不起眼的村庄，坐落在江苏丹阳的延陵镇。20 世纪 80 年代前，对于 1939 年 11 月 8 日发生在那个村庄一带的战斗，多半称为“九里战斗”或“延陵战斗”，许多人并不知晓“贺甲”为何名何物，但自从和一场伟大的战斗联系起来，它才发出耀眼的光芒。

1939 年 11 月 8 日凌晨，丹阳独立支队副支队长林胜国得到一个消息，约有 40 个日军于深夜从宝埝出发，在寻找新四军决战未果后，现从延陵镇返回，一路上大摇大摆，十分骄横。

1939 年 9 月到 10 月，新六团一营在珥陵、延陵和麦溪等地连续作战 7 次，打死日军、警备队等 100 余人。11 月 7 日，宝堰日军十五师团池田联队武村中队 170 余人深夜由宝堰出发，8 日凌晨 2 时经九里，拂晓前直扑几十里外的延陵镇，四处搜索，企图寻歼新四军部队。尽管是深夜偷袭，但是未发现我军，于是扑空的日军于 11 月 8 日清晨 8 时从延陵镇出发，返回宝堰古镇。

林胜国，湘鄂赣的红军战士，下山时为一支队政治部保卫科科长兼组织科科长，后调任丹阳独立支队副支队长。丹阳独立支队是丹阳延陵的常备队扩建的，新四军部队东进苏南之后，陈毅到达延陵，随即与党外人士贡友三接触，贡友三表示拥护抗日，把村里的自卫队改编成丹二区常备大队。陈毅向第三战区推荐贡友三担任丹阳县二区区长兼丹二区常备大队大队长。贡友三请求陈毅给他配备干部，陈毅于是派一支队组织科副科长兼保卫科长林胜国任常备大队副大队长，丹阳县军事科长朱即平任大队政治指导员。1939 年 4 月，丹阳二区常备大队经新四军一支队司令部、政治部批准，改编为新四军丹阳独立支队，四县抗敌总会民政科科长王作舟担任支队长，副支队长为林胜国，政委由林胜国兼任。支队发展为 3 个大队、1 个特务队，共 550 余人。

由于支队长王作舟不懂军事，作为副支队长（政治委员）的林胜国便全盘统管独立支队。经过一段时间的精心打造后，这支部队被有效地掌控在共产党手中，有了较强的作战能力，并能在抗战中担负战斗任务，近来正在茅山一带游动，伺机打击敌人。

对于日军从宝埝夜晚出击，林胜国心头一凛，这日军果然强悍，新四军东进苏南后，四处出击，自韦岗处女战后，一支队火烧新丰、夜袭句容城、攻打东湾，几次夜战把日军打痛了，好家伙，他们如法炮制，也学起了新四军的战法，也来夜袭新四军，打起夜战来了，真是又野蛮又狡猾。

不过，敌人再凶残、再狡猾，发动的也是非正义战争，所以不管他们如何狡猾，最终都难逃覆灭的下场。林胜国闪过一丝轻蔑的微笑，他脸容清瘦，神色刚毅，衣服端庄，双腿的绑腿打得十分精干，腰肢硬朗，两眼透射着智慧之光。

40 人，不多，约一个小队，由于二支队在当涂的博望以北痛击了敌人，出于报复的心理，敌人召集了苏南的军队，重兵合围当涂。苏南一带的据点已空，敌人兵力严重不足，否则他们远不敢以一个小队的兵力在夜间出击，这说明附近也没有多少敌军，另外也表明日军十分骄横，过于相信他们单兵作战的能力。

“吃掉它！”林胜国捏紧了拳头，他下定了决心。他的决心是仰仗于他的判断，这是一个战机。而战机稍纵即逝，在三年游击战争时，他在红十六师往往和数倍于自己的敌人交锋，唯一的办法就是避实击虚，在局部集中优势兵力消灭敌人。分析现在的情况：其一，现在日军共有 40 人，而自己的手下有好几百人，应该有能力解决他们；其二，这九里一带，水网密布，湖泊众多，利于分割敌军，利于伏击；其三，日军据点空虚，一时难以增援。有此三利条件，完全可以消灭之，万一吃不掉日军，附近有新六团和二团的三营，请他们协助合击，吃掉日军，应该问题不大。

林胜国部驻于丹阳九里镇以北，贺甲村旁的塔路村，他决定攻打日军后，便通报新六团，请他们适时增援。

他下令，作了如下布置：主力大队放在塔路村正面，组成交错火力网，另一支队伍部署在塔路村西侧，用火力支援，再选派一个加强班轻装过河到贺甲村以西拦阻敌人的退路，同时担负侦察警戒增援之敌的任务。

上午 8 时左右，日军大摇大摆从九里返回宝埝，这些日军夜间寻找新四军作战，一无所获，以为新四军早已逃遁，边走边笑，毫无戒备地进入了伏击圈。

带队的是小队长桥本，他看着四周，田野一片苍茫，杨树的枯叶在秋风中飞旋，村庄落寞，湖泊闪闪。“大日本皇军所向披靡，中国军队不堪一击，最可恨这新四军小股部队东一枪西一枪，居无定所，看不见摸不着。本来听说延陵一带有新四军，夜间扑来却一无所获，也许情报有误，也许走漏了风声，这小股军队在大日本皇军的声威下，早已闻风而逃。看来新四军也不过是乌合之众，骚扰一下后便作鸟兽散，现既无敌踪，回去就可高枕而卧了。”

独立支队的战士们屏住呼吸，等待日军的到来。许多战士第一次打仗，见面前影影绰绰的队伍过来，心怦怦直跳，扣动扳机的手指冒出热热的汗珠，他们或蹲于树根下，或趴在土墙下，两眼紧紧盯着前行的日军。

寒风中，日军的刺刀闪闪发亮，钢盔咯咯作响，皮靴橐橐有声，军旗呼呼直响，近了近了，似乎能听到日军的呼吸声了。

200 米、100 米、50 米……

林胜国举枪大叫：“打！”一声枪响，揭开了贺甲战斗的序幕。

随着林胜国的枪声，战士们排枪齐放，手榴弹也接二连三地抛向敌群中去。

枪声一响，队伍前面的日军惨叫着倒下了几个，手榴弹“轰轰轰”几声，走在前头的几个日军的身体翻滚起来，身首异处，血肉飞溅。

日军刚开始慌张，旋即四下散开，伏地还击。

桥本是个狡猾的小队长，他手下的士兵全是老鬼子，颇有作战经验。由于是平原地区，地形平坦，地势开阔，加之士兵数量不多，所以他没有派人搜索前进，但他命令士兵一路纵队前行，士兵与士兵的间距较远。由于丹阳独立支队的士兵的武器很差，汉阳造、七九式、中正式、老套筒均有，子弹也不多，手榴弹爆炸力度有限，爆炸的效果也有限，敌人除死伤七八人外，其余的安然无恙，一阵慌乱后，他们马上组织起有效的反击。

敌人的火力猛，呈扇形状，人与人之间保持的距离合适，他们的反击出现效果后，便作出新的部署。

桥本用望远镜四下一望，吓了一跳，新四军足有 300 人之多，但他很快冷静下来，大日本皇军在中国作战，数量上常处于劣势，这没什么可怕，再一听枪声，一看火力布置，他便知晓，这部队有一定的战斗力，而且火力配置十分合理。看来他们是有备而来，不但正面有枪声，而且两侧也冒着火光，响着枪声，如果耗下去，等弹药打完，新四军人多势众，皇军是要吃亏的。

他发现塔路村村北，贺甲村村东有一土墩，上有树木、翠竹，是一个有效的制高点，如果占领这一高地，进可攻，退可守，形势就会大为改观。

他立即命令手下用火力扫射，趁机去占领小土墩。

日军的火力太猛，掷弹筒，小钢炮，一阵乱轰，机关枪，步枪一阵乱射。乘独立支队战士躲避时，日军迅速前行，抢占了这个小小的土丘，也就是被村民称为“牲口山”的地方。

日军一上牲口山，乐了，这里掩体有的是，而且居高临下。

作了火力环形配置后，桥本只等新四军前来进攻。“大日本皇军的火力如此凶猛，叫你们来多少死多少。”

桥本本来打算固守待援，现在一看形势逆转，根本用不着待援或者突围了，若不是新四军人多势众，而自己兵力有限，他早就下令发起冲锋了。不过，待在小山上还击也不错，新四军火力弱，枪支射程短，而自己可以有滋有味地射杀他们。这群日本士兵的情绪一下子稳定了下来。

林胜国有些着急，本来觉得这 40 个日军没什么了不起，自己三百号人还吃不下他们，没料到这老鬼子还真能打，射击精度高，真的是三五发子弹可击毁一个目标，自己手下的士兵伤亡逐渐增多了。如果围住他们，耗下去，自己有把握取胜，可惜他们抢占了牲口山，利用有利的地形和强大的火力进行抵抗，这下子就不好办了，看来只有等待新六团段焕竞的部队了。

段焕竞的新六团在余巷和前望村驻扎。

新六团即六团，因为原先的六团随叶飞渡江北上，改为挺纵，便重新建立六团，称为新六团。新六团是以二团的一个连队加地方部队组建的，全团只有两个营。因建制不全，战斗力较之原先的六团和眼下的二团有一定的距离，团长即为攻打新丰、句容和延陵的原二团一营营长段焕竞，因段初入苏南，战功卓著，便升任为团长。

段接到情报，觉得这是一个歼敌的好时机，如果能消灭该敌，将比奔袭延陵战斗更有意义，因为茅山地区的九里、延陵、宝堰都是古镇，被日军占领后作为据点。当时日军在丹阳附近各据点如下：丹阳驻扎日军一个大队大约 500 余人；珥陵镇小寺部队有 80 余人；宝堰镇武村中队 120

余人；白兔镇猪股小队 50 余人；直溪镇久田小队 50 余人。延陵古镇是东进北上的重要通道，属于丹阳四大古镇之一。宝堰古镇处于茅山地区的核心地带，是镇江、句容、金坛、丹阳四县交界的中心区域，战略地位十分重要，商贸发达，经济资源丰富，是茅山地区的重镇，在通济河南岸，水陆交通便捷，被称为“江南抗战第一镇”。明末清初，宝堰被称为小无锡，地靠四县交接处，商业特别繁荣。九里镇是一座具有千年历史的古老集镇，因距离古延陵县城九里路，故取名九里，又因为拥有纪念春秋时期吴国名贤而建的“江南第一庙迹”古延陵季子庙而闻名于世。

消灭扫荡之敌，一可以对敌起到震慑作用，二可以畅通东进、北上通道。段焕竞召集干部分析战况。

大家认为，二团的三营跟随六团行动，就驻在附近，而二团团部也到了溧武路以北，驻扎在宝埝南面、西旸东北的王家、生地、罗所一带。现在兵力雄厚，支援、掩体均可，可以合歼敌人，而不是将其击退。毛主席说得好，伤其十指，不如断其一指——伤十指，治好了，也是十指，断其一指，敌人以后只剩九指了。于是大家下定决心，乘敌不备，在运动中歼灭这股日军，一雪新四军一支队东西宋庄之耻。

段以火急电报报告陈、粟司令，再作具体部署：段焕竞、李忠民带领新六团第一营出发，第一营营长为李忠民、副营长为杨汉林；陈时夫和刘震英指挥第三营跟进，这个营是许维新拉起来的独立营，刘玉林为营长，吴嘉民为副营长；政治处副主任贺国华留下，负责领导望庄、余巷村的团部机关、卫生队、宣传队；同时，命令刘玉林、吴嘉民率二营出九里镇分两路向日军侧后猛攻。

段焕竞作出了精确的判断，他命令二营和独立支队对牲口山的敌人包围攻击，同时作出了新的部署，命令独立支队的一部在圩桥村伺伏，断敌退路，又命令一营副营长杨汉林率一个连到圩桥村西南的王巷附近伺伏，并对宝堰方向警戒，准备阻截宝堰的增援之敌。而一营还有两个连，由李忠民营长率领，作为团队预备队。

日军小分队在塔路头遭到了林胜国部队的伏击，伤亡不小，也着实吓了一跳。当然，这些老鬼子久经沙场，慌乱了一阵以后便开始反击。桥本觉得这儿的地形没有依托，为了保险起见，想抢占制高点牲口山，因为这样就可以有一个喘气的机会。等到占领了牲口山以后，他便展开部署，进行反击。反击一阵以后，桥本心情稳定了许多，他觉得照如此情形打下去，日军突围应该没有什么问题，但是要消灭丹阳独立支队也非易事。正在他犹豫之际，突然发现成批成批的新四军涌来，他感到有些惊慌，迅速对部队作出部署，不准备反击，只准备固守。固守了一阵子以后，他又发觉不妙，赶来的新四军不光人多，战斗力也强，武器也比刚才遭遇伏击的新四军的力量要强。

桥本额头上冒出了虚汗，他用手擦了擦，掏出望远镜朝四周看了一看，发现新四军已经从四面而来，围住了这座小土丘。现在看来他们不是简单的伏击，而有歼灭之意。他看自己的手下只有几十人，这样下去肯定凶多吉少，而且从新四军的部署来看，他们的包围圈正逐步缩小，而且还有推进的迹象。

桥本眼珠子骨碌碌地转了几圈，然后手一挥，准备向西北方向突围。西北方向有他们的据点宝堰。

由于日军的火力较猛，所以很快就冲出了一个口子，他们急急忙忙向西北方向挺进，可是到了塔路头一看，塔路头也有新四军设伏，而且火力较猛。桥本一看形势不妙，望到正北方向有一座村庄，且村庄的房屋较多，看村庄四周，地势起伏，地形有利，便狂叫着率领日军冲向贺甲村，他想利用贺甲村的房屋作为依托进行固守。当然，固守的目的就是待援。

段焕竞一看日军向西北方向突围，脸上露出了会心的微笑，因为那儿有设伏的部队，但当看到日军冲向北面的贺甲村时，便愣住了，他知道日军非常狡猾，想利用村庄的房屋固守待援。消灭敌人最好的机会是在运动之中，在艰苦卓绝的三年游击战争时期，段焕竞就多次率领红军在运动中消灭白匪军，现在日军不多，如果在运动中消灭他们，成功的概率很高，但如果让他们钻进了贺甲村，要消灭他们就非常困难了。

段焕竞果断下令让部队进行追击，尽可能在村外消灭他们，新六团的二营跟踪追击，但是日军的速度非常快，很快就进入了贺甲村。段焕竞命令部队占领了牲口山，并和贺甲村西南的常家一线，用兵力和火力进行封锁，然后他和政治处的刘震英主任到牲口山的南坡指挥战斗。

贺甲村的西面有许多湖泊，大小不一。有一个小湖，紧靠着村庄，二营营长刘玉林带领突击队冲锋在前，从日军的左翼扑进了贺甲村正面的小桥。眼看着突击队正要进入村内，没想到桥本竟然违反了《日内瓦公约》，战刀一挥，在交战中释放了毒气弹。这毒气弹一放，冲在前面的 30 多人纷纷倒地，刘玉林一看情况不妙，命令部队撤退，他勇敢地在后面断后，战士们转移了，他却被敌人的子弹击中，倒在小湖边，壮烈牺牲。

形势突变，段焕竞悲痛异常，他命令二营向后退去，但部队仍然团团围住了贺甲村。段焕竞站在大树下，脸色冷峻，眼中噙满了泪花，自己手下的营长牺牲了，他怎么能不悲伤呢？他是一位朝夕相处的战友啊，敌人的双手又沾满了烈士的鲜血，这个仇一定要报。“一定要消灭敌人！”他狠狠地击打着身边粗厚橘树的树干，但他马上又冷静下来，和刘震英分析日军为什么要释放毒气弹。新四军下山以后还没有遇到日军释放过毒气弹，这说明他们心虚，伤亡比较重，士气比较低落，是在万般无奈的情况下使用的毒招。

“看来我们有消灭他们的有利条件，但是日军战斗力不可小觑，而且他们利用村庄进行固守，仅凭新六团和丹阳独立支队的力量，恐怕难以做到。好在自己在前面已经向江南指挥部发了电报，请陈、粟指挥火速增援，可惜到现在还没有回电……对，王必成率领的二团就在离这不远的王家、生地、罗所一带，可以向他请求增援。因为一支队有一个内部规定：六团和二团可以协同作战，协同作战的时候，指挥权交给王必成团长，由他来统一指挥。”刘震英完全同意。

因此，段焕竞果断下令，向王必成团长请求增援，这时候贺甲村的敌人一看到新四军后撤，但部队仍将村庄团团围住，也深知不妙，就利用村庄构置了环形的防御工事，进行固守。

果然，日军来增援了，宝堰方向有 100 多个日军赶来了。段焕竞一听，眉头一皱，刘震英听到这个消息，却胸有成竹，毫不迟疑地向段焕竞提出由他带着一营赶到旧县、张庄之间阻敌打援。段焕竞点了点头，因为有刘震英带领一营去打援，那么继续攻打贺甲村就有了坚强的保证。如果不能够有效打援，那么敌人前来增援，而贺甲村的日军乘机突围，情况就比较麻烦了。

在宝堰以南西旸东北，有两座村庄，王家村和罗所村，王必成率领的一营、二营在那边整休、整训。二团有三个营，一营、二营和团部在一起，三营和新六团在一起。段焕竞的求援信终于送到了王必成手里，王必成从信中的内容判断，敌人已经被围，对于消灭这股敌人，他完全有把握，而且敌人的数量也不多。所以他认为带一个营就够了。

他正准备带一营紧急支援，张铚秀参谋长这时赶了过来，王必成把六团的信函交给了他，他看到信上这么说："敌军数十名，已被我消灭一部，现敌退居贺甲，与我相持，急需增援歼敌。"王必成把自己的意图告诉给了张铚秀，张铚秀点点头，也认为有一个营已经足够了。

"我决定带一营前去，你看如何？"

"行，一营的战斗力很强，应该没有问题。"

王必成和张铚秀决定二营在罗所村掩护电台不动，自己亲率一营去支援。由王家村出发，经堰坡桥、张庄之线，向贺甲村挺进。

一营的营长是谁呢？一营的营长就是在新丰战斗中表现出色、大名鼎鼎的张强生，副营长叫王全明。张强生是二团当中的一员虎将，原来是在段焕竞的一营二连中担任连长。在新丰战斗中，他担任突击队的队长，冲锋陷阵，手刃数敌后受伤。受伤以后，王必成要把他调到司令部担任参谋，但是张强生坚决要上前线杀敌，伤愈后，他便担任二团一营的营长。现在听说要到贺甲村消灭日军，他兴奋异常，摩拳擦掌。张强生一声令下，便带领着一营，和王必成、张铚秀一起匆匆赶向贺甲村，于午后 1 时赶到贺甲村的西北。

这个时候，六团的三营也进至南北圩庄的附近，在西巷之独立支队及其派出在圩桥村警戒之一分队，当六团退下时，也已经全部转移到贺甲村附近。

二团的三营在接到王必成的命令以后，也率领部队到达了贺甲村东南的南圩庄、北圩庄一线。江南指挥部终于来了指示，三支部队协同作战，部队由王必成统一指挥。原来一支队的规定就是由王必成指挥，现在三支部队在一起，新成立的江南指挥部来电指示，也是统一由王必成指挥。王必成是有名的虎将，他曾经在四方面军担任过副师长，大大小小的战斗不知参加了多少次。进入苏南以后他参与了攻打句容城的战斗，也亲自指挥了攻打东湾的战斗。他的战斗作风是果断、顽强、勇猛。

当然，战前的精心布置也是他的特长，他把段焕竞、林胜国和其他领导聚集一起开了一个会，分析作战形势。与会者进行了充分的分析，认为现在的情况非常有利于消灭这股敌人，当然也有一些不利的因素。分析的情况有以下几方面：第一，贺甲村有 60 多户人家，地形比较复杂，周围沟塘密布，有利于部队的隐蔽、穿插、转移，但是不利于部队在正面、在很宽广的角度下进行作战；第二，贺甲村离丹阳、金坛、宝堰的敌人据点较近，敌人比较容易增援；第三，我军基本在这里集中了几乎全部的新四军的主力部队，这一仗如果不能速战速决的话，很有可能被敌人反包围；第四，敌人已经使用了毒气弹，并造成了二十几位战士的牺牲，所以在进行新一轮攻击的时候必须考虑这个因素；第五，这次作战的全是老鬼子，久经沙场，由于他们深受武士道精神的毒害，不容易活捉；第六，这也是新四军在苏南战场上打的第一次运动战、攻坚战，必须打好，要在政治上造成有利的影响。

王必成认真地听取了分析意见，最后和段焕竞商量决定部署如下：趁敌兵败伤亡攻势不坚，抓住战机，全歼该敌。并决定由独立支队担任金坛、丹阳方向的警戒；新六团二营由副营长吴嘉明指挥，向贺甲东南端攻击；二团一营的一个连向贺甲村西端攻击，二团三营的一个连向贺甲的北面攻击。

会后，林胜国向丹阳独立支队布置了具体的任务：第一，向珥陵、丹阳、金坛方向派出侦查人员和警戒部队以防敌人增援；第二，立即与九里镇的地方党政人员取得联系，动员组织群众，救治伤员；第三，部署如何增援老二团、新六团部队的作战和攻击工作。

林胜国布置任务以后，效果良好。由于当地的百姓痛恨日本鬼子，所以抗日的情绪非常高涨，再加上新四军经过韦岗大捷，火烧新丰车站，攻打句容城、延陵、珥陵等战斗后，我军民众威望特别高。因此，一听说新四军要打贺甲的鬼子，百姓纷纷自愿前来增援，很快就组织起了一支担架队，还筹集到了不少干粮。

当然，还有更好的消息，江南指挥部又来了电报。江南指挥部已经命令巫恒通、樊玉琳、孔庆哲等句容、丹阳地方武装全部出动，牵制附近据点的敌人。

王必成的部署就是从3个方向向贺甲村的敌人进攻，具体方案是二团的三营由一个步兵连，从紧靠大河的河堤由北向南实施进攻，突破前沿后，继续向村南进行攻击。二团的一营也用一个连从村西向东进攻，组织火力掩护，形成交替前进。其余两个连进到景家渡一线，向宝堰、白兔方向进行警戒。六团的一营也用一个连的兵力调整好组织，从现在的对峙线出发向北开展进攻，突破前沿进入村后，向北开展进攻，直到与二团呼应会合，全歼敌人。二团的三营挺进到九里镇，构筑必要的工事，阻击金坛方向来的增援之敌。

桥本是个老狐狸，而且很有战斗经验，当他看到新四军的部队遭受到毒气弹打击后开始后撤，只是在外围实施围困，便想，自己的部队的数量有限，如果贸然冲出，必遭围歼，所以他就选择了固守待援。

固守待援，他很有一套，他首先找到了战斗的支撑点——因为贺甲村有许多民居，而且村中房屋是砖木结构，可以作为战斗的支撑点；另外，村中有一个大祠堂，祠堂有两进房屋，南北走向，东西排开，中间有一个大天井，天井前还有一个大照壁，如果把自己少量的部队放在祠堂外，完全可以独立地固守。

但他没有把重点放在独立的祠堂上，而是在村中四个方向构置了严密的火力网，而且以侧射、重射这样的火力配置来对付新四军的冲锋，可见他在战斗的部署上是很有一套的。其实，他在早晨行军途中遭到丹阳独立支队的袭击的时候，就表现得非常成熟——先是占领牲口山高地；牲口山高地被围以后，他也是丝毫不乱，迅速退向贺甲村，在贺甲村村头使用毒气弹攻击，然后赢得时间进行战术布置。

下午3时，王必成发出了指令，总攻开始。首先是二团三营七连向着贺甲村北端的木桥发起了攻击。贺甲村的村北有条河流，并不宽，上面有一木桥。当三营七连的战士冲向木桥的时候，日军的机枪疯狂扫射起来，把三营七连的战士压在一边。三营七连的战士要想冲过木桥绝非易事，因为日军的火力非常猛，仅有一座小木桥，很难逾越而过，只能在河对岸与日军形成对峙的局面。

在火力中断的间隙，战士们蜂拥而上，想冲过木桥，不料日军非常顽强，而且还来了一个反冲锋，与我军在桥边发生了白刃战。战斗非常惨烈，三营七连的战士伤亡不小，却无法击退日军，只能暂时退去，站在河的对岸与敌对峙。

一营在张强生营长的率领下，从贺甲村的西端向东进行攻击，但是贺甲村的西端是一片开阔地，地形比较复杂。大祠堂的西侧有一部分民居，还有乱七八糟的草堆，日军在村西也构建了防御工事，还有许多散兵壕，非常灵活，这样就形成了强大的火力网。因此，一营的战士只能进行强攻。

在敌人强大的火力下，由于没有方法进行包抄，一时也没有办法，也只能远远地相峙。同样，六团在南面进攻的时候，也遭到了日军强烈的火力阻拦，原因是桥本在南端也设置了很多散兵壕，而且构成战兵壕及轻机关枪的掩体，利用工事进行疯狂的扫射，加之贺甲村的南端也有木桥，在日军强大火力的正面压制下，六团也无法接近日军。

三路进攻形成一个对峙的局面。正在相持不下时，突然天空飘来许多乌云，骤然间大雨滂沱，指战员们浑身淋湿，枪械弹药也被淋湿。这个时候又传来了敌情，说白土镇的敌人已经出兵增援，现已过了江口村。

王必成和段焕竞毅然决定暂停进攻，调整部署。贺甲村的敌人没有被消灭，现又有日军来增援，这不是好消息。王必成为了稳妥起见，决心先稳住贺甲村的日军，暂时停止进攻，然后命令部队攻打来援之敌。部署妥当以后，他决定让一营向江口村前进，协助丹阳独立支队击退从白土镇来的援军。

张强生接到命令以后和副营长立即集合队伍并进行了一番动员，随后便冒着倾盆大雨向指定的地方前进。

天空下着大雨，且道路有斜坡，路也窄，全是田间小道，战士们稍不注意就会从上坡滑到下坡。有时候，走着走着，一下子两脚叉开，屁股坐在田埂上，或者一脚踏在田里面。可他们顾不了这些，跌倒了，爬起来，爬起来，再跌倒，队伍像一阵风一样向敌人来援的方向挺进。经过一阵艰难的行军，很快就到了江口村附近，并和丹阳独立支队取得了联系。但是得到的消息是，这里没有敌情。

没有敌情？张强生感到奇怪，日军到哪里去了呢？众人都说不清楚。张强生派人把上述情况报告了团长，并且毫不犹豫地提出了新的建议。

王必成一看打援不成，就命令丹阳独立支队留下继续监视敌人，一营立即返回原地，参加贺甲村的歼敌战斗。张强生二话不说，把在几个小时之内一直在风雨中行动的部队拉了回去，又在风雨之中赶回了贺甲村。

这时，日军一个中队从雨中增援至贺甲村，由于是下雨，没被发现，日军汇合后加紧布防。

王必成和段焕竞商讨，是继续战斗，还是撤出，放走这股强敌。两人还没有来得及商量出结果，就传来一个不幸的消息——刘震英主任在带领部队阻击从宝埝方向来增援的日军时，因中枪弹，急救未成，送往延陵服务团抢救，后英勇牺牲。刘震英是陈毅、项英在梅山坚持斗争的老部下。1939 年 7 月，二团政治处教育股长刘震英刚刚调到新六团任政治处主任，牺牲时才 29 岁。1940 年 1 月 11 日，新四军《抗敌报》高度评价了他：“十年革命精忠为党，噩耗传来全军哀悼。”并号召全军指战员向刘震英同志学习。

王必成和段焕竞认为，日军经过几次打击以后伤亡惨重，援敌暂时无望，因为宝埝之敌在六团的阻击之下已经寸步难行，而白兔村江口方向的增援敌人已经去向不明。南面，我军有足够的力量阻击敌人，而远处的句容、丹阳、金坛、天王寺，虽然是敌人的重兵之地，但是由于他们出动了3 000兵力进攻北面的小茅山地区，所以应该说是兵力空虚。况且，即使来增援，这些地方距此地都在20公里以上，天下着雨，路又滑，即使现在出发来增援，估计也要到天亮以后才能到达，如果他们天黑出发，那要到明天上午才能到达。现在最好的办法就是在天明之前解决战斗。为了加强力量，王必成又命令二营前来参战。

二营只来了四连。晚上7时，王必成第二次下了总攻的命令，首先二营四连从南面向敌人进攻，六团的部队则紧随其后。二营四连是一个勇于突击的连，常常当尖兵来使用。他们利用晚上的月光搜索前进，不料狡猾的敌人从隐蔽的草丛里面突然冲出来，猛烈地向我军射击。战士们伤亡很大，好多战士的背部中了子弹，这种情况表明当时日军火力很猛，一些战士在日军火力死角的地方也未能幸免，因为日军跳出了其隐蔽所。战士们本以为这些位置是死角，日军无法进攻，但没想到日军采取了如此猛烈的方式。

好在二营吸取了前面进攻的教训——上次进攻的时候，兵力的展开不集中，一个排上去了，不行，然后第二个排再上去，逐次使用兵力效果不好。这次四连连长非常勇敢，带领全连猛扑上去，与敌人拼杀。敌人虽然凶悍，进攻有突然性，但是我新四军战士勇猛顽强，人数占优，很快就把敌人压了下去，迫使敌人向后退去，退居到贺甲祠堂的外围。祠堂一带的日军的火力特别强大，我军伤亡20余人，只能退到新挖的工事旁边，与敌人周旋。

三营仍然以一个连向村的北端的木桥进攻，七连仍做主攻。这时候，朱长青和刘别生同样吸取了教训，不再是单一的进攻，而是采用直线进攻、正面进攻和迂回包抄的战术，这次用八连、九连两个连迂围包抄。九连连长黄祖煌带领部队猛冲猛打，向村内进攻时，遭到了敌人的顽强抵抗。由于黄祖煌的九连十分勇猛，迫使敌人退到村内，不过日军的防守比较顽强，因此北面进攻的进展仍然比较缓慢。

一营在张强生的率领下，再次从北面向村中心挺进。张强生吸取了上一次的教训，采用了灵活的战术，因为上一次进攻的时候也是投入的兵力有限，而且采用的是正面进攻。虽然通过正面进攻和迂围包抄的战术向前推进，但是由于晚上天黑，方向没有辨清，结果在进攻的时候，进入了三营进攻的区域，差点发生误会。张强生果断命令部队后撤到原来的阵地前，确定方向，再继续向前推进。这一次进攻相当有利，用正面进攻和迂围包抄的战术，逐步进行进攻。但是由于日军利用了房屋作为掩体、作为支撑点，用强有力的火力进行封锁，加上晚上不太容易看清，所以整个战斗还是比较缓慢。

始终站在第一线指挥的王必成看到眼前的景象，觉得全歼敌人的条件已经成熟，主动权也掌握在自己手中，不过呢，情况不理想，况且时间也不等人，看来现在的问题主要还是协同配合不够。

他立即命令各营整顿组织，集中一切的人力，集中火力进行强攻，突击队要携带破墙工具，接近墙后，破墙而入。

二团的将士们经过简单的整顿和组织以后，再一次发起了攻击。这一次响起了冲锋号，三个营的将士们和六团的将士们，用猛烈的火力，向以祠堂为中心的日军进行强攻。突击队队员们端起枪，手指扣着手榴弹的线管，按照制定的路线和目标迅速突击。突击队队员，有的携带了工具，接近墙后，实施破墙战术；有的因晚上看不到日军，就在房屋边上点起了火堆，在火光的照耀下，向前冲击；有的不顾爆炸冲到墙边，已为敌所伤，但仍用铁锹用力地破墙；有的把手榴弹中从枪眼中投进敌人的房屋里，机枪手利用敌人的枪眼向以祠堂为中心的日军发动攻击。

此时，喊杀声震天，爆炸声阵阵，这些日军的武士道精神已经飞到了九霄云外，他们在外阻击一阵后，慌慌忙忙地退回了祠堂。由于多路的连续进攻，我军很快将敌人压缩到贺甲祠堂一带，这样外围就形成一道合围圈，最近的 20 多米，最远的也不过 40 米。

二团二营的四连与据守在祠堂的日军进行反复拼杀，全员都扑了上去，终于把敌人打回了祠堂，二团一营在张强生的率领下，突破了日军的前沿阵地，冲到了祠堂前的大广场上，和敌人展开了白刃战。这次的白刃战极其惨烈。日军本擅长白刃战，但是打了一天，已筋疲力尽，加之因下雨大广场上道路泥泞，他们的优势也难以发挥，况且黑暗中只有一些灯光的映照，他们的心里也特别紧张。而我新四军战士发扬了大无畏的精神，在黑夜中、在身体条件处在劣势的情况下，发扬不怕死的战斗精神，猛勇地格斗，猛勇地搏杀。

张强生在新丰战斗中就和敌人进行过白刃战，这是第二次接受如此惨烈地考验。在新丰战斗中，他不顾一切，负了伤，这一次他仍然不顾一切，指挥战士们奋勇向前，合力搏杀。在大广场上，日军在战士们的奋勇顽强、有我无敌的英雄气概之下慌了神，在长时间的格斗中纷纷倒下，只有极少的日军慌忙退入祠堂，进行顽强抵抗。

三营七连在村北通过木桥以后，向村中心推进，八连、九连紧随其后。日军利用民居、利用墙屋进行进攻，而我三营的战士奋勇向前，他们也采用通过突击队队员，拿了破墙工具实施破墙而入的战术。他们用手榴弹开路，用机枪扫射，又把日军打了回去。

桥本带领几十名日军，退到祠堂来进行抵抗，但是外面的枪声、手榴弹爆炸声、喊杀声齐齐向他袭来。桥本清楚，这个祠堂面积不大，如果困守在祠堂，又在晚上，恐怕凶多吉少。新四军光扔手榴弹就够他受的了，如果用火攻，他们只有死路一条，唯一的办法就是组织人力向北边突击，也只有这种方式才有可能生还。

桥本命令一部分受了伤的日军继续在祠堂内抵抗，而没有受伤的日军则组织好，突然打开西北方向的侧门，向西北方向突击。刚好三营从北面压来，八连、九连齐声呐喊，冲向前去。黄祖煌提枪连毙数名日军，黑暗中，他拔出身后的砍刀，连砍了几名日军。不料，日军在黑暗中连发数枪，打中了他的脖子，他一手捂着脖子，丢刀拔枪，连开数枪后才缓缓倒下。八连、九连的战士们在黄祖煌惊人的搏斗精神的鼓舞下，奋勇围歼。这一波攻击中，日军不是被击毙，就是被打伤，还俘虏了七八名。其余的敌人则纷纷退入祠堂之内，要进行最后的抵抗。

祠堂内的日军不多了，但是他们疯狂地向外面扫射。由于祠堂只有一处出入口，所以我三营八连、九连的战士一时也奈何不了他们。这时候，八连的一个副排长在攻击敌人时，奋不顾身，奋勇冲进祠堂。当他第三次冲进祠堂的时候，被敌人的重伤兵击中，光荣牺牲。一营营部的警卫员是一名只有 16 岁的小战士，他负伤以后仍然坚持战斗，打死了 3 个日军。当数枚手榴弹扔向祠堂的天井后，朱长青就不顾一切地冲了进去，对里面受伤的日军疯狂地进行扫射，不一会儿，祠堂里就再也没有声音了。

深夜 12 时的时候，战斗结束。为了防止敌人援兵的合围，老二团、新六团迅速撤离了战场，丹阳独立支队留下来打扫战场，之后也很快地撤离。

由于是夜晚，我军在打扫战场的时候有所忽略，有3个日军的伤兵在黑暗之中钻入贺甲祠堂的木船底下。因为苏南乡村都用船，到了冬天，船就被搁置在祠堂里，反扣于地上，日军伤兵躲在木船底下，逃过了追捕。

这一仗打死日军大尉中队长1人，小队长3人，士兵164人，共168人；生俘士兵3人。另外，我六团一营在阻击增援的战斗中杀伤日军20余人。

但我军也伤亡较大。阵亡的有团干、营干各1人，干部共17人，战士77人，共阵亡94人。另外，还有负伤的指战员共126人。我新六团有刘震英主任、刘玉林营长以下共28人阵亡，66人负伤。

缴获轻机枪4挺，步枪28支，掷弹筒2具。后来，丹阳独立支队和宝南区群众组织打扫战场，又搜索到轻机枪2挺，步枪40多支。

这次战斗，开创了苏南敌后战场歼敌的新纪录，又是对一、二支队合并成立江南指挥部的辉煌献礼，受到了延安总部的通电表扬。

更重要的是，它沉重打击了日军分区“扫荡”的计划；戳穿了国民党诬蔑新四军“游而不击”“只能打小仗，不能打大仗”的谎言，成为新四军战史上有名的“延陵大捷”。上海租界区的报纸、京沪沿线城市的地下报纸，当时都迅速报道了这次战斗的胜利消息，有的还以“伟大的胜利在江南”的大标题进行刊载。国民党三战区顾祝同也据叶挺军长的报告，电呈蒋介石核准，予以传令嘉奖。

11月11日，王必成在持团（二团）、良团（六团）联合召开的排以上干部会上总结时说：“这次战斗的胜利，不仅打破了敌人的‘扫荡’计划，而且在全军有着新的重大意义。主要是这次战斗和以往的战斗性质不同，以前打的都是游击战，这次打的是运动战；以前和敌人作战对抗的时间都很短，这次是连续3次总攻的长时间的战斗。这是我军在战斗中成长壮大，逐步向正规战发展的标志。它提高了本军在全国的地位！”

正好皖南三支队保卫繁昌的重大胜利也是在1939年11月8日。不久，就有《保卫繁昌》和《反“扫荡”》两支歌曲传唱全军。《保卫繁昌》的歌词中就有：“谁说我们游而不击，谁说我们不能打大仗？！”而《反“扫荡”》的歌词则是：“反‘扫荡’，反‘扫荡’，延陵大捷，血战繁昌，英勇牺牲的革命战士，壮烈殉国的吴副团长，他们的鲜血喷射了敌人的胸膛，他们的战绩发扬了我们的荣光。粉碎敌人分进合击，夺取敌人精锐武装，这是我们无比的胜利，回答那顽固分子无耻的诽谤。反‘扫荡’，反‘扫荡’。”

这里要说明的是，“吴副团长”是老六团的副团长吴焜，老六团在5月1日开始东进，接连取得许多胜利，攻克京沪铁路浒墅关东站，歼日军60余名，迫使京沪路3天不通火车；夜袭上海虹桥机场，烧毁日机4架。这两仗，全国有名。但是在行军途中，老六团却遭到国民党军统特务武装“忠救军”的偷袭。对于吴焜副团长中弹牺牲的歌词，作者这样写倒不是弄错了，原来当时团职干部去世，都要报告三战区的，吴焜死于东路“忠救军”枪下，却不好实报，后有了延陵大捷，就把吴焜与刘震英一同呈报了。吴焜历来骁勇善战，移花接木于贺甲战斗，他的英名也传遍全军。

洋沟溇战斗

1939年10月，新江抗成立以后，坚持东路地区的战斗异常艰辛。1940年2月6日，新江抗在横泾附近的北桥伏击了日伪军下乡抢粮的汽艇，击毁了敌汽艇1艘。当天晚上，部队乘坐小木船，从常熟东唐市附近的村庄出发，向阳澄湖畔的洋沟溇村转移。

洋沟溇村芦荡遍布，是典型的水乡泽国，也是隐蔽的好地方，新江抗想通过这种长距离转移的方式，摆脱日伪军的跟踪，以便在那边欢度春节。

当时，新江抗有4个连的建制，特务连（连长吴立夏）负责保卫司令部；一连是由民抗一连改编（连长薛村、副连长曹德清、指导员褚学潜）；二连是由常熟何家市殷玉如的独立二大队改编；三连是省保四团三营一连改编，收并了原太仓国民党省保安四团部分部队。

部队是在夜深人静之际，乘坐小木船靠近洋沟溇村，尔后悄无声息地进入村庄的。新江抗司令员夏光迅速布置好岗哨，派人察看地形，选择瞭望的哨卫，分析研究敌情和所要采取的应急措施以后，部队纷纷驻扎了下来。当时他们的任务是，特务连负责保卫司令部；一连驻扎在村的西南角，扼守西湖；二连驻城北；三连随司令部移动，并警戒村东面的湖面。

第二天，也就是除夕，清早起床以后，战士们忙得是不亦乐乎，有的向群众做宣传工作；有的帮助群众挑水扫地；有的忙着准备过春节的东西。下午，他们排练文艺节目，搭起了一个简易的戏台，挂上了幕布，准备在大年初一举行一场军民春节联欢会，由部队演出抗战节目，晚上准备和村民一起吃过年饭。

除夕之夜，夏光司令提醒大家不要喝过多的酒，要提高警惕，防止敌人趁节日突然袭击。

此时，人们沉浸在欢乐的节日气氛之中，哨兵仍坚守岗位。清晨，他向湖面瞭望的时候，发现一条船悄悄地从湖面飘来。哨兵很警觉地向它扫视，却发现它后面没有其他船，船上也只有两个披着蓑衣的渔民，就放松了警惕。

哨兵想，春节期间在正常情况下不会有战事，况且，湖面上没有任何的动静。不过湖东的瞭望哨兵还是向四周看了看，见湖面上确没有任何动静，只有一条渔船悄悄地靠岸，心想，这不会有什么大的问题，所以也没有加以制止。

可是哨兵哪里知道，残暴的日兵不会管今天是不是中国人的最大节日，也不会关照我们正沉浸在节日的气氛中，他们的目标，他们的目的，就是要屠杀中国人民。果然，这艘船上载的全是日本兵，船舱的上面只有两个伪装了的、穿着蓑衣装扮成渔民的日军，船舱的下面则躲藏了好几个全副武装的日本兵，他们还带了 1 挺轻机枪和 1 个掷弹筒。他们想用偷袭的方式来进攻住在洋沟溇的新四军。

他们怎么会这么精确地计划部署这一场战斗呢？原来，驻昆山巴城的日本警备大队长中山在除夕的晚上得到密报以后，便迅速布置了这样一次偷袭战斗，偷袭由日本的警备中队长斋藤一岛率领，约计 80 人，以 4 艘船舶为掩护，直冲洋沟溇，企图一举消灭新江抗。

敌人的如意算盘是趁我军沉浸在春节的气氛之中，毫无防备，一举加以歼灭。

日军深夜出发，3 只汽艇悄悄地躲在了芦苇荡中，只用一艘渔船向村庄靠拢。他们的目的是想通过渔船悄悄上岸，抢占村庄的滩头阵地，控制一片开阔区，让其他日军的汽艇迅速靠岸实施战斗。

哨兵放松了警惕，渔船悄悄地靠了岸，渔船靠岸的一刹那，船上伪装的两个渔民一声喊叫就跳上了岸。与此同时，其他躲在船舱中的日军也拿起了武器迅速地跳跃着上了岸，向着哨守、向着村庄进攻。

枪声顿时响起，硝烟立即弥漫开来，火光也在平静的河岸边迅速燃起。枪声一响，躲藏在芦苇深处的 3 艘日本的汽艇迅速开足马力，拼命地向村庄袭来。他们一边开动汽艇，一边从汽艇上向村庄猛烈射击，掩护已经登陆的小股部队。

枪声一响，惊动了驻守村庄的战士们，局面虽然被动，但战士们非常冷静，首当其冲的是特务连，连长吴立夏一马当先，率领特务连战士迅速抢占村庄的高地和屋顶进行还击，因为制高点对战斗来说有着极其重要的作用。这四个连中最有战斗经验且战斗力最强的当属特务连，因为特务连当中有很多参加过三年游击战争的老战士，他们是从六团过来的，他们原来随六团在茅山附近的句容一带和日军交战过数次，有着丰富的战斗经验，六团东进以后他们又和敌人打过好多仗，有的战士参加过浒墅关的战斗，有的战士还袭击过上海虹桥机场。特务连连长吴立夏是老红军，也是六团的老连长，在进攻浒墅关车站的时候，他是突击队队长，打起仗来是一只猛虎。排长张世万也擅长作战、英勇无比。特务连人数不多，但是战斗经验非常丰富，战士们个个骁勇善战。

这个时候，一连也经过简短地组织投入了战斗。这样，我新四军就和日军在村庄之间展开了激烈的战斗，双方都凭借着村落的房屋在一个村庄又一个村庄之间来回作战。

日军一看偷袭不成，只能强攻，双方形成了拉锯战。水乡作战，有其自身的特点。水乡地带，一个村庄和一个村庄之间没有旱路，只有水路，水路之间只能靠船运载，或者搭桥才能够前行，这样作战的机动性就很差。

好在民众有船，也在一些地方铺设了浮桥，可即使如此，行动也十分困难，动作不能够迅速完成，此时如果匆忙撤退，就会遭到敌人的背后袭击，被敌人置于死地，因此，新四军战士不可能一下子转移而走，也不能一下子摆脱敌人。在敌强我弱的情况下，既不能消灭敌人，又不能一下子撤离，只能采取节节抗击的办法，拖延时间，等待天黑收兵。

同样，日军也不能像在平原上那样能够组织有效的进攻，他们有汽艇，应该说机动性较强，但是汽艇只能在湖面上轻快行驶，而在河岔里行驶，虽然有一定的机动性，但是危险性极强。日军害怕新四军战士在芦苇荡的两侧设伏，如果汽艇被打掉了，那么在水乡泽国，进得来却回不去，所以他们采取了正面进攻、步步为营的办法，也不敢贸然采取迂回包抄切断退路的战法。

汽艇的机动性、优势无从发挥，双方都不能速战速决，打成了马拉松式的消耗战，从一个村庄打到另一个村庄。日军在这样的情况下，只能用掷弹筒和机枪隔岸扫射和封锁新江抗，而我军则采取节节抗击的办法。

吃过午饭，枪声暂停，夏光趁机跳出隐蔽物，到了滩前的土沟里，举起望远镜向埋伏着日军的小高坂方向瞭望观察，想进一步摸清鬼子的实力。

望远镜有反光，被对面的鬼子看见了，日本指挥官斋藤一岛认定这是新四军的指挥官，便命令日军以密集的子弹向夏光扫射。

夏光被密集的子弹压在土沟里抬不起头来，警卫员何彭福急忙用身子保护，身中数弹，负了重伤。为了抢救夏光脱离险境，一连指导员诸学潜率领战士们奋不顾身，跃出隐蔽物，向对面的日军进行了猛烈扫射，不料机枪手中弹牺牲，一名干部接过轻机枪，一马当先，向日军冲去，一批日军倒下了。

此时，特务连连长吴立夏率领特务连包抄而来，把敌人机枪的火力压制了下去。不料，一颗子弹射中了一连一名干部的腹部，一阵抖动后，肠子流了出来，这位干部咬着牙，把肠子塞进衣服内，继续战斗。可惜的是，又一颗子弹击中了他的头部，他不幸牺牲。

见这名干部光荣牺牲，指导员诸学潜眼睛都红了，他接过这名干部手中发烫的机枪向日军猛烈扫射。在吴立夏率领的特务连的攻击下，日军支持不住了，纷纷向湖边溃退。不料湖面上汽笛狂吼，白浪滔天，日军的小汽艇不知何时又赶来参战了。他们原来特别小心，不敢贸然出现，害怕新四军战士把汽艇打翻，让他们难以返回。

夏光据此对敌情做出了新的判断，他发现敌人占据了有利的地形，火力强于我方，不适合在村头硬拼，便命令部队撤进村内，进行巷战。

这个时候，双方都在争屋脊的制高点，又展开了短兵相接的激战，我军年轻的指导员诸学潜胸部中弹，身负重伤，壮烈牺牲。排长费介成含泪从指导员手中接过机枪，高呼着口号爬上屋顶，向日军扫射。

吴立夏率领特务连在侧面进攻的时候，不幸背部中弹，他忍着剧痛，继续战斗。他发现背后一个日军的指挥官正在指手画脚，就命令战士们齐放排枪，把这个日军指挥官给撂倒了，事后人们才发现，被撂倒的这位日军军官正是突袭的日军指挥官斋藤一岛。

斋藤一岛一死，日军的战斗意志大大丧失，战斗慢慢处于胶着状态。你来我往、断断续续，战斗一直没有停止，整整打了一天。

日军由于指挥官阵亡，兵无斗志，加之黄昏到来，没办法有效地组织战斗，也害怕新四军实施有力的反击把汽艇打掉，所以也慌忙收兵。新江抗击退敌人以后，便转移到常熟的东唐一带进行修整。

这次战斗，昆山巴城日军共出动 60 余人，伪军 10 余人，除指挥官斋藤被新江抗击毙以外，还有 10 余个日军被击毙，20 余个日军被打伤，敌人伤亡过半。我新江抗也付出了重大的牺牲，指导员诸学潜等 17 名指导员光荣牺牲，副司令兼政治处主任杨浩庐等人负重伤，特务连连长吴立夏等 10 余人也负了伤。

洋沟溇战斗是新江抗发展过程中最关键的一场战斗，它粉碎了日伪军企图消灭东路抗战力量和指挥机关的阴谋。同时，新江抗经受住了这场战斗的严峻考验，取得了在水网地区与日伪军作战的宝贵经验。新四军英勇抗战的行动在群众中产生巨大影响，消息传到上海，吸引了许多青年学生和工人前来投身于东路的抗战事业。

水西保卫战

1940年2月22日，是中国传统佳节——元宵节，它是春节以后的又一个大节。按照习俗，在元宵佳节那天，人们一大早要开门放鞭炮、穿新衣，这一天要好好地热闹一番，吃美味的元宵，共度美好的时光。元宵佳节的前一天，人们按惯例要早早入睡，以便第二天早早地开门，燃放鞭炮。

人们都遵循着这一习俗，处在溧阳北部丘陵地带的安中里村的人们自然也不例外。元宵节的前一天晚上，即21日，早早入睡的不仅有村民，还有驻扎在那儿的新四军教导大队和江抗二团的指战员。

虽然处在战争的环境之中，但按照现代文明的惯例，在传统的佳节之际，双方会不约而同地停止战火。按照这一思维的方式去行事，显然可以安然地、好好地睡上一觉。

难得宁静的夜晚呀，周边的环境也似乎印证了这一点，看月光朦朦胧胧，也沉浸在宁静之中，乡村遍布毛茸茸的杉树、松树，杂树和竹子夹杂其中，有一种毫不相让、奋发向上的感觉。树叶早已凋零，剩下一两片顽强地挂在树枝上，轻轻地摆动着。桑树就体现了这一点，丫枝光秃秃的，一两片枯叶顽强地生长在其上，显示着顽强的生存意志。唯一例外的是竹子，竹叶虽然会凋落，但是黏结在竹枝上的竹叶显示绿色的生机，有一种轻松自如的感觉。

那些麻雀在竹林里面“叽叽喳喳、叽叽喳喳”地叫着，不久以后，它们觉得不应该再喧闹了，也悄悄地休息了。田野里的麦苗虽然经过严寒的摧残，现被厚厚的雪覆盖，似乎停止了生长，不过大地回春，它们也想像鸟儿飞出鸟笼一般，叶子已奋发生长，不过晚上的气温有些寒冷，它们也想好好休息一下。

是啊，太累了，战火烧遍了大地，民不聊生，天底下哪有安静的日子，终于有一段休闲的好时光了，人们怎能够浪费这静谧的日子呢?

不过事情总有例外，在中国大地上，中国民众所面对的，是一个非常邪恶的，充满了法西斯主义思想、军国主义思想的一个民族。他们在发动战争的时候，不会顾及人类的惯例，他们充满了反人类的思想，实施着反人类的行为，他们要利用中国元宵佳节、人们喜庆的日子来实施他们邪恶的计划。

他们从句容、溧水、金坛青龙山方向纷纷出动，带了一批伪军，共800余人，在汉奸的配合下准备偷袭安中里及江南指挥部的驻地水西村。

所幸的是，1940年的农历春节刚过，江南指挥部的指挥陈毅组织军民联欢时，便得到了日军准备偷袭江南指挥部的情报。他即刻派侦察员向句容方向、金坛方向侦察，务必要摸清敌人的动态。

没过几天，侦察员纷纷回来报告，敌人已经出动。为了防止敌人的偷袭，陈毅在水西村外安置了3道岗哨，第一道岗哨在安中里城西边的庙前西桥，第二道岗哨在安中里的村边上，第三道岗哨在水西村西的木桥边。如果鬼子要偷袭水西村，必然要经过安中里村西的庙前西桥，然后进安中里和樊塘村，再经过小木桥，方能达到水西村。3道岗哨应该是比较稳妥安全的布置了。

安中里的一切都安静了，一切都处在休眠的状态之中，不过还是有顽强的生灵在寒风之中不断地移动。那是什么呢？那是新四军的哨兵，他们要坚守着岗位，执行警戒的任务，他们提着上好刺刀的枪，枪刺在月光下发出些许光芒……他们的额头是那样的饱满，他们的眉毛是那样的粗黑，眉宇之间透露出庄严之色。

他们用警觉的眼光扫视着四周，虽然一切都朦朦胧胧，但一切都逃不过他们的眼睛。突然地平线上出现了一些流动的小黑点，渐渐变大了、变大了——那蠕动的黑点就是人影。

哨兵已经听到了轻轻的脚步声，似乎呼吸声也传到了他们的耳朵里。警觉使他们拿起了手中的枪，枪口对着那些蠕动的黑点，他们用带有威严的口气大声地喊着："站住！干什么的？"

他们拉动了枪栓，喊声在旷野之中是那么的响亮。对方显然听到了枪栓拉动的声音，随即发出哇啦哇啦地叫喊声："别开枪！别开枪！我们是老百姓！"

朦胧之中看见了晃动的人影，他们放下了枪，揉了揉眼睛，看清了，确实是一些穿着打扮和老百姓一模一样的人，而且听那口音是地道的溧阳口音，那些人显然不是日本人，也不是伪军，因为伪军大多是外地人。但哨兵们站在桥边并没有放松警惕。

"新四军战士，我们是老百姓！"

"你们这么晚了干什么？"

"唉，家中老娘生病了，我们要请郎中，要到前马街去请郎中。"

是呀，晚上谁会外出呢？谁会在深更半夜出行、穿越这丘陵山区呢？看病，病情紧急，救人要紧，半夜出门那也是常有的事，他们紧张的神经终于放松了下来。

那几个号称要去请医生的"老百姓"掏出了香烟，急急地向哨兵递烟。显然，他们是要制造一种温和的气氛，让战士们感到这儿没有危险，他们是老百姓。

就在战士们的心情放松的一刹那，猛感到身后传来了一阵风，他们扭头一看，几个黑影迅速向他们扑来，在战斗中形成的本能使他们马上做出了反应，开枪是不可能的，只能徒手相迎。还没有等到他们做出有效的回击，几个黑影就扑上来掐住了他们的脖子，几把硬硬的刀刺进了他们的胸膛，他们挣扎着，无奈还是倒下了。

原来这几个"老百姓"是当地的汉奸，他们为了迷惑新四军哨兵，故意叫喊着要找人，分散我军哨兵的注意。那些狡猾的日军悄悄地从四周翻到河堤下，又沿着河堤迅速来到了桥头，趁战士不甚注意的时候纷纷窜出，用偷袭的方式袭杀了我新四军哨兵。

庙前西桥的哨兵和日军扭打的响声惊动了第二道岗哨。这第二道岗哨就在安中里村的村西边，离第一道岗哨并不远，他们在朦胧的月光下看到了一群人在扭打，战争环境下他们不会有丝毫的放松，他们端起了枪，趴在地上静静地观察。日军并不知道有第二道岗哨，见村庄就在眼前，便大胆地向前进发，我新四军战士完全看清了他们的面目，立即鸣枪报警。

枪声一响，那些潜伏的鬼子从四面八方纷纷跳起，怪里怪气地发出一些叫喊声。他们穿着大皮鞋，端着刺刀，摆动着有力的双腿，向安中里扑来。

同时，枪声也惊醒了我军安中里村的教导大队的战士和江抗二团的战士。枪声就是军情，枪声就是警报，他们纷纷而起，上好子弹，上好刺刀，拿上了手榴弹，鱼贯而出，“迎接”日军的到来。

安中里村是一个什么样的所在？为什么日军要出动那么多的兵力，在正月十五前一天的晚上发动这样一个偷袭战呢？这就涉及一个非常深广的历史背景。当初蒋介石同意成立新四军，把新四军安排在茅山一带就是为了借刀杀人，他们规定一、二支队必须在长江以南、芜湖以东、溧武路以北、丹金公路以东，东西不过百余公里，南北仅有五六十公里的地域。

陈毅率一支队到达茅山地区以后，经过两个多月的不断战斗，战果不小。由于地形狭小，战斗频繁，战斗之余部队难以休整，便与国民党第三战区第二游击区副总指挥、江南行署主任、六十三师师长冷欣交涉，将溧阳的竹箦桥、陆笪里、水西和安中里一带作为新四军整休之地，交换的条件是一支队将俘虏的日军、交火的战利品送交第二游击区，为冷欣向上报公之用。1938 年 9 月，陈毅将一支队司令部先后移居到竹箦桥附近的王渚村、宋巷里，11 月又移居到水西村，一支队政治部主任刘炎率机关到高淳县城一带活动。因联系不便，不久，政治部就移到宋巷里南约 2 里的西街口。同年冬，一支队司令部移到水西村后，政治部也就移到安中里，两村仅隔 1 公里。

1939 年 11 月 7 日，江南指挥部成立，江南指挥部的司令部、政治部全部移居到水西村，安中里则安排教导大队训练，后来江抗二团也来到了水西，便安置在安中里村进行集训。

早在一支队时，陈毅为了突破国民党的限制，求得独立自主发展的战略部署，即派二团一部配合挺进纵队进驻扬中，建立向北发展的跳板，派六团以“江抗”第二路名义进军东路地区，开辟新的游击根据地。江南指挥部成立后，进而实施战略战术扩展。1939 年 10 月，陈毅、粟裕决定西撤至扬中的“江抗”与挺进纵队合编，仍称挺进纵队，管文蔚任司令员，叶飞任副司令员，下辖 4 个团。不久，“挺纵”三团和一、四团相继过江，展开于江都和吴家桥地区。1939 年 12 月，江抗二团奉命在扬中提前结束整训，返回江南，先后活动在丹阳仿仙桥、武进安家舍、溧阳竹箦桥等地，后接到新的任务，开赴溧阳宋巷里整训等待时机，第二次东进参与创建东路抗日根据地。

枪声一响，战士们翻身而起，拿起枪迅速冲出门，找到了预设的地点，那些地点无非是田间的土埂，屋前的干土堆、草堆。他们伏于地上，摆好机枪，架好步枪，组成了有效的交叉火力网。

战士们为什么能够迅速投入战斗，并且有条不紊地组织其战斗的秩序呢？这主要是因为陈毅事先下了通知，命令战士们穿衣睡觉，随时做好战斗准备，所以在心理上，他们有这样的防范意识。另外，这些人都有丰富的战斗经验，比方说教导大队的人员都是来自各个部队的骨干，有军事组、政治组、青年组，尤其是军事组的成员，都是各个部队的连、排级干部，作战经验之丰富自然非一般士兵可比。作为江抗二团，他们原来都是六团的战士，后来六团以江南抗日义勇军的名义去东路发展，挺纵赴苏北后，改名为江抗二团，所以他们的战斗力也非常强，在廖昌金参谋长的带领下，江抗二团两个营就驻扎在安中里，和教导大队一起学习训练。

枪声一响，战士们投入了战斗，打乱了敌人偷袭的计划。本来敌人想顺利地通过安中里，经樊塘奔袭水西村，天一亮就发动进攻，但没有料到，在经过第二道岗哨的时候，被我军发现，这枪声一响，在安中里便发生了激烈的战斗。

日军怕夜战、近战。夜战看不见，近战火力不能充分展开，所以他们也很难组织起有模有样的战斗，尤其在夜晚，他们也不知道我军的布防情况，战斗之中就显得非常小心，进攻的规模和速度、密度都受到了极大的限制。

日军原先距离保持得比较远，因为他们总攻的时间还没到，但战斗打响以后，他们也顾不了这么多，分别从李家棚、安中里、杜家村一线发动猛烈的进攻。不过我新四军战士利用有利的地形和晚上能见度较低的有利条件，东一枪西一枪，打得敌人晕头转向，不知如何下手。

但日军非常狡猾，他们进攻的宽度大，进攻的点多，但只做试探性的进攻，他们想搞清我江南指挥部驻防的情况，然后做针对性的进攻。打了一阵子以后，也就是凌晨2时左右，他们再也按捺不住了，用猛烈的炮火轰炸安中里，部队猛烈推进到距安中里村200米左右的位置。

与此同时，安中里枪声一响，水西村的值班参谋向江抗二团询问枪声发生的情况，参谋长廖昌舍迅速向上汇报，说日军偷袭，已经来到了安中里。情况迅速地反映到陈毅那儿，陈毅马上起身，做出新的战斗部署。

坐镇在水西村的陈毅听到了安中里传来的枪声，也听到了廖昌金的汇报，他迅速地下达了紧急集合的命令，200多名指战员到广场上待命。陈毅做出部署，主力部队迅速投入战斗，警卫班守住村前的大桥，机关干部、当地的群众立刻向神堂圩、余桥村转移。

粟裕和陈毅一道来到水西村，朝安中里方向观望，他们从枪声发生的方位，进攻的方式判断出，现在敌人还在做试探性的进攻，敌人主要是要搞清楚我军驻防情况，便于白天攻击。

“现在一方面，我们不能让日军迅速靠近水西村，另一方面就是，我们要保留有效的战斗力量，防止日军分割包围，教导大队、江抗二团应该后撤，留下少量的部队在夜间牵制敌人，后撤部队在水西村调整布防，迎接第二天的战斗。”陈毅深有感触地说。

“对，教导队员都是优秀的军事干部，是我军的宝贵财富，牺牲一个同志，对革命事业来说都是很大的损失。江抗二团和教导大队撤回到水西，和警卫连的战士一起布防，狠狠打击敌人！”粟裕赞同把前面的部队撤回来。

江抗二团和教导大队接到命令后迅速后撤，除了留下少数的战士转移目标外，其他的都转移到了水西村的外围。

后撤途中，一名姓顾的战士走在了最后，在安中里村后的一个土墩旁，他对两名机枪手说：“你们赶快撤，我在这里掩护你们。”他一边说，一边用步枪撂到了几个尾随的鬼子，两名机枪手不忍心让他一个人留下阻敌，还在犹豫。那名姓顾的战士叫道：“快走，你们快走，要不然我们都走不掉！”两名机枪手含着眼泪，依依不舍地撤离了土墩。

狡猾的日军听不到机枪声后，立刻疯狂地扑上前来，他们不打算打死这名姓顾的战士，由于小顾已经没有了子弹，所以被围上来的日军活捉。疯狂的日军把他吊在安中里村后的松树上，要他讲出新四军江南指挥部的布防兵力、布防位置。小顾宁死不屈，破口大骂，日军恼羞成怒，惨无人道地用刺刀刺死了这名新四军战士。

教导大队和江抗二团的战士顺利地撤离到水西村。这时候，陈毅想起水西村的北面有一个水坝，水坝的下游便是一条绕水西村的坝河，河上有一座三孔木桥，是安中里到水西村的必经之路。他命令将这座木桥拆毁，以便拦断日军的前进之路。

执行任务的是一名姓陈的老同志，他是老侦察员，40 多岁，时值苏南还是寒冷的季节，前几天又下了大雪，这名老侦察员奋不顾身，冒着寒冷，踏上薄冰，举着大锯，蹚水走到木桥底下，用锯子锯断了桥桩。木桥倒塌以后，道路也就中断了。老陈完成任务以后，迅速返回水西村，和战士们一道参加战斗。

日军通过安中里经樊塘来到了水西村村边，一看河上的木桥已经被拆毁，不得不停止脚步，他们觉得水西村的地势比较高，并且他们对布防的情况又不了解，而我军有较强的战斗力，所以不敢贸然进攻，想等到天亮以后再进行攻击。

陈毅、粟裕利用这一段无战事的战斗间隙，根据敌情，再利用水西村周围的有利地形，决心重兵坚守村西。战士们利用有利的地形，如隐蔽的土墙、土墩，一起把枪口朝向村西的小桥边，又在屋顶上架起十几挺机枪，集中火力封锁安中里、樊塘到水西的路途。

第二天的清晨，四周升起了浓浓的大雾，能见度很低，伸手不见五指，10 米以外就看不到任何东西了。按照惯例，天亮以后，日军必然要发动强有力的攻势。陈毅深深知道这一点，他利用这段时间对战士们做起了战前的动员，他用浓重的四川话高声地问道：“同志们，我们要不要水西村？”

“要！”战士们齐声回答。

“那我们应该怎么办？”

“宁死不屈，血战到底！”

“对！”陈毅高兴地说，“我们要藐视敌人，顽强奋战，血战到底，绝不后退。”说完，他和粟裕一道进入了前沿阵地，密切注视着敌人的动向。

浓雾渐渐变稀，阳光渐渐地刺透了薄薄的雾。大地上的一切都浮现出了其本真的面目。日酋用望远镜对水西村观察了一番以后，把刀指向空中，大叫了一声，疯狂的日军便向水西村涌来，而迎接他们的是愤怒的子弹。战士们居高临下，多点开花，富有层次地反击。日军占不到任何便宜，除了抢救伤员、收拾尸体以外，不可能再有其他动作，他们一波攻击以后，见无法突破我新四军的防线，便停止了进攻。

日酋用望远镜对水西村又不断地扫视，见新四军的阵地构筑得比较坚固、富有层次，而且有多个交叉的攻击点，知道如果按通常强行攻击的方法必然要吃大亏，因为地形对我新四军十分有利，所以他决心用炮火猛烈地轰炸新四军阵地，然后在炮轰之下，乘着烟火再行进攻，方能奏效。

随着日酋的一声吼叫，炮弹在空中夹着呼啸之声飞向水西村，落地后便猛地爆炸，炮弹在阵地上发出阵阵的轰响声，然后是尘土飞扬，硝烟四起，火光阵阵。

炮声一停，日军蜂拥而上。这一次日军非常狡猾，炮击停止后，便用机关枪对阵地疯狂扫射，打得战士们根本抬不起头。战士们要躲避敌人炮火的攻击，更要躲避枪弹的扫射，好在这些阵地的战壕挖得很深，土墩的土堆得比较多，掩体比较齐全，所以这些枪弹并不能有效地击中我新四军战士，炮火一停，战士们便露着头，排枪齐放，手榴弹齐掷。敌人一波一波地涌来，又一波一波地被击退。

日军先用炮火攻击，再用机枪扫射，最后用人进攻，但打了许久，并不见效。新四军战士坚守阵地，巍然不动。看不到我军士兵有伤亡的迹象，且兵源充足，士兵不断涌现，日酋傻了眼，他们感到奇怪，哪有这么多的新四军士兵。

其实，在水西村的新四军战士并不多，不过他们发扬了以一当十的战斗气概，况且后方又得到了水西村附近百姓的大力支持。百姓冒着枪林弹雨，把饭菜、茶水送到前沿阵地。战士们吃饱了饭，劲头更足了，他们用重机枪、步枪、手榴弹一次又一次地打退了敌人的进攻。

敌人消耗了那么多的枪弹，发动那么多次的进攻，却推进缓慢。每推进一步，就要付出极其重的代价，更何况桥被拆，又不能蹚水过河，因为蹚水过河就变成了我新四军的活靶子，谁会这么傻?

就这样打打停停，停停打打，双方形成了拉锯战、消耗战。

陈毅、粟裕在战斗之余不断鼓舞着战士们的士气。另外，他们通过观察，发现日军的兵力有限，不可能采取大规模的攻坚战，在这种情形下，我军不能被动应付，应该主动出击，通过高超的、灵活的战术打退敌人的进攻。

下午3时，陈毅做出决定，借用国民党六十三师的部分兵力从杜家村的左侧进行进攻。他们利用有利的地形，居高临下，对着樊塘的日军猛烈扫射、猛烈开火，打得敌人是惊慌失措、晕头转向。

日军一方面要应付着正面水西村我军战士的反击，又要应付着杜家村一带军队的冲击，所以慌乱起来。更让他们想不到的是，我教导大队奉命从樊塘的另一侧向其进攻，教导大队在前，江抗二团在后，特务营部分战士也纷纷涌来。

这个时候，敌人慌作一团，他们弄不清我军到底有多少战士，打了一天见我军毫无倦意，首先心里就没有底，又见新四军主动出击，心里更犯难了。他们估计此地是江南指挥部首脑机关驻扎的地方，所以兵力充足，现大有分割包围之势，到了晚上，自己无法利用火力进行有效的反击，弄不好会遭灭顶之灾，便决定撤回到自己的据点。

捉鸡不到，蚀米一把。敌人恼羞成怒，扛着百姓家里抢来的被单，抬着数十具尸体，又把樊塘、安中里点上火，慌忙地撤退了。我新四军战士乘机收复了樊塘、安中里，扑灭了大火，顺势缴获了机枪、掷弹筒、军大衣。

水西保卫战后，为了考虑安全，陈毅、粟裕率领部队转移至离水西村近20里地的余家桥村。

午夜2时，当到达余家桥村、集中在打谷场上时，战士们感到十分寒冷。不久，号房子的战士回来了，说陈、粟首长决定不进民房，就在野外就宿，理由是这是新区，没有开展过工作，就不惊动百姓了，就在打谷场上休息。

有的战士埋怨道："老百姓没见过新四军，难道没有听说过新四军吗？"无奈，他们就在圆栓形草堆边和衣睡着。

正月天气非常寒冷，地面上积了一层厚厚的霜，有的地方结上了薄薄的冰，月光遍洒大地，但寒风四起，在银灰的世界里更觉得寒冷，江南指挥部参谋马苏政在草堆边怎么也睡不着。他看到陈毅和粟裕还蹲在地上，用手电查看铺在地上的地图，一边观看，一边讨论。看到首长如此认真，马苏政的心里感到了一阵暖意，便在草堆边悄悄地睡着了。

第二天旭日东升，他听到了一阵嘈杂声，原来村民们起身后看到新四军都睡在外面，便纷纷向前表示问候，且埋怨战士们为什么不进他们的家里居住。在此情形下，陈、粟首长才决定让战士们住到百姓家里面去。

百姓非常开心，后来这个地区的开辟工作进行得特别顺利，百姓的抗战热情特别高涨。

水西保卫战，开创了以少胜多、保卫指挥机关的战例，在抗战史上留下了重要的一页，极大地鼓舞了茅山地区军民的抗战信心。

赤山之战

1940年3月26日，大汉奸、国民党原副总裁汪精卫在日本帝国主义卵翼的孵育下，在南京成立了所谓的“中华民国国民政府”。敌伪增加兵力，不断地对茅山根据地进行残酷的扫荡。

此时，在江南，一个阴谋正在被悄悄地策划着：国民党军第三战区正根据重庆当局的既定方针，和日寇配合默契，企图消灭江南新四军。他们老谋深算，认为在皖南的新四军军部和叶挺、项英是瓮中之鳖，可以手到擒来，而在江南的陈毅和粟裕却是“海滨游鱼，稍纵即逝”。他们玩弄各种伎俩，要把苏南新四军推入他们布置好的陷阱中，但苏南新四军已得到中共中央军委向东作战、向北发展的明确指示，一个跳出牢笼、驰骋于大江南北、发展抗日游击根据地的计划也在陈毅的领导下悄悄地进行。陈毅一方面和国民党顽固派斗智，制造新四军没有要立即北移的假象，甚至还派我军服务团去国民军第三战区第二游击区指挥部做慰问演出；另一方面则调动部队，脱离国民党军设置的围追堵截我军的地区。

5月13日，新组建的新四军二支队指挥机关和四团三营，在副司令廖海涛的带领下，从句容县的葛村向北移动，到达句容县和江宁县交界处——赤山脚下的窦家边一线宿营。这里离日军的据点湖熟只有七八公里，离南京也只有30多公里，四团的任务就是要在接近南京的地方流动游击，吸引敌人的注意力，掩护主力北移。

赤山，原名绛湖山，赤山湖亦名绛湖。秦淮河东源就是由位于赤山东南的茅山、瓦屋山及北面的空青山和北山渚水汇流入湖，然后，西流方山与秦淮河西源相汇合而成的。正是由于赤山一带地形比较复杂，而这里的群众抗日热情又很高涨，因此，部队驻扎在这里有群众基础，便于隐蔽，这是有利的一面。但是，部队在这里驻扎，也随时面临着敌人的侵袭，这则是不利的一面。

不出所料，果然有了敌情。湖熟情报站传来情报：“由南京开到湖熟的日军南浦旅团岗本联队的一个加强中队，由中队长吉田带领，图谋于某日围剿三岔地区的新四军与百姓，组织维持会，建立伪政权……”

为此，富有战斗经验的廖海涛在部队宿营窦家边的当天晚上，便让参谋通知四团团长黄玉庭，加强侦察警戒，做好预防敌人来犯、随时投入战斗的准备。

苏南的5月，气温逐渐升高，廖海涛所率的新二支队战士们空暇之时站在这湖光山影中，眺望着这美丽的江南大地，更加激发了热爱祖国、抗日救国的热情。

那形似馒头的赤山呀，与闽西的山相比，你哪能算山。可在江南，你倒是不折不扣的一座山，你躯体赤红，岩石似冒着火焰，白色的秦淮河环绕着你，水与火就是这样奇妙地结合在句容的大地上呀。那美丽的赤山湖，那一望无际的原野，好开阔，好开阔呀，闽西没有这样平坦的空间。麦、蚕豆、油菜，还有那青青小河边的红花、小草，那是战地之花呀。啊，美丽江南，你遍体鳞伤，但仍掩饰不住你的美丽姿容；铁蹄践踏，摧残不了你的神韵……廖海涛站在窦家边出神地望着这可爱的一切。

两年前的夏天，二支队继一支队挺进江南敌后时，就是首先到达赤山湖滨的郭庄、湖熟一带生根立足的。如今，二支队三团早已调回皖南，四团一、二营也调到外地去开辟新区，四团团部和二营也随陶勇、卢胜同志渡江北上。只剩支队司令部的直属连（亦称特务连）和原老四团的三营还是当年的老红军部队。此时，这些老部队又转战到赤山湖滨的根据地来，怎么会不触景生情？怎么会不更加激发抗日救国的热情呢？

然而，此时此地，心情最为激动的则是廖海涛。两年来，抗战形势发展很快，陈毅和粟裕抵制了项英的右倾错误，反对了国民党顽固派的无理限制，坚决执行了党中央要新四军“向南巩固、向东作战、向北发展”的决策，使新四军的抗战局面有了极大的改观。向东，已经越过宁沪铁路，直抵上海近郊；向北，已经控制了整个扬中和大桥地区，并向江北的扬州、仪征、六合地区推进。从而足跨长江两岸，随时可以向苏北发展。

5 月 14 日早晨，驻湖熟镇的日军南浦旅团岗本联队吉田中队的一群日军，共 100 多人，穿着黄色制服，从湖熟镇出来，侵犯句容县的三岔。侦察员苏小三和郭维华将这一情报立即向司令部报告。走出据点不远，日军架起九二式步兵炮，向 228 米高的赤山顶的破庙打了两炮，一方面想试探一下赤山有没有新四军；另一方面想摆摆威风，吓唬百姓，替自己壮壮胆。在这疾雷般的炮轰鸣声中，那些日军的大狼狗，一只只瞪着圆圆的大眼睛，张着狼牙毕露的大嘴，血红的舌头一抖一抖地滴着涎水；帽后飘着四块布的日本兵，一个个就像这些狼狗，随时准备嚎叫着扑上来；蹬在高头大洋马背上的敌骑兵，提缰挺刀，也如拉紧了弦的箭，向新四军阵地一触即发。看他们这样一副穷凶极恶的架势，显然是幻想着要把驻扎在这一带的新四军一口吞下去。

“轰！轰！”两声炮响传来，廖海涛的热火劲头马上就来了。他立即背上手枪和望远镜，带领刘参谋和通讯班，迈开裹着黄呢子绑腿的双脚，“嗖嗖”地一口气登上了赤山西北的一块小山坡上观察敌情。廖海涛拿出望远镜一看，望远镜里出现了 100 多个日军向我赤山方向靠近。这时，廖海涛判断他们不是伪军，是鬼子！

廖海涛下定决心：一定要揪住这帮疯狂的日军，狠狠地揍一顿，打他们个落花流水，有来无回。于是，他果断地对通讯员喊：“黄金海！”

“有。”机灵的小通讯员两步就跳上来，及时回答。

“你快去，通知各部队立即全副披挂，进入战斗状态，准备战斗！”说着，廖海涛再次拿起望远镜仔细观察敌情。当廖海涛把望远镜放下时，他那对虎眼还在发红呢！战士们都很熟悉，他生就一对虎眼，一打仗眼睛就发红，那一对虎眼加上一脸膛的络腮胡子，再叉腰挺胸地在战场上一站，真是威风凛凛，一副张飞式猛将的气派。

待到战士们各就各位进入战斗位置时，廖海涛激动地说：“同志们，今天咱们要四面包围，痛痛快快地打一个歼灭战！”

听说要打歼灭战，战士们高兴极了：“廖司令的胃口真大！”

南浦旅团岗本联队下辖的吉田中队有100多人。他们都是一些老鬼子，能打善拼，顽固得很，而且枪法准确，装备精良。不过，廖海涛所率的这支部队也“老”，都是老红军的部队，对那鬼子“嗷嗷”叫的武士道精神都是看不上眼的。说实在话，我军部队的武器装备当时还较差，有的老红军手里拿着的还是梭镖、大刀，要把这100多个鬼子一口吞下去，也不是那么容易的事。

“硬骨头是会噎喉咙的。”旋即，他命令通讯员万福来通知三营营长黄玉庭率七连和支队特务连隐蔽进入伏击阵地，展开成正面阻击和侧面拦击的战斗队形，九连准备从侧后迂回；他又派傅良传令支队机关人员由四团政治处主任王直带领在窦家边村集中待命，并派出部分人员发动群众运送伤员。

上午10时左右，吉田的那群鬼子果然大摇大摆地朝赤山脚下过来了。由于日本鬼子骄傲轻敌，根本没想到我军会在赤山脚下埋伏，因而毫无战斗准备，沿途只顾抢劫粮食和拉夫修路。不久，鬼子来到了赤山脚下的河堤上了。

廖海涛一声命令“四面包围，打歼灭战”，特务连和三营七连的机关枪就一齐向日军开火了。“哒、哒、哒……”，随着猛烈的枪弹的发射，大堤上的日军一下子倒下了三分之一，剩下的敌人猝不及防，纷纷仓皇逃命。但是，这时的敌人已被我军团团包围。

敌人的步兵炮连续向特务连阵地上打了10多发炮弹，烟雾弥漫在山坡上。特务连的战士看到敌人只有一门九二式步兵炮在响，纷纷满怀信心地说：“一门破炮吓不倒我们！”

“继续打，把日本鬼子消灭掉！”

我军密集的火力一齐向日军扫射，又有一批日军倒下了。

这时，三营九连战士跑步增援上来了，三营教导员范钦洪的宣传鼓动工作也跟上来了。他高声喊：“同志们，鬼子兵跑不掉了，大家狠狠打呀！”

“冲啊！杀啊！消灭鬼子，为人民立功啊！”

廖海涛看到这种情况，大声地激励着战士们：“鬼子兵已经出来了，就不能让他们回去，我们要把他们消灭干净！”

“同志们冲啊，一定要把鬼子的这门炮缴到手！”

我军密集的火力再一次射向敌群。遭到我军突然袭击的日军顿时惊慌失措，四处溃逃。其中，大部分滚到堤埂下后面的坟地里，像一群被驱散的野兽，乱成一团，有的在凄惨地嚎叫，有的被我军打得屁股朝天，狼狈不堪。可是，这些日军毕竟是一群训练有素的老鬼子，在这四面围困、身临绝境的情况下，还死不投降。顽固的日寇中队长吉田，经过一阵慌乱之后，很快镇静下来，挥舞着战刀，指挥部下赶紧滚到堤下面的坟地里，利用有利地形，负隅顽抗，企图等待援兵。鬼子的三八式步枪声还非常猛烈、密集，一门九二式步兵炮也连续向我军阵地轰击。一时间，打得我特务连和三营七连的战士很难冲上去，战斗形成了胶着状态。

这时，廖海涛沉着应战，心里盘算着：敌人从南京派来增援，最快也得4个小时。所以，他充满胜利信心，鼓励战士们，说：“打吧，狠狠地打！把他们消灭干净，让南京来的鬼子收尸去吧！”

“冲啊，叫鬼子有来无回！”三营教导员范钦洪再一次高喊着。他带着九连战士适时地从侧翼打过去了。

为此，这群日本鬼子不得不分散火力，两面应战。

九连二排排长王树德机动灵活地带领四班战士，迅速迂回到敌人后侧，对聚集在坟地里的日军，用机枪和手榴弹猛扫、猛炸，在短短的几分钟内，便将日本士兵消灭殆尽。

我三营九连战士充分利用地形，迂回运动，准备翻过堤去和鬼子拼刺刀。不料一条小河拦住了去路。仔细一看，不远的河面上虽然有一座桥，但没有桥板。当地的百姓为了阻止日本鬼子进村，把桥板给撤走了。此刻，真急坏了九连的战士们。

兵贵神速。没法子，战士们准备立即泅渡！

忽然，身后响起了一阵叫喊声：“同志们，不要急，桥板来了！”声音过后，只见几十个扛着桥板的小伙子们飞快地来到桥的跟前，后面还跟着一大群百姓，有拿食物的、有提开水的、有抬担架的，还有拿着扁担、镰刀的，熙熙攘攘，边走边喊：“同志们，狠狠地打，把鬼子斩尽杀绝呀！”

赤山是一座只有 228 米高的小山，四面都是村庄。百姓这么一喊，各村都涌出许许多多的群众来，也一齐叫喊：“冲啊！杀啊！日本鬼子逃不掉了！”

顿时，满山遍野，到处是喊杀声、机枪扫射声、手榴弹爆炸声，这声势把鬼子那武士道精神都吓跑了。

战士们喜出望外，立即与小伙子们一起干，很快就把桥板搭好了。战士们迅速地过了河，翻过了堤埂，但是不见日军的踪影。

原来，那门步兵炮也打得只剩下几发炮弹，在我军火力的控制下完全失去了作用。吉田见势不妙，慌忙纠集少数残兵龟缩在窦家边村前一座拱桥下，凭着拱桥企图顽抗到底。老鬼子就是老鬼子，身处绝境，还死不缴枪。

坟地里剩下的一个来不及逃脱的日本兵，尽管营政委范钦洪一再用日语喊话，但他不仅不肯缴械投降，还企图携枪逃跑。四班班长袁国平当即从堤埂上跳下，一把揪住他的脖颈，用力猛击其小腹部，他这才俯首就擒。可是，他一喘过气来，便又拼命挣扎，被赶上来的战士田友文一刺刀结果了性命。

当时，廖海涛看到这种情况，心里琢磨着：我军可以用火力封锁桥面、道路，叫他们跑不掉。但没有曲射炮，一时也无法消灭他们。冲下去吧，鬼子的枪法很准，我部会伤亡很多，划不来，不合算。捉瓮中之鳖，还能让它反咬一口？但是，时间不等人呀，敌后作战，必须速战速决。

廖海涛顺手看了一下手表，战斗打到下午 1 时了，从开火到现在，已经过去 3 个小时了，再不解决战斗，南京来的鬼子援兵就可能来了，怎么办？他再一次冷静下来，仔细地观察了地形并分析了战况：赤山左边，是敌人的湖熟据点，虽然相隔很近，但已派出打援部队，可以放心；只是南京方向来的援兵，4 个小时就可以赶到，再拖下去看来不行。机不可失，时不等人！

此时，南京援兵果然已到达湖熟，而四团战士亦已伤亡 70 余人。是将战斗持续下去全歼敌军，还是安全转移，以免功亏一篑？这时，廖副司令员观察到赤山附近的山坡上和河堤上都站满了人，这是周围百姓得知新四军打了胜仗的消息，奔走相告，并且情不自禁地跑来观战。其中许多人自动地送来茶水饭菜，有些人已经直接参加了战斗，用大刀、铡刀砍死了几个向湖熟逃跑的敌人。同时，全体指战员在群众支援下更加斗志昂扬。有些战士虽然子弹打光，但毫不退缩，一齐上好刺刀，准备冲到拱桥下同敌人进行白刃战。

为了迅速歼灭这一小股日军，廖海涛一方面增派部队加强力量，更好打击从南京方向来援的敌人；另一方面立即带着参谋和通讯员，亲自来到窦家边村里，果断地组织各连，集中所有的手榴弹，准备一齐向拱桥下甩去，迅速结束战斗。只见他又一次红着虎眼命令道："各连集中所有的手榴弹，选一批投得又远又准的战士组成突击队，采取齐投的办法，炸翻鬼子，结束战斗！"

很快，突击队组成了。突击队员将几十颗手榴弹一齐投向了拱桥底下。顿时，"轰轰"的爆炸声在桥下响了起来，爆炸的火光在拱桥下映红了水面……这一招真见效。突击队员在手榴弹一齐爆炸之后，冲到拱桥下一看，鬼子的炮手被炸死，火炮成了哑巴。除了两个受伤的鬼子在"哎哟、哎哟"的嚎叫声中被俘虏外，吉田和他的残兵统统"报销"了，那门崭新的步兵炮也被战士们缴获了。

至此，战斗胜利结束。这一仗，打死鬼子 100 多人，俘虏 2 人，吉田中队没有一人漏网，还缴获步枪 60 多支，机枪 2 挺，掷弹筒 2 个，九二式步兵炮 1 门。其实，缴获日军大炮，在新四军二支队里还是头一回。为了让百姓共享战斗胜利的喜悦，廖海涛还叫团长黄玉庭派了 20 多名战士，把那门大炮拉到窦家边村里，供百姓观看。当时，四面村庄的群众都奔走相告，纷纷跑来争着看炮，赞扬新四军打得好、打得妙。

赤山战斗的胜利，鼓舞了江南人民的抗战信心，也使南京城里的日军大吃一惊，惊得他们坐卧不安，惶惶不可终日。他们本以为一个中队有足够的战斗力而没有派兵增援，所以 5 月 14 日结束战斗的当天下午，南京方面就向湖熟日军据点增兵，并朝赤山打了一阵炮，但却不敢派兵出来。这炮声，似乎是为了发泄他们的懊丧之情，或者是对他们死去的日军表示哀鸣。

新四军二支队副司令员廖海涛，凭着多次战斗的经验，预料到已遭惨败的日军是不甘心的，一定会更疯狂地报复。

果然，过了 3 天，就是在 5 月 17 日，日军出动了 5 000 多日伪军，在 80 辆坦克、200 多个骑兵的配合下，分成几十路，从南京、镇江、江宁、句容、溧水、天王寺一带，向郭庄庙、虬山为中心的抗日根据地，进行了大规模报复性的"扫荡"。

廖海涛预先做好了再次战斗的部署，事先就将三四百人的部队转移到离溧水城 28 里的葛村西边的周家棚子树林里隐蔽了起来，准备随时与敌人开战。

上午 11 时，有一路日寇搜索到周家棚子来了，廖海涛所率的部队被日本鬼子发现并且跟踪了上来。面对气势汹汹的日军，廖海涛冷静地观察了当地的地形，当机立断与敌人兜圈子。这时，日军已形成对我军的合围之势，我军一时也无法脱身。于是，边打边撤，带领部队马上转移到了叶家棚子附近的一片茂密的森林中，依托大片森林，沉着地指挥部队与日军进行巧妙的周旋，展开战斗。

下午，日寇发现了我军的动向以后，先用步兵把森林包围了起来，后又派出100多个骑兵尾随而来，再次形成了合围之势，企图把隐蔽在林子里的新四军全部歼灭。

面对这种形势，廖海涛想到了在三年游击战中的杀人崠战斗。在那里，他指挥红军游击队员，依托茂密的森林做掩护，发挥游击战灵活机动的战术，给了前来围剿搜山的国民党军一个沉重的打击，取得了战斗的全胜。于是，他满怀信心地对部队指挥员说："请告诉同志们，不用怕！在森林里作战是我们的特长。他们只有死路一条！"

指挥员们听了他的话，人人精神振奋，个个信心倍增。接着，各自回去做战斗动员，部署兵力，准备反击敌人。

下午4时多，天空中传来了敌人震耳"轰轰"的大炮声，这是敌人开始进攻的"前奏曲"。敌炮响了一阵后就停止了，敌骑兵则一抖缰绳，跃马挥刀，直冲到林子里去了。

廖海涛看到这个阵势，两只虎眼又红了起来，全身的劲头又来了。他一边挥手，一边举枪，再一次鼓励战士们，说："同志们，沉住气，瞄准，狠狠打！敌骑兵在茂密的树林里作战不能发挥作用，只有死路一条！他们来一个，打一个；来两个，打一双！打呀！"

廖海涛的话音刚落，战士们就沉着地举起枪，对着日本鬼子开火，那一颗颗子弹就像一颗颗仇恨的火种，准确地射向一个个日本鬼子。果然，敌人的骑兵刚刚闯进森林，那卷地狂风一般的威势被树林一挡，立即成了挨打的活靶子。转眼间，被我军一阵猛烈的射击后就倒下10余骑，不到半小时就有40多匹大洋马被打死，100多骑兵被打得晕头转向，死伤累累。敌人不得不调转马头逃跑，跟在后面的步兵也吓得尾随骑兵急忙退到森林外面去了。日本鬼子也尝到国民党军在当年游击战争中的失败滋味。

叶家棚子的森林里一时沉静下来。地上的落叶在静静地冒烟，被打断的树枝默默地倒在地上，被打死的日本鬼子和马匹一动不动地躺在血泊之中。这时的空气又像暴风雨来临之前那样闷人。

廖海涛凭着丰富的战斗经验预料到敌人是不会就此罢休的，必然会调集更多的兵力，组织新的进攻。他利用这一空隙时间，一声不响，快速地爬上林间一座房子的屋顶上，一动不动，举起望远镜仔细观察敌情。果然，他发现敌人正在调整兵力，再一次包围了这片森林。这时，他果断而迅速地叫来通讯员，说："快，传令干部开会！"他边讲边从屋顶上下来。

各连的指挥员听到廖海涛的命令，迅速赶到了廖海涛的身边。廖海涛对及时赶来的指挥员冷静地分析说："敌人正在调集兵力，组织新的进攻，我们的处境相当不妙！"接着，他又满怀信心地鼓励大家，说："当前情况有些危险，但是有利条件在我们这边。大家要沉着，不能慌张。我们要和敌人磨，只要跟日军磨到太阳落山，就是我们的天下，就是我们的胜利！"停了一下，他又强调说，"记住，天黑以前要顽强抗击，不要急于突围。天黑以后，团的领导，机关的科长和黄玉庭团长、范钦洪教导员，要分头掌握各自的部队，分路向溧水的西北方向突围，通过江溧公路，到郑村集合。现在，大家赶快分头到战士中去做好组织动员工作。"

日军吃了一次亏以后，可能是把我军这支只有400多人的队伍当成主力，行动起来更加谨慎小心，下午5时多，天快黑了，日军升起了5颗六色信号弹，总攻又开始了。顿时，敌炮"轰隆隆”地齐鸣，机枪“哒哒哒”地猛射，四周烟雾弥漫，炮弹、子弹像冰雹和雨点似的一齐向我军所在的森林里倾泻下来，打得满林子的树枝、树干和树叶像倾盆大雨般地砸到地上。

不久，夜幕降临了。廖海涛立即抓住敌人立脚未稳的有利时机，发挥我军善于夜间战斗的特长，迅速命令部队三四人一组，六七人一排，又分散又合拢，边打边在森林里打转。转了一段时间，森林里就黑黑的了。廖海涛乘机运用灵活机动的战略战术，以熟练的夜间战斗本领，利用黑夜又指挥部队转上几圈，当转到了敌人的两处火力薄弱的空隙处时，一拔腿就冲出了敌人的重围，并迅速穿过江溧公路，顺利地到达指定地点——郑村，并在郑村隐秘地睡了一夜。

由于天黑且森林茂密，加上我军突围神速，日军指挥部无法观察到真实情况，没有发觉我军已突破了他们的包围圈，还以为我军仍被他们包围在森林里。因此，还一直拼命地向森林里开枪扫射。这时，汪记“首都警备部队”伪军从相反方向进入森林，又把日军的火力误认为是新四军在反击，结果越打越凶猛。那日军听到森林里猛烈的火力，误认为确实是新四军的主力，也越打越起劲。这样，双方的火力在漆黑的森林里相互猛攻，枪声响个不停，打了大半夜，好一场鏖战！造成了“皇军”打“皇狗”、“皇狗”咬“皇军”的“狗咬狗”局面。后来，日军和伪军发觉不对劲，才知道上了新四军的当。

第二天，消息传到新二支队中，廖海涛和指战员们都欣喜若狂，拍手称快，人人喜笑颜开，个个扬眉吐气。

赤山战斗的胜利，不仅鼓舞了江南人民的抗战信心，也为新四军二支队留在江南坚持抗战、进一步巩固和发展苏南抗日根据地创造了十分有利的条件。消息传到陈毅那里，新四军江南指挥部当即向二支队发来电报表彰说：“海涛同志并转参加赤山战斗的同志们，得悉你们在赤山歼灭日寇一个中队，缴获机炮军用物资甚多，取得重大胜利，特此传令表扬。望再接再厉，争取更大胜利。”

获得战斗的胜利、军部的表彰，廖海涛也倍感兴奋。他满怀激情，即兴挥笔写诗一首抒怀：

坚持江南抗敌军，
日寇惊呼胆寒心。
赤山之战缴敌炮，
茅山烽火震南京。

这首诗很快就刊登在二支队的《火线报》上。

大凤湾战斗

1940年6月17日晚上，江抗三支队二中队到昆东穿插活动后，准备回常熟地区，途中行军到石牌与任阳之间的大凤湾村便就地宿营。

说起江抗三支队，不得不说其成立的背景。1940年3月，中共东南局和新四军军部决定派谭震林到东路组织军政会，主持党政军全面工作。4月下旬，谭震林等到达常熟，将原“江南抗日义勇军东路司令部”改名为“江南抗日救国军（简称江抗）东路指挥部”，谭震林（化名林俊）任司令员兼政治委员、政治部主任。江抗东路指挥部积极建立抗日根据地，扩大武装，组织主力，成立了江抗第一、第二支队。5月下旬，昆山县二、三区联合抗日大队（简称联抗）奉江抗东路指挥部之命，和青浦顾复生、嘉定吕炳奎的部队及常熟东塘市常备队合并，成立了江抗第三支队。由陶一球任支队长（因工作需要，留在昆山未到任），顾复生、吕炳奎任副支队长，周达明任参谋长，温玉成随三支队行动以加强领导。

江抗三支队下设3个中队：联抗为第一中队，郭森林任队长，张新德任政治指导员；青浦部队为第二中队，蔡群帆任队长，朱敏中任政治指导员；东塘市常备队为第三中队，许铁任队长（不久就调任支队教导员），商健民任政治指导员；嘉定部队为支队侦察通讯班。

江抗三支队成立后，一中队、二中队200余人奉命到昆山东部地区穿插活动了一个时期，准备返回常熟。当夜，一中队党支部还召开了支委会，部署今后的作战计划。

6月18日凌晨，晨曦微露，一中队的战士金衡正在放哨，忽听到东南方有狗叫声，不远处有火光闪现。刚好一中队班长黄振中来查哨，一见此情形，便和金衡一道继续观察，以弄清狗叫及火光闪现的原因。此事马虎不得，战争环境，疏忽任何的蛛丝马迹都会酿成不堪设想的后果。

只见东面1里路外的大王泥溇村北的唐家田岸上，有一长串穿军装的日军正在东张西望地朝北走来。黄振中猛吃一惊，忙叫金衡继续观察，密切监视：“日军继续向前就鸣枪报警。”自己则跑向宿营地。

当黄振中跑到大凤湾王家大院向中队领导报告时，部队正在吃早饭，准备出操。突然哨位方向传来了枪声，黄振中忙向三支队参谋长周达明汇报情况，周点点头，拿起枪，果断地决定迎击日军。

周达明何许人？只要一提起浒墅关战斗，便会想起此人。1939年6月某天，周达明和女同志李贯玉化装成当地教师，执行战斗前的侦察敌情任务。他们俩迅速出发，夹杂在人群中探听敌人动态，掌握蛛丝马迹的讯息。周达明又潜入日伪军兵营摸清武器、士兵人数。周达明发挥自己的制图特长，把车站周围日伪军分布的情况、地形及道路等精心绘制成一幅周详的军事地图，为江抗总部制定作战计划、部署进攻路线提供了正确的依据。同年6月24日夜晚，江抗部队按计划夜袭浒墅关车站。这一仗打得非常漂亮，新四军以劣势装备狠狠打击了日军，振奋了江南民心，打出了军威。其中就有周达明的一份功劳。

周达明原名周和康，家住上海南市区肇嘉路（今复兴东路）。他初中毕业后，因父亲病故，无力再升高级中学，只好边在建筑公司绘画，边读夜校补习高中文化知识。不久，在申城热火朝天的抗日浪潮中，经过报名和串联，周达明等200多名青年学生毅然参加了“上海青年援助东北抗日将领马占山”的组织（以下简称援马团）。后来他流落北平，1937年冬进入延安抗日军政大学。

1938年秋，在金灿灿的收获季节里，周达明从延安抗日军政大学毕业，被分配到皖南新四军军部教导队任第八队队长。后因战事繁忙，工作需要，周达明奉令频繁调动。他时而出入浙江策划兵运工作，时而穿梭于江苏开展民众抗日运动，后又调回新四军军部。他满腔热情，雷厉风行，全身心投入军事工作。他每到一地，就与当地的军民打成一片，他在哪里出现，就深受哪里的官兵拥戴。1939年5月，周达明被委任为江南抗日义勇军总指挥部参谋兼第四路参谋长，1940年5月下旬又被委任为江抗三支队参谋长。

此时，周达明把一、二两个中队分开，由二中队正面阻击日军，自己带领一中队向西南方向迂回，从侧翼攻击。周达明又命令一中队的班长江军率领机枪班，携3挺机枪从大凤湾村北向西，转到东、西顾巷之南的小河野鸡浜西岸，监视从大王泥溇村后唐家田岸上继续北行的日军。在大凤湾村西猛将庙的庙场上，他也安置了1挺机枪，枪口朝南，对准唐家田岸。周达明还派一中队另一班长陆惠林带领半个班的兵力去牵制敌人。

日军似乎没有听到哨位上的枪声，仍毫无戒备地走出大王泥溇村的北口，在唐家田岸上继续前进。

好机会！此时日军全然不知自己已进入射击圈。江抗三支队安置在野鸡浜西岸的3挺机枪先后开火，却因轧子没有打响（子弹受潮后打不出）。不过他们很快排除了故障，愤怒的子弹射向了敌群。

此时，大凤湾村西庙场上的机枪也响了。我军出其不意，先行攻击，日军倒下了一批。

但日军单兵作战能力极强，一阵慌乱后，他们把伤员拖至一旁，伏在田岸上开始反击。

与此同时，陆惠林率领的半个班冲出大凤湾，向东南方向挺进，占领了一块坟地后便向敌人射击，他们的目的是分散敌人的火力。他们打了一阵枪后，便向村子的东北方向撤退。

敌人猛追过来，但没追上。这样，陆惠林他们对敌牵制成功，减轻了其他战士的压力。

战斗在小王泥溇、大王泥溇、大凤湾、东顾巷、西顾巷等村之间的田野上展开。

战斗十分激烈，枪声、手榴弹及掷弹筒爆炸声响成一片，田野上空硝烟弥漫，火光闪烁。日军有100余人，大多是久经战阵的老兵，武器精良，弹药充足，枪法很准。江抗三支队的战士，几乎都是没有战斗经验的青年，全凭着一股战斗激情与敌作战。他们大多伏在水田里，利用田埂做掩护进行射击，机枪手则利用坟地或土墩向敌人扫射。

胡寿发伏在水稻田里，怀着对敌人的强烈仇恨，用落后的步枪与掌握着先进武器的日军英勇作战。水稻田的田埂不高，不能成为掩体，日军的子弹不时地从他耳边掠过，有的落到身边，黑色的淤泥四溅，他的脸上溅满了黑色的泥点。他抹了一下脸，连连发枪，射杀了几个日军，激得恼怒的鬼子齐齐开枪。由于在泥水田中难以移动，他不幸中弹牺牲，时年刚满 20 岁。

胡寿发，原名吴鸿查，1920 年 3 月生于如皋县石庄区郭园镇一个贫民的家庭里。1934 年，他高小毕业。由于家庭经济困难，再也无力供给他继续升学。经在上海申报馆工作的亲友介绍，下半年，他孤身远离家乡，到申报馆浇字房当学徒工。1939 年九十月份，胡寿发经陈关通介绍，认识了昆山联抗政治交通员刘子荣。一天，胡寿发对在沪的弟弟说，他要离开上海去搞邮政工作了。这是他参加革命前夕向弟弟的告别，直到牺牲前，他也没有与弟弟再见过一面。

当时，他改名为胡寿发，在刘子荣的带领下与上海的几名青年一起来到昆山夏驾桥，参加了陶一球领导的昆山县二三区联合抗日大队，终于实现了他要到抗日斗争的最前线，与日本侵略军面对面作战的誓愿。

母亲长途跋涉来到昆山，想叫他回去。他决心不与母亲及弟弟见面，要抗日到底。就这样，他与亲人唯一的一次见面机会因他坚定的抗日意志而抛弃了，不想就此成了永诀。

一中队班长周涵康带领全班战士迅速进入阵地，他们伏在水田里，利用田埂做掩护阻击敌人，敌人冲上来，就用手榴弹。一阵手榴弹掷出，火光闪闪，泥水飞溅，日军血肉横飞，一下子被他们打了下去。日军见状，便用掷弹筒还击。周涵康负伤后，坚持不下火线，仍同敌人战斗。当战友帮他包扎时，他不幸又被敌人的枪弹击中，壮烈牺牲，年仅 20 岁。

周涵康，又名周洪若，1920 年 9 月 29 日出生于上海一个职工家庭，原籍浙江海盐县澉浦镇。父亲周季成在上海一家布店当职员，母亲金德宝负责家务。周涵康 7 岁至 13 岁先后在澉浦镇城南小学、上海徐汇公学、华工附小读书，14 岁进上海中华职业学校机械科读书。

1939 年下半年，在中共江苏省委的领导和新四军江南抗日义勇军东进的推动下，苏南地区的群众性抗日活动已蓬勃兴起，抗日游击战争在广阔的区域里展开。周涵康受到了极大的鼓舞和教育，他决心到敌后抗日游击区去，拿起枪杆子，投入到抗日武装斗争的行列中去。

同年 12 月，在上海中共中央特科的外围组织——华东人民武装抗日会（简称武抗）的动员介绍下，即将毕业的周涵康放弃了学业，放弃了父亲已替他在上海找到的工作，毅然走上革命道路，参加了联抗。联抗是在新四军江抗的帮助和武抗的领导下建立的一支昆山地方抗日武装，在昆东地区积极开展敌后游击活动。联抗那时非常缺少药品，因周涵康家在上海，就派他到上海购买。周涵康每次回上海，只在家里住两三天，完成任务后就及时赶回部队。一次，父母叫他“不要再去，留在上海进工厂做些机械技术性工作”，大哥也对他讲：“你参加革命，我们是支持的，但目前形势紧张，你还是在家多住几天，待比较安定些再回去。”一次，大姐周敏南见他身上有虱子，也劝他洗个澡，在家多休息几天。每当这时，周涵康总是果断地说：“我回上海是替部队买药品的，不能在家多住，那边没有一个人说我会动摇，我也决不会动摇。”

裘继明、裘亦明兄弟俩也在战斗中负了伤。裘继明是上海人，生于 1923 年，和裘亦明为双胞胎兄弟。两人长得极其相似，都长有一对硕大的耳朵，眼睛明净而澄澈。抗战爆发后，有一天，继明从废墟里捡来一台破旧收音机，名为“大美”的广播电台每逢星期六上午就播放有关抗日的消息和激情的《热血》《黄河之恋》等爱国歌曲。他俩与弟弟妹妹每到这一天就紧紧地围坐在一起收听，听到的总是国军节节败退的坏消息，对国民党大失所望。但也从中听到共产党领导的八路军、新四军在敌后开展游击战，听到由粟裕率领的新四军在镇江西南韦岗伏击日寇首战告捷，歼灭日寇少佐以下数十人，击毁军车 5 辆的消息。这不仅让继明、亦明兴奋不已，还让他们对比了国共两党领导的军队谁抗日更坚决、更积极，从而萌发了投奔新四军的念头，于是两兄弟设法寻找参军的联系渠道。这时他俩正在参加“青年哲学和时政学习小组”，认识了地下党员陈关通。当陈关通带来“江南抗日义勇军夜袭浒墅关火车站，沪宁铁路三天不能通车”“火烧虹桥飞机场，烧毁敌机四架”等好消息时，小哥俩兴奋不已。1939 年 11 月底，在他俩的坚决要求下，经陈关通介绍，两兄弟参加了由中共领导的昆山联抗部队，那年他们 16 岁。该部后来整编为新四军新江抗三支队。他俩怕父母阻拦，于是深夜翻铁门不辞而别。第二天早晨，父母知道他俩投奔中共领导的抗日军队去了，父亲只是轻轻地说了声“还太年轻了点”，就安慰他们的母亲不要难过，盼望兄弟俩能早日来信，早日凯旋。1940 年 6 月，家里收到兄弟俩寄来的家信，是一份《大众报》，上面刊有一幅军人手握上了刺刀的长枪正在站岗的照片，继明在边上写着此军人就是自己。人还没有枪高呢，父母看了既心痛，又高兴。

战斗中，指挥员身先士卒，战士们英勇作战，二中队一名战士据守在村庄的一角，子弹打光后，敌人逼近了，村后却是一条河，他不会游泳，为了不被敌人俘虏，就跳河牺牲了。

江军，上海学生，一中队一班班长，20 岁，由上海武装抗日组织送到吴江，是从吴江政工队转到昆山的 20 多名骨干之一。他于 1940 年入党，战斗、工作、学习一贯积极主动。此时，因冲锋在前，他的腹部受重伤，鲜血横流，肠子被击穿，都露在腹外。在这种情况下，他一只手捂着腹部，仍坚持战斗，最后被战友们抬到村边隐蔽的稻草堆里，不幸被敌人发现。英勇的江军纵身扑出，用手捂住拖出的肠子，迎着包围上来的日军，拉响手中最后一颗手榴弹，与敌人同归于尽。

黄振中受了伤，正巧碰到周达明。周见其挂彩，立即命黄撤退，黄把步枪及几颗子弹给了周。周拿着枪来到一个小坟堆边向敌人射击。周放了几枪，也被敌人击中，负了伤，胸部一根肋骨被打断。他跌倒在地，警卫员沈菊祥去拉，拉不动，急得直哭。周达明微笑着安慰他说：“这没有什么，不要哭，打仗总是有受伤、有牺牲的，干革命就不能怕死。”边说边挣扎着站立起来，由沈扶着一同撤离。

大凤湾战斗中，当地有不少老百姓在后面配合作战，做了不少支前工作。在东、西顾巷村北的一条河边，有一个 40 多岁的妇女，划着一条小船，一批批地帮负伤和撤退的战士渡过河去。

有一次，由于渡河的人多，有的人没有站稳，一摇晃，船翻了。

由于河水浅，战士忙把这个妇女扶起来，又把船翻过来。她又继续撑船渡河。一上岸，对面河岸上有不少老百姓，有的拿着门板抬伤员；有的背着伤员撤往驻地，再送往江抗后方医院治疗。

双方激战了 3 个多钟头，江抗三支队的子弹已所剩无几，于是分批穿过东、西顾巷之间北撤，经山泾到李市。日军伤亡 30 余人，也不敢再战，拖着尸体、伤兵，撤回大、小王泥溇，乘“木套头”机船先向东南再折北，朝任阳方向逃跑。

在这次战斗中，江抗三支队牺牲了江军、周涵康、孙岳、胡寿发等 7 名同志，烈士的遗体由江抗的民运工作同志和当地群众用棺木就地埋葬。周达明、时初晓、黄振中、陈子耘、裘亦明、裘继明等 10 多位同志在激战中负伤。

大凤湾战斗后，陶一球亲自到部队慰问，并送上一些枪支弹药和给养。大凤湾战斗给日军以有力的打击，在苏南及上海影响很大。上海学联等社会团体在浦东同乡会的带领下召开了大凤湾烈士追悼会，悼念为民族生存、打击日本侵略者流血牺牲的英雄，还开展了编印纪念特刊、募捐支援部队等活动。大凤湾战斗是江抗第三支队组建后打的第一个硬仗，毙伤敌30余人，使部队得到了很大的锻炼和考验。

大凤湾战斗后，昆山地区的抗日活动也进入了一个新的发展时期，在中共昆嘉青中心县委和昆山县委的领导下，建立了昆东抗日游击根据地，开创了昆山人民抗战的新局面。

陈家镇战斗

1940年的春天，驻扎在崇明岛上的日军头目石桥先派日伪崇明区公署第四区所长到施家河沿岸一带劝说我抗日武装与日军讲和休战。当时在崇明岛上的，是由我党领导的崇明民众抗日自卫队（简称崇总）。崇总的领导得到这个消息以后，派了秘书钱伯荪向伪乡长严正申明：“崇总是一支抗日武装，头可断，血可流，抗战到底，决不投降。”

4月底，日军得知崇总拒绝休战投降，便丧心病狂地命令江中两艘日本军舰向崇明岛上的三区、四区发射导弹。两天一夜，共发射105毫米和各种小口径的炮弹近百余发，民宅被炸毁1座，民众被炸死1人，日军的暴行激起了民众愤怒。奇怪的是，日军的炮弹大部分落入了田野，这些炮弹均未爆炸。原来这些炮弹都是一些陈货，甚至炮头上都写有“大正年造”的字样，那是1912年到1926年之间制造的炮弹。

看见炮弹没有爆炸，有少部分百姓从田里面挖了两颗，送到了崇总的一大队部。崇总一大队的领导连忙派人拆开鉴定，看见炮弹里面装的全是烈性的黄色炸弹，比普通的黑色炸药威力要更大、更强。在此情形下，崇总的领导灵机一动，准备将收集到的日军哑炮弹制作成炸药。他们叫民众收集了大量的哑弹，再把哑弹改制成炸弹、地雷。这些炸弹和地雷外形都是长圆形的，看起来就像一个大面包，当时有人给这些炸弹、地雷取了一个名字，叫“昭和面包”。

炸弹制成以后，崇总一大队大队长施鼎新便决定用炸弹来对付日军，把它放进大通纱厂里面去炸日军的工厂。

6月中旬的一天，施鼎新叫来了龚汉雄、沈阶平，命令他们预先安装好3颗定时炸弹，准备当晚炸毁大通纱厂。他们找来两名原在大通纱厂工作、现已失业的工人，再耐心地教会工人接线、引爆的方法，将定时炸弹定在深夜2时30分起爆。

这两名工人失业后，因生活所迫，常从大通纱厂北边一条宽数丈的河道中涉水进厂拿一点棉纱补贴生活，所以他们对大通纱厂日军据点的岗哨位置都摸得很清楚。

晚上，这两名工人携带上3枚定时炸弹和一袋作为燃烧剂的黑色火药，悄悄地涉过齐腰深的河道，潜入了大通纱厂。

他们分别在清花车间和动力车间安放了3枚定时炸弹。午夜2时30分，大通纱厂里发出一声巨响，清花车间的定时炸弹引爆后，炸毁2台清花钢丝车床，烧毁了一部分棉花；动力车间的2枚炸弹未能引爆，其原因可能是在第一枚炸弹引爆后，震断了另外2枚炸弹的引爆电线。

这次爆炸效果虽不理想，日军却惊恐万分，在纱厂里到处搜查，喧闹了好几天。

日军受到了惊吓以后，便出动部队进行扫荡。而我崇总小队将计就计，准备在路上设伏，趁机轰炸日军。崇总总队批准了这个方案，并命一大队和二大队协同作战。

他们一面派出小分队对敌骚扰，谎称要攻打陈家镇的据点，诱使县城和堡镇据点的日军沿公路向东增援；另一面，各个中队开赴伏击区，并且切断了新开河至陈家镇的电话线，路上埋上地雷，准备伏击日军。具体部署是，二大队在新河镇西面的八度界公路埋设地雷，一大队金有祥中队在北堡镇东面的油车湾公路上埋设地雷，一大队的张效骞中队在米行镇附近的渡港公路埋设地雷。

1940 年 7 月上旬的某天清晨，天还没有放亮，那些吃饱喝足了的日军匆匆忙忙地爬上了汽车，准备出去“扫荡”。那些日军骄横无比，坐在车上东张西望，有说有笑，刺刀在阳光的照射下闪闪发亮，日军的脸上洋溢着淫荡的笑意。风吹来，脑后面的帆布“唰唰”抖动，好像日军不是去“扫荡”，而是去打猎。

日军汽车司机也是得意万分，他握着方向盘快意无比，左手一转，右手一转，似乎在玩着游戏，又像在水面上开着汽艇任意打转一般，这样的心境他从来没有过。坐在驾驶室旁的指挥官也哼起了日本的小调。在他们看来，崇明岛安全无比，那些抗日的部队战斗力极弱，就像满地跑的兔子一样，毫无反抗能力，对大日本皇军而言，手到擒来，现在不是去作战，而是去游玩。

两辆日军军车载着那些快乐无比的日军，来到了油车湾伏击区。

我军战士们心情喜悦，心儿怦怦直跳，按捺不住他们激奋的斗志，他们恨不得马上跑上前去和日军厮杀。

虽然埋好了地雷，但是他们没有受过爆破的训练，一看到日军的汽车前来，刹那间竟不知所措起来。这时候，金有祥中队的姚春英小队长，自告奋勇地上前引爆地雷。虽然引爆的方法非常简单，但是没有作战经验的他不知如何是好，眼看着日军的车已经开来了，他就急匆匆地引爆了地雷。但他没有掌握好引爆的时间，爆炸时日军军车刚开到离雷区还有两丈远的地方。

“轰轰”两声巨响，硝烟四起，泥土四溅，日军在车上哇哇乱叫。两辆日军军车的司机慌忙刹住了车，瞬间他们又做出了一个极端的反应，趁其他地雷没有爆响的时候，狠踩油门，加速驱车，迅速地把车子开出雷区，冲出雷区后便向东狂奔。

车上的日军吓坏了，手足无措。侥幸的是他们在车子急速行驶的时候，再也没有被爆炸触及。

侥幸地躲过一劫，日军如释重负，一阵欣喜。不过这些日军高兴得太早了，他们冲出了油车湾伏击区，但是前面还有“昭和面包”在等待他们。他们急匆匆地来到了米行镇附近的渡港口公路桥。在这里，日军汽车司机猛然感觉到自己的座位在下沉，正怀疑车胎是否碰到了凹洞，猛觉整个车子有下坠之势。他情知不妙，“啊”地发出一声尖叫。这叫声还没有完全发出，一声巨响从天而起，掩盖了一切。随即车子发出强烈的震动，他觉得自己的身躯直往上抛，似乎要飞出驾驶室，脑门即刻撞到了顶盖，旋即眼前一片昏暗。他沉沉地躺在了座位上，顿时失去了知觉。

这辆载有30名日军的汽车被炸得四分五裂，浓烟直冒，车上的日军遭到了强烈地雷“昭和面包”的轰炸。这些地雷爆炸了，他们的身躯变成了四五段，或者说是四分五裂，脑壳有的只剩下半个，有的手不知飞向何处，有的肚皮被炸开，肠子已经挂在了汽车的车沿上，还有的鲜血已经飞溅到半丈之高。

结果，30名日军，除了驾驶室里面的司机——就是那个被炸的昏昏然的司机和一个被撞得半死不活的队长以外，全被炸死。

前面的那辆车被炸了，后面的军车慌忙刹车，日军叽里呱啦地一阵乱叫，纷纷下车。他们知道公路上能够埋设地雷，但两边的田野里是不可能埋有地雷的，便赶快四下散开，胡乱地放着枪。

他们的眼前没有任何战斗的目标，这个时候我张效骞中队趁机猛烈射击，在射击中又击伤击毙了一些日军。

日军在慌乱之后连忙组织反击，绝地反击是日军的绝技，等到日军摆开阵势准备反击的时候，我张效骞中队的崇总队员已经安全撤离。

那天县城的日军没有出动，埋伏在新河镇西面八度界公路的二大队没有和日军遭遇。这些日军也该庆幸没有吃到崇总所制造的“昭和面包”。

陈家镇伏击战，日军死伤30余人，军车被炸毁1辆，日军饱尝了“昭和面包”的滋味。这是我崇总被日军迫降诱降后进行的有力反击，日军的“扫荡”得到了应有的“回应”。

决战黄桥

1

1941年9月，苏北的天气渐渐转凉，一天的温差很大。由于贫穷，乡民们缺乏秋天的衣服，有怕寒冷的老农竟在早晨穿上了冬天的破夹袄，不过到了中午，太阳还是火辣辣的，他们只好又光着上身在田里面干活，劳作呀劳作，苦难呀苦难。

战火燃遍了苏北的大地，乡民们过着黑暗的日子。但在东台一间宽大的房子里，却没有黑暗的意味，里面光线分外明亮，晃动着一张张笑脸。那脸面十分红润，不似乡民们的黝黑和蜡黄，那宽大的桌子上摆满了佳肴，里面的人抽着烟、喝着茶，气氛异常活跃。

不同的环境，不同的气氛，仅凭与会者的服装，便能感知到不同的意味，那是一批军人在开会。他们齐齐地围坐在长桌边，长桌背后是一幅宽大的地图。这是一个特殊的场所，明眼人一看便知是在召开一个极其重要的军事会议。有的大腹便便、满脸杀气，有的脸上留着刀疤，两眼放射出凶狠的光芒，一切都在表明这些人有着不凡的来历。是的，有几个军人的肩章上有一颗、两颗小星，那是少将、中将的肩章军衔的标志。

一个穿着毛料军服、肩章上挂着两星军衔的将军脸色红润，皮肤白嫩。在那个年代，连大名鼎鼎的蒋委员长都瘦了一圈，脸上也显出蜡黄之色，而他又白又胖、肥肥嫩嫩，虽然讲话带着军人的腔调，但仍掩饰不住由于养尊处优所产生的稚嫩的女人味。

他是谁呢？哦，他就是大名鼎鼎的苏北王韩德勤。韩德勤在苏北十分有名，民间有歌谣“天上有个扫帚星，地上有个韩德勤”。

韩德勤可谓是威风八面，本来国民党敌后不留什么军队，后来蒋介石很后悔，因为华北的军队一撤光，华北就全变成了共产党的天下，所以在华中地区撤退时，他留下一些部队，韩德勤就是被留下来的。在苏北，国民党的力量异常强大，而日军的力量有限，除了在交通线上有一些日军以外，在苏北这片广袤的大地上，国民党的军队异常活跃，所以这韩德勤在苏北过的日子倒是有滋有味，而且他的地位也非常显赫：什么江苏省主席、什么鲁苏战区的副总司令……他的脸上常常挂满了满足的微笑。

对他而言，苏北战事不多，又可以悄悄地和日军“合作”，在这个物质非常丰富的苏北大地上，还可以得到百姓的供养……这实在是一个好地方。虽然不能说是享乐的天堂，但也算是人间的乐园。但这好日子没过多久，苏北的大地上却冒出了新四军。

1939年，江都一带冒出了新四军的挺进纵队，好在人不多，也没有对他形成多大的压力。半塔战斗的时候，他带了部队去夹攻新四军五支队，虽然没有取得什么战果，但也没什么损失，而且战火没有烧到自己的地盘上，正该庆幸。但千不该万不该冒出个苏皖纵队，而后叶飞的部队又过来了，还弄了一个郭村战斗，苏南一下子冒出了许许多多的新四军部队。好家伙，后来陈毅和粟裕还在塘头整编，弄了一个苏北指挥部。

苏北的天下一下子乱了起来，他好不恼火，指责冷欣没有把苏南的部队管住，让新四军溜到了苏北，冷欣反唇相讥，两人弄得不可开交。他想，现在不是和冷欣翻脸的时候，眼下是解决苏北新四军问题的时候。

一想到新四军，一想到共产党的部队，韩德勤恨得直咬牙：他太了解共产党的部队了，在中央苏区围剿红军的时候，他不但打了败仗，还成了俘虏，如果不是自己机灵，谎称自己是普通士兵，早就成了刀下之鬼了。所以一见到新四军，一看到共产党的部队，他就有一种仇恨和恐惧感……不过现在他又有了几分胆气，因为共产党的部队毕竟数量不多，而他在苏北拥兵10万，装备精良，新四军的力量与之相比，可谓相差甚远。那时，在中央苏区作战，是因为高山峻岭无法展开部队。而苏北是一马平川，自己部队的装备摆在那儿，数量摆在那儿，现在在抗战的大背景之下，共产党也没有力量和国军一争高低。恐惧似乎渐渐消失，他又变得雄心勃勃起来。

但一想到眼前的形势，他还是有一些不自在：这陈毅和粟裕也太厉害了，占领了黄桥，攻下了营溪，又夺去了姜堰，真是太可怕了……他们把姜堰让给了二李，这是他们统战的伎俩，如果在黄桥地区任其发展，后果将不堪设想。八路军的第五纵队已经从北面压了过来，若南北一夹攻，自己就万分危险了，眼下之际，首先要肃清南面陈、粟的新四军，然后全力对付北面的八路军，方可保苏北大地无虞……现在这个军事会议太重要了，如果再不动手，那么苏北就不再是我韩德勤的了。

他到东台县城内的苏鲁皖战区副总指挥部召开高级军事会议，召见了以下军人：苏鲁皖区游击总指挥李明扬、副总指挥李长江、税警总团司令陈泰运、八十九军军长李守维、副军长贾韫山、第六独立旅旅长翁达，还有江苏省的各保安旅旅长。

韩德勤扫视了一下众人，心里还是有几分怯意：这里面的军人并非个个都听自己的指挥，别的不说，二李绝对和自己貌合神离。这也难怪，李明扬本来就是苏北的头号人物，仗着和顾祝同的关系弄了个省主席，又占了苏鲁战区副司令的职位，把苏北的军政大权抢了过来。二李靠桂系的扶持勉强保住了现在的职位，焉能不痛恨自己。

不过，他心里有数：明摆着新四军把郭村让出是有条件的，他们经过二李的防区西去黄桥，二李故意放行，哼，这真是岂有此理。李守维算是自己的亲信，但也不完全听命于自己，他是根据利益办事，他那个聪明的老婆也会为他出谋划策。自己如果不给很大的好处，他也不会轻易给自己卖命。至于陈泰运，还有什么保安部队，也不是铁板一块，所以这一次军事会议，一方面要敲山震虎，敲敲二李；另一方面要拉住李守维，其他就好办了。

他喝了一口茶，清了一下嗓子，那尖厉的声音在大厅里不断地回旋着。“各位，今天召集大家召开一个紧急的会议，不是为了别的，是为了解决新四军。大家都明白，陈毅、粟裕从苏南窜到了苏北。他们不断地扩大地盘，侵扰乡民，袭击我军，蒋委员长和顾长官已经忍无可忍，现在该到解决他们的时候了。别看他们闹得很凶，没什么了不起，只不过是一群乌合之众。我们苏北有雄兵 10 万，还怕他那破枪烂铜、人数不足 1 万的新四军吗？说老实话，我们从北向南压过去，就可以把他们赶到长江里面去喝水。但北面黄克诚部虎视眈眈，随时准备南下，如果我们不迅速解决陈毅、粟裕，让他们南北夹击，我想各位应该明白，不光是我韩德勤的日子不好过，诸位的日子，诸位的好日子也许真的要到头了！大家可得想想啊……我们先南后北，必须先解决南面的部队，蒋委员长和顾长官非常关注这件事，尤其是顾长官特别关心这件大事。”

这韩德勤提到顾祝同的时候，神情特别庄重，嗓音特别洪亮，比讲到蒋委员长还要虔诚。他一方面是给大家施加压力：你再不认真执行军务，这顾长官可不是好惹的。另一方面也是告诉大家自己和顾祝同关系可非同一般……他还刻意地朝二李看了几眼。

这李明扬可是老同盟会会员，资格要比韩德勤老得多。他并不把韩德勤放在眼里，鼻子里轻轻地发出一声哼，再也没有任何表情。

当然，这一切都没有逃过韩德勤的眼睛，韩德勤又喝了一口水，猛地拍了一下桌子。“这一次要精诚团结，全力合作……我们有些人竟然不顾党国的利益，把新四军放过了防区，朝天开枪，这恐怕不符合党国的利益吧。”

韩德勤用阴冷的眼光扫视着二李。这李明扬吓了一跳，这一次他再也不会无所顾忌了，他迅速地摸了摸腰间的手枪，以防不测，心想：难道这次会议是一场鸿门宴？

韩德勤又拍了一下桌子，高叫一声：“来人，把张翼拿下！”不一会儿，冲进了十几个士兵，把正在开会的保安二旅旅长张翼绑了起来。韩德勤高声叫嚷：“张翼，私通新四军！按军法从事！”

李明扬知道，韩德勤是杀鸡给猴看，不过自己拥兵数万，量韩德勤还没有胆量在他身上打主意，所以他冷冷地坐着不发一声。

八十九军军长李守维发话了。李守维，字新甫，这个韩德勤的泗阳老乡，1924 年考入黄埔军校第二期，毕业后，担任过排长、连长、营长、团长、旅长。1937 年冬，就当上了江苏省保安处处长，转年任陆军一一七师师长，1939 年 8 月任八十九军军长。李守维官升得快，又白又嫩的脸蛋因发福而变得和年龄不相称，显得有些臃肿。

他和韩德勤关系非同一般，虽然他不会完全听命于韩德勤，但凭昔日的照顾和不久前的封官许愿，这时候他不得不表明自己的立场和态度：“韩主席，按道理我们根本就不应该让新四军进入苏北，唉，这件事我们刚开始就走错了一步棋呀。”

韩德勤叹了一口气，连忙摇手：“不说了，不说了，我们有的将领失职呀……不说了，不说了。”

这时李守维站了起来，头扬得高高的，尽显着军人的气派。“韩主席，既来之则安之，也用不着担忧，难道陈毅、粟裕有三头六臂？就算有三头六臂，凭我八十九军的人马就足够对付了，更何况还有在座的诸位呢。”话一说完，他捋了捋袖子，又顶了一下帽檐，似乎就要上场的样子。

韩德勤对于李守维的表现十分满意，脸上现出一副得意的神色，那样子就好像是告诉众人，有李军长支持，一切问题就好办了。他又朝二李看了一看，用阴冷的腔调对李明扬说："李总指挥，你有何高见？"

李明扬和其副手李长江原是江苏省保安处正、副处长，自从顾祝同、韩德勤包揽江苏省军政大权以后，二李的地位就急转直下，幸亏得到桂系的扶持，才弄了个游击军总指挥和副总指挥的头衔。就这样，韩德勤还经常排挤他们。李明扬有爱国抗日之心，对韩德勤不打日本、搞摩擦、争私利十分不满。发生在郭村的战斗，又让他尝到了新四军的厉害。他苦笑了一下，说："对付陈毅，恐怕不会那么简单，我看还得从长计议，想个万全之策。"

李明扬不紧不慢、轻声轻语地表达了自己的意见，弄得韩德勤想发火又发不了。这个时候，独立六旅旅长翁达站了起来，翁达虽是一个旅长，但他可挂着中将的军衔，他的部队装备好，清一色的中正式步枪，每个连配备有 9 挺捷克式轻机枪，军官清一色是从军官学校毕业的，所以被称为"梅兰芳部队"。

翁达一向趾高气扬，目中无人，虽然在半塔战斗中领教过新四军的厉害，但他还没有真正尝到苦头，所以说话声音格外高亢，他叫嚷着："我看啊，有人一朝被蛇咬，十年怕绳索。我可不怕，韩主席，我独立六旅可不是吃素的，您老就放心吧。"

陈泰运终于开口了，他和二李的想法一样，自己屡受韩德勤的排挤，也觉得和新四军交战风险太大，所以他不紧不慢地说道："我觉得李总指挥的想法是有道理的，对新四军，我们可得千万小心。"

会议陷入僵局。少顷，韩德勤从黑色皮包里拿出一张纸，板着面孔，站起来说："现在，宣布本副总司令决定，'查保安第四旅旅长何克谦，治军无方，指挥不力，在共军进攻黄桥时，不能严督步卒以死搏战，致使黄桥重地丢失，后又畏敌溃逃，不能有效反击。负有失地之责。'"

他忽地提高了嗓门："查保安第二旅旅长张翼，身为国军将领，志向趋于萎靡，妄信妖言，为奸党所惑，与新四军信使往还，有私通共产党嫌疑。刚才诸位已看到，已交军法处严审！"

接着他匆匆地说出了对于这一次战斗的部署。

会议结束之后，韩德勤又召集他一直不放心的李明扬、陈泰运等人开会，做他们的工作。

韩德勤进攻黄桥的部署，以李守维八十九军和翁达独立六旅为主力，组成中路军，经营溪、古溪、祖师庙，加力进攻黄桥北面和东面地区；以鲁苏皖边游击军二李部及陈泰运的税警总团等部，组成右路军，攻击黄桥以西地区；以第一、第五、第六、第九、第十保安旅，组成左路军，攻击黄桥东南地区。

2

苏北黄桥，新四军苏北指挥部指挥陈毅低着头抽着烟，陷入沉思之中。副指挥粟裕在细细地盯着作战地图，不时地用手比画着，有时候用铅笔敲打着手掌心，自言自语地说着些什么。

陈毅比在苏南的时候消瘦了许多，他神色冷峻，因为他又面临着前所未有的严峻形势。

自 1938 年 6 月进入苏南以后，为创建茅山抗日根据地，他呕心沥血，在党的建设、军队的建设、统一战线工作、群众工作方面，做出了非凡的贡献，由一个将才逐渐地转变为一个帅才。为了开辟华中抗日根据地，为了发展苏北，他毅然决然渡江北上，开辟苏中抗日根据地。郭村战斗后，他呕心沥血，为了团结二李，他做了大量的统战工作，命令部队不准进入泰州，为以后二李的中立打下了坚实的基础。

苏北南临南京和上海，北控江苏省徐州市、安徽省凤阳县，依长江濒大海，回旋余地大，有利于新四军建立抗日根据地。在苏北打开抗战局面，向南发展，可与苏南抗日根据地呼应，扼制长江下游，直接威胁南京日本侵略军总部；向北、向西发展，可与鲁南、皖东北抗日根据地连成一片，便于建立华中和华北的联系，有利于新四军协同八路军坚持抗战，争取最后胜利。据此，中央把苏北作为新四军当前的战略突击方向，江北指挥部所属部队对西防御、向东发展。中原局建议：中共中央指派江南新四军一部北上，华北八路军一部南下，全力开辟苏北。

陈毅深知苏北在华中抗日根据地建设中的战略地位，他要发展苏北抗日根据地，必然要选择一块有利于自己的发展地区，这个地区就是黄桥。

黄桥地处靖江、如皋、泰州、泰兴四县之间，北靠通扬河，南临长江。如果建立起以黄桥为中心的根据地，向南可控制南通、如皋、海门、启东等地，进而与我江南部队相呼应，控制长江通道，威胁日寇，并可切断大江南北国民党顽固派的联系。

郭村战斗以后，由于统战工作卓有成效，新四军把郭村让给了二李，全力进军黄桥，经过二李防区的时候，二李命令士兵朝天放枪，“欢送”新四军进军黄桥。占领黄桥后，新四军又转兵向南发展，对外攻克孤山、西来镇等日军据点，又粉碎了日军两次报复性的扫荡，可以说形势一片大好。

为了创建黄桥抗日根据地，我新四军一面积极充实主力，整训部队，打击日伪，开展民众运动，建立民主政权；一面大力开展统一战线工作，召开各界代表会议，宣传团结抗战主张，努力争取社会各界人士出面制止萁豆相煎的韩德勤。

但韩德勤利用洪水暴发，交通受阻，苏北八路军、皖东新四军不便来援之机，加紧调动兵力，调整部署，补充粮弹，焚烧涟水、淮阴间废黄河渡口的船只，又加强对运河、废黄河、射阳河等水道的封锁，以阻八路军南下。21 日，竟下达了歼灭分界、黄桥附近地区新四军的作战命令。陈毅在韩顽即将发起进攻之际，分别致信韩德勤、韩国钧、李明扬，并派朱克靖偕黄桥士绅代表赴泰州转海安、东台，呼吁和平，避免内战。同时，致电蒋介石，请令韩部以抗敌为重，停止进逼。为表明诚意，我军主动放弃黄桥以北阵地，韩德勤却置若罔闻。

9 月 5 日，保安第一旅占领营溪，一一七师猛攻古溪。我军不得不奋起自卫反击。当夜第一纵队出击，收复营溪。6 日拂晓，第一纵队向西迂回到一一七师和独立六旅的背后，截断其退路，第二、第三纵队同时从古溪正面出击，使韩军主力处于夹击被歼地位。战后，释放了保安第一旅全部被俘人员，并发还部分枪支。

营溪战斗后，韩德勤向蒋介石、顾祝同控告李明扬不听指挥，坐观成败，同时，又令保安第九旅进驻姜堰，控制通扬运河，严密封锁黄桥地区的粮食来源，并采取堡垒推进战法逐步压缩新四军于沿江狭小地带，进而勾结日伪军进行合击，我苏北指挥部只能攻取姜堰。

我新四军攻占姜堰，解除封锁后，立即召开士绅会议，继续阐明共产党团结抗日主张，表明和平愿望，并再次呼吁韩德勤停止摩擦，团结抗战。地方知名人士纷纷出面调停，韩国钧亦为和平而奔走。9 月中旬，在海安召开苏北绅商各界知名人士座谈会，由我军领衔发出致苏北各方长官电，呼吁停止内战，一致抗日。

9 月下旬，新四军在姜堰主持召开军民代表会议，但韩德勤为迷惑视听，制造进攻借口，向会议代表提出“新四军如有合作诚意，应首先退出姜堰”，否则没有谈判余地。我军舍小利而顾大义，在会上当场宣布“为了达到苏北合作抗战的目的，新四军同意让出姜堰”，并指出，“如果韩德勤以为我们力量不足才退出姜堰，继续发动进攻，置我军于死地，我们只有自卫一途”。不料 30 日韩德勤却复电，公然要挟新四军立即撤出黄桥，开回江南。

是可忍，孰不可忍！

陈毅猛吐了一口烟，脸上顿显愤怒之色。

解救这个危局和困境，非打一仗不可，而且一定要打胜！但是胜利的天平现在还不完全倾向于自己，因为军事上的差距明摆在那。在苏北，新四军是地地道道的老四——日军军力第一，韩德勤军力第二，二李的军力是第三。

为延迟韩德勤的进攻，中央于 10 月 2 日致电周恩来：“韩德勤又大举压迫陈毅，据陈毅称战事不可避免，要求黄克诚增援。因此，我部署方针，韩不攻陈，黄不攻韩；韩若攻陈，黄必攻韩。望先告何应钦停止韩的行动，否则八路军不能坐视。”刘少奇同志根据中央指示，致电陈毅与黄克诚，认为苏北目前确不应向韩采取严厉的进攻行动，而应完全站在自卫立场，对我部的增援，如无中央明令南下，就以到达阜宁、益林之线为止，规定目前的作战方针“还应是独立打破重围，求得以速决为原则”，“在胜利后即以比较谦虚的态度言和，冲突可暂时停止”。

虽然中央已经对于国民党提出了抗议，而且明确表示“韩不攻陈，黄不攻韩”，但问题是八路军南下遇到了困难，在北面远水解不了近渴，只能做战略上的配合，如果韩德勤不顾一切，疯狂南下，这个时候的八路军第五纵队是没办法阻止其南下的，也就是说只能靠苏北指挥部的力量独自和韩德勤的 10 万之众进行抗衡……

陈毅清楚，指挥部有 3 个纵队，7 000 多人，但是真正具有战斗力的只有 5 000 多人。5 000 多人要面对韩德勤的 10 万之众，尽管韩德勤不可能把全部的力量用来交战，但几万人的兵力肯定会有的，这个压力太大。陈毅经历过残酷的三年游击战争，也知道新四军的军力在不断提升，但是他也不得不对这敌我军事力量上的悬殊局面做出正确的判断，尽管他已经电令二支队四团三营渡江前来增援，但现在部队还没有到达……

眼下必须群策群力，研究出最佳的方案，争取战斗的最后胜利。不过陈毅也做好了战斗失败的准备，他把自己带在身边多年的、那些珍藏的书及手稿分存到黄桥的士绅家中，以防今后在打游击的时候丢失。

粟裕一言不发，静静地盯着墙上的作战地图。他有一个习惯，喜欢把椅子搬来反坐在椅子上，双手则扶着椅背，静静地看着地图，一看就是一两个小时。

这点他和毛泽东很相似，毛泽东在军用地图前也是一看就是半天。军用地图可不是一般的地图，比例尺一般为 1 ∶ 50 000，上面各种各样的地形地貌，河流、桥梁、小路、树木标得清清楚楚，这样才能如实地给指挥员提供战争环境。如果想象能够充分地展示出来，就可以在地图当中演绎出各种各样的战争环境、战争画面、战斗进程，这对于一个伟大的指挥员来说，是非常重要的一个战前思考活动。

中央苏区缺少这样的地图，这对指挥员来说是致命的，但毛泽东有他的办法，没有地图就自己绘制。他命令连级指挥员，每到一个地方，就把这一带的山脉河流、村庄小路，清清楚楚标出，这样他心中的百万雄兵就可以在地图上“安家落户”，充分地演绎出各种各样的战斗结果。

粟裕也是这样，伟大的军事家有着共同之处，那就是战前的思考特别活跃、深刻。

粟裕曾布置部队，每驻一村都要绘制详细的地形图，瓦房草屋、河沟池塘，都要据实画上，以便及时订正，为此，他还要求参谋处给各连文书传授简易标图知识。他对于地图上每一个细微的偏差，实地的、每一点琐碎的变化，都不肯放过。

到黄桥后，他就到处踏勘地形，对照地图。

“公家发给我们一匹马干什么？还不是要我们多跑一些地方！勘察战场可不要留死角。”

黄桥地区的地形他已烂熟于心。黄桥以北 30 余里，便是越来越密的河网，再北便是宽深的运盐河。北来黄桥，只有东北偏北一带是旱路。这种通道少、路径窄、桥梁多的地形，对韩军的山炮野炮来说是难于克服的天然障碍，进来固然不易，逃跑则更为困难。黄桥附近，是低度的起伏地，干沟小坡，旱地高苗，此时正值高粱半割半留、玉米秆仍留于田地的时候，便于我军埋伏隐蔽，快速运动，迂回突击。在这样的地区用兵，大有用武之地。

踏勘地形之后，粟裕就专心致志地研究各种可能的作战方案。他是一位思维缜密的军事家，总是夜以继日地钻在军事论著、敌我情况和作战方案之中。这一次黄桥决战，他和陈毅有了明确的分工，陈毅负责全局指挥，而他负责前线的军事指挥。在苏南的水西保卫战中，他和陈毅合作，亲临了战斗，但是那次战斗规模甚小，两人合作还没有显现出威力，而这一次才是真正意义上的军事合作。

粟裕由一名普通的战士，成长为一名优秀的军事指挥员，在中央苏区的战斗中，其才能有了一定的显示，到了三年游击战争，在艰难的山区战斗中，他对游击战争的理论有了全新的认识，并获得了一定的实战经验。在苏南抗战的几年中，他把那些积累的经验加以总结并形成一定的作战原则，灵活应用，收到了良好的效果。无论是韦岗战斗、官陡门战斗，还是小丹阳之战、水阳战斗，都显示出了他杰出的军事艺术和军事才能，但那都是规模很小的战斗，他心中积累的那些经验和掌握的作战技巧还没有充分展示出来，还没有在实际的军事斗争中得到印证。在江南指挥部时期，他的那些经验已经形成了具体的、灵活的作战原则，到了苏北，在大有用兵之地的时候，这些东西就通过前面的酝酿发酵，已到了爆发的时期。

粟裕的用兵特点体现在两个方面。第一，出奇制胜，所谓“善用兵者，无不正，无不奇，使敌莫测。故正亦胜，奇亦胜”。粟裕善布奇阵，善用奇兵，往往收到奇效。第二，有长远的战略眼光。他在战争中之所以能够灵活运用战术，是因为其对战争战略的充分把握，他并不在乎一时一地的得失，而是善于将全局与整体纳入战略决策范围。胸中有丘壑，才有神来之笔。粟裕富有远见的战略眼光来源于他的战斗经验，他辩证发展的军事内涵、他的军事思想，也完全来源于他的战斗经验，而非来自系统的军校培训。

所以他看着地图，脑海里会浮现各种各样演绎过的战斗画面。他紧锁着眉心，许久以后终于漾开，脸上露出了会心的微笑，显然一个成熟的计划已经在他心中形成。他站起来，悄悄地来到了陈毅身边，向陈毅做了详细的汇报。

两人经过反复商讨，制订如下计划。

第一，不使用一般的部队，而是以一个主力团的两个营，再加上各纵队自行派出的营或连，前出担任游击队式的分散阻击。从营溪以北、加力东北的前哨阵地开始，节节抗御。这样一来迫使韩军过早地投入攻击，以达杀伤与疲滞韩军之目的。韩军展开强攻，我军及时摆脱，使其扑空，惑乱其判断。尤其是对中路中坚的八十九军军部与一一七师，更以一个营插入其侧后进行袭扰，使其前进速度更慢。这样，就可以使坚守黄桥的部队有时间加强准备，并且不至于一开始就同时受到两三路顽军的猛攻。而我军王必成的老二团是很善于担任这种灵活机动的任务的。

第二，一直把韩军放到黄桥附近几里的地段，不怕韩军直扑到黄桥街口。只有这样，才能将韩军全部包围在内，才能全歼韩军。

第三，用少数兵力坚守韩军集中攻击的黄桥镇，而以三分之二以上的兵力作为突击力量。这样才有可能在敌众我寡的条件下进行迂回包围，歼灭韩军。这是一个最冒风险、最为大胆的布置。

第四，选准首歼对象，以利连续歼顽。第一刀斩向哪里，能否奏凯，对整个战局的成败影响很大。首歼选定了翁达的独立六旅。

为什么要首歼独立六旅呢？陈、粟认为，首先因为它是主力，首歼独立六旅，才会使整个战局比较好打。独立六旅是韩德勤系统有名的主力，装备精良。把它打掉才会震动全线，大大削弱韩军的实力和士气，并使中间势力和杂牌顽军更不敢来凑热闹。其次，我军可以占据有利的阵地，发挥游击战、运动战之长。独立六旅是中路的右翼，其西侧 20 里左右按韩德勤、李守维的作战计划规定，有二李、陈泰运部队列阵前进作为掩护，照理说是十分安全的。但由于李、陈已和我军密约缓缓前进，我军可以埋伏在李、陈部队与独立六旅这两路的前进路线之间，背李、陈而击翁，李、陈当然不会援翁。而中路的中坚被我前出部队阻击，前进较慢，鞭长莫及，独立六旅又不是八十九军的部队，李守维不大可能极速增援。由于我突击部队将从李、陈的方向猝然杀出，态度上的极大优势将弥补兵力的不足。再次，独立六旅被歼灭后，战局可以连续向有利于我军的方向发展。李、陈和八十九军之间相隔达 40 里，空当大大拉开，就可以进一步分化对方的阵势，使李、陈参战的可能性进一步缩小。更重要的是，独立六旅被歼灭后，大大有利于黄桥的守备。而我突击部队则可以从中路军被打开的大缺口中插入纵深，对八十九军实施迂回包围。所以，首歼独立六旅，这是争取决战胜利的第一个关键，对战局的转变将起决定性作用。

陈毅决定第二天开会做出具体的布置。

黄桥镇黄桥中学，苏北指挥部于此召开了紧急的战前会议，陈毅、粟裕早早地来到了会场。

叶飞到了，王必成、陶勇也到了，3 个纵队营、团以上的干部都来了。陈毅主持会议，介绍形势，简要地分析说：“我们在政治上孤立省韩的部署已圆满完成，但决定性的问题还在于军事上如何在八路军和四、五纵队的战略配合下，完全以我们自己的力量，不仅粉碎韩军的进攻，还要歼灭韩顽的主力。如果采取‘打破重围、言和停战’的方针，则韩军虽被击退，但主力尚在，我军则人员、弹药遭到消耗，苏北问题仍未解决，拖延越久困难越大。只有采取独立决战、歼韩主力的方针，才能完成党中央、中原局建立巩固苏北根据地，迅速打开华中抗战局面的战略宏图。现在，韩顽失信于天下，倾巢出动，正是我们一举解决苏北问题的大好时机。”

陈毅喝了一口茶继续说道：“我们有 3 种作战方案，第一种是给予韩军重大杀伤后，暂时撤出黄桥，乘顽军追击时，再集中兵力歼其一部。优点是兵力集中，便于机动，诱敌深入根据地腹部歼敌，这是红军一贯战法。但是，该地区北有运盐河，东有串场河，西有泰州到口岸的运粮河，南有长江，并有泰兴城、靖江城等日寇大据点，回旋余地甚小。而且我军撤出黄桥，不但影响民心、士气，而且对中间派也必将产生极为不利的影响。

“第一种方案是全力死守黄桥，待韩军进攻失败后再出击。这个方案是有道理的，黄桥西南面有日寇大据点，北面省韩来攻，腹背受敌，此种战法可以应付敌顽夹攻的严重局面。但以现有的人力、物力来看，困难较多，最多只能击溃顽军而不能歼其全力。这样就会同前一方案一样，都会大大增加中间势力参战攻击我军的可能性。这样就不能决战，使苏北问题长期拖下去，于我不利。

“我主张以黄桥为轴心，诱敌深入、各个击破的第三种方案。不是以主要兵力守黄桥，而是以少数兵力坚守黄桥，吸引、迟滞、消灭敌人，主要兵力则置于侧翼机动位置，当敌人遭我军大量杀伤后，择其一路歼灭之，并继续扩大战果，以求全胜。对中间势力稳定其中立，对日寇据点则大胆不管，只派少数侦察部队进行监视。

“下面请粟裕同志详细介绍第三种方案。”

王必成朝粟裕看了看，眼神中流露出钦佩。3 个纵队司令就属王必成和粟裕交往较少，在三年游击战争中，叶飞和粟裕有过交往和合作，而陶勇在二支队时，粟裕是他的领导，王必成和粟裕的交往始于江南指挥部。在江南指挥部时期，粟裕主要从事军队的训练工作，其军事指挥的理论素养和训练的方法，使王必成为之折服，抗战以后的一系列的战斗，如韦岗战斗、官陡门战斗、小丹阳战斗，都体现出他不凡的军事指挥艺术，而不久前的消灭何克谦部、营溪战斗、夺让姜堰再一次印证了他的指挥艺术……现在由这位首长来公布作战方案，显然这个计划会有不同凡响之处。

粟裕具体讲解第三种作战方案。他说：“现在，韩顽已形成兵分三路向我进攻的态势：以二李、陈泰运等部组成右路军，向黄桥西侧进攻，并从右侧掩护在中路进攻的韩顽主力；左路军由第一、第五、第六、第九、第十共 5 个保安旅组成，任务是攻击黄桥东南；进攻的主力全在中路军，人数在 13 000 人以上。中路军又分三路，八十九军三十三师为左翼，攻击黄桥东面；李守维亲率一一七师大部及军独立团、炮兵团等为中坚，由营溪南下，攻击黄桥东北；装备精良的独立六旅为右翼，攻黄桥北面。中路的 3 支人马在黄桥附近将基本上连成一片，我们若集中兵力攻击其一路，另一路很快就可增援，反使我们陷入腹背受敌的被动地位；而要集中兵力坚守黄桥，最多只能击溃敌人，而不能歼灭敌人主力。所以，首先我们要采取以黄桥为轴心，诱敌深入、各个击破敌人的方针。其次，我们要打破先歼弱小之敌的常规，把韩军精锐的独立六旅作为首歼目标。”

众人听说要先歼灭独立六旅这个强敌，都一愣。按常理，红军时期作战都是先歼弱敌，然后再想法子歼灭强敌，这一反常用兵倒真出乎大家的意料，因为大家在先前也都有自己作战的预案，本想验证一下是不是和上级领导的意图一致。

独立六旅是韩军中战斗力最强的部队之一，全旅3 000多人，一色的中正式步枪，每个连还有9挺新式捷克机枪，装备精良，旅长翁达的军衔与韩德勤、李守维的一样，都是中将。

粟裕见大家面露不解之色，便把歼灭独立六旅的作用做了详细分析，众人听后点头称是。

会场上大家的情绪顿时高涨起来，大家都想吃上这块“肥肉”。三纵枪少武器差，陶勇更想打翁旅。

王必成在红军时期打过许多大仗和恶仗，根据粟裕的部署、3个纵队的现有实力及韩德勤的军事力量，他的脑海里急速地展现着各种各样的战斗场面，演绎的结果表明这种方案虽然大胆、冒险，但也是唯一切实可行，有机会、有把握完成的方案。他不由暗暗地点了点头。

有人思考许久，不无担心地问道：“在决战中，左、右两路军会不会动摇变卦，对我们两面夹攻？”

也有人忧心地问道：“泰兴、靖江的日伪军会不会协同韩顽作战？”

“不大可能！”陈毅铿锵有力地说，“由于我们的大力争取，左、右两路军已一再表示严守中立，并向我提供情报；而日军也精于算账，惯于使用‘以华制华’的手段。当顽军向我进攻时，日军会采取坐山观虎斗的态度，而韩德勤也不敢公开要求日寇直接参与向我进攻。只要我们速战速决，打好第一仗，立于不败之地，左、右两路军就不会动摇，日顽联合攻我的局面就不会出现。因此，我们可以大胆地部署兵力，仅以四分之一的兵力守黄桥，以四分之三的兵力作为突击力量！”

会场上一下子喧闹起来：“四分之一兵力守黄桥，太少了！怎么守？”他们议论纷纷，“这也太冒险了吧？”

粟裕严肃地说：“我们的目标是全力打韩，守备的兵力要集中在黄桥东面，其他方面可以唱‘空城计’嘛！指挥部和军分委已决定，一、二纵队用于突击方向，隐蔽集结于黄桥西北的顾高庄、严徐庄、横港桥地区待机；第二纵队派出主力两个营配置于古溪至分界一线，实行运动防御，诱敌深入；另以一纵队一个营化装进入敌后，配合地方武装袭扰敌人；第三纵队全部人员不足2 000，用于防守。”

陈毅马上强调说：“你们3个纵队都是善于勇猛攻击的，但是一纵、二纵兵力比较充足，我们要用在突击方向。”他转向陶勇亲切地说，“你陶勇在这里兵不满2 000，枪不过1 500支，用于防守，兵力是少了一点。但你们作风顽强，指挥灵活，足可以胜任正面阻敌任务。这是艰巨而光荣的任务，我相信你们一定能胜利！”

“请首长放心！”叶飞、王必成掷地有声地回答。

“坚决守住黄桥！”陶勇朗声回答。

陈毅宣布：“决战期间，我和军分委、指挥部机关撤到严徐庄掌握全局，由粟裕同志坐镇黄桥，负责前线的军事指挥。”

陈毅又强调："我们一贯的作战原则是，在战略上以少胜多，在战役、战斗上以多胜少。但目前的形势却要求我们不仅在战略上，而且在战役、战斗上也要以少胜多。我军人数虽然较少，但军事、政治素质却不是顽军所能比拟的。我们弱者先让人一步，后发制人，被迫自卫，背水而战，'哀兵必胜'，要求所有指战员发扬有我无敌、有敌无我的精神。如果打败了，长江也过不去了，那也就只好下长江喝水，我也没得说了！"

"决战在即，时间紧迫，大家立刻分头行动。"粟裕宣布散会。散会后，陈毅去了严徐庄，粟裕则留在了黄桥中学。

粟裕紧紧地握着陶勇的手说："陶勇呀，这块'硬骨头'是我挑给你的，守黄桥任务是艰巨一些，但我相信你能胜任。"

陶勇朗声地说道："粟副指挥把最艰巨的任务交给我，是首长对我的信任。我要和黄桥共存亡！"随即，他召开纵队团、营、连干部会议，具体布置各部战斗任务，决战黄桥。

3

陶勇召集部队，把作战任务一布置，众人振奋，高喊："人在阵地在，誓与阵地共存亡！"陶勇点点头，感到一阵欣慰。不过陶勇十分清楚，这守卫黄桥的任务十分重要，也十分艰巨。他清楚自己手下有多少人马。

塘头整编时，部队整编为3个纵队：第一纵队司令员兼政委叶飞，下辖第一团（原新四军老六团）、第四团（原挺纵四团）、第五团（王澄起义部队）；第二纵队司令员王必成、政委刘培善，下辖第二团（原新四军老二团）、第六团（原江南新六团）、第九团（原江抗二团）；第三纵队司令员是陶勇自己，政委是刘先胜，下辖第三团（原苏皖支队）、第七团（原挺纵二团）、第八团（由挺纵、江都游击队和苏皖支队一个连组成）。

同样是纵队，三纵队的人马最少。一纵队由老六团和挺军纵队合并而成，可以说是人强马壮。二纵队主要的班底是老二团，加上后来的新六团，人员充足，部队的建制一直没有打乱过，而陶勇的三纵队最早的班底是苏皖支队，而苏皖支队是由四团二营的两个连加上挺纵的部分队员合并而成，后面也是陆陆续续整合了一些部队，可以说是人最少，装备也最差。

在黄桥的兵力的确不到2 000人，枪不过1 500支，而且大多是"老爷枪"；至于火炮，更是可怜，全纵队虽然也有一个炮兵连，却只有2门迫击炮，仅剩下3发炮弹，其中一发还是瞎火。不过，陈毅已电令苏南的两个主力营来增援黄桥，并知会二李，说有"两个团"要从江南来，请其借路放行。在郭村，新四军的一个团已让二李部队大吃苦头，这"两个团"对威慑二李等部不要其轻举妄动具有相当作用。但因日伪军和顽军的封锁阻挠，江南主力能否及时赶来还是问题，因此要立足于现有力量来坚守黄桥。相比之下，顽军中路军就有1万多支好枪，各种火炮100多门，打到黄桥的炮弹将数以千计。黄桥镇这么大，足有5里路，这样的守备战，打起来真是万分危险。

陶勇与纵队的几位负责人商讨，并经粟裕修改和同意，三纵队兵力做如下布置：八团配置于黄桥东门南北一线，以该团仅有的两个营抵挡东门来敌；主力三团放在东南作为机动兵力，面对几个保安旅，主要任务是随时支援八团、待机出击；七团作为预备队，兼顾西北、西南方向的敌情；北边面对独立六旅攻击的方向只放少数警戒部队；西北郊面对二李、陈泰运的方向，更是唱了“空城计”，只让后勤伙夫、挑夫担任警戒。

很明显，陶勇几乎是全部兵力集中用于东线、并留有多层预备队的兵力配置，一开始就准备着应付两种情况：战斗发展若不顺利，便逐次动用大量的预备队与顽军反复拼杀，硬顶到底；如果战斗顺利，那么三纵队不仅守住了黄桥，而且可以大举出击！

所幸韩德勤虽然下达了进攻的命令，但 9 月 30 日以后，阴雨阵阵，械弹易湿，道路泥泞，韩德勤不得不推迟进攻，这为黄桥的守备，争取了宝贵的时间。

黄桥周围的土圩子高不过 3 米，厚不过 2 米多，因土太薄，在土圩上挖掩体和交通壕不牢固，都需另加积土和木料、门板草包等材料。这些物资都是黄桥镇和四乡的民众自动捐献。数千名民兵和群众扛着门板等各种器材，帮助部队赶修工事。在支前委员会的组织领导下，救护站、担架队迅速组成，待命行动；群众家家磨面、烧水、烙饼，仅镇内就有 60 多个烧饼炉为前线烘烧饼。

粟裕和陶勇来到了三团的工地，三团的战士们正热火朝天地修筑工事。粟对三团的战士有着特殊的感情，因为三团的战士许多来自苏皖支队，而苏皖支队的战士有许多来自二支队四团，粟裕曾担任过二支队的副司令，和这些老部下有着血浓于水的感情。

黄桥的民众和著名士绅没有逃走，都留下来帮助新四军，大街上人流不息，格外繁忙。男女老少都组织了起来，分别参加工、农、青、妇、学、商、儿童等各种抗日团体。人们筑工事，扎担架，做军鞋，印传单，组织纠察队放哨巡查，侦察敌情，维护秩序。家家的门板都拆下了，所有的木料都献出来了。许多人满身泥水，不顾身家性命，不顾劳累饥饿，一直与战士们在一起修工事。

10 月 3 日，雨过天晴，在韩德勤声嘶力竭地叫嚷下，各路人马向黄桥攻击前进。他命令八十九军军长李守维统一指挥八十九军、独立六旅为中央纵队，由海安出动，经营溪、古溪分 3 路进攻黄桥以东和以北地区；命令 10 个保安旅为左翼纵队，由郭心冬指挥，进攻黄桥以东地区；命令二李部队和税警总团为右翼纵队，由李长江指挥，进攻黄桥以西地区。动员总兵力达 10 万余人。黄桥以南即是长江，韩德勤得意忘形地喊道：“把苏北新四军赶到长江去喝水！”

由于我一、二纵队少数部队的阻挠、袭扰和诱敌深入，顽八十九军被迫展开攻击，拉大了距离，不能齐头并进，直到午后，其先头部队三十三师才抵近黄桥东郊以外。或怕遭到新四军坚决的反击，或为了显示自己的威势，三十三师首先用炮火猛烈轰击，炮击黄桥外围阵地。顽军拿出了全部家当，连德国造的山炮也用上了。一时间，炮火连天，声浪阵阵，硝烟弥漫，火光四起。两架双翼飞机也凑起了热闹，飞到黄桥镇上空来回盘旋，侦察黄桥防御工事和兵力配置。

陈毅远在严徐庄，听到隆隆炮声，知道黄桥的外围战斗已经打响。他放心不下，不断打电话向粟裕、陶勇询问黄桥的战况，他提醒陶勇：“要吸取营溪之战的教训，沉住气，不要怕挨打，要把顽军放近些再打！”

陶勇回答说：“先头抵达的都是三十三师部队，八十九军军部及一一七师可能随后就到。我纵队火力配置、距离测量都已搞好，等顽军靠近了就打。头顶上有两架飞机，有两架飞机！”

镇内响起了爆炸声，部分群众被吓得四处奔走。陶勇坐不住了，他到第一线亲自指挥战斗，还要安慰受到炸弹袭击的群众。

黄昏，三十三师前锋部队炮轰了一阵后，见没有反应，但也不敢贸然进攻，准备在黄桥东郊约 3 里的地方安营扎寨。陶勇想顽军既要抢功，又怕损失，时已黄昏，已来不及展开攻击，且顽军又不善于夜战，此时向其攻击，一可造成新四军主力集中在黄桥的假象，二正符合诱敌深入战术的要求，便于一、二纵队隐蔽突击顽军，所以他亲自交代三团团长黄才胜带领一营迅猛出击，乘机“咬上一口”！

三团一营如猛虎下山，乘敌立足未稳，勇猛出击，一下子俘获 100 余人，等顽军反应过来，三团的人马早已撤回，弄得他们干瞪着眼，无计可施。

三十三师晚上被陶勇的部队袭扰了一下，并没有引起多大的惊慌，他们觉得白天狂轰滥炸时新四军毫无反应，恐怕新四军早早怯战，明天可以放心大胆地进攻了。第二天一大早，他们鼓足了勇气，在强有力的火力支援下，疯狂地向东门进攻。

担任东门守备的是三纵队八团的战士，南北一线顽强阻击，八团的战士习惯于运动战、游击战，于阵地战比较生疏，再加上顽军的火力超出了他们的想象，刹那间，东门是一片火海，危险万分。

三十三师有 4 个团，何克谦保四旅有 2 个团，一起攻向只有两个营的八团阵地。顽军仗着弹药充足，并有两架飞机的助战，攻势强劲。

陶勇这两天没有好好睡过觉，他在前沿阵地上来回奔波、穿梭，发现哪里有危险，便派部队前去增援，但见阵地上，火光阵阵，碎石乱飞，硝烟刺鼻。

上午 9 时左右，小焦庄失守。小焦庄位于前沿工事以东 200 多米处，是黄桥以东前出的重要支点，粟裕曾指示要坚决守住它。陶勇亲自挑选能攻善守、作风过硬的八团一连坚守小焦庄，但顽军攻势凶猛，人多势众，一连虽经顽强拼搏，节节抵抗，终因势孤力薄而失守。

小焦庄这么快就失守，出乎陶勇的意料。他指挥部队奋勇阻击，顽强拼杀，并组织三团、七团次第出击，保住了东门前沿阵地。

黄桥东部的发电厂在中午时分竟也被韩顽军攻占，有些地方，顽军已突破了镇边的河沟，手榴弹都甩到了黄桥的街头……

中午，黄桥镇上的老乡送来了一筐筐、一担担、一车车烧饼，极大地鼓舞着三纵队指战员。

狡猾的顽军，攻击一波紧似一波，还派出零星部队进行骚扰，不让三纵队有片刻安宁。陶勇识破顽军的奸计，命令大家在工事里放心大胆地吃饭、休息，只留极少数人担任警戒。

下午 2 时，三十三师进攻更猛。狂轰滥炸后，竟改用人海战术，以营为单位发起集团冲锋，层层拥上，逐步推进，从宽大的正面直压过来。顽军后面有团长、旅长督战，伤亡虽大，却仍有峙无恐地向前扑来。

各阵地的告急电话不断传到陶勇耳中：

八团，阵地大部被毁，人员伤亡不少；

有几股顽军已突过东门外的河沟，手榴弹扔到了土城上；

七团各部被敌人的火力压得抬不起头来；

三团和各后勤人员也陆续投入战斗，均遭优势敌人的进攻！

情况危急，陶勇不得不拿起话筒向陈毅报告：敌人发动了第七次进攻……

弹丸之地的黄桥镇，成为全国各方注视的中心：延安在注视、云岭在注视、重庆在注视、南京在注视，苏皖鲁地区的各种政治军事势力都在注视。

李明扬不辞辛劳，守在电话机旁听取战况汇报；李长江派出当副官的亲侄子，带了参谋驻在陈毅指挥部附近，探询、报告战况；陈泰运派人伏在运盐河堤上四下眺望，及时传报黄桥消息；有些保安旅旅长也不断打听军情，以定进退；黄桥周围的日伪军都在据点里集合待命，大小头目或在碉堡顶上用望远镜观望，或在电话机旁守候消息，泰兴日军一部已前出到黄桥以西15里的石梅（又称失迷）观战待机。在苏北平原上出现了中国近代史上少见的一个战场、两方激战、多方围观准备应付突变的奇妙局面。

陈毅来来回回地踱着步，现在形势发生了微妙的变化，派到二李指挥部的我方代表朱克靖来电话说李明扬在午后听说黄桥吃紧，就闭门不出，谢绝见他；而李长江那里，南京来的“和尚”（汪伪密使）、兴化来的“参议”（韩德勤的说客）却进进出出，气氛异常。战前，陈毅曾与二李、陈泰运约定，为了应付蒋介石、顾祝同、韩德勤的“严令”，允许他们朝天开枪，每天“攻击前进5里”。而此时，二李的部下，有的态度已开始动摇，陈才福纵队已在我西北方向打家劫舍，开始骚扰。

而江南指挥部罗忠毅来电说：老四团一个营虽已甩脱阻敌，渡过长江，可现在去向不明，联络不上。

可陈毅最担心的还是黄桥，现在形势万分危险，顽八十九军三十三师正全力进攻，一一七师也抵近黄桥；二李、陈泰运部、各保安旅和日伪军都在虎视眈眈，蠢蠢欲动，任何一方遇上“第三者”插足，后果都不堪设想。

此时，作为首歼对象的独立六旅却迟迟不出，作为突击力量的一、二两个纵队只能摆在那儿。如果李守维和翁达得知新四军设伏的部署而故意停止前进或改道进攻，那么黄桥就更加危险了，把四分之三兵力投入突击就成为一招“死棋”，这仗就无法打下去，那些中间力量就会凶猛地扑上来争咬几口，这要把老本赔光了。

难道老本真的要赔光吗？真要是那样，我陈毅就是历史的罪人、人民的罪人了。陈毅来来回回地走着，心中的那份愤怒和沉重是无法言说的。在中央苏区，他担任过二十二军军长、江西军区司令员，面临过许许多多重大的战斗，在三年游击战争时期，曾处于生死存亡的危险境地，在苏南抗战的几年中，经历过华山战斗、水西保卫战。那些战斗也是只能胜不能败，但和眼下的黄桥战斗相比，在战略态势上有着明显的区别，黄桥战斗是创建苏北抗日根据地的生死存亡之战，如此战失败，苏北指挥部将处在危险的境地，这将对苏北抗日根据地的建立、华中抗日根据地的巩固和发展有着极其消极的影响。

陈毅沉沉地思考着：方案是周密无隙的，指战员们是英勇顽强的，关键是三纵队要守住黄桥。因而他坚定而严肃地命令陶勇：“要沉着、冷静，勇猛顽强，坚决打退顽军的进攻，还要准备再打退顽固派的第七次冲锋！要是黄桥失守，我砍你的头！”

陶勇，被陈毅改名为陶勇的张道镛，自抗战以来未见陈毅有过如此严厉的口吻，郑重地回答："陈司令放心，有三纵队就有黄桥！我陶勇誓与阵地共存亡！"

放下电话筒，陶勇命令："七团、八团适当收缩兵力，坚守要点；所有后勤人员、轻伤员都要坚守阵地；三团主力向外出击，打乱顽军进攻部署；各级指挥员都要位于战斗前列，掌握部队，随机指挥，坚决打退顽军的进攻！"弹火纷飞中，三团主力从东南方向发起反击。

顽军满本以为黄桥守军招架已是乏力，不料一支生力军的猛烈出击竟然打断了进攻队伍的"腰椎"，顿时一片混乱。

在三团出击的同时，陶勇来到七团阵地。七团只有两个营，团长韦一平、政委惠浴宇原来都是搞地方工作的知识分子，军事工作一时还不太内行，此时，敌人如潮水般涌上来，韦团长已把一个营拉出去牵制敌人，形势十分危急。惠浴宇担心地说："陶司令，这里太危险，快回指挥所去！"

陶勇却断然下令："老惠，调你一个营，我带着打出去！"惠浴宇争辩说："该我带队出击！"

陶勇眼睛一瞪："不要多说了！"随即脱去上衣，光着膀子，挥舞战刀，率先杀入敌阵。

陶勇不顾生死，身先士卒，战士们士气大振，以一当十。

顽军前路受阻，死伤累累；中路又遭突如其来的冲击，混乱中被迫后撤。

险中求胜，陶勇对卢胜、张震东等人说："我们不能消极防御，也要找准机会主动出击！"

大家都点头称是。八团团长姜茂生乘机要求一连归队，争取在打好守备的前提下寻机夺回小焦庄。

上午，坚守小焦庄的八团一连作战失利，按战场纪律，连长要受严重处分。但在急需用人之际，陶勇批评他一顿后，便把一连调到东门北线，靠近纵队指挥部作战。现在，姜茂生要求调回一连，给一连连长一个立功赎罪的机会，陶勇点点头。稍顷，顽军发动了又一轮进攻，但在三纵队顽强有力的阻击与反击之下，敌人的第七次进攻被粉碎，徒留下一具具尸体，迅速溃败下去。

4

4日，粟裕早早地离开了黄桥中学，来到了黄桥镇的北面，北门面临的压力可以说远比东门面临的压力要大，因为北面有翁达的独立旅，有八十九军的直属部队和一一七师，如果在北面不能有效地歼敌，黄桥失守只不过是一个时间的问题。

北面布置一纵队和二纵队的部队，这两支部队是作为突击的力量布置在北面。现在翁达的独立六旅在做些什么呢？前面的情报源源不断地传到粟裕手里，独立六旅按兵不动。

4月4日上午，黄桥镇东门的战斗激烈异常，陶勇率领着三纵队的战士和三十三师血战，敌军的手榴弹甚至扔到了黄桥镇的大街上，可黄桥镇的北面却是静悄悄的，独立六旅始终没有露脸。

在黄桥指挥作战的粟裕一直紧盯着北面，此时另外一个人也用双眼紧紧地盯住黄桥北面的高桥，那就是一纵队司令员叶飞。

担任出击的一、二纵队，隐蔽在顾高庄、横港桥一线。他们选定的首战歼灭目标是顽军最精锐的独立六旅。

叶飞和战士们趴在青纱帐里，那些青纱帐早已成熟，少许玉米地里的玉米秸秆还没有收割完，在艳阳的高照下，灰白的叶子上沾满了水珠，发出晶莹之光。战士们就躲在这些田地里静候着独立六旅的到来，一纵队的战士和独立六旅有缘，在半塔战斗中就交过手，当时就把独立六旅冲得七零八落，现在听说又要和独立六旅作战，个个是喜上眉梢，摩拳擦掌，恨不得冲上去一阵猛打，营长汤万益同志说："上一次我带着一个连追他一个团，追得他丢盔弃甲、七零八落，这一次一定不让他逃出我的手心。"叶飞司令员对他说："给独立六旅逃掉一个兵我就找你！"叶飞的心情和战士们一样，他正想再会会这个"梅兰芳部队"，但是整个上午却丝毫不见翁达的踪影。

叶飞冒着细雨，不断地观察着高桥的方向，却什么信息都没有。

在严徐庄的陈毅，在屋子里来回地走动着，他非常焦虑，一方面黄桥的东门连连告急，他不断地做出指令，指挥陶勇无论如何要守住黄桥；另一方面他要听着粟裕的汇报，密切注视着独立六旅和八十九军的动向，他又要不时地听取叶飞的汇报，要弄清楚独立六旅有没有预料般地进入一纵队的包围圈。

翁达之所以没露脸，自有他的打算。这翁达富有作战经验，他素来不贸然出击，另外他和新四军交过手，素知新四军作战顽强、作风硬朗，哪敢轻易出动。再者，他还打着自己的小算盘，三十三师在黄桥镇和新四军激战正酣，听那隆隆炮声，想必新四军在黄桥的守备力量不会薄弱，黄桥是苏北新四军的命根子，新四军如何也不会丢失这一个军事重镇，也许现在用着全部的力量和三十三师拼个你死我活。三十三师不可能轻易攻下黄桥，现在形成拉锯战……待双方消耗差不多之时，独立六旅该派上用场了，虽然不可能兵不血刃地从北门进入黄桥，但也可以不像常规那样做出大量的消耗才进入黄桥，这可以说翁达是占了大便宜，到后来头功是他的……新四军和共产党的部队向来采用先打弱旅的战术，即使有其他的战术布置，也不可能对他怎么样，翁达的实力明摆在那儿。

他命令侦察员不断侦察，即使参谋不断催促，他仍是一直摇着头摆着手，连连说"不急不急"，直到下午 2 时多，他觉得应该出击了，便命令部队向黄桥进军。

他觉得自己可以兵不血刃地进入北门，他根本就不会想到在进军途中会有什么风险，他甚至给每个士兵发了一顶笠帽，用来遮挡头上的风雨，部队没有战前那种紧张的心理状态，也没有戒备的感觉，他们慢悠悠地向黄桥挺进，他自己和几个参谋骑着高头大马边走边说边笑，仿佛不是去作战，而是去长途旅游。

下午 3 时，翁达露脸了，叶飞从侦查员的汇报中得到了消息，命令侦查员继续侦查，另外把消息迅速传到严徐庄上的陈毅那儿，并不断地问陈毅该不该出击。陈毅反复地问独立六旅有没有完全进入伏击圈，叶飞说还需等待。

粟裕在北门也得到了独立六旅已经出发的消息，粟裕非常谨慎，这一次一定要把独立六旅全部围歼，绝不能过早出击，他要得到独立六旅的先头部队和黄桥确切的距离才能做出决定。

他拿着望远镜朝北面观看，从得到的情报来看，翁达的部队以一字长蛇阵向北门开来。粟裕富有极强的战斗经验，他根据他的经验判断，纵向的部队行军时，队员与队员之间往往相距

1.5米。翁达的独立六旅有3 000之众，一字长蛇阵排开，可达四五公里之长。高桥到黄桥有7.5公里，当翁达的部队距离他二三公里时，就表明其部队已经离开了高桥。粟裕之所以做这样的测算，是吸取了营溪战斗的教训，营溪战斗时，敌军还没有完全进入伏击圈，部队就出击了，顽军缩了回去，我军无法达到歼灭的目的。同样，翁达的后卫部队没有离开高桥镇，此时贸然出击，他们就会固守高桥。

此时叶飞看得清清楚楚，根据时间判断这一字长蛇阵行进了很长时间，应该是出击的时候了，对付一字长蛇阵的最好办法就是把它切成几段，再用优势的兵力围而歼之。粟裕非常小心，他要搞清楚这独立六旅有没有全部进入伏击圈，如果出击过早，它就可以缩回去，但是也不能出击得太晚，不能让其接近黄桥镇，如果接近黄桥镇，那就不好办了，其先头部队会尽全力攻打北门，这样黄桥的危险又要增加。

叶飞电话报告陈毅，独立六旅在我方枪口下毫无戒备，正是在运动中加以歼击的绝好机会。立即出击，把它切成几段，可一举歼灭该敌。

陈毅回道："能不能再放近点？会不会太早？"

叶飞说："过去一个团了，现在在过本队……"

陈毅果断地说："一定要看清楚，等独立六旅全部脱离高桥，再出击！"

叶飞说："从行军队形的间隔判断，后卫该出高桥了。"

与此同时，在北门瞭望的粟裕从北面纷纷逃难的群众口中得知独立六旅的部队离北门不到5里了，应该说这是出击的最好时机，如果让独立六旅接近北门，现北门几乎没有守备力量，哪怕独立六旅只有一个连的部队进入黄桥，那后果也是不堪设想的，所以他用电话向陈毅建议应该出击，陈毅根据粟裕、叶飞的建议，命令二纵队配合一纵队出击，首歼翁旅。陈毅大声说："那就出击！注意，照单全收，一个也不要放掉！"

叶飞立即命令一团分为三个"箭头"，直插独立六旅的腹部，四团打其前卫，五团打其后卫。

翁达和他手下的士兵慢悠悠地向黄桥挺进，他们的脑海里还浮现着胜利以后的嘉奖，以及以后荣华富贵生活的画面，他们根本就没有想到自己已经进入了危险的境地，进入了一纵队的包围圈。叶飞的命令下达以后，指战员们纷纷从青纱帐里冲出，就像一把钢刀，把这一条长长的"美女蛇"切成了好几段，翁达的士兵被突如其来的、犹如从天而降的新四军战士吓坏了，他们那颗舒缓的心一下子紧缩起来，当眼睛显现出他们最害怕的画面的时候，手脚早已不听使唤，唯一的选择是纷纷逃窜，连反击的机会都没有了，因为他们抬着重武器，没有充足的时间安置，甚至他们连扣动手中枪支扳机的时间都没有了。

除了逃窜还是逃窜，哪还能进行有效的反击。

新四军从天而降，久经沙场的翁达也吓坏了，他万万没有想到自己的部队会进入对方的伏击圈，他怎么也想不到新四军会率先攻打他，这不是反新四军用兵常识吗？一瞬间，他非常后悔自己没有最起码的防范心理，千不该万不该，用一字长蛇阵、毫无戒备地向黄桥挺进，升官发财、遭同行嫉妒的愿景不复存在。现在一切都晚了，手下的士兵由于疏于防备，不堪一击。他随着士兵走在前面，距离新四军战士不到1里，手下的那些人纷纷逃窜，根本无法执行他的命令，他哪里还能镇得住这些士兵呢？

独立六旅在局部被歼以后，收缩到土墩和独立家屋固守，后卫团还猛扑高桥，企图打开退路。我五团已率先占领高桥，一场血战，把该部十八团打了下去。一团团长乔信明同志看准顽军中有一大群挎皮包、拎箱子的军官拥着骑马的头头奔跑，断定其是旅部，立即率领一营扑去。接着，二营插向敌阵，和三营配合，攻歼大股顽军。全团 3 个营分三路插向敌军十六团。独立六旅首尾被攻，展开不及，被一纵队一个猛冲，顿时乱作一团。翁达只好率领乱糟糟的旅部奔进一个村庄，声嘶力竭地命令架设电台。他万万没有想到，摇机员早已逃窜，连人带机不知去向。他气急败坏地命令通信军官，带着卫士、传令兵找李守维求援。

其他部队也溃退到两个村庄里，叶飞急令把这三个庄子团团围住。

战斗打响以后，二纵队赶到高桥，但独立六旅已全部离开了高桥，二纵队无仗可打，就机动灵活地插到南边去了。这样，二纵队迂回包抄的部队和二纵队插到路东的部队，把独立六旅和八十九军的联系切断了。

一纵队指挥部不断地接到一、四团的战斗报告：“敌十六团团部被歼灭了，抓了 400 多俘虏！十八团被歼灭了，轻机枪缴了几十挺！”

8 时许，陈毅同志亲自打来电话询问战况。叶飞报告称已把独立六旅围在 3 个村子里。陈毅又问和王必成联系上没有，叶飞报告说王必成向南插，迂回过去了。

10 时许，陈毅再次打电话。这时二纵队已到八十九军后面，发现李守维亲率一一七师三四九旅的 3 个团正向东南兼程急进。陈毅问叶飞 10 时以前能不能解决战斗。叶飞说可以，没有多少敌人了，十二时以前完全可以解决。

陈毅又立即交代：“解决战斗后，队伍马上集结，作为二纵队的第二梯队，向南迂回包围，消灭八十九军。”

叶飞报告说：“俘虏、缴获都很多。”陈毅说：“打扫战场，收容伤员，你们不要管，总部派人去。消灭敌人后，部队立即出发。”

突然一团向叶飞报告：“发现一具倒在血泊中的尸体，看来是自杀的，身边有一件绣有‘翁达’名字的风雨衣……据俘虏来的独立六旅旅部副官说，中将旅长翁达自杀了！”

5

此时，八十九军军长李守维命令他的预备队之大部在古溪待命，自己亲自率三四九旅经八字桥向黄桥疾进增援，刚刚到达黄桥东北之野屋基村附近，得知翁达旅正被我军包围于高桥及其以南地区，危在旦夕。独立六旅处在危险的境地，李守维并不在意，毕竟独立六旅不是他的部队，利益上没有什么冲突和瓜葛。上次在营溪作战时，他没有好好出力，因为他要考虑自己的利益和价值。这一次韩德勤，对他又是封官又是许愿，他得首先考虑八十九军的战绩。他判断新四军在众寡不敌的情况下用了奇兵，把大量兵力用在翁达方向上了，黄桥守军必定不多，正是猛攻黄桥、独揽全功的好机会。不过他所带的军部各直属队和一一七师三四九旅在天黑前已来不及攻击了，遂令三四九旅在野屋基村附近构筑工事固守，命令三十三师乘虚猛攻黄桥。

又一轮激烈的攻防战开始！

陶勇知道一、二纵队的优势兵力正在歼灭独立六旅，就放心地集中力量在东线迎敌，将顽军拒于东门之外。所幸天色将晚，顽军向来不善夜战，官兵皆无心恋战，加上两天来的连续攻击，伤亡惨重，兵员疲惫，人心厌战，士气不振。因而顽军这次攻击虎头蛇尾，未待三纵队全力出击就草草收场，退到千米之外安营扎寨。

夜晚，三纵队将士们吃了黄黄的烧饼以后，稍事休息便争着打出击，尤其是八团指战员，他因小焦庄的失守憋了一肚子气，积极请战。

请示过陈毅、粟裕后，陶勇批准由姜茂生率八团出击，其余部队只派若干班排出击袭扰、牵制顽军，配合八团出击，让大多数人休息。

夜晚，粟裕在指挥所召开三纵队团以上干部会议。他高兴地告诉大家，独立六旅 3 000 多人已被全歼，中将旅长翁达自杀身亡；二纵队已悄然插过三四九旅和八十九军预备队的空隙，正在连夜赶向如皋黄桥公路上的分界地区，要切断顽军的退路；一纵队也将在午夜之前向东穿插；一、二纵队将在明天中午向八十九军发起突然的猛攻。指挥部决定三纵队也要作好准备，迎接明天更加激烈的战斗。“若他们因后路遭到痛打而部署混乱时，就猛烈出击，配合一、二纵队，消灭八十九军。”

粟裕说：“今夜里我们还要加油干，要抓紧修复好工事，还要把顽固派赶得远一点，明天在黄桥外围揪住它！”

指挥部政治部副主任钟期光说：“陈司令也在严徐庄‘陪’着我们开会，还表扬我们今天打得好。围歼八十九军的天罗地网快要编织成功了，黄桥就是网底，千万不能在明天上午给顽固派冲破。只要网底冲不破，整个苏北就是人民的！”

这时，东郊传来一阵阵激烈的枪声。八团和其他零星部队悄悄摸出黄桥东门，接近顽军留在前线阵地后，猛烈冲击，消灭或赶走了那里的顽军。小焦庄是顽我双方都看好的前沿火力支点，顽军留下一个营的兵力固守，他们做梦也没有想到处在劣势中的新四军晚上竟敢反击，因而猝不及防，导致场面混乱异常。八团指战员如下山的夜老虎，猛冲狠打后，顽军的这个营被打得落花流水，狼狈逃归本部，八团乘胜追击，乒乒乓乓地杀进大焦庄，扩大并巩固了前沿阵地。

当三纵队在正面顽强抗击顽军三十三师、一纵队在高桥一带围歼翁达独立六旅之时，王必成指挥二纵队悄然向东南八字桥挺进。

按原定计划，一、二纵队用于突击方向，隐蔽集结于黄桥西北的顾高庄、严徐庄、横港桥地区待机；二纵队派出主力两个营配置于古溪至分界一线，实行运动防御，诱敌深入。

围歼翁达独立六旅的战斗打响以后，二纵队的部队迅速地从北面向南挺进，扑向高桥，却发现高桥空空如也，原来翁达的部队已经全部从高桥出发，这个时候，就必须执行预定的任务，向八字桥进发，然后向黄桥的东南方向挺进，准备切断三十三师的退路。而高桥则由一纵队战士坚守，预防敌人回头反扑。

王必成带领着战士们疾速前进，看到战士们个个斗志昂扬，奋力挺进，这位虎将露出了欣慰的微笑。

他想起军事会议结束以后，到黄桥西北约 10 公里的一所小学里给九团排以上干部做动员报告的情景。自东进以来，九团和兄弟部队一道打开了黄桥，打下了营溪，迎头痛击韩德勤，消灭为百姓所痛恨的何克谦部，以后又参加了姜堰战斗。

他在九团政治委员罗维道陪同下走进了教室。

“啊，王司令来了！”全场顿时活跃起来。

经过一番动员，最后他说：“我们前途如何，就看这一仗了。”他高举右手，伸出两个指头，“前途是两个：第一个，打得不好，打了败仗，危险，可能要到长江里去泡汤；第二个，打好了，打了个大胜仗，把韩德勤的反共本钱打掉，我们不仅可以在苏北站稳脚跟，还可以把抗日根据地建设起来，发展壮大革命力量。你们选哪一条？”

“坚决消灭顽军，解决苏北抗战问题！”全场一致高声回答。

“请首长放心，并请转告陈、粟司令员，我们九团全体指战员不怕一切牺牲，冲破一切困难，坚决执行指挥部和纵队首长的命令，坚决完成作战任务！”团政治委员罗维道站起来，声如洪钟般地代表全团表示决心。

“好！我完全相信！你们胜利条件很多，完全能够打好这一仗。你们的具体任务，由团里传达、布置。总之一句话，关门打狗！你们要把顽军的‘后门’关牢、封死，不让他们逃脱。对‘恶狗’要狠狠地打，直到彻底消灭为止。”

“请首长放心，坚决完成任务！”“坚决消灭顽军！”一浪高过一浪的口号声，在会场中回荡。九团原为江抗二团，是前不久北渡长江后改编为二纵队九团的，在营溪战斗中，团长徐绪奎英勇牺牲，战士们早就憋了一股气，要为徐团长报仇。

……

二团前进中遇到一个小村庄，段焕竞问那方向有没有敌人，侦察参谋邹志诚说：“我去看一下。”话音未落，对面小庄子上的机枪、迫击炮就向他们纷纷发射。段焕竞立刻命令特务连长谢友才：“特务连上去，把这小庄子拿下来！”

谢友才带两个排冲上去，段焕竞配属他一个重机枪排和 3 挺马克沁重机枪。二团的火力密集射击，特务连左右迂回包抄。顽军见对方来势迅猛，赶快逃跑。段焕竞就率部跟踪紧追，追到分界，守分界的顽军见侧后来了新四军，大出意料，便向黄桥前线溃逃。二团占领了分界。

分界距黄桥约 9 公里，这里被控制后，敌三十三师归路被切断。二团成为处在敌人包围之中的一支奇兵。二团进行了十五六公里的边战斗边穿插的活动，与顽军一一七师走成一个交叉。敌向西南增援三十三师，我向东南追歼顽军，没有相遇，仅是一个时间的空隙。

二团进到分界时天色未黑，就在此时，他们得到两条重要消息：一是进攻黄桥的顽军攻入东门时被三纵队司令陶勇亲自指挥打退；二是翁旅被一纵队全部歼灭。这两条消息增进了他们立即向敌进攻的决心。当他们经过蔡家荡攻击到兴旺庄时，天色已亮，这时敌有一两千人像潮水一般地分多路涌向他们的阵地。他们截断了顽军三十三师的退路，协同陶勇三纵队和随后而至的叶飞一纵队形成三面夹击之势，将八十九军主力 10 000 余众分制包围于黄桥东北地区。

6

太阳似乎也疲倦了，清晨迟迟没有露脸。晨曦未退，东方刚刚现出鱼肚白，寂静就被打破，隆隆的炮声直接侵袭着人的耳膜，抬眼望去，天空中一串串炮弹，夹着红色的火光，带着尖啸声飞向黄桥，半个天空均呈殷红之色。

10 月 5 日凌晨，顽八十九军军部、师部、旅部和各团的炮兵群，从各种距离、各种角度集中轰击黄桥，使三纵队阵地完全被硝烟所笼罩。原来，韩德勤已向各师旅长下了一道死命令：今天不拿下黄桥，提头来见！所以，顽军各部开始玩命了。

炮击整整持续了半个小时，黄桥的东门是火海一片，浓烟滚滚，三纵队工事大部分被毁，人员伤亡很大。

天刚亮，顽三十三师、保四旅和一一七师一部就以营为单位向黄桥实施集团冲锋，三四九旅也开始出动向黄桥推进。顽军仅以小部队与东门外的八团纠缠，主力则置大、小焦庄于不顾，直扑黄桥东门主阵地。三十三师师长孙启人对各旅团长叫喊：“不进黄桥，就别活着回来！”又再三重申军令，“后退者就地正法！”各旅团长亲上火线督阵，营长、连长则带头冲锋，决心一举拿下黄桥。

几天来，三纵队牺牲人员和重伤员已近三分之一，夜间修复的工事大部分又在刚才的炮击中被毁坏，枪支武器也损坏不少，电话线被炸断多处。许多人双耳被炮弹震得嗡嗡直响，两眼被烟灰熏得一时看不清目标。

陶勇一刻不停地奔跑在阵地上。在大、小焦庄，八团指战员积极配合，主动向外突击，不断冲击顽军的进攻队伍，破坏其进攻部署，拖住顽军后腿，予敌以重大杀伤，终于减缓了顽军的攻势。

然而，顽军人多势众，攻势凶猛，如黄蜂一般，前面倒下一群，后面又涌上一片，几股顽军已突破东门河沟，有一股竟然冲进了东门，街头又响起激烈的枪声、手榴弹声。

东门防线的缺口在扩大，形势万分危急！

粟裕在前线指挥所不时地接着电话，又不时地做出指令，但是黄桥的东门已经被顽军突破，缺口也在不断扩大，如果黄桥失守，就可能导致整个战局发生逆转，一招不慎，满盘皆输，本来一纵队二纵队已经分隔包围了八十九军，倘若黄桥失守，这种包围就没有意义，他的内心感到十分的焦虑。

这时一个喜讯传来，二支队四团三营已到了南边的季家市。

四团三营是他的老部队，来自浙南平阳，这支部队具有顽强的作风，较强的战斗力，士兵的素质特别高，可以是说是苏南二支队的中坚力量，黄桥战役前，陈毅就决定把二支队四团三营调到苏北参战。但由于大江阻隔，一直不见踪影，现在终于有了确切的消息。他们的到来，黄桥守备的局面将大为改观。

他立即带着身边的几个人赶到东门，亲自指挥并参加战斗。陶勇和战士们见粟副指挥亲临险境作战，倍受鼓舞，勇气大增，很快将突进东门街头的顽军歼灭，弥补了防线缺口。

在激烈的对射中，粟裕振臂高呼：“同志们，江南增援部队过来了！”自抗战后，粟裕经历过许多战斗，韦岗战斗、官陡门战斗、水阳战斗、小丹阳战斗、水西保卫战，都没有使他如此激奋，此时他蓄足力量，表达了前所未有的勇气，他的英雄气概一览无余地展现在众人的面前，深深感染了在场的战友。

陶勇见之精神振奋，乘势大声呐喊："坚决打退敌人的进攻，迎接江南主力！"

他上衣一脱，拔出日本指挥刀，跳出工事，怒吼一声："同志们，跟我上！"

陶勇是当年有名的拼命三郎，真乃"勇"字当头，大大感染了身边的战士，纵队参谋长张震东也紧随其后，挥起马刀："同志们，冲啊！"

两人带领部队呐喊着扑向敌群，战士们叫喊着纷纷跟上。刹那间，东门内外响起惊天动地的喊杀声，枪声、手榴弹声也随之而起。冲过河沟的顽军一见这架势，吓得屁滚尿流，四下奔跑，慌忙地逃过河沟。战士们立即架起机枪，将顽军严密封锁在东门之外。

冲进东门的顽军被歼灭后，在军官的逼迫之下，又有几批顽军冲上前来，不断攻击。三纵队指战员打退顽军的一次又一次进攻，杀得顽军尸横遍野，胆战心惊。顽军攻势逐渐减缓，渐趋委顿，终成强弩之末，不管韩德勤、李守维如何叫喊也不可能重新激起他们的斗志。

5 日上午 8 时，叶飞率一纵队各部先后到达指定地点，匆匆地在距离野屋基七八里处的独立家屋设下指挥所，立即与二纵队联系，查明敌情，勘察地形，组织进攻。叶飞考虑到部队连续作战，非常疲劳，急需休息，遂命令部队露天休息，争取两小时睡眠，恢复体力，以利再战。

二纵队已于拂晓开始攻击小二房庄的三十三师，并与三纵队取得联系，战斗正酣。

此时，只听到野屋基方向枪声不断。原来李守维得知翁旅被歼，三十三师又被我二、三纵队围攻中，知道情况不妙，即率一一七师企图向东逃窜。巧合的是，四团团长廖政国带着部队来到野屋基附近的小村庄，他发现桑树林里人马杂乱，不像我军，便派二营营长焦勇前去搜索，一下子就抓到了十几个俘虏，其中一个竟是八十九军军部的副官。

当时，两军都在不断变更部署，上下都不知道八十九军军部正在野屋基。这一审问，便查明了他们统率机关的位置。焦勇问道："李守维呢？他在不在野屋基？"俘虏说："也在。"焦勇马上报告廖政国，并且建议趁李守维不知道我军已到他的侧背，猛捣他的军部，活捉李守维。廖政国立即采取行动，一面派人找纵队部报告，一面指挥部队突然向野屋基进攻。枪炮一响，一团也立即投入战斗。

于是四团从东南面，一团从东北面，向野屋基进攻。随后，五团也从三里庄向东插去，向东南方向攻击，这一下把八十九军军部打得大乱。

这时，黄桥东郊的顽军见后路也遭攻击，人心动摇，士气消沉，已无心恋战。虽然仍向黄桥攻击，但已是应付差事，没有什么攻击力量了，略受阻击或反击就败下阵去。而在三纵队方面，因武器差，伤亡多，又极度疲劳，也难以发起大规模的反击。至此，双方实际形成对峙与胶着状态。

突然，三纵队政治部主任卢胜带来了两个人。"陶司令，我们来报到了！"

陶勇眼睛一亮，连忙上前："老舒、老罗，可把你们盼来了！"原来是舒雨旺、罗桂华带着四团三营从江南赶来了。

老四团入苏南时，一营留在皖南，后来二营两个连秘密过江发展成苏皖支队，后来又成为三纵队的骨干。三营一直在江南坚持敌后斗争，战斗力很强。在这急需生力军的关键时刻，老战友们相见是格外亲热。

中午的战斗间隙，三纵队召开营以上干部会议。张震东兴奋地说："现在一纵队已打到了李守维的军部；二纵队切断了顽军的退路；我一纵队当面之敌实际已转为守势，处于进退维谷、被我包围的境地。胜利在向我们招手！”

舒雨旺、罗桂华迫不及待地说：“陶司令，快下达战斗任务吧！”

“仗是有得打的，现在还没到反攻的时候。为了防止顽军突围或逃跑，我们将伺机展开局部反击，紧紧地揪住顽军不放。各位要掌握好部队，让战士们吃好、休息好，穿好鞋子，备好枪弹，等待总攻！”陶勇的那颗心终于舒缓了下来。

下午3时，零星炮弹仍不时落在黄桥镇上，而三十三师已开始动摇和混乱。原来，在三十三师的背后，大焦庄、小焦庄一带，我二纵队发起了对顽军后背的攻击。而在李守维的指挥部及一一七师师部所在地野屋基一带，昨夜穿插到这里的一纵队一团也突然发动猛攻。

陶勇见时机已到，便令三纵队分路出击：三团主力由东南方向攻击前进；八团一部巩固大、小焦庄现有阵地，继续缠住当面顽军；老四团三营和八团另一部作为尖刀和先锋，向顽三十三师纵深处猛插猛砸。各部不做远距离出击，目的只在紧紧吸咬住顽军，不使其逃逸或突围；只留七团的5个连扼守黄桥镇。

三团和老三营等部迅速杀出黄桥，与顽三十三师搏斗起来。稍倾，陈毅一行人从严徐庄赶回黄桥。陈毅在严徐庄熬过了最艰难的时刻，这时候的战局正朝着有利于我军的方向发展，已经到了决战的时刻，他来到黄桥镇就是为了做出最后的决战部署。他对粟裕、陶勇等人说：“这次决战，三纵队承受的压力最大。你们打出了风格，保住了黄桥，保证了决战的胜利。黄桥人民感谢你们，历史也将记住你们！”

接着，陈、粟、陶和钟期光等人研究总攻和追歼计划。

夜幕一降临，总攻开始。陶勇一声令下，三团、八团和老三营首先出击。同时，二纵队也从东北方向夹击过来。

顽军不善夜战，加上建制已乱，人心惶惶，哪里还能组织突围。

而新四军发挥夜战优势，个个斗志昂扬，猛打猛冲，锐不可当，如入无人之境。顿时，枪声、喊杀声、手榴弹声震天动地，韩顽败兵则乱躲乱窜，溃不成军。

陶勇心里痒，非要亲自投入冲杀不可。正当围歼战激烈进行之时，他又从七团守备部队中抽出力量，把包括炊事员在内的所有人员都组织起来，亲自率队从黄桥东门及其两侧地区打了出去，加入围歼三十三师的行列，很快全歼该敌，生擒顽师长孙启人、旅长苗瑞林等大批顽军官兵。接着，3个纵队又合击顽一一七师及军部。激战至6日凌晨，顽八十九军几乎全军覆没。

李守维和翁达一样，他做梦也没想到自己的部队会遇到这样的险情，他原来想得更多的是如何花最小的代价分享最大的胜利果实，想得更多的是如何围歼新四军。现在完全相反，自己和部队被新四军分割包围，已处在被攻击的境地之中。这和他内心的打算、想法来了个颠倒。他心里的转化完全跟不上现实的变化。开始他还并不在意，因为他有足够的人马，再怎么着新四军就那么点人，即使被他们包围了，又能怎么样呢？他十分后悔，他想到了骄兵必败这一条常规的军事原则。当初听到翁达被围的时候，他心里打了一个嘎磴，本来想去支援，但考虑到支援要消耗自己的军力，更何况战场的形势千变万化，自己不敢轻举妄动，他也做了一个谨慎的安排，就在野屋基就地驻扎下来。但万万没有料到，新四军的部队竟然如此快地包围了自己，而且精确地找到了自己指挥所的位置，这就奇怪了。但现在他唯一要做的就是必须组织好反击。

一纵队在野屋基东北的土坝上，顶住了顽军大部队的突击。李守维见部队反击无效，便组织敢死队，一手快慢机，一手大砍刀，和一纵队肉搏拼杀。韩军要突围，杀红眼了，玩命般地攻击。子弹箱反正带不走，子弹真如急雨一般倾泻。

四团五连长马飞云左臂有伤口，两颗子弹竟不偏不倚齐齐地射进了他的伤口里，好在其没有生命之虞。一团政治处主任曾如清的军挎包竟被两颗子弹洞穿了，又一颗子弹把其军帽帽檐打了个洞，帽子被掀落在地，居然没有伤及皮肉……恶战，恶战，空前的恶战。

叶飞赶到一团指挥所，一团长乔信明见叶飞到来，立即带着警卫员赶到第一线去了。

黄昏，众人在前沿开了个小会，乔信明、廖政国一致同意，趁着夜幕来临，进行近迫作业，挖到距野屋基 200 米时，发起攻击。

半夜以后，一纵队用此法突进野屋基，与顽军逐屋争夺，战斗更加激烈。2 时许，李守维终于顶不住了，带着军部向北突围。他们溜到挖尺沟河边，那只有一座小木桥，人马挤成一堆，木桥边沿断了，人马纷纷落水。一纵队在北面警戒的一团三营立即开火，顽军又向西边突围。

李守维的军部躲避在小周庄后靠河边的窑里，一面仓促组织火力掩护，一面驱赶士兵下水，企图泅水过河。我一团三营追到河边，向泅渡的韩军猛烈开火。李守维一开始还装腔作势地指挥着自己的人马，显示出一副军人临危不惧的派头，但事到如今，已经处于死亡之地，他也放下了军人的那份尊严，慌慌张张地、慌不择路地骑上高头大马和士兵争抢着想渡过挖尺沟，北窜新化。

李守维这几年过的日子太闲适了，升了官，发了财，养尊处优，身体肥胖异常。但这个时候他已经没有了长官的威风，士兵们也不会理睬他了。他们不分大小，不分前后，疯狂地向河边奔去。李守维知道马是能游泳的，他不会游泳，想骑着马下河，让马把他驮过去。不料那些士兵毫不留情地挤向了他，拥挤使马受惊，李守维从马背上滑落下来，跌进水中。在水里，他拼命挣扎，但没有人理睬他，不久，他那肥胖的身体便沉到了水底。

不善夜战，建制已乱，李守维死去，群龙无首，顽军如一群没头苍蝇到处奔跑。一纵队指挥所刚从野外坟包丛中移到村头小屋便架起电台，点上蜡烛，打开地图。

此时，一片杂乱的脚步声传来，只见黑压压的一片人影。众人急忙吹灭烛火，奔出屋外。叶飞和张藩带着指挥人员及电台竟和突围的败军混杂在一起了。

叶飞一看他们是乌合之众，便命令司号长把顽军带到河对面我担架连方向去。司号长一声高喊："弟兄们，不准乱跑，跟我来！"顽军乖乖地跟着过桥，担架连一下抓俘虏 500 多人。

三四九旅是李守维的嫡系，李守维仓皇遁逃以后，他们并没有泄气，仍在野屋基拼死抵抗。一纵队发挥白刃肉搏特长，终于压制住了他们的疯狂气焰，在一片"缴枪不杀！""宽待俘虏！"的震慑下，只得纷纷缴枪。

再说二纵队二团各营在 5 日上午向敌实施反击，展开近战，并不断开展政治攻势，高喊各种迫敌缴枪的口号。在激烈的战斗中，王必成直接在前沿指挥拼杀，指战员见司令员亲临前沿，杀声震天，越战越勇。

下午 3 时，二团的阵地前突然出现了战争中极为罕见的现象，一大群从黄桥前线被三纵队打下来的顽军，像潮水一般向二团阵地涌来，黑压压地一大片，足足有一两千人。他们绝不是冲锋，而是成十几路、乱糟糟地沿着大路、小路、田埂、堤岸奔跑。段唤竞立刻命令各营向敌出击，并要特务连冲进敌群，将大片的顽军队伍切成两段。这些本来就已败逃的顽军遭到迎头痛击，都吓昏头了，有的拼死顽抗，有的扔掉枪支跪在地上叫饶命。经过 2 个小时的激战，到下午 5 时许，这一大股顽军大部分被二团消灭。打死、打伤顽军近 200 名，俘虏 900 多人，缴获重机枪 2 挺，轻机枪 30 多挺，步枪 800 多支，短枪几十支。

二团也付出 200 多人伤亡的代价，二营教导员肖治平在战斗中英勇牺牲。

敌三十三师因进攻黄桥受挫，在溃退中大部分被二纵队所歼。

5 日晚的时候，为彻底歼灭这股顽军，上级命令一、二、三纵队立即整顿组织，调整力量，晚上再次向敌实施总攻。

王必成抓住战机，率部与陶勇指挥的三纵队紧缩包围圈，奋勇冲杀，夹击顽军三十三师，歼其主力于小二房庄。当在小二房庄围歼顽军时，我军处于腹背面敌的激战中，顽军一部冲至我纵队部所在村边，我军警卫的部队甚少，一部分干部慌张起来。王必成正全神贯注于主力决战，无暇顾及纵队部。他抬眼一看确实是险情紧急，但是他并不慌张，因为在红军时期，曾血战万源、在苏南抗战时曾鏖战上、下会，他都遇到了前所未有的险情，靠着机智，靠着勇敢，度过了危险，眼前险情再一次出现，王必成再一次用他的机智，勇敢化解危险。指挥部指挥着全纵队的战斗，绝不能乱，再大的危险也要克服，他相信自己身边的战士，虽数量不多，但勇敢坚强，定能击退敌人。他要杜屏参谋长把纵队部一切人员武装起来，包括炊事员、勤务员等，全部拿起步枪和手榴弹抗击敌人。这时余伯由正在审查俘虏，发现有些俘虏蠢蠢欲动，听到命令后，果断地把他们锁到一个屋子里，让两个战士看管，其他同志则集结去打击敌人。炊事班的一些老兵和几个小勤务员都打得很英勇，把敌人打得丢盔弃甲，抱头鼠窜。胜利后，二纵队然后向东，会同一、三纵队全力围攻顽军八十九军军部及一一七师等部。二团当晚 9 时多接到命令：立刻向西北急进投入战斗，和一纵队并肩作战，围歼在野屋基的八十九军军部与一一七师三四九旅。野屋基的战斗是极其激烈的，八十九军不愧为韩军主力，在二团攻击下抵抗十分顽强。后来陈毅在给中央的报告中说此战“攀登屋顶”“拼刺刀七八次”“空前恶战”。

二团从 5 日夜里打起，多次攻击，进展不大。黄昏后，一、二、三纵队都调整了部署，向三十三师、一一七师以及军部再次发动合击。顽军这时建制混乱，士气低落，许多部队又不习惯夜战，便纷纷放下武器。三十三师有一部分在黑夜里向西北涌去，恰好把八十九军军部冲乱了。我军又对李守维的指挥部发起猛攻，李守维坚持不住了，“仓促间未加部署，下令全军退却”，那时顽军乱得根本无法“部署”，也不是一般的“退却”，而是“兵败如山倒”。

此时，二团虽然疲劳，但信心十足，决心要活捉李守维。天渐渐变黑，兵力火力都到位了，二团与友邻再次向敌八十九军军部实施强攻。顽军利用民房做支撑点，在墙上打上枪眼。大门紧闭，二团则从窗户和矮墙掷进手榴弹。顽军只能冲出大门拼刺刀战，激烈争夺。

此时，阵地前突然出现一片混乱的叫喊声，随声而起的是部分顽军前来投降，部分顽军扔枪逃跑，部分顽军在找人，一片混乱。二团立即向敌出击，这一出击，敌人是乱中加乱，接着他们大喊“宽待俘虏”和“缴枪不杀”等口号。此时，李守维纵有天大的才能也指挥不了这批建制混乱、士气低落、人心涣散的队伍了。加上退路的桥梁已被民兵破坏，真是上天无路，入地无门，只能在这野屋基周围游荡。

……

至此，韩军主力独立六旅和八十九军消灭殆尽，其余如保安十旅、保安三旅、保安五旅之大部也被我军消灭。

粟裕同志看清海安是个十字路口，属军事要冲之地，控制了海安，就能割断如皋、南通、海门、启东四县顽军和海安以西韩军的联系，而如果省韩急调生力军来固守海安，就不易攻克了，那么，黄桥决战就没有取得战略上的全胜。他抓住刚从江南过来的老四团三营（舒雨旺营）等部队，要他们“不顾伤亡，不计俘获，占领海安就是胜利”。舒雨旺等率部队马不停蹄，占领海安。

粟裕对老四团三营指战员们说：“你们刚从江南赶来，本来应该让你们休息一下，现在任务紧急，只能先执行任务了。”

陶勇也深表歉意，对舒雨旺、罗桂华说：“只好让你们再辛苦一天，克服困难，先行追击；三团马上跟进！”他又命令三团立刻整理部队，迅速跟进。

这样，老三营和三团官兵不顾疲劳和饥饿，立即出发，与各兄弟部队争先前进、边打边追，一马当先占领了海安。

6 日凌晨，太阳刚刚升起，黄桥附近的敌八十九军和翁旅已基本被歼灭，增援黄桥战斗的师部仍在营溪，粟裕副司令要二团不顾一切疲劳和困难将这股顽军加以歼灭，段焕竞团长接到命令后，立即将二、三两个营集合起来，稍加动员和组织，跑步向营溪镇挺进。途经金家村时，发现这里驻有顽军近一个连。顽军看到二团那勇猛直前的气势时，一枪不放地向二团投降。二团除留少数人处理这些人外，仍飞速地前进。

营溪顽军师部有五六百人，看到二团扑来，便开枪还击。二团立即实施穿插战术，很快将这股敌人包围起来。顽军一看，枪炮似乎对二团不起作用，便收缩后撤，最后师长率 10 多名骑兵向北逃跑，其余均被二团俘虏。

战斗仅进行了一个多小时。枪声一停，许多人就不由自主地倒下就睡，三天两夜没有合眼了，战士们太疲劳了。就在此时，又来命令，上级要他们不顾任何疲劳和困难，立即去抢占海安。他们又忘记了疲劳，精神百倍地前进了，是日下午顺利地占领了海安，海安一占领，黄桥决战结束，此时韩德勤率残部千余人，向兴化城方向撤退了。

黄桥决战，胜利辉煌。自 10 月 3 日起到 6 日止，共歼顽军主力 12 个团。顽八十九军、独立六旅几乎全军覆没；歼保安第十旅全部，保安第三旅、第五旅各一团，共计 11 000 余人。其中，八十九军中将军长李守维、独立六旅中将旅长翁达及旅团长数人毙命，俘三十三师师长孙启人、九十九旅旅长苗瑞林、一一七师参谋长等师、旅、团军官 10 余名、下级军官 600 名。据不完全统计，主要缴获有长短枪 3 800 余支、轻重机枪 189 挺、山炮 3 门、迫击炮 58 门，以及大量弹药和军需物资。

10 月 10 日，八路军进抵盐城，新四军进抵东台，两军先头部队便在盐城、东台之间的白骑场以北通向刘庄的桥头胜利会师了。

黄桥决战的胜利和八路军、新四军的胜利会师，迅速打开了苏北局面，从而夺取了苏北抗战的领导权，为建立巩固苏北抗日民主根据地奠定了基础。

1940 年 11 月 7 日，陈毅亲率苏北指挥部和地方党政领导同志，在海安举行大会，隆重欢迎中原局书记刘少奇及南下八路军负责人黄克诚等。陈毅当即赋诗一首：

十年征战几人回，
又见同侪并马归。
江淮河汉今谁属？
红旗十月满天飞。

王必成说：“没有水西村，就没有茅山根据地，就没有东进，就没有苏北根据地，也就没有黄桥战役的胜利！”因为黄桥战役的参战部队几乎全来自原来的江南指挥部的部队。

艰难篇
JIAN
NAN
PIAN

吊桥战斗

1940年的11月8日，新四军二支队独立一团团长王丰庆率领着战士们在武进南部的钟溪桥一带伏击了日军的拖船，打死了数名日军，缴获了8条木船的山货。

征程未洗，便听到了一个紧急通知，要他带领独立一团一个连的战士，前去武进寨桥镇的吊桥村，护送苏皖区党委书记邓仲铭去茅山地区。王丰庆接到通知以后，迅速打扫战场后，便带着战士们匆匆地来到了吊桥村，在吊桥村遇到了前来的独立二团副团长李复所率领的独立二团的战士，也见到了从丹北地区检查工作完后，从锡澄武地区穿越京沪线转道而来的苏皖区党委书记邓仲铭。

他们见面的时间是11月9日的下午，地点是吊桥村。这个吊桥村，是一个很小又很偏僻的小村庄，它三面环水，整个村庄紧紧地依靠在武宜运河的边上，平时人很少，现在一下子涌进了这么多人，瞬间就热闹起来了。

苏皖区党委书记邓仲铭前往茅山地区，竟然要用两个连的战士护送，非同寻常，这是因为邓仲铭肩负着重任。

1940年，苏南的形势十分严峻，本来国民党想借日本人之手消灭新四军，但是新四军在对日作战之中不断发展壮大，这引起了国民党的嫉恨，所以国民党第三战区命令自己的部队在苏南夹击我新四军。新四军江南指挥部的指挥陈毅，根据当时的形势做出了正确的选择，他坚决执行新四军的战略方针，那就是"向东进攻，向北发展，向南巩固"，毅然地率领新四军主力部队渡江北上，开辟苏北抗日根据地。而留在苏南的部队，是新建的、以罗忠毅为首的新江南指挥部，由于敌我力量悬殊，加之遭到日军和国民党军队的夹击，苏南新四军的处境十分险恶，为了统一领导苏南的抗战，新四军军部决定取消新的江南指挥部，命罗忠毅回新四军二支队担任司令员，然后由邓仲铭、罗忠毅、廖海涛组成苏南抗日军政委员会，统一组织苏南的抗日斗争。

邓仲铭在丹北检查工作，因身负重任去锡澄武地区，又穿过京沪线，再准备从太滆地区转到茅山。为安全起见，上级命令独立一团用两个连的部队护送邓仲铭前往茅山。

王丰庆、李复听完了邓仲铭对形势的报告，深感形势严峻，决定在吊桥村住一宿，然后再西渡滆湖，奔赴茅山。按新四军宿营的惯例，往往是一日三移，一般来说，两三个小时就要转移一个村庄。由于独立一团刚刚组建完毕，身心疲惫，加之由于其他因素，所以他们住在吊桥村后就没有转移。

日军方面，由于在武南钟溪桥方向，遇到了新四军的伏击，一艘拖轮被击毁，后面拖的8条货船也被截获，恼羞成怒。他们得到了精确的情报，便从常州、无锡、漕桥、和桥等地聚集了1 000多名士兵分进合击，向吊桥方向进攻。日军的部队机动性很强，在水网密布的地区有他的优势，他们利用汽艇迅速地突击，在11月10日凌晨，就迅速地包围了吊桥村。

日军的两艘汽艇，由柴沟漕开进了吊桥村，一只汽艇在距村西南数百公尺处靠岸，20多名日军抢占了长家坝高地，用机枪严密封锁村西出口处的必经之路，另一只汽艇窜到村后，控制了两个制高点，用机枪封锁住村东，另外从分庄庙水陆两路来的日伪军400多人，也团团地围住了吊桥村。

这吊桥村三面环水，通往村外的出路，主要是西北方向的旱路和西南方向的木桥。如果这两个出口被封锁，那么村庄的人员要想突围就非常困难，日军做了这么严密的布置以后，就静静地等待天亮。一般来说日军并不进行夜战，因为他们怕近战、怕夜战，但是日本这个民族也有好学的精神，他们在和新四军的作战当中也吸取了新四军的作战经验，所以他们利用深夜出动部队，悄悄地包围了吊桥村。

11月的时分，苏南多浓雾，清晨太阳未出，浓雾团团，伸手不见五指，满眼是浓雾沾湿衰草枯树。战士们早早起来吃完早饭，5时30分刚过，突然传来“叭喷、叭喷”的枪声，迅即打破山村的寂静，日军开始了进攻。

日军的迅速到来多少让战士们感到意外，王丰庆、李复慌忙召集战士，迅速投入战斗。

战斗一打响，王丰庆、李复就感到形势十分严峻，因为吊桥村西北的出路和西南的出路已经被封锁，现在四面响起了枪声，且包围圈是越来越小。

邓仲铭是老资格的共产党员，长期从事政治民运工作，缺乏作战经验；王丰庆长期在战斗的行列当中，富有战斗经验，进入苏南以后，在茅山抗日根据地协助茅山保安司令樊玉琳经营地方工作。而李复虽然是一个书生，长期从事教育工作，但是在抗日的烽火中，也锻炼出一定的战斗经验，并富有一定的战斗智慧。他们两个人商量了以后，迅速做出了决定：命令大部分战士从西南方向进攻小桥，突围以后从骆家坝至窑墩，然后强渡武宜运河；另一部分战士从西北方向进攻，突围以后，经坊前乡的八斗桥，向西进入芦苇荡，乘船过滆湖。王丰庆、李复的决定除了突围以外，还有一个深深的意味，他们最重要的目的是要安全地护送邓仲铭到达茅山地区，现在最重要的任务是要保证首长的安全。他们命令战士们从两个方向突围，其目的是为了吸引敌人的注意力，牵制敌人，然后利用敌人注意力分散之际，用木船悄悄地把邓仲铭运出吊桥村。

战斗部署完毕，战士们从两个方向分头出击，这一出击果然吸引了敌人的注意力，在战斗的间隙，王丰庆、李复利用敌人注意力分散之际，用小船悄悄地把邓仲铭运出了吊桥村，然后他们自己带领着战士们撕开了日军的一个口子，也冲出了吊桥村。

吊桥村西南的小桥已被日军封锁，战士们出击的时候多数中弹牺牲，小部分冲出小桥以后突进骆家坝，从骆家坝突进以后又向窑墩方向冲击。而从西北方向突击的战士同样遇到了困难，独立一团的战士刚冲到吊桥中村门前场地的时候，日军已在汽艇上向吊桥西村码头靠近，这个时候如果强行冲击，就极其危险，好在吊桥村青年农民黄全生跑了过来，带领着战士们穿过一条芦苇荡来到了村后，避开了与日军的正面冲突，而且告诉他们，向北有一条名叫杨昌浜的大河，非常危险，不能过去，不能向北，只有向西方向突围，才有出路。战士们按照黄全生制定的路线，趁日军还没有完全控制西北路口的时候，奋勇出击，一部分冲出了包围圈，但还有一部分战士被敌人的枪弹击中，静静地倒在了小河边。

王丰庆和李复率领部分战士利用战斗的间隙，冲出了吊桥村，和邓仲铭汇合一处，从骆家坝向窑墩进发。这个时候，日军已发现我军部分人员已突出重围，便蜂拥而至，王丰庆、李复又陷入重围之中。此时，他们作出一个决定，李复变前沿为后卫，带领一个班正面牵制敌人，而王丰庆率部分战士护送邓仲铭且战且退。邓仲铭、王丰庆、李复三人来到窑墩北面的时候，发现一条宽敞的河流，南北走向，横亘于前，而后面的日军已蜂拥而至，着急之际，一个声音传来了："新四军战士，你们快过来，我帮你们渡过河去。"

是谁呢？原来是东沙坂上村的孙罗山，他在砖窑厂里面烧瓦，战斗打响以后，他见到吊桥方向火光冲天、枪声激烈，他知道那儿驻扎着新四军，从枪声的密集程度来看，战斗非常激烈，显然新四军战士遭到了日军的合击。孙罗山十分担心，果然没多久就看到新四军战士撤退而至。他知道河流横亘于前，形势非常危险，所以急忙走了上去，向战士们打招呼，并帮他们迅速渡河。

他拿起竹篙，跳上停靠在窑旁河边的小木船，把指战员们渡到了运河西岸。

王丰庆、李复让邓仲铭先行过河，当运到第三次时，日军已经赶来了，机枪在渡口猛烈扫射，从分庄庙水陆两路的日军有400多人也已经赶到。

孙罗山叫战士们赶快上船，王丰庆、李复见邓仲铭已渡过运河，心里宽慰了许多，但他们担心日军越过运河，那么首长的安全就没有保障，所以他们决定自己留下阻击，严令战士们快快上船。

他们带着极少的一些战士，隐蔽在芦苇荡中，开枪射击，牵制着敌人。王丰庆端起机枪，利用芦苇荡中的芦苇，疯狂地向日军射击，日军见芦苇荡中有机枪声，便蜂拥而至，王丰庆端着机枪且战且退，牵制敌人，并向另一个方向移动。然而敌人不敢贸然进击，只是试探性地小心翼翼地扑上前去。

王丰庆见战士们已安全渡过运河，便试图突围，不料日军突然冒出，连开数枪，他身中数弹，慢慢地倒了下来。鲜血染红了芦苇与水面，英雄长眠于运河之边。

李复和几名战士也被日军重重围困，他也是利用岸边的芦苇奋力地向日军射击，日军被毙杀多名，恼羞成怒，他们缩小包围圈想活捉李复。在激烈的枪战中，李复的子弹被消耗完，在打完最后一发子弹之后，他拿起了日本的军刀，静静地俯卧在芦苇丛中。

李复出生于殷实之家，是一个典型的知识分子，1933年毕业于苏州美术专科学校，1934年在常州创办了女子美术学校，并担任校长，他是一个典型的书生。战斗锻炼了他，在战斗中成长的他，早已变成了一名钢铁的战士，他身体强壮，孔武有力，面对日军，他想趁生命的最后一刹那，多消灭几个日军。

但狡猾的日军不敢贸然前行，他们在芦苇荡中用刺刀探路，一边探路，一边前进。

当李复突然冲出，挥舞着缴获的日军军刀扑向前面敌人的时候，后面的日军纷纷开枪，无情的子弹击穿了英雄的身躯，但李复顽强地挣扎着，最后缓缓地倒在了血泊之中。

吊桥战斗极其惨烈，虽然毙杀了几十名日军，邓仲铭和部分指战员也胜利突围，但是王丰庆、李复、独立一团营长邓忠等200多名官兵壮烈牺牲，教训极其深刻。

张家浜战斗

看过革命现代京剧《沙家浜》的观众都知道里面有一个反派人物叫胡传魁，那是一个“草包司令”，不过，那是艺术作品。在真实的历史上，这个“草包司令”并不愚笨，而是一个既毒辣又狡猾的反动军官，他的名字叫胡肇汉。胡肇汉本来是国民党军队的军官，淞沪会战以后，占据在阳澄湖畔，拉起了武装，老江抗东进以后收编了他，后来老江抗西撤的时候，他又悄悄地逃回了阳澄湖畔，拉起了一支武装队伍。新江抗成立了以后，和胡肇汉进行了联合，让他担任了新江抗的副司令。

但此人阳奉阴违，摇摆不定，到了1940年下半年，他对新江抗采取了不合作的态度，而且还执行了国民党第三战区的反共指令，被委任为国民党江苏省保安第一团团长，又充当忠救军的先遣队，在苏常边缘地区频频制造摩擦，屠杀中共抗日干部和爱国群众。

为此，东部抗日救国军司令部的指挥谭震林，在1940年12月中旬，为了对付胡肇汉的反共行为，率领了一、二纵队的两个大队的指战员转移到张家浜，准备对胡肇汉部采取军事行动。13日，谭震林离开了张家浜，留下了何克希和一、二两个纵队，分驻在东张家浜和西张家浜，准备对胡肇汉采取军事行动。不料胡肇汉十分阴险毒辣，他利用密探所探到的信息向苏州的日军通报，他想让日军来消灭江抗的部队。

12月13日，苏州的日军以汽船3艘，拖载了日军约80余人，随身携带轻重机枪、掷弹筒、小钢炮，由汉奸做向导，来到了湘城。到了湘城以后，由胡肇汉部办事处再派向导3人，直接向江抗的宿营地张家浜进攻。

张家浜位于苏州的湘城。这个村庄非常的奇特，有一条南北纵向的大河叫周店塘河，该河把这个村庄分为两部分：东面的村庄叫东张家浜，西面的村庄叫西张家浜。留下执行任务的江抗副司令何克希及一纵队宿营于东张家浜，二纵队宿营于西张家浜。一纵队的司令员是夏光，政委是刘飞；二纵队的司令员是陈挺，政治处主任是张鏖。

下午3时左右，江抗派出去的侦查员发现了前来偷袭的日军，急忙向何克希汇报：苏州的日军出动了3艘汽艇来进攻张家浜了。

何克希迅速命令二纵队派一个排去杨家角警戒。陈挺根据部署，来到了张家浜村的背面的蜻蜓堰，准备布置任务。他查看了地形以后，让二连连长薛春把全连拉上来，埋伏在杨家角后面的竹林里。陈挺是在蜻蜓堰的梵庆庵部署警戒部队的，这个时候他突然听到西北方向杨角村的哨位上的鸣枪报警声，为了摸清情况，他坐了一条小船，来到了一个叫死水浜的小村庄进行观察。

不料日军的第一艘汽艇上，30 多名武装人员，已经在杨家角登陆，并且向南迂回到翁家村东面。

日军突然发现了陈挺司令员，迅速四散开来，向陈司令包围，机枪、步枪一起发射，陈挺司令员处在极其的危险之中。这个时候，原来部署在杨家角一带的江抗部队清清楚楚地看到了日军的行动，也清清楚楚地看到了陈挺身处的险境。

他们只得向日军开火，这样就暴露了陈挺预设的伏击地。此时，后面的两艘汽艇上的日军也相继上岸，赶到了死水浜的北面。这样共聚集了 80 多个日军，一起向蜻蜓堰的梵庆庵方向进行攻击，张家浜战斗打响了。

陈挺司令员身处绝境，他想回到自己的部队去指挥战斗，但是死水浜已经被敌人团团封锁，没办法回到原地进行指挥。在敌人的枪林弹雨中，他拼命地向东北方向突围，终于跑到了一个叫薛家村的小村。令他没料到的是，有一条小河挡住了去路。陈挺不会游泳，他生长在闽东的山区，不具备游泳的本领，这可怎么办？他急得直跺脚。

突然河浜的角落里摇出了一条拉河泥的小船，船径直向陈司令摇来，船上的农民急急地招手，叫陈司令赶快上船。

陈挺迅速地跳上了小船，小船不顾一切地在弹雨中前行，他们摇过了杨家角河，到了戴家角，又一连渡过了几道河浜，终于把陈挺送到了东张家浜的江抗指挥部，此时天已经快黑了。

张家浜战斗打响了以后，日军迅速派出增援，汽艇到达了 5 艘，他们人数超过陈挺二连的战士有一半之多，二连坚决守住阵地，集中火力向敌人射击，令敌人无法前进一步。日军凭借着优势的火力，抢先占领了西张家浜西北的几个坟地，疯狂地向二连阵地扫射。在麦田里匍匐前进的二连副连长和他率领的二排、三排战士，遭到了敌人的火力射击，敌人的火力特别猛烈，掷弹筒疯狂地发射着弹头。

河西蜻蜓堰方向的战斗也打得异常的激烈，敌人的兵力和武器明显占据优势，江抗的部队已经击溃了敌人好几次的进攻，双方都有伤亡，这个时候，一纵队的政委刘飞接到了南面倪家堰村警戒部队的报告，湘城方向的敌人正跑步前来增援。何克希马上决定，为了避免敌人南北夹击，组织西张家浜方向的部队向东张家浜撤退。一纵队司令员夏光率领部队在河东岸佯攻做掩护。政委刘飞则到河西岸的周店塘渡口组织部队迅速撤退。

二纵队要从西张家浜撤退到东张家浜，其实也很简单，就是过一条河流，这条河流就叫周店塘。可现实却没那么简单，因为江南水乡水网密布，有较多人要过河，光靠船摆渡是非常不够的，所以只能搭起浮桥。不过浮桥是用船拼成的，宽度也有限，遇到紧急情况要转移部队也不是容易的事。

敌人用机枪疯狂地扫射，又用掷弹筒对着河面进行攻击，子弹乱飞，掷弹筒击中河面，激起的水柱有数丈之高。江抗战士急急地有序撤退，在撤退的过程当中，有 4 名群众在摇船的时候被敌人击中，英勇牺牲。

刘飞在枪林弹雨中沉着指挥，二纵队战士在群众的帮助下，有的渡船而过，有的从船拼成的浮桥上而过，一批一批地过了河。当刘飞在枪林弹雨中冒着生命危险，目送着最后一批部队过了河的时候，日军从倪家堰方向赶来增援的部队已经到达，他们用机枪封锁了渡口，此时刘飞想要过河已经不可能了。

就在这极其危险的时候，突然从河边的观音堂里闪出一位大婶，她一把把刘飞拉到了观音堂旁边的一个干草堆的附近。这干草堆在两块石板上，石板下面是一条水沟，因为是冬天，水沟里没有水，这位大婶就叫刘飞先藏在干草堆下面的石板底下，再用柴草掩盖着，十分隐蔽。

这位大婶叫宋阿玲，原来是西张家浜村的村民，她常常在渡口拉船摆渡乡民。她刚刚把刘飞安顿好，日军就赶来了，领路的汉奸王德胜，认识宋阿玲，劈头就问："刚才的那个新四军到哪里去了？"

宋大婶愣在那儿，敌人搜索而来，并且用刺刀在干草堆上乱捅。如果这样搜索下去，刘飞很有可能被发现，这个时候她急中生智，指着前面的河流说："他们刚刚过河，你们赶快过去，也许能追得上，来，我帮你们摇船，把你们送过去。"

说着她急步地跑向了摆渡口，日军跟着宋阿玲来到了河边，但是他们没有上宋阿玲的船，因为他们并不清楚河东有多少江抗的部队。日军的战斗经验很丰富，如果他们乘着船贸然过河，河很宽，在船上那就成为江抗部队的活靶子。敌人十分狡猾，他们没有上船，便急急地向北面奔去，在北面的蜻蜓堰的一个坟包和另一边围攻的部队，汇合了下来，这样双方对峙着相互交战，直到天黑，双方才停止了交战。

等日军离开了渡口，宋阿玲扒开柴草堆，把刘飞领进观音堂里安顿下来。第二天，宋阿玲又将刘飞转移到陆巷侄女家，最后又摇船把刘飞送到了常熟的东唐市。

天黑了，敌人在西张家浜还没有撤离，江抗部队集中在东张家浜，双方仅仅隔开一条周店塘河，这个时候随军工作队的同志们忙开了。他们分头到东面的北前头、塘头、曹家尖、川心泾等村，发动群众，把那里的船只集中到张家浜，在南北所有的河道上架起了浮桥，以利于部队随时撤退。同时，群众还用船将战斗中负伤的数十名伤员撤到了川心泾隆兴寺港口安全地带。

半夜了，云层挡住了月光，月亮朦朦胧胧的，村庄周围弥漫起一层薄雾，白天因为战斗而躲避在田间的群众，陆陆续续地回到了家里。西张家浜村南面的姚家溇村，有一个青年妇女叫李巧英，她也刚刚回到家中，突然听到外面有轻微的脚步声。于是她来到窗前一看，有几个人在她家门口来回移动。她打开门一看，看清了是3名新四军伤病员，他们身上淌着血水，浑身沾满了泥巴。

李巧英迅速地把新四军伤病员请到家里，不仅为他们清洗、包扎伤口，而且找出了丈夫的干净的棉衣给他们换上，扶他们上床休息。李巧英一边煮着鸡蛋，一边安慰着这几名伤病员，原来这3名伤病员是被敌人的掷弹筒击中，负伤昏倒，醒来的时候部队已经开走了，他们只得趴在其他战士的遗体旁边隐蔽了下来。天黑了，雾深了，他们慢慢地爬下阵地，来到了姚家溇。

李巧英心想，敌人还没有撤退，万一天亮以后敌人来搜查，那就不好办了，巧的是，有3名西张家浜村的张姓农民因为日军驻扎在西张家浜村不好回去，他们想到李巧英家里找点东西吃，看到这个情况李巧英便主动提出用船偷偷地把3名伤病员送到后方医院的建议。

没多久，他们三人弄来了一条船，船上铺满了柴草，李巧英把自己的一条新棉被和向隔壁邻居借来的棉被送到了船上，帮负伤的伤病员盖上被子，然后她又回家拿来了3个农民还没有来得及吃的饭和一些鸡蛋……浓浓的夜色中，这条载着伤病员的小船躲过了敌人的岗哨，经过常熟的辛庄，安全到达了杨树园另一支江抗部队的驻地。

张家浜战斗从下午3时一直打到晚上7时，由于日军对地形不熟悉，晚上又不敢夜战，所以第二天一大早便撤出了西张家浜，而江抗部队也在上午撤出了东张家浜。这次战斗中击毙、击伤日军40余人，江抗东路特委书记张英和随军工作的同志在打扫战场的时候，发现一共牺牲了22名同志，但是在清点的时候却少了3具烈士的遗体，好在李巧英迅速汇报了昨天晚上她救出3名伤病员的事。张英此时才确知，部队一共牺牲了19名战士。

这场张家浜战斗意义深远，一是粉碎了敌、伪、顽的共同进攻，二是增强了民众抗日的信心，三是进一步锻炼了江抗的队伍。

1940年12月19日《大众报》第148号上发表了谭震林和何克希的文章。谭震林、何克希高度评价了张家浜战斗，并慰问了张家浜受伤的同志："亲爱的同志们，静静地养伤吧，早日健康，再上前线，坚持斗争，领导斗争！"

桐岐战斗

1941 年 1 月中旬的一天，苏南的大地上迎来了一只神秘的队伍。

大地铺上了一层薄薄的冰，薄冰封盖着枯萎的衰草，桑树地里的桑树上仅存的叶子也耷拉着脑袋，无精打采。河面早已结了层厚厚的冰，那些觅食的鹭鸟在冰面上滑来滑去，不时地飞翔起来，去寻找用以充饥的食物。除了队伍以外，再也没有其他的人影了。地面上的那些土著居民呢？噢，他们早已蜷缩在家里面，烤着火，由于战争的摧残，已经没有了食物，腹中空空，只能靠柴火提供热量，来保持身体的温暖。

在这样一种灰蒙蒙的、乌云低垂的天气里面，只有一支部队在大地上行走着。这支部队的士兵穿着破旧的衣服，背着一些破旧的枪支，单看这装备，似乎是一支没有战斗力的部队。不过从他们的神情来看，他们充满着朝气；从他们摆动的双臂和迈开的双腿来看，他们充满着斗志；从整个队伍行进的速度和整齐的队形来看，这是个训练有素的部队，但和衣服、装备形成了明显的反差。

他们是谁，他们是一支什么样的队伍？哦，原来他们不是别人，而是新四军指战员，他们原属于“东路抗日救国军”，“皖南事变”以后东路抗日救国军改为三支队，不过这个番号是沿用了刚刚下山时的支队番号，由于“皖南事变”以后，共产党和国民党已经决裂，加之时间匆忙，所以“东路抗日救国军”番号沿用了原先三支队的番号，而下面的机构在名称上并没有沿用以前的团、营称号，仍然沿用“东路抗日救国军”时候的称号，下面所属部队仍称纵队、支队。

此时行走的这支部队是属于二纵队二支队，领导人是纵队长陈挺、政治主任张鏖。由于谭震林对他们下达了特殊的任务，参谋长张开荆也随其同行。这支队伍行进于大地上，是如此地迅捷、快速，还带有某种神秘的色彩。

这到底是为了什么？原来“皖南事变”以后，国共几乎彻底反目，这个时候冷欣就命令自己的“忠义救国军”北上，企图通过原来留在苏南的“忠义救国军”向南出击，形成对新四军部队南北夹击的局面。王文甫就是被冷欣派到苏南的一个专员，他联系了在苏南东路地区的高杏宝，加紧了对新四军的进攻。谭震林听到这个消息后非常愤怒，他命令二支队要迅速肃清在东路地区的高杏宝的“忠义救国军”，但是高杏宝跑到锡澄公路以西的地方去了，路西是顽化区，敌人据点林立，新四军很难插足。二支队面对这个任务虽然感到很艰难，但是他们无所畏惧，毅然决然地接受了这个任务。他们想来想去，只有那战斗过的地方，即秦皇山脚下的石塘湾，才比较安全，所以二支队毅然地越过了锡澄公路，来到了石塘湾。到了石塘湾以后，他们就派出侦察员，四处调查“忠义救国军”的下落。

巧得很，第二天拂晓，侦察员在焦溪镇抓到了一个便衣特务。这个便衣特务穿着蓝色的长褂，长褂里面却穿着军服。他被侦察员抓到了以后，吓得面如土色，两腿像打鼓一般瑟瑟发抖。

此时，竟然走来几个人要进行担保，侦察员不依不饶，那些担保的人无奈地问侦察员是哪一个部队的。

侦察员灵机一动，就欺骗他们说：“我们是山里的忠义救国军总部派来的，要到这儿来联系高杏宝的部队。”

对方一听，如释重负，长吁一口气，满脸堆笑双手作揖：“啊，大水冲了龙王庙。都是自己人，我们也是忠义救国军的部队，原来是在共产党手下办事的，现在已经投到高杏宝手下了。”

侦察员一听，灵机一动：“我不能相信你们的话，如果你们要证明自己的身份，就请跟我们到司令部去一趟。”

这两个担保的人和那个便衣特务信以为真，就跟着侦察员来到了石塘湾。张开荆、张鏖、陈挺听到这个消息后非常高兴，就来了个将计就计，张开荆扮演了忠义救国军的总司令，而张鏖则扮演了忠义救国军的政治主任。他们把那人带来，进行了一番盘问，盘问高杏宝的下落，盘问“忠义救国军”的情报站和所带的电台，对方几乎全盘托出。

这时，张开荆又紧接着问道：“高杏宝在哪里？”对方毫无防备，忙说：“高杏宝前几天住在江阴的王大坝……”

张开荆一听，计上心来，就说：“行啊，我们正要跟他汇合，你带路……”

为此，新四军决定前去消灭高杏宝。

张开荆下山的时候原是二支队的干部，应该说他是一名老资格的军人。陈挺原是闽东红军独立师的团长，有着丰富的战斗经验。而张鏖曾是东北的热血青年，他从八路军来到了新四军，又从茅山来到了东路，在谭震林的领导下参与了“东路抗日救国军”的创建工作。

这天晚上，部队沿路向王大坝方向搜索，到了王大坝之后，与从别处回到王大坝的顽军遇上了。部队一阵猛打，将其打垮，捉了几十个俘虏，缴了好几挺机关枪。一连副指导员吴志勤跃入敌阵，空手夺了一挺机关枪；一营营长方英瞅准敌方一挺机关枪，冲上去也一把夺了下来，待方营长扛起机关枪往回走时，敌人回过神来，即用快慢机朝他背后打了一梭子子弹，方营长身负重伤，硬是坚持着把机关枪扛回了阵地。张鏖闻讯赶到方营长身边，方英靠着张鏖怀中微微睁开眼睛，用尽全身力气说：“主任，看，机关枪！”话毕，头一歪，便牺牲在了战场上。

……

不日，部队侦察获悉，高杏宝 1 月 30 日要在王大坝附近的老家双漏里为其母做寿。谭震林命，1 月 30 日必全歼王、高残部！为了加强力量。吴仲超带着七支队也赶过来了。

为此，新四军东、西两路二、七支队决定联合行动，前去消灭高杏宝。

1 月 30 日下午，张开荆、陈挺、张鏖三人带领二支队主力一、二大队和县大队匆匆地向江阴的双漏里插去。

他们三个人带领的队伍以迅捷的姿态，直扑双漏里，七支队一大队经双泾、洋准口攻其南。

当他们冲进双漏里高杏宝家的时候，三个人都愣住了，你看我，我看你，一时不知所措起来。

原来大厅里空无一人，这人都哪儿去了？全跑光了。看，几十张酒席放在大厅里，上面堆满了菜，有鸡，有鱼，有鸭，还有肉，那烧好的菜还冒着热气，许多红糖和白糖堆放在墙角边，还没有搬上桌子。从这场面来看，这些赴宴的人是刚刚溜走的。酒席的大厅里空无一人，表现出一种令人难以置信的、令人窒息的沉闷。

怎么回事？张鏖皱起了眉头。奇怪？陈挺也发出了不解的疑问。张开荆则点点头，看来，高杏宝已经得到了情报，他也有他的耳目，也许他们一队人在路上行走的时候暴露了目标。

战士们一看到丰盛的酒席，喜形于色，多少天了，他们没有好好吃过一顿饭，现在看到有这么多的鸡啊，鱼啊，鸭啊，他们的肚子已经不听使唤了，几个连排干部也正想带领着士兵们好好地美餐一顿。但是富有战斗经验的张开荆皱起了眉头，他对陈挺和张鏖说："这双漏里的地形极为不利，它处在桐岐至青阳镇最南端的一个点上，三面环水，只有一座桥通往外面，如果我们在这儿大吃大喝，万一高杏宝杀一个回马枪，后果不堪设想。"

张鏖说："对，我们不能麻痹大意，必须马上离开这个地方。"

陈挺点点头："对，军队不能够处在险要的地位。在闽东作战的时候，我们就吃过这样的亏。"

张开荆一声令下，战士们整好队伍，撤出了双漏里。虽然他们的肚子不听使唤，虽然他们极度想用桌子上的鸡啊、鱼啊、鸭啊来填充自己咕咕直叫的肚子，滋润一下自己的肠胃、口腔、舌头，但是战斗的使命使他们不可能在这样一种特殊的环境下享受。于是他们义无反顾地排好队，撤出了双漏里，来到了一个叫王大坝的村庄。

王大坝是地处桐歧镇南 1 里多路的一个村庄，水陆交通十分便利，村上还开设着几家店铺，有 100 多户人家，它的北面有一条东西走向的大河，大河上有一座石沟桥，当地人称之为万安桥。张开荆、陈挺、张鏖就把临时指挥所设在万安桥南埯的几间铺子里，三个人拉开了作战地图，对军情做了一番研究，因为他们现在的主要任务是如何应对这个意想不到的局面。

张开荆富有作战经验，他用手指在地图上滑来滑去："这王大坝南邻无锡，东近青阳，这两边都有鬼子驻扎，这也不是一个很安全的地方。我们都要提高警惕啊。"

陈挺点了点头，说："日军不可怕，日军一向不习惯于近战和夜战，倒是高杏宝不得不防，因为高杏宝是本地人，对这儿的情况比较熟悉，也熟知地形，他带人来偷袭，这种可能性倒是很大。"

张鏖点点头，说："不管是日军还是顽军，都是敌人，我们要有备无患，做好足够的防御，不管他们从哪一面进攻，都要把他们消灭掉。"

张开荆点点头，做出了如下部署：原来的右翼七支队一大队变作前锋，移居到桐岐王大坝桥北；原左翼的二支队一、二大队和澄西县大队殿后，分别移居到王大坝桥以南的东绛、浦家坝、孙典坝；指挥所就设在万安桥南面的草屋里面；县大队在四周担任警戒，七支队一大队为了防止敌人袭击，派了一中队一班北去，在 500 米以外的桐岐小庙的东南方低地设置军事哨所，监视青武军用公路（青阳至横林）和东北青阳方向的敌情。

张开荆的部署是恰当的、及时的，果然，敌情出现了。原来高杏宝准备给自己的母亲做寿，他搜刮民脂民膏，办了丰盛的酒席，邀请了诸亲六眷和地方上的一些绅士，甚至也邀请了一部分汉奸，想好好地庆祝一番。可是耳目告诉他，新四军已经悄悄地扑近了，部队已经快要进村了。他慌忙地招呼大家迅速撤离，连桌子上的酒菜都没有来得及收拾就仓皇奔逃。他跑出了双漏里，怒气难以消除，他咬牙切齿地叫嚷着要报仇。但是他手下的人马不多，而且知道新四军战斗的作风十分硬朗，所以他不敢自己带兵作战。

想来想去他想出了一个妙计，就是借刀杀人。他派了自己的心腹包福明向青阳镇的日军报告，说新四军来到了青阳附近，而且要进攻青阳附近的皇军，他们现在正驻扎在王大坝。

听到这个消息后，日军头目早野动心了，按理来说，这个时候日军的兵员十分短缺，在江阴据扎的警备队、宪兵队以及海军陆战队只有240余人，除了在锡澄公路的青阳、南闸两镇驻有警备队外，其他所有的兵力主要龟缩在江阴城内伺机而动，不敢轻易下乡。

早野为什么心动呢？早野是一个十分狡猾的老狐狸，也是一个擅长作战的兵痞，他对形势做出了如下判断，首先，国民党“忠救军”有归属之意，所以放手与新四军一搏没有后顾之忧。其次，他至今也不过是个中尉警备队长，在中国作战数年也没有什么战绩，自从谭震林来到东路建了“东路抗日救国军”以后，江南东路是烽火四起，日军一直疲于应命。上司对他早已不满，而且他在中国的期限已到，如果在中国战场上没有任何战绩，确实没有脸面去见家乡父老，现在新四军就在眼皮底下，如果消灭了这样一支部队，一方面自己脸上有光，另一方面上司也不得不重用自己。最后，兵法上言，实则虚之，虚则实之，应该反常用兵，向来大日本皇军害怕近战、夜战，所以往往新四军也疏于晚上的防备，不久前大日本皇军学习了新四军的战法来对付新四军，也收到了一定的效果。现在自己的武器装备、部队战斗力特强，如果进行偷袭，或许能取得不凡的战绩。兵法上言，作战需要冒险，如果按部就班，中规中矩，那么很难取得不凡的战绩。

早野头脑一热，命令44个日伪军携带九二式重机枪、轻机枪、掷弹筒、三八式步枪，向桐岐进发。

夜晚，张开荆为了部队的安全，派出了流动哨，3名战士奉命来到了万安桥北的桐岐镇上。桐岐镇是一个小镇，只有几条小街，不过街边有一片地势比较高，上面种满了桑树，桑树现在光秃秃的，桑叶全部在寒风中凋谢了，有一座孤零零的小庙就在桑树边上。哨兵觉得这个地方的地形比较高，背后有一座孤零零的小庙，是一个比较隐蔽的地方，就留在那观察着四周的动静。

夜黑了，一片寂静，没多久，一个战士听到了一片“唰唰唰”的脚步声，便连忙向附近警戒的班长报告：“班长，你听，有脚步声。”

班长侧着耳朵听了听，大吃一惊。因为这个脚步声是非常有节奏的，如果不是经受过一定训练的士兵，是不可能踩出这样一种整齐划一的脚步声的。看来，这样的脚步声是不可能由乡民或者说由市民组成的队伍产生的效果。如果是部队，那么这是一支什么样的部队呢？班长也搞不清，因为这条公路叫青武公路，是1936年由国民党修建的，日伪军常常利用这条公路下乡扫荡。

但不管是什么样的部队，这样的情况就是敌情，有了敌情应该保持高度的警惕。于是班长手一挥，大叫一声，准备战斗，他们就用枪对着前面声响传来的地方静候着。

这时候，青武公路上划过了一道手电光，迅速冒出来 3 个人影。

班长叫喊了一声“口令”，对方没有开枪，也没有做出其他的反应，而是端着刺刀，径直向班长走来。战士们知道，险情就在眼前，按照惯例，应该立即鸣枪报警，并且勇敢地冲上去进行格斗。

江抗的战士经过战争的磨炼和洗礼，早就练就了一身超常的战斗功夫，眨眼之间就刺倒一名士兵，俘虏一名士兵，另一名士兵则向北逃去。

这个时候，驻扎在万安桥北小村上的七支队已把饭菜做好，战士们刚刚端起了饭碗，想往嘴里面送上可口的饭菜。先前他们在双漏里肚子就已经饿得咕咕直叫了，现在更饿了，饭菜刚刚烧好，正准备吃的时候，突然听到桐岐镇方向传来了报警的枪声。

枪声就是战情，战情容不得丝毫的马虎，于是他们丢下了饭碗，在一大队队长吴伟的率领下，拿起枪径直扑向桐岐镇。

此时，早野率领的日军青阳警备队的主力也来到了面前，双方都选择了有利的地形，“乒乒乓乓”地对射起来。刹那间，子弹呼啸火光满满，一片喊杀声，子弹像流星一般在黑暗中传来传去。手榴弹爆炸以后火光一闪，映红了大地。

陈挺刚刚离开指挥所，带领二支队上了石拱桥，正向石拱桥桥北的村子走去，他还没有走过石桥，就听到了枪声。他发觉自己警卫连的前头班已经和敌人交上了火，而且枪声是愈打愈激烈。

陈挺想，鬼子晚上不会出来，这一带还有其他的国民党军队？会不会是高杏宝的队伍？他觉得有可能，因为高杏宝的部队就在这一带活动。

陈挺命令通讯员赶快去通知前卫一连的连长叶成忠，如果是高杏宝的部队，不要纠缠，不要让他们跑掉。他又命令本队的二连连长黄德清赶快带领自己的部队从右面插进去，进行包抄，迂回夹击。同时，他派出一个班向青阳方向警戒，警惕青阳方向的增援。

陈挺的命令刚刚下达，他就听到一阵“叭喷、叭喷”的枪声，他好生纳闷，这枪声可是日军的枪声啊，国民党“忠救军”很少用这样的枪，他觉得非常奇怪，他想，也许顽军是用日军的枪进行作战，但顽军用这样的枪作战，是不可能有这么密集的枪声的。

没多久，叶成忠连长派来通讯员报告：“支队长，我们打的是日本鬼子。”

陈挺听了一愣，这里哪来的日本鬼子？鬼子晚上可是不出来作战的，极有可能是高杏宝到青阳通风报信给鬼子了。陈挺知道鬼子的作战力是非常强的，如果不是打伏击战、偷袭战，一般情况下新四军很少和鬼子进行正面作战。但是如果不打又应该怎么办呢？正在犹豫的时候，叶成忠连长又派通讯员来报告：“日军不多，只有四五十人，而且他们已经退到一个小庙里，在小庙门口架了一挺机枪，向我们扫射。”

陈挺听到这个消息，心里有了底，因为新四军战士有四五百人之多，是日军的 10 倍，而日军只有几十个人。在这种情况下，又是晚上，消灭鬼子完全有可能。如果能够消灭鬼子，这对于新四军来说，无论是提高士气，还是扩大影响力，都有着非凡的意义。

陈挺当机立断，马上组织一连、二连联袂作战，狠狠地歼灭这些鬼子。

早野原来是打算一击而成奇功的，不料偷袭未成，还遇上了新四军的部队，他大吃一惊，觉得非常奇怪，自己部队的行踪如此严密，又没有走漏风声，怎么会还没有到达目的地就遇上了新四军的士兵呢？而且这些士兵的阻击又是如此的英勇。

但是早野不想改变自己的初衷，他心想，既然出来了，就要显示一下大日本皇军的威力。他通过枪声观察着周边的军事情况，觉得这儿是一个军事哨所，只要把这个哨所拔掉，然后继续向王大坝前进即可。

他命令一部分士兵先绕道爬行，占领小庙周围的桑树地，然后居高临下，用机枪火力压制新四军。其他士兵则在青武路两旁散开，在麦田里穿梭爬行，对我军形成包围的态势。

但是他没有料到，除了哨兵一个班以外，七支队一大队已经赶来增援了，他们用 3 挺机枪组成了严密的火力，可以阻止敌人从桑树田冲下来。

我军在人数上占尽优势的前提下，使日军丝毫占不到便宜。我们冲不上去，敌人也下不来。

早野气得哇哇乱叫，命令手下的士兵用掷弹筒、重机枪朝王大坝方向发射。这个时候，二支队的一、二大队已经冒着炮火赶到，七支队和二支队开始联合进攻。

早野一见这个架势，心里发慌，背上冒出了冷汗，他的手瑟瑟发抖，他的思维迅速旋转着，他从枪声中已经做出了明确的判断，新四军人数众多，虽然武器不算精良，但是组成的火力还是非常凶猛的，排枪齐放，威力无比，且手榴弹“唰唰唰”地在头顶上飞来飞去，这可不是好事，他想，今天要突围是非常艰难的。他命令士兵连续向空中发了 3 颗红色的信号弹，以求得无锡、江阴两地日军的求助。

几分钟后，他感到在人数众多的新四军的合围下，突围已不可能，唯一的办法就是固守待援。

早野哇啦哇啦地向日军叫喊着：“大日本帝国的圣战永远不会失败。”他命令日军组成环形的队伍，缩成一团，在桑树地上固守，等待无锡、江阴的援兵。

由于日军人数较少，火力有限，再想起日军平昔的暴行，战士们怒火中烧，发起猛烈的冲锋，拼命地开枪，拼命地投弹。

突然，一颗子弹击中了早野的胸口，早野摇晃着手，捂着胸口，踉跄了几步，倒在了桑树地里，这个杀人不眨眼的魔鬼渐渐地失去了知觉，此刻他再也听不到枪声，再也听不到周边日军的叫喊声了。

余下的日军见早野倒下，群龙无首，顿时慌作一团，但是日军的单兵作战能力非常强，也有一定的作战经验，他们看到桑树边有一座小庙，显然，这是固守的最好场所。他们迅速退入小庙，在庙门口架起了九二式重机枪，用重机枪封锁着门口，战士们猛扑过来，见枪声密集，便在庙门口收住了脚。

陈挺一看，心中有数，他在闽东和国民党军队作战的时候，经常去拔除敌军的据点，有丰富的攻坚经验。他见日军不多，而且退守小庙，心中早有了对敌的办法，他命令连长叶成忠坚决消灭这股日军。叶成忠是红军老战士，是沙家浜 36 个成员之一，他胆大心细，主要的攻击手段是投掷手榴弹。他叫战士们利用火力掩护，向庙门口狠甩手榴弹，而他自己则带着手榴弹，利用烟雾的遮蔽，再利用墙角的死角，对着庙门口敌人的机枪火力点连续甩出了几个手榴弹。火光一闪，爆炸声响，庙门口的机枪声停息了。

二连的战士也赶来了，他们迅速地冲到了门口，日军机枪手被炸死，惊恐万分的弹药手被战士们刺死，发烫的机枪就这样送到了我军手里。可惜的是，这挺重机枪的脚摆被炸坏了，但后来他们又自己打造了一个底座。这挺机枪后来还创造了光荣的历史，因为这支部队改成了六师十八旅五十二团二营，二营后来又转为十六旅四十八团二营，参加了 1941 年的塘马战斗，在戴家桥战斗中，这挺机枪发挥了威力，击退了日军的进攻，为苏南党政军机关的转移，立下了汗马功劳。

重火力点已经被排除，日军便惊慌失措地全部逃进了小庙，并把庙门紧紧地关上。这个小庙叫东平庙，内有侧厢、天井和三间正殿，四周是坚固的高墙，右侧是有看庙人居住的侧屋 3 间，与大殿相通，要解决这样一个攻占点，也并非易事。

但是这里有许多的老红军战士，他们有着丰富的经验，在这样一种情况下，无非就是爬上屋顶，掀开瓦片，向屋里掷大量的手榴弹。再者用火来烧这些日军，比方说把稻草、木柴用火点燃，放在屋外，在如此情形下，日军即使不被烧死，也会被熏死。

果然，战士们通过木梯，爬上了屋顶，当他们掀开瓦片的时候，里面传来了日军的一片叫喊声。战士们毫不犹豫地把手榴弹丢入了庙中，虽然不能够完全把日军炸死，但是把日军震得是哇哇乱叫，然后他们把成束成束的火把扔到屋外，大火猛烈地燃烧着，四周冒出浓烈的黑烟黑雾，熏烧着那些日军。烧了许久、炸了许久之后，战士们判断日军基本上已经失去了战斗力，于是二支队、七支队的战士们就冲开了小庙门，冲进大殿，和里面垂死挣扎的日军进行作战，喊叫声中战士们奋勇向前，逐屋搜索，把残敌全部消灭。

战斗于 11 时结束，战果非常辉煌，除了一名翻译冒充看庙人家属和一个日兵躲在庙后的粪坑内逃脱外，新四军一共消灭了驻青阳警卫队队长早野中尉以下日伪军 42 人。此外，还缴获了九二式重机枪 1 挺，弹药 2 箱，轻机枪 3 挺，三八式步枪 20 余支，掷弹筒 1 只。我军牺牲 4 名战士，负伤 20 余名。桐岐战斗极大地振奋了我军的士气，《东进报》盛赞它开创了东路“我军歼灭战的先声”。新四军代军长陈毅特致电嘉奖：“澄锡路西青阳战斗胜利，甚慰，望继续努力，争取更大之胜利。”

西施塘战斗

西施是中国历史上有名的美女，在苏南更是威名远扬，和她相关的文化遗产到处都是，在宜兴的滆湖南岸就有一个村庄是以她的名字来命名的。据说西施曾经在这个村上的池塘里洗手，所以这个村庄就叫作“西施塘村”。听到这样的名字，人们会唤起许多美丽的想象，芦花、荷花、杨柳，还有生于荷塘边的青青的石板台阶。在石板台阶上人们可以浣衣，可以洗纱，可以把棉袄置于其上，用棒槌敲打，美丽的妇女的倒影在池塘里面被揉碎，在水面上扩展、扩展，又扩展。

说真的，这个村庄也真有这样的景致，不过这样的景致在抗战的烽火中不可能再保留它独有的韵味。这种封闭式的古老的韵味早已被枪炮声所惊扰、所打破，在日军铁骑的践踏下，老百姓过着暗无天日的生活。

好在来了新四军，新四军独立二团在闸口地区开辟了新的根据地，所以西施塘村的气象焕然一新。由于西施塘村水网密布，又远离交通线，隐蔽性很强，所以敌人不能轻易到达。太滆中心县委和中共宜兴县委就选择西施塘村作为一个中心地带。

1941 年“皖南事变”以后，活跃在茅山一带的二支队受到了日伪和顽固派的两面夹击，险象环生。二支队领导决定由副司令廖海涛率领四团的部分战士首先到达太滆地区和在那儿活动的独立二团汇合。没多久，二支队司令罗忠毅率领其他人员也全部来到了这一地带。

2 月 13 日，罗忠毅率领战斗人员来到了紧靠滆湖的王母村扎营，与副司令廖海涛汇合，准备在太滆地区打开抗战的新局面。当时的战斗人员的布置是战斗队驻扎在王母村一带，而支队机关的报社、电台、文工队、服务团则移居在王母村外 5 里的西施塘村。

2 月 22 日，仍是寒冷的季节，白雪像棉絮一般覆盖在苏南的大地上，草上是白雪，树枝上是白雪，田野里也是白雪。太阳已经升起，银装素裹，景色分外妖娆。

西施塘村在太阳还没有升起的时候，就被阵阵的喧闹声环绕着，战士们一大早起来，他们踏着积雪来到池塘边，担起了冰冷的水向着村庄走去。文工团的队员们已经唱起了歌，准备为百姓举行文艺演出。有的战士打扫着房前屋后，扫除积雪，为百姓做好卫生清理工作。

司令部的一些干部，如组织科长王直、宣教科长徐彧青、敌工科科长谢镇军等，都驻扎于此。

一群女战士在村边展开嗓子唱起了抗战歌曲，她们刚刚吃过早饭，准备排练节目。她们当中有罗忠毅的爱人、组织科的干事柳肇珍，有文工团团员潘吟秋、史毅、凌奔、杨士林、巫恒达……

柳肇珍是罗忠毅的爱人，也是女兵当中的积极分子，她挥着手带领着大家高唱《我们是战无不胜的铁军》。歌曲在村上回荡，在原野上漂浮，双手唤起的热气使周围的白雪也跟着悄悄地融化了。

没料到，就在她们同百姓同欢之际，就在罗忠毅带领部队刚到达不久，宜兴、常州地区的日伪军已经得到了情报。这些日伪军欣喜若狂，他们误认为新四军在“皖南事变”中被国民党消灭得所剩无几，剩下的均不过一些零星人员，现在他们跑到太滆地区，不用说，肯定是一股弱小的力量，如果日本皇军发出攻击，那么就可以不费吹灰之力把他们消灭干净。

日军主意打定，便从宜兴的和桥、漕桥、常州等地纷纷出发，分三路向滆湖边的西施塘包抄，他们误认为西施塘是二支队的军政主管休息的地方。

上午 7 时左右，一路日军 40 多人从归美桥方向扑来，第二路日军穿过了闸口的楝树港从西北方向扑来，他们在西施塘北边 200 米处的黄渎港河堤下移动，第三路日军也抵达了西施塘西南 300 米的大元地，他们悄悄地占据了高地，架起了机枪控制了西南的退路。日军三路合围西施塘，西面只是茫茫的滆湖，日军的头领已经发出了胜利的狞笑，他们认为，只要攻击号令一下，就可以一举摧毁驻扎在这儿的新四军指战员们。但他们没有搞清楚的是西施塘村驻扎的是二支队的后勤机关人员，而战斗部队则分别在附近的官庄村、王母村、双墩港及后湖渎桥一带。

“叭喷、叭喷”，清晨，在寒冷的天气里，几声枪响打破了村庄固有的宁静，顷刻，刺鼻的硝烟味儿钻进了我军和百姓的鼻孔，在蓝蓝的天宇中，硝烟呈不规则的形状在天空中四处弥漫，远远地，人们还能够看到枪弹发出以后所形成的零星的火花。

司令员罗忠毅和副司令员廖海涛听到枪声以后从屋里迅速冲出，他们通过枪声判断日军是冲着西施塘去的，他们所在的地方相对比较安全，但是西施塘村有那么多的机关人员，这可不是个小事，罗忠毅命令通信员火速通知主力部队前去西施塘增援。

枪声响过以后，日军便从 3 个方向向西施塘进攻。埋伏在黄渎港河堤下的日军像青蛙一般纷纷跃起，他们利用田埂做掩护，突破了设在外围的二支队的防线，抢占了三叉河河口的牛头坟大地，架起了机枪，封锁了河面。

罗忠毅、廖海涛在王母村听到敌人的枪响以后，便带领着少量的警卫人员迅速赶到了西施塘村。由于日军来势凶猛，已经接近了钱家祠堂，所以为了阻击敌人的进攻，廖海涛带领少量的战士，在谈家桥头利用地形进行阻击。

罗忠毅命令王直率领机关人员，从村北的小河里向黄渎港进军，准备撤退到滆湖沙滩芦苇丛中。

他们当时还不知道牛头坟坟地已经埋伏了日军，并且用机枪封锁了河面。

枪声响过以后，那些文工团团员和西施塘村的村民勇敢地站了出来，他们把重要的文件物资运上船并随着船向黄渎港进发，准备通过黄渎港转移到滆湖中。

那个时候的交通主要是水路，交通工具就是木船。村民们冒着枪林弹雨，摇的摇、撑的撑，小船缓缓地向滆湖方向驶去。

宣教科科长徐彧青刚想登船，忽然想起文印室还有一台油印机，这台油印机对于二支队的宣传非常重要，他很着急，准备返回屋中取回油印机。一旁的敌工科科长谢镇军见状便和他一道进入屋内抢先把油印机拿到，然后迅速登上了木船。

几条木船迅速向西施塘村村北的河面进发，船在河里飞速地前行，芦苇上的积雪缓缓地抖落着，树上的积雪也在枪声的震动之下纷纷落下，水面上的冷气惊扰着战士们，他们的心个个绷得很紧，目视着前方，站立在船上，向前挺发。

三岔河口快到了，到了那儿，船向左一转就可以向黄渎港驶去，那儿靠近滆湖，有许多芦苇丛，利于隐蔽，不会再有什么风险。突然，枪声四起，枪口喷出了猛烈的火焰，日军的子弹像雨点儿一般扫射而来。

枪声一响，火光一闪，空气中弥漫着硝烟，战士们身经百战，各色的战斗场面也并不少见，但战斗过于突然，猝不及防，一下子惊呆了。由于身在船头，没有转移回旋腾挪的空间，血腥的场面一下子展现在苏南的河面上。枪弹像一阵阵风，狂掠着船头战士们的身躯，战士们像一堵墙一样缓缓地倒了下来，有的掉在水里，有的倒在船上，后面的船见前面的船被日军的枪弹不断轰击，连忙向岸边靠近——显然，待在水面上，只能成为敌人的活靶子。

巫恒达，巫恒通的弟弟，十六旅《火线报》的编辑，他和其他几名战士乘坐第一条船。船正急急行驶时，他被敌人的枪弹击中，身躯在船头摇晃两下，就倒在了船上，鲜血从他身上冒出，又缓缓地滴到了河面，河里的水遂殷红一片。由于是头部中了日军的枪弹，他旋即便牺牲了。一位油印员战士下身被日军机枪的子弹击中，倒在巫恒达身边，不省人事，还有一位电台的运输员，也被日军枪弹击中，当场牺牲。

战士们只能弃船，不料，冬季苏南的大河、小河水位下落，水面与河堤的斜坡特长，河堤特高，加之连日下雪，雪又成冰，斜坡又陡又滑。战士们纷纷从船上跳到水里，又从水里往斜坡爬，却接二连三地滑倒于地。

但他们必须爬上河堤，往北转移，以避开敌人的枪弹。

潘吟秋、史毅二人坐在后面的船上，见前面的船被敌人的枪弹击中，伤亡严重，后面的船也面临着危险，她们便和其他战士一样纷纷弃船上岸，由于坡陡路滑，好不容易爬到岸堤时，后面传来了一阵阵叫喊声：“小潘，小潘，快拉我。”

潘吟秋扭头一看，原来是会计吴秉娴掉到河里去了。这是一个刚刚穿上军装、充满了书生气、十分文弱的女同志，由于惊慌，从船上向斜坡跳跃时，不小心跌倒在河里了。

枪弹在上空发出尖利之声，她们随时有被击中的可能，但战友有难，岂能不顾？她们毅然决然地放弃了向北转移、脱离险地的机会，返身来到水边。

她们二人拿起了河边的竹篙，斜斜地伸向了河面。她们把吴秉娴慢慢地拉到了水边，但是由于三岔河口的水流很急，水面上的斜坡又结了一层薄薄的冰，很滑，到了水边，潘、史二人只觉脚底湿滑，用不上力，怎么拉也拉不上来。

波浪相接，漩涡阵阵，吴秉娴的棉衣经水一泡，变得又湿又重，她的手慢慢地失去了力量，大有脱手之势，潘、史二人奋不顾身地抓住了她的衣领往上拉，但脚底湿滑，吴秉娴又似千斤之重，极有可能被她反拉入河中，被水流卷走。

这个时候传来了一个男子急切的叫声：“我来！”

三人一看，是战地服务团的罗刚同志冲了过来，和潘、史二人一道拼命往上拉，终于把吴秉娴拉到了斜坡上，然后三个人抬着吴秉娴，把她送到了靠近北面的、最近的一条小船。

不知是受了惊吓，还是寒冷完全摧毁了人的机能，吴秉娴到了船上，身体渐渐僵硬，双眼的眼帘无力地合上，再也没有睁开。

潘吟秋、史毅想从坝堤上往北转移，但敌人的枪弹越来越密集了，她们转身一看，一群凶恶的敌人正迅速地向她们逼近，此时如果从陆地往北转移，那么她们跑得再快也跑不过日军的子弹，无奈，她们只好跳到最后一艘船上，趴在船舱里躲避敌人的枪弹，枪弹无情地向她们扫射而来，子弹打在船板上，船板上布满了弹孔，洞口里冒着轻烟，一股刺鼻的硝烟味刺激着她们的嗅觉。她们听到了一种呻吟声，潘吟秋抬头一看，坐在她们前面的柳肇珍已经倒在船板上了。

敌人的枪弹疯狂地扫射着，潘吟秋她们埋伏在船舱里不敢抬头，等到枪声停下的一刹那，她抱住了满身鲜血的柳肇珍。

只见柳肇珍睁开眼睛，吃力地对着潘吟秋说道："吟秋，我不行了。"接着，吃力地从怀中掏出一个带着鲜血的布包，"你把它交给老罗。"话还没有说完，只见她头一歪，英勇牺牲了。

还没等到潘吟秋反应过来，敌人的枪弹又纷纷向她们扫射过来，好在二支队的战士在奋力反击，把牛头坟的敌人逼到一边，此时，战斗出现了短暂的间隙。

战士们又只能像前一次那样，上岸突围。这是战斗的间隙，如果他们上了岸，行走几百米，进入比较安全的河汊地带，再乘船行驶就可以摆脱险境。于是她们俩一会儿爬，一会儿趴，一会儿走，终于来到了堤顶。

二人来到坝顶，正想往北面奔跑，突然看见小土堆边有一名女同志负了伤倒在那儿，虽然隐蔽得很好，但身子却暴露在冬天寒冷的野地里，嗖嗖发抖，潘吟秋睁眼一看，原来是黄明英，一名瘦小的女战士，她的背部已经受了伤，伤口有五六寸长，腰已无法直起，也不能行走了，潘吟秋、史毅连忙扶起她，顺势向北面的一条船上奔去。黄明英一边呻吟着，一边咬着牙尽力地配合着，三人终于来到北面的一条船上。

放下黄明英，潘吟秋、史毅内心得到了少许的安慰，就在她们准备开船前进的时候，又听到另一条船上传来了呼救声，她们俩抬头一看，原来路力同志，他的腿已被敌人的枪弹击中，血不断地流着，腿骨也都露在了外面，他正拼命地呼救着。

潘吟秋、史毅二人再一次放弃了突围的机会，跳到路力的船上，二人哼哧哼哧地把他架起，抬到了原来她们准备出发的那条船上。

路力感动得眼泪都流了下来，他抓住了她俩的手，连连地喊着："同志、同志！"

杨士林在河里挣扎着，作为从上海赶来参军的新四军战士，他充满了乐观主义的情怀，他拼命地向她们的那条船游去，潘吟秋、史毅连忙把竹篙伸了过去。他抓住了竹篙，敏捷地爬了上来，他是一名重伤员，脸上的肉被日军掷弹筒的炮弹炸裂，但他那充满了豪情的语句"只有革命队伍里的同志才能这样"却在河面上一直回旋激荡。

河堤上的彭谷同志，双脚长满了冻疮，已经很难行走了，潘吟秋、史毅二人连忙弃船上岸，把他也拉上了船。

但她们不会划船，只见竹篙一撑，船就在河里面开始打圈圈，着急之时，岸上出现一名游击队员，告诉她们不要急，他可以找一个会撑船的艄公。此时，牛头坟的日军已被二支队的战士吸引过去了，这里出现了一段较长的战斗空隙，但危险并没有消除，日军随时会赶来。

不一会儿，撑船的艄公来了，6名同志随之奋力前行，向北挺进。

……

这个时候，日军的包围圈越来越小，廖海涛率领的部分战士开始撤退，他们撤退到西施塘村西北的沙梁地上，而罗忠毅在西施塘村遇到了日军的合围，情势非常危险。

其他部队，包括旅部特务连，还在西施塘村的西南方向，一时还没有赶到，因为王母村离西施塘村还有一段较长的距离。

就在万分危急之际，出现了一名15岁的少年，这个少年就是西施塘村的谈盘龙。战斗打响以后，他和父母一直躲藏在家里，枪声如此密集，又听到阵阵的呐喊声，谈盘龙知道今天新四军遇到了一场恶战，他心里一直惦记着新四军的安全，因为他清楚，在这个村上驻扎的是一些机关人员，没有多少战斗部队。

他按捺不住自己焦急的心情，推开门朝四周一看，只见日军的枪声越来越近，日军的身影已经出现在钱家祠堂的门口，离西施塘村只有100多米。他看到罗忠毅司令员拿着枪指挥着众人，形势非常危险，子弹纷纷而下，在他的身边乱窜乱飞。

他眉头一皱，想出了一个好主意——可以利用船从小河岔里面把罗司令转移出去。

他迅速地跑到了罗忠毅面前叫道："罗司令，赶快跟我走，这儿有一条小船可以把您送出去。"

罗忠毅看了看这个稚气未脱的小孩，想了想，说："行吗？"

谈盘龙拍着胸口说："行！"

罗忠毅点点头，刚才他看到在枪林弹雨中谈盘龙的机智、灵活，他时而弯腰、时而俯身、时而跳跃，是一个机灵的小孩，而且他平时给新四军送信、送药、放哨，罗忠毅觉得他是一个好苗子。

见到罗司令低着头，谈盘龙迅速地弯着腰，离开了罗忠毅，他三转两转找到了村民蒋锡凡，并从一条小河岔里找了一条小木船。

罗忠毅飞身而上，另外两个小孩也迅速上了船，他们摇着小船飞速地离开了西施塘村。

在牛头坟的日军刚开始没有看到这条小船。其实，牛头坟离他们也只有区区的500米。当他们发现这条小船时，小船已渐渐地离开了西施塘村，而且速度已经提起。

日军恼怒异常，用机枪疯狂地扫射，并不时用掷弹筒轰击。枪弹在空中飞行，炮弹落在小船的周围，激起了阵阵的水柱。

谈盘龙、蒋锡凡毫不畏惧，他们利用熟悉的划船技巧，让小船在河面上左拐右拐，躲避着炮弹，躲避着子弹。有时又利用河岔中的树木、芦苇做掩护，眨眼工夫，小船就离开了日军射击的射程，来到后施房浜。到了后施房浜的时候，他们看到特务连的战士正快速地向西移动。

罗忠毅上了岸，看了看特务连的战士，随后便连连向两个小孩道谢，这两个小孩驾驶木船的技术十分熟练，如果不是他们在河岔中左拐右拐，利用技巧避开敌人的炮弹和子弹，那么情况就非常危险了。但罗忠毅没有时间夸奖这两位小英雄。

特务连是二支队的精锐之师，几乎全由老红军组成，而且他们的武器精良，基本上都是清一色的日式武器，完全能够和日军正面抗衡。罗忠毅一到，率领着特务连凭借地熟的优势，抄近路赶往西施塘阻击敌人。途中，罗忠毅发现日军正凶残地向湖边的沙梁地推进，那里有廖海涛指挥的连队和机关人员。罗忠毅命令特务连以猛烈的火力阻击这股敌人，并利用间隙，向西施塘的日军紧逼。

在阻击部队的掩护下，大部分机关人员向北突围成功，转移到西施塘村西北靠滆湖边的一条沙梁下面隐蔽。而日军继续向西施塘村推进，用机枪、掷弹筒猛烈扫射谈家桥，这个时候在谈家桥掩护撤退的廖海涛部队因为人员太少，不敢恋战，已移撤到北边的沙梁下，与机关人员一起，利用高埂掩护，阻击日军。但由于战斗人员太少，依旧险象环生。

好在罗忠毅率领特务连迅速赶到，终于凭借着强大的火力，把敌人的气焰压了下去。在减轻了廖海涛部队的压力之后，罗忠毅命令旅部特务连以猛烈的火力向西施塘的日军紧逼。

这个时候，驻扎在西施塘附近官庄村、王母村、双墩港及后湖渎桥的二支队四团在接到命令以后，迅速地向西施塘方向逼近。四团的领导想到罗、廖首长在西施塘阻击敌人的情况非常危险，恨不得肋生双翅，迅速飞向西施塘。他们以最快的速度向西施塘方向紧逼，在离西施塘不远的地方，兵分两支，一支队伍迅速插到大元地附近，另一支队伍迅速地逼近牛头坟，对西施塘一带的日军形成了半圆形的反包围圈。由于日军的数量并不多，他们是采取偷袭的方式，所以一看到二支队主力到来，他们便慌了神，一面抵抗，一面求援。

新四军四团指战员和旅部特务连一到，便向敌人发起了猛烈的进攻。敌人毕竟数量有限，只能边战边退。上午 10 时，从常州方向开来了 3 艘日军的汽艇，停在岔口桥附近的运河里，此时日军开始退却，驻牛头坟一线的日军从旱路过楝树港向漕桥方向退去，进攻西施塘的日军在汽艇上日军的接应下，退到运河边下船逃回常州，驻大元地的日军取道缩回了和桥。

二支队的战士奋勇追击，但由于情况不明，做了一定限度的追击后就返回了原地。

潘吟秋、史毅等 6 人那天傍晚来到独立二团卫生队，潘、史二人把四位战士留在卫生队寻找部队，第二天清晨在黄茂村找到了二支队。

潘吟秋含泪把包交给了王直，王直打开一看，里面是党证、党员登记册，还有一些钱。这些钱应该是她最后交的一次党费，等王直同志含泪把这些东西交给罗忠毅时，罗忠毅这位刚强的汉子泪水夺眶而出。由于要率领部队迅速转移，他强忍住泪水，半天才用颤抖的声音发出“叫同志们掩埋一下吧，我不能向小柳告别了”的话语。

二支队管理科科长乐时鸣在打扫完战场以后，把这些英雄埋葬在西施塘村北的小高地上。

这次战斗是在“皖南事变”以后，太滆形势紧张的情况下发生的。那一天，日军调集了宜兴、和桥、漕桥、常州等地 300 多兵力，企图一举歼灭二支队的司令部及所属机关，由于遭到我军英勇的抗击而未能得逞。二支队在这次战斗中牺牲了十七八名机关人员及战士，但后勤物资及电台等均未遭受损失，并且在反击过程中击毙了日军数人。

这一仗，日军采取了突然袭击的方式，使二支队受到了一定的损失，但是在罗忠毅、廖海涛的指挥下，我军迅速反击，终于击溃了敌人，渡过了危险。于是，这支部队迅速地在太滆地区打开了抗战的新局面。

渡船头战斗

也许江抗和胡肇汉有缘，张家浜战斗以后不久，江抗又和胡肇汉有了联系。不过此时形势已经发生了很大的变化，“皖南事变”已经爆发，之后，国共两党形同水火，摩擦不断，新四军处在极度危险之中，三角斗争异常激烈。新四军在东路已经是两线作战，一方面要针对日军，另一方面要针对顽固派。顽固派以前对新四军的进攻如果说是羞羞答答的话，那么此时此刻，已成公开化。因此，江抗的部队奉命要在常熟这一带进入阳澄湖，一定要消灭和日军有联系又挂着国民党头衔的胡肇汉部。

那是 1941 年 3 月上旬，六师已经成立，十八旅还没有成立，当时还称之为江抗一纵队，一支队奉命由常熟董浜附近进入阳澄湖地区活动，伺机消灭胡肇汉残部。

六师虽然成立了，因十八旅番号还没有颁布，所以部队的番号还是沿用江抗的番号，虽然“皖南事变”后，江抗改称过三支队及江南指挥部，但是部队的番号还是老的番号。江抗一纵队一支队宿营于吴县的湘城渡船头村及常熟辛庄马汾泾、招军岸一线。

此时，狡猾的胡肇汉得到情报以后，故伎重演，又派亲信密报驻扎在吴县太平桥的日军，在此情形下，湘城渡船头战斗终于爆发了。

3 月 10 日早晨，驻扎在太平桥的日军有 200 余人，在胡肇汉部的侦查班长夏炳荣和太平桥伪警吴雪建、刘长年的带领下，分乘着 5 艘木壳汽艇，经湘城沿塘河进袭驻扎在渡船头的江抗部队。上午 9 时许，敌人已经到达渡船头东南方之北斜宅、横港一线。

日军也是故伎重演，采取了分进合击的方法，他们在常熟吴塔的军队，出动了 40 余人，分乘了 2 艘木壳汽艇，也于上午 10 时左右，抵达了渡船头西面 1 500 米处埋伏下来，准备拦截撤退的江抗部队。

驻扎在渡船头的江抗一支队二大队听到了汽艇的声音，知道有敌情，当时的一纵队司令员是夏光，一支队司令员是戴克林。他们来到了阳澄湖地区以后，目的就是为了抗战，知道有了敌情以后没有退却，而是进行战斗动员，一支队二大队在副支队长吴立夏、大队长高志祥、指导员管华的指挥下，积极备战，他们在村中架设浮桥，准备迎敌。

下午 2 时左右，狡猾的日军兵分两路，一路沿渡船头河东岸向北插至北下泽附近的小松林，切断了渡船头二大队与北面的马汾泾、招军岸方向江抗一支队一、三大队的联系，因为江抗一支队有三个大队，二大队驻在渡船头，三大队驻在马汾泾、招军岸一线，所以日军切断这个联系，妄图消灭二大队；另一路主力100余人则向西渡过了渡船头河，自朱家堰直扑江抗二大队驻地，妄图一举消灭二大队。这一切没有躲过二大队指战员的眼睛，指战员们在吴立夏、高志祥的率领下，奋起还击，处在前哨阵地的二大队一排一个班，利用村前有利的地形消灭敌军，他们沿用以往的经验，等敌人走近才开枪，这样才能有效地消灭日军。

这是战斗的经验，新四军擅长于近战，因为我军的火力比较弱，子弹的射程也比较近，所以只能近距离搏杀敌人。果然，日军摇摇晃晃地扑了过来，在距离江抗战士只有50米的时候听到一声喊："打！"

战士们集中火力，排枪齐放，手榴弹猛掷，一阵猛打，杀伤了多个日军。日军锐气受挫，纷纷溃退，日军指挥官感到茫然，他觉得自己的计划这么周密，没想到新四军还是有准备，而且在战术的要地上设伏，现在显然占不到便宜了，所以溃退的时候他直瞪着眼睛，决定重新制定策略，贼心不死，还想伺机反攻。

趁着混乱的时候，江抗战士迅速向北过了小桥浜，与一排其他两个班的战士一起隔河抗击敌人。

由于河能作为一个屏障，一排的战士通过河堤后，连续击退了敌人的3次冲锋。但是敌人的兵力占优势，火力较猛，一排付出了较大的代价以后，只得转移阵地，向北转移到南夹沟北岸，与二排、三排的战士一起集中兵力，顽强抗击日军的进攻。

一排的一个班和二、三排的战士顽强地抗击着日军的进攻，而此时在渡船头村的二大队只有两个班。副大队长苏仁寿为了取得与马汾泾、招军岸一线的一、三大队的联系，决定率领两个班向马汾泾东的活观音庙行动。

因为渡船头村遭到了包围，为了与一、三大队取得联系，解救渡船头村二大队的战士，副大队长苏仁寿决定率领两个班前去联系。趁战斗的间隙，苏副大队长手一挥，战士们紧随其后，一声呐喊，冲出了日军的包围圈，在村北的一个不大的缺口中纷涌而出。当敌人还没有反应过来时，战士们已经冲出了这个缺口，来到了渡船头村后的开阔地。

他们在村后找到了几条船，带领了两个班的战士，从河道出发，向马汾泾东的活观音庙行动。战士们一登上船，心里面感到了一种寂寞，因为这没有了震耳的枪声，硝烟味儿也不甚浓烈，似乎一切十分平静，竹篙声、橹声十分轻柔，水面上是一片宁静，除了水汽以外什么也没有。

阳光十分明媚，春天到来了，两岸的野花分外清香，两岸麦田里的麦苗长得绿油油的，有一种撩人心头的绿意，那些绿意是醉人心弦的，给人一种分外的悦目和舒适，如果不是激烈的战斗，如果不是在进行猛烈还击，心脏还怦怦跳个不停，他们真想用舒缓的语调唱起《江南水乡》这首美妙的歌曲。但是激烈的战斗形成的紧张情绪使他们没有这样的心境。他们拼命地划着船，只想快一点、早一点和三大队的战士们联系上，来解救被围困在渡船头村的二大队战士们。

划呀划，划呀划，战士们来到了村后的环潭，远远地看到河东岸有一片小松林，那小松林上的松针冒着同样的绿意，在微风中发出呼呼之声，相互轻吻，有一种特别的清幽。当船接近松林的时候，战士们正欣赏那松针相击的特殊景致的时候，他们突然听到一声怪叫，看到一阵火光，还没有闻到那强烈的硝烟味儿，战士们的胸口就感到了激烈的震动，刹那间，疼痛便传遍全身，鲜血奔涌而出。好多战士耷拉着脑袋倒在了船舱里，有的战士的身躯缓缓地倒在了河水中，河水被鲜血染红了，战士们的遗体也漂浮于水面上。

副大队长苏仁寿血肉模糊，倒在船头，日军叫喊着，用机枪猛烈地扫射，还有的跃了出来，对河中的战士开枪。战士们在紧张之余拼命还击，有的战士跳下水向岸边游去，少部分战士爬上了岸堤，向松林里的日军还击。由于日军发动的袭击太突然，加之战士们在船上没有办法攻击，所以只能到旱地上进行还击，而仓促还击的效果并不明显，日军占据了绝对优势。好在隔河交战，日军又无法越过河堤进行进攻，所以形成了对峙的状态。

枪声一响，一支队迅速派出部队支援二大队，但他们只有三大队派出的一个排，没想到在运动中遭到了北下泽日军封锁堵截，好在枪声惊动了他们，他们收住了脚步，接应的过程显得格外小心。饶是如此，战士们还是遭到了日军的伏击，好多战士倒在了麦田里，不过战士们听到了枪声，都有了心理准备，他们之间的距离还保持得比较远。所以日军的一阵枪击，战士们虽然有了伤亡，但并不惨重，他们伏在地上，进行还击。刹那间，麦田里火光阵阵，硝烟刺鼻，烟雾弥漫，在枪声炮声的交织下，双方都不敢贸然出击而呈胶着状态，惨烈的战斗就在麦田里、河塘里和村庄上展开了。惨烈！惨烈！

二大队派出去的部队没有达到预定目标，三大队派出的一个排由于遭到了日军的阻击，也没有完成任务，这样二大队在渡船头村就被日军紧紧地围住了，但是战士们在吴立夏、高志祥的领导下毫不畏惧、奋勇杀敌，打得异常激烈。他们依托村落的民房作为阻截的支撑点，利用房屋的死角向日军进行猛烈的进攻。机枪手牺牲了，助手架起机枪继续杀伤敌人。

由于有了村落的墙体掩护，还有村中的草垛、土堆作为掩体，所以日军进攻很不理想，而我军英勇的战士利用这些掩体，东一枪西一枪，互相交错着用火力掩护，火力封锁，最终使日军伤亡惨重。

但是到了下午 4 时，我军人员伤亡较多，弹药消耗也较大，在此情形下，二大队不能再固守渡船头，决定向北突围，与马汾泾、招军岸的一、三大队汇合。趁战斗的间隙，新四军江抗战士们一声呐喊，纷纷突击，冲开一个缺口，向北撤退。日军毫不放松，依仗着优势的兵力和装备，紧紧地尾随追击，一直追击到招军岸一线。

天色逐渐转暗，战斗呈胶着状态，不久黑夜如期降临，黑幕已经笼罩大地。日军害怕夜战，因为夜幕降临以后，他们难以看清战斗的目标，他们的火力也难以发挥应有的优势，加之对地形不熟，很容易遭到新四军的突然出击，便停止了进攻，向南循着原来的道路分别回到了太平桥、吴塔据点。

当然，日军撤退的一个很重要的原因就是我军的二大队和一大队、三大队已经汇合，部队的人员数量较多，弹药也比较充分，如果他们想要再进攻，肯定占不到便宜，更何况晚上他们受到了多种条件的制约，在此情形下，他们只能垂头丧气地撤退到自己原有的据点。

湘城渡船头战斗打了近 4 个小时，主要是江抗一支队二大队与来犯的日军浴血奋战，一共毙敌 40 余人，不过一支队为此也付出了很大的代价，副大队长苏仁寿以及干部战士 90 余人壮烈牺牲。

就在湘城渡船头战斗后的第二天，也就是 3 月 11 日，江抗一支队又在常熟、昆山交界的环潭一带遭到了日军近千人的袭击，损失重大。对于阳澄湖地区的军民来说，以后将面临着更加严峻的考验。

黄金山三战三捷

六师成立了，十六旅成立了，谭震林被任命为六师师长，罗忠毅被任命为六师参谋长兼十六旅旅长，为了打开新局面，十六旅从宜兴闸口挥师西进，5月到达溧阳县北部的黄金山地区，师长谭震林、苏皖区党委书记邓仲铭也随十六旅一道来到黄金山地区，旅部就设在戴巷小学。

谭震林与罗忠毅非常明白当时险恶的形势，当初新四军成立时，蒋介石便借刀杀人，划定新四军的区域为南京江宁以西，江阴、无锡以东，长江以南，溧武路以北的狭小地区，当初陈毅、粟裕的江南指挥部及其下属部队之所以能在溧阳地区活动，那是向冷欣有条件借居的。1940年6月以后，陈、粟被迫渡江北上，“皖南事变”后，十六旅只得东移宜兴。现在国民党掀起反共高潮，十六旅进入的溧阳北部在国民党看来并不属于原先划定的地区，他们岂能善罢甘休。但罗忠毅非常清楚，如果在黄金山立不住脚，而陈、粟北上后，茅山地区几乎完全在敌伪控制下，十六旅要想打开新局面几乎是梦中呓语。罗忠毅站在戴巷村后的高坡上，似乎闻到了大战的硝烟，罗忠毅对曾在闽西一起作战的谭震林说道：“谭师长，从各方面情况看，免不了要和国民党兵戎相见。”谭震林在热风中点了点头。

果然，在5月24日，四十六团二营营长何永棉、团部锄奸股长赖峰抓到了一个打扮成“货郎担”的国民党四十师搜索连的班长，这样完全证实了国民党企图进攻十六旅的意图。

谭震林与罗忠毅一道召开了连以上的干部会议，谭师长传达了党中央5月8日的指示精神，还分析了当前苏南敌、伪、顽的情况，他们决定坚决予以回击。但考虑到十六旅处在敌、伪、顽三角斗争中，对国民党只能采取有理、有节、有利的斗争，必须控制在一定的范围内。

罗忠毅完全赞同谭师长的讲话，马上展开了军事部署。

罗忠毅摊开地图，和谭师长一一分析起来，罗忠毅用手指点着上面一个个带有标记的地名，说：“现在国民党四十师师部驻戴埠，一一八团驻别桥、后周、南渡、溧阳一带，一一九团驻宜兴张渚，二二〇团驻琪头山一带，挺进队两个团驻在溧阳郎溪一带。敌人兵力多，看似强大，但并不可怕。一是宜兴城、郎溪、高淳、洪兰埠都有日本鬼子的据点，顽军有后顾之忧。二是地形于我军有利，戴巷、黄金山一带是丘陵地带，北高南低，我军居高临下，敌人进攻不会有多少便宜可占。三是溧阳北部地区一直是我军活动的重点区域，地方政权与基础是我们的，百姓支持我们，敌军进攻的兵力有限，这一仗我们定能获胜。”

谭震林点点头："老罗呀，我们活动地区只有那么大，兵力再多也摆不开，你分析得对，敌军进攻的兵力不会太多，加之我们没有固定防线，顽固派又做贼心虚，担心我军迂回穿插。另外，顽军内部有矛盾，都想保存实力，所以貌似强大，其实不堪一击。廖海涛在西塔山和他们交过手，把他们打垮了，这次我们要好好教训教训他们，如果让他们得逞，则后果不堪设想。"

"对，谭师长，在闽西，我们的力量那么弱小，敌人也奈何不了我们，更何况我们今日的队伍已有了长足的发展。"罗忠毅眼中露出了自信的光芒。

"对，老罗，我们要狠狠地打，我们的口号就是要打到山里去，活捉顾祝同，为'皖南事变'中的死难烈士报仇！"谭震林"啪"一下拍着桌子，火油灯也被震得抖动起来。

当晚，罗忠毅把四十六团一营急速调来，放置在后巷、观阳的正面阵地上。

5月21日下午，天气多么晴朗，罗忠毅一直站在戴巷村前，时刻注视着前面的情况。天上的云彩、山下的松树、脚下的红褐色土地映入眼帘，阵阵的松涛声不时传入耳中，一切是那样的宁静。罗忠毅完全清楚，宁静后将迎来强烈的风暴。在抗战时期，国民党竟然手足相残，罗忠毅内心隐隐作痛。

旅部侦察兵沈先、朱光华跑来向罗忠毅报告，国民党四十师分两路来攻，一路进到阴山，一路进到靠村。

罗忠毅急速派人通知谭师长，又迅速通知各部队做好战斗准备。

下午2时，四十七团一营两个连在玉华山、诸社与敌接触，教导大队在小石桥、东村也与敌交火，枪声炮声不时传来，震动着戴巷高地，谭震林与罗忠毅拿着望远镜在戴巷小学东边的高地上观察敌人的进攻方向。

谭震林放下手中的望远镜，说："敌人果然来了。"

罗忠毅拿起望远镜。他有一个特点，一遇敌情就喜欢拿起望远镜观察，然后迅速做出判断，调度部队，他就像一名技艺高超的棋士，士兵在他手里就像棋子一样，一摆开就全活了。

罗忠毅转过身吩咐通信兵，通知教导大队刘一鸿及四十七团一营营长林少克利用小石桥、玉华山一带有利地形伏击敌人。

他扫视了一下众人，站在黄色的土山坡上，背倚着竹林，叫道："钟国楚，你率四十六团二营从唐家村、北舍，利用山沟作隐蔽插到范家庄、东庄，切断敌人退路。"

"是！"钟国楚朗声答道。

"黄玉庭，你率四十六团一营从小坝、大塘头再到姜村，从侧翼打击，配合二营切断敌人退路。"

"是！"黄玉庭团长高声答道。

"旅部特务连做预备队，"他猛地用手往下一劈，"给我狠狠地打！"

"是！"战士们齐声答道，开始分路进击。

一切安排定当，罗忠毅与谭震林摊开地图，又仔细地研究敌情，并根据不时传来的消息作兵力布置。

枪声阵阵、硝烟弥漫、火光闪闪，罗忠毅的心一阵紧似一阵，但他坚信，胜利一定属于十六旅。

拿着枪，背着子弹袋，扛着弹药弯着腰，战士们穿行在丘陵间的小沟壑中。密集的枪声、炮声不时传来，偶尔也传来一阵呐喊声，抬眼望去，火光冲天、硝烟弥漫，鼻子能够闻到那强烈的火药味。

“快，同志们，加油！”钟国楚弯着腰、挥着手，招呼着战士们。战士们穿着布鞋、草鞋，在黄色的丘陵沟壑中跑步前进，脚下松软的黄色泥土上留下了深深的脚印。丘陵斜坡上，绿色的油菜、黄色的麦子、青青的竹子，还有那些茅草屋在硝烟中都变得模糊了。一名小战士一个趔趄跌倒在地，另一名战士上前扶起他，二话不说，继续前行，扛弹药箱的战士气喘吁吁，扛轻机枪的战士大汗淋漓，他们咬着牙奋勇前行，按时到达范家村、东庄。

火光一片，黑雾重重，泥土四溅，钟国楚举起望远镜西望，在那圆形双筒划出的前方天地中，他隐隐约约看到一群人忽地站起，颤颤抖抖向北开枪，一看那服装颜色，一看那进攻动作，便知是只顾内耗的四十师顽军，好家伙，他们还在向北面小石桥四十七团一营阵地进攻。

“嗒嗒嗒……轰轰轰！”随着一阵呐喊声、军号声，顽军如崩溃的雪团一样纷纷向南滚动，抱头鼠窜的一副狼狈相，平昔的那股骄横早已不见了。

“绝不能放过这些民族败类，同志们，切断他们的退路，跟我上！”放下望远镜，钟国楚拔出手枪，朝西连放两枪，战士们拿着枪呐喊着杀向西面。

那些溃败的国民党“好汉”在硝烟中见到战士们冲来，个个傻了眼，但他们马上转过神来，拼命冲杀，子弹瑟瑟地从耳边飞过，战士们怒火万丈，一阵猛烈地扫射，敌人向南面玩命奔跑。

“追！”钟国楚挥动着手枪，冒着弹雨，穿过烟雾，迎着火光，呐喊着朝前冲去，战士们齐跟着，呐喊着，一起冲向敌群。

心潮奔涌，怒火在胸，脚下生风。子弹穿膛而出，敌军应声倒下。前面就是白土棚了，敌人跑不了。

“嗖嗖嗖！”子弹贴地面而来，地面上灰尘扬起，前面的目标难以看清。子弹呼啸而过，战士们能明显地感到子弹从耳边而过时所刮起的劲风……追，追，不能放过一个敌人……

不好，钟国楚发现，地面正朝他拥抱而来……

“钟政委，钟政委！”警卫员叫喊着，钟国楚一愣，原来他跌倒了，小腿热乎乎的，怎么回事？一摸湿湿的，“啊，血？”

钟国楚挂彩了，三年游击战争时，在龙岩须口他就经历过。

他爬起来，抓起地上的手枪，说：“别管我，冲！”但他的左脚不听使唤，出奇地发软，右腿疼痛异常。大地在晃动，火光在跳跃，硝烟在回旋。“冲！”他咬着牙，但双腿已挪不动了，类似于梦中不能移动的情景，他用尽全力，向前向前，心一阵猛跳，突然眼前一黑，脑海一片空蒙。

1 小时后，枪声渐稀，通讯兵不时传来好消息。2 小时后，枪声已停，硝烟不见，只有火药味还在空中弥漫。

胜利了，凯旋的将士们。罗忠毅与谭师长、王直等人紧紧地握住了受了伤的钟国楚的手，脸上漾出了胜利的微笑。

晚上的总结会开得很热烈，烟雾阵阵，罗忠毅抽了好几支烟，麦茶飘香，罗忠毅喝了几大碗。两个半小时，打死打伤敌人200余人，俘虏敌连长以下官兵30多人，缴获机枪2挺，步枪40多支，可谓收获不小。

何营长、林营长、尹营长、刘大队长、黄团长、傅参谋长等纷纷汇报今天作战的战况和经验教训。

谭师长很冷静，他说今天的战斗把顽固派打垮了，但顽固派还没有败透，没有被消灭，没有被打痛，他们不会甘心失败，估计顽固派还要与我军较量。

罗忠毅点了点头。从战斗的整个过程看，敌人的兵力并没有用足，进攻带有试探性，他们仗着武器精良，是不会就此罢休的，如果不把他们的有生力量消灭掉，战斗迟早还是要发生的，所以战士们不能松懈，要立足于打，甚至要立足于大打。罗忠毅捏紧了拳头叫道："对，要打，狠狠打，不把顽固派打痛，他们是不会甘心失败的……"

谭师长下定了决心，准备再战，于是谭震林与罗忠毅又在煤油灯下对照着地图研究起来。他们作了周密的部署，又对部队作了反复的动员，部队的士气特别高！

5月24日下午，当顽固派在顽四十师副师长带领下调集7个营的兵力再次向黄金山、戴巷进攻时，罗忠毅胸有成竹、指挥若定，谭震林和罗忠毅决定把溧阳警卫连和四十六团侦察班放在张村一带，伺机在顽固派的后方打游击，袭击顽敌的后方……

顽军从别桥经陈巷到白土棚。它一出头，十六旅小分队就与之打起来了。这边后周到靠村也遭到十六旅四十六团一营一个小分队的打击。溧阳警卫连和四十六团侦察班在敌人后方袭击顽军的包扎所。顽军虽感到我军已有准备，但敌军李师长下令："不要被共军小分队阻挠、麻痹，向其主力进攻。"不久，罗忠毅在戴巷后边高地上从望远镜里看到，顽敌打了一阵就向后跑。这次战斗我军毙伤顽军80余人，俘虏10余人，缴获了一批枪支弹药。

经过这两仗，顽军内部的士气越来越低落，我军则越战越强，政治影响越来越大。溧阳群众都说："新四军是战无不胜的铁军，顽固派是屡战屡败的'豆腐兵'。"

5月24日，打退顽军的第二次进攻后，许多人都以为顽军会迅速离开溧阳北部，但谭震林与罗忠毅一致认为，敌人没有完全被打垮，更大的战斗即将来临。

在闽西艰苦的三年游击战争中，罗忠毅与敌军不知打了多少仗，罗忠毅深知敌人如果没有完全被打垮是绝不可能退却的。顽四十师副师长亲自上阵却匆促败阵，而他是不会看到国民党必然失败的本质的，他们会重新调整，殊死一搏的。作为十六旅，我军毫无退路，只有抗击到底，万一溧阳北部被顽军占领，那么要想恢复茅山根据地是非常困难的。因为这一带有六七十里广阔的空隙地带，便于我军利用敌顽矛盾作为指挥的中心，这一地区是北入茅山、东进太滆、西联溧水、南下广郎的枢纽地带，无论如何，都不能让顽军占领。

谭震林与罗忠毅及旅部的参谋人员经过反复研究，决定避实就虚，在运动中歼灭敌人，他们先是把旅部迁移至黄金山山后的沈庄，再将大部分主力撤出黄金山与戴巷的空隙地带，移至黄金山山后的后陈、沈庄、下院、下庄一带，并在山上修筑工事，布置少量军队，多扎稻草人，引诱敌人来占领这座山头。

谭震林与罗忠毅爬上黄金山山头，亲自布置挖战壕、扎稻草人的任务，一场"空城计"就这样摆开了。

果然，5 月 27 日下午，天气由晴转阴，时有阵雨，顽四十师副师长带了三个团的兵力，杀气腾腾地扑向戴巷，他们分左、中、右三路进攻，结果在戴巷扑空，径赴小涧西，重炮轰击黄金山，罗忠毅在望远镜中看到黄金山烟雾弥漫、灰尘遮天、泥土四溅，罗忠毅面带笑容和谭师长静观战局的变化。

下午 3 时，敌军占领黄金山，发现稻草人时，急叫中计，我军四十六团、四十七团、旅部特务连四面出击，敌军纷纷败退，死伤甚多，大量的军用品被我军缴获。

到了晚上，战斗停止，但罗忠毅考虑到敌军甚多，如果明日再犯，那么战局难测，因为日军的据点离黄金山很近，如果日军从北面攻来，事情就不好办了，万一不行，部队还得迅速转移，所以罗忠毅急命乐时鸣带领区党委短枪班的 4 个战士从两军对峙的阵地间穿插过去，在两三个小时内找到从太滆地区赶来的廖海涛，告诉他旅部可能转移，不要来西会合，以免遭遇意外。

乐时鸣和 4 个战士摸黑前行了，罗忠毅很不放心，忽然通讯兵跑来报告，敌人慑于十六旅三次战斗的气势，不敢进攻，于午夜前准备悄悄撤退。

谭震林与罗忠毅立刻决定放弃旅部转移的计划，命令四十六团、四十七团立即组织兵力穷追猛打，敌人如惊弓之鸟，一直被追到余桥、前马。黄金山自此牢牢地被掌握在十六旅手中……

黄金山反顽战斗三战三捷，狠狠地教训了消极抗战、积极反共的国民党顽军，迫使他们在较长的一段时间里不敢对新四军发动大规模军事进攻。可以说，黄金山战斗是十六旅坚持苏南斗争的一个转折点。这一胜利，为尔后十六旅部队西返溧水、北返茅山，恢复第二、第三游击区，即于 1940 年 3 月中共苏皖区党委和新四军江南指挥部常委，召开各县县委书记参加的联席会议。会上决定撤销苏南、苏皖两个特委，将全区划为四个游击区，每个区设一个中心县委，其中，第一游击区在丹北地区，第二游击区在茅山地区，第三游击区在江（宁）句（容）横山地区，独立游击区在石臼湖西南原有的阵地。战后，谭震林师长向记者发表谈话，指出黄金山反顽三战是皖南事变之后，我军处于非常困难的情况下，忍无可忍地进行自卫反击的一场激战，是我军能否坚持苏南斗争关键性的战斗之一。黄金山反顽战斗三战三捷的重要意义在于：第一，大大地提高了新四军指战员和人民群众的胜利信心，打击了国民党顽固派的猖狂气焰；第二，揭露了国民党顽固派制造的所谓“新四军在皖南被消灭了”的谎言，说明新四军不仅存在，而且更加强大起来了；第三，长了新四军的士气，灭了顽军的威风，国民党四十师两个营长和许多士兵不愿打内战而逃跑来找新四军，就是有力的证明；第四，进一步锻炼了我军，提高了组织指挥能力和作战的正规性，开始学会打游击性的运动战；第五，最重要的是，扭转了“皖南事变”后的危急局面，逐步稳定并恢复了事变前原有的根据地，发展了新区，对度过坚持江南抗战最险恶的阶段起了重大作用。

当晚，廖海涛从太滆来到黄金山。十六旅站稳了脚跟，占有了溧阳北部地区，为打开茅山地区的新局面奠定了基础。

浙东敌后抗日第一枪

浙东慈溪庵东镇的东面是一片盐厂，放眼望去，苍茫一片，白乎乎的，色彩是那么单纯；沟壑纵横，呈井字型，井字型前是形态各异的盐堆，颜色有黄的、灰黄的，形状有圆柱形的、圆锥形的、不规则方形的，这些盐堆上的盐粒在阳光下反射出刺眼的光芒，它们自身还夹杂了一些岩土灰尘。此地色彩如此单一，又应和着呼呼的海涛声，了无生机，生命在这儿似乎绝迹了。如果人们细心地瞭望，还会发现，那儿还有顽强的生命在绽放，那就是棉花，它们不怕盐碱地，是农民赖以生存的农作物。虽然和寻常地区的相比，它们显得又矮又小，却精神饱满，生命力极其旺盛，高昂的头颅向着青天。更神奇的是，在那又咸又臭的盐水沟里面，还有生命的迹象，那就是青青的芦苇，它们顽强地在水里扎根，它们的嫩芽冒出水面，密密相挨，然后长成了又细又矮的芦苇丛。虽然和寻常地区的相比并不肥厚粗壮，但是它们显得是那么精干，那么顽强，那么不屈。

是的，生命没有消逝。

1941 年 6 月 18 日清晨，一支部队来到相公殿北面的盐厂，正在休整休息，他们太疲劳了，席地而坐，很快地就进入了梦乡。

1941 年正处于一个特殊的时期，是法西斯力量十分猖獗的时期，中国抗战也进入了十分困难的相持时期。4 月，日寇发动了“宁绍战役”，浙东之北地区迅速沦陷，人民生活在日军的铁蹄之下，饱受蹂躏。但坚持抗战的新四军根据中共中央和毛泽东的指示，迅速作出决定，准备在浙东地区开辟抗日根据地。5 月，中共路南特委书记顾德欢在浦东工作会议上分析了浙东敌后的形势，他决定，浦东地区的党全副武装、分批南渡杭州湾到三北地区开展抗日游击战争。6 月 16 日，由蔡群帆和林有璋率领的浦东五支队四大队 130 多人到了浙东，他们与先到达三北的共产党员姜文光和朱人侠率领的浦东部队先遣队汇合，在庵东一带活动。他们连夜行军，昼伏夜出，十分疲劳，到清晨战士们才进入梦乡。但很快，派出去的侦察员得到了情报，气喘吁吁地向蔡群帆和林有璋汇报，有一批日军从庵东向相公殿进发。

蔡、林两人一听，连忙招呼战士们起身，做好战斗准备。战士们不顾疲劳，睁开惺忪的眼睛，擦着沉重的眼皮，端起沉重的枪，严阵以待。

蔡群帆、林有璋并不知道日军的虚实，也不知道日军真正的动向，如果贸然出击，那么有很大的危险性，在光天化日之下也易为日军所发现，若被日军所乘，则后果难料，这不是一个很好的选择，战士们在原地要做好战斗准备，见机行事。

为了全面布置好战斗，蔡群帆决定派侦察员再去侦察，根据侦察的情况作出相应的调整。

没多久，侦察员带来了一个好消息，日军只有30多人，而且是出来抢劫的。

蔡群帆和林有璋判断日军并没有发现他们，不然他们不会摆出抢劫的姿态，大摇大摆。另外，日军就30多人，完全处在一个松懈的状态，如果对他们实行攻击，必然有很大的收获。这是一个很好的战机。日军在相公殿抢劫以后，必然要回头，而回头必然要经过天庵村。

这天庵村北面也是一个盐场，遍布盐堆、盐舍，而这些盐舍大部分是由石头砌成，上面覆盖着茅草，而盐舍的屋基很高，有1米多高，利于隐蔽、利于埋伏。如果在这儿设下伏兵，130多个战士去攻击毫无防备的30多个日军，是完全有把握夺取胜利的。

形势分析完毕，蔡群帆和林有璋决定，在天庵村附近伏击日军。他们决定“浦东四大”负责打头，“宗德三大”负责打尾。安排定当，战士们迅速地移向了天庵村就地埋伏，静候日军的到来。

蔡群帆和林有璋很有作战经验，为了做到万无一失，他们派遣了老校长许深洋家的雇工胡金潭前去相公殿侦察情况，并不时传递消息，使自己的部队牢牢地掌握主动权，并根据敌情的变化，做出相应的调整布置。胡金潭不负两人所望，他来到了相公殿村，观察了日军的情况，把日军的情况一五一十地传递过来。传递来的消息是，日军在相公殿村到处抢劫，吃喝玩乐，估计下午才能回来。

战士们听了这个消息，热情十分高涨，在预定设伏的地区就地休息，派出瞭望的战士密切注视着相公殿村日军的情况。

又过了1个小时，胡金潭回来汇报，日军有1个小队加1个翻译，一共37人，长枪33支，步枪1挺，掷弹筒1个。胡金潭还打听到，日本人要乡公所准备8担酒、2担鸡。他们在下午3时回庵东据点。

得到了准确的情报，蔡、林两人再次作出调整，他们把部队隐蔽在肖林家附近的盐堆、芦苇荡和棉花地里面，每隔100米、200米设伏，后列形成交叉、合围之势。由于这儿的地形利于设伏，公路很窄，两边都是棉花田、芦苇丛和盐滩，不利于日军展开兵力，所以这样的地形对于没有防备的日军来说，是一个致命的所在。

下午3时，在高处的瞭望员看见日军慢慢地走进了伏击圈。这批日军是从庵南到相公殿进行抢劫的，相公殿村比较富裕，是他们抢劫的理想场所。他们抢了鸡、抢了鸭、抢了酒、抢了烟，叫农夫挑着，部队成两路纵队，摇摇晃晃地回到了庵东距点。

日军发动了“宁绍战役”以后，所向披靡，国民党军队是望风而逃，不做任何的抵抗，所以在他们眼中，这是绝对安全的区域。不要说中国成建制的军队，就连一个兵都看不到了，而百姓个个都是四散奔逃，哪有什么危险？所以他们唱着哼着、说着、笑着、摇着、晃着，在路途上，他们根本不知道危险其实就在他们前面。

进入伏击圈了，蔡群帆一声令下：“打！”战士们从不同的角度齐声开枪，有的战士跃出地面，扔出了手榴弹。枪声一响，日军愣了一下，还没有等他们反应过来，一颗颗手榴弹就在他们的眼前炸开，等到他们反应过来时，身体也旋即被撕裂开了，就在那一眨眼的工夫，8名日军倒地身亡，其他的日军也负了重伤。

他们个个脸上都是血污，慌忙地做着抵抗。刹那间，衣服散了，鞋子丢了，枪也丢了，呈现惊惶之态。

不过日军是老鬼子，富有作战经验，惊慌片刻之后，马上开始做出有效的抵抗。他们竖起掷弹筒向战士们轰击，但是距离太近，这些掷弹筒的弹头大部分飞到了附近的盐舍上，盐舍的屋顶是由茅草盖的，在炮弹的攻击下燃起了熊熊大火。

掷弹筒没有用，日军想要进行其他反击，但因地域狭窄，路途狭小，十分拥挤，没办法施展开。有的日军困在水沟之中，有的日军倒在棉花田里面，还有的日军在盐堆上挣扎着，硬硬的盐粒刺痛了他们的皮肉，他们发出了惨烈的叫声。

日军的指挥官听到了密集的枪声，发现了开枪的地点呈交叉状，大有合围之势，知道这一仗无法再打下去了，便匆忙地招呼着其余的日军向后撤退，他们没有办法带走同伴的遗体，只能咬着牙用刀砍下他们同伴的左臂右膀，捡起后慌忙撤退。

他们本来向西南方向奔跑，结果被“宗德三大”的队员截住，一阵枪响后，他们又只好向东逃窜。

这次战斗打死日军8人，打伤日军8人，游击队员还缴获了一批日军的武器弹药。这是浙东敌后抗日的第一枪，大大地鼓舞了人民抗日的决心，三北来了一支真正敢打鬼子的部队了。

人们一传十，十传百，传遍了浙东的整个沦陷区，唤醒了整日在苦难中煎熬的浙东人民，提高了人民的抗日热情。

巧取石马桥

1941 年 5 月，新四军十六旅在溧阳黄金山三战三捷后，便在塘马地区站稳了脚跟，但整个苏南的形势依旧十分严峻。

就兵力而言，十六旅只有四十六团、四十七团、独立二团，而四十六团三营又去了苏北，人数仅剩 2 000 左右，而独立二团的程维新还摇摆不定。

就地盘而言，“皖南事变”后，茅山地区几乎全部丢失，实际掌控在十六旅手中的地盘只有太滆地区的闸口一带和溧阳北部的塘马地区，其他地区，如四十七团等部转战在第二游击区、第三游击区，而那儿根本不是根据地。

就军事态势而言，可以说是依旧严峻。7 月 1 日，敌伪在江南“清乡”，而国民党军方面，反共顽固派连续不断派其杂色部队，如“忠义救国军”及保九旅张少华部，用投敌之阴谋抢夺敌后地区，如在长荡湖、滆湖、太湖间构筑据点，配合日军进攻新四军，企图摧毁抗日民主政权，屠杀抗日分子，收买地主武装、地方实力派、中间阶层及上层分子等。此时，敌后与顽军的斗争已变得更加残酷和尖锐。5 月的黄金山三战如果不能取胜，旅部还不知转移到何处。

为了打开茅山地区的新局面，罗忠毅与廖海涛经过反复考虑，决定亲自前往太滆地区做好程维新的工作，然后兵分两路，拓宽十六旅的生存空间。一路由廖海涛率领，带四十六团一营北进茅山，在茅山保安司令部配合下，拔掉日伪据点；另一路则由四十七团团部率主力两个连配合地方武装一个连，在长滆、丹金武行动，其任务主要是打击和消灭顽军张少华部，坚持长滆，向丹金武发展。

廖海涛北上茅山征战，自然是情理之中。1940 年 12 月初，日军进入茅山中心地区，迅即在西旸、丁庄、蒲干、茅麓、东岗、石马桥等地增筑了 28 个据点并修筑了宝堰至珥陵、西旸、西旸至茅麓、延陵至丁庄等公路，同时残酷地烧杀抢掠，大批群众和部分党政人员被捕杀，经济损失也很大，仅公粮一项的损失即达 10 余万元法币，廖海涛去拔日军的据点是势所必然。另外，廖海涛北上茅山拔取敌据点还有一层原因就是，敌在苏常太地区清乡，十八旅困难重重，拔茅山日伪据点意在减轻十八旅的压力。

7 月的一天，苏南茅山石马桥一农屋内，灯光昏暗，廖海涛召集由茅山保安司令部的 15 人组成的短枪队，短枪队已有 14 人穿上了日军服装。他说：“同志们，延陵、九里、西旸、石马桥都是鬼子的据点。我们先要拿下石马桥，给他们一个下马威。石马桥的据点，炮楼坚固，外围是高墙大院，据有伪军，所以我们不能强攻，只能智取。”

原来，石马桥据点建在茅山的丘陵地带，这个据点虽然不大，但是坚固异常，且伪军人数众多，也有少量的日军，碉楼为石砌建筑。新四军没有重武器，如果强行硬攻，除了伤亡惨重以外，不会有任何效果。能征善战的廖海涛显然不会不考虑这一点，因此他听取了众人的建议，采取了一个比较周全的计划，先让茅山保安司令部的短枪队扮成日军进入据点伺机行动，稳住伪军，再让新四军十六旅四十六团二营的战士扮演迎送婚嫁的队伍，趁机冲入石马桥据点，实施强攻。

队长邓平悄声说道：“廖司令放心，就把伪军交给我们。”

“好，你这个翻译可要装得像些。”廖海涛拍了拍邓平的肩膀。

指导员周峰笑了笑：“我这个小队长可没问题，反正伪军听不懂日语，随我怎么叫喊都行。”

“这倒也是，你那两下子是够用了，我还得小心点。哈哈哈……”邓平笑道。

假扮的日军也一阵笑。

廖海涛微微一笑：“像，你这个翻译很像，像、像，你们都像。要胆大心细，防止意外。你们那儿一得手，我这儿‘小媳妇’就要进炮楼了。”

第二天，茅山石马桥敌据点外面埋伏有四十六团一营战士。而邓平、周峰率领十几人的“日军”大摇大摆地进入敌据点，几个守桥的伪军点头哈腰道：“皇军，欢迎欢迎。”

周峰叽里呱啦地乱叫着。

邓平喊道：“赶快通知你们的队长，皇军要训话。”

“是是是。”守桥的一个伪军忙点头领路。周峰他们一进伪军居住的大院，领路的伪军就冲着像瘦猴一样的伪军叫道：“报告队长，皇军来了。”

瘦猴忙上前：“皇军，大大的好，小的欢迎。”

周峰又叽里呱啦地乱叫着。邓平叫道：“皇军要扫荡，叫你们配合行动，赶快集合队伍。”

“翻译官，到哪里扫荡？”瘦猴连忙递烟。

“我怎么知道，这是军事秘密，赶快集合队伍，迟了，皇军要你的脑袋。”

“是。”

一阵哨响，伪军纷纷从屋中出来列队等候。

此时，在据点外出现了一群人，这群人推着独轮车，车前车后走着一帮放炮、掌灯、打旗、吹笙的人，他们吹吹打打，朝石马桥据点而来，独轮车上坐着一位小媳妇。是四十六团一营部分战士假扮送亲队伍前往敌炮楼了。

一名壮汉对“小媳妇”说：“你得装得像点，一开始害羞些，扭扭捏捏，以后则要嗲声嗲气。”

“小媳妇”尖声尖气地扭了两下，说：“队长像不像？”

“像，只是亏了你这个大男人。”

另一汉子说：“小明天生像女人，声尖、腰细、眉毛长，只是胸脯太瘪了些。”

“小媳妇”说道：“一万个放心吧。”他从篮子里取出两个圆馒头，往胸脯里一塞，“快到城时，我把这一贴，保准惹得日军来摸。”

“哈哈哈……”大家一阵笑。

壮汉说："最后要疯狂些，把日军从炮楼里引出来，记住，一定。"

"放心吧，我这一身骚味儿，定把日军引出炮楼。""小媳妇"挤了一下眼。

"哈哈哈……"大家又一阵笑。

壮汉叫道："快到了，别笑了，认真些，吹吹打打起来吧。"于是众人开始吹吹打打起来。

伪军大院内，周峰还在叽里呱啦地乱叫着，邓平则在一旁翻译道："皇军有令，要消灭茅山的新四军，现在命令你们站好队。"

周峰又在一旁叽里呱啦地叫道，邓平又在一旁翻译："皇军对你们准备不足非常生气，现在要查查你们的枪支是否擦好了油。你们把枪放一旁，站好队，让皇军检查。"

"是是是。"瘦猴行了礼，"兄弟们，快把枪放到廊下，让皇军检查。"他走上来，"皇军，兄弟们天天擦油。"

周峰笑了笑，怪声叫道："吆嘻吆嘻。"

据点门口的小桥旁，一个伪军叫道："停下停下，你们是干什么的？"

"我们是送亲的。"一名壮汉答道。

"送亲的，娘家是哪儿的？夫家呢？"

"娘家是方麓的，夫家在高庄。"

"嗨，小娘子长得不错啊，下来下来，不会是新四军假扮的吧？"

"老总你说笑话了，你给新四军一千个胆，他大白天也不会到你这儿来。"壮汉忙凑了上来，递上一根烟。

炮楼上一名日军朝下张望着。小媳妇一见，连忙下了独轮车，缠着伪军嗲声嗲气地乱叫着。

炮楼上的日军一见，丢下机枪奔了下来。"花姑娘的留下，花姑娘的留下，喜糖的有。"

伪军大院内，周峰高叫一声："举起手来，我们是新四军。"

伪军一愣，想去夺枪，14个假扮日军的新四军掏出枪对准他们，说道："谁敢动？动一动就打死你。"

瘦猴想溜，被邓平一枪托砸昏了过去，其他伪军纷纷举手投降。

石马桥据点门口的小桥旁，日军乱摸着小媳妇，小媳妇假装害羞，扭着身子躲避，炮楼里的日军见状纷纷下来，也想来讨些便宜。

此时邓平从伪军大院急速来到小媳妇前，使了一下眼色。

小媳妇嗲声嗲气地乱跑着，邓平见日军全下了炮楼，便大叫一声："动手！"他掏出手枪对准日军的脑袋便是一枪，附近的几个日军也被战士们纷纷击毙，还有几个日军撤回了炮楼，伺机反抗。

在炮楼前，廖海涛手一挥："给我上！"四十六团二营战士蜂拥而上，"小媳妇"则飞步上前，趁敌炮楼门未及关上之际，连向楼内扔了两颗手榴弹。爆炸声响起，其他战士奋勇上前，刚跑进炮楼的日军毫无思想准备，没想到新四军神速跟进，他们没有时间去摘下挂在墙上的武器，被炸得血肉横飞，没有被炸死的只能眼睁睁地看着枪口对准了他们，喷出了愤怒的子弹，除了惨叫外，也不可能有什么。有几个日军还想徒手上来搏斗，但他们还没有靠近战士们，便被子弹打成了马蜂窝。

战士们一片欢呼。

廖海涛手一挥："给我烧！"战士们往炮楼里塞上柴草，浇上煤油，一把火，炮楼顷刻间笼罩在火光之中。

……

王甲村“反扫荡”战

廖海涛率队奋战在7月炮火连天的战争中。

廖海涛率四十六团一个营、茅山保安司令部的武装，相继攻下了延陵、九里、西旸、石马桥、大浦干、高庙、柳如、上会、马陵、东荆塘、东昌街、郭庄庙、龙都、索墅、官塘、麦溪、南镇街等17个据点。同时，相继收复了丈山、丁庄铺、全州、十里牌等地。

这些战斗打得十分激烈。强攻西旸，新四军围住敌人所占领的祠堂，用柴草火攻，再把棉絮包在八仙桌上，泼上水强行推进，搭人梯爬上屋顶掀开瓦，扔入手榴弹，全歼日军。巧攻石马桥据点，新四军14人组成短枪队，由队长邓平装扮成日军翻译，指导员周峰装扮日军小队长，抓住伪军分队长，命其集合队伍，伪军们听到紧急集合的哨子声，又看到皇军到来，规规矩矩地排好队。邓平突然出击，亮明身份，伪军们乖乖地缴枪投降。

廖海涛率队一到九里，百姓们欢呼雀跃：“新四军回来了，新四军回来了！”然后，百姓们自觉地跟在新四军后面，拿起锄头、钉耙、铁锹，积极参加战斗，还送饭、烧水，热情高涨。日伪军慌忙出逃，缩进延陵。廖海涛乘胜夜袭，日伪军弃守延陵。

日军接连失利，恼羞成怒，集合3 000人以上的兵力向第二、第三游击区“扫荡”。

7月19日，新四军四十六团驻扎到位于金坛、丹阳、丹徒三县交界处的登冠王甲村。

翌日清晨，王甲村一个买菜的村民在去丹阳延陵的路上遇到一个老乡，那人说延陵到处是日本兵，正集合队伍准备出发，劝其不要去延陵。那村民忙返回王甲村向新四军报告。消息迅速传到了廖海涛那里。廖海涛即刻命令侦察兵严密监视延陵方向，又命二营迅速占据有利地形，做好战斗准备。

不久，一支由48个日军、4个伪军组成的队伍从丹阳延陵镇向南出发。紧接着，王甲村的新四军得到了侦察员的情报，说是敌军过了望仙桥就沿着延陵直通直溪的大河河埂向南去了。同时，我军又得到了西阳、直溪和丹徒宝埝的日军整队出发的消息。我军断定，日军蓄谋已久的合围“扫荡”开始了。事实上，敌人这一次的扫荡目标是西阳的洋湖王甲村，但日军对这一带的地形不熟，他们沿着河埂跑了一小段路之后，就径直向登冠的王甲村进发了。

这时候，天已大亮，驻扎在王甲村的新四军战士在岗哨上突然发现了日军的影子。但他们发现，敌人并不太多，而且已经出了离王甲村不远的前帝庙。我军当机立断，集合所属部队，下达了作战命令，准备给敌人以迎头痛击。

王甲村东有一条水沟，水沟上有一座小木桥，如果敌人想进王甲村，那么这座小桥是必经之地。因此，新四军在小木桥的西边设下了埋伏，将兵力隐蔽在了稻田的高埂下和村边上。上午 8 时，敌人上桥了，廖海涛手一劈："打！"步枪、机枪暴风骤雨般向敌人扫射，几个日军刚上了桥就被击毙，其余的人纷纷跳下水沟。不一会儿，他们以沟岸作掩护，避开新四军的火力，分别向西、向北以形成包围之势，悄悄爬过来，很快摸到了村边上，与埋伏在村边的新四军相遇了。这时候，短兵相接，一场听不到枪声的肉搏战开始了。

二营辅导员奚洪喜率领掷弹能手董树庆等人奋不顾身地冲入了敌人阵营。一名战士的耳朵被敌人砍掉了，鲜血染红了脖子，但他强忍剧痛，挥舞着大刀与敌人搏斗，一个日军很快就倒在了他的砍刀之下。董树庆人高马大，气力过人，他左砍右劈，接连砍死了 3 个敌人，但最后不幸被敌人的子弹击中。

白热化的肉搏战从村边延伸到村中，敌人虽然身强力壮，但毕竟人少，又对村中的建筑不熟悉，且无法利用火力，渐渐处于下风。战士们一鼓作气，越战越勇，敌人见新四军越来越多，知道遇到了劲敌，便且战且退，退出村后向东南方向逃窜。

廖海涛下令全线出击，战士们穷追猛打，敌人拼命反抗，大部分在旷野中死伤殆尽。

有十几个日军突击到村东南，见到几堆坟冢和一丛树林，大喜，像捞到了救命稻草，利用坟冢外的土围框和密密麻麻的树丛做掩护，又开始了疯狂的反击。

枪声在晴空中回荡，盛夏的烈日像火一样炙烤着战士们，他们虽然口干舌燥、筋疲力尽，但斗志丝毫没有松懈。龟缩在坟冢里的敌人眼看守不住了，就用无线电发报机向直溪、金坛、西阳、宝埝等地的日军呼救。

敌军虽少，但地形有利，且配有九二式重机枪、歪把子轻机枪、掷弹筒，火力十分凶猛。而坟堆周围全是平坦的农田，战士们近前不得。

两军相持不下，廖海涛分析，久战不下，敌人援兵会迅速赶来，那样就不好办了，随即下令撤退。下午 2 时左右，新四军安全撤离王甲村，到达建昌东子汉村安营扎寨。

下午 4 时左右，日军的增援部队到了，他们从南、北、西三路向王甲村合拢围攻，步兵、马队数百人气势汹汹，蜂拥而入，结果却扑了个空，那时新四军早已消失得无影无踪了。

王甲之战，四十六团取得了歼敌 32 人的战果。当然，在这次战斗中，四十六团也牺牲了 5 名同志，分别是四十六团二营的教导员奚洪喜、二营排长郭勇全、王姓班长、裘村、掷弹能手董树庆。

智取延陵

1941年夏，新四军十六旅政委廖海涛在茅山地区连拔日伪军据点，威名大震。

数日后，在丹阳九里镇边，百姓奔走相告："新四军来了，新四军来了。"

一位老人紧紧握住了廖海涛的手："廖司令，你们回来了。"

"对，老伯，我们回来了，新四军回来了。"廖海涛关切地对乡亲们说。

"鬼子说新四军被消灭了，一派谎言。"老人挥着手说，"我们有救了，走，去打小鬼子去。"

众人拿起锄头、钉耙、铁锹，跟随队伍奔向九里镇。

"太君，太君，不好啦，新四军来了！"伪军大队长奔到丹阳九里季子庙里向日军小队长报告。

"你的，胡说！"鬼子小队长揪住了伪军大队长的衣领。

"真的，千真万确，已到了镇外边了。"

"多少人？"

"黑压压一大片，是廖海涛带来的。"

"噢，廖海涛？旅政委的有，手下该有不少人马，你的说说，该如何对付？"

"太君，我们人少，九里又无依托，不如撤到延陵镇，再和珥陵的太君联系，方可无虞。"

"嗯……有道理，我们的人少，开路！开路的有！"

日伪军仓皇出逃，弃守九里，直奔延陵。

丹阳九里季子庙前欢呼声一片："鬼子吓跑了，鬼子吓跑了！"

廖海涛站在庙门口的台阶上："乡亲们，鬼子是纸老虎，欺软怕硬，只要我们齐心合力，就一定能把他们赶出中国！"

延陵日军据点里，日军中队长叫喊道："廖海涛连拔我大皇军的据点，小视不得，我们得加紧防范。"由于日军在东路清乡，周边据点的日军被抽调，人数不多，日军中队长心里发毛。

"太君，"翻译官凑了上来，"延陵镇布防严密，房屋坚固，加上有珥陵的皇军相助，料他廖海涛也没这个胆量来犯皇军。"

"嗯，大意不得，小心为妙。"

九里镇季子庙内，传来了四十六团二营营长林少克带有闽东口音的声音："同志们，九里的鬼子被吓跑了。但延陵的鬼子还龟缩在据点里，这样反而增加了我们的攻击难度。"

“延陵，我们非拿下不可！大家动动脑筋，问题有两面性，现在敌人龟缩在延陵，兵力是加强了，给我们的进攻也带来了难度，但敌人也会因为如此而疏忽大意。”廖海涛用手指轻轻地敲了敲桌子。

一连连长说道：“延陵的鬼子多，碉堡厚，又跟珥陵近，一动延陵，如果珥陵的鬼子增援，就比较麻烦。”

“嗯，有道理，这更需要我们开动脑筋。”廖海涛把地图摊在八仙桌上，“同志们，我有个设想，我们新四军习惯采用‘围点打援’的战术，但我们现在要反过来用，我的设想是晚上让茅山保安司令部的战士去攻打珥陵镇，声势大一点，珥陵的鬼子肯定固守待援，而延陵的鬼子未必会去支援，他们也想不到我们会偷袭他们。”

“对，有道理，我们不能照搬军书，不能经常采用一种战术。”林少克高兴地叫了起来。

廖海涛发出命令：“明天晚上，四十六团二营主力偷袭延陵，偷袭不成便强攻。茅山保安司令部的战士则全力出击珥陵。”

第二日深夜，延陵近郊的荒地里，廖海涛向战士们做着最后的动员：“同志们，敌人想不到我们会虎口拔牙，具体部署是一连、二连担任主攻，三连负责警戒珥陵方向，防止延陵打响后，珥陵敌人出动增援。一旦珥陵方向传来枪声，你们就立即出战，偷袭不成，便强行进攻。同志们有没有信心？”

众战士齐答：“有！”

深夜，珥陵城下，茅山保安司令部司令樊玉琳一声喊：“打！”众战士一起向珥陵镇开枪，战士们用土炮轰击，在铁箱上放起鞭炮，时不时地发出阵阵的呐喊声。

他们声势很大，其实并没有很多火力，也没有强行攻击，造成攻击之势便行。

旋即，延陵镇日军据点内，日军中队长中村被电话铃声惊醒：“喂，什么的干活？”

“中村君，我们遭到了支那军队的偷袭，你们那边情况如何？”

“黑田君，我们这儿没有动静。”

“中村君，望你们赶来支援。”

“好的，我的考虑考虑，听我消息。”

中村翻身起床，召集日军。

“你们说说，我们该不该去珥陵？”

日军小队长队对其耳语道：“队长阁下，现在是晚上，天黑黑的，贸然增援，很有可能中埋伏，我估计夜袭的部队肯定是新四军廖海涛部，他惯用围点打援的办法。”

“吆嘻吆嘻，廖海涛大大的狡猾，珥陵城十分坚固，固守没有问题，我们不必出击，让新四军半路设伏去吧。”

中村抓起电话筒，回复说：“黑田君，新四军攻击力有限，你坚守不出，他们奈何不了你，如我贸然出击，必遭埋伏，所以，我们无法增援。”

“喂喂喂……”话筒里传来黑田的叫声，中村挂了电话。

延陵镇郊外的荒野中，廖海涛和战士们听到珥陵方向传来枪声，还看到一片红火光。

“同志们，珥陵那边打起来了，我们上！”廖海涛手一挥，战士们扑向延陵镇，另几名战士把架在郊外的电话线剪断。

“叫樊司令攻猛一些，晚上，鬼子不敢出击。”廖海涛又向通信兵传令。

“是！”通信员转身而去。

在廖海涛的指挥下，一、二连战士从东西两面突击，扑向敌人的住所贡家祠堂。

一连连长向贡家祠堂竹篱笆门摸去，敌哨兵发现，朝天开枪，喊叫起来：“新四军来了，新四军来了！”

一连一排、二排抢占附近民房，向祠堂的枪眼猛射，掩护突击组向祠堂冲锋。

日军中队长本以为新四军围点打援，珥陵镇据点坚固，新四军啃不下来，只要延陵的部队不动，新四军打援便成泡影，不甚料延陵枪响，且势头甚猛，看来新四军声东击西，大大的狡猾。

中村连忙给黑田打电话，望其增援，不料电话线被剪断，吓得他冷汗直冒，命令士兵疯狂回击。

敌人火力太猛，战士们一时无法上前。

廖海涛来了，他手一挥：“坦克上！”

战士们把棉被绑在八仙桌上，浇上了水，八仙桌便变成了“土坦克”。不一会儿，4辆“土坦克”同时向前推进。

廖海涛又手一挥：“土炮给我轰。”

“轰轰”两声巨响，土炮向祠堂猛烈轰击。

日军退到祠堂内，战士们将楼房团团围住，先用机枪封锁了前后门，日军在楼内疯狂顽抗，新四军一时难以突入。

连长一挥手，几名战士搭起人梯，他爬上紧靠祠堂的一间平房屋顶，拿出手榴弹，再爬上祠堂屋顶，掀开瓦，往下连丢了几颗手榴弹，敌人的机枪顿时成了哑巴。

战士们破门而入，敌人嚎叫着向大门扑来，双方在屋内搏斗。残忍的日军同时向格斗的双方射击，战士与日军纷纷倒下。

廖海涛怒叫道：“不要上，不要上，用火攻。”

副连长命突击组将成捆的麦柴用毛竹从三个方向顶向贡家祠堂，再用水龙灌满煤油后点燃，火乘油龙，从四面八方烧向祠堂。

顷刻间，火光一片。

中村一见新四军采用火攻，身子就凉了大半截，他看到直窜的火苗，心里就明白了：“完了，完了。”他用拳头敲打着墙壁，发出了一阵嚎叫声，他咒骂自己，为什么？他只想到“围点打援”，却忘了“声东击西”，而疏于防范，被新四军轻易突破外围，包围了祠堂。房屋虽然坚固，据点虽然坚固，如果新四军不能接近房屋，他们也无法采用火攻，现在他们采用火攻之法，坚固的房屋就已经没有了意义。

中村汗毛直竖。火攻是中国人惯用的战法，从古到今一直没有中断过。他听说在红军时期，那些士兵就经常采用这种方法和国民党军队周旋，打得国民党是弃甲丢盔，现在他们用这种方法对付“大日本皇军”，这可大大的厉害，新丰火车站一战，日军被烧得死光光，现在轮到自己了，该怎么办？

中村嚎叫着，战刀在空中乱舞，鼓舞着负隅顽抗的日军，但是火焰不领情，它们无情地窜进了房屋，火舌乱舔，墙内木器、木材被烧着了，黑烟直冒，日军被呛得东奔西逃，眼泪汪汪，捂着鼻子哭叫着，但嚎叫拯救不了他们，天皇也拯救不了他们！

他们头发被烧掉了，眉毛被烧掉了，脸上熏得黑漆漆的，像一只只老鼠一样在屋里乱窜，没多久，一大批日军就倒下了，中村和几个日军强撑着，突然发现墙北还有一个小小的窗户，便命令日军拼命用枪托敲打着小窗周边的砖块，砖块被敲打得碎块唰唰而下，渐成一个大窟窿，有几个胆大的日军从被枪托击开的窟窿里跳了出去，中村也跟着跳了出去，新四军战士没料到日军会破墙而出，所以刚跳下的这个日军侥幸跑掉了，后面还有几个日军想从窟窿里跳出，但他们没有好运气，被新四军无情的子弹打穿了。

不一会儿，烈火吞没了一切，延陵据点终被攻克。

西石桥战斗

1941 年 9 月中旬，在江阴利港的西面丁墅村的一间房子里，谭震林猛地拍了一下桌子，桌子上的文件跳跃了一下，灯火随着这激烈的震荡晃动了一下，一下子变得黑暗起来，随即又放出了光亮，光亮照亮了谭震林那愤怒的脸庞。

谭震林的愤怒是有充分理由的，因为自从下半年日军在东路“清乡”以后，十八旅遭受挫折，被迫西行，可以说是困难重重。旅长江渭清带领五十二团、五十三团从利港、芦埠港先行过江，进入靖江沿江地带，准备向西进入江都一带开辟新区，而谭震林为了坚持抗战，率领师部和五十一团、五十四团一个营仍留在澄西，在丹北继续坚持反“清乡”斗争。

按理说，国共应该共赴国难、共同抗日，可背信弃义的国民党“忠救军”不但不在这个时候配合新四军“反清乡”，而是乘人之危，竟然冒天下之大不韪，尾随十八旅和六师师部，想趁机消灭新四军。这怎能不引起谭震林的愤怒？

如果说，5 月在溧阳地区我军和国民党在黄金山三战取得了三捷，那还有一丝合理的解释，双方都是为了争得黄金山这个战略要地，我军虽然是自卫反击，但国民党的目的也不过是为了争夺一个战略要地，而此时国民党的“忠救军”却要消灭我军抗日部队，这不是卖国的行为吗？这不是迎合了日本人的心意吗？

亲者痛仇者快啊！谭震林冷静了些许，他早就看透了国民党反动的本质，“皖南事变”以后他们就提出了“打到山里去，活捉顾祝同”的口号，由于考虑到统一战线的需要，考虑到反法西斯战线的重要性，新四军将士相忍为国，遵照中央的指示继续和国民党协同抗战，而国民党竟然变本加厉，企图在澄西地区制造第二个“皖南事变”，这怎能不引起他极大的愤慨？

灯光照射在将士们的脸容上，他们个个露出愤怒之色。参加会议的有中共路北特委书记陈光、澄西县委书记康迪、澄西县长张志强及五十一团团长张开荆、五十四团团长吴咏湘，他们都义愤填膺，准备好好“迎接”国民“党忠救”军的挑衅、挑战。

这“忠救军”气焰可谓是十分嚣张，在东路地区经常和新四军搞摩擦，可以称得上是“摩擦专家”了。他们在璜塘小桥头遭到了新四军反击以后，这教导一团由青阳伪军高杏宝部接应，竟然尾随着新四军越过了锡澄公路，向西窜至澄武锡地区，与先期到达的“忠救军”锡武宜挺进纵队所属的暂编教导第二总队的梅明章部会合，占领了秦望山、焦溪镇、石堰山一线，甚至一度侵占了江阴的申港。他们的目的就是要切断新四军长江南北的交通线，把新四军南北割裂开，从而达到消灭苏南新四军的目的。他们公然在焦溪镇设立了澄锡虞前方指挥所，并派出了少将高级参谋刘伟统一指挥那边的部队。一时间，澄西地区“忠救军”的兵力一下子竟高达2 000余人，他们的目标就是要消灭新四军六师师部和十八旅部分指战员。

谭震林身经百战，这位指挥了繁昌战役三支队的副司令，对日作战有着极强的经验；这位取得了黄金山三战三捷的六师师长，对付国民党军队也有着丰富的作战经验，早在井冈山时期，他就和国民党军队较量过多次，对国民党虚弱的本质有着充分的了解，如果要交战，新四军根本就不怕，但是“人不犯我，我不犯人”。

不过，为了团结抗日，停止军事摩擦，他还是派了中共澄西六区区长郦琴作为代表到焦溪镇和“忠救军”谈判。经过艰难的四次谈判，双方达成了一致的意见：第一，双方互不摩擦，以铁路为界，路南为“忠救军”一方，路北为新四军一方，如南来北往均须与对方联系，取得一致意见；第二，“忠救军”给新四军2挺机枪、4条短枪、10条步枪，新四军赠给“忠救军”部分军费；第三，双方代表都在协议上签了字。但是忠救军不守诺言，一签完字就派特工到西石桥侦探情报，被我方抓获，后加以释放。

“忠救军”以为新四军软弱可欺，依然不断制造摩擦，竟丧心病狂地杀害了我军澄西县司法科科长朱祥熙，致使谈判破裂。之后，“忠救军”加快了消灭新四军的步伐，精心地设计了三路进攻方案。这三路进攻方案煞是阴险毒辣。方案如下：南路由教导一团从三河口向北主攻西石桥；北路由教导一团二营经黄沟至申港、芦埠港一线，从西边插入迂回包抄，南压西石桥，形成南北夹击之势；中路由暂编教导第二总队从焦溪主攻老新街，实行中间突破。对于这份作战计划，刘伟开心得用3个手指头一直敲打着桌子，因为在他看来，“忠救军”有2 000之众，人数占优，更何况武器精良，再加之国民党是合法政府，还占着一定的“人和”。所以他认为，消灭新四军指日可待，而且这个计划可以说是万无一失——南北夹攻，中间突破。如果中间突破把新四军砍成两段，何愁不灭此朝食。

正因为“忠救军”如此地嚣张，才引得谭震林如此地愤怒，不过谭震林很快就冷静了下来，气愤是气愤，现实是现实。现实是冷峻的，头脑必须要清醒，要冷静地面对这个局势，彻底解救这一危局。

经过反复讨论，他们也有针对性地制定了一条严密的计划，那就是分三路迎战。谭震林很清楚，国民党军队的战斗力不可能和日军相比，而且他们作战的机动性极差，战术呆板，只要迎面出击，一战就能击溃，所以他也分三路迎战。

他命令五十一团驻守西石桥迎战顽军的主力，这是南路；五十四团一营战斗力极强，驻守师部附近的老新街一带，这是中路；他又电令五十二团三营连夜过江南下，埋伏在芦埠港一线，防止顽军的迂回包抄，这是北路。

谭震林之所以电令五十二团三营连夜过江，是因为考虑到战术的需要，国民党的军队虽然战术呆板，但是在战场上，什么情况都会发生，对他们也不得不加以防范，轻敌是兵家之大忌。

一切布置完毕以后，他又命令地方工作人员发动组织民兵、大刀会策应作战，集结待命。

在谭震林的布置下，新四军从西石桥、老新街至芦埠港江边，由南到北，形成了一条六七里长的战线，摆开了决战的架势。一场新四军在江阴地带展开的规模最大的反顽战斗拉开了。

序幕。

9 月 22 日，刘伟一声令下，“忠救军”竟倾巢而出，兵分三路向新四军驻地发动进攻。早晨 6 时，“忠救军”教导一团二营，悄悄地进抵芦埠港河东岸，好在谭震林早有布置，本来他把五十二团三营布置于此的目的是为了防范忠救军迂回包抄。还真巧了，这迂回包抄的国民党军队竟然是北路进攻的部队，新四军五十二团三营已由团参谋长韩云带领队伍隔夜南渡长江，在芦埠港河西岸设防迎战。

韩云一看，顽军已经来到了河东岸，便命令战士们开火，枪声一响，双方隔河交战，新四军奋勇阻击，顽军也集中兵力疯狂地冲击，持胶着状态。

打了一阵子以后，韩云根据战场的形势，与三营营长林辉才、教导员狄公迅速做出决定，由狄公率八连的两个排，从河西涉过芦埠港河至河东岸，迂回到“忠救军”的背后进行攻击，七、九两个连在正面加强进攻，形成钳形夹击攻势。

商量完毕，狄公率领八连的两个排，悄悄地度过了芦埠港河，来到了河的东岸，他们迅速地绕到了顽军的背后，排枪齐放，手榴弹像群鸟一般飞向了顽军的背后，这“忠救军”战斗力不强，也不知新四军的虚实，一阵慌乱以后，他们没有像日军一样调整战斗部署，重新布置战术，比方说占领制高点，进行绝地反击，而是选择仓皇奔逃。

新四军七、九两个连从正面进攻，也渡过芦埠港河进行追击，一直追击顽军到申港东南的六七里处才停止步伐。

“忠救军”中路进攻的是教导第二总队，总队长是梅明章。上午 10 时左右，梅明章带领着自己的部队气势汹汹地从申港的西街、沈家垫、南毛奔来，后经过肖家垫以后沿着大麦河向老新街扑来。

梅明章可谓是“反共专家”，新四军对其是恨之入骨，他的到来立刻遭到了新四军的反击。驻守在河西阙家头、田二房一带的是新四军五十四团一营杨绍良部，战士们听到顽军到来的消息以后，丢下饭碗迅速地渡过了芦埠港河，在桐拱山（土墩）迎战顽军，土墩的东面有一条不到 5 米宽的小河。顽军的先头部队到了河东以后，遭到了新四军五十四团一营的阻击，这顽军也十分狡猾，他们在河东线架起了 5 挺机枪向新四军扫射，火力十分猛烈，许多战士受伤倒地。由于顽军的武器精良，新四军的火力被顽军一下子压制了下去，但新四军战士机智勇敢，他们旋即派了一部分战士，迂回到顽军的侧背，连续地用手榴弹投向顽军的背后，把 5 挺机枪当中的 4 挺炸毁。

这梅明章部队全凭着手中武器的精良才气势汹汹的，一看 5 挺机枪已有 4 挺被炸毁，火力全无，哪还有胆子作战，他们扛起了仅剩的 1 挺机枪向东溃跑。

这先头的部队一乱，后面的部队也乱了，面对新四军的紧追不舍，顽军是草木皆兵、纷纷溃逃，只恨爹娘少生了两只脚。尤其那挺机枪抱在一名顽军的手中，他边撤边开，边撤边开，阻挡我军的追击。但新四军英勇顽强，不怕牺牲，终于在申港附近将其击毙。

这机枪手一死，其他的顽军就更乱了，你推我攘，你撞我碰，慌乱之中是纷纷倒地，在曹祥桥过河的时候，他们在河中还你抢我夺，你挣我打，乱作一团，战马和人相挤，那慌乱的景象十分可笑。

顽军为了逃命你拉我扯，甚至打成一团。有的顽军本来擅长游泳，被不会游泳的顽军一拉，纷纷抱在一起沉入水底；有的顽军抱着战马，战马嘶叫摆动着马尾，水浪卷起了水柱，呛得那些顽军是哭爹喊娘，手一松，也纷纷沉入水底。

梅明章本来是骑着战马，好好地被其他顽军一拉，也滚入河中，他挣扎着想游向对岸，不料被不会游泳的顽军紧紧地抱住，也沉入了水底，见了阎王。

这“忠救军”原来的如意算盘是强攻西石桥，他们以为西石桥是六师师部所在地，北面主要是配合南面，于是想先压缩战线，用兵力从北面压缩新四军的战斗空间，再中间突破，所以他把赌注下在了南面。而南面是由“忠救军”教导一团一营担任主攻，并由教导一团新任团长汪浩然亲自指挥。

上午 8 时，他一声令下，教导一团一营的“忠救军”依仗着自己武器的精良，火力十足，一上来就猛扑驻守在镇东的西维常村、桥下村，向新四军五十一团三连发动猛攻。

敌人有重武器，火力十分凶猛，我五十一团三连在敌人强烈的火力进攻下不得不退守到戏楼、后梅寺、三茅堂一线，用机枪火力封锁亭桥咽口要道，双方相持着。

到了中午时分，这“忠救军”又从北面的夏村、东面的西维常村、南面的牛桥三面进攻围攻西石桥镇。不巧的是，新四军架设在戏楼的一挺机枪发生了故障，突然熄火了，这可乐坏了围攻的“忠救军”，汪浩然声嘶力竭地叫喊着，让“忠救军”拼命围攻，并发起冲锋。

战至下午，形势十分危急，新四军退守到西石桥镇的大桥西侧，和涌来的“忠救军”展开了激烈的巷战，由于忠救军武器精良，人数占优，东街陷落在了顽军手中，形势岌岌可危。

此时，突然传来了捷报，北路、中路的新四军已经击退了顽军，五十一团的指战员士气大振。团长张开荆又发挥了新四军作战灵活机动的特点，立即命令三连组织突击队进行反击。

三连组成的突击队勇猛顽强，爬上屋顶向下猛掷手榴弹，这些手榴弹像雨点一样丢到了顽军的头上，只见顽军在巷子里面无处躲藏，被炸得血肉横飞；旋即新四军战士又在下面通过火力猛扫、猛冲，上下合力，把巷口乱窜乱逃的顽军全部击倒在地。

同时，中共澄西县委书记康迪、县长张志强带领着四乡的民兵、大刀会成员，鸣锣喊杀、奋勇上阵。刹那间，枪声、锣声、喊杀声和在铁桶、火油箱内点燃的鞭炮声一齐发作，震天动地。

顽军本来信心十足，眼看就要拿下整个西石桥镇了，没想到新四军发动了突击，且上下攻击，顽军已经乱成一团，死伤累累。这时，突然又听到大刀会成员的呐喊声，听到猛烈的枪声、锣声和酷似枪炮的鞭炮声，早吓得心惊胆战，全线溃败，哪有心恋战。国民党军队的特点就是一触即溃，远没有日军顽强。这时候，新四军会同民兵、大刀会乘胜追击，一直追击到焦溪的胡家场方才收兵。

这次战斗新四军大获全胜，十八旅共毙、伤、俘虏“忠救军”反共头目梅明章及以下官军 100 余人，缴获了大批武器、弹药。新四军伤亡 30 余人。

西石桥反顽战斗，是新四军对几个月来制造一系列摩擦流血事件的“忠救军”罪行的总清算，是新四军“有理、有礼、有节”“以斗争求团结”反顽斗争方针的胜利，使国民党顽固派企图截断大江南北交通、在长江以南消灭新四军的妄想化为泡影，也为新四军六师暨十八旅安全北撤，从容部署澄西、丹北地区反“清乡”工作赢得了时间，为取得反“清乡”斗争的最终胜利奠定了基础。

马占寺战斗

冬日，寒意浓浓。1941 年 11 月 25 日凌晨，霜花沾满了苏南溧水的大地，白马桥地区的马占山南北横卧，三峰起落，完全消融于黑色的夜空中。一切是那样的安详静谧，静得连一点儿声息都没有。

在马占山的最高峰马山顶峰上，一个人影来回移动着，并不时地向四周瞭望，那挺立的身躯和瘦削的面孔显示着特有的朝气，手中的刺刀透着寒气，嘴中呼出的热气彰显着其因心中涌动着澎湃的热血所汇成的特有的韵致。

他叫徐进，是新四军十六旅四十六团四连七班的一名小战士，正在山顶放哨。他监视敌情，脸上丝毫没有松懈的神情。

山顶上有一个窝棚，里面住着 12 个人，他们是军事哨人员、四连三排排长史继根、班长李纪根、副班长大李子，以及徐进等 6 名战士，另有机枪班徐副班长和机枪手各一人。整个山顶只有这 12 个人。军事哨拥有步枪 10 余支，手榴弹数十枚，日式机枪 1 支。机枪是歪把子的，是廖海涛在 1941 年夏率四十六团二营在金坛王甲战斗中缴获的。

徐进，16 岁，来自金坛建昌西曹，刚入伍不久。早晨，他怎么也睡不着，于是爬出被窝，打好背包，静静地坐着。

11 月底，天气寒冷，穿着单衣的他感到凉意阵阵，但心里却暖洋洋的，因为他有了一个大家庭。在新四军这个大家庭里，他感到了从未有过的温情温暖，而且他的人生也从过去漫无目标转化为有了明确的目标。虽然战士的生活过于艰苦了些，但是心里有了明灯，生活也充满了希望。

寒风吹来，徐进挪动了一下身子，往事如电光火石般在眼前闪现——

家乡，在不远处的金坛县西北的建昌圩西曹村，由于家贫，徐进只能在西曹村边的河边洼地里搭了一个简易棚子。说到简易，令人心酸，一条废弃的船作墙，两边用泥土垒起山墙，再用芦苇一围，涂抹上泥巴，这就是一家人居住的房屋。

这样的贫困生活令人难受，但日军的到来使他们连这样的贫困生活也享受不到了。1939 年冬，日军羞于贺甲战斗的失败，出动大量兵力在丹阳南部和金坛北部扫荡，伺机一举消灭新四军部队。

一日，日军从白塔“扫荡”而来，他们通过汉奸侦知新四军有部分枪支藏在河里，还有雨伞等雨具藏在百姓家中，但百姓拒不承认。

敌人一无所获，来到了西曹村一带，见河边洼地有草房，便开枪扫射，徐进的父亲倒在血泊之中，子弹击穿手掌，入体内穿肺而过，所幸没有致死，但3间草房和交租的谷子、冬季生火的柴草被日军烧得一干二净。

日军把徐进的母亲、他们兄妹俩赶到西曹村西北上的桑树田。许多百姓都被日军赶到这里，主要是西曹、吴巷的人，日军逼问百姓，要他们告知新四军的枪支的下落。日军得不到结果，便开枪杀人，徐进的同学常小锁和30多名村民为日军枪杀。所幸徐进自己个子矮小，幸免于难。日军又窜至东曹，把东曹、后巷的百姓赶到后巷村西边的河沟旁，枪杀了60多岁的陆东福老人后，又残杀了数十名村民。日军又窜到建昌镇把吴可如的妹婿，将一位年轻的理发师拖出，残杀于街头。敌人在屠杀的时候，还放火烧房，连烧了望仙桥、新河、庄城、吕坵、田头、直溪、下陵等84个村庄。他们的目的很明确，一是用残杀烧光的手段威胁百姓，使他们不再和新四军打成一片；二是通过焚烧村庄使新四军在该区域无法安身，因为新四军必然要住在百姓家里，现在没有房屋了，自然也无法安身了。

人未亡家已破。1940年，徐进只好外出车水打工，挣些钱糊口，但他身子骨不够硬朗，难以承受如此之高的劳动强度。春节期间，外出拾起小锣，挨家挨户去送春。送春、敲锣、唱歌，尽为主人说些吉利之话，变相乞讨些食物。熟悉一点的人家给些白馒头，不熟悉或特别穷的人家只给些豆腐渣，但不管如何，多少都能弄一些回来，保存好，能糊口一段日子。

1941年7月，徐进父亲生痢疾。7月15日是鬼节，徐进偶遇到昔日老师哥哥的儿子，他把徐进拉到一边，鼓励徐进去参加新四军，徐进二话没说一口答应了。说真的，他早想参军了，可惜日寇大“扫荡”，见不到新四军的踪迹了。现在有了介绍人，正好了却他的心愿。当兵打鬼子，为父亲、为乡亲报仇。

徐进一批人被送到孟冈，区长、新兵连长指导员接待了他们。新兵连长罗奋友、指导员石磊都是老红军，都是江西人。区长眭进是本地人，他们对这群刚入伍的孩子关怀备至。

随后，徐进所在的队伍出发了，从建昌到西旸，过公路到磨盘山，磨炼了一个月后到了溧阳戴巷，编为四十六团二营四连三排，排长便是身旁的史继根，班长便是身边的李纪根。

天渐渐放亮，在山顶放哨的徐进突然听到中马占山正西方的张家山传来一阵狗叫声。旋即发现灯火，他睁大了眼，发现灯火在移动，狗叫声由“汪汪汪”转变为“嗷嗷嗷”，显然，这是狗挨打后发出的叫声。

“奇怪，怎么会有灯火移动？奇怪，大清早的狗怎么会嗷嗷嗷地乱叫？”他站立在山巅凝望着，一个念头在脑海中掠过：“有敌情，可能是鬼子来偷袭了。”

徐进忙转身，准备向在窝棚里休息的排长史继根汇报。

“有敌情！”徐进用手指着张家山方向，史继根伸头朝张家山看了看，说：“讲什么胡话，天这么凉，一大早，日本兵不会出来。”

此时，窝棚里的徐进和其他战士也听到狗叫声，这一连串狗的惨叫声引起了众人的惊觉，他们一致判断有敌情，于是纷纷起身打好背包，准备迎接有可能发生的战斗。

徐进拿起枪，刚推开窝棚门，天空中传来清晰的枪声，“叭喷”，这种枪声是日军三八枪发出的特有的枪声。这枪声明确无误地告诉众人，日军来了。

一声枪响，也惊动了四连炊事员小李，他正拎着饭菜，从四连驻地中马占山下的马占寺给山上军事哨的战士们送饭。

小李，安徽人，被战士们称为“李呆子”，参军后在军中担水、烧饭烧菜。别看他人呆，但听觉特灵，一听这枪声，便知道有了敌情，而且方位距离也判断得十分精确。

他连忙放下饭菜，飞步下山，向四连连长张启标汇报。

清晨，四连连长张启标、指导员郭启超正带领刚吃过早饭的战士们在马占寺门前的广场上出操，突然听到“叭喷”一声枪响，二人跳了起来，命令战士们操枪做好战斗准备。二人正准备派人和军事哨询问情况时，只见“李呆子”飞步而下，身子多处为荆棘划伤，鲜血直流。

“鬼子来了，鬼子来了！”“李呆子”上气不接下气地说。

“从哪边来？”张启标忙问道。

“有多少人？”郭启超上前了一步。

“西边张家山来，不知有多少，黑压压一大片。”其实他根本没有看到多少人，倒是日军来的方向说得准确无误。

无法细辨，张启标和郭启超商量后，即刻作出决定，由郭启超率领二排五班加两个机枪手增援中马山山顶军事哨七班战士。张启标则率领一排、二排的两个班，三排的两个班急赴中马占山和马占山山洼进行阻击。敌人要偷袭，也有可能走这条线。

山顶上排长史继根急命七班战士和机枪手进入预设阵地。

徐进跳入了浅显简易的战壕，这是他第一次面对面地和日军作战，他的心怦怦直跳，两眼死死地盯着西边的山下。他比较幸运，在溧阳戴巷整训时，因战绩突出，营长廖坚持奖励给他一支小马枪。这小马枪枪短、分量轻，对于年轻的新兵特别管用。它比那些老套筒、中正枪要强得多，可惜的是子弹极少，一共只有 7 发。山顶的手榴弹也不多，只有数枚。但不管如何，战士们占领着山顶，地形有利，敌人虽然火力猛，但要突破这道防线，也不是轻而易举的事。

须臾，连指导员带领五排战士跃上山顶，他们纷纷跳入战壕中准备迎击敌人。

郭启超决定留下，三排排长史继根、班长李纪根、副班长大李子、机枪班徐副班长及机枪手等其余人员全部撤至窝棚东面的山顶上。

“为什么让我们撤下？”徐进上前问道，“我们也要打鬼子。”

“因为你们是新兵，打鬼子的任务多着呢，以后少不了你们。”郭启超拍了拍徐进的肩膀。

徐进一想也是，便和其他新兵一道撤到窝棚的山坡上，他知道四班的干部和五排的战士都是老兵，这样的任务不交给新兵是有道理的。

郭启超命令将士们严阵以待，密切注视山下的动响，此时天已放亮，远山近村已清晰地露出了它们的本来面目。

郭启超和五班的王副班长来到留在山顶的机枪班的徐副班长前，说：“徐副班长，你的机枪要注意隐蔽，打一会儿换一个地方，要当心敌人的炮弹。”

徐副班长是安徽湾趾人、老党员，他转动着枪管，双眼一睁道：“放心吧，指导员，敌人来多少，我就叫他倒多少……”

话音未落，只听尖啸之声破空而来。我方未及反应，只听一声飞响，山顶火光一闪，旋即山石、泥土飞溅，黑烟腾起，接着尖啸之声又起，两颗炮弹几乎同时落下，更为猛烈的响声撞击着战士们的耳鼓，更为浓烈的黑烟熏烤着身子，更为密聚的山石、泥土扑面而来。

硝烟未尽，郭启超和王副班长、徐副班长倒在血泊中。战士们忙上前救治，只见王副班长和徐副班长被炸得面目全非，已经身亡，郭指导员腹部受伤，鲜血直淌。郭启超推开救治的战士，忍痛站立起来，手指向西南方向："同志们，敌人上来了，等他们靠近，给我狠狠地打！"

郭启超原先判断敌人可能从中马占山和北马占山山洼处偷袭，因为那儿的坡比较平缓，易于进攻。但没料到的是，敌人开了一枪后便开始炮击，3 发炮弹竟全部朝机枪手飞来。

他忍着痛、咬着牙，觉得敌人这 3 发炮弹也许是事先通过望远镜看到了山顶的重要目标，也许是试探性地随意打了 3 发炮弹，但不管如何，炮弹轰击以后，便是步兵跟进，不需要多长时间，敌人便会出现在眼皮底下。他急命战士们挖战壕，修工事，放好手榴弹，架好枪，迎接来犯之敌。

此时，山上山下出奇地宁静，只有寒风吹起枯草发出丝丝的响声。

狗吠声没有了，黑影没有了，一切是那样的安详、宁静，东方已微微露出晨曦，远山、近村从黑暗的海洋里渐渐露出他那柔和的轮廓。

郭启超的心一阵一阵收缩，伤痛剧烈，额上的汗珠滚滚而下，这位经历无数次战斗的江宁龙都的老战士深知，现在这样绝不是什么好兆头，这往往是恶战的前兆。

他把嘴中咬着的草根扯掉，说："同志们，别大意，盯住山下，松懈不得。"

战士们绷紧了脸，紧握钢枪，双眼圆睁，死死地盯住山脚下。

好家伙，果然是偷袭！人影出现了，钢盔摇动了，那太阳旗猎猎作响。敌人弯着腰，扯着草，密密麻麻，分三个方向先向中马山扑来。

郭启超皱紧了眉——看来敌人得到了精确的情报，想占领马占寺直扑方家边。

"注意，大家不要慌，等敌人靠近，狠狠地给我打！"他捋了袖子，操起了驳壳枪。

敌人到了半山腰了，100 米、80 米、50 米……呼气声已灌入战士们的耳朵中。

"打！"郭启超一声吼。

子弹冲出枪膛，飞向敌群，手榴弹划着弧线扑向敌群，"砰砰""轰轰"作响，火光四起，硝烟弥漫。

日军惨叫着，滚下山底，但马上又聚合起来进行反扑，掷弹筒、小钢炮、歪把子机枪齐声吼叫起来，刹那间，中马山山顶火海一片。

四十六团政委钟国楚、团长黄玉庭听到了枪声跳了起来，他俩早已得到了情报。是夜，四十六团派往韩胡村、官塘方向的侦察员已发现敌情，并向团部做了汇报。钟国楚、黄玉庭认真作了分析。四十六团在塘马地区做了几个月的整训，于 10 月下旬西进溧水，是为了担负旅首长布置的恢复溧水抗日根据地的重任。

"皖南事变"后，二支队被迫东进，新军部成立后，十六旅西返，可惜原先的根据地大多丢失，恢复昔日的面貌已是当务之急，四十六团西进后便打下官塘敌伪据点，日军显然不会善罢甘休。敌情的出现，不可小视，需认真对待。

好在溧水白马桥地区是丘陵山区，地形有利于防守，有回旋的余地。团部和一营营部及三连驻马占寺东北约 1 公里的方家边，二连驻团部北面的俞家岗，一连驻赵家、上洋村，二营营部和五、六连驻马占寺东南约 1 公里处的西杨庄，四连则驻马占寺，这样的兵力配置攻守结合，十分合理。现在有了敌情，但不明了，唯一的办法是加强警戒，以备不测，视形势的变化随机而动。

团部传达给连队的消息刚刚发出，即刻便传来枪声，钟国楚与黄玉庭走出村外，马占寺方向骤然间枪炮声声，火光一片。

几个参谋走上前来："钟政委，鬼子来偷袭了，送上来的肥肉，我们包下吧。"

钟国楚没有作声，侧着耳朵朝马占山听了一会儿，旋即神色凝重，半晌不语。

钟国楚是老资格的军人了，在江西中央苏区，他就是老红军了，后来又随旅长罗忠毅参加了艰苦卓绝的闽西三年游击战争，抗战后，在二支队及十六旅与日寇作战多次，积累了极为丰富的作战经验。

他深知对日作战和对国民党、汪伪作战不一样，日寇军政素质高、战斗力强，加之武器装备精良，新四军和日寇作战完全是不对等的作战，别看四十六团有两个营，且经过塘马整训后战斗力有了大幅度的提高，但和日军相比，差距是明显的，现在一个团的兵力应付不了日军一个大队的进攻。眼下凭这密集的枪声和传来的炮声，可知敌人至少集中了中队以上的兵力，加之敌人偷袭是有备而来，现在只能避实就虚，安全转移。

"同志们，"钟国楚语调沉重，"我也恨不得冲上马占山，狠揍一顿鬼子，但敌强我弱，如贸然迎战，就正中敌人的奸计，我认为留下一部分战士阻敌，其余战士应全部转移。"

"对！"黄玉庭上前一步，"钟政委说得对，强敌在前，转移为上。通讯兵，传令二营长，从西杨庄抽出部分兵力支援四连，其余人员随团部向北转移。"

"是！"通讯兵行完礼转身朝西杨庄奔去。

中马山哨所激战正酣，敌军见新四军居高临下，山顶一时难以攻占，便按原计划从中马占山和南马山连接的山口洼地寻找突破口，再突袭方家边。

一队日军从汤家庄沿着山路刚刚进入中、南马山的山口，迎来的是张启标连长的一声怒吼："打！"四连共有 3 挺机枪，两把歪把子机枪是廖海涛在王甲战斗中缴获的，现全在山顶，已被炸毁 1 挺；第 3 挺为苏式 150 发圆盘机枪，是在溧阳黄金山反顽战斗中缴获的，现在在张启标的手里。随着张启标的一声怒吼，苏式机枪吼叫起来，子弹像雨点儿般喷射而下，敌人溃退而下。

敌酋见此道偷袭不成，想翻越南马占山，不料二营营长林少克率领五连早已抢占了南马山的制高点，排枪齐放，尤其是那挺马克沁重机枪玩命地怒吼起来，枪弹飞速而出，敌人倒下一片，只好溃退而下。

日军大队长尾田气坏了，他摸着脸上的血污狂叫着"八嘎"……

尾田内心翻腾，这次偷袭，他对南京大本营是拍了胸脯的，计划制订得也极为周密。大本营新的战略目标，是必须肃清苏南的抗日力量，以便抽军南下。四十六团在溧水，如芒刺背，必须消灭，即使消灭不掉，也必须把他们赶走，为下一步合围塘马打下基础。开始极为顺利，一路上行军未遇到哨兵，到了张家山，便见马占山。偷袭已成，攻击的枪声响后，不见中马占山有任何动静，九二式步兵炮试发了3发炮弹后，便实行偷袭战术，现在倒好，偷袭不成，反而损失了许多士兵，看来新四军早有了防备，难道是计划泄密了不成？但不管如何，一定要越过马占山，赶走四十六团。

尾田眨了眨眼，原先他估计新四军有可能在北、中马占山间设防，便采取偷袭中马占山的战术，出其不易，攻其不备，不料中、南两山均有新四军，看来北山也定有人把守，那么只有占领最高点中马占山，方可越山而过，袭击方家边。而现在制高点均在新四军手中，且互为掎角，相互支援，不好办。看来要先集中火力猛攻中、南马占山间的洼地，能攻下则好，若攻不下，也吸引了新四军的注意力，再伺机猛攻中马占山。中马占山一旦拿下，此战便可稳操胜券。

他命令从洪蓝埠赶来的一个中队的日军猛攻中、南马占山间的洼地，从溧水县城赶来的另一队日军进攻中马占山，先缓攻，后猛攻，放弃对南马占山的进攻。

日军的炮口齐齐地对准了中、南马占山间的洼地，接着是山崩地裂的炮声，敌人的枪口也齐齐地朝向了洼地，顷刻间弹如飞蝗，在空中交织而过。

火光一片，映红了战士的脸膛，硝烟四起，熏染了战士的双眼，瞬顷，泥土乱飞，铺天盖地般泻落在战士们的头上、肩上，炮弹爆炸的声响撞击着战士的耳膜，气浪搜刮着战士们单薄的身躯，山地在颤抖，天空在咆哮。

张连长毫不畏惧，以其惯用的立姿在阵地上移动指挥，“当心，趴下！”他叫喊着。

他跳跃着，挥着枪：“沉住气，炮声一停，鬼子就会上来，大家给我盯紧。”

骤然，炮声停息，张连长跃了起来，他透过烟雾看到鬼子发了疯一般往上爬动了。

“大家注意，靠近些……给我打！”他连发两枪，战士们的枪口齐齐地吐出火舌，敌人惨叫着滚下山去，偶尔有几个日军爬了上来，还未等他们举枪射击，便被战士们掷出的手榴弹炸成了几截。

尾田冷冷一笑，并没有对溃败下来的日军发火，而是命令步兵炮继续轰击，让洪蓝埠来的一中队的日军抽出部分兵力佯攻，其余全部迅速调到中马占山下，准备和溧水县城来的日军齐攻中马占山。

这次日军的炮火更猛，山顶的掩体工事全被炸毁，有几个战士倒在血泊之中。

炮声一停，日军吼叫着往中马占山与南马占山的洼地冲，张连长忙命一、三排战士们发枪射击，哪里有危险他就奔向哪里。在奔走间，他不幸腿部中弹，但他咬着牙让小战士扶着，指挥战士们顽强地阻击。

敌人始终没有跃上中、南马占山间的洼地。

此时，中马占山出奇地平静，敌人进行了第一轮攻击后，后面没有了声息，许多战士看到对面中、南马占山间的洼地鏖战正酣，以为敌人选择了其他进攻方向，纷纷请求增援中、南马占山间的洼地。

“当心，同志们，我们要坚守自己的阵地，敌人很狡猾，看来又要玩什么花样，我们不能上当。”郭指导员命令战士们赶紧修筑掩体工事，“同志们，更大的战斗还在后面。”

他拍了拍小战士的肩膀，说：“要节约子弹，不要放空枪，等敌人挨近了再打。”

掩体工事还没修补好，突然空中传来一阵尖啸声，旋即火光一亮，爆炸声四起。

“当心，大家趴下，敌人放炮了。”郭指导员话没说完，敌人的炮弹就雨点儿般地落下了。

尾田这一次让一部分日军继续攻击南马占山，其余日军倾其全力进攻中马占山，他把所有的炮口转向中马占山，一齐轰击。

这一次的轰击可想而知，整个中马占山裹拥在硝烟中、火光中、气浪中。

天已放亮，战士们的脸膛漆黑一片，衣服是破洞累累，还冒着点点火星。

炮声刚停，日军吼叫着，戴着钢盔，挺着刺刀，向山顶冲击，一小部分日军已快爬到山顶了。

“打！”一声吼叫，我军愤怒的子弹射向日军。日军惨叫着，如软泥般瘫倒在山坡上。

机枪手架着歪把子机枪对着敌人一阵狂扫，敌军连忙趴下，躺在山石后。

日军单兵作战能力强，射击技术高，枪法极准，他们四面散开，做扇形攻击，有的则迂回包抄，进行侧攻，中马占山的形势一下子危险起来。

郭指导员急命通信员向营部汇报，一面命令战士们英勇阻击，一面誓与阵地共存亡。

四班李副班长挺立山头，一边向敌人投弹，一边组织战士阻击。“同志们，多坚持一分钟，便多一分胜利，我们一定要让大部队安全转移！”

敌人炮火轰击，步兵跟进，多方进攻，果然奏效。虽然正面仰攻之敌在战士们的火力压制下动弹不得，但侧面迂回而至的日军非常活跃，他们或突击而上，或施放冷枪。

有几个日军跃上山巅，吼叫着朝战士们扑来，郭指导员眼睛都红了，捡起一把轻机枪，叫喊着扫射起来，日寇纷纷倒下。

一个日寇突然跃起，紧紧抱住了他，幸得另一名战士赶来援战，三人一起倒在了血泊之中。此时增援部队冲了上来，把冲上山巅的日军全赶了下去。

战斗已达半小时，林少克奉团部命令急命四连撤出战斗。

郭启超被抬到了半山腰，失血过多，生命垂危，他脸色苍白，声音微弱，蠕动着嘴对史继根、李纪根、徐进说道：“我……不行了，你们走吧，我在江宁龙都尚有一女……快撤……快撤……多打鬼子。”

英雄渐渐合上双眼，长眠于马占山上，徐进等人含泪用树枝把他遮蔽在马占寺东南 100 米处，便急速向西杨庄方向转移。

日军发动了新一轮攻击，他们吼叫着向山顶攀爬，一路并没有遭到阻击，他们疑惑地冲上山顶，却发现山顶已空无一人。

硝烟散尽，只见山下树木森森，寺庙巍峨，池塘泛着冷冷的波光，方家边在朝阳下清晰可辨，只听日军一阵喊叫，迅速地扑向马占寺。

进入寺庙后却一无所获，新四军活动的痕迹隐约可见。尾田十分恼怒，下令要火烧马占寺。

马占寺被火海吞没。

突然，尾田得到消息，新四军向马占寺的北面突围而去。

“向嘎够！”尾田拔出战刀乱喊着，指向了方家边。

日军行动神速，疯狂地穿过树林，越过池塘，跨过田垅，扑向方家边，接着从方家边后面的秧塘凹大坝到达前塘庙北的张子山，企图拦截四十六团，切断我军后路。

此时，一营营长廖坚持已命三连保护团部先行转移，自己率主力二连由方家边经俞家岗迂回到赵家村，向一连方向靠拢。突然传来战士急报，敌人已尾随至张子山，企图拦截我军。

廖营长用望远镜照了照张子山，发现敌军已集结于张子山下，正准备发动攻击，为了掩护团部和二营后撤，廖坚持迅速命令一连向南占领张子山，二连占领小张子山，用火力予以支援。

"你们无论如何都要把敌人挡住，这关系到整团战士的安全转移。"

二连连长何永棉朗声应答："营长放心，部队没有转移完，我们绝不会后退半步！"

随即，何永棉率领一、三排向山顶冲去，让指导员姜恩义带着二排用火力进行掩护。

战士们先一步到达小张子山顶，随即对日寇施以密集的子弹。

四十六团有3个营，三营在重建军部时调至苏北，后来十六旅重建三营，营长为孙爱之，副营长为王桂馥，但此营兵力甚少，一营遂成为主力。一营在溧阳塘马整训时，训练刻苦，成绩卓著，战术有了明显的提高，射击技术和刺杀技术与昔日相比，已不可同日而语。四十六团西进恢复江、当、溧地区，一营冲锋陷阵，威风八面。

清晨战斗打响后，一营战士摩拳擦掌，恨不得马上扑向敌阵，此时，仇人相见，两眼分外地红，二连战士们吼叫着，排枪齐放，撂倒后面的日军后，便与后续上来的日军交上火。

何永棉、姜恩义是能征惯战的猛将。何永棉，浙江温州人，经历过艰苦卓绝的三年游击战争。姜恩义，溧阳大溪藤村人，1938年日军占领溧阳以后，他和孪生兄弟率领本村及邻村抗日自卫团民众多次抗击凶恶的日军。一天，日军从南渡小金山下乡骚扰，姜恩义兄弟率众抗击，日军见民众甚多，边打边撤，民众奋然追击，追击时，其孪生哥哥为敌军所害。姜思义发誓要为哥哥报仇。1939年初，经周城地下交通员"丁长腿"介绍，姜思义到溧水白马桥参加了新四军，成为二支队四团的战士，因作战勇敢，他很快由普通战士上升为一营二连指导员，后随罗、廖东征西讨，屡立战功。他们两人带领战士们利用有利的地形，发挥近身作战的特长，或弯腰躬身，或半蹲跪地，或直立挺胸，以不同的据枪方式和射姿向敌人袭击，打得敌人嗷嗷乱叫，翻滚而下，敌人一下乱了阵势。

尾田大怒，用战刀连劈两名日兵，他吼叫着，在山下松林里整理好队伍，准备进行反扑。姜恩义一看，猛地一惊，若敌人整理好队形，分梯次用炮击、步兵轮番冲击，小小的张子山是无论如何也守不住的。

姜恩义热血一涌，急和何永棉商量，何永棉点点头，召集战士们齐集而来："同志们，我们不能和日军打阵地战，我们应趁敌人立足未稳，先行冲锋，到下面榆松林里和他们肉搏，打他们个措手不及。"

"好！拼个你死我活！"战士们齐吼着，一排排长赵义金上好刺刀，吼叫着带着战士们向山下树林扑去。

尾田正让士兵拖着步兵炮，调转炮口，准备炮击，忽见新四军如猛虎一般奔腾而下，一时慌得瘫倒在地，他无论如何都不敢想象新四军会主动冲击，敢和大日本皇军进行白刃战。

日军慌了一阵，接着上好刺刀嚎叫着在松林里应战起来。

日军起初还很自信——自进入苏南后，他们所向无敌，尤其是白刃战，由于中国人体质弱、技术差，一个日兵对付三个中国士兵还绰绰有余，现在新四军主动出击，岂不是自投罗网？

但日军很快慌张了，一来被战士们的气势震慑住了，他们还很少见到如此勇武的中国军人；二来新四军战士的刺杀技术远非昔日可比；三来松林里树木多，日军枪身长，有点施展不开，况且新四军战士们后背挂着大砍刀，施展不开时，可以拔出砍刀劈杀，那样无论如何日军都是招架不住的。

战士小吴来自福建闽西，自幼爱好武艺，砍杀技术出神入化，此时他扑进森林，扔掉长枪，拔出砍刀扑向敌人。

两个鬼子见小吴使用砍刀，嘿嘿冷笑，一个正面突刺，一个绕行斜刺，只见小吴一个转身，双脚灵活地挪到一棵树后，两名日军差点相互刺上，小吴顺势翻转手腕，连劈带砍，两名日军顷刻毙命。

战士小王刺杀技术原本一般，后在塘马整训时练就了自己特有的技术，他常常先用枪尖撩拨对方，在对方后退时，突然劈刺，再侧身用枪托后击对手。果然，一名日军吼叫而来，小王迎面而上，刺刀搏击，乒乒乓乓一阵作响，小王用娴熟的正面刺杀技术逼得敌人连连后退，日军退到树旁，刚好背对松树，小王一声吼叫，迎面一个劈刺，对方无法后跳，只得用枪抵挡，小王近身侧转，回手一枪托正击中那矮小的日军头部，只听日军一声惨叫，脑浆迸裂，四射而出。

赵义金碰上了日军小队长，小队长拔出指挥刀，手戴白手套，双眼圆睁，灵活地移动着脚步和赵排长对峙起来。

几番交手，赵义金感到吃力，这鬼子果然有两手，一把指挥刀舞得呼呼作响，刀光一片。赵义金是江苏江阴人，江阴人尚武，他自幼练过一些武术，有一定的功底。赵义金灵机一动，一个突刺后迅速后跳退却，鬼子小队长见赵义金脸露怯意，一阵冷笑，挥刀猛劈。赵义金一下绕到树后，小队长收刀不及砍中树干，赵义金趁势掏出手榴弹，用力敲向敌首。

鬼子小队长正在拔刀，躲闪不及，一阵惨叫，鲜血四溅，仰面倒在松林里。

姜恩义的家乡溧阳并不尚武，但民国时期兵荒马乱，村民纷纷组织武装团体进行自卫，也进行过一定的武术训练，姜恩义也练过一阵子刀枪棍棒，虽称不上高手，但对付一般人绰绰有余，尤其他膂力过人，一把石锁拿在手中舞得呼呼有声。何永棉也有一定的格斗功底，他一声喊叫，二人扑入敌群。

此时，松林里，喊杀声、金属撞击声、松涛声相互激荡，声震于天，汗水味、草树味、血腥味、火药味回旋翻滚，刀光、日光交相辉映，一切在旋转，一切在升腾，为了民族生存，战士们用热血谱写着壮丽的乐章。

姜恩义腕力大，硬生生地夺过一把刺刀，捅死了一名日军……

日寇倒下了，我军战士们也倒下了。小吴在连砍数人之际，被一个日军刺伤，又遭另一个日军突刺，小吴双眼圆睁，劈倒一个日军后倒下了；小王力战数人，引得大群鬼子涌来，乱战中他也负伤倒下，壮烈殉国。

尾田见如此缠斗下去，无法追赶北撤的新四军，便丢下武士道的荣耀和军人的尊严，命令士兵向正在白刃战的双方士兵开枪，5 名新四军战士和搏斗着的日本兵共同倒下。

战士们见状，怒火万丈，停止格斗，掏出手榴弹，纷纷投向涌来的日军，日军被炸得血肉横飞，退向松林的一角。

何连长急命战士退出松林，防止日军炮击。此时，通信兵跑来，传达营部命令："报告连长，廖营长感谢大家阻敌成功，现在团部已安全转移，营长命令战士们速回，和二连合兵向北转移。"

何连长只得和7位拼刺刀牺牲的战士告别，命战士们迅速转移，把松林和小张子山山顶交给日军。

日军在尾田的指挥下，对松林进行了猛烈的炮击，炮击一停，日军突击队便喊叫着扑向松林。松林里已见不到任何新四军的踪迹，日军又向张子山山顶扑来，待爬到山顶上，除了草木、石块和同伴的几具尸体外，一无所有。

尾田用望远镜朝四周瞭望，在贺龙岗至白水塘的方向上，发现有新四军快速移动的踪迹。

尾田见东北是一片原野，加之河汊纵横，阡陌交错，自己两个中队的兵力偷袭尚行，如大规模与新四军交战，四十六团有千人之众，弄不好会偷鸡不成蚀米一把，他无奈挥挥手，命令日军停止追击。

尾田看着受伤的士兵和8具被刺死的士兵尸体，咬牙切齿，对东北咆哮着："好个四十六团，我看你们往哪跑，你们往东跑吧，越东越好，过几日大日本皇军再来会会你们！"

他一挥手："撤！"日军便向官塘、溧水方向撤退。

四十六团安全转移。当夜，钟国楚、黄玉庭电告远在溧阳塘马村的十六旅旅部罗忠毅、廖海涛首长，向他们告知一日战况，并请示部队是否返回塘马地区。罗、廖电告，由于敌情不明，若四十六团东来旅部则过于拥挤，万一遇敌，不好周旋，况且四十六团恢复溧水抗日根据地的战略计划不可动摇，不管遇到多大困难，都要原地坚持。钟、黄二人确定把部队转移原地，团部仍设于方家边，一营、二营调防，继续进行武装斗争。

战斗刚结束，白马镇涧屋村村民王古书立即召来葛秀邦等几位青年，将郭启超等3位烈士的遗体抬进马占寺旁一间小草房内（大庙已被日寇烧毁），他们将烈士脸上的血迹和污泥一一擦洗掉。第二天一大早，王古书等人就去新桥买了3口棺材，悄悄地分批运出新桥。在西阳庄村南马占山脚下找了一块依山傍水的墓地，含泪埋葬了3位烈士。

马占寺战斗，于清晨6时揭开战幕，经过两个多小时的激战，四十六团战士打退了日寇偷袭、强攻、拦截等手段的进攻，打死打伤敌人30多人，粉碎了敌人的阴谋，四十六团胜利转移，并坚持在溧水经巷、李巷等地区开展抗日斗争，为我军恢复和建设溧水抗日根据地保存了可贵的实力，并为塘马战斗后苏南党政军领导机关移驻溧水，继续领导苏南人民坚持抗日斗争创造了有利条件。

浴血塘马

1941 年，为了打开苏南抗日的新局面，新四军十六旅和苏皖区党委积极应战。11 月 25 日在旅部所在地溧阳县塘马村紧急召开地方武装会议。

秋已尽，冬已至，苏南大地笼罩在薄薄的晨雾中。溧阳县塘马村刘家祠堂门前的空地上沾满了霜花，刘秀金家门前大树上的鸟雀也少了那份聒噪，一切是那样寂静。

下午，供给部部长张其昌正在做关于如何解决地方财经供给的报告，罗、廖二人匆匆离开会场。这一举动漾起一层涟漪，与会者看见罗、廖二人神色凝重，预感到发生了大事。

天色更加灰暗了，风更大了，风声淹没了张其昌的讲话声。

11 月 27 日，情报，又是一份情报，从金坛交通站转来。交通员急速从金坛城赶到戴巷，李钊急命茅山湖西保安司令部通讯员把情报转到旅部。

情报很简单：日军在金坛城增兵，又闻薛埠日军也在增兵，并扬言南下，目标不明，望首长注意敌之动向。

罗、廖二人看着这张小纸条，双眉紧皱，沉思起来。随后，二人径直来到村东司令部，走上二楼的转角马楼处，坐定后，细细地分析起来。

罗忠毅神色冷峻："我看先派人去瓦屋山、天王寺、薛埠一带侦察一下，这样会更有针对性。"于是他通知参谋张业迅速赶到司令部。

张业来到后，罗、廖二人把情报交给张业，然后命张业派人迅速侦察敌情，把侦察到的情况迅速传回旅部。

晚上 9 时许，两个黑影匆匆来地到村东司令部，一进大院，他们就急忙对卫兵说："罗司令、廖司令在吗？"

见到后，侦察员小林、小孙忙向罗忠毅、廖海涛行了军礼，他们脸上的汗水还未擦净，身上的衣服还是湿漉漉的。

"敌军在天王寺大量增兵，并配有坦克和大量的大炮以及马骑。我们在横山岗情报站那边又得到情报，薛埠敌军大量集结，还来了不少骑兵……"

"好，辛苦你们了，你们下去休息吧！换换衣服，快去吃饭。"罗忠毅挥了挥手。

"廖司令，我们俩好好研究一下，然后赶快开一个会，讨论一下如何应对敌情。"

"对，事不宜迟，应该马上召开一个军事会议。"廖海涛点了点头。

20分钟后，与会人员到齐了，他们集中在村东刘赦大家庄。为了开好会，警卫员特意从大祠堂战地服务团处要来一盏汽油灯。那汽油灯挂在空中，嗞嗞作响，光线又白又亮，把整个大厅照得如同白昼。

罗忠毅、廖海涛、王直、王胜、游玉山、张业、王桂馥、黄兰弟、张连升，还有几个参谋及其他几个科长，共15人聚集一起商讨起敌情来。

几个参谋你一言我一语地议论着，他们一致认为敌人进攻国民党的可能性最大。

游玉山站了起来："罗司令、廖司令，我觉得旅部应该移动一下，我们在塘马待的时间太长了……"

这一下子，大家议论纷纷，整个空间像炸开了锅，声浪、热浪、气浪把从门外意欲飘进的细雨扫荡得干干净净，连那盏高挂的汽油灯也要凑热闹，其光亮像有节奏似的一阵亮似一阵。

众人的语言从不同的角落、方位飞向罗、廖二人的耳中，虽然音节各异，但意思差不多。不转移，有危险，要转移，又没地方转移，就是这么一个现状。解决方案没有，或者说没有合理的方案，或者说原地不动是不合理中的合理方案。

"老游，这个问题让我与廖司令再商量一下。这儿集中了许多干部，周围有被服厂、机械所、卫生所，一时难移。另外，移向何方这个问题，我们还要研究。"罗忠毅的声音十分沉重，他又转向廖海涛，"廖司令，我们先传达命令，要旅部特务连、四十八团、四十七团二营、四十六团九连做好战斗准备，夜间增派复哨、班哨、游动哨，明天提早吃饭。"

"好。"廖海涛点了点头。

罗忠毅发布命令："机要科迅速发电，请示师部，对上述部署有无异议。急电四十六团，命钟国楚、黄玉庭加强准备，防止可能发生的进攻。"

11月28日，早晨浓雾一片，五连小战士尹保生在离塘马村西1公里许、邵笪村西北面四五百米远的小坟包上走动着。他是后半夜换岗上去的。一阵风刮来，雾稀释得更薄了，他突然发现就在自己身边不远处，站着几个被寒风吹得瑟瑟发抖的人，一看那帽子、刺刀，小尹便惊叫了一声："日本人！"

小尹的枪先响了。"叭叭"两声，枪声划破了寂静的上空，鬼子一阵骚动，由于看不清人，只是趴着乱放枪。小尹一边放枪，一边朝邵笪村飞奔而去，一边叫喊着："鬼子来了，鬼子来了！"

"叭叭"，马狼山的两声枪响划破了清晨寂静的长空，当枪声穿破薄雾笼罩的空间，震荡在塘马村上空时，罗忠毅、廖海涛一前一后从村西大祠堂奔向沟沿坟，他们两人手上都拿着望远镜。

日寇来势凶猛，罗忠毅、廖海涛立即传令旅部特务连和四十八团二营坚决抵抗，由旅政治部组织科长王直带领机关人员向东转移去长荡湖边清水渎圩区。接着，罗忠毅、廖海涛冒着敌人的炮火站立在村东大路口，亲自指挥机关千余人的队伍通过村边塘马河上的小桥。

除邓仲铭不在外，转移队列中有王直、乐时鸣、欧阳惠林、许彧青、张花南、张其昌、芮军、樊玉琳、樊绪经、洪天寿、陆平东、陈练升、钱震宇、诸葛慎、朱春苑、潘吟秋、徐若冰、史毅、牟桂芳、夏希平、陆容、田文、李英……途中旅教导大队和驻戴巷的苏南保安司令部人员也跟了上来。

驻扎在东北观阳村的旅部特务连，先行与敌交火，奋勇抗击，直至与日军展开面对面地拼搏，以保卫旅部东北侧的安全。

邵笪里、南山洼是抗击日寇西北和西南两个主攻方向的战斗。我军四十八团二营驻守在离塘马四五里的南山洼一线，27 日晚，我军根据旅部的敌情通报，并作了具体战斗部署，命令四连为战斗值班连，派出有经验的老排长李国荣排担任陆笪方向的排哨，加强战备，由五连向竹箦桥方向派出班哨，六连还加强了复哨，构筑了防御工事，做了伪装。干部轮流值班、查哨，视察动静。

拂晓前，先是四连一排的复哨在浓雾中听到了前方有人马在移动，发现敌人步兵、骑兵在道旁停息等候天亮，战斗小组准备出击。四连连长雷来速和指导员许家信闻报后迅速集合二排、三排跑步赶到预设阵地。6 时许，塘马东北方向的枪声一打响，敌人便恶狠狠地向我军四连防地猛扑过来。四连英勇奋战，半小时内即毙伤日寇数十人，敌人的第一次进攻被击退。我军战士重伤 2 人，轻伤 5 人。初战告捷，士气大振。

枪声刚稀落下来，北面又隐隐传来坦克开动的沉闷响声。营长黄兰弟判断邵笪里四连这边是敌人主攻方向之一，步兵之后，骑兵和坦克会接踵而来，随即亲率五连前去支援。果然不到 20 分钟，日军百余骑兵便在两侧机枪火力掩护下，杀气腾腾地直冲过来。我军四连、五连在黄营长沉着果断的指挥下，放敌靠近 150 米左右，集中步、机枪火力狠打，打得日军骑兵人仰马翻，乱了阵脚。四连一排长李国荣抓住战机，带领几个战斗小组猛冲上去，一个反冲击将敌骑兵打退。

西北之敌进攻受挫，西南一路敌人立即策应，由竹箦桥东北角向我军南山六连阵地实施猛烈炮击，弹片雨点般落下。炮火准备过后，日军分股成梯队齐头并进往山坡上冲来，对我军实施强攻。六连在营政委廖堃金指挥下，打得机动灵活，连续击退敌步兵、骑兵的轮番冲击，使敌人从西南后周方向突破我军防线的意图未能得逞。

就这样经过一小时激战，我军四十八团二营在西南、西北两个方向连续击退敌步、骑兵的轮番进攻，毙伤日寇数十人，我军亦伤亡 10 余人，旋即奉命撤至第二道防线拖板桥河东岸抗击敌人。

四十七团二营在塘马正北大家庄的特务连阻击之时，遭日寇猛袭，突围而出，四十六团九连在下梅方向遭敌分割，也突围而出。

上午 8 时许，罗、廖首长召集 10 余位领导干部，到刘家祠堂前围成一个圈开紧急会议，廖政委一边指着地图，一边分析：“敌人对我们采取多路合击、突然包围的战术，情况紧急，我们必须打破敌围歼我苏南党政领导机关和警卫部队之意图……”突然一颗炮弹落在附近爆炸，烟尘腾空而起，呛人的火药味扑鼻而来。廖政委继续大声交代：“无论敌人来势多么凶猛，战斗部队一定要沉着镇定，坚决顶住敌人的进攻，保障机关、后方单位和人民群众的安全转移。请罗司令下命令！”

在村头，肉眼已看到西北面几千个日本鬼子在邵笪里阵地上展开，太阳旗插在马狼山山包顶上，炮兵继续炮击塘马，骑兵顺南山稜线由西南向南迂回奔驰。罗忠毅立即命令：四十八团二营在西面，旅部特务连在东北，四十八团特务连在南面，继续抗击尾随敌人。王胜请求留下阻敌，罗忠毅没有同意，命其带领最后一批人员撤向东面，并指定廖堃金率二营抽调的60余人随后担任直接掩护，乘敌军尚未合拢包围圈，经王家庄、西阳村、陆甲、戴家桥方向突围出去。

罗、廖两位首长处在生死存亡的关头，却在为谁殿后而争执起来，他们争相把死的危险留给自己，把生的希望留给对方，谁也不愿离开殿后的战斗指挥岗位，结果谁也没有走，都留了下来。

黄兰弟来了，四连、五连、六连的连干部除陈浩外都来了，战士们也逐一来到塘马村东边下木桥边的谷场上。

罗忠毅转过身对着廖海涛说："廖司令，你带特务连二排和四连、五连防守新店、塘马一线，我带特务连三排、黄兰弟的二营六连和团部特务队防守塘马河一线，如果不利，则退守王家庄，伺机从东南突出。"

"好！"廖海涛向罗忠毅行了一个军礼，"罗司令，千万小心。"

罗忠毅抿紧嘴唇，点了点头，说："那边的任务不轻，你也要小心。"说毕，罗忠毅紧紧地握住了廖海涛的手。

四连、五连和特务连二排在廖海涛的率领下，于新店、塘马一线有效地阻击了日军，罗忠毅率领特务连三排、黄兰弟二营六连和团部特务队在塘马河及后周木桥有效地阻击了敌人。但国民党出卖了民族利益，故意让出防区，让日本人来消灭新四军，绸缪南面的国民党军队悄悄撤出，新四军陷于四面包围之中。

廖海涛终于见到了罗司令，塘马村头一别3个多小时了，罗司令的脸被烟熏得黑黑的，脸膛黑得几乎发亮。当然，廖海涛自己也好不到哪里……

"廖司令，快来，有新情况。"罗司令嗓子沙哑，但神色依然是那样沉着，从容不迫，他向来是处惊不乱。在闽西作战时，敌人追赶至离他只有二三十米远，他都敢回身开枪射击。

"东南方向出现了日军，我们将四面受敌。"罗司令语调十分沉重，"驻扎在绸缪一线的国民党肯定让出防区了。"

"可耻的国民党军！"廖海涛用手猛烈地拍打着被炮火烧焦还冒着白烟的柚树，想想在高庄战斗中，如果不是我新四军背后一击，国民党六十三师很有可能全军覆没，我们在战后还归还了他们许多枪支弹药，"卑鄙无耻！"廖海涛大声地叫喊着。

"现在的问题是，部队如果突围，只能选择正东方向，但这将和转移的机关人员同一个方向，那敌人必将尾随攻击，这无疑是引虎入室，驱虎赶羊，绝不可行。即使东南方向敞开，现在撤离还为时尚早，我估计王直他们至多到达西阳。另外，敌人已有一部分士兵向别桥方向挺进，随时可能北上和机关人员遭遇……唉……形势严峻呀！"罗司令的语调更为沉重了。

"还有一部分士兵已向别桥挺进？"廖海涛的心咯噔一下，猛地跳动起来，眼前突然冒出一幅可怕的画面：敌军在河汊密布的田野上举刀乱砍、举枪猛扫，机关人员纷纷倒地，鲜血迸射……

"我做这样的安排：抽调团部特务队，先行从东面突围，四连、五连、六连政治干部随之突围，余下的战士死守王家庄，死死拖住敌人。”罗忠毅说完，朝廖海涛看了看，征询着他的意见。

是呀，罗忠毅的用心廖海涛知道，部队不能突围，只能撤去一小部分人员去挡住尾随的敌军。至于撤出政治干部，明显是为了保存抗日的宝贵力量！

此时，四周的枪炮声突然平息了下来，寂静得令人可怕，只有火苗乱窜的瑟瑟声在空中作响。战场突然处在一种死一般的寂静中。

王家庄将成死地，在此继续战斗，无疑都将壮烈殉国，如果全部从东面缺口突围，不但难以全部从东脱身，而且会殃及脱离险境不久的机关人员，后果更为惨烈，所以撤走一小部分人员并让这小部分人去阻击尾随之敌，是可行的。团部特务队战斗力弱，由他们阻击尾随之敌也是恰当的。廖海涛点点头：“我同意！”

罗忠毅转过身来，“得赶快行动，撤退的负责人是你老廖……”

廖海涛上前一步，语调平缓而又沉重：“罗司令，你我相识相知不是一天两天了，军队离得开你吗？”

罗忠毅眼圈红了，嘶哑的嗓子发出了沉痛的音调：“老廖，苏南的军政大局同样离不开你呀！”

“是呀，只要机关人员能完全脱险，抗日的宝贵火种能保全，那一切算不了什么，天知地知，你知我知，我们给后人留下的教训会有人总结吸收……我看你赶快率队东出茅棚，穿越诸社……这里交给我吧！”

“不！”罗忠毅斩钉截铁地说，“我誓与这儿的战士共存亡。老廖，你理论素养高，好好给我们总结总结吧！”罗忠毅的眼光如此坚定，口气如此坚决，是前所未有的。

如果说先前留下还不至于完全处于死地，那么现在留下，生还的可能几乎就不存在了。可他如此坚定，把死亡留给自己，廖海涛也绝对不可能再走了。

詹厚安、张光辉、许家信、顾肇基来了，40 多名战士也来了……他们在等待着罗、廖的命令。

廖海涛发话了，他用尽了全力叫道：“詹厚安！”

“有！”詹厚安应声而出。

“你全权负责连队的指挥，带部队迅速东出，阻击沿途之敌，保证机关人员的安全，到长荡湖边和机关人员会合。”

“是！”

“你们立即出发，不容有失！”廖海涛手一推，手掌沉沉地按上詹厚安的胸口，詹厚安泪水一涌，率队东突了。

离去的战士犹如乘上一叶小舟，驶离硝烟弥漫的大海，留下的战士则成了孤岛上的客人，伫立在这小小的方圆一两公里的大地上。

突然，东南方向的上空发出一阵尖啸声，3 颗绿色信号弹燃起。

罗忠毅猛一回头，见廖海涛还在原地未走，大惊失色：“老廖，你怎么不走？”他朝东南方向的上空看了看，跺着脚，“你怎么还不走？”

廖海涛平静地看着罗忠毅，上前挽住了他的胳膊，说："罗司令，恶战开始了，咱们兄弟就是死也要死在一块！我俩在一起，就一定能拖住敌人，机关人员就一定能转移出去，即使我牺牲了，也无碍苏南抗日的大局，死也值得呀！"

罗忠毅见廖海涛说话如此坚决，凝视着廖海涛，半晌，长长地叹了一口气，想说话，可再也没说出话来……

廖海涛看了一下表，说："现在是九点半了，我看再坚持个把小时，机关人员应该撤离到长荡湖边，到了那儿就大为安全了，我们再坚持 1 个小时，只要有可能，我们就往外冲！"

廖海涛向罗忠毅行了一个军礼，说："罗司令，我去那边了。"

罗忠毅黑黢黢的脸膛上掠过一丝痛苦之色，他干裂的嘴唇嚅动了一下，想说什么，但嘴中始终没有吐出一个音节，只是凝望着廖海涛，一动不动，犹如雕塑一般，他猛地向廖海涛行了一个军礼。一颗炸弹在他不远处爆炸，巨大的火球衬托着他的背影，他高大伟岸的躯体染上了一层暗红色，整个身体似乎放射着光芒，显得格外耀眼……

日寇的疯狂攻击像狂风暴雨般再次卷来，在山炮、九二步兵炮、掷弹筒的猛烈轰击，轻重机枪、步枪的密集射击下，房屋被炸毁，墙壁上百孔千疮。四连连长雷来速、五连连长陈必利先后牺牲，班排长多数已阵亡。战士们一个个中弹，有的倒在血泊中，有的还在艰难地爬行，有的抱着枪僵立在墙边，四处是硝烟弥漫，鲜血飞溅，到处是尸体横卧。

罗忠毅没有说一句话，而是从战士手中抢过机枪，猛地大叫一声，跃进坟包，把枪往坟包上一架，"嗒嗒嗒"地朝迎面扑来的敌人狂扫起来。

五连副连长一见，眼睛也红了，用尽力气叫道："同志们，退到这里为止，响应罗司令的号召，我们同敌人拼啦！"他端起枪，上好刺刀，跃向坟包，战士们一见，精神一振，又扭转身，用尽最后的余力向敌人扑去。

敌人涌上来，被罗忠毅用机枪一阵猛扫，躺下了好几个。

不知从哪里冒出一个日军，将枪杆架在田埂上向四连的战士扫射，几名战士惨叫着捂着胸口倒下了。

看着倒下去的战士，罗忠毅眼睛都红了，他的身边响起了巫恒通的叫声："罗司令，报仇呀，报仇！"他跳了起来，跨过坟包，端着捷克式轻机枪，枪口对准了疯狂扫射的日军。

忽然罗忠毅的脑海里浮现出满脸血污的柳肇珍，只见柳指着田埂边的日军叫道："老罗，快打呀，打死这些狗强盗！"罗忠毅鼻子一酸，双眼喷出愤怒的火焰，他叫喊着，端着机枪绕到敌人的侧面，扣动了扳机，枪管顿时喷着猛烈的火焰，机枪的两个叉脚在空中有节律地抖动着，罗忠毅整个身子也随着机枪猛烈地抖动，"狗强盗，让你们见阎王去吧！""嗒嗒嗒"声伴随着猛烈的喊声在空中回荡，雨点儿般的子弹扫射向敌人，只见敌人的头颅、肩膀猛烈地抖动着，最后趴在田埂上一动不动了。这几个敌人刚被消灭，另一批敌人又从桑树地冒出，他们的枪口对准了罗忠毅，罗忠毅一个跳跃，又用机枪对他们扫射起来，"狗强盗，来吧，我让你们来吧！"

西边敌人的冲击被打退下去，东北方向的敌人又冲上来了。廖海涛指挥特务连。阵地上尘土乱飞，人员伤亡多，情况更加危急。罗旅长急令五连副连长带两个机枪手过去支援廖政委和特务连。

罗忠毅看了一下表，快10时30分了，战士们已反复冲杀多次。看样子，机关人员应该到达湖边了，按正常计算，长荡湖边离塘马村至多15里，按部队行军的速度应该到达那个区域了，他爬起来，朝几个阵地上看了看，盘算着如何寻找突破口冲出重围。

罗忠毅一露出身子，几支枪管齐齐地向他瞄准。

突然一股鬼子从侧面扑来，一阵猛烈地扫射，一下子倒下好几名战士，罗忠毅怒火中烧，端起三八大盖射击，他十分遗憾，原本那把捷克式轻机枪不在身边，如果有轻机枪在，面对这些密集的敌人，一阵扫射将会是何等的收获。

那几个鬼子平心静气，用手指轻轻扣动了扳机，子弹穿膛而出，飞向了罗忠毅那高大的身子。

那颗罪恶的子弹破空而来。

罗忠毅端着三八大盖，仍猛烈地射击，仇恨的子弹射向敌群，钻进侵略者的肉体。

那颗罪恶的子弹在空中加速飞行，子弹摩擦空气吱吱作响。

罗忠毅双手剧烈地抖动着，他射击技术精良，枪托有规律地撞击着他的肩胛骨，小臂随之以相应的节律抖动着。

罪恶的子弹离目标越来越近，空气的摩擦使弹头变得滚烫滚烫。

罗忠毅吼叫着：“狗强盗，你们来吧，你们统统上来吧！”他嘶哑高亢的吼声在王家庄的上空回荡，音符穿越山山水水，飘落在襄樊、飘落在瑞金、飘落在闽西、飘落在茅山、飘荡在太滆、飘落在塘马……

罪恶的弹头终于撞击到英雄的额头，就在那一刹那，英雄端枪屹立，纹丝不动，阳光照在他的头顶、他的脸和前胸，双腿在逆光下显得略微灰暗，整个身子具有凝重的、立体的雕塑感，线条轮廓刚劲，神情冷峻，脸上愤怒的表情停格凝固，喷出火焰的双眼放出了最后一道火花，干裂的嘴唇在大开大合后微微闭合，似轻轻地蠕动着，枪托依然顶住他的肩胛骨，双肘依然托住枪管枪柄，双腿依然坚实地踩在苏南潮湿的土地……一刹那，英雄屹立，定格在苏南硝烟弥漫、炮火连天的战场上。

……

英雄倒下了，枪从手中滑落，他身体倾斜，在烟雾的轻托下缓缓地倒下了，太阳照在他的脸、前胸、双腿上，他的脸上仍保留着那份愤怒之情，鲜血从前额溢出，在阳光披拂下，英雄的躯体染上了浅浅的金黄色，他的身下是灰色的土地和枯白的衰草。

他倒下了，他离开了这个世界，进入了一个无法感知的世界。

“罗司令！”“罗司令！”警卫战士哭着呼喊。然而，这位闽西人民和苏南军民敬爱的抗日名将再也没有睁开他那敏锐又和蔼的双眼。

罗旅长的壮烈殉国更激起了我军忠勇将士血战到底的满腔怒火。在100多米外的廖政委闻讯后悲愤交加，他大声疾呼：“同志们，为罗司令报仇！为罗司令报仇！坚决消灭敌人。”一颗颗复仇的子弹在敌群中开了花。敌人被这阵猛烈的还击打得惊惶失措、晕头转向。

一场血战，一场短兵相接的血战在苏南的王家庄北展开了。

烟雾遮住了战场，里面的战士与日军都看不到阳光的明艳，也无暇去看那远离地球照射过来的阳光，他们只有一个信念：拼杀，消灭对方。

整个战场的人都在旋转，头在旋转、腰在旋转、双腿在旋转，在呐喊声、尘埃、飞血、汗水、脑浆、硝烟汇成的激烈中回旋，升腾。战士们在杀敌报国的信念下，在为罗忠毅报仇的情感驱使下，用自己的血肉之躯做着最后的拼杀，他们用尽了最后一点力气，洒尽了最后一滴鲜血。

又一批敌人从西面扑来，嚎叫着，低着头，端着刀，撒开腿，往上冲，那头上的钢盔在日光下格外耀眼，枪杆上挂着的太阳旗猎猎作响，日军的膝盖一抖一动，犹如上足了劲的弹簧。

廖海涛见状，开了两枪，两个敌人在密集的队伍中倒了下来，后面的敌人若无其事，眼看着敌人来到面前，而那边的战士还在与敌人展开白刃战，廖海涛眼都红了，他扔掉手枪，往腰间一摸，发现手榴弹已用完，他急得直跺脚，突然发现牺牲的战友怀中还抱着一挺捷克式轻机枪，他忙去拿轻机枪，可战士紧紧抱着，一时分不开，他忍痛用力掰开战友的双臂，端着枪，冲到一棵柚树旁，朝离自己只有十几米远的敌军猛烈地扫射。

廖海涛双眼圆睁，虎眉双竖，眼露红光，一脸杀气，他叫喊着，子弹与仇恨一齐倾泻给敌人，敌人嚎叫着，抱着膝，摸着胸，一堵人墙顷刻倒塌，余下的日军则纷纷躲让、退避，这股汹涌潮水瞬间消逝。

廖海涛看了一下表，已是 11 时了，我军在这儿已坚持了 4 个多小时。

从塘马到达长荡湖湖边，按正常情况至多走 3 个小时，现在看无论如何，机关人员都应该转移到湖区了。

“撤！我命令所有的战士后撤王家庄，立即向东突围。”廖海涛发出命令。

廖海涛左肩背着牺牲同志的两支步枪，右肩扛着一挺机枪，右手紧握一支手枪，率领部队突围。敌人的子弹在头顶和身边飞过，“政委，快把步枪丢掉吧！”警卫员看着行动艰难的首长焦急地说。“鲜血换来的，忍心丢掉吗？我又没有负伤！”廖政委瞪眼怒斥。

“嗖！”突然，一排弹击中了他的腹部，穿透了股骨。当他感到疼痛时，鲜血已染红了军装。

廖海涛一倒，敌人便蜂拥而至，另两名机枪手也在敌人密集的子弹飞射下扑倒在地，廖海涛倒在地上，凭枪声、步伐声和呐喊声便知道此时此刻战场的情况，他强撑着想从地上爬起，猛觉肚皮上热热的伤口一阵蠕动，还没等他明白是怎么一回事，警卫员哭泣起来，“司令员，你，你……”廖海涛坐起来一看，发现自己的左腹被弹片刮去一大块肉，肚肠已露出，他一怔，但马上恢复了平静，“小林，把我扶起来。”

警卫员哭泣着把廖海涛扶了起来，廖海涛一看大吃一惊，敌人从四面围上来，尤其是很久不见的骑兵也冲了进来，试图把剩余不到 100 名的战士分隔开，然后伺机消灭，廖海涛很想端起机枪上前冲杀，但是疼痛已使他无法像刚才那样去抱枪扫射了，他急得直摇头。他推开警卫员，左手捂住腹部，右手挥舞着，“不要慌，不要慌！”他叫喊着，“同志们，不要散开，依托地形，往王家庄撤，依托地形阻击……保持距离……依托……”

警卫员从茅棚找来一块门板，想把他抬起往外冲，他坚决拒绝，命令战士抬着他走向高地，在高地上指挥作战。

战士们忙把他扶到门板上，他顽强地坐着，命令他们抬着自己继续往高地走。

廖海涛顽强地支撑着身体，指挥战士们往王家庄村中撤退，“往村里撤，往村里撤……”“然后往东撤，往……”一阵头晕，他一下子倒在了门板上……

黄兰弟、卢义昌、卢昌忠奋力往外冲，他们三人刚冲出茅棚村就见到一名六连战士从战火中冲出，说廖司令已负伤倒在了门板上，三人一听，急急返回，但是敌人枪弹织成的雨网使他们无法进入，卢义昌对卢昌忠说：“弟弟，你往东面撤退，我去救廖司令。”

卢昌忠哪肯走，“哥哥，我们随罗司令、廖司令在闽西出生入死，今天怎能独自生还？”他泪流满面，“我不走。”

卢义昌急了：“弟弟，你快走，你能活着回塘坑老家，代我照顾父母。”说完把卢昌忠推开，操起枪硬往弹雨中冲。

卢昌忠被推了一个跟头，刚爬起，发现哥哥被子弹击中，身体摇晃，鲜血从棉衣窟窿中直往外喷。

“哥哥！”他用嘶哑的声音叫喊着扑了上去，一把扶住了卢义昌，卢义昌眼光渐渐黯淡，嘴唇轻轻蠕动了一下，头一歪，再也没有了声息，卢昌忠“哥哥”的叫喊声已震破了声带，他发了疯一般，捡起哥哥的枪，向躲在桑树后的敌军扑去，未及近身，敌人的重机枪响了，卢昌忠全身被敌军打成了如马蜂窝般，身子摇晃着倒下了，他双眼圆睁，愤怒地对着天空。

这兄弟俩，来自永定县岐岭乡塘坑村的兄弟俩，都倒在了茅棚边的黑土地上。

六连的那名战士见哥俩已牺牲，再也无心东撤，他拿着手榴弹也往里冲，刚好从战火中冲出几名战士，他们一把拖住了他，他挣扎着大喊：“日寇蹂躏我同胞，血债累累，里面战士在血战，我若脱身，有何面目去面对列祖列宗，要走，你们走，今天是我献身的日子。”他狂叫着，拉响手榴弹，扑向桑树地中的日军，“轰”的一声响，日军的重机枪变成了哑巴，烟雾、血肉笼罩于桑树的上空，其他战士哭喊着“报仇”，又返身杀回王家庄。

黄兰弟率领战士们往外冲，已经冲出包围圈，可他回头一看，除了十几名战士外，却不见廖海涛的身影，他马上命令战士们返回冲杀进来，寻找廖海涛，当他和战士们冲杀到茅棚村西时，只见廖海涛躺在门板上，用手捂住左腹，双眼已微微地合上了。

他急命战士们挡住东面的敌人，又命战士们抬着廖海涛往茅棚村转移，此时，裘继明也从战火中跑来，他和张连升一道阻敌，眼看着子弹从张连升的脸颊骨穿过，鲜血喷在了地上，他指挥其他战士拼力抵抗，掩护战士们突围，突然一个战士告诉他廖司令已受伤倒地了，他急急赶来，只见战士们抬着廖司令走向茅棚的打谷场。

门板安放在打谷场上的草堆旁，廖海涛强行坐起，看着黄兰弟和裘继明，黄兰弟和裘继明知道廖海涛杀敌时双眼会放着红光，现在红光依然，可明显变弱了，两人的眼泪顿时滚落下来。

廖海涛的肠子已拖出很长，再也塞不进去，而身边已无一名卫生员。

“我……我不行了……”廖海涛喘着气，脸上是污泥、焦疤，嘴唇干裂、血丝道道、唇皮上翘，变成紫灰，他抓着肠子，用尽全力说道：“我宣布，部队统一由黄兰弟指挥……”

黄兰弟哭着跪了下来，“廖司令，你放心，我一定会带好部队。”裘继明也跪了下来，紧紧抓住廖海涛的手，“廖司令，你放心，我们把你抬出去。”

此时，敌人已经逼近，好多战士已经和敌人展开了肉搏。

“不要管我了，你们赶快撤出去。”他摇着头，“冲出去找机关人员，你们只要有一人冲出去，就必须向师首长、军首长汇报，敌人是虚弱的，又是狡猾、凶残的，我们判断失误，加之天气多变，我们本来还有计划……”他想说什么，又把话咽了下去，深深地叹了一口气，“历史会作出公正的结论，新四军是好样的，十六旅是好样的。”

他喘着气，话语渐弱，眼中的红光渐渐黯淡下来：“快……你们去战斗……战斗……战斗……”

黄兰弟、裘继明失声痛哭起来，但敌人此时已经涌了上来，黄兰弟急命战士把廖海涛藏在草垛旁，盖上稻草，待打退敌人后再来救治，又命人拿走门板，留下几名战士看护，便和裘继明分头迎敌。

黄兰弟、裘继明刚迎上去，就被密集的子弹逼退，各自应战起来。

廖海涛躺在草垛中，处于半昏迷状态。他嘴唇嚅动着，在昏迷中喊出了“战斗”之声。

看护廖海涛的战士也加入了战斗。

此时，敌人像潮水一般向王家庄合围而来。

黄兰弟、裘继明拼命抵敌。黄兰弟刚把围上来的敌人杀退，却不见了裘继明，他急命一名小战士去寻找，并告诉他以突围为主，若不能突围，则迅速进入庄子，血战到底，小战士领命而去。

战士们大部分被敌人分割开，在田野里、树林旁、池塘边和敌人血战。但敌人的骑兵已经把队伍冲散，一小块一小块的部队在敌人的骑兵面前显得无能为力，近身搏战是骑兵之所长，战士枪弹已经打光，只能用最原始的刺刀相击。但在田野中，稻田泥泞，哪能摆得开，干旱处又高低不平，杂草丛生，荆棘遍地，腾挪不得，只得任凭敌人往来冲杀，挥舞战刀，但战士们没有退却，他们拼命地用枪挑、刺或索性用手榴弹近身爆炸，采取同归于尽的战法。

杨士林的头部、脚部早已受伤，已经无法退守王家庄，除了一杆枪、一颗子弹外，他什么也没有了。他朝东看了一下，上海在东面；他朝西北看了一下，烟雾遮住了塘马村；他朝天空看了一下，看不清朗朗的天宇，黑烟几乎遮蔽了整个天空；然后他朝自己看了看，自己衣服褴褛，弹片已经无情地把衣服撕成了碎片。

杨士林忽然仰天大笑起来，笑声穿过烟雾，在战场上血腥的空间内回荡着，弄得围上来的日军莫名其妙，面面相觑，呆呆地站立着，半天没有反应。

敌人端着枪，挺着刺刀，形成了包围圈，始终没有人敢上来，他很平静地把枪放下，朝敌人投去了极其蔑视的眼光，枪口朝上，然后弯下身，枪管对着胸口，脚用力踩了一下扳机。

“砰”的一声响，他扑倒在地，脸上还挂着那带有极度蔑视神情的微笑。

黄兰弟和战士们击退敌人后，想回到草垛旁去救护廖海涛，但此时敌人已蜂拥而至，把王家庄与茅棚完全隔开。

“同志们，上！”黄兰弟上好刺刀，跳跃而出，特务连四班长田华福带领 10 多名战士迎头而上，很快被几十个敌军围住。敌人也杀红了眼，嚎叫着，拼杀起来。在一亩地不到的稻田里，一场血腥的厮杀展开了。

趁敌人倒下的同时，黄兰弟迅速脱离危险。此时，裘继明也赶了过来，他一看身边的战友只有三四十人了，他大声地叫喊着：“同志们，我们赶快进入王家庄，相互靠近，互为依托，利用土房、土包与敌人绕圈子，相互支援，分头突围，能突出去一个算一个。”

战士们齐齐地叫着，个个高昂着头，握紧拳头，随着黄兰弟坚定的眼光高呼着“血战到底”的口号。

“拼啦，黄营长！”一名受了伤的战士叫喊着，另外几名伤员也叫喊着，他们不愿撤到庄子，也无法撤到庄子里去，这时敌人蜂拥而至，他们已无法跑动了。

黄兰弟刚想叫战士们把他们拉走，但敌人已开始往上冲了，七八名受伤的战友拒绝战友的救助，齐齐站起，或手挽着手，或肩并着肩，或背靠着背，一起拉响了手榴弹，刚冲上来呼叫“活捉”的日军全被炸飞，伤员们也全部殉国。

黄兰弟呼唤战士们赶快进入庄子，他和七八名战士在后面拒敌，不料，敌人从两边包抄，他和七八名战士打完了最后一颗子弹，投完了最后一枚手榴弹，端着刺刀和敌人拼杀时，被敌人密集的子弹击中，摇晃着倒下了。他双眼圆睁，怒视着天空，双手紧紧握着那杆长枪。

裘继明乘着爆炸的烟雾带着通讯员以及两名伤员突围到一竹林边，不料被敌军发现，敌军的两挺重机枪同时向他们扫射，4 人一齐倒在血泊中。

此时，敌人已把王家庄围了个水泄不通。丧心病狂的日军被新四军顽强战斗的精神吓呆了，他们只是围着，远远地开枪，不敢贸然进攻，在一阵枪炮的轰击下，开始用骑兵冲击王家庄。此时，只剩下 30 多名战士，他们利用房屋、树林、土堆顽强地阻击，敌人的子弹打得像刮风一样，“呼呼呼”，啸声一片，许多土墙被打得泥屑直掉，坑坑洼洼，战士们顽强奋战，拼死一搏。

王家庄有 8 名村民没有转移，自觉地和新四军战士一道作战，他们用铡刀、菜刀、铁锹投入战斗之中。

查忠清退守到一座升箩底小草房前，操起三八枪，依托房角，对冲上来的敌骑开了一枪，敌骑兵从马上摔下来，还在挣扎，他上前补了一枪，结束了敌人的性命。此时，另一匹马又冲了过来，王家庄村民王克山用铡刀砍马腿，马受惊了，乱蹦乱跳，把敌人摔下，王克山扑了过去，抱住敌人扭打起来，查忠清赶过来用枪托狠击敌人，只见敌人脑浆迸裂，当场毙命。他们两人刚直起身，又一匹马飞速赶来，挥刀一砍，查忠清血洒疆场，扑倒在地，王克山不会开枪，捡起掉在地上的铡刀，开始挥舞起来，不料一个日军斜插里穿来，一阵扫射，他踉踉跄跄倒地身亡。

俞东少和几名战士退守到一堆土墙边，日军机枪一阵狂扫，他们身体发软，背靠着墙，慢慢地倒下，脚下早已是飞溅而下的一摊摊鲜血。

吴春海、胡锡琪和涌上来的敌人拼起了刺刀，刺刀拼弯了，他们往空中一抛，和敌人展开了肉搏，他们抱着敌人在地上翻滚，掐死了几个敌人，涌上来的敌人用刀猛捅他们的后背，两人仆地殉国，嘴里还衔着敌人的手指头。

郭荣生用刺刀刺马肚子，刺得敌人的军马乱冲乱撞，接连撞翻了几个日军，他掏出手榴弹往敌阵中一扔，“轰”的一声响，几个日军当场殒命。他变换角度，伏在地上专门往敌人马肚子下面扔手榴弹，又是“轰”一声响，敌战马仆倒在地，肚子被炸了一个窟窿，肠子流了一地，鲜血喷满一地，马上的日军被抛起，被摔得昏昏沉沉，他的脑袋被一名战士用手榴弹砸得稀烂。

但敌人太多，甚至不惜对着正在肉搏的战士与敌人一起扫射，许多战士倒在了敌人的枪口下或牺牲在敌人的马刀下，王家庄血流成河。

村民王大林、王大山带着战士们进入屋中，利用窗口开始射杀敌人，敌人恼羞成怒，一面用机枪对着窗户扫射，一面用手榴弹炸开屋门，强行闯入，战士们打完子弹，便用木头、椽子、砖块、刀具、锄头、钉耙和敌人在室内搏斗，有的则拉响手榴弹，抱着敌人同归于尽。战士们的英勇吓得敌人不敢再进入屋中，他们远远地对着房屋射击，用火把往茅屋上抛，房子被点燃了，战士们宁死不屈，唱着歌，呼着口号，牺牲于熊熊的烈火中。

蒋小琴抱着药箱，退守到一棵榉树下，她打完了最后一颗子弹，身上已多处受伤，尤其是脸上被敌人的马刀削去一块肉，鲜血哗哗地流淌，眼睛已看不清东西了。

大队长尾田上前伸手去抢那个箱子，许多鬼子也围上来想看个究竟，就在他的手快要触到箱子一刹那，蒋小琴猛地睁开眼，眼中射出一道红光，她又猛地拉开箱盖，箱盖“咔嚓”一响，系在搭扣上的白线一断，箱内冒出一股白烟，并伴有清晰的咝咝声，日军凑上去，看到是3颗冒着烟的手榴弹，他们想叫想退，均来不及了，“轰轰轰”三声响，七八具躯体从不同的方向飞向空中，尾田的躯体四分五裂，散落一地。

王家庄响起了最后的爆炸声……

廖海涛被战士掩藏于稻草丛中，失血过多，一直处于半昏迷状态，战斗的枪声催醒着他，战士的喊杀声、拼杀声惊动着他，腹部的疼痛触动着他，他稍一清醒，便想爬起战斗，但伤情使他无法起身，流出的肠子和稻草的草杆及稻谷的瘪壳粘连在一起，一翻动，他痛得全身颤抖。就这样，他挣扎多次，眼中的红光终于一点一点地消隐，直至完全消失。一代名将，一位智勇双全的军政工作者，一位闽西根据地卓越的领导人，一位新四军高级将领，和罗忠毅一道长眠于苏南的土地上。

中午，王家庄血战正酣，转移的机关队伍向东方向疾进，刚过西阳村和陆甲就遭到已占领国民党军队防地鼍桥之敌的炮击。数万名日寇分两股由鼍桥西北出动，向我侧后迂回运动。由四十八团特务连在西阳村掩护阻击，敌骑兵陆续窜到我方西南高地上，用重机枪和掷弹筒向我方猛射。由于地形不利，敌众我寡，团部特务连死伤惨重，指导员张光辉光荣牺牲，副连长詹厚安率余下的30余人边打边走。

下午3时，四十八二营六连和团特务连剩余的60余人到达长荡湖边的戴家桥，桥边有一个10多户人家的小村。五连指导员从另一路带领“小鬼班”和勤杂人员10余人也突围到此。旅部王直、王胜也从塘马率领东来的党政军机关、后方人员千余人暂驻清水渎圩及杨店，距戴家桥二三里远。

王直看到清水渎村村南的晒谷场上的人们，因为情况不明，一听到戴家桥方向传来枪炮声，有些紧张，个别转移至此的群众哭泣起来，有几个想离队逃走，刚刚参加地方工作的个别人员也受此影响，惊慌失措起来，一时间场面上出现了纷乱现象。

他见情况严重，右手握拳，高喊起来。“同志们，当前情况虽然严重，但我们是毛主席、共产党领导的铁的新四军，是人民的子弟兵，没有克服不了的困难，没有打不垮的敌人，戴家桥已经有部队坚守，而且一定能守得住，我们要万众一心，团结一致，敌人来了就和他们拼，临危不惧，不怕牺牲！英勇杀敌，战斗到底！宁死不做俘虏，只要能坚持到天黑，我们就能设法突围出去……”

王直见大家万众一心，已成同仇敌忾之势，忙和苏皖区党委机关及地方政府的领导、旅部其他领导人商议，把转移人员分成几个分队，每一分队设一人员负责，就地隐蔽，做好战斗准备，坚持到天黑，再想办法突围出去。

旅部召开了营以上干部紧急会议，王直、王胜向与会人员分析判断敌情，制定了作战方案。决定将会拢来的80余名战斗人员临时组成一个守备连，坚守戴家桥，死守到天黑。刚部署完毕，未等我军部队完全准备好，道路桥梁未被破坏，敌人就出现了。

王直二话没说，来到河边，沉着地呼叫道：“同志们，考验我们的时刻到了，我们有刀枪的拿刀枪，没有的拿起扁担棍子，再没有，就用拳头、牙齿同敌人拼命，为抗战而死，为革命而死，是光荣的，我们决不投降，不做俘虏，我们尚有主力四十六团，江北还有我们成千上万老大哥，他们会替我们报仇的。同志们，拼死一个够本，打死两个赚一个……”

战士们群情激愤，振臂呐喊：“誓死坚守戴家桥！”

戴家桥战斗整整苦战了 5 个小时，我军连续击退敌人的 3 次猛攻，死死卡住了敌人，毙伤敌人数十名，保证了我党政军及后方人员的安全，为下一步突围赢得了时间。

当晚 11 时许，苏南党政军领导机关 1 000 余人在王直、王胜同志的率领下，由溧阳县县长陈练升作向导，从甓桥、指前标、罗村坝等地附近的日伪结合部的间隙中突出重围，于拂晓前进入金、溧边黄金山地区，尔后，经溧阳县境内丫髻山边的青龙洞暂避，次日晚安全到达溧水县白马桥一带，与四十六团会师。

1941 年 11 月 30 日，即塘马战斗后的第三天，日军把罗、廖的遗体运至离塘马 18 里许的甓桥，他们用上好的楠木棺材把罗、廖的遗体运至甓桥街东面的小余庄上。敌人举行了隆重的葬礼，先是让和尚念经，超度亡灵，然后十五师团十五旅团五十一联队的联队长尾本毕恭毕敬地站在坟前，十几个日本兵也整装列队，一起向牺牲的罗、廖的遗体一鞠躬、二鞠躬、三鞠躬，接着尾本发表讲话：“这两位先生是我们司令官的同学，他们要是投靠汪精卫，可当大大的官，现在战死了。我们不是要打死他的人，而是要打倒他们的主义。”

血战塘马，是我军在苏南敌后抗日反“扫荡”斗争中的一次硬仗、一场恶战。我军罗忠毅、廖海涛首长及四十八团二营营长黄兰弟、四连连长雷来速、五连连长陈必利、团部特务连指导员张光辉和查忠清、俞东万、吴春海、胡锡珙、杨士林等干部、战士数百人壮烈殉国，我军受到了空前的重大损失。日军也被击毙数百人，遭到了沉重打击，是我军苏南反“扫荡”战斗中比之以往毙敌最多的一次，显示了苏南敌后抗日斗争的残酷性和激烈性。

塘马战斗对以后坚持苏南抗日根据地的发展，壮大人民力量，夺取抗日战争的最后胜利有着重大意义和深远的影响，对于整个华中抗战事业的巩固与发展有着不朽的贡献。

龙凤山战斗

枫桥江在浙江诸暨境内，从西向东缓缓流淌，过了山下湖、上山头，便迅速南归，奔向三江口。浙江的山水是出了名的美，时值8月，山本是青青的，由于秋季的来临，又被染成黄色，但还是掩不住那些点缀在其间的红色花朵，虽然稀落，却格外耀眼，色彩有了层次，有了立体感，对审美的人来说，这是难得的美姿。是的，山是美的，一切都是美的，水显然也是美的。那水十分清澈，鱼儿在水中游曳，一清二楚，尤其躺卧在河底的卵石，经过水的洗涤变得圆润可爱，让人很想下水摸上几块带回家收藏。

上苍恩赐这里的生灵，不过这些生灵此时此刻却没有办法享受老天爷的恩赐，因为战火无情地燃烧到了这块美丽的区域。1942年5月中旬，日本侵略军为了策应太平洋战争，发动了浙赣战役，浙赣地区又落入敌手，国民党三战区的官兵溃不成军，人民又处于日军的铁蹄之下。这不，从山江口来了一批日伪军，他们乘了一条汽船、一条拖船，两条船逆江而上，船尾翻动着白色的浪花，白色的浪花向上抛着，显得肆无忌惮。上面站了一些日伪军，他们的气焰是何等的嚣张，他们毫无顾忌地站在甲板上，尽显一副胜利者的姿态，他们有的叉着腰，有的挥着手，有的摸着胡子，有的哈哈哈地发出一种淫荡的笑声，他们在品评着浙江的山水。作为军人，日寇没有作战的感觉，在这儿发动的战争已经把国民党打得无影无踪，根本没有什么抵抗力量。不要说他们手上有枪、有炮，即使没有这些武器，他们也能恣情地、放纵地、摇摇摆摆地享受这里的一切资源。

不过他们忘了，中国人民历来就具有抗击外来侵略的精神。这不，在诸北的上山头村郑氏宗祠，就有我们的队伍在进行军事训练，他们是诸北的四乡联队。这个联队是在5月17日诸暨沦陷以后，中共诸暨县特派员朱学勉按照党中央关于在敌后发展游击战争的方针和中共绍属特派员杨思一的指示，发动群众，组织部队，在此基础上成立的。他们在泌湖乡成立了四乡联队，提出了“抗击日军，保卫家乡”的战斗口号，他们正在加紧着军事训练，以迎接战斗的到来。

侦察员回来了，报告有敌情：日军的汽艇要来上山头村和山下湖，有50多人。

这倒是个战机——敌人孤军深入。四乡联队成立不久，需要用战斗来证明自己的价值。领导聚在一起商量对策，考虑来考虑去，分析着敌我双方的形势。论地形，日军的汽艇逆流而上，速度也不是特别快，如果我们利用有利的地形进行伏击，成功的把握就很大。但是，我方也有劣势，一方面作战经验缺乏，另一方面武器装备很差。相反，敌人的数量不少，武器又好，如果我军在这样的情况下进行作战，则难以保证取得胜利。

但是，指战员们听到日军前来的消息，心中的怒火熊熊燃烧，日本鬼子到了浙江，灭绝人性，大肆屠杀，抢掠财物，横行霸道，国民党早已逃之夭夭，共产党的军队不奋勇出击，怎么能够向乡亲们交代？怎么能够完成我们保卫民族的任务？所以，这一仗一定要打，而且要狠狠地打。

四乡联队深知，在战斗中一定要保全自己，消灭敌人不能盲动。为了万无一失，四乡联队的领导决定把部队转移到上山头村的西面、山下湖村的对江堤埂的南侧，利用堤埂作掩体进行伏击，万一战斗不利，也可以向南面迅速撤退。

这个方案定下来以后，他们同时派侦察员奔到5里以外的阮家埠通报三北游击队。三北游击队就是三支队二大队，请求他们前来支援，如果南北夹击，完全可以消灭这股日军。

日军的汽艇来了，他们有的站在船舱里，有的站在甲板上，满眼看到的是秀丽的风光，满耳听到的是呼呼的山风，他们心中涌动的是原始的、野蛮的、掠夺式的欲望。他们沉醉在自己的梦想之中，已经到了忘乎所以、灵魂出窍的地步。

突然，他们的耳朵里充满了乒乒乓乓的枪声。他们一怔：哪来的枪声？国民党的军队早已无影无踪，难道是他们的残兵败将？若是，那来得正好，和国民党军队交战比演习还轻松，形同打猎。刹那间，他们心中产生了丝丝喜悦，激情顿生，战斗的欲望一下子又高涨起来。

他们吼叫着，旋即感到不对劲，这枪声沉着有序，是有组织施放的，这一下他们慌乱起来，心跳加快了，思维即刻转换。他们马上意识到死神快要降临到他们的头上，意识到他们现在该干些什么，该抉择些什么。

所幸新四军的枪弹不够密集，他们慌乱后有充裕的时间去恢复理智，组织有效的反击。他们放下梯板，迅速地爬到枫桥江的北岸，利用北岸龙凤山山脚下的高地迅速组织抵抗。

他们的火力发生了作用，炮弹呼啸着化作尖利之声飞向了对江，子弹也从枪膛中喷薄而出飞向了对岸，他们一下子稳定了情绪，胆子也大了，口气也粗了，因为对方的火力完全被他们压制了下去。

四乡联队利用堤坝作为掩体进行阻击，但由于武器落后、火力有限，虽然打得有声有色，但是还是有了伤情，分队长骆子林负了伤，其他战士在敌人无情的枪弹下也无法进行有效的还击，他们要小心地冒头，一露出堤坝便进行射击，但稍有不慎就有可能被敌人的枪弹击中。

交战不久，敌人在河对岸再也不敢忘乎所以，因为隔江的四乡游击队战斗灵活，打一枪换一个地方，换一个地方打一枪，使他们难以找到攻击的目标。虽然他们的火力有限，但是射击技术十分精良，日军有所顾忌，江面上枪弹交织而过，火光闪闪而起，笼罩的是硝烟，刺鼻的是火药味，青山绿水消融于战斗所演化的奇特画面中。

就在战斗处于胶着状态，甚至出现危险的时候，四乡联队突然听到龙凤山后面响起了密集的枪声，转眼之间却不见正前方的敌人。战士们伸出头来，大胆一看，敌人全跑光了，原来三支队二大队从阮家埠跑步前来支援，已经从敌人的背后突袭过来，他们到了龙凤山的山头，居高临下，用火力猛烈地扫射着敌人，由于敌人兵力有限，慌忙转移，收缩兵力，丢下船只，窜进了上山头村，企图集中兵力进行反扑。

日军已完全陷入我三支队二大队的包围之中，四乡联队见状是信心倍增，纷纷跃起，越河而过，活捉了溃散的伪军5人，缴获了敌人的汽艇、拖船，而且在船上查获了子弹1箱，夺回了百姓被抢的两头毛猪。

三支队二大队听到了日军汽艇和拖船进犯山下湖和上山头村的消息以后，迅速作出部署：一个中队正面攻击敌人；一个中队断敌退路；一个中队作预备队，以掩护后方。蔡群帆大队长亲率四中队担任正面攻击，迅速抢占了上山头村后的凤山和稍后的龙山，居高临下，出其不意，袭击敌人。敌人处在山下，人数又有限，又在背后受到袭击，被打得晕头转向，溃不成军，在船上时的那份狂妄早已消失得无影无踪。

日军战斗力强，但人数有限，战斗经验丰富，但地形不利，在这样的情况下，除了逃窜，他们还能有什么办法？而伪军的战斗力本来就有限，战斗意志也十分的薄弱，一见日军逃走，他们除了逃跑、跪地求饶以外，是不会做任何反抗的。敌人死的死，伤的伤，没有逃成的也都成了俘虏。

战斗结束时，钱俊中队长听上山头村傅其珩家的一名妇女说，有一个鬼子逃进了她的家里。他迅速命令张贤生区队带领几名战士前去搜索。百姓指点着他们包围了这间房屋，张贤生对着房子高叫鬼子投降，可这个鬼子垂死挣扎，嚎叫着，利用房屋的窗口不断地向外打冷枪，有几名战士不小心被枪弹击中，负了轻伤。张贤生灵机一动，命两名战士正面与敌对视，吸引敌人的注意力，牵制敌人，又命另外两名战士从房门口突击，迅速冲进屋内。这两名战士匍匐前进，趁屋内的敌人不注意迅速进入房内，然后朝着楼板上的柜子拼命扫射，不一会儿就全无声响。他们跑到楼上一看，这个鬼子已经被打死在楼板上，查看了其身上的符号，方知是一名少尉军官，名叫柳泽春夫，他是这次日军进犯的指挥官。

这少尉小队长在枪声一响后还有一些高兴，他觉得这是一个“打猎”的机会，不过一交战他就觉得不对劲，后来发现背后出现了新四军，这才慌张起来，而唯一的办法就是突围，但在广山村蜘蛛坟山上被我军三支队四中队击伤，于是仓皇逃跑。

因腿部有伤，柳泽春夫踉踉跄跄地跑入傅其珩家，向二楼爬行的时候，就觉得心中如被锤子敲击了一番，生生作痛，狂跳不已，身上虚汗直冒，天旋地转，天昏地暗，他用手敲击着门窗，感到十分懊恼，作为一个军人，他缺乏严密的论证便孤军深入。

而孤军深入，陷入重围，还有什么办法？原先，他认为国民党的军队被“扫荡”一光，大日本皇军在浙赣地区如入若无人之境，还有什么力量能够对他们构成威胁？虽然他风闻共产党的军队在此地有了发展，不过共产党的力量非常薄弱，短时间也不可能组织有效的抵抗，但是他现在觉得自己的判断错了。陷入四面重围之中，侥幸逃出，唯一的办法就是等待自己同伴的救援，但不料被人发现，新四军尾随而至……他很清醒，同伴的到来需要一定的时间，而在这个时间段，新四军已经合围而来，自己很难等到救援那一刻，但是有什么办法呢？除了吼叫壮胆以外，除了开枪显示出一下武士道精神以外，除了用这种办法拖延时间、利用万分之一的希望等待救援以外，还能有什么呢？所以，他除了懊恼，还是懊恼，唯一的方式就是不断地开枪，不断地吼叫，来延续自己的生命，因为死神快要到来了。

果然死神拥抱了他了——他被我军击毙了。

三支队二大队的黄明大队所率领的五中队，按照原先的部署来到了邵家埠对面的鸡笼山，试图断绝敌人的退路。没多久，他们发现从上山头村溃逃出来一批敌人，这是日军的漏网之鱼，他们惶惶恐恐、散散落落，旋即又汇合一起，沿江堤逃窜，当他们匆匆忙忙地来到了五中队的伏击圈时，王大队长一声令下，刘祥根区队长端起轻机枪，向着前来的毫无准备、仓皇失措的敌人猛烈地扫射，这一下子就“报销”掉好几个，其他战士也纷纷出击，几股火力交替射击，敌人毫无防备，已成惊弓之鸟，他们没想到又遭到伏击，慌乱之中哪还能组织有效的战斗，只能边跑边打，隐没在江堤的一侧，借着树木的掩护窜入大小顾家，向湄池方向逃跑。

有两个日军逃至大顾家村，正想上船，村民顾章校将其中的一个猛地推倒，用鱼叉将其插死，另一个日军见此情形，手中又没有了武器，慌得跳入水中求饶，被摆渡的顾唯尧用船板敲死，沉入江中。不一会儿，一个不带枪的日军也跑来了，摆渡上岸以后，村民顾天正前去抓他，但这个日本兵训练有素，手一摔便逃脱了，但是他由于心情紧张，慌不择路，一头撞到了顾旺中的怀中，两人扭打起来，在打斗中滚入池塘中。顾全木看到了以后，回到家中，拿来了鱼叉对着日本兵的脸部猛戳，日本兵当场毙命。

战斗到下午 4 时结束。这次战斗，三支队二大队和四乡联队紧密合作，共同作战，在群众的大力支持下打了一个漂亮的胜仗。共击毙了日军少尉小队长柳泽春夫以下日伪军 20 余人，俘虏伪军汉奸 10 余人，我方伤亡 4 人。这是日军发动浙赣战役以来，在诸暨第一次遭到我军抗日部队沉重打击的战斗。这次战斗，狠狠地打击了日伪军和汉奸的势力，大大地挫败了“皇军”的锐气，震慑了敌人，也振奋了人心，教育了人民，更加坚定了人民抗日的决心和信心。

六四战斗

1942年，苏南宜兴闸口地区的史家庄响起了一阵激烈的枪声，这阵枪声拉开了苏南抗战史上极其复杂、极其惨烈的一场战斗的序幕。说复杂，是真的复杂，第一，就交战双方而言，日军参战的部队是一支联合部队，这支部队分别由宜兴、常州、无锡的日军组成。宜兴的日军部队是由大队长大泽大佐率领，常州的日军部队是由大队长箕浦率领，无锡的日军部队为大队长东中佐率领。这次日军采取了跨地区的联合作战，而我新四军只有十六旅的独立二团，且这一支部队又是成分极其复杂的部队。

这支部队严格地说，是新四军的半外围部队，虽然它隶属于十六旅建制，但是这支部队是由地方抗日武装和新四军的武装联合组成的，团长由地方实力派程维新担任，他是我们共产党的统战对象。这支部队原来是活跃在太滆地区的抗日义勇军，后来组成了人民抗日义勇军总队，最后由新四军收编，改为独立二团，归属于二支队建制。1941年1月“皖南事变”以后，它由十六旅领导，成为十六旅独立二团。

独立二团的团长为程维新，副团长原来是李复，李复牺牲以后一直空缺，参谋长是杨洪才，政治处主任是张之宜。这个部队有3个营，一营原来属于程维新，二营直属于我们共产党领导的部队，而三营原来是由国民党的“忠救军”投诚而来的，当然，这个投诚是假投诚——后来，这个三营又叛逃而走，而现在的三营只是由程维新把驻扎在丁蜀地区的伪军刘孟根的部队收编而来，所以说这3个营的成分非常复杂。

第二个复杂之处在于交战的地区也极其复杂。这个地区属于苏南的太滆地区，它处在京沪线以南，包括武南、锡南、苏西和宜兴、宜北一带，西面是滆湖，东面是太湖，构成了一个锯齿形的三角区域。这个地区物产极为丰富，地势十分重要，是江南的鱼米之乡。水陆交通很发达，是京沪铁路和苏南的战略要地。当然，这个地方也有它特有的特点，就是湖河港岔纵横交错，军事行动相当困难，大部队行动不便，小部队又不容易形成真正的打击力量。新四军的部队进入这个地区，主要是把它当作茅山根据地的依托和屏障，所以才不顾艰难万险，顽强奋战在水网地区。

第三个复杂之处就在于战斗的背景极其复杂。日军视太滆地区为他们的王道乐土，在政治上、军事上、经济上实行全面伪化，星罗棋布地布置了据点。但是他们的梦想没有实现，即使在太滆地区“清乡”以后，他们在军事上还是屡屡受挫，抗日的烽火燃遍大地，令其惶惶不可终日。所以，他们一心想把活跃在太滆地区的这支新四军的部队歼灭。他们原本想用小的代价搞垮独立二团，所以千方百计地拉拢程维新，但见程维新没有决心搞垮新四军的部队，于是就决定，消灭这支部队。

日军经过精心策划，多方筹备，终于形成了一个险恶的战斗计划。宜兴的日军由南向北、无锡的日军由东向西、常州的日军由北向南，三路包抄，日军集中了无锡、常州、宜兴三地的炮艇 10 余艘，由常州向南封锁闸口西边的塘河。6 月 4 日拂晓，日军完成了对闸口地区的四面封锁。陆路由北向南控制了运村、漕桥、万石桥西岸公路的道口，北面控制了运村到杨桥、钟溪一线；西南，炮艇封锁了钟溪到和桥的塘河，以及钟溪到杨桥一线。

而在当时我新四军的独立二团情况极其不稳定。一方面，程维新摇摆不定，原来程维新对新四军的领导还是心悦诚服的，抗日的积极性还比较高涨，但“皖南事变”以后，他觉得新四军没有战略后方的依托，觉得将来是国民党的天下，所以和国民党勾勾搭搭，摇摆不定。塘马战斗以后，程维新觉得日军的力量超强，抗日的力量难以成长，所以他有的时候和日军也发生关系。在部队的建设上，他也举棋不定。“皖南事变”以后，他和新四军的关系渐渐疏远，又与国民党保安九旅的“忠救军”拉上了关系，他竟然接受了由“忠救军”假投诚的部队，建立了三营，后来这个三营又把部队拉走，产生了极坏的影响。之后，他不吸取教训，在 1942 年的春天，又收编了丁蜀的伪军刘孟根的部队，重建了三营。所以这个独立二团虽然有 600 多人，但是部队的建制不甚整齐，战斗力也不太强。除了二营的战斗力较强以外，其他两个营的战斗力都较弱，尤其是三营，还是一支危险的部队。

战斗就是在这样一种背景下展开的。6 月 3 日，独立二团的二营顶着风雨，从武南荒田里村出发，行军 4 里多，到达宜北闸口西尹家塘一带宿营。四连驻扎在距闸口小学仅 1 里路的姚桥头村，团参谋长杨洪才率领六连驻扎在东杨家村，营长王香雄率领营部和五连驻扎在尹家塘村。

日军在进攻之前非常狡猾，故技重演，他们找了会说宜兴话的汉奸带路，悄悄地前行，不久便遇到了新四军的哨兵。

“干什么的？什么人？口令！”

“哎哎哎，别开枪，别开枪，我是当地的老百姓，我是当地的老百姓。”

新四军的哨兵放松了警惕，但当他们放下枪的时候，日军便蜂拥而上，几把刺刀捅进、扎进了战士的心口，战士无声地倒了下来。他们接二连三地杀掉哨兵以后，通过了在史家庄村前的殷家桥，然后玩命似的向史家庄进发。

他们迅速来到了新四军独立二团团部和一营的营房前，这个时候的战士们毫无准备，有的洗脸，有的刷牙，有的在屋内，程维新这个时候还沉醉在梦乡之中。日军近距离地出现了，一声喊叫，数把机枪齐齐扫射，有的日军还玩命地投起了手榴弹。

枪声四起，炸弹声声，火光四溅，硝烟弥漫，血腥的战斗开始了。一营战士们好多都是新兵，200 多名战士，有的还没有来得及反应过来就倒在血泊之中。有的战士想四散撤退，还有的战士迅速地回到屋内取下枪，冲出门来和敌人拼起了刺刀。

程维新听到枪声以后，慌忙爬起，他做了简单的交代以后，就带着警卫员钱钟和短枪班的战士向北突围。

慌乱之中方显英雄本色，特务连连长赖从进镇定自若，他带领着机枪班的战士迅速占领了屋顶，然后向疯狂涌来的日军发起了猛烈的反击，愤怒的子弹射向了日军。日军没有料到新四军还有绝地反击的可能，部分士兵惨叫着倒下了，而其他富有战斗经验的日军则纷纷散开，有的作扇形进攻，有的作多点进攻，还有的躲在远处用机枪扫射，相持不下之时，他们竟疯狂地用掷弹筒向屋顶抛着火弹。由于机枪班的战士在屋顶上无法灵活地移动，火弹的弹头纷纷飞向了他们，数名战士被敌人的炮弹击中，壮烈牺牲。赖从进连长也牺牲在敌人炮弹的轰炸之下。

枪声响起，惊醒了二营的战士，二营的战士纷纷跃起，不顾疲劳，几分钟之内就做好了战斗的准备。部队到了指定的地点，待命投入战斗。

枪声惊醒了杨洪才，也惊醒了太滆地委书记陈立平。陈立平迅速地赶往杨洪才处。杨洪才醒来以后，仔细地听着枪声，发现枪声极其密集，凭他的经验，估计日军的战斗人数有千人之余，这完全是一个合围的战斗，而枪声最密集的地方在史家庄，这样一个小小的区域有那么多枪声，情况肯定是极其严重的。

这时候，陈立平赶了过来，连忙问他是怎么回事。杨洪才听了听枪声，极其沉痛地对陈立平说："枪声在史家庄，看这样子，战斗的规模不小啊！哎！鬼子是想把我们二营、一营、三营全部搞掉啊！"

陈立平点了点头："看来他们是冲着程维新来的。"

"对，鬼子出动的部队往往不多，因为这个地方的日军驻军本来就不多，如果要战斗，他们必须要联合作战，看样子他们是进行了精心的策划，要把程维新的部队和我们二营一起干掉。"

陈立平想了想，说："不管怎么样，程维新摇摆不定，一营和三营是我们的外围部队，程维新是我们的统战对象，我们要以大局为重，还是派一个连打进去，帮助程维新和他的部队突围。"

杨洪才点点头："也只能如此。"

杨洪才当即命令四连向四家庄方向进击，出其不意地向敌人的背后发起猛攻，策应程维新的部队突围。五连在姚桥头设防，抽调板桥，阻击漕桥之敌进闸口合围四家庄，并在此接应四连，汇合后撤退。六连派一个排坚守归美桥，阻击北路的敌人，并派出哨兵侦察敌营。杨洪才命令各连完成任务以后立即向漕桥公路以南的方向突围转移，自己率六连两个排掩护地委机关人员进小湾渡桥向南宅方向突围。

史家庄的枪声很快就传到了驻扎在白土的三营，而三营长刘孟根本来就是由伪军反正过来的，立场自然是摇摆不定，当即率领着部队经万石桥的西侧向扶风突围，冲出了日军的封锁线。

独立二团二营四连的战士准备接应史家庄的战士进行突围，当他们到达杭桥头附近的时候，和日军相遇了。他们迅速占领制高点，与日军正面交火，这个时候日军已经占领了史家庄，齐齐地向四连扑来。

五连、六连同时向东北方向撤退，五连跟在六连的后面，六连的两个排在杨洪才的带领下，带领着地委机关人员向南宅方向挺进。到了小湾渡桥以后，五连原地停止，把小湾渡桥上的木板抽掉，以阻击敌军从闸口方向向史家庄合围。而杨洪才则由小湾渡桥向南宅方向突围，六连向东北方向推进，五连就地狙击。

王香雄率领五连到了小湾渡桥以后，听到四连狙击的方向枪声密集，而史家庄方向则枪声稀落，渐渐沉寂，估计程维新的部队已经被打垮，而且极有可能向北撤退了。他便命令通信员前去四连，命令四连边阻击边撤退，向小湾渡桥撤退和五连汇合。

由于程维新的部队没有战斗力，战斗打响了以后，除了他的警卫连还能抵抗一阵子以外，其余的部队是纷纷溃散，有的退到了迈家圩，强行拿百姓的木头、竹子、门板在迈家圩边的一条河上搭上浮桥准备过河。但日军蜂拥而至，怎能让他们轻易渡过浮桥，二营四连的战士奋勇出击，而程维新的一营则在后面纷纷逃跑。但没料到日军从张家塘麦田里面向北隐蔽前进，和四连交起火来。四连和日军打了一阵子，见无法为程维新一营部队解围，便向后撤退，伤亡了3个人才撤退到高木桥。这时候，五连的通信员已经赶来，传达了王香雄的命令，接着四连继续往西北方向撤退，过了沙滩龚家塘才冲出日军的包围圈，和五连在沙塘汇合。

程维新的一营的部分战士还来不及冲过浮桥就遭到了日军的合围，有的逃命了，有的溃散在百姓之中，被日军活捉了100多人。程维新本来带着短枪和特务连的一部分战士拼命向北突围，在五圩至沈家滩途中被日军的掷弹筒打伤，群众把他抢救到万福，他在群众的家中隐蔽到下午，利用日军部署的空隙向西突围，最后隐蔽在滆湖边的芦苇丛里。

四连、五连在沙塘汇合以后，王香雄迅速做出决定，以四连为前卫，五连为后卫，向马庄桥方向撤退，那也是六连撤退的方向。四连、五连迅速撤离小湾渡桥后，日军数路兵力渐渐从后面尾随追击，当他们来到了一个大竹园的时候，五连的连长梁也夫跑到了一个小坟包旁边，突然发现前方约40米处有一条小河，小河对岸的河堤上埋伏着大批荷枪实弹的鬼子，梁连长迅速命令部队卧倒。

话音刚落，敌人的机枪便疯狂扫射起来，子弹在空中乱飞，发出尖啸之声。一颗子弹不幸击中了梁也夫连长的头颅，顿时鲜血直冒，梁连长脸色苍白，倒在坟边的麦田里，而此时卫生员由于鬼子的火力封锁也无法靠前。

五连的小战士沈荣达急得直跺脚，这时二排排长跑了过来，他把梁连长身上的一支双保险步枪拿去，转过头来对沈荣达喊："小鬼，快卧倒！"说着，他便匍匐离开了。

敌人的机枪、步枪猛烈地向五连的战士扫射，而四连作为前卫和五连还有一段距离，由于敌人攻势太过猛烈，导致四连不得不回过头来和敌人作战。敌人的子弹像雨点一样飞过来，掷弹筒的炮弹一个又一个的在四连、五连的阵地上爆炸，金黄色的麦穗被炸得满天乱飞。

敌人的火力虽然很猛，但二营四连、五连的战士英勇顽强，不怕牺牲，机枪班班长张银奎端着机枪，瞄准敌人狠劲扫射，其他班的战士也卧倒在麦田里进行猛烈地反击，敌人死伤也不少。

王香雄坚决果断地带领队伍边打边撤，日军也边打边追。此时，已有三路日军合围小湾渡桥，马庄桥东边也传来了枪炮声，四连、五连的部队已经撤到沙滩东北的大桥上，已经发现六连的部队了，六连的部队由于前进的线路被敌人封锁，也无法前行，这个时候，敌人距马庄桥很近，已经从东、北、南三面包围了我方，情况非常危险。

王香雄果断地命令四连、五连迅速向六连靠拢，杨洪才和陈立平率领的六连在五连的前面撤退，但撤退的速度并不快，当他们来到了马庄桥附近的时候，发现敌人已经用火力封锁了这座石拱桥，但日军还没有完全把火力展开，因为敌人也是刚刚到达。

杨洪才一声命令，我新四军六连战士乘敌人不备，集中火力发动猛攻，日军纷纷向两边散开，刹那间，陈立平与杨洪才率领地委机关人员以及六连两个排的战士在王香雄五连火力的掩护下迅速冲了过去，当他们快要到达漕桥至运村公路的张家村时，发现南面不远的地方也有了敌人。六连战士只能以部分的兵力向敌人开火，先发制人，另外的人则迅速跑过公路占领高地，掩护机关人员通过公路。由于六连的一部分兵力牵制敌人，另一部分兵力占领了高地，这样的配置有效压制了日军，机关人员全部通过了公路，纷纷向北撤退。

敌人的作战有一个特点，他们在战斗过程中主要是围绕着既定的目标进行攻击，如果沿途遇到了意外的情况，他们大部分情况下是抛开不管的，只向既定的目标前进，所以当他们看到六连和地委机关的部分人员向北撤退的时候，他们只是用少部分的兵力进行尾随追击，而大部分兵力则向六连原来经过的马张桥进行合围，因为那边还有四连、五连的战士。

几乎所有的日军都在向马庄桥方向进击，四连、五连的战士已处在合围之中，情况是万分危险，稍有不慎将会全军覆没。王香雄久经沙场，头脑冷静，他迅速做出布置，一面以部分兵力阻击敌人，一面指挥部队向西面撤退，因为西面是个空隙，枪声稀落。但当他们撤到谭家圩北边的时候，不料沙滩的敌人抄近路赶了过来。

本来王香雄决定四、五连在五圩东边北渡漕桥河，而后在杨桥、运村之间向北突围，分出一部分兵力渡过河去掩护后续的部队。一部分战士现已渡过了河，这样的计划在正常的情况下也能够实施，但没料到敌人来得太快，已经占领了谭家圩以及漕桥河的北岸。此时如果再贸然渡河，那么敌人就可以在对岸射击，势必造成大量牺牲，看来向北突围已经不可能了。

王香雄眉头一皱，立即改变计划：一部分兵力掩护，不向北面突围而是向西继续突围。

四连、五连的战士匆匆向西突围。当到达钱家圩附近的时候，他们忽然发现西边又有一条河流。有的战士不会游泳，遇到河流，那真是一个头疼的事情，在这危急的时刻，沙滩村的村民邓槐银划来一条小船，他原来是二营的房东，船主冒着生命危险来接应部队过河。但人多船少，无法完成这个任务，所以只能少部分战士撑船渡河，大部分战士只能游水过河，还有的战士搭着门板、木盆过河。

王香雄生活在闽西山区，不会游泳，警卫员给他找来一块门板，他搭住门板奋力地向对岸游去。由于战斗激烈，不慎门板脱落了，王香雄直往下沉，咕噜咕噜喝了好几口水，后来他隐约感觉到脚下有一块坚硬的石头，便用力一蹬，冒出水面。

冒出水面的时候，他发现离岸边很近了，就拼命地划水，终于爬上了对岸。这时日军已经追到河边，架着机枪向过河的队伍猛烈扫射，有的同志游到河心，不幸中弹牺牲；有的同志体力不支，沉没在河底。

五连也有部分战士置生死于度外，留在岸边，奋勇地开枪阻击，掩护战士们过河，好在最后这部分战士也安全地到达了彼岸。

五连原来是一个有 100 多名指战员的战斗力很强的部队，该部队全副武装游过大河后，经清点只剩下 20 多人，伤亡极其惨重。

营长王香雄率领着 20 多名幸存战士继续战斗，他们继续西行，到了朝东村附近，在向南经欧家塘附近又折向了东面，穿过了敌人的空隙地带，在万石桥北边跨过公路，下午到了分水墩附近的杨铁里。

王香雄安顿好部队，一面派人收拢失散人员，一面设法与陈立平、杨洪才联系，当晚终于汇合在一起。

这次战斗从拂晓到傍晚，整整一天，闸口地区的主要通道都发生了战斗。我新四军二营指战员英勇顽强，拼命冲杀，虽然先后突出重围，给敌人造成一些伤亡，但损失重大。主力二营伤亡了 100 多名能征善战的战士，武南县第三大队大队长赵堡成等 20 余名指战员阵亡，受伤 20 余名，程维新的一营更是损兵折将，牺牲 200 余名战士，元气大伤。机关人员在和六连撤退的时候也遭受了损失，中共太滆地委施教团团长张之华、宜武太三县行政委员会秘书任大可、中共太滆地委敌工部部长孙宁、武南县委妇女部长钱立华等领导干部也在战斗中壮烈牺牲。所幸的是，其他机关人员在日军的冲击下纷纷躲避在百姓家中，幸免于难。

六四战斗是独立二团在太滆地区的一场恶战，这场战斗带来了十分深刻的教训。第一，程维新强烈的政治野心发展到政治上的动摇导致处事不力；第二，我新四军党政领导以及主力二营在不同的程度上存在着麻痹思想。

相持篇
XIANG
CHI
PIAN

鏖兵里佳山

1942年端午节到了，岗上村的麦田早已翻了土，烈日一晒，灰白灰白，十分坚硬，引水一泡，不几日，田地稀烂稀烂，犹如糊汤，这稀稠的泥浆很适合插秧，所以，在岗上村四周的田野里，有许多衣衫褴褛的农夫、农妇、小孩背朝着青天在插秧，那黄黄的水田里，经过辛勤的人们的耕耘，终见成行的绿色秧苗无力地耷拉着脑袋，暴晒于阳光下。但有这绿意，终给这单一的黄色色调添了几分生气，不过农夫、农妇、小孩们蜡黄的脸色、贫瘠的肌体，终给劳作的画面添了几分悲凉，他们有时走上田埂，咕咚咕咚地喝着井水，喉结与青筋抖动着，但缺乏营养的滋养，他们的十指又瘦又细又硬，犹如干柴一般。田野里的麦子全收了，山坡上还有一些麦田没有收割，可那些麦穗干瘪，麦秸灰黑，也许实在收割不了什么，只待一把火烧光，当作肥料。

几位老太踮着小脚送来了粽子，干活的人拔出泥脚，走上田埂，玩命地吞食着，吞食间忽然想起什么，忙着又把扯下的粽叶将吃掉一半的粽子裹好，那是舍不得吃的表现，老太流着泪说："我年纪大了，吃不吃无所谓，你们要干活，要吃饱。"

岗上村村民张光云的家里完全是另外一番景象了，从来来往往的客人看，就迥异于田间劳作的人。在穿的衣服这一点上是最明显的，丝绸绣衣显然不是褴褛粗布可比的，醒目的还有这儿的人白白嫩嫩，脸色红润，即使是老者也红光满面。至于肌体，不是形销骨立，而是肉质丰满，女的丰乳肥臀，男的则圆浑结实。

至于飘出的香味，则来自呈现于眼前的鸡鸭鱼肉，充溢于耳鼓的欢笑声，自然是生命最好的"礼赞"。

大厅里，在酒菜丰盛的八仙桌边，斜坐着几个人。他们喝着酒，呷着茶，在热血沸腾中喧闹成一片了。

张光云，这位被乡人誉为"长毛头子"的"雄性动物"，抖动着粗硬的络腮胡须，睁着红红的双眼。他夹了一块鹅肉，在热气散尽后，并没有放入嘴中，因为他的舌头需要转动，吐出一系列重要的音节。

"诸位，今天光临寒舍，还得谈些正事。诸位是雅人，我是个粗人，对时下局势品谈品谈，还望各位指正指正。"他把鹅块放入自己的碗中，端起酒盅，猛喝了一口酒，"前年年底，顾长官在皖南痛击叛军新四军真令人开心，我们溧水的新四军跑光了，没料到去年10月份来了一个什么钟国楚，新桥白马这一带又给叛军占了，后来又来了个什么谭震林，有滋有味地在这儿养起了兵，如今来了个什么江渭清，简直翻了天，这样下去，这儿要成为共产党的天下了，诸位，蒋委员长难道就任由他们胡闹下去吗？”

李友松，江南行署第一行政区专员汪国栋的咨询，忙接上话头：“张兄，说得对，今年以来他们折腾得也太厉害了，半年不到他们竟然建起了4个区政权，新桥呀、白马呀、韩胡呀，对了，还有蒲塘，什么农救会、工救会也如雪球一般越滚越大……这不是反天了吗！”

溧水县国民党五区区长张承泉不紧不慢地吃着鱼，此君特喜吃鱼，他有个规矩：吃鱼不讲话，讲话不吃鱼。但今天他破了例：“他妈的，这算什么，可恨的是他们还建立了什么警卫连、区大队，还有乡中队。这最可怕，他们有军队，还有地方武装……哎哟！”他捂着嘴，由于一激动，鱼刺刺在了喉咙里，“妈的，我吃鱼时不该讲话，一讲话鱼刺容易刺住喉咙。”

他忙要了点醋，喝了一口，又仰起头，让醋在嗓子里打转，这样不消多时，鱼刺便会软化。但不知为何，今天这法不灵，弄得他无法再吃那些佳肴，气得他破口大骂新四军，是新四军的行为刺激了他，让他吃鱼时禁不住讲了话，如今连菜也无法下咽。

倒是二区区长张宝钧十分冷静，他阴沉着脸，双眼红红的，在猛吃几块猪肉后，也开口了：“你们这几位仁兄只会骂，光骂就能把共产党骂走？”

“那还能怎么办？”李友松伸长了头，张承泉还在咒骂着新四军，因为鱼刺还没有被拔掉，急得张光云只好把他老婆叫来，他老婆可是闻名四乡的拔鱼刺高手。

“怎么办？一个字，‘打’，只有‘打’，才能赶走新四军！”张宝钧的声音忽地高亢起来，这一下把众人吓了一跳，巧的是张承泉那卡在喉咙里的鱼刺也一下子消失了，不知是被张宝钧的嗓音震出来的，还是被张光云的老婆用妙招拔出来的。张承泉这一下来了劲，用筷子猛地戳了一块肉：“对，‘打’，打死他们，打跑他们。”

李友松两手一摊：“打？怎么打？我们去打，那不是鸡蛋碰石头？”

张宝钧冷笑了一下：“老弟，对于时局，你真是个门外汉，外面的信息你几乎一无所知。打，那得请国军来打，你们不知，”他故意压低了声音以引起众人的注意，这一招也真灵，众人的头齐齐伸来，生怕漏掉什么信息，连一向不问政事的张光云的老婆也竖起耳朵聆听起来，“诸位，顾长官本来是想皖南、苏南一锅端，不料陈毅、粟裕刁得很，他们早跑到苏北去了……现在他们在苏南的部队横行霸道，顾长官可以实施他原先的计划了，我想我们可以密告顾长官，只要顾长官的大军一到，不怕他们……”张宝钧连忙朝四周看了看，生怕有人在偷听，又收回眼光朝张光云老婆看了看，张光云半晌没作声，见张宝钧盯着他老婆，他马上明白过来，“你走吧，妇道人家不宜听……”

张光云老婆做了一下鬼脸，“哼”了一声，扭着屁股走了。

张光云老婆一走，张宝钧又压低了声音，那三个人又竖起耳朵听了起来，且听得比上次还要认真……

不久，酒席传来一阵叫好声：“好好好，请新七师的兄弟们来相助，来相助……来……干杯！”

里佳山傍晚时分倒是出奇的凉快，山风阵阵，松涛声声，显得极为寂静，虽然蚊虫飞舞，蜢蛳子成团在空中翻滚，苍蝇也不甘寂寞，在人身上乱爬乱叮，夕阳西下，晚霞把山林染成红彤彤的一片，虽为夏日，霞光分外强烈，但人处在山林中没有闷热的感觉，反而有一种清凉的快感。

里佳山村炊烟袅袅，麦香扑鼻，新打的麦秸秆堆成了草堆儿，狗儿跳着，猫儿滚着，老母鸡咯咯地觅着食，拴在树上的羊儿啼叫着，关在圈里的猪儿用鼻子到处乱拱着，劳动的人们回来，腿上沾满泥，身上缠满草，拿着破毛巾，在清清的池塘边，站在青石板铺成的台阶上看着自己的倒影，然后用手拿着毛巾，划破水面，一边用双手搓揉，一边发出欢快的叫声。

这儿似乎远离了战争的硝烟、火光、炮声，有着欢乐、安详、平和，有着一番新气象。

是的，自从里佳山迎来了新主人后，这儿确实发生了变化。新四军保住了一方平静，盗匪没有，日本人没有，当然顽军也没有。另外，基层政权的建立，区、乡武装的发展，使里佳山呈现出相对平和的、有秩序的安宁生活。

前不久，钟国楚率队西进横山，打开了长江当芜地区的新局面，部队完成任务后迅速回到里佳山进行修整，好在里佳山天气凉快，生活安定，有利于休整，这使得十六旅的领导江渭清、钟国楚长长地松了一口气。他们准备趁热打铁，趁横山地区的局面打开后筹备召开区党委扩大会议，准备讨论放手发动群众，加强苏南根据地建设和武装建设等问题。

还没等十六旅旅部安全安顿下来，忽然接到交通站转来的情报，说顽新七师准备进攻我十六旅驻地里佳山。

一听这消息，钟国楚气得用手掌猛烈地拍打桌子："好个国民党，不去抗日，专搞摩擦，'皖南事变'，杀我官兵，塘马一役，放弃防地，现我军恢复根据地，又来偷袭，实属可恨！"

江渭清也义愤填膺。如果说日寇来袭，还能理解侵略者的本性原来如此，而今国民党不顾民族大义，皖南一役，丧尽天良，如今又打起了苏南的主意。

两人叹息着摇摇头，但气愤是气愤，办事是办事，理智告诉他们，对国民党这种自相残杀、不顾民族利益的行为，政治上必须要有清醒的认识，军事上必须要有足够的准备，要有理有节地和他们展开斗争。

当时四十六团的一营、二营由黄玉庭率领，一营、二营驻枫香岭以南的官家、李家一带，负责保卫领导机关；四十七团政委王直率团部和四、五连，以及刚起义的伪常州飞机场航空营驻里佳山东南的东庄头；旅教导大队大队长樊道余带领三个中队分别驻毕家山、枫香岭等村，负责培训班排连级干部和机枪射击手；旅部特务连随旅部驻里佳山，担负警卫工作。

7月9日，顽新七师出动两个团2 000余人由地方顽固派引路，从丫溪港出发，经部村向我根据地推进。当夜集结于杭村、铜山、芝山一线，指挥所设在店榔头祠堂，摆开向我军进攻的阵势，10日清晨，集结在铜山的顽军约一营兵力在构筑工事。

针对这些情况，江渭清、钟国楚迅速作出部署。9日深夜，各部进入阵地进行有效防守。其中，四十六团一营一连占领横山、金驹山。二营五连一部占领里佳山村村南的驼背山。教导大队一中队的两个排占领枫香岭村村北的西北山，一个排占领观山制高点，防止顽军从西侧和背后进攻；其余两个中队在旅指挥所隐蔽，作为预备队待命。

枕背山的地理位置十分重要，它是保卫旅部的前哨阵地，由四十七团王直政委带领四十七团二营和接受整训的伪常州机场航空营的战士镇守。

王直率二营和伪常州机场航空营的战士进入枕背山阵地，在东、西两个山头用毛垡土块垒起两个半圆形的掩体，伪常州机场航空营另派一部分战士埋伏在枕背山的东山洼，以保证枕背山东侧的安全，枕背山与铜山仅有一洼之隔，两军对峙，剑拔弩张，大有一触即发之势。

7 月 10 日上午，航空营反正的一位陕西籍的战士小林还不大相信顽军来进攻，他是有爱国心的士兵，被强行拉入汪伪部队，时时想脱离，后随顾济民（伪航空警卫营营长）一道起义。他对蒋介石的国民党政府仍抱有幻想，认为他们前来不会为难抗日的共产党军队，不过是抢抢地盘而已，顽新七师挺进到铜山也不过是虚张声势，绝不会大动干戈、兵戎相见的。

但他的幻想在 10 时被无情的枪声和子弹打碎，他正站着说话，“砰”的一声响，从铜山山腰上飞来一颗子弹，子弹带着尖利之声破空而来，直直地钻入小林臀部的肌肉中，顿时鲜血直冒，疼痛迅速袭向小林的心头。

小林一边叫着，一边摸着屁股，只觉心脏有一种撕裂的疼痛感，眼前金星直冒，一头栽倒在地，顿感天旋地转起来。还没容他骂出声来，铜山山腰上的枪声齐齐而起，硝烟四处弥漫起来。王直挺身而出，枪一挥，大声叫道:“同志们隐蔽好，准备战斗！”

他伏在山上的简易工事内朝铜山一看，只见顽军拼命开枪，并不出动。对于国民党的卑劣行径，他清楚得很，闽西三年，浴血奋战，和国民党这个“老朋友”不知打了多少仗。抗日战争时，许多战士都哭了，他们和国民党是血海深仇呀，但为了国家为了民族，只能忍让。没想到走向抗日战场后，他们不积极抗日，反而专事摩擦，但新四军战士相忍为国，在高庄战斗中，廖海涛率军拯救了国民党六十三师军，归还了他们丢弃的枪支，不料顽军后来在塘马战斗中放弃阵地，让日军合围塘马，现在又不宣而战，主动向十六旅进攻，这怎能不引起他满腔的怒火呢?

观察了一会儿，王直冷笑了一下，这国民党军又采用火力攻击、步兵跟进的老战术，既卑劣可耻又可笑，战斗力不强、战术呆板是他们的本质。

“同志们，不要开枪，现在顽军是火力侦察、火力攻击，他们的步兵还在后面，等近了再打，要节约子弹。”他拿着枪，枪口朝着两山之间的低洼地，两眼死死地盯着山下。这顽军也真有意思，只是不断地放枪，却无一兵一卒冲向枕背山，而且枪声时紧时松，时密时稀，我军战士们则埋伏在壕内，全然不理，任凭顽军放枪放炮。

顽军团长见枕背山的战士丝毫没有回击的迹象，好生纳闷，但他乖巧得很，不肯驱兵上山，赔本的买卖他不做，兵打光，他的官也做不成。他宁愿消耗弹药也不肯消耗兵力，所以断断续续放枪放炮，一连放了 2 个小时。

到了 12 时，顽军团长见新四军还是没有还击的迹象，便准备作试探性的进攻。他们先在铜山北侧的一棵大冬青树处架起一挺重机枪和数挺轻机枪，玩命地向枕背山阵地扫射，然后派遣一路 10 人一组的侦察分队在火力掩护下向枕背山扑来。

战士们早已按捺不住，心里痒痒的，早就想扣动扳机，让敌人尝尝枪弹的滋味，只可恨敌人不肯上山，现在冲上山来，怎能不枪弹相迎呢？他们屏住气，静候着顽军，冒着汗水的手紧扣着扳机，手榴弹的盖子已经拧开，引火环已经套在手指上了。近了，近了，顽军分路爬上山了；近了，近了，他们的形体逐渐放大，头顶上帽子的纹理似乎也清晰地呈现在眼前了。

进了射击圈，王直一声喊：“打！”子弹纷纷飞向敌群，手榴弹也不断在顽军头上飞落而下。

顽军乱作一团。在枕背山东、西两山头火力交叉的射击下，顽军纷纷倒毙，这一分队的顽军顷刻之间全部被消灭。

顽军团长吓了一跳，没料到新四军有如此的战斗力，他再也不敢怠慢，命令一个排的顽军分几个点向枕背山进攻，但在王直的指挥下，均被击退。

枕背山的枪声时时牵动着旅首长的心，两军在枕背山阵地多次交锋后，钟国楚、江渭清命令四十七团坚守阵地，同时命教导大队二中队急赴枕背山支援四十七团，随即又命令黄玉庭带领防守在金驹山的四十六团一部插到枕背山两侧的戴思岗村北的高地上，从侧后攻击顽军的冲锋之敌。此时，顽军以一个连的兵力向枕背山阵地进攻，枕背山阵地险情突起，一时呈胶着状态。黄玉庭急令部队发起攻击，顽军遭到四十七团正面攻击的同时又突遭四十六团的攻击，乱作一团。

航空营有一起义战士枪法奇准，整训后被黄玉庭要到四十六团担任班长，只见他从容不迫，连开 5 枪击毙 5 个顽军，吓得顽军纷纷逃窜，滚下山坡，急忙撤回铜山阵地。

顽军团长用望远镜窥视着战场，发现新四军有条不紊地组织反击，心里有点慌乱，他哪里会甘心自己的部队败于新四军手下，于是急忙东找西找，试图找一个突破口实施攻击。他发现枕背山东山头毫无动静，而且那儿可以避开枕背山两个正面火力点和西侧的戴思岗火力点的攻击，是一个理想的突破口，他急命顽军以 1 个排的兵力从东侧向战士们进攻。顽军前进到半山腰，他们哪知道这儿早已埋伏了四十七团一部的战士，战士们一跃而出，与顽军短兵相接，枪刺刀劈，实施近身白刃战战术，把顽军吓得胆战心惊，两腿发软。攻在前的顽军惨叫着纷纷倒毙，攻在后的则扭转屁股，向铜山溃逃。

在顽新七师的一个团向枕背山进攻的同时，另一个团则采取机动的作战方式，妄图偷袭我里佳山旅部。

顽军团长派一个排带着重机枪插到枕背山东侧 1 华里的南经巷，占领村后的井山，试图从这里打开缺口，经曹村向我旅部进攻。

可顽军哪里知道，钟国楚、江渭清早已运筹帷幄，作了精心的布置，他们估计敌军有可能从此处找突破口，早已派了樊道余带领机枪中队从毕家山持轻、重机枪 6 挺占领了曹庄村的制高点。

顽军占领井山后，发现曹庄村早已被新四军占领，便利用地势较高的优势，用重机枪拼命向我军扫射，而我三中队奋力还击。

“乒乒乓乓”，山地与村庄均是火光一片，硝烟滚滚。由于顽军火力太猛，三中队的阵地上弹雨纷纷，泥土四溅，村边的树枝被枪弹所击，断裂声一片。

樊道余皱了皱眉头，沉思了一下，决定不再死守曹庄村，他在村西小祠堂里开了一个简短的会，决定采取果断出击的方式，他派一部由曹庄村村西，即枕背山的东侧，向南迂回插到井山之敌的西侧进行袭击。

我军突然出现在井山西侧，顽军一阵慌乱，腹背受敌，以为被围，顿时惊慌起来。战士们在攻击的同时又采取了政治攻势，纸糊的喇叭筒里不时传来“中国人不打中国人”的口号。这样一来，顽军军心动摇，许多士兵竟弃械向铜山逃跑，顽军军官见众人无心恋战，既不敢用强，也不敢制止，跟着士兵向铜山溃逃。

樊道余乘势下令追击，我新四军个个奋勇向前，喊杀声一片，顽军哪敢还击，争先恐后、慌不择路地逃回铜山，樊道余等追到山下，也不上山，严密监视山上之敌。

进攻枕背山的敌人见偷袭不成，也无心恋战，在山脚下放了一阵枪后也退回铜山。

下午3时，枪声渐渐稀落，新四军收兵回枕背山，顽军则蜷缩在铜山山顶。整个战场处于极度的平静之中。傍晚时分，四十七团撤出阵地，二营的1名战士不幸中弹负重伤，6名战士轮流抬着他送往医疗点，抬到枫香岭李家村东的小山坡上时，这名伤员停止了呼吸，战士们只好强忍悲痛将他抬到官家村胡家棚子边停放。夕阳西下，村民魏四兰看到长眠的战士，心里非常难过。“年纪轻轻就牺牲了，真叫人伤心，应该好好安葬才是。”魏四兰想来想去，回家取来陪嫁的新被单里子，把战士的遗体包裹起来，并动员丈夫拆下两扇门板，下垫一扇，上盖一扇。

魏四兰夫妇和本村的施大森、童金山在棚子边的山地里挖了个坑，含泪将战士埋葬，并做上记号。

战场上呈现出死一般的寂静，而旅首长的内心极不平静，钟国楚、江渭清面对地图反复思考着下一步的对策。

“敌军驻守铜山，于我军不利，长期对峙不利于我根据地建设。”江渭清用铅笔敲打着地图上标有铜山的那块区域。

“是呀，倘若新七师以此为前沿据点，终乃我十六旅心头之患。”钟国楚面有忧色。

“绝不能让他们驻守下去，这个钉子一定要拔掉，否则后患无穷。”

“晚拔不如早拔，我看乘敌立足未稳，咱们主动出击，把他们赶走。”

“好，请张开荆和王桂馥同志来一下。”江渭清叫警卫员去请。

四人在地图前，在灯光下商讨着作战方案，他们都是老红军，脑海里不时浮现着三年游击战争中的战斗生活，丰富的经验使他们迅速达成一致意见，采取佯攻和突袭相结合的战术。

使用这样的战术，钟国楚和江渭清志在必得，虽未开战却胜券在握。他们两人在红军时期不知打过多少次偷袭战，这种战术对国民党军队十分有效，因为国民党军队纪律差、战斗意志薄弱，别看他们人多，乃乌合之众，往往是一触即溃，一战即败，兵败如山倒。不像红军战士有严明的纪律、顽强的意志、血战到底的气概。

此时，铜山之敌处在我新四军半圆形包围之中，铜山以西、以北和东北处均处在我新四军包围之下，再派四十七团一部插到铜山以东和东南处的周家庄、稻上岗一线待命，伺机出击，四十六团则兵分两部分做佯攻与偷袭。

11日凌晨，旅指挥所派出侦察人员由南经巷出发，去打探敌军虚实，在铜山前沿阵地抓回了两个哨兵，他们交待了铜山守军的情况，这样偷袭与强攻就有了明确的方位。

10日入夜后，顽军仅有1个连的兵力驻守山顶，其余的则散落在铜山以南的山洼里，东一堆、西一堆，赌博的赌博，抽鸦片的抽鸦片，哼着戏曲小调的则嬉闹着，有的蜷缩着进入梦乡。

11日凌晨1时许，黄玉庭手一挥，一营战士在戴思岗小高地点燃稻草，鸣枪射击，号兵吹起冲锋号，战士们齐声呐喊，响声震荡山谷，吓得顽军连忙操枪涌到铜山西北处。

睡眼惺忪的顽军揉着眼皮，迈着颤抖的双腿，伸头向山下望，看到火光火把一片，听到枪声和喊声，两腿发软，身子摇摆，害怕新四军突击而上，只好硬着头皮伏在铜山西北处胡乱地放枪，有的不时发出咒骂声。

顽军连长哪敢有丝毫的大意，连忙催赶军士全部撤向西北，以防新四军强攻，而在其他地方几乎没有安排一兵一卒。

此时，黄玉庭来到周家边，他在四连、五连中挑选部分勇士，组成突击队。

“同志们，勇敢地冲向铜山之顶，两边有一营的战士在佯攻，东面的进攻靠你们了，你们要发扬准、狠的作风，给我狠狠地打这些龟孙子！”黄玉庭在黑暗中做着战前动员。

“保证完成任务！”突击队队员个个精神抖擞，丝毫没有胆怯畏惧之色。

突击队队员在枪上插上刺刀，腰间挂上五六颗手榴弹，消失在夜幕中，他们来到铜山的东面，小心地向上攀登，他们确认东面没有守军后，便奋勇向上，直达山巅，向北扑去。

顽军全部集中于铜山西北，许多人拥挤在一起，放了半天枪，却不见有人上山，想回去睡觉，却遭到了连长的严令，必须全力守山，不准休息。他们正骂骂咧咧地面对着戴思岗的小高地，哪里知道突击队犹如飞将军一样从天而降，已经来到了背后。

当他们听到一声喊打时，还没有弄清是怎么回事，头顶上已经飞来了手榴弹，在火光下冒着白烟，发出滋滋声向下坠落，他们的脑海里一片空白，双脚下意识地挪动着，却始终迈不开，他们想抱头鼠窜，可惜头也没时间抱了，鼠窜也来不及窜了，便一命呜呼。似乎听到巨响，整个身子被撕裂，痛楚袭来，还没有完全感受到时，旋即整个人感觉犹如坠入深井，坠入黑暗中，渐渐连感觉也消融在黑暗中无影无踪。

那些没有被炸着的顽军在惊慌中，终于挪动了双腿。心一阵狂跳后，头上脸上霎时渗出冷汗，他们的意识渐渐清晰，要操枪还击但也来不及了，子弹无情地穿过他们的身躯，击碎了他们的骨骼，除了倒地打滚发出呻吟惨叫外，他们已无计可施。

战士们则在敌人毫无防备的情况下扑向敌人，在敌人的背后犹如狼群猎杀猎物一般将敌人击杀。

火光闪现，硝烟升起，断裂的躯体在空中呈不规则形状升腾下落，被弹雨冲洗的顽军如多米诺骨牌一般纷纷倒下，虽有几个顽强地挺立着，也想开枪还击，但双手已无力端起那重如千斤的枪杆，最多是挣扎、摇晃，继而是畏缩着如土豆堆散落一般瘫倒于地。

胜利的喜悦、战斗的激烈催化着我军战士们的激情，猛冲猛打已成为战斗特有的镜头，他们如入羊群的猛虎，在吞噬着那些“猎物”。

顽军连长十分侥幸地躲过了一劫，他双腿先是打战，然后飞快地摆动起来，在脑袋的指引下向铜山南面飞奔，其余的顽军几乎是在同样的感觉支配下哭爹喊娘地向南溃逃。

冲上山的战士不多，手榴弹和枪弹无法阻挡顽军纷纷南逃的急流，几乎是几分钟的工夫，顽军一连士兵伤的伤、死的死，投降的投降，余者一下子消失在山巅。

人们似乎可以认为他们根本没有存在过，不过遗弃的枪支弹药、鞋帽还是作了强有力的佐证——几分钟前他们确实在这山巅生存过。

枪声早已把驻在店楖头的顽军团长惊醒，这位顽军团长虽然白天与新四军交锋没有占到什么便宜，但国民党军的巨大优势在他的心理上还是起到不小的鼓舞作用，“新四军那几条破枪如何奈何得了我堂堂的新七师。”他心想，“就算他们个个是神仙，在如此劣势的装备下也难有作为。”

他穿上皮鞋，操起手枪，命士兵用担架抬着他前去督战。他止住了溃散逃跑的人流，又击毙了几个溃散的士兵，然后催着大队人马扑向铜山。

他刚来到稻上岗，想对战斗作部署，不料埋伏在村东的四十七团的战士的枪弹无情地射向了他们，有几颗子弹贴着他的耳朵飞过，那尖啸之声和激起的气浪几乎把他的脑袋弄晕了。这位身经百战的团长着实知道枪弹的无情和性命的宝贵，竟然神奇地跳下担架，拔腿飞跑，双腿以从没有显现过的快速频率在旷野中迈动。

“榜样”的力量是无穷的，士兵见团长落荒而逃，也以此为“榜样”，团长又怎么会责怪他们、责罚他们呢？他们一哄而散，四散奔逃，不久，便齐齐地朝南奔去。

钟国楚、江渭清见战场上呈现如此之势，哪有不追击之理。一声令下，十六旅全线出击，一直追击到芝山、店楖头以南。顽军丢下伤员，分别向上沛埠、丫溪港逃窜。此役，十六旅共歼顽军 200 余人，缴获重机枪 1 挺、轻机枪 4 挺、步枪 200 余支、子弹 3 万余发，十六旅阵亡 10 余人，伤 60 余人。

此役后，顽军久久不敢北进，溧水根据地出现了相对稳定的抗战局面。

杨葛殿战斗

1942年10月9日半夜时分，位于浙江省慈溪市深山老林里有名的道馆杨葛殿来了一支神兵。杨葛殿即阳觉殿，坐落在慈溪市观海卫镇南部市林场的大霖山东南坡，前身是清隐庵，始建于元，于明朝万历年间重建。它由玉清宫、长清宫、太清宫、玉皇宫等建筑组成，飞檐斗拱，画栋雕梁，气势肃穆壮观，时为浙东道教圣地，香火旺盛。

神兵的到来打破了原有的寂静，隐秘的香客、道士惊慌失措，纷纷逃窜。不过，这些神兵马上上前向他们解释："不要惊慌，阿拉是三五支队，借宿一夜。"四处逃窜的香客渐渐地安静了下来，道士们也连连点头。

这也难怪他们，自从日军进入浙江省以后，这儿就很少有抗日的部队，突然一支部队从天而降，人们不知虚实，也不知凶吉，惊慌是正常的事。

这支天降的神兵是一支什么样的部队呢？其实，战士们已经向他们解释了，他们是浙东三北游击队。原来，在九十月份时，浙东区党委根据中共中央华中局的指示制定了一个新的战略方针，那就是"坚持三北、开辟四明、挺进会稽"。

方针确定后，就兵分三路，谭启龙、何克希、张文碧等同志率领思政机关、四支队、教导队南渡姚江准备进入四明，而进入四明就必须经过慈溪，10月9日的晚上，司令部跟四支队就从慈溪的驻地鹤鸣场出发，连续爬了几座山林，终于来到了杨葛殿。

来到这以后，战士们分头睡觉，四支队副支队长张季伦有喝酒的习惯，他坐在道馆的门槛上，慢慢地喝着酒。战士们万万没有想到日军取得了精确的情报，而这份情报的到来也使日军感到意外。原来，新四军半夜来到杨葛殿的时候，惊动了里面的香客，有部分香客逃到了山下，道出了实情，汉奸得到这个消息以后连忙向住在山区的日军报告。

驻扎在山区的日军马上就制订了一个凶恶的计划，本来日军怕夜战，也怕近战，但是这个民族有一个好学的特点，在作战之中，他们也学起了新四军的作战方式，往往也利用夜战、近战的方式进行攻击。日军山区司令部的头目反复研究，他们深信新四军不会知道他们已经得到这个消息，如果深夜出击、迅速偷袭，定奏奇效。他们认为自己武器精良，人数也不少，完全有把握击溃新四军。

他们组织了200多个日军，数百个伪军，半夜出发，经过5个小时的行军，来到了杨葛殿的山脚下。他们趁着夜色偷偷地向山上进发，不料却碰到了三北游击队的哨兵，三北游击队的哨兵立即鸣枪报警，而日军也趁机发起了攻击，刹那间，“砰砰”的枪声在山谷里回荡起来。

枪响预示着有战情，张季伦跳了起来，立刻命令部队起床。刹那间，杨葛殿骚动了起来，哨声、脚步声应和着日军的枪声齐齐地涌进了众人的耳目。

三北游击队的司令员何克希匆匆忙忙地穿好衣服来到了前殿，他命令张季伦迅速出击：“老张，看来日本鬼子知道我们的作战意图，他们的目标是想阻止我们进入四明，你带领四支队占领各个山头，掩护司令部，我们准备撤到竹山岙。我有一挺机枪归你指挥，这是一挺重机枪，机枪手是刘法清。”

“好的，请首长放心。”张季伦拔出驳壳枪，推上子弹，迅速奔到大殿门口，召集各中队交代任务。

部队根据张季伦的命令控制了全部的山头，刘法清的重机枪也架在了山顶的特殊位置，他的任务就是要扫射那些偷袭的日军。

张季伦在阵地上来回地走动着，他顺手捡起了一片树叶，放在嘴里撕咬着，他暗想着，眼下的四支队刚刚组建，战斗力很差，这还不是主要的问题，主要的问题是这支部队刚从浦东伪军十三师五团拉出，即刚刚反正过来，不仅没有严酷的战斗经验，而且他们的精神状态还有待提高。所以，这个时候稳定军心、鼓舞士气、提高他们的精神斗志就显得十分重要。

怎么办？必须在最短的时间内稳定他们的精神。想到这，他把嘴中的树叶猛地吐了出来，并沿着山上的陵线慢慢地走着。他细心地检查着各个阵地，他看到战士们有的卧倒在岩石间，有的躲藏在大树后，有的隐藏在竹林中，他们用期盼的眼光看着他，话里带着一种颤抖的音调问：“首长，是不是和日本鬼子交战？”大家都知道伪军的战斗力有限，日本鬼子特别凶悍，战斗力特别强，所以和日本鬼子交战肯定是硬战。这些战士是从伪军当中反正过来的，没有经历过战斗的洗礼，所以即便脸上现出胆怯之色，语调中夹着颤抖的音调，对张季伦来说这也是十分正常的表现。

张季伦马上露出一副十分乐观的样子，乐呵呵地对他们说：“是啊，是要和日本鬼子交手，怎么样，你们见过日本兵吗？”

“见过见过，见过日本兵，就是没有交过手。”这些战士是反正过来的伪军，当然见到过日本兵，也看到过日本兵的装备和其凶悍的战斗作风。

“好吧，日本兵没有什么了不起，只要我们发扬顽强战斗的作风，最厉害的敌手也会被击败。”经他这么一说，战士们的情绪稳定多了。

为了鼓舞战士们的斗志，张季伦又挥手比画着周围的地形，对他们说：“你们看，这儿全是山，我们居高临下，日军的火力虽猛，但是，他必须仰攻，武器发挥不了作用，你们只要选择好地形，利用好遮蔽物，日军是奈何不了我们的。”这样一说，可把战士们说动了，战士们见张季伦如此乐观，又见他说出了地形上的优势，心里有了底，他们虽然没有战斗的经验，但是他们凭直觉也知道在山顶和山下作战，地形起着举足轻重的作用，况且他们还有一点战斗的军事常识，所以他们的心立刻安定了下来。

地形绝对有利，人数也不少，这可是有利的因素，张季伦见自己的宣传鼓动工作取得了效果，非常开心。他看到战士们的情绪稳定了下来，有的握着枪；有的拿着刀；有的匍匐在地，双眼紧紧地盯在山脚下；还有的在身边放好了石块，准备随时把这些石块推向仰攻而上的日军。从他们的精神状态来看，他们没有了胆怯，有了斗志，有了昂扬勃发的精神，有了热血，有了朝气，以如此的状态和日军一战，胜利一定属于我方。

张季伦见战士们斗志昂扬、蓄势待发，十分满意。他在阵地上走来走去，突然，他发现左侧，也就是杨葛殿的西面，有一个隐蔽的山道无人扼守，他想，如果敌人从这里选择突破口，那么整个阵地的侧面都会暴露在敌人的火力之下。

作为一个有经验的老战士，他马上命令部队抽出一个班，挑了一个有战斗经验的老兵班长带一挺轻机关枪坚守这道山口。

天渐渐亮了，云雾也消散了，山头清晰地呈现在人们眼前，山上，树林、竹林片片，风一吹哗哗作响。但是，山下零星的枪声已经搅破了宁静，人们屏息静气，一场战斗即将到来。那空气在颤抖着，人们已经闻到了血腥的、强烈的战斗气息。

没多久，日军发动了全面的进攻，他们首先占领了一处山边的小高地，用掷弹筒投射，用重机枪扫射，向山上发起了进攻。一群群穿着黄色军服的日兵端着三八式步枪，一群群穿着黑衣服的伪军，哇哇地乱叫着从山坳里、山脚下纷纷向山顶涌来。

战士们伸着头，看到日军气焰如此的嚣张、气势十分的强劲，有些紧张，张季伦连忙呼叫："隐蔽好，不要怕，居高临下，等敌人走近了，听枪声，听口号，再打。"

这群进攻的日军、伪军都很有作战经验，在山脚下、在山沟里，他们直着腰，迈着快速的步伐向上挺进，但当接近山头的时候，他们悄悄地散开了队形，而且不时地躲避在树木、山石后面，有时候行进了一段时间以后，突然加快速度，向上突击，他们以疾速的姿态、疾速的步伐向山上挺进。

敌人越来越近，战士们能清楚地看到敌人的钢盔、帆布、粗厚的胡子和浓密的眉毛，能看到血红血红的眼睛和端在手上的寒光冷冷的刺刀。日军虽然离战士们很近，但是战士们掩蔽在岩石、树林后面，日军看不见、摸不着。越来越近，越来越近，等日军进入射程之内，张季伦大叫一声："打！"机枪手刘法清的重机枪"哒哒"地喷出了长长的火蛇，战士们也纷纷开枪，手榴弹雨点般扔向了日军，石块也纷纷滚落下来，无情地撞向了刚刚爬上山坡和即将登上山顶的日军。

日军遭到了突然袭击，队形立刻混乱起来，虽然他们富有战斗经验，但是遇到了这样不利的地形也无可奈何，几个举着指挥刀的日军指挥官连忙让部队撤下，聚集在山坳的死角里。那些伪军的腿特别"长"，跑得比谁都快。有的日本兵见此情形也顾不上皇军的脸面，纷纷滚下山坡，有的还从很高的岩石上跳下，摔断了腿，在叫喊着。经过这阵暴雨般的枪声和密集的手榴弹攻击后，日军留下了七八具尸体，战士们居高临下，有地形的优势，日军在山坡上无法移动，战士们初战告捷。

大约 10 分钟后，战士们看到日军指挥官的指挥刀在阳光下闪闪发亮，他们挥舞着，逼着敌伪军钻出死角，步步逼上山来。这一次日伪军非常狡猾，他们把队形完全散开，而且他们在爬行的时候速度非常慢，爬一阵子，躲一阵子，躲一阵子，再爬一阵子，但是不管他们怎么爬，山顶都在新四军枪弹的射程之内。张季伦从高处观察着敌军进攻的方向，他集中机关枪，对来路上日军较多的地方进行射击。

敌人上来了，又一声“打”，子弹又雨点般地落向了敌人，打着打着，左右两边的机枪不知何故突然熄火，日军正匍匐在地上，利用石头作为掩体，听到机枪声消失，大喜过望，遂一拥而上，还发出奇异的怪叫声，他们登上山顶的时候还扔出了一颗颗手榴弹。所幸的是，山上有很多树木竹林，手榴弹有的被毛竹反弹了回去，有的在半空中爆炸，战士们并没有受到多少损伤。

此时，张季伦挺身而出，举着驳壳枪高喊着：“同志们，手榴弹开花，刺刀见红，拼啊！”他用驳壳枪打了一阵子，接着又向日军连投了四五颗手榴弹。阵地上烟火四起，碎石乱溅，泥土阵阵，被炸裂的竹子发出了咯吱咯吱的响声，被炸断的树木火苗四蹿，发出一阵阵焦烟味。烟雾缭绕，碎石乱飞，此时，眼睛已经不管用了，战士们只能通过耳朵辨别敌人的方位。

日军刚冲上山，虽然用机枪扫射了一阵，也扔出了几颗手榴弹，但是，战士们继续利用山上的树木、山上的岩石躲避着，并没有受到多少伤害，而日军则完全暴露在战士们的枪口下，战士们一阵扫射，手榴弹一阵爆炸，又把这些日军赶了下去。

战士们兴奋地叫着：“退了，退了，死了两个。嘿，又打了 3 个，打呀打呀。”刚刚登上山顶的日军被击退以后，战士们迅速占领原先的阵地，居高临下，不时地用枪、用手榴弹、用山石对付敌人，而敌人在山下也没有办法集中重兵实施攻击，即使进攻，由于山面开阔，完全暴露在战士们的枪口之下，也难以奏效，靠几个士兵突击到山顶也无济于事，除了山坡上倒下了十几具尸体，再增加几十个伤兵外，还能有什么呢？

日酋用望远镜观察着山顶和山坡，他明白，用这样的方法消灭山顶的新四军是非常困难的，可手上的兵就那么多，手上的武器也就那么多，而山那么高，坡度这么大，如果不用重兵是不可能占领山顶的，而现在眼下没有重兵，怎么办？

他终于想到了一个奇招，那就是迂回包抄，从后山通过小路抢占山顶。

但是他万万没有料到，张季伦在战前已经布置一个班守在山道上，而且带兵的班长是一名老兵，他看到敌人偷偷摸摸地上来了，就把轻机枪挂在了脖子上，等着日军进入他的射击圈。

日军偷偷摸摸地上来，见这儿毫无动静，还以为这儿没有新四军的战士设防，胆子大了，便直着腰上山。快到山顶的时候，有的趴在石头后面观望，有的是倚在树边张望，见还是没有什么动静，又直着身子，加快了步伐，一下子登上了山顶。

这个时候，班长的机枪无情地吼叫起来，火苗喷射而出，子弹像雨水一样喷向了他们，一下子就倒了七八个。其他的战士跟着开枪，还投掷手榴弹，把那些还没有倒下的日军全部给消灭了。

火光四起，枪弹声声。惨叫声后，这一路的日军也迅速地退了下去。战斗一直持续了 8 个多小时，从拂晓一直打到了晌午，敌人的七八次进攻全部被击败，阵地前敌人的死伤已达 200 多人。

日酋看了看，想了想，见新四军早有防备，而且制高点也完全掌握在新四军的手中，他自己手下的火力有限，人数有限，在山地作战，偷袭不成，硬采取强攻战术必然吃亏，这样打下去是不会有任何好的结果的，所以悄悄下了撤退的命令。

敌人撤退了，张季伦遵照何克希司令的命令，率领着部队巧妙地钻出了敌人设计的包围圈，安全转移，赶上了司令部前进的队伍。

杨葛殿一仗再一次鼓舞了浙东人民的抗日信心，挫败了日军的锋芒，锻炼了年轻的队伍，三、四、五支队顿时声威大振。

两溧血战

1943年初，苏南敌后抗战即将进入最艰苦的岁月，新四军军部派一师二旅从苏中抗日根据地的黄海之滨渡江南来，与十六旅在溧水里佳山会师，共同迎接新的战斗，后抗大九分校又遵命南下，和十六旅并肩作战。二旅和抗大九分校迅速南下，等到日军、国民党反应过来，他们早已安营扎寨，养精蓄锐，操练多时了。

苏南日军压力骤增，但由于太平洋战争不顺，无法使用重兵“扫荡”，只得继续玩弄“清乡”的把戏。在茅山、太滆地区广筑篱笆，妄图用东路“清乡”的办法来对付茅山地区的新四军。

按理说，新四军二旅南下壮大了苏南的抗日力量，是民族解放、独立的大好事，也有利于反“清乡”斗争，但于国民党而言却是天大的坏事，本来按蒋介石的意图，皖南一役，高奏凯歌，宣布新四军为叛军，大可永绝其患，不料毛泽东重建军部，完全抛开了国民党，一下子冒出7个师，而且发展是愈来愈强大。这真把蒋介石气坏了，他时时想把新四军一举歼灭。为了大造声势，他请人代笔抛出了臭名昭著的《中国之命运》，极尽污蔑八路军、新四军之能事，为新一轮的反共高潮制造舆论。一时间，中国大地乌云密布，大有山雨欲来风满楼之势。

这样一来又乐坏了顾祝同、上官云相，两人拿了文稿读了好几遍，旋即又聚集到一起密谋起来。

“顾长官，委员长又出高招，此书释放了一个信号——又该是向共军动刀的时候了。”上官云相满脸笑意。

“是呀，”顾祝同坐在沙发上，身子直往后仰，用右手手指梳理着油光发亮的头发，“副司令，本党与共产党打了多年的交道，军事上虽略有挫折，但你我与共军交战尚无败绩，皖南一役，大壮我辈声威，虽然他们在两淮、苏北、苏中横冲直撞，苦了那位韩副司令，但于我辈却是丝毫无损，可惜我们鞭长莫及呀，要不也不会对韩副司令的窘境坐视不管。不过苏南这地盘，我顾某人绝不会允许他们横行霸道的。”

“是呀，苏南可不是苏中、苏北、两淮，皖南大捷时，我们错过了消灭罗、廖部的机会，但好在冷将军与日军配合，让罗、廖在塘马栽了跟头，十六旅也元气大伤，他们安静了一年。可不料苏中的二旅又窜至苏南，两兵会合，架势不小，顾长官，这可不能小视呀。”上官云相欣喜之色骤消，一下子面露忧虑。

“嗯……据报，二旅王必成部南下后，与原钟国楚、江渭清部合编，人数增加了一倍多，近来，他们的抗大九分校也南下了，这倒不得不考虑。不过副司令放心，我们在皖南大捷后没有一下子肃清苏南新四军力量，乃政治气候所致。现在委员长已释放此信号，我们何不乘此东风，痛击叛军，来一场苏南大捷呢？”

“好，我就等着顾长官的话，我们要发扬皖南大捷的精神，在苏南一举歼灭他们。”上官云相双眼一下子放射出两道寒光，“此事还需顾长官早日定夺。”

顾祝同微微一笑：“我有了安排，恭请陶广副司令来替韩副司令报仇。你共军在两淮动手，我就在苏南动手，这叫一报还一报……你要关照陶副司令认真部署。”

“好。”上官云相的冷脸上一下子绽开了冷冷的笑容。

顾祝同精心策划，与日军达成默契，命令撤销苏南、皖南、浙西对日防务，调集国民党五十二师、一九二师、挺进军、“忠救军”、保安队等12个团15 000余兵力，委任国民党二十三团集团军副总司令陶广为总指挥，国民党五十二师师长刘秉招为左纵队司令，国民党挺进军第二纵队司令顾心衡为右纵队司令，兵分两路向驻于溧水地区的苏南新四军主力部队大举进攻。

陶广手握15 000的兵力，踌躇满志，洋洋自得。笑归笑，但打仗还是挺认真的，他反复考虑，仔细推敲，决心采取迂回包围的战术，首先绕到十六旅部队背后，东西夹击，消耗十六旅的有生力量，然后缩小十六旅的防御阵地，造成口袋式围歼阵势。若能围除十六旅，那么逼其在芳山与之作战，到时候，15 000人之众以泰山压顶之势一举全歼苏南叛军。

……

国民党五十二师一马当先，来到李巷的西北观山，他们在山顶上设置了一个观察所，派一班人马驻扎，时刻监督新四军的活动。

整编后的抗大九分校共有3个大队（即3个营）和10个中队，加上校部和党训队，全校共1 200人。一大队下辖一、二、三3个中队：一中队为军事队，主要由一旅营、连军事干部组成；二中队原为校部队知识青年队；三中队为政文队，主要由一旅营、连政工干部和部分文化干部组成。二大队下辖四、五、六4个中队：四中队为排级干部队，五中队为连级干部队，六中队为政文队。此外，还有1个机炮中队，负责培训机枪手和迫击炮射手。三大队下辖七、八、九3个中队：七中队为连级干部队，八中队为排级干部队，九中队为班级干部队。党训队以苏中党校学员为主，加上师部机关抽调的一些干部和其他一些营以上干部组成，党训队直属校部。

3月上旬，抗大九分校在溧水甘戴村举行开学典礼。会上，江渭清代表十六旅致贺词，刘季平作了开学工作报告，杜屏作了行军和渡江的总结报告。

开学后，一大队、三大队在上、下芝山，二大队在云鹤山，以山野为课堂，开展教育训练。

……

四十八团刚刚安顿下来，团长刘别生、政委吴嘉民命等待工作的某教导员带领3名战士到高淳去买子弹，被顽军苏保一纵队一团发觉，采取偷袭手段，将教导员等3人逮捕，另一名战士脱险逃回团部，告险。团部立即派人去顽军保安团交涉，要他们放人。顽军保安团非但不理，还蛮横杀我地方干部，抓我抗日烈军家属，用挑衅的态度对待我十六旅战士。刘别生大怒，毅然组织反击，以武力营救被捕的战士和同志，营长曾担生急率一营夜袭荆山口顽军保安团，经过激战解决了顽军保安团团部，救出了被俘的战士和同志。

四十六团住在了溧水南端的沈家山，他们原在横山地区和大官圩一带活动，在官圩，他们夜袭了亭头镇伪军据点。

在横山南北，他们多次打退了下乡骚扰的日军，二旅南下和十六旅合并后，出于战斗的需要，他们被调回，聚集于溧水县的最南端。

这沈家山的南端便是三战区国民党军控制的区域，旅部为慎重起见，要求部队挖好野战工事，因为那边的“友军”调动频繁，不那么安心了。

对于这一点，四十六团的干部和战士清楚得很，这三战区的部队历来和新四军过不去，1940 年 6 月的西塔山战斗，1941 年 5 月的黄金山战斗，1942 年 7 月的里佳山战斗，都是拜他们所“赐”的。

现在他们频繁调动，安的什么心呢？

3 月 28 日傍晚时分，部队刚吃过晚饭，正在集合，准备移营。

一切都很正常，山村十分寂静，晚霞特别灿烂，耕牛在农夫的牵引下慢悠悠地回归牛棚。那牛粪味儿和泥土味儿、麦苗的清香味儿、油菜花味儿混合一起，绝没有半点的硝烟味。

黄玉庭、丁麟章正准备命令队伍开拔，突然两个侦查员跑来报告：有敌情，顽军保安团在驰地南边向我们进攻了。

原来是四十六团的副官朱立人带着各连副职干部去沈家山南面的一个村子去号房子，碰到了国民党保安团的一个排，他们是来打前站、搞侦察的，顽军便主动进攻，当时一营在柳甲，三营在沈家山西北石臼湖边。

“噢。”黄玉庭皱了一下眉。要说这保安团，战斗力特差，和正规的新四军交战应该是自取其辱，为什么三战区的国民党军向我军进攻用最弱的部队呢？会不会有诈？

这是战斗，容不得丝毫的马虎，他翻身下马，命令两个营的战士即刻进入野战工事，就地阻击。

两军刚一接触，保安团放了一阵枪，扭头就跑。奇怪，保安团如此之弱，何以进攻，既进攻，刚一接触，为什么迅速南逃？

黄玉庭没有细想，反正这溧水的根据地是不能丢失的，敌既退，我们进行追击。担任追击任务的是一营二连，由连长姜恩义率领。姜恩义一声吼，战士们猛扑过去，一阵枪击，顽军的一个排长腿部受伤被俘，还有五六个顽军束手就擒，其他顽军则向南撤退。这保安团跑得飞快，而且并不惊慌，四十六团战士猛追猛打，却始终赶不上他们，除了刚才抓到几个顽军、缴获几支丢弃的步枪、轻机枪、枪榴弹筒外，一无所获。追了一阵，黄玉庭下令停止追击，前面是国民党实际控制的区域，况且保安团丝毫不乱，后面肯定会有部队接应设伏，不可大意。

保安团一溃退，苏保一纵队指挥官对着残兵败将是哈哈哈一阵大笑：“英雄们，你们凯旋了。”

保安团营长的脸是一阵青一阵红，他不解地望着苏保一纵队指挥单栋和一团团长杨绍荣，说：“长官，我们不理解，为什么命令我们非败不可，上次四十八团偷袭我们，这次正是报仇的时候。”

杨绍荣冷笑着说：“这是陶长官的命令，只许败，不许胜，个中奥妙以后你会知道。”

“是是是，长官。”保安团营长似懂非懂地点着头，“只可惜丢了些武器，还有3个兄弟，而且助长了新四军的气焰。”单栋眼皮一翻：“没什么，陶长官会加倍补偿给我们的。对于新四军嘛，哼，我们不会让他们恣意妄为的。”

保安团“溃败”的消息传到陶广的耳朵里，陶广一阵狞笑：“好，好的，按计划进行。”

……

第二天，在里佳山旅部，江渭清、王必成收到了来自三战区苏保一纵队的抗议书。大意是苏保一纵队要到日军据点附近游击日军，结果遭到了共军四十六团的袭击，希望贵部合作抗日，严惩凶手。

江渭清、王必成早就听到四十六团的战情汇报，正在琢磨下一步的对策，不料国民党军却恶人先告状，反诬起新四军来。对于这一点，他们清楚，这是国民党惯用的伎俩，为防意外，命令十六旅各部队严阵以待，加强警备，痛击一切来犯之敌。

没几天，陶广便令顽军向溧阳竹箦桥五十一团驻地发动进攻，并迅速占领了上兴埠，同时还抓捕我抗日干部，枪击我炊事人员和部队战士，气焰十分嚣张。

忍无可忍，王必成一拍桌子：“不给他们点颜色看看，他们还不知道天高地厚。”他和江渭清商量后，决心给予顽军一些惩治，压一压他们的气焰。

4月1日，旅部决定，四十六团旅部特务连攻打上兴埠，四十八部攻打上沛部。刘别生、吴嘉民作出如下部署：二营和团部特务连出击上沛埠；三营占领上沛埠以南的老虎山，并迅速构筑工事，打击前来增援的部队；一营做预备队。

二营营长黄祖煌领命而去，他面对上沛埠，心中的一口怒气久久不能消除。他果断地下令：四连、五连担任主攻任务，六连为预备队，晚上出发。

二营一个急行军来到上沛埠的南面，从侦察的情报中得知，镇内驻有顽挺进军1个连、2个排，还有1个排驻守在镇东北靠山的一个碉堡内。

黄祖煌命四连连长周德喜、指导员苏俊迈率队攻打镇内顽军，五连连长吴仲亨、指导员黄德诚攻打镇东北碉堡顽军。

半夜时分，周德喜率四连猛扑镇内，一阵手榴弹爆炸声后是一阵惨叫声，顽军从梦中惊醒。起初，顽军气焰很嚣张，还想借皖变胜利的余威，并没把新四军放在眼里，但一交手，就傻了眼，在四连的猛冲猛攻下，渐渐不支。至拂晓，顽军被活捉击毙各半，周德喜还有一个意外的收获——在一个大院的卧室内，捉到了顽军连长的老婆。

几乎同时，镇东北靠山的碉堡内，五连也包围了碉堡，碉堡周围是一片开阔地，如果强攻，在没有重武器的情况下，伤亡是可想而知的。

天已放亮，周德喜送来了那份特殊的“战利品”。团长刘别生一见，忙叫战士押着顽军连长的老婆喊话。

那女人哆哆嗦嗦地被战士们推到碉堡前，用哭腔喊着话：“你们别打了，快点出来吧！”“你们被包围了！”

一阵寂静，顽军连长在碉堡里叫喊：“军务在身，党国为重，投降万万不能。”接着是一阵咒骂……然后碉堡里的机枪狂扫起来，打得那女人身边的泥土四处溅射起来，那女人吓得瘫倒在地，全身痉挛。

刘别生见状，知道顽军连长铁了心，便命战士拖回女人，决定白天停止进攻，到夜晚再打。

黄祖煌和教导员徐文华一商量，决定由徐文华留下指挥五连，他自己则带上四连、六连至上沛埠以北，做好防止顽军反击的准备。

夜晚，徐文华命令五连战士进攻碉堡，吴仲亨带领战士们悄悄地向碉堡挺进，奇怪的是碉堡内寂静无声，一名战士迅速接近碉堡的枪眼，往里塞了一颗手榴弹。一阵轰响，没有预料中的惨叫声。战士们一拥而上，炸开碉堡门，进去一看，里面空无一人。

徐文华十分纳闷："这些龟孙子哪儿去了呢？"他沉思半晌，周围无任何障碍物，看来是天一黑，敌军乘隙逃走了，"好狡猾的顽军，走，回营部。"

五连回营后，四十八团一营退至曹山以南、上兴埠以西、芳山以东、上沛埠以北的牛头山附近集结待命，三营仍在老虎山加强守备。

江渭清、王必成考虑到统一战线的需要、有理有节的斗争原则、团结抗日的立场，主动与顽军交涉，明确表示只要对十六旅部队不再进行武装进攻，不捕杀新四军工作人员，不抢劫军用物资，允许新四军到上沛埠采购物品，十六旅愿意让出上沛埠，保一团也可回安兴驻扎，同时吁请地方士绅出面调解，结束"摩擦"，共同对付日伪军的"清乡"和"扫荡"。

陶广正慢悠悠地喝着茶，忽接报新四军十六旅攻占了上沛埠、上兴埠，连忙吩咐召开军事会议，加快实施消灭苏南新四军的步伐。

在宽广的大厅里，陶广端坐主席台，两侧分别坐着挺进二纵队司令顾心衡、国民党一九二师师长王堉、苏保四纵队指挥张少华、苏保一纵队指挥单栋、五十二师师长刘秉哲、"忠救军"第一纵队指挥易德钧，以及其他团级以上军官。

陶广开口了："诸位，新四军十分猖獗，竟然公开袭击我苏保一纵队和挺进二纵队，看来，再不动手，他们要翻天了。"

"陶总指挥，我们不必和他们啰唆什么了，既然蒋委员长、顾长官点头了，还不灭此朝食？"顾心衡一脸急火火的样子。

"对，新四军不自量力，在苏北、苏中、淮南肆无忌惮地攻击我们，在苏南，他们休想猖狂。陶总指挥，我们不能再等下去了，诸位，这是苏南，卧榻之侧，岂容他人酣睡？"刘秉哲说些不伦不类的话语，看到众人点头，十分得意地露出笑脸。

陶广摆摆手："诸位，莫急，莫急，这一次非动手不可，现在的形势对我们有利，这不是皖变时的形势。现在苏联和德国打得不可开交，自身难保，从形势上看，他们有求于蒋委员长，绝不会再公开支持中共。英、美国家也焦头烂额，自顾不暇，我们中国的抗战作用在国际上大大提高。我们在苏北没有向新四军复仇，不是委员长客气，而是兵锋难至，鞭长莫及。在苏南，我们有十几万雄兵，哪能容得他们猖狂，还有一点诸位可能不知，日寇如今在东南亚用兵，在中国的兵力是捉襟见肘，所以我们和新四军作战应该是无后顾之忧……"

此时，一位军官进来递给了陶广一封信，陶广一看是新四军十六旅的信件，连忙拆开，看完信，把信件往桌上一摔，用不屑一顾的神色冲着信件说："江渭清、王必成求和了。"

"求和？"众酋忙伸头询问。

陶广冷冷地说："江、王求和，说愿意让出上沛埠，条件是允许他们采购物品，里面还附了地方士绅的附议信。"

"不要上他们的当，陶总指挥，以前我们对他们过于手软，才酿成黄桥、半塔、山子头战斗的悲剧。这是缓兵之计，我们不能养痈遗患呀。"易德钧一副义愤填膺的样子。

"对对，这是他们的诡计，我们哪能上他们的当，我们苏南有十几万人马，眼下这儿有15 000之众，还怕他们那点人马，陶总指挥快下令吧。"

"快刀斩乱麻，速战速决！"

"送他们上西天，彻底肃清他们。"

"打死王必成，活捉江渭清！"

"算它是第二次'皖南事变'，要取得比第一次更大的胜果！"

其他人跟着一起叫嚣着。

"诸位，诸位，别忙，安静些、安静些。诸位求战心切，是好事，不过打仗也是做文章，我们要做足，这一仗，我们稳操胜券。我们不仅要胜，而且要胜得漂亮，在政治上，我们要动一番脑筋，免得他们再喊冤叫苦。"陶广一副胸有成竹、满腹经纶的样子，脸上的肉原先还时不时地抽动几下，现在则纹丝不动、一脸阴狠。

"诸位，别急，让他们猖狂一下子，我就是引诱他们乱蹦乱跳，我们已经把他们主动进攻国军的消息公布给了新闻界，现在各大报纸都在声讨叛军，舆论在我们这一边，我们在政治上已经取得了主动权。另外，我还是有点担心，如果一开战，日寇会不会在背后捅一刀，或者说新四军会不会勾结日寇，夹击我们？"

"放心吧，陶总指挥。抗战初，他们是背靠我们，面对日军；现在他们确实是背靠日军，面对我们。但只要我们不深入到南京城下、京沪线上，日寇是不会帮他们的。再者，现在还没有发现新四军勾结日寇的历史，估计他们不会去和日寇搭上关系，否则就不会有塘马之战。当然，为了万无一失，我们何不效仿冷长官和日军达成默契，共同对付新四军之举呢？"易德钧不愧是戴笠的高徒，所献之计确实毒辣。

张少华连忙插嘴："对，易指挥说得对，我们派人联系，达成协议，共同对付新四军。当然，日寇狡猾，未必会和我们结盟，泄露出去在政治上于我军不利。我有一计，叫新四军受困于溧水，我们派人贴出布告，以明示的方式向日本人透露我们作战的对象，这样间接地和他们联络，又不授人以柄。"

"妙极了，可以采纳。好啦，我们已经侦查到十六旅的兵力配置，他们的主力集中在东线，西线的兵力十分薄弱，是教导团之类的。当然，也许他们会变，但我们以不变应万变。按既定计划合围他们，下面请赖处长公布一下作战计划，诸位有问题再提出商讨。"

赖处长肥胖得连路都走不动了，但其吼叫声丝毫不亚于健壮的屠夫，他满脸杀气地走到军用地图前，用棒子点着地图上的地名："诸位，指挥部决定，4月11日，国民党五十二师一五四团、一五五团集结于东坝、下坝一线；挺进二纵队3个团集结在上兴埠以南地区；'忠救军'一支队一团、二团深入到白马桥以北一线；保安一纵队一团、二团及保安四纵队七团进至汤家桥、安兴一线；国民党一九二师五七四团集结于社渚，另一个团配置在广德。"赖处长干咳了两声后，眼睛盯着在地图上的小棒，滔滔不绝地吼叫着，“西线以国民党五十二师一五四团、一五五团和国民党一九二师五七四团的兵力为主攻，由东坝、下坝、社渚出发，分路经安兴、漆桥、孔镇、东流、新桥进占大山、云鹤山、枫香岭、铜山、榆树岭、观山等地，与挺进军会合，协同围剿十六旅部队。保一团、保二团、保七团布防南面，协同主攻部队围歼，国民党一九二师另一部在南面堵截。”

顽军军官全神贯注地听着赖处长的作战部署，眼光也随着他手中小棒的移动而移动。

赖处长尖厉的声音撞击着他们的耳膜：“东线以挺进军二纵队3个团的兵力担任助攻。该部从施家桥、南渡、七里山出发，经上兴埠进占傅家山、曹山、回峰山、北经巷、南曹、大李巷、毕家山等地，与国民党五十二师、一九二师会合于观山，完成对十六旅的包围。‘忠救军’两个团在十六旅部队北面白马桥、王村、韦家大村、秋湖山一线担负堵截任务，封锁十六旅向北后撤的道路。”

众军官直点头，但有一点不解，既然侦知西线新四军守备力量最弱，是抗大九分校学员，为何陶总指挥用参加过皖变的国民党五十二师和他自己的嫡系廿八军一九二师的精兵，这似乎不合常理呀，难道陶总指挥是想保存自己的实力?

这倒不是，陶广知道抗大九分校也不是好惹的，但鉴于他们是干部团，明摆着是新四军的核心力量，用重兵击之，以1个师换1个团也是胜利呀。胜利讲究的是实效，不是虚名。

面对如此形势，江渭清、王必成感到了前所未有的压力，他们决定先向代军长陈毅和师长粟裕汇报请示。粟裕的电文是领导的指示，固然重要，但将帅还是要根据自己掌握的情况作出部署。

江渭清来回踱着步，思索着应如何应对眼下的局势。

面对如此一个大好的形势，日寇坐不住了，这倒好理解，可国民党也坐不住了，置抗日大业不顾，又来搞摩擦。是可忍，孰不可忍，他们究竟想干什么？为什么？眼下大兵压境，据侦知有7个团的兵力，绝不可小视。

王必成也有多日睡不着觉了，首先，苏南的抗战形势非常复杂，是三角斗争，如果一味和国民党用强，必处于两线作战的危险境地，恐为日军所乘。再者，现在国共相处，军队总体力量处于弱势，尤其在苏南，国民党军有数万之众，敌我对比，敌方占优，更要命的是苏南地域小，没有纵深，难以展开灵活的游击战和运动战。所以不能轻易出击了，但眼下敌军气焰嚣张，怎么办?

江渭清、王必成相聚在一起进行商讨，讨论结果是先向军、师首长表明无黄桥决战之心。

接到粟裕回电后，江渭清、王必成认真研究了粟裕的回电，决定采取政治、军事两方面的活动以应对眼前形势。

在4月3日那天，江渭清政委便召开了排以上干部会议，做了《制止反共摩擦，求得继续团结抗战》的动员报告，还召开了群众会和乡保长、士绅座谈会。在各阶层群众中进行战备动员，旅政治部的干部到各团协助做好政治工作和战勤工作，旅卫生部安排好重伤员、轻伤员，医疗所，旅供给部做好给养的物质准备，溧水县的县、区政府做好民工动员、组织担架队等支前战勤服务工作。

王必成则命令四十八团严阵以待，命令四十七团一营、五十一团前来参加，加上抗大九分校人员，参战兵力达 5 000 余人。

刘季平也坐不住了，他找来了油印股长兼训练处书记徐充，说：“小徐，我口述，你记录，写封信给国民党五十二师师长刘秉哲，呼吁团结抗战，维护国共合作的抗战局面。”

“他会听吗？”徐充有些犹豫，这国民党五十二师部队的反共立场是极其坚定的。

“不管怎样都要试试，也算我们仁至义尽了。”刘季平沉思着，然后缓缓地说，“张师长钧鉴：本部正在整训，以加强与提高对敌斗争力量。据报，近期贵部不断向本部驻地逼近包围，未知用心何在？谅贵官深明大义，理当遵循抗日统一战线方针，共同对敌。请饬令所部立即停止推进，节制行动，以免发生亲痛仇快之事件，则国家幸甚，民族幸甚。忠言奉告，谨请良思。”

江渭清、王必成、张开荆、王桂馥和一些参谋长在作战室里反复研究起来。

王桂馥首先开口：“能不能让敌人深入我们的根据地，完成对我军的合围以后，我们再进行反击呢？”他对着铺在桌上的地图接着说道，“不能，因为我们是处在日顽夹击的总的态势下，‘两溧’中心区从南到北不过 40 里呀……”

张开荆点点头：“按粟师长的意见，是先集中主力歼灭它一路，迫使顽敌后撤。”

江渭清沉思许久，才慢慢道：“这一仗一定要打好。打得好，我们才能保住辛辛苦苦建立的根据地。打得好，才能在苏南坚守下去，否则后果难料。国民党的军队非常毒辣呀，我们反顽是为了抗战，为了抗战就必须反顽，把他们打得越疼越好，但必须建立在自卫的原则上。”

他沉吟道：“凭我们在溧水四二年作战的经验看，溧水的东线地形开阔，利于分割穿插，可以机动用兵；南面有芝山、方山；西线有观山、铜山，呈环状，利于坚守。敌军要合击我们，必然要从东西两线进攻，北线他要迂回，他没有那么多兵，南线也有山，他们攻击的力度不会大，他们大军聚在南方，只要堵住就行……”

王必成始终一言不发。这不奇怪，因为他不经过深思熟虑是不会发言的。当大家把眼光投向他时，他才缓缓开口：“江政委说得对，从战略态势上看必然如此，敌人肯定是东西夹击，逼我军北移，如果我们歼其一路，他们的计谋就不能得逞。现在敌军有 7 个团，约 8 000 之众，兵力配置也有限，我们完全有机会歼其一路。但我们必须集中兵力在局部形成优势，这是我们游击战常用的战术。现在我们四十六团、四十八团已经控制上兴、上沛一线，而且那儿机动用兵的区域很大，利于我们作战，我们应该把主力放在东线。南线、西线地形有利，易守难攻，只要坚持住，我们就可以在东线取得胜利后迅速西移迎敌，逼其后退。”

张开荆直点头：“对。至于北面，我们用少量的兵力监视即可，他们的目的还是逼我军北移，北移至溧武路以北，借日军之手消灭我们。”

“那么日军会不会在北线夹击我们呢？”江渭清有点担忧，“另外，西线、南线的部队派谁呢？现在只剩四十七团和五十一团的少量部队了。”

一位参谋道：“北线，据情报部门侦知，暂无动静，日军看来是坐山观虎斗，倒不用担忧，只是南线、西线派兵困难。”

另一位参谋一拍大腿，说：“不是有抗大九分校在吗？他们虽然是学员，但都是领过兵打过仗的干部，组织起来，以山为依托，守一两天应该没问题。”

江渭清点点头："守西线、南线，任务不轻，若真要派他们去，必须再给他们派置一些武器，当然，他们的政治素质、战斗素质绝对没问题。"他又沉思了一下，"还是觉得力量太弱，还要有部队支撑他们，我看把四十七团一营调过去吧，这样才有把握。"

王必成想了想："对，兵力不能过于分散，否则打击力量不够。我们既然布重兵于东线，那么除四十六团、四十八团外，还应把旅部特务营和五十一团配置在东线，确保东线取得胜利。"

……

日军南京总部大本营得到了国民党军准备聚歼十六旅的消息后，研究了半天，决定静观其变，原因是兵力不够。现在大部分部队已抽兵南下，战争处于胶着状态，若合围消灭了新四军，则要面对数量众多的国民党部队，因此他们先按兵不动，趁国共双方杀得筋疲力尽之时，再选择对象出击，坐收渔翁之利。

通知下达后，溧水的日军面对国民党说客要求联合作战的请求，笑吟吟地连连摆手："我们大日本帝国不插手此事，不和你们计较，你们想怎么样就怎么样。"

此时，国民党军的情报官急送来一封密信，陶广拆开信，阅后便哈哈大笑："江渭清、王必成竟然在西线、南线布置的是抗大九分校的学员，这就别怪我陶某人柿子捡软的捏。命令我国民党五十二师精锐之师做好准备，一举打开两线缺口。"

我军特务团一大队的防守阵地在铜山。铜山左前方有云鹤山，右前方有观山，铜山阵地左翼有一中队防守，右翼有三中队防守。铜山阵地的自然形势非常有利于打歼灭战，它像一个簸箕形状，铜山是"簸箕"的把手，前面是一片广阔的缓坡开阔地，两边全是高低山丘，隐蔽主力部队十分理想，三面居高临下，天然地形，易守难攻。如果从地形的角度看，守住铜山，主力及时从两侧翼猛打猛冲，轰然出击，歼灭一两个顽军团队应该有把握。

王必成亲自到阵前观察，看了看这块战场，又朝四周的地形扫视了一番，非常满意，但考虑到九分校火力太弱，便遵粟裕嘱托，从十六旅调来 1 门迫击炮、1 挺重机枪和一部分子弹加以补充。

一大队的战线约有 1 公里。一中队的阵前地形较为复杂，有农舍、松树林、河流，山下有大死角能容纳两个连的兵力。三中队战壕从山上延伸到缓坡开阔地，连上几个散兵坑和战壕最北端的一个小山包。

特务团在旅部下达命令后，便积极准备构筑工事。团长杜屏、政委刘季平、政治处主任张崇文、参谋长廖昌金深入阵地，视察动员，要求战士们死守阵地，吸引进攻之敌。判断敌人可能午后三四时发起进攻，我方主力可从阵地两侧翼战斗出击，歼灭来犯之敌，迫使其后撤，取得反摩擦战最后胜利。动员的口号也格外严明："像保卫斯大林格勒一样保卫铜山！"并且下达了军令状："阵地丢失者，杀！"这个动员给全体干部以极大的震慑和鼓舞，全体干部学员齐声呐喊，愿为此战光荣献身。

一大队三中队是政文干部队，队长为张茂发，政治指导员为方征，支部书记为纪涌，学员约有 90 名，有从连队调上来的政治指导员、支部书记、文化教员、战斗英雄模范；有机关精兵简政保存的干部；有从上海来的知识青年；也有归国的年轻华侨，如日本归侨江有生、新加坡归侨王啸平、马来西亚归侨兰芝冰。文化教员、学员中有编辑、导演、画家、铁笔战士，可谓人才济济。那时有规定，伍龄不足3个月的退回连队当兵，其中有3名上海来的青年离3个月相差几天，方征认为他们为信仰而来，不要太机械遵守规则，便全留了下来。

三中队虽然人才济济，但装备极差。武器只有2挺轻机枪、1挺捷克式，只有200发子弹；1挺三八式，只有90发子弹。步枪种类很多，有湖北条子、中正式、老套调，每把枪子弹五六发，多的几十发，手榴弹每人一两个的，也有几名徒手，这样的装备在游击区游击骚扰有余，正面作战则实在勉为其难。但学员们热情很高，首先投入了军事战备——挖战壕。

16岁的苏州籍战士王传洪操起了铁锹向半山腰走去，自从来到溧水，他便投入到紧张的学习中去。军政训练开始后，他在军事课上学到了很多东西，比方说战斗条令、步兵操典，还有实地演练，但他觉得战斗离眼下这片土地还远。文化教员司徒延平想在墙报上开辟一个专栏，和他商量起一个什么名字，王传洪开玩笑说："纸上谈兵。"司徒延平生气了："你还开玩笑，不用多久，就要真刀真枪干了。"

果然，没过几天，王传洪便闻到了浓烈的火药味。野外，他看到了王必成、刘季平、杜屏等人在察看地形，一下子感到空气紧张起来。等到队里命令学员到铜山上挖建壕沟时，他才真切地知道这不是课内实习，而是实实在在地将要发生战斗。

……

在油菜花香气四溢、麦苗泛绿的季节，一支部队悄然转移。这支部队就是新四军十六旅五十一团，团长为胡品三，政委为李彬山，政治部主任为江如枝。他们至上兴埠以西地区迅速构筑工事掩体，枪口齐齐向着南方，一看那架势，似乎就闻到了战火的硝烟味，感觉在彰示着一场血腥战斗即将来临。

五十一团虽为团的建制，但没有多少人马，原属十八旅，只有两个营，后来二营被四十六团团长带到两溧地区活动，虽然番号没变，但由四十六团代管。

1942年10月，五十一团拨归十六旅建制，团部率领一营过沪宁铁路，在溧阳、溧水一带活动。1943年，精兵简政，二营全部充实到四十六团，一营营部撤销，一连、二连、三连由团部直接指挥。该营人数不多，战斗力有限，但3个领导人却都是能征惯战之人，所以在战役中也是一颗重要的棋子，他们被派往七里山阻敌便是一个很好的佐证。

4月12日凌晨，顾心衡一声吼叫，挺进军二纵队四团、五团、六团3个团从施家桥、南渡、七里山出发，一个团向上兴埠猛扑过来。他们在临近上兴埠时，用重炮猛烈轰击，霎时万炮齐鸣，声震于天，空气在颤抖，气浪在滚涌，百姓砖房上的瓦片发出嘎嘎之声。

王必成在杨树山下一听这声音，便知顽军的攻势不小，不可轻视。他命五十一团迅速后撤出曹笪里，命四十六团全团和四十八团一营、二营伺机反击。

挺进军二纵队的顽军炮击一阵后，见新四军没有动静，便大着胆子怪叫着，气势汹汹地向上兴埠扑来。而集结在曹山以东、上兴、上沛以西地区的四十六团，在黄玉庭团长的指挥下，像一把尖刀狠狠地向顽军插去。

挺进军二纵队的顽军平昔见到日军个个胆小如鼠，畏头缩尾，一触即溃。但遇到新四军，则个个横眉怒目，十分凶悍，尤其是他们受到了"皖南大捷"的鼓舞，士气高昂得很，两军刚一接触，他们便气势汹汹、有板有眼地拼杀着。

但他们没料到迎接他们的是十六旅的主力四十六团，他们没料到这支新四军部队不是在皖南受到项英影响犹豫不决的部队，他们也没料到这支铁军在毛泽东同志英明领导下，在以陈毅为首的新军部打造下，在与日寇交战的打磨下，已经日渐成熟，战斗力非同一般了。

刚开始战斗呈胶着状态，随着时间的推移，顽军的劣势尽显，战术呆板，缺乏打运动战的能力，加之遇上士气更为高昂的新四军指战员，他们的凶悍气势渐消，几次进攻均被击退。

通讯班战士徐进随四十六团作战参谋陈进太来到前线。徐进面向东站着，不知何故，突然身上一阵奇痒，他刚一转身，几颗流弹飞速而过，如果当时不转动一下身子，那么这几颗流弹便要穿胸而过了。惊险之余，他镇定下来，和陈进太一道观察着顽军的动态。

特务团二大队主要扼守观山、榆树岭、云鹤山一线，二大队队长为樊道余，政委为许彧青，副大队长为杨绍良，他们原先奉命在溧水的芳山、尤家边构筑工事。他们在那儿坚守了几天，4 月 11 日，顽军五十二师忽然后撤至高淳东坝。原来，这是刘秉哲的一个阴谋，当陶广把西线的任务交给刘秉哲后，他高兴得连眼泪都要流下来。刘秉哲头脑还算清醒，虽然在皖南时，他与新四军交过手，按行话讲，他“斩获颇多”，但他心知肚明，如果不是项英犹豫不决、举措失当，战局远不会如此。如今与已经成熟的新四军交手，能占多少便宜？弄不好自己的势力会被削弱。原先他以为自己的国民党五十二师是精锐之师，肯定要啃四十六团、四十八团这两根硬骨头。当陶广命其在西线进攻时，他着实兴奋了一阵子，因为西线守备的是抗大九分校的学员，装备太差，任凭他们的军事素质再高，也肯定抵挡不了国民党五十二师的攻击。这家伙高兴之余不仅讨了巧还卖乖，在 11 日那天故意后撤以迷惑对手，他小心翼翼，倒不是那种“杀鸡焉用牛刀”的狂妄之辈。

二大队见国民党五十二师后撤，亦撤出芳山、尤家边阵地，转移到云鹤山复课教学。12 日凌晨 4 时许，东线四十六团反击挺进二纵队，旅部通信员送来命令，二大队迅速进入西线观山、榆树岭构筑工事，坚守阵地，并急召樊道余到旅部接受任务。

樊道余匆匆做了部署：四中队进入观山前沿榆树岭阵地；五中队向塔山方向游击，控制孔镇、漆桥方向牵制来犯顽军；二中队为预备队，守卫观山主峰阵地，由许彧青政委率领。樊道余离开后，整个部队由副大队长杨绍良指挥。

不久后，樊道余从旅部领命而回，急忙召集各中队领导开会，传达上级指示和战场纪律，进行政治动员。

“同志们，顽军已向我五十一团阵地发起进攻，我四十六团战友奋起还击，已多次击退他们的进攻，现在西线暂无动静，旅首长要我们加强战备，高度警惕，防止顽军从西线进攻，现在大家要弄清各中队的防守任务，尤其要掌握好反冲锋的动作，便衣侦察向各个主要方向加强警戒，学员和教职员们先将背包藏在老乡家里，轻装上阵，加紧构筑野战工事。”

樊道余急促的话语撞击着干部们的耳膜，虽然观山、榆树岭静悄悄，朝阳已出，呈现出一片鸟语花香的春景，但人人都知道空气中已经弥漫着大战的硝烟味了。

十六旅教导大队奉命改编为九分校二大队时有 4 个中队，四中队培训排级军事干部，五中队培训连级军事干部，六中队培训连队政治文化干部，机炮中队培训机枪手和炮手。

中午，四中队派出一个排前往塔山掩护五中队撤回，准备加强观山、榆树岭一线的防务。还未到塔山，那儿已是枪声一片。原来，刘秉哲率队后撤东坝后，在11日深夜强行军突然扑向塔山，在占领塔山后，继续向北推进，与行进途中的五中队相遇，便乒乒乓乓地打了起来。

五中队战士都有着丰富的作战经验，猛冲猛打，一口气将敌击溃，并控制了云鹤山的有利地形，阻止住了顽军先头部队的攻势，四中队战士一到，便合兵一起，但见顽军漫山遍野而来，个个杀气腾腾，一副不可一世的模样。

四中队排长忙向五中队领导报告，全线后撤出现观山、榆树岭一线，旋即五中队后撤，留四中队1个排阻击掩护。这个排的排长姓杨，战斗经验十分丰富，面对汹涌而至的顽军，率领全排灵活作战，歼敌1个班，缴枪8支，俘敌1名，己军无一伤亡。午后时分，五中队和四中队的1个排撤回到了榆树岭阵地。

刘秉哲率国民党五十二师一五四团、一五五团，国民党一九二师五七四团乘机占领了云鹤山、东流村、枫香岭。12日下午2时许，他命令顽军向榆树岭阵地发起进攻。

二大队在樊道余的指挥下死守阵地。刘秉哲见西线的新四军守备人员的火力不足，确知这儿是九分校的队员，胆气一下子冒了上来，他下令3个团全线出击。

他把重兵投放到铜山，准备血洗铜山。守铜山的是一大队大队部以及一中队和三中队，其阵地的正面很宽，所谓阵地，就是一条堑壕、一条壕沟和一个个射击工事。由于铜山的土层很薄，壕沟大多很浅，只是个别地方较深一些。

下午，班长杨加林把王传洪领到一个特定的战斗位置，王传洪一看这是一个射击工事，立式，胸墙较厚，知道这是班长为了照顾他，杨加林匆匆地对他做了交代："你左边是大队指挥所，汤大队长、唐政委、文副大队长都在那边，我们在你右边。山地起伏，堑壕弯曲，你左右看不到人，你喊一声我们是能听见的，有事你就喊我吧。"

王传洪站在射击工事旁伸头一看，由于战壕挖在半山腰，弯弯曲曲，确实看不到任何人，他这儿应该比较安全，如果朝山下看，只能看到缓缓的山坡，上面杂草丛生，怪石林立。山沟下是起伏的小丘陵，如果敌人攻上来，可居高临下进行射击。不过要完成射击投弹的动作，需要探出半个身子。这对于毫无作战经验的他来说，也不是轻而易举能够完成的。

下午2时许，一大队一中队队长王详指挥一中队学员在阵前演练。他正在喊"目标正前方……"，正巧在视力所及处，顽军真的出现了，王详赶快把队伍带上山，跃入战壕，迅速散开。

张茂发、方征指挥三中队迅速进入战壕，方征忙从战壕里把王啸平和另一名文化战士拉出来送到山后隐蔽起来。因为这俩是纯粹的文化人，一时是无法适应战斗的。

这国民党五十二师的顽军既气焰嚣张，又十分狡猾，他们有一定的作战经验，在山地作战也有一套办法。他们在田间阡陌上先作蛇形游动，然后从山沟的树林里冒出，继而慢慢爬行。1 000米、500米、300米，渐渐接近一大队阵地。在300米处，他们突然停下，他们知道再往前推进便要进入新四军的射击圈内，所以他们用重机枪、轻机枪、迫击炮开始轰击，进行火力侦察。

"轰轰轰""哒哒哒哒哒"，炮弹呼啸而出，发出阵阵炮响枪响，空气中骤然气浪翻滚，山坡上顿时泥块飞溅，黑烟翻滚，随即枪口齐齐冒出青烟，在阳光下仍然能见到红红的火舌。子弹在空中交织前行，飞落到石块上溅起层层石屑。

顽军团长在枪击炮击一阵后，见山上毫无动静，便知新四军反击能力不足，既无强大火力回击，也无重要火力点，于是开始分两个箭头攻击。一个冲向一中队阵地，用两个连的兵力作前锋，跳跃奔进，强行向一中队山下一个大死角集结；另一个用两个连的兵力向三中队阵地攻击，至百米处，先头部队由散兵行变成散兵群弯腰快速前跃，至二三十米处，匍匐爬进。一排排长李洪汉忙率1个班利用散兵坑阻敌。顽军开始冲锋，炮火先行，随即步兵跟进。

听到阵阵枪声后，王传洪忙探出身子一看，国民党五十二师的顽军像蚂蚁一样往上爬。他连忙操枪，但由于慌乱，他没有仔细瞄准便开了一枪，这一枪不知打向了何处。一阵慌乱后，他镇定下来，准备好好地开第二枪，一拉机柄，糟了，吸壳。他记住了杨加林的话，连忙叫道："班长，通条。"他一声喊后，没有喊来班长，却接二连三地传来同样的话语"通条"。王传洪知道，战友们的枪实在太差啦，这些枪都是套筒枪，而且每人只有5发子弹，常常吸壳，只能靠通条解决，而通条只有两根，这第一枪后，大家抢着喊叫"通条"。

王传洪叫了好几下，不见有人递来通条，眼见顽军爬上山来，急得直跺脚，头上的汗直冒，他一转身，看见一人匆匆地走来。

只见此人手拿通条，十分沉稳地走来："小同志，别紧张，通条来了。"

王传洪细细一看，只见此人身材中等，骨骼却十分粗壮，线条挺拔，给人一种特有的刚性和张力。此人脸庞方圆，面颊骨略高，脸膛漆黑，眉毛粗浓。其神色坚定、沉着、刚毅，有万难不屈的斗志，从他的神情中，你能读出他丰富的精神内涵和不凡的人生经历，任何英雄传奇的故事和英雄的非凡意志都可以从那儿找到源头。更为神奇的是，此人一眼已坏，一看便知是后天所致，你能看到不规则的损伤面貌，从军人的角度看，肯定为枪击所致，这往往是军人功勋的佐证。另一眼则炯炯有神，放射着奇异之光。

王传洪一见其步姿和神情，一听其音便推知此人就是大名鼎鼎的九分校一大队队长汤万益，即一眼为战斗所伤的"汤瞎子"。

王传洪猜对了，汤万益拿着通条排除了故障，沉着地对王传洪说："我一只眼，你四只眼眼力都不行，现在敌人还远，我们先不打，节约子弹，等敌人近了再打……"

话没说完，此时右翼一中队的阵地上响起了炒豆般的枪声，汤万益一听，立即跳出战壕，向一中队奔去。

汤万益奔向一中队阵地，留下教导员唐昆远和副大队长文有武在三中队的阵地上。

下午，一大队发现顽军五十二师从铜山西北孔镇方向扑来，因山下有一片树林，利于隐蔽，顽军便像蚂蚁那样集于树林中，这样三中队便处于前沿阵地。

一大队共有3个中队，只有一中队是军事队，他们多数是坚持三年游击战争的老红军，一排由连长和部分营级干部编成，二排由副连长和部分排长编成；三中队是政文队，一排由老指挥员和部分教导员编成，二排由副指导员和部分指导员编成，三排是上海来的知青，要培养他们当连队支书和文化教员；二中队原是新四军一师一旅教导大队技术队，学习炮击和重机枪射击，后来主力地方化，留在苏中了，一旅教导大队编入抗大九分校一大队后，校部重新编进了一个二中队，现在二中队作为预备队，留在山后。

王详一看这架势颇为三中队担心，便向汤万益提议，是不是把一中队和三中队调换一下。

汤万益摇摇头："现在调换恐怕来不及了。"

唐民远说："政治干部和军事干部一样，都有实战经验，不用换防，临阵换防，恐怕生变。"

三中队队长张茂发连忙说："老王，我们政工干部都是好样的，你放心吧！"

由于汤万益不放心，3个大队干部都来到三中队的阵地上指挥，但不料刚打了一会儿，一中队的阵地上响起了密集的枪声，他连忙关照唐、文两人留在三中队，自己直奔一中队。

原来，狡猾的国民党五十二师采取两翼进攻的策略，当时一中队在铜山左翼，三中队在铜山右翼，中间隔了一个山头。敌军一方面利用向三中队进攻之际转移一中队的视线，旋即又利用一中队山下的死角秘密集结部队，待三中队的战斗打响后，便猛扑上去，一场鏖战开始了。

王详一看，一下子冒出了这么多顽军，便喊道："打！"

排枪齐放，硝烟滚滚，顽军惨叫着滚下山坡，但后面的顽军在军官号令下仍然蜂拥而至。战士们虽然作战经验丰富，战斗意志高昂，但无奈弹药太少，对于蜂拥而至的顽军，一时倒显得无可奈何。

顽军完全弄清了一大队的战斗力，他们几乎不怕战士们放枪，零星的子弹在山体怪石、矮小树丛的遮蔽下威胁不大，他们倒是怕战士们推下山上的石块，石块翻滚而下，在山坡上有时很难躲避。

汤万益一到一中队阵地上便大吃一惊，他看见顽军人数太多，一中队火力有限，疯狂的顽军已冲到阵前，大有突破阵地之势。他叫王详继续率队狙击，自己带1个排来一个反冲锋，把敌人压下山腰去。

汤万益是有名的猛将，在担任一团六连连长时，曾驰援半塔，他在和翁达的独立六团作战时，面对强敌，用1个连追得对方1个团弃甲丢盔。一只眼就是在那时被顽军所伤，他在三年游击战争中屡次冲锋陷阵，素有"拼命三郎"之称，而且数次在战斗面临危险之际，就是靠这种勇气化险为夷。

面对国民党五十二师的嚣张气焰，汤万益真可谓怒火万丈，你好端端地放着日军不打，交手时缩头缩脑，畏敌如虎，战绩是如此低下，丢尽了中国军人的脸面，面对同胞却如狼似虎。皖南一役，残杀我新四军，手段何其残暴！现在抗战处于艰难时期，还要同室操戈……新仇旧恨一起涌上心头。

"龟孙子，我叫你们全上西天。"汤万益端起枪，先扫倒了一排顽军，然后高喊一声，"同志们，跟我冲！"接着，他手一挥，向山下冲去。一排战士呐喊着，齐齐跃出，端着枪居高临下，扑向敌群。

顽军完全没有料到，在快要突破对方阵地时，新四军还敢反冲锋，凶悍的气焰一下子被压了下去，手忙脚乱之际，被汤万益和战士们一阵暴打，如雪崩时的积雪一样溃塌下去，一下子滚下了山坡，但残余之敌躲在石后，凭借压倒性优势的武器，向冲下山坡的战士们疯狂扫射。

汤万益在追赶顽军时，被躲在石后的顽军的密集的子弹击中，他摇晃着身体，一眼怒睁着，枪从手中缓缓滑落，口中大喊着："冲呀，杀呀……"许久，那沉重的身躯才倒下。

王详一见，忙带着1个班的战士冲下山去，抱着倒在血泊中的汤万益返回到原先的阵地。

汤万益怒睁着仅有的一只眼，嘴角犹在蠕动着，身上被打成了马蜂窝，鲜血不时外溢，气息渐渐消失，脸色灰白起来。

他，永远的斗士、闽东的好儿女、六团的英雄、一师的榜样、九分校的楷模。汤万益永远地长眠于铜山之巅，他没有死于日军之手，却被害于国民党军队之手。他的妻子张玉书已有身孕，他还未来得及给妻子腹中的孩子留下只言片语就匆匆地走上了战场，连一张照片也没有留下，永远地离开了她们……

顽军一见汤万益阵亡，鸣号猛攻，战况空前激烈，本来一中队在铜山西侧火力交叉控制了正西面战场，由于伤亡过大，此时顽军除分兵继续猛攻一中队外，又用重兵攻击了三中队阵地和铜山正西山坡，他们想采取中央突破占领山头，然后居高临下向两翼进攻。

此时三中队阵地一片火海，弹如飞蝗，在空中发出瑟瑟之声，炮弹发出尖啸之声，破空而来。山上的碎石被炸得四处飞溅，许多战士被碎石击伤，失去了战斗力，但他们屹立在山腰，绝不后退一步。子弹打完了用手榴弹，手榴弹用完了用石块，他们用血肉之躯在坚守着这片神圣的阵地。

教导员唐昆远、文有武在工事内指挥战斗，顽军见他们两人在指挥，便集中突击手射击，两人先后中弹牺牲。三中队队长张茂发发现唐昆远、文有武两位大队领导先后阵亡，气愤之极，他高呼着为两位首长报仇的口号，指挥学员们猛冲猛打，无奈顽军的火力太强，他也不幸中弹牺牲。

顽军蜂拥而至，近距离的搏击已经展开，班长沈宜保头部中弹，他用手捂着，鲜血流淌不止。方征忙叫他去找医生张毅包扎，又命战士们就近肉搏，顽军被三中队战士顽强的战斗精神吓倒，溃退了下去。

少顷，顽军五十二师调整战术，他们停止正面攻击，不再从中央突破，他们的前锋部队向左侧翼运动，准备迂回包围铜山，试图把一大队的阵地一口吃掉。此时，他们又在一中队的阵地上强行攻击，集结在一中队山下死角的顽军齐齐伸出头来，向山腰后面移动，企图从右侧翼抢先包围铜山。一中队指导员吴光中速领 1 个班迎头阻击，而绕过阵地到达北端驼背山的顽军则企图从左侧翼包围铜山，与三中队三排激战，三排排长冯耀祥光荣负伤，顽军一时不能得逞。

刘秉哲眼睛瞪得红红的，本来他以为以自己的精锐之师拿下由学员们守卫的山头不费吹灰之力，没想到损兵折将，打了几个小时还没有拿下山头，便下了死命令，又从正面进攻，再次玩起了中央突破的老花样。

与此同时，榆树岭一带也发生了极其惨烈的战斗。下午 4 时许，顽军由新桥方向迂回到观山后面，从毕家山西北一个小山口插了过来，企图包围二大队。通往观山的道路已被打开，顽军黑压压一大片，与二大队阵地不足 1 000 米。此时，旅部参谋长陈铁君派通讯员来通知樊道余去接受任务，部队仍由副大队长杨绍良指挥，并指定四中队队长叶藻为代理人。

樊道余赶到指挥部，陈铁君对他说："我军东线主力正在与顽挺进军激战，在南渡方向被顽军牵制住，铜山和观山是我侧翼阵地，对保证东线主力全歼顽军起到重要作用，因此你部必须坚守到 4 月 13 日上午 8 时，以待我主力赶到，消灭来犯顽军。"

樊道余接受任务后便返回榆树岭。途中，撤下的伤员告诉樊道余："樊大队长，五中队队长陈吉冲牺牲，副大队长杨绍良、机炮中队长黄方桂受伤，顽军正向我军发起新的冲锋。”

樊道余大惊，急命通讯员跑步上山传令，命四中队坚守阵地，坚决击退向我军冲锋之顽军，同时向旅部急报，请求支援。

江渭清、王必成接到求援信后，急命四十七团一营支援，于是张强生、林少克急命三连连长赵匡山前去增援。

赵匡山领命率三连急奔榆树岭，他参加过塘马战斗，为四十八团六连连长。在血战塘马中，他和指导员顾肇基突围而出，后来四十八团番号取消，他们这些幸存的七八十名干部、战士合并到四十七团，先是任三连副连长，后任三连连长，也是久战沙场的战将了。

赵匡山经历过多次恶战，四十七团战士在茅山脚下多次与日伪军作战，有极强的战斗力，四十七团一参战，形势大大地缓解了，双方交战又呈胶着状态。

时间在流淌，铜山、观山、榆树岭到处是炮声、枪声、喊杀声。时近傍晚，铜山阵地交战已处于白热化，顽军的机关枪在三中队的战壕上方左一遍右一遍地扫射着，敌五十二师的士兵嘴里不干不净地嚷着，一窝蜂地朝上冲。王传洪从来没有投过真手榴弹，只在战学临时学投了几次，慌急中投出一颗，在胸墙外面的近处爆炸了，显然手榴弹没有炸到敌人。敌人越来越近，喊叫的声音越来越怪厉，他不见班长杨加林、副班长何琪来招呼他，又不敢离开自己位置去找他们，他哪里知道杨加林和何琪都负了伤。少顷，他听到右边较远的地方，似乎传来一排张家绥同志的喊叫声：“你们不打日军，专打新四军，无耻！”“中国人不打中国人！”但叫喊声只是引来了顽军的谩骂声和回敬的枪炮声。狡猾的顽军突击手向他连连开枪，身旁的一名战友发现他身子一抖动，马上头上冒血，就用手去堵，可哪里堵得住，战友摸到一个大洞，看到鲜血流入了他的气管，他当即阵亡。这位战士是余姚人，曾是一旅供给处被服厂的指导员，工作热情，政治觉悟高，经常以讲故事的方式来解说抗战道理，他说话幽默风趣，不料却惨死在国民党顽军手中。

王传洪连连叹息，眼下的情形，最需要机关枪和手榴弹，但全中队没有一挺机关枪，手榴弹也很少很少。

王传洪只听到敌人冲锋的枪弹声一阵阵地在战壕上方扫过，左边右边都有敌人冲上来，但马上又被一中队和三中队的战士打下去。他只是凭听到的声音猜测，他紧张地用手指贴在枪的扳机上，单等着敌人跳下来，旋即给他一枪，别的什么都不知道。他脑海里一片空白，心脏狂跳不止，气息异常急促，说实在的，他什么也顾不上了。

此时，方征和其他战士与顽军展开了殊死搏斗。子弹打光了，用手榴弹轰击，用石头、用枪托、用刺刀和顽军拼杀，几名优秀的学员，许六根、顾生炳、何洪、朱愉、汤伦等先后倒下，萧笙、历杰、夏晋、顾一飞、邓鹏、张毅等 10 余名同志负伤。

此刻阵地上一片混乱，二排排长孙尔玺、通信员王桂华也中弹倒下。方征一转身，肩膀也中弹了，疼得他东倒西歪，难以站立。一学员背包被顽军抓住，他回头一个手榴弹丢过去才得以脱身。

没多久，顽军从正面占领了中间山头，用重机枪向两翼猛烈扫射。而战士们的子弹几乎打光，手榴弹也基本投尽，铜山失守已成定局。

时近黄昏，仍然不见己方的部队从两翼出击，这样的情形下该如何是好，撤退的命令还不到，如果再坚持下去，必然是全军覆没。

方征和王详在三中队阵地和一中队阵地上同时考虑这个问题，按军事例律，丢失阵地者杀。显然，在没有接到上级撤退命令前是不能擅自西撤的，但在特殊情况下应该对上级命令灵活地加以掌握，方征和王详都是有着丰富斗争经验的优秀基层指挥员。

现在处在如此危险的境地中，若再固守，无异于送死。战争的原则是“消灭敌人，保存自己”，现在正是“保存自己”的时候，如果擅自撤退有什么后果的话，那就由自己承担吧，他命令余下队员迅速下撤。

王详在下撤时，本拟想和三中队会合，但因顽军占据了铜山山头，只得在山腰间向东撤退，几名重伤员也来不及抢救下来，唐昆远、文有武、张茂发的遗体也被迫留在了阵地上。

王传洪一直躲在射击工事里，突然听到有人在大声喊叫：“小王快撤！”他抬头一看，只见一个血人在招呼他，半晌他才看清是沈宜保。沈宜保急促地叫道：“队长牺牲了，大队长也牺牲了，方指导命令我们撤，十六旅四十八团就要反击了，牵制任务已经完成，你们五班的班长和副班长已经负伤撤下去，现在你听我指挥。”

王传洪一听，心怦怦直跳，但还是按照战斗条令检点了自己几样东西，背起背包，持枪跟着沈宜保走进战壕的较深处。

铜山由于土层薄、龟石多，战壕大多齐膝，由于没有掩体，新四军特务团伤亡极大，唯独只有王传洪这一段战壕较深，由于战壕壁上没有踏脚孔，沈宜保便跪下一条腿让王传洪踩着他的膝盖跳出战壕，王传洪上了地面，想拉沈宜保上来，他摇了摇手，又指了指山后的小松林，说：“看到那里的小旗子了吗？去到那边集合，你报告队里，还有几名同志没撤下来，雷雨是瞎子，刘柳明是聋子，他们都没有撤出来，我去接他们……”话没说完，他便沿着战壕向枪声最激烈的地方冲去。

王传洪独自一人东撤到山下的小树林里。

吴健搀扶着副班长往下撤，他和刘柳明、王传洪等人因受照顾都在掩体内单独作战，他们事先在挖战壕时放了许多石块，在战斗时因子弹、手榴弹实在太少，在枪弹用完后便开始推石块。

国民党顽军不怕火力怕石块，特务团的火力有限，顽军肆无忌惮往前冲，但看到石块滚下时由于山坡人多拥挤，石头翻滚而下，他们躲避不及被砸伤砸死许多人，因此他们一看到翻滚着的石头便叫喊着四处躲避。

吴健个子高，打完了几颗子弹，甩完了几颗手榴弹后便用石块。子弹有没有击中顽军，手榴弹有没有炸死顽军，他也不知道，倒是他力气大，看到顽军成群地往上冲时，便推石块，石块翻滚而下。他亲眼看到顽军数人叫喊着滚下山坡，他如法炮制，在战壕里来回奔跑，推着石块，竟然使相当大的坡面上的顽军不敢上前，只是躲在石块滚动的范围外放着枪。由于这一段战壕深，顽军枪弹无法击中他。

他突然看到沈宜保在阵前奔走呼叫着“雷雨”的名字，便不时地用双眼搜寻着战友。突然空中传来呼啸声，一颗炮弹划空而来，落在山坡上“轰”的一声响，随即泥沙石块如礼花般绽开四溅，只见沈宜保倒在血泊中，副班长也被炸翻，他连忙跃出战壕，但见沈宜保被飞来的弹片割破喉管，已经不能动弹。他连忙扶起副班长，滑入战壕中，然后沿战壕随方征等人撤退。他个子高走在后面，才发现本班的战士已牺牲大半。战壕在半山腰，尽头在铜山北面，他们连忙从北面的堑壕尽头往山顶上爬去。

此时，北面山脚下的顽军在拼命用重机枪扫射，吴健扶着班长极速上山，只见子弹在耳边不时地呼啸而过。到了山顶，已经看到顽军在西面也到达了山顶，他们连忙从山顶向东坡奔去，一路奔跑，终于来到了东面山脚下的一片树林里。刚巧，校部一位同志带着警卫连传来撤出战斗的命令，一大队脱险战士先撤，警卫连不久也撤了回去。

顽军占领了铜山主峰，便全力向二大队和四十七团一营三连发起进攻。

赵匡山率三连飞速来到榆树岭去增援四中队，四中队即刻撤至观山，这样二大队原先守备的西线阵地形势大为改观。

赵匡山在榆树岭阵地上利用战斗的间隙抓紧修筑工事，这位参加过太湖激战、塘马血战的连长一看工事就傻了眼，这样的工事如此之简陋，尤其是战壕如此之浅，在武器装备和人员明显处在劣势的情况下，如何作战？看来只有依靠勇气和灵活的战斗方式与敌人周旋了，但这是阵地战，是阻击战，这灵活又怎能产生，怎能发挥作用？

他对大家作了简短的动员："同志们，马上顽军就会涌来，他们的气焰很嚣张。现在是有我无敌，有敌无我，我们要血战到底，直到一兵一卒，大家要誓与阵地共存亡。"

他的话音刚落，顽军的排炮便向榆树岭进攻了。这一次，顽军的炮弹特别密集，几乎是倾泻而下。由于山上掩体少，许多战士在炮火中牺牲了。炮火一停，顽军便成群结队地嚎叫着冲向榆树岭。

有几名新战士一见这架势便有几分恐惧，赵匡山则十分冷静，他见得多了。在塘马战斗中，看到了 3 000 之众的日军，真是黑压压一大片，而且日军的战斗力远在顽军之上，这国民党五十二师虽然精悍，气焰十分嚣张，但没什么了不起。

"同志们，等敌人靠近，给我狠狠地打！"他掏出手枪指着山下的国民党五十二师、一二九师的顽军。

1 000 米，500 米，100 米，50 米……顽军渐渐逼近，还发出奇怪的叫声。

"打！"赵匡山首先发枪，其他战士排枪齐放，这一阵弹雨犹如巨浪把顽军的人墙推开，顽军纷纷滚下山坡。

但顽军如蚁群一般源源不断，轮番地发起冲击，可叹的是没有好的掩体，战士们完全暴露在敌人的枪口下。在顽军疯狂的枪弹扫射下，战士们伤亡不断增加，时间一久，战士们的枪弹渐尽，火力渐渐弱了下去。

狡猾的顽军在几番交手后发觉新四军的战斗力颇强，火力也不弱，便知是遇到了抗大九分校以外的部队了。这样战斗下去，他们也耗不起，于是他们采取了老办法，在一波攻击停止后便使用重炮轰击。他们也清楚，山上没有什么掩体，全是裸露的山石，只有浅浅的战壕，正是大炮发挥作用的极佳时机。

刘秉哲一咬牙，把所有的重炮调来猛轰榆树岭，顿时整个榆树岭都笼罩在黑烟中，朵朵黑烟从四面冒起，然后四处弥漫，整个天空是一片黑雾，黑雾中火光闪闪，炮声隆隆，被炮弹爆炸激起的泥土石块使他们自己在远处躲着的士兵都被击中。整个山头完全被石块、泥块组成的雨幕所遮蔽。

赵匡山倒在血泊中，他的双腿被炸断，兀自挥着枪指挥着："躲避！快躲避！躲……"

疼痛使他双眼模糊，眼前之景渐渐看不清楚，只见一片血红之色。炮声停了，警卫员上来扶住他，想把他背到安全之处，他摆了摆手："叫战士们……赶快做好战斗准备，顽军马上会涌上山来。"

果然，顽军冲了上来，战士们放枪的放枪，投弹的投弹，甩石块的甩石块，战成一团。黑烟散尽，尘埃消失，血红的夕阳照在榆树岭这濯濯童山上，山上是滚动的人群，热浪、气浪混合，人声、枪声混合，鲜血与汗水交融，在草丛尖石块间回旋回旋，整个山头处在摇荡之中。

一名小战士和一个顽军扭打着，滚到赵匡山的脚下，他用尽力气拿着手枪砸向对方的脑壳，对方的脑壳破裂，脑浆迸出。几个顽军同时扑上来，恶狠狠的模样在他的眼中骤然放大，他们个个张开血盆大口，喷出浓烈的血腥气。他热血一阵奔涌，发现身旁还有一颗手榴弹，便毫不犹豫地拉响了，几个扑上来的顽军见他手中拿着冒着烟的手榴弹，想抽脚却抽也抽不回，除了恐怖地嚎叫、掩住双眼外无其他办法。火光一闪，"轰"的一声响，血肉飞溅，英雄与顽军同时化作肉泥。

天色渐黑，三连和顽军为了榆树岭阵地，肉搏三四次，全连 60 多人，余 20 多人，全连伤亡大半，顽军久攻不下，天色已黑，只得鸣金收兵。

……

一大队死伤惨重，团级干部全部阵亡，牺牲营级学员 6 人，连级学员 20 余人，全大队伤亡达 60 多人，驰援二大队的四十七团伤亡大半，只剩 20 多人。连长英勇殉难，二大队也有伤亡，现在西线阵线大有洞破之势。

王、江两人面对困局：难道顽军的主力在西线？不对呀，若在西线，那么这次顽军的兵力远不是六七个团呀。光从西线的情况看，顽军投入的兵力已不下四五个团。

怎么办？原先的解决东路后再从西线突击的计划不可能实现了，现在东线的情况还难以明确，但从战况看，东线顽军的实力并不强，现在还是按原计划让四十八团出击，迅速击溃东路之敌，然后再考虑西线之事。

王必成急命通信员至四十八团团部，命令刘别生、吴嘉民率众合击挺进纵队。

刘别生命令一下，曾旦生、黄祖煌分别率四十八团一营、二营分头出击。谁知和四十六团纠缠了近一天的挺进纵队稍有接触便沿京杭国道向南逃窜，黄祖煌率众猛追，一直追到溧阳七里山地区。

这顽军在进攻上兴埠时便在庙中做了安排，留下一个营驻守，现在挺进二纵队有序撤退，这个营便就地阻击追赶的四十八团二营。

黄祖煌在 12 日这一天憋得慌，他和国民党军队算是"老朋友"了，红军时期就不说了，光是这几年抗战，就在黄桥、曹甸和国民党军队"掰过手腕"，现在顽军欺负到了门上，他一肚子的火无法发，上午急得他走来走去，恨不得马上率众扑向敌群和四十六团狠揍这些龟孙子。

但团部有令，没有命令不得出击，只得在东线待机而发。临近傍晚，团部终于下了出击的命令。他大喝一声，二营战士犹如猛虎下山，猛扑敌群。不料这群龟孙子一碰就跑，跑得比谁都快，眼看着顽军将要逃走，没想到，好家伙，在七里山这个小地方还有一群龟孙子胆大包天，竟敢阻击。

黄祖煌下令围住小庙实行强攻，一定要全歼顽军。这些顽军远不知四十八团的厉害，他们沉醉在国民党宣传的“皖南大捷”的喜悦中，一交手才发现不对，想逃又无处逃，只得拼死抵抗，无奈军心涣散，抵抗无效，不到一小时便被歼灭。

黄祖煌高兴极了，但见天色已黑，不便贸然再去追赶南逃之敌，正待收兵回营，只见六连一名战士送来一份战利品，说是从一个被击毙的顽军营长那里搜来的，里面有作战命令和一份地图。

黄祖煌是个军事行家，作战命令和军事地图对于军队的作用，他是最清楚不过了。他忙命人点火一看，不由得大吃一惊，原来这次参战的顽军远远不止原先估计的六七个团。在东线这部分顽军属顾心衡的挺进二纵队，他们欲引我军于南渡方向牵制我主力，以便另一部分挺进军乘机抄我军后路，攻占回峰山、北经巷；顽“忠救军”则迂回到我军后面占领白马桥、秋湖山一线；顽五十二师、一九二师在西线发起进攻，然后与挺进军合围，再收缩包围圈，发起总攻，要在苏南搞第二次“皖南事变”。

黄祖煌见此，忙命人迅速把文件和地图交到团部。刘别生一看，急令部队停止追击，原地待命。

夜晚，顽军作战命令和地图已交到了江渭清、王必成手里，两人是暗暗吃惊。

江、王去找参谋长及作战科人员商讨对策，此时已是午夜时分。

经过详细分析，江、王最后作出决定，四十八团撤到曹山西南、芳山以北的杨树山下负责对南警戒，特务团一大队连夜撤出，三大队在和尚山、芝山坚守，由四十七团一连、二连接防，必须坚守，不能放弃铜山，特务团二大队继续坚守观山。

做出这样部署的缘由是敌人的计划已经明了，但根据地不能丢。先坚守，战况会有变化。十六旅的生力军无损，只要守住西线，东线仍会有大的战机。因此，四十六团、四十八团还是待机而出。

命令下达后，各部依照执行，当四十八团到达杨树山下时，已近13日拂晓了。

西线必须固守，二大队领导樊道余、许彧青下达了命令。13日凌晨时，旅政治部、供给部送来了慰问信和一部分子弹，群众也送来了饭和水。许彧青读完了慰问信，也向大家讲述了他亲自参加的塘马战斗，讲述了罗、廖在王家庄英勇阻敌，小鬼班死守戴家桥的故事，指战员们受到了极大的鼓舞。

上午8时，艳阳高照，本该是天朗气清，一片翠绿青黄、溪水潺潺的观山却被尘埃笼罩，空气中弥漫着还没散尽的硝烟味，山坡上枯焦的树根还冒着黑烟，有的还冒着零星的火花。你会一下子被拉入战争环境的氛围中，尤其是那些横七竖八、少胳膊、少腿、少脑袋的尸体，让你一下子明白自己处于一个极其特殊的时空中，让人感受到战争的血腥、恐怖和残酷，心中自然会涌起对和平的渴望。不过，总有人会对此感到莫大的满足、刺激、愉快，因为这些会增添其光辉的业绩和军功的勋章，所以刘秉哲一大早就瞪着红红的双眼杀气腾腾来到铜山，指挥国民党五十二师玩命地向铜山北面的驼背山、观山，铜山东面的山岗发起攻击。

二大队早有准备，顽军虽然发起集团冲锋，但我二大队指战员众志成城，坚守不退，加之通过昨日战斗，已经积累了经验，打得灵活机动，致顽军伤亡累累，没能前进一步。

10时左右，樊道余、许彧青得到了侦察员的报告：“顽挺进军于13日拂晓占领了回峰山，我军后方医院遭受损失，退路被切。”回峰山是我军东线的主要阵地，是旅部驻地溧水中心区的北大门，被顽军占据，于我军极为不利。

樊道余据此急命五中队和机炮中队也转移至观山主峰做殊死一搏。此时，在观山稍南的驼背山阵地已经发生了激烈的战斗，守卫驼背山的是四十七团一营一连。

昨日，张强生、林绍克率二营出击，由三连支援二大队，在榆树岭与敌激战数小时，一连战士奋力拼杀，呐喊声震动天地，连长赵匡山英勇牺牲。无奈国民党五十二师的顽军人数过于庞大，火力也过于凶猛，一连伤亡惨重，全连只剩下20余人，只好撤出战斗。当晚，旅部又命令四十七团一连出击，坚守驼背山和铜山东面的山岗，务必保证西线安全，一连于12日晚上便进入阵地。

守卫驼背山的是一连指导员顾肇基，顾肇基昨晚就得到了赵匡山牺牲的消息，他和赵匡山是老战友了，原来都在东路十八旅五十二团作战，后顾肇基被调入太湖支队，不久后，太湖支队和五十二团二营都被编入四十八团。顾肇基和赵匡山被编入六连，顾为指导员，赵为连长。塘马战斗时，六连一部分狙击，一部分随机关转移，他们幸免于难。四十八团二营剩余战士被编入四十七团。但两人分开了，一个在一连，一个在三连，不过能时常见面，这次反顽，赵匡山被旅部调入西线作战。不料昨日，赵匡山遇难，顾肇基垂泪不已。

顾肇基昨晚察看了地形，发现驼背山的西面、西南面、北面都是山，群山环抱，只有北面的观山比驼背山稍高一点。

驼背山向北是一条长坡，直通山下的大路，山的东南有条下坡，直通东边的山岗，山顶与山岗的距离不过四五百米。顾肇基当即决定一排一班驻山顶，带一挺机枪，一排排长率二班、三班两个班驻守东面的山岗，用以掩护一班，防止顽军向驼背山侧后迂回。

顽一五六团团长朱丰用望远镜对着驼背山看了半天，觉得这驼背山虽然不高，但它占据在铜山、观山间，是突击李巷的必经要道，要想在西线完全突破防线，必须拿下驼背山，而驼背山只有北面的坡较平缓，且有一长道，于是他命令士兵从北坡实施强攻。上午9时，顽军不知虚实，发动第一次进攻，黑压压的人群直往上压。顾肇基伸头一看，黑压压一大片，和在塘马战斗中看到的日伪军差不多，一点也不亚于疯狂的日军，唯一不同的是日军的冲击队形保持良好，士兵间保持3~5米，有时作扇形攻击，加之枪法奇准，确实有战斗力。反观顽军拥挤在一起，队形混乱，有一种乱哄哄的感觉。顾肇基判断国民党五十二师虽为国民党精锐之师，其实并不可怕，只要把他们的气焰打下去，他们就会作鸟兽散，他们的那股气势完全是“皖南事变”中养成的。

他见到有的小战士神色慌张，忙做了解释，又关照众战士要发挥近战的特长，必要时就用手榴弹。使用枪弹时要注意节约，仅有的1挺机枪只有200发子弹，1支步枪也只有二三十发子弹。

众顽军鼓噪着冲向驼背山北坡，沿着北坡长长的山道挺进。这些兵油子很有经验，刚开始他们直着腰大摇大摆，有的老兵油子还骂骂咧咧的，到了山脚下，马上弓着腰放慢脚步，一边放着枪，一边小心地观察。昨日他们和四十七团三连一交手就感到害怕，因为部队的战斗力和抗大九分校学员的战斗力还是有区别，据他们估计，九分校的学员已被击溃，不会再据守。今天据守的部队是哪一支部队，他们也吃不准，反正不会是弱兵，所以他们显得格外小心。放一枪，忙趴下，半天才敢抬头。有的紧挨在重机枪旁，这样有一种安全感。他们以缓慢的速度推进了一段距离，见山上没有任何动静，愣住了，是不是十六旅弃守了？再听一听观山密集的枪炮声，仔细一想，这不可能，观山高且易于据守，那驼背山是绝不可能弃守的。

就这样，他们边爬边想边放枪，在距离山顶不远处时，听到一声大喊“打”！只见近身处火光闪闪，枪声阵阵，他们猛觉天旋地转，栽倒在山坡上，嚎叫起来。后面的士兵见前面倒了一大片，哪敢再爬，有的躺在死角，胡乱放枪，有的急速往后退，撞上后面往上涌的士兵，顿时乱作一团。

朱丰大怒，接连枪杀了两名溃退的顽军。但他没有再命令强攻，而是命令在里佳山村架上炮，拼命地往驼背山打炮。瞬间只见炮声隆隆，驼背山北坡黑烟弥漫，火球翻滚，炮弹发出尖啸的破空之声和观山的枪击声混合一起，大地在微微颤抖。

就在顽军的一发炮弹飞来时，顾肇基急命令士兵迅速后撤到南坡山凹处，任凭顽军发起疯狂的炮击，此时除了闻到刺鼻的硝烟味、看到飘浮的黑烟、偶尔承受着散落的泥块外，他们毫发无损，有的战士还嘲笑顽军，说有本事让炮弹飞过山顶，再拐过弯轰击南坡。

炮击声一停，顾肇基跳了起来：“同志们，顽军马上要上来，大家赶快上山顶去！”

一排一班战士忙随顾肇基上了山顶，他们一到山顶，连忙架好枪，此时硝烟未尽，待硝烟散尽时，顽军又成排地冲了上来。

顾肇基放了第一枪，喊了一声“打”！战士们的枪筒同时吐出火舌，顽军又倒下一片。

顾肇基他们占据了山顶高地，又有巨石作挡，一枪一个，打得顽军死伤累累，后面涌上来的顽军见状纷纷趴在山脚下不敢上来，顽军第二波进攻被击退。

顽军第二次进攻失败后，阵地上一片沉寂。顾肇基连忙作起战时动员：“同志们，驼背山虽小，却关系重大。它挡在观山、铜山的咽喉要道上，如果驼背山失守，西线直通旅部的大门将被打开，这于全局极为不利。我们无论如何要坚守到天黑，坚守到天黑就是胜利。”

战士们听了顾指导员的报告，纷纷表示：“红军 3 发子弹能打胜仗，现在我们每人有二三十发，也一定能打胜仗，我们誓死保卫阵地。”

一排排长沈嘉良是上海纱厂的工人，是共产党员，对党忠诚，作战勇敢，也有文化，他利用战斗间隙带领战士们抓紧时间修筑工事。

与此同时，观山阵地上却是血雨腥风，激战正酣。

13 日上午 10 时左右，顽军后续部队赶来增援，他们向二大队阵地两侧运动，并迂回到观山，企图与东线顽军汇合。此时，二大队的战士轻伤不下火线，重伤也奋力参战，子弹打光了用手榴弹，手榴弹用完了就拼刺刀，刺刀拼断了就用枪托砸，枪托砸坏了就用漫山遍野的石头作为武器打击顽军。用石头对付顽军是战士们从战斗中刚学到的经验，12 日的铜山战斗中，一大队战士用此法屡破顽军。樊道余、许彧青学得此法，昨晚在山上集中了许多石块，当顽军以密集的队形向山上冲时，他们用力一推石块，石块滚动而下，越滚越快，奔腾而下，顽军见此躲避不及，伤亡甚重，吓得他们只得四处散开。这样下来，他们的火力大为减弱，在同一坡面上能往上攻的顽军的数量就大为减少。此时，二大队战士乘顽军慌乱之际扑了上去，夺过顽军的武器向顽军冲去，一时间刀光剑影，血肉横飞，顽军的几路进攻均被击退。

溧水、溧阳交界处有座山叫曹山，其主峰高度不到200米，但平地拔起，在旷野中和芳山一样显得格外雄壮。田野小麦野草环绕，翠绿金黄的色带环绕其间，使其轻柔的身姿显得更为娇美，本来此季节是它尽显美姿的时候，但日寇的入侵使得它减少了显露风姿的机会，顽军的炮火使它披上了一层灰暗的面纱。12日观山、榆树岭、铜山炮声隆隆，顽挺进纵队又怎能放过曹山，因为它是东线防守的要冲，地位和驼背山一样重要，国民党挺进军突击营几乎在西线开战的同时就把魔掌伸向了秀美的曹山。

为了攻击的便利，他们首先使用火炮猛轰曹山，想借此摧毁新四军的简陋工事，为进攻扫清障碍。当然，他们更想利用炮火的威力来恐吓武器装备落后的新四军，这是他们在攻坚战、阵地战中采用的老办法，既笨拙，又呆板。

硝烟在曹山升起，火柱不时冒起，碎石、泥块如雨点般从空中散落下来，小草、树林也免不了被烈火炙烤，然后燃烧起来。在炮火的蹂躏下，顽挺进军突击营士兵心里的石头落了地，凭这样密集的炮火，在如此长时间的轰击下，还有什么样的工事不能被摧毁，还有什么样的生灵能够存活呢？即便是深藏于山洞间的野鼠也早已被炸飞到空中了，人还能在炮火中生存吗？剩下的只是象征性地演示一下攻击，庆祝占领山峰的大捷了。

他们几乎是唱着胜利的歌，怀着极其轻快而放纵的心情攻占曹山的，他们争先恐后，唯恐头功被别人抢了去，使自己的勋章少了几分成色。当他们爬上山坡，双腿由于战争环境的特殊而弯曲并微微颤抖时，眼前的一切使他们咒骂起了自己的双腿："胆小鬼，共军早跑了。"然后双腿绷直，完全放松自如地迈开，欢蹦乱跳地踩着山石泥土往上奔进。

但顽挺进队突击营错了，他们面对的是新四军，也许他们认为皖南的新四军与苏南的新四军没有什么区别，皖南的新四军不是被消灭了吗？对，是没有什么本质区别，但皖南的新四军是因为有一个犯有严重错误的领导使战局陷入僵局，而他们现在碰到的是由毛泽东、新军部领导的铁的新四军，在正确路线指引下，其战斗力和战斗意志远不是他们所能够想象的。

昨日战斗一天，江渭清、王必成已经预感到势态严重，从缴获的作战计划中已经知晓顽军的进攻步骤，而且从侦察员汇报的情报中得知，国民党"忠义救国军"两个团化装成日伪军，通过敌人的据点和交通线，突然占领了我军后方阵地白马桥、秋湖山一线，后国民党五十二师和挺进军又占领了我军里佳山、枫香岭、回峰山、北经巷一线，敌顽已在我军背后形成两层包围。

现在东西两头要冲驼背山和曹山还在我军手中，江、王两人急命驻守观山的二大队、驻守驼背山的四十七团一营、驻守曹山的旅部特务营务必死守，绝不能让顽军突过我军这东西两头的山口。

守卫曹山的十六旅特务营二连连指导员李挥和连长宋玉琳、副连长戎克勤认识到战局危急，责任重大，连忙一大早就在阵地上召开党员会议，说明战斗形势，传达"死守曹山"的命令，研究作战方案。

最后，我军决定隐蔽于山中，等顽军上山后近距离攻击，必要时实施反击，集中使用手榴弹。居高临下，手榴弹的威力就能发挥出来，因此顽挺进军突击营轰炸时，战士们躲在安全处，任凭敌人的炮火玩命地攻击，待炮击一结束，他们便进入被炮火炸毁的预设阵地隐蔽好，沉着气，枪口对准山下急躁而进的顽军。手榴弹拧开盖，拉出弦，握在手中，只待顽军上来，便往人堆中扔。

国民党挺进军没有像国民党五十二师一样在铜山、观山、榆树岭领教过新四军的本领，所以一味地往上冲，在坡面并不宽敞的斜坡上几乎是人挤人地往上涌。

一排排长晃了一下短枪，只见敌军距离他们只有30米左右时，他立马朝空中开了一枪，战士们听到后立即把早已拿在手上的手榴弹扔向敌群。

顽军猛听一声枪响，条件反射地想散开，但拥挤在一起，哪里有这样的空间，眼见头顶上手榴弹如雨点般落下，惊得丢下枪支，两手在空中乱舞，“天呀”“不要，不要”的惊叫声一片，旋即手榴弹落地开花，炸得他们是血肉横飞，身首异处。

战士们居高临下，集中投弹，既省力，又快准狠，顽军这一股人浪被炸得四分五裂，如退潮一般迅速地溃退下去。

顽军营长后悔自己大意吃了亏，他也接到了死命令，务必拿下曹山，否则军法从事，所以他临时组建了督战队压阵，这样才止住了溃退的人流，然后又玩命地炮击。在炮击还没有完全停止下，强令士兵往上冲，谁怠慢便就地正法。

李挥见后一愣：“好家伙，怎么第二拨人来得这么快？”

宋玉琳点点头：“今天他们也玩命了，这批龟孙子怎么和日军交战时就没这股子劲儿呢？注意，这次反击后，要出击一下，把他们赶远一点。”原来他发现，顽军被手榴弹一炸，虽然乱了阵脚，但我军没有追击，所以他们一到山麓又稳住阵脚冲了上来。

二排排长任凤岐一马当先，要求担当此任。任凤岐是学生出身，江苏常熟人，打起仗来有股虎劲，战士们都很佩服他。李挥和连长商量后决定由副连长带二排出击，但估计顽军第二次用兵会有变化，且他们人数多，部队出击时不能离阵地过远，以防顽军连续冲击。万一我出击部队招架不住，反而陷于被动。

顽军营长也有一定的作战经验，他一面用督战队严令士兵只准前进，不准后退，另外在战术上玩了一些花样，比如加大了攻击宽度，士兵间保持一定的距离，避免被手榴弹集体杀伤。另外，进攻分梯次，一波又一波，不给新四军将士喘息的机会，当阵地上防线出现松动时，一拥而上，利用人数上的优势压垮新四军。

所以这一次攻击大大出乎一连战士的预料，来得太快，炮击一结束，战士们刚进入阵地，敌人就到了眼前，而且是散散落落，很有组织性。

照例是一声喊“打”，又一次手榴弹轰击，但是这一次敌人被杀伤的人数有限，而且一批倒下后，另一批马上跟进猛扑过来。本来二排战士们准备在第一批打击后迅速出击，但现在顽军丝毫不乱，马上第二批跟进出击，所以二排无法反击。由于二连的子弹手榴弹不多，火力攻击宽度不够，而顽军不顾死活拼命地往上冲，这样一来，整个顽军压了上来，双方都无法施展枪战的火力，只能面对面进行白刃战、肉搏战。

东西两线的山头都见证了这肉搏战、白刃战，很难想象在民族危机空前恶化的情况下，这一腔热血和冲天的怒吼竟然没有用在对外的征战中。这其中的问题不在于新四军，而在于国民党军队不顾民族大义，自相残杀，而新四军相忍为国，一再退让，但如再退让，苏南的新四军将无法生存，这抗日的大旗谁来扛起。击顽、反顽就是为了抗战，战士们一腔热血，用强烈的仇恨击杀顽军，为的是生存发展，更好地打击日寇。

至于国民党顽军军官，他们在个人利益的驱使下、个人欲望的膨胀下，已经完全丧失了基本道义和基本立场，更多的顽军是在蒙蔽、欺骗下进行着莫名其妙的残杀。

曹山仿佛在痉挛着，心儿早已碎裂，硝烟、火柱、枪炮声、鲜血、碎肉、残骨在她的胸膛上散开，她为同饮一江水的生灵而哀哭。

连长宋玉琳倒下了，他负重伤倒在血泊中，卫生员柯坤元用急救包为其包扎，他睁开双眼，只觉得天旋地转，强烈的疼痛使其心脏有一种被撕裂的感觉，渐渐地，他的头脑呈现空蒙的状态。他在理智清醒时艰难地对抢救他的战友说："我已经不行啦，不要再浪费急救包了，快去抢救别的同志吧。"他最后留下的语言是断断续续的，"打退……敌人，守住曹山。"

此时已近 11 时，在观山主峰阵地上，顽军一部分从孔镇经新桥迂回到观山东面，妄图截断我军退路，九分校二大队的四中队、六中队奋勇抗击，一次次把攻上来的顽军打下去，顽军已经攻上观山主峰，开始集中火力向我军扫射。

中午时分，顽军攻下观山的主峰，第二道封锁线已经形成。这一消息传到旅部，江渭清、王必成两人感到事态极其严重，原先他们没有料到顽军来了那么多人，认为凭自己的新十六旅有能力对付国民党的部队，后来从文件中得知，顽军来了 12 个团，他们还是认为是摩擦战斗，只要把顽军击退了，也许事态就会很快平息。

"现在看来……"江渭清陷入沉思中，他在皖南已经和国民党五十二师交过手，当时他担任第一纵队副政委，和司令员傅秋涛在 1 月 7 日攻占裘岭，本来是汇同其他纵队合攻星潭，不料 6 日军部命令各纵队往回撤，改道走太平，转入黄山，再待机东进，遂陷入重围。当时，纵队有 2 000 多人，若合力东进，也能杀出一条血路。不料被内奸赵凌波所误，又往回打，8 日被封锁于榔桥河地区。他们与国民党五十二师打了一整天，到了 9 日下午 3 时突围，他带一连兵力先杀出一条血路，那是依靠新一团拼死掩护才冲过榔桥附近的公路，突围到苏南。那国民党五十二师的狠劲、战术，他清楚得很，如今这态势和"皖南事变"时的态势没有什么两样，这不是明摆着要围歼十六旅吗？看来，认为国民党碍于国际舆论和我党的抗议不至于再来一次"皖南事变"的想法是极其危险的，他急忙找到王必成，把这一想法告诉了他。

王必成点点头，他与国民党在苏北交过手，也没见到如此态势，此态势发展下去是极其危险的，顽军不会对新四军有丝毫的仁慈之心，他连忙说："快，快，请示一下粟师长。"

粟裕连忙回电："如无绝对胜利把握时，主力应立即分散向敌后转移。"

江、王两人急忙商议，现在不能有任何侥幸心理，敌强我弱，只能突围，突围的方向只可能向北。向南虽然顽军没有设兵，但显然是个口袋，若钻进去，后果不堪设想。现在顽军东西合击，向东向西都不能转移，北面虽有两道封锁线，但不会太严密，如果打开缺口向北突围，北面有日军，于我军有危险，于顽军也有危险，顽军不敢过于深入追击。但眼下观山已失守，驼背山、曹山还在我军手中，有两座山峰在，我们还有狭小的回旋余地。只能命令他们死守，待到天黑，必须攻下北面缺口，伺机突围。

两人商议完毕，给特务营下了死命令，不管损失有多大，曹山阵地绝不能丢，同时电令在南线的特务团三营和四十七团一营坚守芝山、和尚山阵地到 14 日下午，掩护部队向北突围，然后他们两人来到杨树山下的四十八团驻地。

命令传到驼背山，顾肇基准备殊死一搏，他反复强调，顽军的战术会随时调整，要继续发扬连续作战的作风，一定要坚持到天黑，要用一切手段阻止顽军的进攻。

也许顽军攻累了，也许顽军攻占了观山主峰，认为驼背山的战斗地位已经下降，攻势已经远不如上午，推进速度较为缓慢，远不像上午那种拼命的样子。他们攻攻停停，推进速度很慢，一般先用重机枪开道，如果重机枪的火力延伸不到，他们就不前进。

原来陶广见合围之势已成，在总攻之前不愿再过多地消耗兵力，只要围住就行，不必过于相逼，那样反而会逼其反击，所以他没有像上午那样下死命令必须拿下什么主峰、什么阵地来。下面的军官士兵也乐于如此，所以气一松，攻势大为减弱。但顽军也不会放弃扩大胜果的机会，他们有一个营绕到驼背山的西南侧后方，向山顶阵地靠拢，顾肇基一看，大叫不好，山上只有那么一点兵力，难以应付敌人的多路围攻，他立即带领机枪组的两个战士向侧后扫射。

下午 4 时左右，北面的顽军终于在强大火力的掩护下冲上山顶，班长沈嘉良一声喊，便带领全班同志与顽军拼刺刀，战士们刺击技术虽高，什么突刺、劈刺都用上了，但无奈顽军太多，且他们无视同伴的生命，用枪扫射，全班战士皆壮烈牺牲。

另一边的顾肇基命机枪手和通讯员迅速向东面山岗撤退，因为机枪手已经没有机枪子弹了，只能撤，顾肇基、通讯员及机枪手为敌所追，被迫跳下山崖，幸亏山崖不高，但就这样跳下去，人也站立不起来，幸而一排排长已经带人来接应了。

顽军陆陆续续向东面山岗冲来，一排排长是苏北人，作战很有经验，他命令两个班的战士交替放着排枪回击顽军，又命射击技术精良的战士专挑军官射击。

这样一来吓住了敌人，顽军见东面山峰也不低，且新四军放着排枪，火力凶猛，杀伤力较大，如果再进行强攻，讨不得便宜。况且上面也没有命令非要今日拿下不可，他们便打了一阵枪，拖着军官的尸体沿着山坡的棱线向西退去。

顾肇基他们担心顽军玩花样，仍以百倍的警惕坚守东面山岗，直至天黑。

曹山那面的情形大致相同，因为上午没有攻下曹山，气得顾心衡派人把特务营营长李天佑的脑袋砍了下来，命令部队再行攻击，必须拿下曹山。

不过，杀了李天佑没有能鼓起顽军的斗志，反而寒了他们的心，顽军们后来的攻击是雷声大雨点小，谁也不愿卖命攻击，加之特务营战士众志成城，岿然不动，只打得顽军是鬼哭狼嚎，胆战心惊。

经过几次战斗，本来为数不多的子弹已经所剩无几，机枪子弹每挺仅存数十发，步枪每人已经不到数十发，手榴弹几近投完，只有炊事班还保留一些，不过也只有数十发，看来要粉碎顽军的进攻也只能用刺刀、枪托和石头。李挥命令把所剩弹药集中到伤员手里，部队向山腰集结，准备插入攻击部队中间，拦腰一刀，趁其立足未稳，把他们打下山。

当顾心衡正想命令再度进攻时，传令兵急报四十六团、四十八团已经到了曹山、杨树山阵地。他吃了一惊，昨天就是和四十六团打了一天，疲惫之际为四十八团所乘机夹击，只能溃退下去，一个营也在七里山被歼，如今曹山久攻不下，若四十六团、四十八团再行夹击，弄不好自己也要被他们围住。他倒吸一口气。况且陶副总司令来电，战役目的已经基本达到，只待明日进行总攻击。于是，他抽出大部分兵力处于防守状态，密切注视四十六团、四十八团动态，只留一小部分兵力象征性地进攻曹山，到4时便草草收兵，准备明日东、北、西三面合击，即便不把十六旅消灭掉，也要把十六旅赶到南面的口袋里。下午4时许，江渭清、王必成、张开荆、王桂馥等人紧急商议，最后决定攻下回峰山和北经巷，然后强行北突，击溃敌军在北面设置的防线，再命一部守住南线，以防止顽军追击，这样才能确保部队突围。

与此同时，江、王两人研究决定，晚上由四十八团一、二营强攻回峰山，三营作预备队，四十六团一、二营夺取北经巷，明天四十七团一营和九分校三大队守住芝山和尚山一线，以确保南线安全。

计划一定，便马上开动员会议，会上江渭清神色凝重，王必成表情严肃，一见两人如此神色，众将领便知事态已经非同一般。江渭清这种凝重的神色很少有，只有在三年游击战争的危难时刻和“皖南事变”中的危险时分出现过，他一字一句，每一个音节都撞击着众将领的心扉，话语虽轻，但绝不亚于雷霆万钧之音：“完不成任务以军法从事。”

众将凛然，只见王必成猛地站起，满脸杀气，他这副表情只有在炮火连天、弹如飞蝗、白热化的战斗中才出现过，猛虎般的威严尽在他双目的寒光中显现。四十八团的将士都是他的部下，都知道这位首长的威严和虎气，平时不发，一发就惊天动地，他带的团被称为“老虎团”，他本人被誉为“王老虎”，“虎”是精髓、核心，“虎”在关头，“虎”得及时。

他做了一个砍头的动作，话语极其洪亮：“江政委太客气了，说白了，拿不下回峰山、北经巷，提头来见。”

众将领早就按捺不住，两日没有好好打仗，手心直痒，又闻九分校、四十七团一营、旅部特务营牺牲惨烈，早就怒火万丈。今又见两位首长如此严厉，委以重任，哪有退缩二字，恨不得领命直接猛扑北经巷、回峰山，与顽军决一死战。

只见黄玉庭、丁麟章、刘一鸿、傅狂波、陈绍海、熊兆仁、张强生、刘别生、吴嘉民、饶惠谭满脸激奋，摩拳擦掌，热血沸腾，朗声回答：“坚决完成任务。”

各人领命而去后，忽报钟国楚旅长到。江、王两人忙起身相迎。

“钟旅长，你怎么赶来了？”江渭清握着钟国楚的手关切地问道。

王必成也上前问道：“病好了吗？你要安心养病。”

“啊，我哪有心再养病，听说这儿战事紧急，我实在放心不下，回来参战，尽一份力。”钟国楚拍了拍胸脯，“没事啦，好啦！”

江渭清心里有数，这病很重，哪能一下子就好？他是实在挂念部队、挂念军情呀。

“这儿的情况你知道了吧？”

“还不完全清楚便急急赶来，开战两天了，我有些着急。”钟国楚急切地说道。

“我和江政委没有告诉你，目的是让你安心养病，你应该以身体为重，不过既然来了，就请你督阵。”王必成接下来简要地谈了形势和作战部署。

钟国楚一听，不顾病体未愈，便强烈请战：“江政委、王旅长，我的身体没有问题，这溧水我太熟悉了，抗战六年，我在溧水的时间最长，我看这北经巷的战斗由我来负责吧！”

江渭清点点头：“这四十六团是你的老部队，你最熟悉，你若去，我和王旅长更放心，就是担心你的身体。”

“没问题，没问题！”钟国楚连忙摆手。

其实，钟国楚的病情还是很严重的。在小村中，钟国楚听到西线、东线都发生了战斗，而且战斗激烈，尤其两线部队损失很大，他哪里还坐得下来？他现在已离开了十六旅，但他的心永远和十六旅在一起。一听到十六旅战事吃紧，他便强拖着病体赶到十六旅旅部请求战斗。

江、王两人见钟国楚如此坚决，自然是触动不已，便委托钟国楚前往前线指挥。

钟国楚在杨树山下约见了四十六团团长黄玉庭和四十八团参谋长饶惠谭，谈了自己的想法并交代了一下具体的打法。

“攻回峰山要坚决果断，兵力不能分散。选择一点实行强攻，东西二点合击，顽军便难以照应，预备队要随时做好战斗准备。”钟国楚用手点着回峰山对饶惠谭说道，饶连连点头。

“攻北经巷千万要注意，不要从西面攻，那儿好房子多，估计顽军居住得多。若顽军利用房屋，则一时难以攻破。可以从南、东两个方向进攻，得手后必须扑向西面。对西面可用火攻，那边的房子都是木板楼。”钟国楚面对北经巷，面露忧色。

不料黄玉庭全无忧色，反而一脸欣喜：“钟旅长，好消息来了，顽挺进纵队某营营长刘德福是曹明梁的妹夫，他送来了一份好礼，他把今晚顽军的口令告诉了我们，‘红豆’‘辣椒’就是他们的口令。”

“啊？”钟国楚一愣，旋即也面露欣喜之色，“这太重要了，可靠吗？”

“可靠，上次也传来一份情报，说顽军有12个团进攻我们，可惜曹明梁送来消息时旅部的某位干部不以为然，所以政委和旅长没有及时掌握这一情报。”黄玉庭欣喜之中又露出几分遗憾。

“政委和旅长知道了吗？”

“正在往上报。”

“好，既然有了口令，那么就要改变计划。先从西面攻，顽军肯定集中在西面，有了口令，你们会很快扑到他们面前，趁他们不备猛地来他两下子。指挥所一乱就好办了。”钟国楚按了一下额头，“我原来担心北经巷的战斗，现在看来解决北经巷之敌要容易得多了。同志们，加油！”

“是，钟旅长放心，我们四十六团定要拿下北经巷。”黄玉庭用右拳猛击在左掌上。

钟国楚交代完毕后才和黄玉庭一道回到团部驻地尤赘休息。

旅部得知了北经巷挺进纵队四团的口令，考虑到统一行动，决定晚上10时左右同时进攻。又虑及回峰山山高坡陡，若惊动了敌人，必将增加进攻的难度，于是决定四十八团略早于四十六团进攻，四十六团听到回峰山枪响后，再攻打北经巷。

刘别生、吴嘉民是立了生死状的，战前十分谨慎小心。为了保险起见，他们又把三营教导员郑大方临时调入二营参与指挥作战。郑大方作战十分勇猛，以冲锋陷阵、拼死作战的作战风格闻名，由他担任突击班的领导是最合适不过的了。黄祖煌见郑大方到来，高兴得一把抓住他的手："大方，由你组织突击班我就放心了。"

吴嘉民到阵前来做动员了，吴嘉民是老红军，斗志、意志和政治立场十分鲜明，国共合作，他是绝不会放弃独立自主的原则的。三年游击战争的生活使他对国民党有了本质的认识，他的头脑是毫不含糊的。

此时，他看见战员们个个精神饱满、斗志昂扬，十分欣慰，但是回峰山山上敌情不明，任务十分严峻，容不得他有丝毫的松懈。

夕阳西下，暮色四合，田野里翠绿、殷红、灰白混合一片，山风阵阵，松涛声声，有几匹战马用马蹄刨着土，鼻腔里喷出阵阵热气。战士们的钢枪泛着冷冷的寒光，狂风吹乱了他们的黑发，他们清瘦的脸上显示着刚毅沉稳和万难不屈的斗志。

吴嘉民的话语不多，但句句铿锵有力，冲击着战士们的耳膜："同志们，任务已经交代了，这一次非同寻常！攻打回峰山，绝不允许退下来，就是剩下一个人也要往上攻。我吴嘉民和你们一样，只有进，不能退，躺也要躺在阵地上……攻下后要守，防止敌人反扑，一定要守住。同样，死也要死在阵地上，这一仗关系到我苏南新四军的生死存亡。"

……

天一黑，曾旦生带着一营、黄祖煌带着二营、徐超带着三营猛扑回峰山，刘别生和吴嘉民随三营移动。

天黑后，风特别大，一切的声响都淹没在狂风中。出发前，黄祖煌对二营作了布置，由四连作前卫连，负责主攻；五连从回峰山东面山峰和西面山峰的山凹间插上去，担任追击任务；六连在四连的东面，从回峰山的东头插上去。

因为四十八团经常在上兴、上沛间活动，平昔他便注意这些山地。就回峰山而言，有几个山峰、几条山沟，坡度有多大，山上有何草木掩体，他都一清二楚。只要前卫连迅速登顶，强行攻击得手，五连、六连像两把尖刀直插上去，三面强攻，敌人一般是扛不住的。绝不能一窝蜂地从一个方向进攻，否则敌人居高临下，我方绝对拿不下坡度如此之高的山峰。他向五连、六连连长反复交代，不管四连攻击如何，必须插，动作要快、要猛，插到半山腰，若遇敌人阻击，要不顾一切沿既定路线往上攻，不要改变攻击目标，不要改变攻击路线，不要考虑其他连队的攻击情况。

交代完毕，他和郑大方来到四连，四连连长周德喜和战士们已经整装待发。

黄祖煌看了看战士们，十分满意，他对着战士们用极其庄严的口吻说道："战友们，你们跟随我多年，知道我的脾气，今天我已经向团首长立了军令状，我也得向你们宣布纪律。你们是突击连，有敌无我，有我无敌。我们是从老二团过来的，今天就看大家的了，大家往上冲，谁退下来，我崩了谁，要死就死在山上，要活也活在山上。"

周德喜和战士们齐声表示："黄营长放心，有进无退，定要拿下回峰山。"

黄祖煌见时间快到了，用手猛地向回峰山一劈："出发！"

一声令下，周德喜一马当先，四连百余名战士齐齐地向回峰山扑去，即刻消失在夜幕中。

这里黄祖煌磨刀霍霍，蓄势待发，那边曾旦生也没闲着：“同志们，敌人昨晚占领了山头，我命令一连从正面向上攻，二连从左边向上攻，三连由右边向上攻，目标是山顶上的一棵小松树。现在各连到出发位置，听到我发的信号，立即发起冲锋。”收到命令后，各连迅速到了指定的出发位置，散开成战斗队形，等待营长的进攻命令。

进攻的号声响了，部队开始匍匐前进。当爬到半山腰时，营长的冲锋号令发出，部队像猛虎一样扑向山头，一连首先登上，左右的二连、三连也迅速跟上，部队反复冲锋，汗流浃背。

这时，东方已经露出曙光，营长曾旦生站在山巅的岩石上开始训话，他总结了这次强攻山头演习的优点，也指出不注意利用地形的缺点。

他大声问道：“打仗时，敌人子弹会不会打死人？”大家齐声叫道：“会!”“那么为什么不利用树木、石头、坟包呢？下次一定要注意，平时多流汗，战时少流血。”

13 日当天，四十八团无战事，部队转移到杨树山下，方知战况已经十分危险，十六旅面临着被围歼的危机，旅部决定突围，攻打回峰山的任务交给了四十八团，一营攻打回峰山西面的山峰。

临行前，王必成特意关照他，一营在攻打前要做好两方面的部署，一面要攻打回峰山，另一面要防止四十六团战事不利。离回峰山只有 500 米的北经巷之敌有可能增援回峰山之敌，如果不做准备，被顽挺进军六团两面夹击，那么四十八团的攻击部队就危险了，所以必须分兵阻击北经巷之敌，但兵不能分得太多，兵力主要用在攻打回峰山上。

曾旦生率队猛扑回峰山的西面，临近山脚时，他们隐蔽在山下的河南人居住的棚子里。

回峰山不高，相对高度只有 200 余米，山上只有荒草和稀疏的树木。在黑夜中，能看到山上灯火点点，那显然是顽军点燃的。现在敌情不明，谁也弄不清山上有多少敌人，敌方守卫的部署如何，只有仗打响后才能知晓。但不管山上守备力量如何强大，对于曾旦生而言只有一个选择：必须拿下，不计代价。他表情严肃地宣布作战命令：“除一连留一个排监视北经巷方向，3 个连不留预备队，全部进攻，我本人在前卫连三连参加主攻。”说完，他两眼冒出一道寒光。原来，曾旦生采取了轮番进攻的方式，和黄祖煌采用多点进攻的方式不同，这是根据地形的特质所采取的不同作战方法。他们两人都有丰富的山地作战经验，回峰山东山头的地形是陡坡，山道狭窄，攻击面窄；而回峰山西面山峰是坡缓且宽，攻击面宽。曾旦生用望远镜看了半天才决定采取这种作战方法。此种作战方法是连续进攻，没有一点间隙时间，如果不连续强攻，顽军缓过气来，利用宽大的攻击面，再充分利用强大的火力武器，后果不堪设想。

教导员江淦衡、副营长程金福不时地看着表，等候晚上 9 时 30 分攻击时间的到来。

曾旦生之所以自己亲自加入前卫连，是他一贯的战斗作风所致，他的战斗作风便是勇猛顽强，身先士卒。三年游击战争时期，门塘村战斗消灭贺长发的铲共队，他的右臂被敌人打成重伤；洲湖战斗，他率先搭人梯爬上围墙，带领前卫班冲进国民党区公所，活捉反动县长朱盂玲和保安队长欧阳根，予以镇压；水新潞江战斗中，他一马当先，又一次负伤，称得上是武功山上一名响当当的红色健儿。

抗日战争时期，东进苏南茅山敌后和渡江北上到苏中，历经大小数十次战斗，他表现十分突出。例如，丹北季家桥伏击战中，他奉命率三连迂回攻击，断敌水路，协同一连、二连击毙日寇 80 人，击沉运兵船 1 艘；丹南贺甲战斗中，在团营首长指挥下，他带领三连参加围歼固守贺家祠堂之敌，与窜到打谷场上来的日军拼刺刀，往院墙内猛掷手榴弹，挖开墙洞射击，击毙日军大尉武村中队长，生俘小队长 1 名，缴获众多武器；泰州姜埝攻坚战中，按团长命令，他指挥一营勇敢队，斩断通电的铁丝网，炸开镇东北和镇内桥头碉堡，直捣顽保安九旅旅长张少华的指挥所，再由里向外打，协同友邻攻克姜埝；黄桥决战中，在苏北指挥部二纵队二团，他率一营穿插迂回，猛打猛冲，俘敌韩顽八十九军三十三师旅长以下 600 余人；东台裕华镇大中集战斗中，他指挥一营打敌增援，击毙日寇 100 余人，又和五团一营配合，一举攻克大中集，歼灭伪军一个大队；盐（城）西秦南仓战斗中，他率一营主攻，在二营、三营的协同下，歼灭伪军一个团。还有如营溪保卫战、海安东台追击战、曹甸战役、泰州讨李战役、兴（化）北安丰战斗、盐（城）南反扫荡战斗等，曾旦生不仅骁勇异常，而且机动灵活，完成任务都很出色，因此，倍受旅长王必成、大个子政委刘培善的赏识，曾得到团、旅首长的多次表扬。

老二团之所以被人民誉为“老虎团”，固然与当时的团长王必成分不开，但是如果没有像黄祖煌、曾旦生、彭寿生等这样一批舍生忘死、奋勇拼搏的“小老虎”，老二团同样不能称其为“老虎团”。

那边，黄玉庭、丁麟章率领四十六团一营、二营悄悄地从尤赘向北挺进，临行前黄玉庭根据钟国楚的意见再加上已经得到的顽军口令，便决定采取东西夹击之术。

四十六团有 2 个营，一营营长为陈伯元。一营有 3 个连，三连留在团部，可用兵力只有 2 个连，分别从两面进攻。二营本有四连、五连、六连 3 个连，但四连由何永绵率领，前几日在禄口一战中消灭伪军 2 个连，火烧碉堡数座，现在刚到回峰山北面，奉命配合四十八团作战，余下 2 个连由代理营长、团部作战参谋陈进太负责，从东面进攻，必要时再迂回到北面强攻。

为了防止夜晚作战发生误伤，每人手臂上扎一条白毛巾，以示区别。

团部通讯班通讯员徐进的左臂上也扎了一条白毛巾，他也参加了战斗，随二营作战，他是因联络任务时被作战参谋陈进太叫去的。

驻守北经巷和回峰山的是挺进二纵队的六团，团部与一营、三营在北经巷，二营驻守回峰山。这一天挺进二纵队在曹山战斗了近一天，没料到曹山始终攻不下来，团长程树槐十分恼怒，枪决了突击营营长李天佑，也停止了对曹山的进攻。但毕竟顺利占领了回峰山，北经巷的口子已扎紧，任务已完成，程树槐受到了顾心衡的表扬，只待明日发起攻击，稳稳当当地升官发财。

程树槐也是一个见过风浪的人，他估计十六旅已经失去反击能力，完全可以高枕无忧，但军人的职业敏感使他作出决定，晚上要加派岗哨，修好工事，防止十六旅偷袭。

他见北经巷西面房屋十分坚固，便把团部设在西面。为稳妥起见，他加派了岗哨，更换了口令，这样一来，他觉得万事大吉。做好防御后，他本人和手下的士兵由于十分疲劳，便早早入睡，准备明天一大早合击十六旅。

但他的指令到了回峰山二营，执行的力度却大打折扣。顽军二营战斗了一天，已经十分疲劳，还要连夜构筑工事，个个是叫苦连天。这溧水的山土层很薄，哪里那么容易构筑工事，顽军营长命令士兵挖了浅浅一条战壕，便下令收兵向上级汇报工事已筑，任务完成。他心里明白，不过是哄哄上面的领导，其实团部的指令都是多余的，十六旅也战了一天，哪有反击能力？这么高的山，在夜晚谁敢攻？十六旅想要突围，也只会选择南面，因为南面无战事，国军根本就没派军队进攻。放心，放心，一万个放心，今晚也该美美地睡一觉了。他除了派几个哨兵、点了几把火以外，也没做任何防范措施就早早地入睡，一会儿便玩命地打起鼾来，更换口令的事也忘在脑后。

9 时 30 分，进攻的时间到了，黄祖煌、曾旦生、陈伯元、陈金太同时下令“上”。

黄祖煌下令后，四连、五连迅速扑向山头，四连连长周德喜一马当先，其他战士迅速跟上。全连呈一字长蛇阵迅速上山，他带二排在中间，左边是一排，右边是三排。

回峰山几乎没有树，但杂草很高，人一上山，半人高的茅草被弄得哗哗作响，所幸夜晚风大，二营战士上山拨弄茅草的响声完全被大风淹没，但周德喜十分谨慎，告诉战士们迅速跟进，万一遇到伏击不要慌乱，往山顶冲，目标是山顶。战士们小心翼翼，一路上都发现没有敌人，临近山顶时，战士们的心紧张得怦怦直跳，手心里都冒出汗，他们清楚，随时随地会出现一声喊，随即雨点般的子弹会向他们射来，无情的手榴弹也会在他们头顶落下，但他们顾不了这么多，他们只有一个信念，攻上山头，攻上山头。

山头到了，山头到了，已经看到哨兵了，已经看到篝火了，三排副班长闵德贵直扑顽军哨兵……

同一时刻，曾旦生亲自带三连上山，回峰山东面的山坡较为平坦。杂树少，茅草也低矮，200 米的山不高，按常理登上山并不需要多少时间，但曾旦生指出，山坡平缓并非好事，倘若敌人设伏，敌方视野开阔，攻击面宽，反而不利于进攻。为了使突袭起到出其不意的效果，他要求全体轻装，不带背包，动作迅速，手榴弹打开盖子，枪膛装上子弹，刺刀统统装上枪尖。

上山，弯腰，队形成散型，冲，迅速地冲，不惜一切代价先占领山头。

唰唰唰，部队上山了，同样值得庆幸的是，战士们上山拨弄出的声音被大风掩盖。临近山头已经看到堆堆篝火，少量的顽军在游荡，这一段坡面较宽，又对着北经巷，敌人再马虎也不至于不设防。

曾旦生急命士兵散开趴下，慢慢爬行，待接近目标时，便一拥而上齐齐开枪。

同一时间，陈伯元率一营一连、二连战士从西南逼近北经巷，又迅速迂回到村西向村子逼近，他们在灯光下清楚地看到顽军左臂上扎着白袖套子。

陈进太率二营五连、六连从东南挺进，敌方的哨兵已经清晰可见了。忽然，一个哨兵一怔，看到附近有黑黑的身影晃动了一下，端起枪喝叫道：

“什么人？”

“二营的。”

“口令。”

“红豆。”

“噢，辣椒，你们这么晚不待在山上，到这儿来干什么？”

“有事向团部汇报。”

哨兵走上前想看个究竟，等他走近后几名战士齐齐把刀插入了他的胸膛，其他几个哨兵也用同样的办法解决了，我军队伍一下子涌入村东。

陈伯元那儿也一样，哨兵因听到了正确的口令而放下戒备，同样也吃了冷冷的刀子，战士们一下子涌到了顽军的营房。

在回峰山东面山峰，三排八班副班长闵德贵一跃而起，直扑顽军哨兵。哨兵根本没料到新四军会在当夜攻上山来，还以为是自己人闹着玩，忙问道“哪一个”。当闵德贵扑上来时，他才感到不对，胡乱地放起了枪，随后扭头便跑。有几个值哨顽军一看，顿觉不妙，想操机枪，闵德贵敏捷地夺过机枪，对着顽军猛烈扫射起来，其他战士也纷纷甩起手榴弹，刹那间，火光片片，枪声阵阵。

三排战斗打响后，一排、二排迅速迂回过去，用机枪、手榴弹对着顽军的帐篷一阵猛打。

顽军一个排在睡觉，没有抵抗便爬出来，磕头求饶做了俘虏。其他两个排还没睡，慌乱中也不做任何抵抗，连滚带爬地滚下北坡，向北经巷方向逃窜。

东面枪声一响，曾旦生不能再等了，他一声喊“打”，战士们齐齐呐喊，一跃而起，开枪的开枪，扔手榴弹的扔手榴弹。

敌军在此处设以重兵，一听到枪声，忙操枪还击，刹那间，枪声、爆炸声一片，双方都想用火力压制对方。

顽军一边打，一边有序地往山顶撤退，好在曾旦生预先有了准备，3 个连队轮番进攻，不容顽军有喘一口气的机会。这样一来，顽军慌了，退到山顶，因为没有修筑工事，没有依托，队伍开始混乱起来。一营战士爬上山顶乒乒乓乓一阵开火，打得顽军是晕头转向，四处奔跑，山顶没有掩体，便短兵相接。狭路相逢勇者胜，战士们一个个如猛虎下山，猛冲猛打，顽军的气焰被压制，面露怯意，一阵慌乱后，作鸟兽散向山下逃窜。

……

在北经巷，黄玉庭听到了回峰山的枪声，他命令围住营房的战士立即进攻。刹那间，战士们向敌人的房屋扔起了手榴弹，顽军在睡梦中被炸醒，忙操枪还击，但他们没有丝毫的准备，也搞不清新四军何以一下子出现在村内。他们虽然人数不少，武器精良，也有房屋作依托，但哪里经得起候在外面的新四军的手榴弹轰炸和机枪扫射，于是乱作一团，做起无序的抵抗来……

回峰山的战斗出奇的顺利，曾旦生一阵欣喜，他急命号兵吹号与二营联系，但许久不见回音，只看到东面山头火光闪闪，枪声密集，才想起东面山坡陡，二营可能战事不利，他忙命一个排据守山头，其他战士向东猛攻。

但他没料到，二营也很顺利。几乎同时，山顶上的顽军被驱逐光，但由于风大，联络的号声听不到。这曾旦生由西往东一攻，二营五连的战士正在追击逃敌，一听枪声，以为西边的山头战事不利，敌人来增援，便与三连战士乒乒乓乓地在黑夜中对攻起来。

这一打，双方都玩命地对攻起来，谁都清楚，拿下回峰山，这是死命令，双方都只拿下一个山头，都以为对方是顽军，哪敢松懈，黑夜中又看不清目标。

一阵对攻后，曾旦生觉得奇怪，顽军作战不可能如此顽强且有章法，还不间断实施主动攻击，不像驻守作战，会不会在黑夜中发生误会？在三年游击战争中，他所在的部队发生过这样的事，他忙找教导员江淦衡商量，江也听得不对劲，可能是发生误会了，按照常理，顽军防守不会主动突击、穿插。

他决定冒着枪弹爬过去看看。他爬到五连阵地，找到五连连长吴元廖，方知是一场误会，连忙停止了战斗。

两营会合，按预订计划，二营驻守，一营向北突击。一营刚下山，北经巷那儿还在交战。

挺进军六团团长程树槐觉得这次战事还算顺利，国军的强大在“皖南事变”中得到了印证，在苏南也得到了明证，只是在苏北，这韩德勤太窝囊，连战皆败，只能靠吾辈为他出气，所以他早早地躺在床上，做起明日围歼的美梦。

不料，回峰山的枪声让他吓了一跳，他还没起身，便听到村内响起惊天的爆炸声和枪声，他马上明白，新四军已经攻过来了，对此他深感意外，但更意外的是，新四军一下子就进入村内，这些哨兵干什么去了？

不容多想，他起身后发现部队全乱了，这北经巷村不大，当初两个营的士兵涌进来，几乎把村里的房屋全占了，这儿住满了人。经此一偷袭，全乱了套，将找不到兵，兵找不到将，想要组织有序进攻是不可能的，眼看村中到处是穿插分割的新四军战士，再这样拖延下去，弄不好自己的命也要搭上，三十六计，走为上计。

他忙命卫队护着他向北突击，幸亏四十六团兵力有限，北面的口子还没有围住。这程树槐一出村子，便消失在荒野中，其他的士兵在屋中不是被炸死便是被枪弹打死，余下的夺门而出，哪里顾得上抵抗，一个劲地往村外冲，一下子两个营跑散了一大半。

陈进太和徐进在村东和战士们一道往西面攻，看到有两个人在奔走，便喝问道：“什么人？！”

陈进太是福建人，讲话很少有人能听懂，对方一听忙问道：“我是三营的长官，你们是……”

陈进太自己讲的话别人听不懂，但对方的话他却听得格外分明，四十六团眼下没有三营，这三营的长官肯定是顽军，便扬手一枪，把对方撂倒。

旁边的一人还想抵抗，被徐进用枪顶住，连忙跪下求饶：“长官饶命，长官饶命，我是传令兵，我是传令兵。”

战士小李追击顽军到村外的一个小土墩，只见 3 个人探出头来问道：“哪一部分的？”

小李忙回答：“一营的。”

对方一听一营的，忙站起来：“我们也是一营的，快过来。”

小李一上前，发现对方的手臂上戴着白袖套，连忙缩回去，掏出手榴弹扔了过去。“轰”的一声响，3 人立刻毙命，他扛着机枪上交到了陈进太的手里。

北经巷的战斗不到 1 小时就结束了，还缴获了 1 部电台。陈进太命徐进保管，天亮后交到团部。

……

从回峰山上撤下的顽二营在四十八团一营的追击下向白马桥方向奔跑，遇上了何永棉的四十六团二营四连，遭到迎头痛击，全营被歼，四连缴获机枪 1 挺、10 多支步枪，俘虏 10 多人。

……

回峰山、北经巷战斗的胜利结束令江渭清、王必成如释重负，欣喜之余，他们又紧接着考虑下一步的计划。

此时传来消息，四十六团在秋湖山击溃了“忠救军”第一纵队一部，四十八团在白马桥击溃了“忠救军”第一纵队，西北大门洞开，十六旅可以安全转移了。

但大敌压境，不能不防止顽军追击，江渭清、王必成考虑再三，决定由四十七团一营和抗大九分校三大队守住南线，确保其他部队顺利转移。

其实抗大九分校昨晚就作了战斗部署，考虑到已经作战两天，无论四十六团、四十八团能不能打开北面的缺口，顽军都要在南面动手了。芝山并不高，南面是一片开阔地带，若把主力布置在这小山上，危险很大，敌人一旦炮击，伤亡可想而知。为此，团长杜屏召集三大队朱传保等人商议，把主力撤至北面的芳山，以少量兵力在芝山牵制敌人。

三大队的干部大都是各部队的班、排干部，战斗经验丰富，他们料到国民党惯用火炮攻击、步兵跟进的呆板战术，为了迷惑敌人，他们故意在山上扎了许多草人迷惑敌人，用以消耗敌人的弹药，延缓敌人的进攻。

四十七团一营由于两日的战斗，伤亡太大，兵力不足，所以协助防守时，归三大队朱传保指挥。

拂晓，顽军果然发起进攻。昨晚，陶广在高淳听说防守北面的“忠救军”已经被击溃，北面的防线已垮，极为震怒，他严令顽军全力进攻，必须推进到溧水南部的中心地区，所以一大早顽军就挺进到芝山脚下，准备实施攻击。

顽军军官料定新四军在南线会有守卫部队，他可不愿白白地消耗自己的兵力，他清楚挺进纵队六团已经损失殆尽，国民党五十二师也遭到重创，这都是赔本的买卖，他可不愿这么干。因此，他早早地举起望远镜进行观察，这一看他着实吃了一惊，这山上到处都是人，如果贸然出去，哪能讨得便宜。好在自己有炮，那就让新四军尝尝炮弹的滋味吧，他调来所有的重炮向着山头猛烈轰击。

顷刻间，顽军的炮弹雨点般地落到山上，山上照例是火光冲天，狼烟滚滚，顽军军官是一阵狂喜，他咬牙切齿地叫道：“看看是我的炮弹厉害，还是你的血肉之躯坚强。”

炮击一结束，顽军鼓噪而进，但势头远不及前几天国民党五十二师的顽军，他们心有余悸，挺进纵队、“忠救军”的败绩始终笼罩在他们的心头。

三大队的干部本就作战经验丰富，加之他们吸取了前两天一大队、二大队守山的教训，用灵活机动的战术对付他们，敌人一露头，他们就开枪射击，旋即换一个地方继续打，顽军的几次进攻均被击退。顽军军官用望远镜一照，发现山头影影绰绰，似有人在不断移动，好生纳闷，这新四军哪来这么多人？看来他们的主力全部南移了，因为北面有日军，料他们也不敢北移，剩下的只有南面这一个方向。他不敢大意，命令炮兵进行长时间的轰击，这样一来，进攻的时间大大延长，然后他们又小心翼翼按梯队前进，进行轮番进攻，但进攻的力度都不大，犹犹豫豫，慢慢吞吞，而三大队战士东一枪西一枪，他们也实在搞不清有多少人。

此时，校部已经转移到和尚山山下的庙里，清理文件，减轻行装，整顿队伍，做好撤出战斗的准备。

中午时分，杜屏带领校直属队刚转移到芝山，由于顽军连续轰击，多路压上，终于失守。顽军见到山上许多草人、泥人，连呼上当，便向芝山延伸下去的和尚山进攻。这一次，顽军终于疯狂起来，因为他们见到草人和泥人后，便知晓这儿不会有新四军的主力部队。

顽军猛攻，和尚山失守。

林少克急命一营战士去夺山头，由于三连在榆树岭观山战斗中损失殆尽，一连在驼背山战斗中也消耗极大，能投入战斗的人员实在太少，攻了几次未能攻下，于是朱传保急命三大队九中队发起进攻，这九中队有一个连的兵力，都能征惯战，一下子攻上了山头，形势又呈胶着状态。

这样你来我去，一直打到下午5时，九分校三大队和四十七团一营才最后撤至芳山，与旅部汇合。

……

14日凌晨3时，四十六团团长黄玉庭、政委丁麟章率领全团与抗大九分校二大队北撤，行至秋湖山下，天光大亮，稍作休整，天黑后继续前进，往西北方向的横山山南地区转移。五十一团二营则向溧阳地区东部转移。

十六旅各部安置好伤员，清理完文件后集结于芳山。午夜12时左右，抗大九分校分两个梯队撤出，杜屏率校部及一大队、党训队为第一梯队，先后经回峰山下、北经巷村边撤往溧武路北句容地区活动。四十七团一营回茅山地区，四十八团团长刘别生率该团二营和特务营仍在溧武路南溧水边地区活动，由四十八团三营断后，15日集结于回峰山以北地区，16日由团政委吴嘉民率领，越过溧武公路，进入江、句地区活动。

15日拂晓，顽军从东、西、南三路追来，由于十六旅撤出了溧水中心地区，顽军扑了个空。

苏南反顽战役经过连续3个昼夜6次激战，顽挺进军六团大部被歼，四团、五团受重创，“忠救军”被击溃，国民党五十二师受到严重杀伤，顽军伤亡失散在2 000人以上。十六旅缴获顽军机枪15挺、步枪400余支、子弹数万发、电台1架。但十六旅也付出了沉重的代价，伤亡达358人，其中干部52人。此役沉重地打击了来犯顽军，保存了主力，粉碎了顽军企图消灭苏南新四军的阴谋，取得了反顽战役的胜利。

抗大九分校从溧水出发，后过运河，跨津浦铁路，长途行军，突破封锁线，走了18小时到达六合马集，在马集一个竹林里开了铜山战斗的追悼会。当时天刚下了雨，战士们坐在地上，春笋在雨后破土而出，追悼会开了很长时间，党训队队员吴镇写了一首歌词，沈亚威谱了曲，这首悲壮的歌曲迅速传扬开来。

“4月12日的暴风夜，溪水随同森林在哀嚎，是狐狸似的抗战害虫，偷偷地设下了罗网，要围歼人民的军队，我们的枪口，气愤地发火，我们用石块，代替着榴弹，勇士们据守在每寸山地，光亮的眼睛，使魔鬼胆寒。子弹飞来，要它让开，谁敢上山，叫他完蛋。三昼夜的血战，遍山点滴着血花斑斑，害虫们的咆哮，决非愉快。瞧！恶毒的魔手，已被折断，梦想的阴谋，终归破碎。别气愤啊，同志！啊！正义的英雄们没有死，他们含笑矗立在铜山巅。让抗战的害虫们永远地摇头伤叹，让人民向真理的英雄们举手高喊。”

南岗战斗

突围，突围，四十六团攻下北经巷后迅速向西北方向挺进，沿途击溃了国民党军统特务武装挺进队和“忠救军”的拦截，在天明前到达秋湖山大小傅家边一线。

战士们疲惫至极，黄玉庭对丁麟章说道：“丁政委，我看原地休息吧，我们已经跳出顽军的包围圈，现在只会有零星的侦察队。告诉部队注意隐蔽，不予还击，因为他们要发动全面进攻就必须重新部署，这需要时日。”

“对，”丁麟章完全赞同，“要避免两线作战。迄今为止，日寇没有动静，这是坐山观虎斗，如果我们和国民党零星部队纠缠，难保敌人不会趁我军疲惫之际进行拦截和扫荡。”

“据可靠情报，敌人已在溧水城、洪蓝埠、官塘等据点增兵，意图十分明确，我们必须马上决定下一个方案。”黄玉庭摸了一下额头。

战士们原地休息，几乎都是倒头就睡，四十六团几位首长则聚集在一起围着地图商讨起来。

天光已亮，朝霞映红了他们的脸，疲惫而又憔悴的神色显现在每个人的脸上。黄玉庭、丁麟章、刘一鸿、傅狂波等人边看边议论着。

刘一鸿皱着眉头，镜片后透着其焦虑的眼神：“现在白马、新桥一线已为国民党顽军所占，我们的战略空间被大大压缩。眼下，溧水北部去不得，那儿地盘小，又是四十八团活动的空间，我们只得向西，而西面同样是摆不开，好在有丘陵、湖泊，地形远非塘马地区可比，横山、石臼湖可以利用。”

傅狂波点点头，说：“从地形上讲，也只能如此，横山南北、石臼湖东西都可以活动，只是这儿的群众基础差了些。”

丁麟章沉思了一下，半晌才缓缓地说道：“这儿的斗争环境是复杂，除了敌、顽、伪外，还有大刀会，大刀会的成员是群众，虽然这个地方被钟政委他们整顿过，但如果我们的政治工作做不好，大刀会的不稳定势力也会掀起沉渣。眼下，我们必须进入这些地区，所以政治工作显得尤为重要。”

“还是先从军事着手部署一下吧。”黄玉庭开口了。

傅狂波对着地图分析起来：“看来还是要进入横山地区，并且有山作为依托。按以往的规律，我们挺进横山有两条线。一是先进入山北地区，那么我们必须过天生桥，到达曹村以北，在谢村、横溪桥、乌山等日伪据点之间活动，然后再分兵到山南的一些地区以及云台山地区开展游击活动；二是直接进入横山以南地区，即经蒲塘、青圩到达石场、南岗地区，在山南地区先立住脚，再分兵到山北地区和云台山地区。”

刘一鸿凝视着地图，补充道：“横山这个地方我熟悉，石臼湖、大官圩我清楚。横山南北这两个地区都很狭小，且敌伪据点林立，地形条件是好，但群众基础弱。进入横山以南地区路程较近，也易于分散机动，但石臼湖水草丛生，敌汽艇通行不利，但对我军活动也不利。光渡船就够你找的了。”

丁麟章眯着眼，对着地图看了半天，说：“对对对，我看先进入山南地区，到时再留一部分兵力进入大官圩，其余部队从山南挺进山北，较为稳妥。”

几个人又讨论了一会儿，最后黄玉庭决定：“先进山南，伺机分兵。”

接着几位领导决定，为了使部队机动灵活作战，进行整编，将团直机枪连分到一营、二营，团机关精简下来的干部分到连队任职。

丁麟章最后说：“同志们，横山地区的斗争既艰巨又复杂，这对我们是很好的考验，几年的抗战证明，江南是人民的，我们是人民的军队，我们一定能在那儿立足，什么样的艰难困苦都难不倒我们。”

部署停当，休息一天。1943 年 4 月 15 日晚，我四十六团强行通过敌伪封锁线，进入石臼湖畔的石场、南岗一线，隐蔽地进入宿营地。团部和一营驻于石场周围，二营和抗大九分校二大队驻于南岗村内。

夜晚，死一般的寂静，战士们早早地进入梦乡。

清晨，黄玉庭早早起身，这是他的老习惯，残酷的三年游击战争使他养成了早起的习惯，也养成了高度警觉的心理状态。他知道日军作战时最喜欢利用清晨这段时光，要充分利用白天的时间进行作战，所以他们通常不会在其他时间进行战斗。

石场紧邻石臼湖，村子离东面湖滩不到 20 米，走出村东，举目南望，但见烟波浩渺，白蒙蒙一片，水波激荡，浑天一色，鸥鸟飞翔，渔帆点点。湖岸小麦、油菜花相杂其间，犹如给动态的蓝色的画面镶上了金色与绿色的花边。

黄玉庭自然见过大面积的麦田和油菜田，绿色的麦苗和金黄色的油菜花相杂其间的画面也见过，尤其是山坡间黄绿相间的画面，他在闽西南见过不少，在苏南也见过不少，但水波激荡、水天一色的湖面和麦苗油菜组合的画面还是第一次见到。

黄玉庭不是诗人，但他和常人一样也有一颗审美的心，残酷的战争画面和美丽富饶的山河图景常常交替出现，使人有一种说不出的极其不统一的感觉，但这种极其不统一的感觉在他心里往往转化成祖国的大好河山不容他人践踏的激愤。

这一激愤使他的心理迅速恢复到备战状态，他在驻地四周查看了地形，石场南边是石臼湖，北边是博望、明觉寺、桑园铺、洪蓝埠等敌伪据点，态势对我军不利，若不控制要点，一旦发生战斗，后果不堪设想。一个成熟的布防计划在他的脑中产生，还未来得及部署，便传来了“叭、叭”两声枪响。

枪声使他的心一下子收缩起来，美丽的风景所带来的舒适心境一下子又转化为身处战争中硝烟四起、血腥恐怖的快节奏心境。

他掏出手枪，警卫员紧随其后来到村西。因为枪声是从村西发出的，接着石场北面响起了机枪声和掷弹筒爆炸声。黄玉庭从枪声中判断，是明觉寺、桑园铺的日伪军开始攻击我南岗二营驻地。

“哼哼，消息真灵，来得真快，日军和顽固派配合得真好呀。”黄玉庭冷笑了一声，急命傅狂波去二营，加强那里的指挥。要求何营长坚守阵地，没有命令，不能后撤，必要时要支援住在南岗东面的抗大九分校二大队。

石场村暂时没有敌情，但黄玉庭判断，日军敢于进攻四十六团，不会只有一路进攻，他们认为四十六团背靠石臼湖，地形不利，会充分利用这一条件，多路合围，把部队聚歼于石臼湖北。

果然，其他方向也传来了枪声。他急命一连到华村圩、前堡桥一带，以湖港为屏障，阻击溧水洪蓝来敌；二连到茅村、小芮家一带，据山岗为阵地，阻击江宁、石湫方向来敌；三连到周塔村西花溪巷一带，阻击长流、云竹寺来敌。

团部和一营刚一出村，立即发现一股敌人正向二营的左侧迂回，黄玉庭急命身边的轻重机枪一齐开火，命令一、二连暂时停止执行刚才的部署，先行攻击眼前之敌。日军突遭打击，不得不步步后撤，龟缩到附近几个村子里，以民房做依托，用火力封锁周围的开阔地，固守待援。

……

枪声是从南岗的黄塔高地传来的，住在南岗的二营营长林少克跳了起来，指挥战士立即投入战斗。

原来，狡猾的日军半夜出发，早早占据了黄塔至南岗高地。上午 9 时许，他们搜索前进，接近二营四连步哨时便开枪进攻。

“奶奶的……日本人果然熬不住了。”林少克什么样的恶战没见过，对于偷袭，他一点都不感到奇怪，马占寺一役便是日军偷袭的典型例子，现在敌人故伎重施，没什么可怕的。他胸有成竹，沉着冷静地带领四连战士扑向村西。

四连是主力连，有 3 挺机关枪——1 挺苏式，2 挺日式。战士们有丰富的作战经验，加之日军数量不多，在战士们的呐喊声中，很快把敌人的火力压了下去。但日军居高临下，利用强大的火力疯狂扫射，四连一时也奈何不了他们。林少克急命六连参战，五连作预备队，以接应或支援东面的二大队和西面的四连、六连。两个连的战士协同作战，火力交叉，齐齐射向日军，终于夺取了高地。敌人见势不妙，没有奔向大塘冲，而是急急左转向东，扑向南岗村，想占据房屋，负隅顽抗，准备固守待援。六连指导员邱巍高带着战士直扑南岗村，战士们奋不顾身地追杀敌人。

南岗村村边有一个菜园子，敌人利用园埂作掩护，架着机枪疯狂向战士们扫射。一位战士着急了，“唰唰唰”地爬上高树向敌人射击，他射杀了两名日军后被敌人还击，最终身中数弹坠落而下。

邱巍高大怒，带着几名战士悄悄从侧面翻过园埂，绕到敌人背后，乘敌人只注意对面战士时，在背后猛甩了几颗手榴弹，几声惨叫过后，日军几乎全被炸死。战士们一拥而上，一把抓起丢在一旁的机枪，其余的敌人迅速向村内退去。邱巍高杀红了眼，命令战士们利用战斗间隙上好刺刀，准备巷战。

邱巍高本是一介书生，但战火的淬炼使他成长为一个钢铁战士。他出生于江阴西石桥，家境一般，兄妹3人，他排行老大，由于父母对他寄予厚望，供其读了10年书。但日寇入侵，打破了他读书谋生的理想，只得在家乡查沟村小学半教半学，后在教员张福赓、胡锡炳等人的影响下组织了十几个人的读书会，后来又加入了“中华民族解放先锋队”组织，加入了抗日的洪流，后参加地方工作，担任中共澄西区委宣教科科长、区委书记、澄西县委军事部长。

1941年，邱巍高进入十八旅教导大队学习，后任五十一团组织干事、西路分区山南警卫营政治指导员，之后随黄玉庭来到四十六团，任六连政治指导员。可以说，他是一个典型的知识分子，但现在是刺刀见红的时候，容不得半点怯懦。

战争的磨炼使他胆气十足，热血喷涌，他大声地喊几名排干部：“战士们，敌人软的欺，硬的怕。他们退到村里去了，我们若不趁此时消灭他们，他们还会继续屠杀中国人民，现在我命令你们下去整顿，马上组织巷战，上好刺刀，我们来个刺刀见红。”

“是！”众干部齐声应道。

六连一排排长史永达招呼战士们来到园埂下动员起来。

此时，黄玉庭正拿着望远镜观察战况，看见几路敌人已经被压了下去。他判断日军兵力有限，要把我军赶下湖是不可能的，如果有增援，估计也有限，现在可趁此机会迅速歼灭残敌，但他突然发现围攻南岗村的战士纷纷后撤。

他大惑不解：“怎么回事？在这样好的情况下，怎么能后撤呢？”他招呼团部通信员徐进急速赶去，命令他们不能后撤，继续进攻。

徐进领命，他把背包交给参谋，手拿小马枪，急赴南岗村，子弹从身边唰唰而过，他时而匍匐，时而翻滚，时而跳跃，迅速来到园埂下。

徐进是通信员，经常向连队传达命令，许多人认识他，加之他年轻，长得眉清目秀，十分可爱，所以战士们常称他为“小干部”。

史荣达一见徐进，便叫道：“小干部，你赶来有什么吩咐？”

徐进一见史荣达，才知是六连的部队，他急急地交代命令：“黄团长见你们后撤，急命我传达命令，不准后撤，全力进攻。”

史荣达哈哈大笑，“小干部，你们弄错了，哪里是后撤，我们是退下来整顿准备巷战的。这不，你看战士们正在上刺刀呢。”

徐进一看，果然战士们挎好手榴弹，上好刺刀，准备出发，他心中一喜，说：“好样的，这回叫小鬼子尝尝刺刀的滋味了。”

他摸了一下战士的刺刀，空气中仿佛散发着阵阵的血腥味，四周似乎飘来日军尖厉的惨叫声。

他旋即抬头，说：“排长，带上我，我也要杀鬼子。”

“你？”史荣达看了看徐进，稍作思考，便点头同意，“好，你跟在后面，千万要当心。”随后他对整装待发的战士们叫道：“同志们，跟我上。”

战士们齐喊着，跟着史荣达扑向村内，徐进哪甘落后，举着小马枪跑在了前面。

日军小队长三木也是个久经沙场的人，他和新四军一交手就后悔了。他觉得上司判断有误，以为到达石臼湖畔的新四军是溃散之敌，且数量有限，自己来是收拾残敌、坐收渔翁之利的。没想到新四军人数众多，火力凶猛，看来是成建制的队伍。从枪声判断，约有 1 000 人之众，这样一来，自己的部队火力再猛，队员再精干，也要被围歼。唯一的办法是占领制高点，固守待援，所以他一进村就马上躲进房屋，在墙上打好枪眼，不时地放着枪弹。

邱巍高和史荣达本想扑入村子进行短兵相接的巷战，不料一进村不见一个日军，只看到从房屋里时不时射来的梭梭冷枪，他急命战士们不要贸然直进，利用房屋作掩体，逐渐接近日军盘踞的房屋，依次展开进攻。

此时，四连也进入村内，封锁住村北，把准备逃窜的日军逼入一祠堂内。

黄玉庭用一、二连堵住西面迂回包抄的日军后，突然听到二大队方向传来激烈的枪声，知道二大队遭遇了敌人，那是洪蓝埠过来的日军，看来势头不小，因为枪声非常密集。

他知道二大队刚刚参加了西线战斗，损失不小，虽然队内军事人员不少，但武器极差，再战斗下去肯定要吃亏，况且他们中的学员大都是连排干部，是抗日的宝贵财富，不允有失，他要副团长刘一鸿去二营并和二大队领导保持联系，随时予以增援。

樊道余和许彧青率领二大队将士奋勇抗敌。

樊道余感慨万分——苏南艰苦卓绝的战斗他算是真正领会到了，这不，与顽军的战斗刚结束，又和日军交上了火。

4 月 13 日上午 11 时，旅部命令二大队退出战斗，向芳山靠拢。他和许彧青一道率队到达旅部所在地芳山后，江渭清对他俩说：“从缴获的文件中得知，这次国民党二战区集中了其主力五十二师、一九二师，还有忠义救国军、挺进军、保安团等 10 多个团包围了我军，企图迫使我军在芳山以南与之决战。为了避免不必要的损失，待四十六团、四十八团今晚攻克回峰山、北经巷以后，你部转移至横山地区，旅部再调拨一些武器给你们。”

4 月 14 日凌晨，突围命令下达，二大队从芳山出发，向西偏北的方向转移。到南曹北端时，先头部队抓到了国民党挺进军六团团部一个姓张的副官。据其供认，山上有 1 个班的顽军担任警戒，他的任务是负责与团部联络。

樊道余灵机一动，派侦察员压着他向山上的顽军喊话：“团长来了，你们快下来，跟团部一起走。”顽军排长急急地带 1 个班下山，很快进入二大队包围圈。樊道余、许彧青一枪未发，俘虏顽军一个班，武器装备也得到了改善。

当他们走到秋湖山下时，已经天光大亮，他们便在敌、顽、我 3 种力量并存的地方宿营，等夜幕降临后继续前进。

部队宿营时，为谨慎起见，樊道余派四中队的一个排控制秋湖山制高点，不料他们刚到半山腰就发现敌情。

原来，对面山头有顽军，排长急命全排战士飞跃上山，抢占制高点，与顽军对峙。后抓到一名顽军，方知对面山上是国民党“忠救军”的 1 个营，其任务是警戒。

上午 8 时，哨兵报告，距营地约 1 公里的村子里发现顽军，有两个顽军士兵来投诚，村子里是被我军主力击溃的国民党挺进军六团的两个连，由副团长带领，并配有 2 挺重机枪。

由于敌情对我军不利，二大队没有打，只派一个班对其监视，在百姓的掩护下休息到天黑。天黑以后，继续往西偏北方向转移，在4月16日晚到达石臼湖。

刘一鸿一到南岗就发现二大队的情况比预计的要好，由于旅部调拨了一些武器，加之他们在途中俘虏了敌人的一个班，其战斗力和反顾前相比有了很大的提高，所以他们在南岗东北方向利用轻重机枪组织火力网，封锁前面的开阔地带，打得日军抬不起头。日军几次冲击均未成功，在战斗间隙，二大队战士跃出掩体，捡起日军尸体旁的武器，又重新组织战斗，一时间战斗呈胶着状态，日军的力量无法突破二大队的防线。

刘一鸿见状便折回四十六团二营指挥战斗。黄玉庭、丁麟章根据各方面汇来的报告分析，现在敌人先后在北、西、东几个方向向我军发起进攻。由于各个据点距离石场、南岗地区远近不一，所以到达该地区的时间也不一致。他们分头前进，但没有能同时到达合击点，所以我们的部队可以分头抗击，各个击破。现在北线和西线犬牙交错地对峙着，东线经过二大队的奋力阻击，日军也停止了进攻，看来日军占据村落是为了等待援军的到来。从一般的情况看，敌人兵力有限，援军还不能及时到达，那么战斗部署要做调整。对于所围之敌，能歼则坚决歼灭，不能歼灭的则缩小包围圈，把他们分割开来，因此为防止意外，他急命原二营负责支援第二大队的五连急速到达南岗西南面的石臼湖边周塔村、西花溪港一带，和三连一道对西南方向的长流、云竹寺和石臼湖面警戒，并要二营四连、六连歼灭南岗之敌后，与二大队一起抗击洪蓝埠之敌。

二营四、六连在南岗与日军展开了殊死的战斗。

六连在邱巍高的带领下把敌人逼到一个茅屋内。敌人利用墙体疯狂扫射，战士们无法接近，邱巍高想，敌人火力猛，若猛攻，伤亡太大；不攻，敌人的增援部队有可能随时到达。看来只能用火攻了，他急命战士找来稻草，点上火后往茅房上抛。

徐进从村民房前的草堆上扯了一捆稻草，点上火后往茅房房顶上扔，战士们如法炮制，把火把往茅房上扔。

火一点，整个茅房浓烟滚滚，火光一片，只听到茅房里传来阵阵的惨叫声和疯狂的机枪扫射声。

随着噼噼啪啪的竹木烧裂的爆炸声，阵阵热浪向四周漫溢，不一会儿，茅屋内便悄无声息，敌人的枪声也消失得无影无踪。火光一熄，战士们破门而入，只见十几个日军躺在墙角，全被烧死，三木的尸体躺着，手中还紧握着钢刀。

此时，村北还响着枪声，刘一鸿、林少克指挥四连的一个排迂回到敌人背后猛攻，日军无法突围，在村内乱窜，最后只好退守在祠堂内，利用坚固的墙体负隅顽抗，战士们一时奈何不了他们。现在六连战士赶到，把他们团团围住，但无法攻入屋中。战士们利用死角甩手榴弹，手榴弹不久就甩完了，但敌人们仍在负隅顽抗。看来也只能用火攻，但祠堂不是茅房，用一般的草一时还烧不了，于是战士们找来汽油，点上火把往屋上和屋前的大门口扔。一时间火光冲天，火舌借着风势疯狂地乱舔起祠堂的砖木来。

日军最怕火烧，这火一烧，即使不烧死，也要因火耗尽氧气后窒息而死，他们刚才进入祠堂内也是无奈之举，现在一见火光，便嚎叫起来。

30多个日军嚎叫着，被烟呛得到处乱窜，有几个日军试着从大门或窗户中突围，脚刚一着地便被打成马蜂窝，余者只得缩回去，从窗口胡乱地向外打枪、甩手榴弹。

须臾，火苗狂舔房屋，整个祠堂笼罩在火光烟雾之中，砖瓦的炸裂声掩盖了一切声息。待大火熄灭后，战士们冲进屋内，只见尸首枕藉，其状极惨，战士们捡起武器，退出屋梁上还冒着火焰的祠堂。

下午3时左右，东面的战斗又激烈起来，原来是从洪蓝埠据点赶来了一批增援的日军。二大队毕竟武器装备差，打了半天，已经消耗不少，黄玉庭急命二营全部赶去增援，这样一来，形势逆转，日军被二营和二大队的火力压制住，难以前进。

夜幕降临，枪声逐渐稀疏下来，从洪蓝埠赶来增援的日军已经退走，一营已经将部分日军围困在村落中，但日军占据着宽大的房屋，并不时在阵前燃起熊熊大火，把民房周围的开阔地带照得十分明亮，这样新四军战士无法近前，而日军又占据了许多民房，相互支援，近战是不可能了。

黄玉庭、丁麟章、刘一鸿、傅狂波、陈绍海等人围坐在一起，仔细分析起来：现在日军被围，但无法聚歼，因为我们没有炮，无法强攻。如果久拖不决，那么明天南京、芜湖的援军一定会到达，那时在这狭小的地域作战将对我军极为不利，眼下之计，不可恋战，转移为上。

于是，团部领导决定留下一营的一连、三连在山南和大官圩地区活动，团部和其余连队当夜向山北地区转移。

但走哪条线呢？有3条线可供选择，东西两侧各一条和中间路程较近的一条。西侧和中间两条路必须经过几道封锁线，且敌情不明，似不可取。至于东面的一条线呢，路程虽远，但空隙较大，相对安全。

最后大家一致决定，选择东线，到山北去，经过小茅山东南的天生桥，穿过溧水、洪蓝埠公路，到五王山以东的韩胡村地区，然后再进入横山以北，进行游击战斗。

晚上9时许，部队撤离战场，撤离时还有一个重要的部署，就是在反顽战斗和南岗地区的战斗中有四五十名伤病员，如果他们和部队一道转移至横山以北，是非常危险的，因为部队要经过敌人的封锁线，随时随地会发生战斗。无奈，只得把他们留下，在石臼湖一带隐蔽养伤，待形势好转，再想办法把他们转移出去。

晚上9时许，部队首长和战士含泪向伤员告别。由于极度疲劳，在丘陵山区急行军时，战士们边走边打盹，有的战士，脑门撞在前面战士的枪头上，才猛然惊醒。

四十六团经过7个小时的急行军，于17日凌晨才到达五王山、正山一线，这块地域离溧水县城的日军据点只有几公里。

百姓见到新四军是又惊又喜，他们向黄玉庭报告，此地不可久留，日军已经在山头上待了好几天，昨晚还把桌子板凳搬上山去修工事。团领导一想也对，赶快转移，趁晨雾未退，急向韩胡村东北的东芦山转移。

打了一夜，走了一夜，就是铁打的人也吃不消了，大家行军的速度明显放慢，队伍也渐渐拉长了。

在离东芦山只有约1公里时，雾散天晴，部队突然遇上了官塘据点的一个日军和中山庵据点的伪军。

黄玉庭大惊，急令担任前卫的二营抢占东芦山。

何永棉接到命令，振作精神，带领着战士们迅速占领东芦山一线高地，架起轻重机枪一阵猛扫，激烈的战斗使战士们暂时忘却了疲劳，他们玩命地射击，射击，再射击。

日军突遭袭击，见新四军人数众多，且占有高地，知道讨不得便宜，便纷纷退回据点。但可惜的是在这次遭遇中，团供给处主任和一位挑夫为敌所掳，下落不明。

四十六团战士在东芦山一面监视敌人，一面休息，当晚一部分进入横山以北地区，一部分留在溧水根据地北部密切注视着国民党军队的行动。

十六旅跳出重围，已经没有任何的根据地了，但再北面是日军，所以国民党军不敢贸然再行推进。而日军大量部队早已抽兵南下，如果不进行广泛集结，他们也无力向南进击，所以这群日军主要龟缩在据点内，这样就在溧水中部形成了一个真空地带。这倒有点像“皖南事变”后的塘马，那时在溧阳北部地区也形成了类似的缓冲地带。

但溧水的缓冲地带和塘马的缓冲地带不一样，塘马地区的缓冲地带看似安全，地盘也稍大些，但远比溧水中部的缓冲地带凶险，这主要是由地形地貌所决定的。溧阳塘马地区的东、西、北面为低矮丘陵，南面是一马平川，日军在溧武路重兵把守，国民党重兵守住别桥、竹箦一线，封闭塘马的大门，所以一旦日军南下和顽军北上，新四军将全部暴露于野外，几乎无任何战略依托。

而溧水这块缓冲地带则不一样，一方面，双方，尤其是日军，没有推进之意，另一方面，当然是主要的，这儿小山众多，树木茂盛，不是低矮丘陵，不是濯濯童山，四周是山，中间不是盆地，也是山，只是稍矮些而已，易隐蔽，易穿插，战斗时地形有依托，可居高，利于阻击，阻击下利于转移，只是战略地位稍逊于塘马。所以江渭清、王必成命令四十八团一部就在里面穿插，不能走，要像钉子那样钉在那儿。

邱巍高所在的六连就在那个狭长的地带穿插，那地带东西长约30公里，南北宽不到9公里。按规定，东不能过白马桥，西不能进横山以南。

此时，国民党军队西起南山、观山、回峰山等构筑了向北的防御工事，在一些要点筑了地堡，挖了交通沟，他们以这些阵地为依向北搜索，捕杀新四军和地下党。一时间乌烟瘴气，狼烟滚滚。而北面日军则从溧水城南的乌龟山、金山、中山庵、官塘再到青龙山、瓦屋山等地筑起堡垒线。

如果不是新四军的将士大都来自艰苦卓绝的三年游击战争，如果不是新四军在敌人梅花桩般的据点常年作战，在这样的战斗环境中从事抗战几乎是难以想象的。

邱巍高虽然没有参加过艰苦卓绝的三年游击战争，但在十八旅五十一团、山南警卫营战斗时，就已受到了老红军的言传身教，培养了三年游击战争的意志，领会掌握了三年游击战争的战斗技巧。在老红军的言传身教下，在烽火连天的抗击日寇的斗争中，他早已适应了残酷的游击战斗的斗争环境，成长为一个合格的连级干部。

现在，他带领六连来到湫湖山下的一个村子里，这里离日军的官塘据点不远，离国民党的驻军也只有四五公里，但村子相对来说较为隐蔽。

战士们倒头就睡，人已经困乏到了极点，连续行军半月有余，身上的衣服湿了又干，干了又湿，又臭又脏，再不漂洗，实在是不能再穿了。

有几名老兵借来百姓的脚盆，又倒了灶膛里扒来的草木灰，“哗哗哗”地搓洗起来，洗完后到池塘里一漂，然后找几个草绳往两棵树上一拉，再把衣服搭上去，只待风干再穿。

老兵如此，新兵仿效。不一会儿，房屋后都晒满了衣服，战士们只待晒干后舒舒服服地穿上，美美地睡上一整天。

邱巍高头枕在枪上睡着了，战士们的一举一动他都不知道，待醒来后才赶快制止，责怪战士们洗得太多，万一打起仗来，岂不是手忙脚乱。

小战士小高来到了长满青青茭白的池塘边，在破瓮做成的台阶上漂洗那又干又硬的上衣，只见一些红色的小鲤鱼在自由地游弋，他扯了一根芭根草，用草根拨动着水，戏耍着鱼儿。

突然，西南角的湫湖山上响起了猛烈的轻重机枪声，邱巍高跳了起来，一听便知是国民党五十二师的部队，因为他们装备了苏式重机枪，那机枪射程远，口径大，声音和别的枪发出的声音不一样。

一阵慌乱过后，战士们纷纷跳起来，但衣服晒了不久，根本没干。邱巍高连忙关照战士们不要慌乱，穿上衣服，迅速战斗。

战士们穿起又冷又湿的衣服操枪战斗。此时，子弹雨点般从空中飞来，战士们集结的动作迟缓了许多。

集结完毕后，必须做出战斗部署。邱巍高一想，还是转移为好，如果原地抗击，那么现在距天黑还有很长时间，而敌人的火力如此之猛，久战不决，伤亡必大，此策不可取。如果转移，西北是溧水县城，那儿布满碉堡，向西则是溧水到洪蓝埠的公路，日寇绝对不会让部队通过，看来若要转移，唯一的方向只有东面了，但东面也有官塘据点。

他一咬牙，急速下达命令，全连迅速向东转移。他清楚，官塘据点的日军不多，那儿是较为薄弱的环节，也是唯一的“通途”。

还好，冲在前面的两个排以疏散的队形迅速通过了开阔地带，但炊事班通过时却只见子弹乱飞，纷纷击中箩筐，两位战士一紧张，丢下箩筐便跑。

“啊！”邱巍高一声惊叫，因为这箩筐中有一桶猪油，猪油在战争年代太宝贵了，战士们在极度缺油的情况下用餐时，全靠它下饭呢。

战士们埋怨他俩太慌张，有的叫他俩去抢回来，两人你看我，我看你，不知如何是好。

忽见村头出现两个人影，他们一会儿奔跑，一会儿匍匐前进，他们跳跃前行，滚到担子前，挑起就走，顽军见此，疯狂开枪，但这两个人犹如神助，行走如飞。子弹只是落在身后激起尘灰，跟不上两个人的脚步，眨眼工夫，两人来到众人面前。

邱巍高一看，原来是副连长和另一名老战士，邱巍高眼睛一热，连连赞扬两人的机智和勇敢。

国民党军一见新四军向东退却，更加狂妄起来，呐喊着尾随追击而来。邱巍高命人一面还击，一面加快脚步东撤。

当队伍撤到陈巷大山时，只见日军在官塘据点伸头看着，并不时做着鬼脸，发着狞笑。

如果日军东面一堵，那么部队将非常危险，但是日军很狡猾，一来他们兵少，二来如果拼死一搏，自己肯定有伤亡。接下来还要和国民党军队正面交锋，不划算，所以他们只是站在据点上放枪。

邱巍高一挥手，半个连迅速越过了离他们最近的山头，此时日军才疯狂开火，他们原本想乘新四军行军过半时袭击，但没想到新四军行动甚快，眨眼间已经冲出了他们火力控制的范围。此时，尾随的顽军已经赶到，只见日军疯狂扫射，早已吓破了胆，纷纷后撤，缩回了老巢。

邱巍高清点了一下人员，还好只有几名战士负了轻伤，影响不大，完全可以随队行动。

部队来到马占山下，住在了一个小村里。

六连战士没有参加过马占寺战斗，因为他们是由五十一团二营五连、六连合并而成，只有几名班排干部参加过这次战斗，他们向其他战士述说着这场激烈的战斗。

邱巍高在 1942 年年底前一直活动在澄西地区，他随黄玉庭团长到达溧水后一直听到关于马占寺的战斗，但他从没亲临过现场，这次来到马占山下，他带了几名战士信步上山。但见北、中、南三山南北一线，山上青松翠柏郁郁葱葱，山谷出奇地幽静，但见泉水淙淙，鸟儿和鸣，如果脑海中不去描摹马占寺的战斗情景，不可能会把这幽静之地和血腥的战场相联系。

当然，马占寺的断墙残壁和被烧毁的屋梁说明，这儿确实发生过战斗，其自身的残破为日军泄愤所致。

邱巍高没有被这幽静所惑，让自己的神经放松下来，他宁愿让马占寺的灰黑来刺激自己，让自己的神经变得更敏感，也不会去听鸟声、听涧音、听涛声，不会去看青松、看翠竹、看山花，他只是想从地形地貌中悟出战斗的类型和特色来，脑海中除此之外什么也没有。

肚子饿了，好在那桶猪油被“抢救”了回来，现在炊事员已经烙好饼，战士们狼吞虎咽地吃起来，邱巍高也不例外，美美地吃了一顿。

邱巍高丝毫不敢放松，马占山虽然在溧水也算是个高山，但山体不大，居住于此，离国民党军太近，不是一个安全的地方。他一吃完饭，就马上命令部队转移至湫湖山以西的一个叫毛家山的小村庄。这个小村，从地形上看较安全，因为四周有山且村子又小，如果日寇和顽军得不到确切情报，是断不会踏入此村的。

但安全是相对的，一个地方肯定不能久居。当然，一日三战，天天移营也不是个好事。下一步到底该怎么办？还得是先查明情况为好。

邱巍高派小高和其他富有经验的班排干部出去侦察。侦察员回来汇报，溧水的日军从溧水城出发，已经到达韩胡村。驻新桥的顽军也出发了，离韩胡村不过七八公里。邱巍高想看一看，日军和顽军到底如何表演。结果，下午四五时，侦察员回来报告，日寇止步于韩胡村，国民党军出新桥不远也已经返回。

邱巍高心里有谱，看来日、顽军都在玩鬼把戏，他们并不想冲突，其目标仍然是新四军。现在从态势上看，日军取守势，国民党取攻势。但他们只攻新四军，那么秋湖山离国民党军太近，非常危险。而日军取守势，一般不会轻易出动，那么进入敌后则相对安全，于是他和连队干部决定当晚跳出这个日、顽两军对峙的地带，钻到据点林立的敌后去。

战士们有意见了，他们不怕战斗，也不怕转移，只觉得这样避战实在受不了。

战士甲刚从哨位上下来，就叫开了："一有情况就转移，弄得军不军、民不民，我们又不是没枪，就干他一场，怕什么。"

他一开口，其他战士也叫起来了："他奶奶的，顽固派没本事打日本人，专门找我们的碴，不如下去和他们拼，省得这样不死不活地跑来跑去。"有几名战士索性到连部来请示，请求好好地同顽固派干一场，死活来个痛快。

邱巍高耐心地劝导着，要他们心平气和，要注意斗争策略，不能盲目蛮干。这几名战士听了邱的劝告后，渐渐心平气和，回到了连队，但邱巍高那平静的心却骚动起来，他清楚，不仅仅是这几名战士，几乎是绝大多数战士现在都有"拼命"的情绪，这对部队的建设和今后作战有着难以想象的负面影响。

邱巍高双眉紧锁，他来到村外，爬上高地，便见东南青龙山上日军碉堡林立，黑洞洞的窗口像张张虎口一样向四周张开着，随时做出吞噬行人的架势，阴森恐怖之风直扑着脸。

他戴着军帽，虽然现在是 4 月下旬，但气温并没有常见的那样回暖，而是泛着阵阵寒意。

邱巍高向南望去，曹山、回峰山、毕家山、观山清晰可见，似乎伸手可及。这些青山山色柔和，脉线分明，风儿一吹，似乎能看到那翻动的绿色波浪。他很想飞过去融化在其中。因为那儿曾是我们自己的根据地，那儿有旅部，那儿有区党委，那儿有行政公署，那儿有可爱的乡民，那儿已经是严格意义上的根据地，在那儿，你能感受到新生活的特质、抗战的新气象，能展望抗战的未来……

然而……邱巍高的心一阵一阵地收缩起来。然而，如果说祖国的河山遭日寇践踏、人民遭日寇奴役令他心底的愤怒像火山一样喷发，那么河山、人民遭国民党军践踏，除了愤怒外，还令他感到了悲凉与沉痛……在民族生死存亡的关键时刻，堂堂的国民党军不顾民族生存竟做出如此下作的行径，自己还能再说什么？自然是斗争，这也就难怪战士们怒火万丈，恨不得拼个你死我活。

但问题在于，与国民党的斗争不是对日寇那样单一，对他们还必须有理有节。这需要军队政治工作者迅速地做好部队的政治工作，所以眼下便是需要自己仔细做好部队政治工作的时候。

说到做政治工作，邱巍高倒是胸有成竹，一方面，他学习过一定的文化知识，另一方面，他有军队政治工作的经验。邱巍高读了近 10 年的书，虽然由于抗战爆发，他无法正常上学，但他在西石桥查沟村小学半教半学，始终未让学业中断。1938 年冬，在上海地下党李亚夫、华企哲的影响下，他与张馥赓、胡锡炳及一名姓肖的教师联络一些学生组成一个读书会，在那时他读了《西行漫记》《论持久战》和列宁的一些书籍，将经典文化和现代的革命理论进行有机的结合，使他具备了丰厚的文化思想，为后面的政治宣传夯实了文化基础。后来，他加入了"中华民族解放先锋队"组织，有了一定的实践经验。入党后，在澄西地区第一个支部成立后，他就开展了抗日救亡工作。从 1939 年年底至 1940 年年初，邱巍高便建立了许多支部，大大提高了他的实践能力。在担任澄西区委宣传委员后，为发展地方武装进行扩军工作，他的鼓动宣传能力有了长足的进步。以至于后来在利港北边、在黄丹到芦卜港的沿江圩里搞轰轰烈烈的"二五"减租行动，使他的组织能力和宣传能力得到了空前的提升。进入新四军部队后，他在政治宣传工作方面成绩优异，在五十一团二营五连、六连合并编为四十六团二营六连时，顺理成章地成为了指导员，政治工作基本没遇到什么大难题。

但现在看来，必须认真对待战士们抗战情绪强烈的问题，最有效的办法就是开一个临时的民主生活会。

一想到此，邱巍高即刻下山，随即召集连队干部和部分激进的战士代表开会。

干部们就现在应不应该“和敌人拼”展开了讨论，意见汇总上来有两种，一种认为“顽固派集中那么多正规军和地方部队，装备好，弹药充足，又有后方作依托，却不打日军，专找我们打，太可恶了，不如干脆和他们拼了”。另一部分同志的意见是“他们不打日军，我们打。以后顽固派和日军夹击我们，我们就找日军打，看顽固派怎么办。他们那块抗日的招牌还能挂得住吗”。

邱巍高面对着怒气未消的战士们，他像在小学里给学生上课一样循循开导起来。当然，这儿不可能是明窗净儿的教室，这儿是茅棚、土墙；这儿不可能有桌椅，这儿是稻草、土坯；端坐是不可能的，只能席地而坐；坐在这儿的也不是莘莘学子，而是经过战火淬炼的钢铁战士。他必须用最通俗的话来讲述这个很大的大道理。

“同志们，对顽固派，我们要执行毛主席‘有理、有利、有节’的方针，他不打日军，却向我们开枪，我们进行反击是有理的。但他们力量强，兵力是我们的几倍，如果盲目反击，是不利的。保存自己，消灭敌人，是我们最大的原则，我们必须保存有生力量，保存抗日的火种，才能取得最后的胜利。我们无论和谁拼，另一方都会高兴，我们不能上当，我们应该在有战机的情况下去打日军。但不能过多地消耗自己，对国民党消极抗战、积极反共的面目，我们要进一步揭露。现在国民党和日寇对峙，我们抓住时机出击，他们消灭不了我们，我们就是胜利。”

邱巍高通俗易懂的分析渐渐地打通了战士们的思想壁垒，他们慢慢都认识到“有理、有利、有节”的原则的重要性，自此部队思想统一，他们时而钻进敌顽对峙线，时而跳到敌后，纵横自如，对抗战胜利充满了信心。

梁弄战斗

1943 年初，浙东区党委、三北游击司令部和三支队、特务大队、教导大队等，按照他们原定的计划，再度挺进四明山区，回到了姚南、慈南，司政机关驻袁马、杜徐一带。这是为什么呢？其实，这是由抗日的形势所决定的。

1942 年 2 月，中共浙江省委机关在温州遭到了国民党的破坏，省委书记刘英被俘，在抗日形势处在极其艰难的情况下，日军发动了浙赣战役，浙江大部分地区已变为沦陷区。我党原来制定的精干政策与单线领导的方式已经不适合当时武装斗争的需求。为此，1942 年 7 月 28 日，中共中央华中局批准成立了以谭启龙为书记的浙东区党委，准备放手发动群众开展敌后游击战争。同年 8 月，又成立了以何克希为书记的浙东军政委员会，同时建立了统一领导浙东地区武装领导的三北游击司令部，在三北一带开展武装斗争，斗争搞得轰轰烈烈，大败日军。

斗争形势的发展使他们做出了新的决定，这就是“坚持三北，开辟四明，在四明山完全占领以后再争取控制会稽山”的方针。不过，日军不会甘心失败。1942 年 10 月，日军出动了上千兵力，分三路对三北地区进行扫荡。谭启龙、何克希、张文碧率领战士们奋勇作战，粉碎了日军的“扫荡”计划，又进入四明山地区的姚南一带，在姚南建立了姚虞县工委，为大部队挺进四明山做好了准备，并建立了一定的政权，领导人民对日寇、汪伪的烧杀抢劫活动予以了沉重的打击。不过，国民党顽固派消极抗日，把我抗日进步力量看作是最大的威胁。我三北游击司令部不得不在三北地区对顽军发起了反顽自卫战，并建立了三北根据地。

但是，就在我浙东的抗日主力回师三北，进行反顽自卫战的期间，汪伪十师三十七团一营的 300 余人，由伪营长张子清率领，趁机攻占了姚南的梁弄镇，而且经过三四个月的苦心经营，建立了一道被他们称为是浙东的“马其诺防线”的防御工事。这对我四明地区的抗日活动造成了极大的威胁。对此，浙东区党委、三北游击司令部决心回师四明，消灭汪伪，重新形成抗日根据地的新局面。

梁弄战斗就在此情形下，纳入了紧张的部署之中。

为什么区党委和三北司令部决心攻打梁弄呢？这是由它的经济地位和军事上的战略地位所决定的。别看梁弄就是一个集镇，但它在方圆几百里的四明山地区可不是一个小小的、简单的一个集镇所能定义的，它有着敌我必争之地的因素在里面。这个集镇只有 1 000 多户人家，几条小街，光从规模来看，它并不特别醒目，但是它位于四明山的腹地，有多条通道，市面非常繁荣，那一带山区的土特产都集中于此，是一个集散地。上海、宁波两地的工艺品、日用品又都要经过这里进入山区，应该说，它是交通上的一个枢纽地带，也是山区的一个经济中心。如果这个地盘被伪军占领，一方面，老百姓没有好日子过，断了山民的生路，并且也不利于我新四军在此坚持抗战，因为抗战是需要有一定的经济保障的。另一方面从军事上来讲，这四明山北临杭州湾，南近天台山，西依会稽山，东靠东海，可进可退，回旋余地较大。三北司令部要开辟四明根据地，只有打下了梁弄，才能控制整个四明山，才能建立以四明山为中心的抗日根据地。

1943 年 4 月 4 日，浙东区党委和三北司令部再次召开了会议，浙东区党委书记谭启龙决定攻打梁弄，组织干群进行讨论，并做了动员。谭启龙说去年 10 月司令部便已派出主力，由三北挺进四明进行开辟工作，但是国民党顽固派不断地在三北制造摩擦，我方被迫集中兵力自卫作战，延误了四明山根据地的创建，现在人民盼望我们回来，战斗需要我们回来，我们必须拿下梁弄，控制四明山，建立真正的以四明山为中心的浙东抗日根据地。然后，他指定三北司令部的参谋长刘亨云负责组织指挥这次战斗。

这刘亨云是一个极具战斗经验的红军指战员。他原先在浙南和粟裕共同战斗，后进入了二支队四团三营，后来又进入苏北，再后来又转到浙东进行抗战，所以他有极丰富的战斗经验。他先搞来了一份情报，这份情报非常简单：守在梁弄的汪伪军队只有 1 个营，一共有 360 多人，属于伪军十师三十七团。他的具体部署是，一连驻守在洞桥、民教馆、横街祠堂以南的地域；二连驻守在横街祠堂、阴功会、关帝庙地域；三连驻守在狮子山；营部则设在横街祠堂。

作为参谋长，刘亨云当然明白光靠这些情报是没有办法来进行军事部署的，还必须要有很详细的资料。为了制订详细的作战计划，为了保证战斗顺利地进行和最后的胜利，他亲自出马，率领参谋处的有关人员及参战部队中队以上的指挥员秘密地接近梁弄，实地查看，得到了第一手的材料。

原来，汪伪军队在这儿进行了 3 个月的苦心经营，已经筑起了一个配有完整火力配系的支撑点式的防御阵地。汪伪军队十分狡猾，不仅利用镇上原来的关帝庙、横街祠堂、民众教育馆、阴功会等较为坚固的建筑物作为依托，还设置了鹿砦、拒马、寨栅等障碍物，又在民众教育馆西南侧和镇西北狮子山的 102 高地上建立了一个永久性的碉堡。并在它的周围修建了地堡、堑壕、交通沟，还拉起了铁丝网。

待看完这些工事，刘亨云倒吸了一口凉气。他深深地思考起来，说老实话，除了少数的同志以外，他们都是第一次看到这样的防御系统。那个时候，三北的新四军没有攻坚经验，还没有攻坚的武器，去攻打梁弄这样一个据点是十分困难的，况且还要考虑到镇上的居民以及极其珍贵的建筑物，比方说镇上有一座藏书楼，名叫“五桂楼”，这里面就有 5 万多卷珍贵的书籍，这就是真正的困难。

不过，什么事情都有它的两面性。刘亨云一眼就看到了敌人的弱点。这个弱点也就是梁弄据点远离日军的其他据点，是一个孤立的据点，一旦战斗打响后，短时间以内，难以得到 20 公里以外的余姚、上虞等地敌人的救援，因为这是山区，路途艰险且路程较远，支援力度有限，而且容易阻击，所以就可以从容地关起门来打狗。

刘亨云认真查明敌情和地形后，绘制了详细的地图，把它下发到各参战部队研究讨论，发动大家献计献策，完善他们原先制订的作战计划。

4月22日晚上，参战的三支队、特务大队及姚南办事处所属的自卫队按各自的任务向进攻的方向推进。

天黑了，一场大雨到来了，下得特别闷，而且时间也特别长。待雨过云散之后，山上的溪水哗哗直流，沿着水沟奔腾而下，泥水石块混杂滚涌。这时候，山间的青蛙也变得格外兴奋，呱呱呱地乱叫着。

战士们的干劲也格外高涨，内心有着一种强烈的冲动，战斗的渴望使他们的内心充满了激奋，四肢充满了力量，都处在一种亢奋的状态之中。他们借着皎洁的月光行进在泥泞的山道上，不时有战士跌倒，也不时有人被冲进水沟，但是战士们个个是精神抖擞、乐观向上，没有丝毫的退缩的情绪。

23日凌晨1时左右，各支部队来到了距梁弄4公里的金岭下。战士们身上湿漉漉的，雨水早已把他们的衣服淋湿了，但他们的心情特别的好，战斗的热情格外高涨。稍加整理以后，部队按照原来的计划兵分三路：一路为三支队六中队，由三支队副支队长兼参谋长余龙贵带领，中队长是肖松林，指导员是骆子钊，经过金子岙迅速占领镇南的铁帽山，控制主要的阻击阵地；一路为三支队四中队，由中队长都曼令、指导员姚三林带领，直扑狮子山；一路为司令部本队、三支队以及特务大队，由参谋长刘亨云率领，隐蔽地接近梁弄的外围，等待四中队发出夺取112高地的信号以后，便向梁弄镇发起进攻。

按照原先的计划，攻打狮子山是最难的一个部署，也是最难的一项任务，因为狮子山的主峰112高地南端是个崖壁，驻有汪伪军一个排，而且构筑了防御阵地，建有三个地堡、两道堑壕、三条交通沟，还有篱笆栅、铁丝网各一道，因此，要占领这样一个制高点不是那么容易的事情。

狮子山除了112高地以外，还有一个102高地，那是汪伪军的主阵地，位于112高地南面500多米。因为狮子山有两个高峰，北面是112高地，南面是102高地。102高地的北面是个陡坡，中央筑有一个大碉堡、环形的堑壕、地堡铁丝网，以及篱笆栅障碍物。在主城的北面山脊和东南、西南面的小高地上，各有伪军一个班驻守，筑有地堡、堑壕等防御工事，并设置了鹿砦、铁丝网、篱笆栅三道障碍物。这样的部署，虽然不能说是固若金汤，但在正常的情况下，没有重武器是很难把它拿下的。

刘亨云参谋长内心比较着急，所以战前他曾经发出一个指令，他一定要等到拿下这个高地，看到胜利的火光，也就是用柴草燃起火堆的时候，他才会在梁弄镇的街道上发起攻击。要不然盲目地在镇上发起攻击，一旦狮子山拿不下来，镇里的战斗也是很难胜利的。

但事情往往出乎人的意料，这狮子山112高地被拿下得竟出奇地容易。原来是由于伪军疏于防范，加上下大雨，他们十分马虎，几乎完全放松了警惕。我四中队在凌晨3时的时候，由北面和东面两个方向直扑112高地，保障组迅速隐蔽在敌人的篱笆栅、铁丝网中，然后迅速开辟了两条通道。我四中队队员以迅雷不及掩耳之势，一下子就夺取了地堡和环形堑壕，一枪未发就全歼了汪伪一个班，控制了狮子山的制高点112高地。这真是令人喜出望外的事情，如此顺利，谁都没有想到，主要是伪军在睡梦中完全丧失了警惕，没有形成丝毫的战斗力。中队长都曼令命令二区队点燃柴草，发出了夺取主峰的信号。然后他又率领一区队跟在三区队的后面悄悄地下了岩壁，向山脊的102高地发起进攻。

负责攻打梁弄街道的刘亨云竖着耳朵，瞪着双眼，一动不动地朝狮子山方向望去，按照规定，他要等到都曼令他们拿下了主峰以后才能够向集镇的伪军进攻。原先他觉得这样的火光还需要一定的时间才能出现，没想到没多久火光就出现了。他看到狮子山上蹿起了道道的火光，火势不大，但是格外鲜艳、格外明亮，火焰跳动着，还冒出了点点火星，就像天空中绽放的烟花一般，在晦暗的天空中显得格外醒目。

此时，梁弄的街道没有枪声，没有炸弹声，没有叫喊声，但是火光已经向刘亨云报告，四中队攻击的112高地已经被拿下了，梁弄镇的攻击可以进行了。火光不就是命令吗？刘亨云兴奋起来，他握紧了双拳，在空中挥舞了一下，然后他和三支队队长、特务大队长、指挥三支队和特务大队发起进攻，猛扑梁弄的横街祠堂、关帝庙、民教馆等主要的支撑点。

刘亨云带领着部队直奔镇北，到了镇北便停了下来。前面有一个半里方圆的位置，伪军的据点就集中设在这里，西北部有一个高大的主碉堡，那就是敌军指挥所和作为伪军营部的民教馆。

这是他们在部署的时候必须首先要攻下的目标，很快铁丝网、鹿砦被爆破组成功破坏，并且开出了一条宽敞的前进通道。敌人已经听到了响声，在夜间放置了一堆堆照明用的火堆，所以凭此能够清清楚楚地看见主碉堡周围平坦的开阔地。

突击部队在轻重机枪的掩护下，带着竹梯冲向了主碉堡。

不料，敌人听到了响声，伸头一看，猛地发现了狮子山的火光，再朝面前一看，又发现了战士们前进的身影，于是他们纷纷爬到主碉堡上和民教馆的屋顶上，在屋顶上摆起机枪，凭借着居高临下的有利地形向我突击部队射击。

火力交叉，枪声不断，我突击部队阻击主碉堡的去路被卡住了。

在梁弄镇，战斗没有想象中的顺利，现在敌人固守主碉堡和民教馆，目的是等待援兵。刘亨云非常着急，他必须迅速拿下梁弄街道，因为这样才能够实现攻点结合打援的计划。而现在遇到了没有想到的阻力，伪军已经很快地组织起了有效的防御战斗。

此时，有一名参谋跑了过来，他说梁弄可能无法攻下。刘亨云则坚定地说："你告诉支队长，要坚定指战员解放梁弄的决心，哪怕敌人再凶狠，我们一定要把梁弄拿下。梁弄的伪军已成瓮中之鳖，你们迅速重新了解情况，组织战斗。"

此时，东方的天空已经露出了一些白光，敌人两丈多高的灰突突的主碉堡和民教馆的高大建筑物逐渐在眼前显现。时间一分一秒地过去，对于刘亨云来说，心里有一种难以言说的煎熬。刘亨云觉得奇怪，这儿的伪军难道事先得到了情报，怎么会这么快的就清醒过来，有效地组织了防御作战呢？

原来，当时都曼令率领四中队一枪未发就解决了敌人的1个班，迅速地占据了112高地，并且以此为依托，向敌方的主阵地发起了攻击。

但是他们没有料到，刚才传送信号的那堆火，不小心也烧到了敌人的草房，把102高地上的敌人烧醒了。敌人被烧醒了以后，迅速地组织战斗，当我四中队三区队向102高地冲击的时候，遭到了地堡堑壕里的敌人的猛烈还击，冲击受阻，而且伤亡了3人。区队长王志强壮烈牺牲了。

没办法，都曼令又组织了3次冲击，虽然略有进展，但仍然没办法攻破敌人永久性的碉堡，因为我新四军部队没有重武器。

第一次冲击，战士们打开篱笆栅和铁丝网的缺口以后，我部队奋勇前进，被敌人阻挡在前沿阵地之前。

第二次冲击，我部队占领了高地东侧及前沿阵地，给敌人以杀伤，并将他们逐出了堑壕，但是先前打开的缺口又遭到了敌人的封锁，后续的部队无法跟进。

第三次冲击，突击部队被敌人运用高碉堡和地堡的火力压制于碉堡之下，一区队区队长张懋功和其他5位同志在反复冲杀中壮烈牺牲。

由于山脊狭隘，我军的火力不易展开，而伪军又凭借居高临下的大碉堡，利用掩盖的堑壕火力构成了交叉的火力。天亮以后，我突击部队多次破坏伪军的障碍物，均被伪军封锁而没有成功。当然，伪军也不敢跃出堑壕，因为他们也十分害怕我新四军英勇作战的能力，所以双方形成了对峙状态。这个消息由三支队支队长余龙贵迅速传递到刘亨云那里。

天色已明了，刘亨云判断，如果这个时候再仓促攻击，势必增加伤亡，于是，他同意了副支队长余龙贵的意见，抽调六中队的一个区队，加强四中队的攻击力量，并且要求他们在敌人的阵地前研究对策，准备黄昏的时候再组织进行攻击。由于狮子山的战斗遇到了麻烦，而且火光惊醒了梁弄街道上的伪军，所以攻击民教馆的我特务大队一中队在民教馆附近进攻的时候，遭到了敌人永久性碉堡和敌占楼房密集火力的夹击，攻击力量受损，三班班长诸雪楼牺牲，中队长黄玉也负了重伤。

天亮了，刘亨云同意了余龙贵的建议，增加力量攻打狮子山，而他这一边也遇到了前所未有的麻烦。伪军又开始了盲目扫射，并且封锁了我三北游击队进出的街口巷道，子弹在空中乱飞。在那片开阔地上，敌人早就扫除了射界以内的障碍。要想接近他们的碉堡是真不容易啊。而且那些碉堡一个个像乌龟壳一样，非常坚固。可惜，我新四军没有火炮，因此也奈何不了伪军。

刘亨云叹了一口气：如果我们有平射炮多好啊，哪怕只有一门，就可以压制敌人的火力，也可以解决乌龟壳里面的伪军，但现在怎么办呢？我们要想办法，一定要消灭里面的伪军。

天光大亮了以后，刘亨云组织了第二次突击，利用冲锋出发地附近的一片楼房，命令部队迅速占领其中比较高大的房屋，以此为依托掩护突击。

战士们领命以后就悄悄地忙开了，抬沙包的抬沙包，捣枪眼的捣枪眼，楼上楼下、屋顶上站的靠的，都做好了战斗准备，突击部队也整装待发。

“打！”刘亨云一声令下，三北游击队的轻重机枪成扇形集中向敌人的主碉堡射击。敌人没有料到会遭到猛烈射击，一下子惊呆了，枪声也停了，一时间，敌人成了哑巴。我攻击部队像一张张满弓的箭，嗖嗖嗖地射了出去，迅速地向主碉堡冲击。那冲击的人是快如流星啊，像箭头一般齐齐地分几路向敌人碉堡扑去。敌人慌乱了一阵子以后又开始了射击，刹那间又枪声大作，双方的火力又呈胶着状态，你打我我打你，谁也占不到便宜。

刘亨云又使出了一招，是在强攻的时候，他们经常用的一种土办法，那就是用土坦克推进。所谓土坦克，就是在八仙桌上放上棉被，再浇上水，由人抬着，部队跟在后面向前推进。敌人的子弹打在棉被上就失去了作用，这样就容易接近碉堡。这一招也真管用，刘亨云原来的意图就是接近碉堡，用火油点燃辣椒，用浓烟熏倒伪军。

战士们不顾一切危险，一边点着冒着烟的辣椒，一边用长竹筒的洞口对着主碉堡下方的枪眼猛烈地吹，想让辣椒的烟钻进敌人的枪眼里面去。本来这火油点着的辣椒已经冒出了阵阵呛人的浓烟，再加上长竹筒的洞口对着一吹，这些烟按理是应该迅速地钻进的敌人的枪眼里面去的，可惜那一天的风势不对，这些被猛烈吹出的烟，在风的吹拂之下，没有钻进洞口，而是向外飘去，所以效果不佳。

屋漏偏逢连夜雨，三北游击队的两挺机关枪因为在战斗的时候被泥土堵塞了枪口，一下子哑住了，所以那些爬上“乌龟壳”的突击部队又不得不撤了回来。

时间一分一秒地过去，太阳已经爬上了山头，刘亨云知道，两个敌人较大的据点都在梁弄的十里之外，敌人的援兵一时到不了这儿。更何况我方已经部署了地方自卫队，早有准备，可以积极抵抗，应该说没有后顾之忧。但这总不是个办法，敌人利用高大的碉堡和民教馆的建筑顽强抵抗，我军一时奈何不了他们。不过刘亨云有他自己的招数，他正准备实施第三个计划时，突然听到了余旭参谋长的招呼，说浙东区党委书记谭启龙和浙东军政委员会书记何克希来了。

刘亨云回头一看，果然何克希、谭启龙正朝他走来，他连忙跑步上去，向他们汇报战斗情况。

谭启龙似乎早已料到这边的情况，很平静地说：“这边的情况我们已经知道了，仗嘛，要一点一点打，饭嘛，要一口一口吃。付出了代价，有没有找到他们的弱点？”

刘亨云一听，觉得在这个时候应该向首长汇报一下第三个作战计划。

刘亨云的第三个作战计划是，利用梁弄的街道、村巷、民房，步步为营，实施白昼连续突击，不让敌人获得喘息的机会，然后避开敌人的主碉堡和民教馆，先解决横街祠堂的敌人。何克希、谭启龙两人听了刘亨云的计划，沉思了片刻，点着头，交换了一下眼光，表示赞同他的计划。然后，亲切地对他说：“你们放心攻击，一定要把梁弄给我拿下来。”

接着，何克希、谭启龙和刘亨云一道研究，作出如下决定：以特务大队的少数兵力，由指导员吴锡钦带领着佯攻民教馆、关帝庙，迷惑、牵制敌人，不再用强大的力量去攻打民教馆和关帝庙。以三支队及特务大队为主力，采用逐屋打通民房，避开敌主堡、地堡、高屋楼房的火力，稳步逼近敌人，最后以白刃格斗的手段歼灭横街祠堂的敌人。

下午3时，右翼由三支队的一个区队佯攻关帝庙，以吸引伪军的注意力，主力由特务大队一中队指导员吴锡钦率领着三区队向民教馆实行佯攻。当时有一部分隐蔽在洞桥涵洞的伪军，共有8人，也被我三支队击毙。三支队一中队和特务大队均由特务大队大队长周振庭统一指挥，采用了破民房打墙洞的办法，逐屋与伪军进行白刃战斗。

各支部队在群众的协助下逐步地破墙穿越而行，当接近街道尽头的时候，听到隔墙有敌人的叫喊声。战士们判断这是最后一堵墙了，于是他们悄悄地集中了一些体力强壮的战士，放下了锄头、铁锹等工具，大家齐心合力，来了一个合力的推墙。推着推着墙体晃动了，大家屏住气，猛烈推墙，只听得一声巨响，一堵墙哗地一下倒塌了。

烟雾弥漫之中，能听到伪军的叫喊声，战士们一愣，原来这堵高墙倒下的时候，不偏不倚，正好覆盖在敌人的一个地堡上。地堡上的枪眼完全被封锁，地堡里一个排的伪军被这突如其来的震响和猛砸下来的砖石吓傻了眼，慌作一团。

战士们趁机踏着破砖残垣冲到了乌龟壳上，纷纷举起了手榴弹，并高声地叫喊“快投降，不出来统统炸死”。这些伪军很狡猾，还躲在地堡里装死，战场上呈现出一片寂静，战士们火了，说再不出来就要把手榴弹扔进去，这个时候他们才一个个蓬头垢面地爬出来，举着枪当起了俘虏。

与此同时，“阴功会”的前沿阵地也被我军突破，抓了十几个俘虏，另一支部队也攻占了关帝庙。在梁弄镇内的残敌这个时候已经全部退到原来难以攻占的民教馆，以及边上的高大的碉堡，他们凭借着核心工事继续顽抗。伪营长张子清慌忙地退到民教馆伪一连的阵地，凭借着大碉堡和核心工事进行抵抗，我军一时也无法拿下这个核心的防御阵地。

在突击过程当中，特务大队一中队二区队队长傅雪生英勇牺牲，三支队一中队也伤亡了一些战士。下午4时，余姚的日军30余人、伪军150余人绕道平原，沿着山脚向梁弄方向前进，他们想救援那些被围困的伪军。他们在其左翼之山地派出了少数兵力作为翼侧的警戒，当他们来到青贤岭时，这一小股敌人被我民兵伏击，只能告退。另一路经永和市进至丁山前方，与我民兵接触，也被击退。援敌发现我军已经得占了狮子山主峰和铁帽山两大有利地形，梁弄镇也被我军攻占大部分，怕遭到伏击，没敢再去梁弄解救被围困的伪军，当夜就退回了余姚。

黄昏时分，我军再次向102高地和梁弄镇的民教馆发起攻击，并且消灭了一部分伪军。伪军营长张子清和一连连长梁其均见援军迟迟不能到来，固守无望，便仓忙地率领了梁弄镇和102高地的残兵，经晓东、黄竹岭、朱巷向上虞县境逃窜，我军则趁势解放了梁弄。至此，梁弄宣告解放。

这次战斗共毙杀伪军40余人，俘虏40余人，缴获了轻机枪1挺，步枪50余支，驳壳枪9支，梁弄终于回到了人民的怀抱。梁弄首次攻坚战取得了胜利，这极大地鼓舞了全区的人民，也锻炼了部队，对于推动姚江两岸和四明山地区的政权建设有着重要的意义。在此背景下，我军成立了四明总办事处，三北游击司令部和区党委机关也分别进军梁弄。从此，梁弄成了四明山抗日根据地的中心。

包巷战斗

1943年，抗日战争进入相持阶段，抗日战斗进入了极为艰苦的岁月，我苏南抗日军民在共产党的领导下经受了极为艰苦的斗争考验。日寇更加疯狂了，而我们军民的斗志也更为坚强了。奋斗在茅山地区的新四军四十七团在异常艰难的情况下奋起反击，连战皆捷，如丁庄铺遭遇战、圩里伏击战、运河截击战，都取得了胜利，后又攻取了上党据点，全歼守敌，改打指前标，袭击上沛埠，稳定了溧北局面，四十七团被日军称为“赶不走的四十七团”。

日军开始疯狂地反扑了。1943年3月，日军开始在茅山地区“清乡”，兵力由3 900余人增加到7 300余人，日伪据点由原来的51个增加到105个，两三里就有一个，据点驻兵从几十人到几百人不等，连接成梅花桩之势，一处有事，四方呼应，把茅山地区分割成一小块一小块。四十七团就被挤压在这些梅花桩之间。不仅如此，日本还从镇江经上党、上会、白兔、宝堰、曲阳、西旸、直溪桥到白塔，筑起了300多里的竹篱笆封锁线，这些竹篱笆入土两三尺，高达一人一手，两边堆砌尺把厚的泥土，沿线掘出一道水沟，每隔一二里建起一个碉堡监守，将所有的乡村都封锁起来，村庄只有一个门出入，道路只留有两三个设卡严查的路口通行。日军为防止我军破坏，封锁线外设有重兵，不时进行巡逻、搜索扫荡，封锁线外组织轻快部队和特工队三五十人一路，不分昼夜、全天候轮番出动，反复搜索，发现目标，紧追不舍。封锁线两侧则强迫居民组织所谓的“爱路团”“自警团”“瞭望哨”，敲锣打鼓，放哨看守。

我“清乡”区内的党政军民一时被压得喘不过气来，有的人不敢坚持斗争了，有的人投敌了。镇丹县县长包建华不仅自己投敌，还策动了区财经部股长李风林、区大队大队长李瑞芝叛变，副县长茳辅华也叛变投敌了，这些人了解新四军内部的情况，知道他们的活动规律，危害很大。特别是包建华的别动队，驻于镇宝公路的白土镇，活动十分的猖狂，斗争更加复杂，更加困难，更加险恶。

更可恨的是，国民党顽固派乘人之危，竟从皖南宣城、浙西长兴、安吉的正面战场上撤除对日防务，调集了14个团的兵力，在国民党三十二集团军副总司令陶广的指挥下，向我两溧地区的十六旅大举进攻。为了粉碎日军和国民党的联合夹击，我四十七团一营在熊兆仁、张强生的率领下到两溧地区参加反顽战斗，茅山地区只有王直、汪大铭等同志与之周旋。

包巷是句容境内的一个村庄，规模并不大，民众并不多，一眼望去，丘陵起伏的土地并不具备苏南那种小桥流水、莺歌燕舞、鲜花一片的景象，不过你可不能小看它，在军事上，它是一个战略的支撑点，它是日军镇宝公路上的一个重要节点，日军的白兔据点与曲阳据点相距太远，如果在这个村庄上设有据点，就可南北连成一线，对我茅山抗日根据地将产生极大的威胁。更何况它是包建华的老巢。包建华的别动队里都是当地的地痞流氓，如果以此为据点，那么其破坏的程度可想而知。

为了狠狠地打击敌人的气焰，取得反清乡斗争的胜利，我四十七团决心切除这个毒瘤，在日军据点还没有完工的情况下把它拔掉。

日军大张旗鼓地在包巷村修筑起他们的据点，他们强征了一批乡民，用皮鞭、棍棒、刺刀威逼这些乡民修筑据点。那些乡民耷拉着脑袋、低垂着眼皮，在棍棒的威逼下，在日军刺刀那凌厉的寒光下，在野蛮的吆喝声中，干着他们根本不愿意干的活儿，他们没有什么办法，只能采取消极怠工的方式与日军斗争。

日军士兵见乡民们如此无精打采地干活，十分恼火，棍棒如雨点般地洒落在他们的头上、肩上、腰上，如果不是考虑到“七分政治三分军事”战略的话，他们早就放出狼狗撕咬这些善良的乡民了，日军还时不时用刺刀在一些倔强的乡民的肩膀上刺出几道伤痕。不过这样的威胁确实起到了一定的效果，一些胆小的乡民不得不硬着头皮加大了自己的劳动量。

令人意外的是，有两个小伙子的行动令日军感到十分开心，这两个小伙子身体强壮，双臂有力，干起活来特别卖劲，他们的手掌长满老茧，石块、砖块在他们的手里就像轻巧的小玩具一般，可以任意地玩弄，搬来搬去毫不费力，他俩肩膀的皮肤殷红殷红，又粗又厚，扁担、杠子在他们肩膀上挪动，就好像棉花在轻轻地摩擦，所以他们挑的担子又重又沉，劳动量之大完全超出了日军的意料。

日军非常开心，觉得他们的“清乡”取得了成效，“三分军事七分政治”嘛，看来他们的宣传起到了效果，乡民得到了感化，所以干活才如此卖劲。日军的大嘴巴咧开了，充满了笑意，露出了灰黄的牙齿，眼睛喜得眯成了一条线，他们没有忘掉应给的奖励，急急从口袋里掏出了香烟递给了这两个小伙子。这两个小伙子来者不拒，连声道谢，一边抽一边恭顺地笑着。

不过，这两个小伙子不同于乡下那些只会干着粗活、盲目卖劲的乡邻，他们在干活之余，眼睛不断地扫视着各种目标，而且在眼光扫视之余，脸上常显现出一种思考的神情。显然，他们不是那种四肢发达头脑简单的人，从他们的眼光当中能看出他们似乎在搜寻着什么，仅从这一点来看，他们应该不是一般的干活的农民。

日军并没有发现这一点。他们以这两个小伙子作为宣传的榜样威胁乡民劳动，在日军的威胁下，乡民们确实加快了劳动的节奏，劳动量有了迅速增加，日军内心顿时乐开了怀，觉得他们的宣传起到了效果，于是他们牵着狼狗来到工地一角，慢悠悠地抽起烟来，他们吐出的烟圈逐渐放大，放大，最后消失得无影无踪。

此时此刻，那两个干活特别卖劲的小伙子仍然不时地用眼光察看着周边的一切，而且趁劳动之余还来回走动，嘴唇嚅动着，他们用眼光来搜寻的这些东西似乎被他们合成各种各样的数据图像，贮存在脑袋里了。

收工了，这两个小伙子带着满足的微笑悄悄地回到了乡民的屋中，到了晚上，趁着夜色悄悄地离开了村庄。

这两个是什么人呢？他们确实不是一般的乡民，原来他们是新四军，一个是四十七团二营六连连长周德利，另一个是排长王天顺，他们趁着夜色来到了十六旅四十七团团部。

这两人绝非一般之人，别看周德利年纪不大，如果打开他的履历，你会发现，他是一个老资格的红军，一位功勋卓著的英雄。

周德利原名吴洪勋，1909 年 5 月 7 日出生于福建省宁德县霍童区赤溪镇牛洞村。1930 年 2 月参加赤卫队，1933 年 5 月参加中国工农红军，1934 年 2 月参加共产党。周德利在军中以勇猛著称，在三年游击战争中，在叶飞领导下，他担任红军侦察班长、排长，先后参加了彭家山战斗、西竹岔伏击战、枫岔头伏击战、萧家岭伏击战、岗垅伏击战、亲母岭伏击战等战斗，尤其是西竹岔战斗，周德利的勇猛顽强得到了充分的展示。1935 年 1 月 15 日，闽东红军在叶飞、赖金标、冯品泰的指挥下诱敌深入，对敌人发起猛烈攻击。周德利和战士们面对强敌，奋勇作战，从中午一直战斗到傍晚，敌伤亡竟达 500 多人，由于力量过于悬殊，又有强力增援，红军遂撤出战斗。这一战，打出了周德利等人的威名，从此，敌军一听到闽东红军独立师，气焰便消减了一半。

抗战时，周德利的红军独立师编为三支队六团，周德利任副连长。后六团与一团对调，他随叶飞来到茅山地区，与敌作战负伤，遂留至溧阳地区养伤。1939 年夏天，调新四军茅山独立一团三连任连长，1940 年在西塔山战斗中再次负伤，十六旅成立后遂到四十七团担任连长。由于他作战勇猛，导致经常负伤，全身有十几处伤痕。他在红军时期受过一次重伤，那是在仙宫岗伏击战中，他时任班长，在陈挺率领下，他带一个班冲到山坡下同敌人拼刺刀，打死打伤敌人多名，缴获了大量武器，自己也受了伤。后成立四十八团，急需干部，廖坤金喜出望外，忙向罗忠毅、廖海涛推荐周德利，罗、廖当然答应，王胜也乐不可支，于是他便担任四十八团六连排长，他在四十八团时曾参加塘马战斗，在戴家桥战斗中，他身先士卒，操起机枪，横扫日军，延缓了日军进攻的步伐，战后他又来到了四十七团担任连长。

王天顺也是一个老牌战士，为人胆大心细。这两天，周德利、王天顺劳动之余摸清了日军的情况，把周围的地形、日军的兵力、武器的装备以及起居规律摸得一清二楚，他们的侦查任务已经顺利地完成了。

周德利、王天顺汇报道，日军有 40 多人，约一个加强分队，兵力不算多，有重机枪 1 挺，轻机枪 2 挺，掷弹筒 2 个，火力很强，硬攻是攻不下来的。若一时攻不下，敌人的援兵很快就会到来，援兵一到就危险了。

四十七团政委王直、团长熊兆仁与茅山地委副书记汪大铭听了以后，觉得如果白天进攻很难有周旋的余地，在梅花桩里面作战是非常危险的，看来只能用夜间偷窃的老办法，这样比较稳靠有保障。

根据周德利、王天顺带来的情报，从镇江下来的日军有四五十人，在包巷驻守，白天分居村庄的两头，夜里集中住在一幢大瓦房里，因为日军没有伪军配合，人地生疏且骄横麻痹，白天在附近村庄抓鸡抓鸭，侮辱妇女，晚上住在大瓦房里。这大瓦房是包建华的老宅，是一排 5 开间的大厅，只有一个大门可以进出，只有一两个哨兵在门口巡逻。四十七团经研究决定，集中两个连的主力进攻包巷。

王直与熊兆仁把这个任务交给了二营，具体的布置是，以一个火力排封锁住大门，防止少数敌人越门逃跑，组织一个突击排，每人带多枚手榴弹，通过临近的民房爬上瓦房屋顶，揭开瓦片，打破天窗，投入手榴弹，只求杀伤不求活捉，并安排一个排做预备队，防止意外情况，另两个排及一部分地方民众分别向白兔、元庄警戒，另派一部队佯攻曲阳，附近其他据点也分别组织民兵和县区武装袭击以牵制、迷惑、消灭敌人。

王直把突击排进行偷袭的任务交给二营营长林少克，由他负责从四连、六连挑选干部和战士组成18人的突击队。可是只有18个人去对付40多个日本兵，行吗？这得看具体的情形，偷袭得手，18人绰绰有余，偷袭不成实行强攻，如果是白天，一两百个人也没有用。

5月7日的黄昏，王直对突击排的战士做动员工作，战前的动员十分重要，这是不言而喻的。王直走了过去，突然发现小战士包健也在队伍中，这个包健是上海人，有文化有知识，因失业在家由地下党送到了茅山，分派到了四十七团。王直见他字写得比较好，就决定让他当文书，不过小战士说什么也不肯，他要上前线作战。在当时战争紧张的情形下，王直没有做过多的批评，就把他放到了部队里锻炼，他被放到了四连，据说在四连表现不错，做了排头兵，也当了副班长，而现在竟然要求加入突击排。这是个好事情，王直走上前去想鼓励他几句，但战前时间紧迫，因此他只是用鼓励的眼光看了他一下。

“同志们，你们知道，长征路上有十八勇士强渡大渡河吗？”王直的话语在风中飘荡，“现在你们不多不少也是18人，去打40多个日军，怎么样啊？”

“请团首长放心，叫日军一个也跑不掉！”突击队的队员响亮地回答道。

他们带上手榴弹，手握短枪，雄赳赳气昂昂地出发了。突击队能够顺利地进入包巷村，这与地方工作者的努力是分不开的，苏南的山村有人养狗，狗一多，容易暴露目标，如果狗大叫起来惊动了人可不好办。地方同志采取了两个办法：一是让可靠的户主晚上把狗关在家里，用绳子扣住不让它出来；二是准备一些食物，当部队进村的时候先把狗引开，同时准备好爬房子用的梯子和用来铺在屋顶上减少声响的被子，准备随时出击。

新四军四十七团领导王直、熊兆仁和中共茅山地委副书记汪大铭、镇丹中心县委书记彭炎、镇句县长洪天寿站在离包巷村半里路的一个坟包观察指挥。

可是左等右等都听不到战斗的声息，按理说，战斗打响后会有枪声，会有爆炸声，会有火光，会有硝烟，可是在黑暗之中什么也没有，派去的战士也没有回来。久经沙场的王直、熊兆仁也感到迷惑，这是怎么一回事呢？怎么一点声息都没有呢？

没多久，林少克回来了，突击排的战士也回来了，怎么回事？怎么不战而归？林少克迅速做出了解释，原来特击排分三路进入了包巷村，他们已经悄悄地摸到了阵地前。不过事情发生了变化，原来有一路日军，40多人，从镇江来到了包巷，并在包巷大吃大喝起来，如果18个人和40个人作战，用偷袭的方式，还有取胜的把握，可在此情形下，18个人要打80个人，情况就不一样了。

林少克想，敌人的兵力增加了，如果打而不胜，以后就很难打了，现在不打撤回来，以后再打也是一个办法，所以他留下周德利和王天顺，把其他的16名战士撤回来再图良策。

林少克原为四十六团的营长，现调到四十七团，他的这个决定也很难说有错误，敌情有变，指挥员可以临机决断，没有惊动敌人，以后也可以照打，不能说贻误战机。不过领导还是批评了他几句，敌人的兵力是变了，但全部挤在包建华的那栋两层楼房里，特定的条件没变，怎么不能打？

其他的同志知道林少克不战而退，闲话就多了，什么“临阵脱逃”啊，“右倾保命”啊。这下，林少克生气了，他激动地把皮挎包一脱，钢笔一摘，一起送到教导员面前：“这些是我向党交纳的最后的党费，不消灭包巷的日军，我林少克绝不活着回来。”

林少克见大家这样议论，感到莫名的羞耻，作为一个军人不去战斗确实是一个耻辱，所以他决心再战，火气够大，但并未失去理智。教导员见他情绪过火，就劝说几句，革命不是做无谓的牺牲。

“我林少克绝不会把十几个阶级兄弟的性命当儿戏，您放心吧。”林语气十分坚定。

当林少克和战士们又回到包巷的时候，周德利和王天顺向他汇报了情况，日军还在吃喝。林少克点点头，叫大家耐心等待。晚上 10 时，日军吃饱了，喝足了，哼着歌儿躺在床上，渐渐地进入梦乡。

周德利和王天顺见状，便悄悄地向楼房摸去。他们趁一个哨兵不注意时，一个箭步扑了上去，迅速把哨兵干掉了。另一个哨兵刚刚反应过来，还没有来得及叫喊，两把刀就插进了他的心窝，那个哨兵哼叫了一声就瘫倒在地上。

突击队的战士蜂拥而上，把预先准备好的梯子架在山墙上，迅速爬上屋顶，他们把预先准备好的几条被子摊在房顶上，轻手轻脚地向前爬行。

部分战士用机枪对着黑乎乎的大门，防止敌人被炸醒后从屋里冲出来。

战士们在房顶上选择正对正厅的地方，轻轻地在几处揭开覆于其上的瓦片，当房顶被掏出脸盆大的窟窿的时候，战士们拿出手榴弹拉开了弦，朝着几处窟窿，一个一个地往下扔，第一颗手榴弹着地了，轰的一声响，传来一阵惨叫声，战士们立即把大量的手榴弹接二连三地往窟窿里面扔。房子里的日军发出阵阵的惨叫声，手榴弹爆炸后，火光四起，青烟从火光中翻滚着从屋顶的窟窿里冒出。

楼板被炸塌了，楼梯着火了，屋下的战士用机枪封锁着大门，可只听到日军的叫声，却不见日军往外面冲。

懂日语的战士用简单的日语展开了政治攻势，其中包健喊得最响，里面的敌人似乎有人在回话，叽里呱啦的，谁也听不懂。战士们大都不会说日语，但他们学会了一首大概意思为“大东亚反战同盟，欢迎参加”的日本歌，便一起唱了起来。

歌声一起，听到里面有日本兵哭叫，但还是没有一个人出来投降，而且还从楼上往外打信号弹。大家一看事情不好，屋顶上的战士又掏出了手榴弹，继续往屋顶上露出的窟窿里面投弹，过了一阵子，什么声音也没有了。

战士们从门外冲了进去，只见楼上楼下血肉模糊，没有一个活人，于是迅速撤退，以免碰到其他日军前来增援。

部队回撤后，林少克向团部报告，用了多少枚手榴弹，除屋外有几个哨兵打枪逃跑外，瓦房里的 80 多个日军全部被歼灭，我新四军无一伤亡。

第二天，几百个日军和伪军把包巷严密封锁了一天，于当天晚上把日军尸体全部运回镇江。后来新四军前去侦察的时候，房子的墙壁和梁柱布满了密集的弹孔，像麻子一样，地上还留有斑斑的血迹，从此以后，日军再也没有来进攻过包巷。

包巷歼灭战，严重地打击了敌人“清乡”的信心。包巷据点的毁灭不仅有力地破坏了日军清乡的计划，同时大大提高了我军部队反“清乡”的胜利信心。

李山战斗

1943年的5月8日，新四军十六旅独立二团团长杨洪才带领了二营五连1个排的战士和连长张玉泉一道来到了李山地区。

他们来干什么呢？为什么又要来到李山地区呢？

这李山可是处在一个特殊的地理位置上。它是太滆地区坚持内线作战的一个支撑点，距离日军的和桥、屺亭、万石、芳桥据点均为10公里左右。它是日军“清乡”以后在太滆地区设立的梅花桩一般的据点当中防守相对薄弱的一个地带。

杨团长率领1个排的战士来到这个地方，也是因为有一场特殊的战斗在等待着他们，他们要在这个地方伏击日军。

当时，新四军的战斗力还比较弱，很难和日军发生正面交战，一般的方法是采取近战、夜战、伏击战。这当然需要有一定的条件，而地理条件就是其中一个重要的因素，身经百战的红军战士杨洪才有敏锐的判断力，他在带领战士们来到这个地区之前就亲自观察过这一带的地形，选择好了理想的伏击场所。

在李山的西南方向有一个小村庄，叫旱沟上，这里面就住着三五户人家。村的南面有一个地势较高的小竹园，小竹园十分茂密，修篁万杆。在竹园的西面有一个牛车棚，四周杂草丛生，这可是理想的设伏场所。在旱沟上南面半里的地方叫檀树湾，也有几户人家，两个村庄的中间有一条公路，这条公路就是日军从芳桥到和桥的必经之路。

日军芳桥据点的人员受和桥日军的管辖，他们每个月要到和桥据点领取给养和军用物资，途中必然要经过架功山、李山，每次日军都是上午去，下午原路返回，两村之间的杂草丛能够隐蔽战士，是一个理想的伏击场所。

富有经验的杨洪才还注意到，旱沟上对面大路的西面有一个土墩，这个土墩叫荃棵墩，下面有几间茅棚。因为这个地方的地势比较高。在两军作战中，谁占领了制高点，谁就掌握了战斗的主动权，对于这位杨团长来说，显然不会忘记或者疏忽这个重要的战斗要素，他打算把这个地方作为设伏的一个要点。

现在，杨洪才带领着战士们来到这个地方四面观察起来，当他看完这一带的地形以后，还有一个有力的因素使他的内心感到了极大的喜悦，这就是5月8日前后，为了小麦的丰收，农田被农民灌满了水。如果日军遭到伏击，很难在水汪汪的麦田里进行反击，这样可以最大限度地减弱日军的反击力量。

杨洪才当机立断，率领六七名战士带了两挺机枪，埋伏在竹园外。连长张玉泉率领一个班的战士隐蔽在牛车棚附近的凹地杂草中。杨洪才又命令一个班的战士埋伏在檀树湾，一个班的战士埋伏在荟棵墩，并配备了许多手榴弹。这样居高临下，战斗发生后可以防止敌人抢占高地，用火力来压制敌人。

一切部署妥当，战士们严阵以待，观察敌情。

下午2时，侦查员徐岳平跑来报告："日军从和桥出发，要回芳桥了。"

杨洪才急忙问："来了多少人？"

徐跃平回答："日军和伪军加在一起只有20多人。"

杨洪才点点头："来得正好。"遂命令战士们做好战斗准备，不到时候不得抢先开火，要沉住气，以他的枪声为号。

下午2时，从和桥领了给养、物资的日伪军果然从原路返回，押队的是日军小队长佐佐木，这佐佐木手握军刀，趾高气扬地走在前头。这条路对他来说是实在太熟悉了，在他看来，自从在太滆"清乡"以后，这一带是十分的安全，他们走在路上的时候，乡下的百姓早已跑得无影无踪。今天他走在路上四下一看，一个人也看不见，和往日没有任何的区别，他内心为日军的战斗力造成的威慑感到高兴，再回过头来看着那些乡民十分吃力地挑着担子，那担子上装满了军用物资，一阵喜悦涌上心头，他叽里呱啦地叫着："快点、快点，快快点。"他完全没有想到，他自己正慢慢地走进新四军枪击射程内。

近了，近了，战士们的呼吸声渐渐变粗了，心跳也加快了，有的战士的手指紧紧地搭在扳机上，手指上已经冒出了汗。

杨洪才轻轻地叫道："沉住气，沉住气，等我的枪响，再一齐开枪。"

杨洪才亲自抱着机枪埋伏在草丛中，他看到日军越来越近，声音是越来越高，那些日军狰狞的面貌越来越清晰，他似乎听到了日军的呼吸声，他渐渐地看清了日军的眉毛、鼻子、嘴唇、脖子、大腿，他完全看清了日军趾高气扬地摆动两臂时的那股凶悍相。这些日军已经进入他手枪的射程之内，只要他枪声一响，前面的日军必然血肉横飞。

时间到了，不能再犹豫了，战斗应该开始了，他扣动了扳机。"啪啪啪啪"，子弹喷射而出，战士们一顿点射以后，日军的小队长佐佐木还没有来得及惨叫，身子就被打成了马蜂窝，血从他的衣服中喷射而出，他左右摇晃着倒了下去，而他身边的机枪手也在战士们的枪击中倒了下来。

日军遭到了突然的袭击，慌作一团，凭借着战斗经验，他们尽力爬滚，不料麦田里全是水，溅了一身，嘴巴上也全是泥浆。

有几个日军见此情景自觉已经没有生路，便慌忙地把步枪的零件拆下，随手乱扔，宁死不肯缴枪。而另外一些日军在头脑恢复清醒以后，朝四处一看，看到荟棵墩是一个高地。富有战斗经验的日军完全明白占领这样的制高点再加上手中的火力完全可以摆脱伏击者的追击，他们玩命地向荟棵墩冲去，但是迎接他们的是飞来的手榴弹和无尽的枪弹，手榴弹划着美丽的弧线无情地砸到他们的头上、胸口上及腿脚上，爆炸声响后，伴随着他们的显然是硝烟弹片后产生的剧烈的惨痛，他们惨叫连连。

日军和伪军一个个倒下了，现在是发起冲锋的时候。连长张玉泉带领着战士们从牛棚里奋勇而出，冲向日军，喊杀声一片。

张连长是有名的拼命三郎，他冲在前面，想活捉日军。他刚刚冲到公路上的时候，一个受了伤但没有完全失去战斗力的日军朝他打了几枪。子弹打中了张连长，他倒了下来。

就在他倒下的一刹那，张连长眼明手快，对准一名正在射击的日军开枪，结束了他的性命。另一名战士紧跟着连长身后，也击倒了瞄准连长的伪军。

几名战士看见连长倒下的一刹那，眼中充满了仇恨，同时向那个凶狠的日军开枪，将他击毙。

战斗很快结束，杨洪才命令战士们找单架进行抢救。这个时候，日军已经纷纷从据点赶来增援，和桥据点的敌人大批出动，周铁桥、芳桥据点也有小股日军向李山开来。杨洪才派通讯员报告随军的地委书记陈立平，带领机关部队向东转移，他自己则带着战斗部队迎击芳桥据点的敌军。

这次战斗共歼日伪军 20 余人，缴获 1 挺机枪、1 个掷弹筒、1 支左轮枪、1 把指挥刀和 20 多支步枪。连长张玉泉被战士们抬下战场，抬到了安全的地点包扎。后来医生替他打止血针，又把他抬到床上，准备送到游击根据地的时候，张连长流血不止，不幸壮烈牺牲。一班班长李元发受了重伤，有几名战士也受了轻伤。

李山伏击战是敌人在太滆地区“清乡”以来独立二团打出的一个出色的歼灭战，不仅宜兴附近的群众抗日情绪进一步高涨，整个太滆地区的抗日军民都受到了鼓舞。广大群众在李山战斗胜利的鼓舞下，掀起了“拆除日伪军竹篱笆”的斗争的高潮，彻底粉碎了敌人“清乡”的行动。

马山战斗

月光透过云层，照射在太湖的湖面和那伸向湖中的狭长形的半岛上，水汽朦胧，月亮害羞了，钻进云层，渐渐西下。

时近中秋，应该是明月朗照的时候，但是云层遮住了月光，月光下是波光粼粼的水面和伸向水面的一列长长的半岛。风停了，湖面十分宁静，长岛像一个锤形的锥体，深入湖面，曲曲折折的堤岸上遍布怪石，形状各异，颜色不一，黑黢黢的像魔鬼一般。湖面的浅滩上，遍植芦苇，芦苇在月光的照耀下，似乎披上了一片银衣。那些鸟儿不甘寂寞，在月光的朗照下，悄悄地飞翔起来，有时不免发出几下唧唧声，这声音更渲染了湖面和半岛的幽静。

不过，就是在这样一种幽静之下，还有那些不甘寂寞的人，三三两两地在芦苇边、礁石旁触摸着，他们把热烈的眼光投向了东面广阔的水面，那注视的眼光具有职业的特点——警觉、沉着，还有高度的戒备。

这是什么地方呢？这些人是什么人呢？

这地方是江苏省无锡市的马山，这些人是我新四军独立二团的战士。

为什么此地称为马山呢？

相传，2000多年前，秦始皇东巡，骑着马来到此地，马踩在巨石上，留下了马迹，所以叫马山，又称马迹山。这马山是无锡市西南端的一个半岛，有57座山峰、41条溪流、38处港湾，是一个古木参天的理想的栖息场所。

这时令刚好是1943年的中秋，不过这是一个战争的年代，是一个硝烟四起的年代，到处是火光冲天，弹痕遍地。好在由于地理位置的关系，日军几乎没有涉足此地，这里安全宁静，是我军理想的驻扎场所。

那几个晃动的人影正是新四军独立二团的战士，他们的目光正投向广阔的水面，防止日军夜间偷袭。

马山呀马山，别看它是一个小小的半岛，抗战时期，却有特殊的作用，因为它处在一个特殊的地理位置。它是苏南抗日根据地太滆地区的一个重要的支撑点，它连接宜武、苏西、锡南游击区，它是太湖当中的一块跳板。

苏南抗日根据地的斗争异常艰苦、复杂。新四军既要和国民党作战，又要和日军、汪伪作战，两线作战，自然是艰苦异常，每个根据地都非常紧张，只有马山比较安静。因为马山山峰多、溪流多、港湾多，而且古木参天，杂草丛生，村寨点点。日军发动了太平洋战争以后，苏南的兵力严重不足，因此他们尽可能地避开山区作战。马山地区，小部队不敢进来，而大部队一时又难以集中，况且在马山上，也没有大量的抗日部队，因此，他们几乎不涉足此地。

在如此情形下，太滆地区的我军领导根据实际情况，把马山当作一个后方机关，像电台、报社、卫生队、修机所、学兵队等等，都陆陆续续来到了马山。尤其是十六旅独立二团和苏西、锡南的部队经常于此休整，有些会议也于此召开，我军几乎把马山当作了太滆地区的后院。

1943 年 9 月 12 日，中共太滆书记陈立平去马山安排工作。当天晚上，地委副书记孙章录和新四军独立二团团长杨洪才率领着二营五连的指战员也从苏西来到了马山。一时间，马山聚集了许许多多的抗日部队和志士。

马山虽然安静，相对安全，但是难免保证不会饱受战火之苦。具有丰富战斗经验的杨洪才并没有放松警惕，“车不立险地”，这是他脑海中最常见的一个观念。为了防止意外，他命令二营五连三排排长徐长林率领全排的战士进驻到东泉村的渡口，担任太滆东面的警戒。连部和另外两个排驻扎在西泉村。等部队安排好以后，他自己急匆匆地赶到嶂青，向陈立平汇报前一个阶段的情况。

担任警戒的战士们虽然十分疲惫，但是他们没有放松应有的警惕，双眼紧紧地盯着湖面。他们非常清楚，日军有快速灵活的汽艇，在湖面上具有极强的机动性。如果日军从湖面上发动偷袭，后果是难以想象的，所以他们的双眼一直在湖面上扫视着。

过了很长很长时间，战士们什么都没有看到，除了水天一色的银辉世界以外，什么也没有；除了波涛声和鸟儿的鸡鸣声以外，什么也没有；除了自己的呼吸声和心跳声以外，什么也没有。一切归于寂静。

中秋节到了，战士们想起了家乡的亲人，但是祖国的大地正处在日军的蹂躏之下，他们怎么会有平和安宁的心情呢？中秋是团圆的日子，亲人不能团圆，这不正是日本帝国主义侵略的结果吗？战士们的心中燃烧着怒火……

突然，湖面上传来了一阵隐隐的马达声，声音很小，紧贴着水面而来。起初，马达声和水声、波涛声混杂在一起，渐渐地从水声、波涛声中奋然而出，撞击着战士们的耳膜。

战士们的心弦突然绷紧，他们清楚，只有日军的汽艇的马达才能发出这样的声音，如果能确认这是日军汽艇的马达声，那么战斗就要降临了。

马达声越来越响，贴着水面飞速而来，战士们完全听清了马达的声音，立刻做好了战斗的准备。他们匍匐在石缝之间，注视着湖面。渐渐地，渐渐地，天光发亮了，湖面上驶来了黑黢黢的两艘汽艇，他们肆无忌惮地不断向马山靠近。

不过，这两艘汽艇非常狡猾，在离湖岸线并不遥远的地方突然放慢了速度，偷偷地向湖岸靠近。日军清楚，水面上的船只难以抵御陆地的攻击，尽管汽艇有很大的机动性，但如果遇到了强火力的陆地攻击，也会遭受灭顶之灾。

战士们沉住气不发一枪，紧紧地盯着那两艘黑黢黢的汽艇。这两艘汽艇紧贴着湖岸线，在离岸堤不远的地方停下来，突然间，汽艇上排枪齐放，“嗒嗒嗒……啪啪啪……”声声作响，旋即炮击连连，他们用机枪的子弹和掷弹筒里面的炮弹向湖岸上的小树林、小山峰、芦苇丛狂轰扫射起来。

不过，这些攻击是没有目标的，也没有目的，纯属火力侦探。战士们看得出来，因为火力的分布并不均匀，而且没有攻击的重点。果然，两艘汽艇扫射了一阵子以后，没有什么特别的动静，日军没有贸然上岸，而是悄悄地离去。

显然，他们这一次侦察是要作为战前的布置和判断的依据，他们不敢在湖岸线周围停留过久，因为他们知道新四军的作战有特殊的规律和特点。

杨洪才的警惕和布置是有道理的，果然是日军来偷袭了。

1943 年 9 月 13 日深夜，日伪军调集了 2 000 多兵力，分成十几只汽艇、轮船和拖船，从宜兴的和桥出发，偷袭马山。战士们见日军的汽艇扫射一阵以后退入湖中，并没有放松警惕，而是沉住气，双眼紧盯着湖面。因为他们非常清楚，日军十分狡猾，一定有更大的企图在后面等待着他们。果然，这两艘日军的汽艇退到并不遥远的湖面上以后，即退到了陆地攻击的火力范围之外后便停住了。没多久，两艘汽艇一前一后又开了过来，这次开过来以后，日军似乎有了某种准备，甲板上已经有晃动的人影，战士们能够清楚地看到有几个日军探头探脑地注视着他们隐蔽的地方。

日军的汽艇靠岸了，他们拿下了跳板，准备上岸。这时候，徐长林一声喊“打”，战士们排枪齐放，有的掏出了手榴弹扔向日军。

一阵枪响，几颗手榴弹在空中、水面上爆炸开来后，日军顿时慌作一团，慌忙把跳板抽到汽艇上，汽艇又急急地退回到湖面之中。日军清楚，马山地形复杂，上面有我军部队，而且已经有了警戒，显然，新四军已有了战斗的准备。

东泉的枪声一响，西泉的连长、指导员、副连长立刻率领战士们也投入到战斗的行列之中。由于日军的汽艇远离了湖岸线，战士们的子弹的射程范围有限，所以双方的战斗处在一种不对称的状态中，日军远远地用枪扫射，用炮轰炸，但这些枪弹都远远地落在湖岸线以外，自然，战士们的枪弹也无法击中汽艇，所以战斗成了一种特殊的互不接触的状态。

身经百战的指战员们清楚地知道战斗不可能在一个地点发生，什么样的情况都有可能发生，连长决定带领部队去抢占制高点冠嶂峰，以掌握主动权。副指导员龚君平带领五班作后卫，组织完毕以后，战士们纷纷去执行任务。

早上 7 时了，太阳升起，马山的一切都显现在日军军官的眼前，一切的攻击目标都已呈现出来，他们便肆无忌惮地按照预定的方案进攻起来。

敌人很清楚该采取什么战术，这次他们仍然采取多点进攻的方式，敌人的汽艇、轮船在离马山 2 公里以外开始向四周散开，对马山形成了一个包围圈，敌人乘机从古竹、大墅、小墅、东泉、燕尾咀等地登陆。东泉港不过是攻击的要点之一而已。

东泉港港口的战斗呈胶着状态，日军进展并不顺利，他们在湖岸遭到了新四军的强烈反击，汽艇慌忙地撤退到湖面，然后他们又作试探性地向前进攻。由于新四军的战士在徐排长的带领下以湖边的山石作为掩体，所以日军的枪弹并不能有效地击中新四军战士，况且汽艇在湖面上移动速度较慢，易受攻击，尤其是靠近湖岸的时候很容易遭到新四军手榴弹的攻击。倘若日军在浅水区淌水攻击的话，那将成为一个个活靶子。你看，这不，有几个胆大的日军试探性地跳入水中，端着枪在齐腰深的水中跋涉，立即被徐排长的枪弹击中倒在水中，惨叫两声后，水面上迅速冒出一股股殷红的血水，混合着水中的泥浆向四周扩散。

其他日军再也不敢跳入水中，龟缩在船舱里向湖上攻击，而新四军的枪射程有限，也没办法向船上的日军发起有效的进攻。日军也不敢把汽艇过于靠近湖岸，所以双方只在岸边发生枪战，硝烟在湖面上漂浮，散发出阵阵的刺鼻气味。

上午8时左右，担任后卫的龚副指导员带领五班的战士准备冲上冠嶂峰，和先前带领两个排的连长、副连长和指导员汇合，当他们冲到冠嶂峰的半山腰的时候，突然听到了一阵阵激烈的枪声，原来狡猾的敌人已经从古竹等口岸登陆，抢占了冠嶂峰的制高点，居高临下，疯狂地向连长、副连长和指导员所率领的两个排的战士扫射，敌军的火力把连长所带领的战士和他自己所带领的五班战士完全隔开。处在狭隘的地带，又在坡面上爬行的战士没有回旋的余地，也难以移动自己的位置，在枪弹的攻击下，在被推下的山石的撞击下，纷纷倒地，死伤惨烈。

连长陈宣布、指导员陈子平、副连长孙裕卿，事务长岳德义和几十名战士壮烈牺牲，剩下不到一班的兵力于此休整。

敌人的火力组成了一道强烈的火墙，使龚副指导员带领的五班战士无法和他们汇合。如果此时贸然上山进攻，必然牺牲无疑，而山下的日军又蜂拥而至，怎么办?

龚副指导员知道已经濒临绝境，前有强敌后无退路，眼睛都红了，他拿着长长的三八枪，面对着战士们，神情冷峻地说:“同志们，我们已经处在日本鬼子的包围之下，上有日军，下也有日军，现在是考验我们的时候了，我们向着一个方向拼命突围，冲出去就是胜利。”说完，他带领着五班战士拼命地向西突围，敌人的枪弹在他们的周围雨点般地洒落下来，子弹穿击在石头上，擦出点点火花，子弹穿击在树干上，树干冒出了阵阵的焦烟，炮弹在他们的周围呼啸而来，有的战士被炮弹的狂风撂倒，不由自主地滚下山去。

但战士们怀着坚定的信念，冒着枪林弹雨奋勇搏击，匍匐前进，终于摆脱了敌人，冲到了山下的庙下村。但是不幸的消息又传来，庙下闸口的水泥平板桥已经被敌人封锁。战士们别无他法，只能冲过去，不冲过去也意味着全军覆没，龚副指导员带头向平板桥冲去。可是他的脚刚刚踏上桥面，便有雨点般的子弹向他射来，鲜血从他的衣服渗透出来，染红了他的身躯，他摇晃着倒下了，紧跟在后面的排长鲁德英，刚冲到桥面，日军九二式重机枪便疯狂地扫射起来，他也倒在了桥面上。

在东泉渡口，战斗仍呈胶着状态，敌军数次登陆，被我三排战士击退，日军也只是盲目地在船上放枪，再也不敢下来。

上午9时左右，徐长林排长带领三排的战士在东泉港奋勇阻击敌人，打退了敌人的多次进攻，敌人的汽艇远远地离开了湖岸。双方进行枪战，相互对峙着，这时候徐排长忽然听到他的背后传来了密集的枪声，他向北望去，只见枪声四起，从枪声、枪击的地点分布来看，敌人和战士们已经交上火，而且已成合围之势。徐排长一皱眉头，只见湖面上的日军并不急于进攻，而是有牵制之势。如果长期僵持下去，等到山后的日军赶来，他们将腹背受敌，后果不堪设想。二团的战士数量有限，都去作战是非常危险的，如果自己这一个排迅速撤离，和其他战士汇合，有可能改变战斗的结局。所以，他命令战士们迅速后撤，向连部靠拢。他们迅速翻过坐身山，又越过大东山，向冠嶂峰挺进。

在大东山北面的半山腰上，他们突然看到了匆匆而下的一排排长李德胜，只见李德胜满脸是血，其他战士也是血迹斑斑。

“徐排长！”

“李排长……你怎么啦？”徐长林急速地走了过去询问着李德胜。李德胜满脸是血，手上也有了枪伤，他身后只有一个班的战士，徐长林已经预料到战斗的结果怕是不妙。

李排长流着眼泪沉痛地说：“连部听到东泉口的枪声以后，连长便率领一、二排指战员从西泉村往北冲过坐身山，来到大东山以后，准备抢占最高点冠嶂峰，不料冠嶂峰已被从古竹上岸的敌人占领了。敌人在最高处，居高临下，疯狂扫射，指战员经过两个小时的奋战，子弹打完了，部队打散了，伤亡太大了。”李排长连连摇头，“连长陈宣布、指导员陈子平、副连长孙裕卿、事务长岳德义都牺牲了，现在就剩下不到一个班的兵力，我们只好在此休整，决定下一步行动。”

徐排长这一边没有损失，只有几名战士负了轻伤。见此情形，他一时也没了主意，两个人只能又回过头来观察四边的情景。当徐长林把目光落在刚才作战的东泉口的时候，发现日军的汽艇已经靠岸，说明日军已经登陆，开始追来。

李排长侧着耳朵听了听，发现大墅、小墅、古竹等村已经枪声不断，从枪声中判断，敌人已经占领了这些村庄。这时西半山又接连传来枪声，他们已身处绝境，唯一的办法就是伺机突围，而突围的最佳地点就是在西南方向的庙下村村口。既已如此，他们决定合并一处，向庙下村村口进发。

战士们匆匆地穿过了松林、竹林，穿过了草丛，来到了庙下村村口不远的山坡上。当他们朝下一看时，发现庙下村村口的桥面上，日军来回地走动，而且附近有许多战士的遗体。庙下村村口、桥的北面通向山路上的那座土地庙也为日军所占领，他们两人看到战士们的遗体，不知道是什么原因造成的。他们还不清楚副指导员龚君平带领着五班的战士突围时没有冲过小桥，全部牺牲于此。

李排长看后对徐排长说：“现在我们只有占领下面的小庙，因为小庙地势高，可以对桥上的日军进行攻击。把桥上的日军赶走，我们迅速地越过小桥，方能突围。”

徐排长点点头：“对，也只能如此。”

李排长说道：“那我先下，我带领 1 个班的战士先把小庙里的日军赶走，然后伺机向桥上冲击。”徐排长点点头。

李德胜带领着他原先所带的 1 个班向山下冲去，山下的日军阻击了原来龚君平所率领的战士们的突围，以为再没有新四军士兵前来，所以稀稀落落地站在小桥上，只有很少的几个士兵占领了小庙，他们也没有想到还有新四军从此地下山。所以当李德胜带领的 1 个班的战士像猛虎一样扑来时，他们慌了手脚，匆忙地阻击了一阵子以后就撤离了小庙。

战士们占领了小庙，居高临下，向桥上的日军疯狂地扫射，日军在桥面上完全暴露在战士们的枪口之下，慌忙之余，纷纷撤退。

日军单兵作战的能力很强，战斗的经验也很丰富，他们迅速地撤离了桥面，四处躲藏起来。

这时候，徐排长带领着战士们也来到了小庙，和李排长一商量，决定迅速越过山下的小桥。

当战士们纷纷向小桥涌去的时候，狡猾的日军躲藏在桥的四周的稻田里用枪向桥面扫射，用掷弹筒进行攻击。

好在日军没有办法从正面封锁桥面，虽然枪击声不断，掷弹筒声声，子弹像雨点一样在空中交织，但是战士们还是无所畏惧地呐喊着，向前冲击。由于桥身并不长，且敌人始终从侧面进行攻击，所以大部分战士还是越桥而过，冲进了小庙村。

战士们越过庙下村，向西挺进，有一条河横亘于前，他们顺利而过，就在他们准备过第二条河的时候，情况一下子变得紧急起来。原来新城、龙眼泉、嶂青、神仙庵等地的敌人已经纷纷涌来，他们扛着太阳旗，呐喊着，形成三面包围的局面。

李德胜高喊着："大家不要惊慌，大家不要惊慌，卧倒在地，卧倒在地。"就在他高声呼唤的时候，日军的枪弹无情地击中了他，他一下子栽倒在田埂上。他拿着短枪，呼吸困难，声音也变得低沉起来。他对他身边的徐长林排长说道："我不行了，我不行了，很难冲出去了，你们唯一的办法就是隐蔽起来，隐蔽起来……"话没说完，李排长就合上了眼睛，长眠于马山山下。

徐长林见李排长倒下了，敌人却喊叫着疯狂地涌来，这个时候如果再做抵抗，就意味着全部牺牲。好在村庄不远，树林不远，稻田不远，到处都是隐身的地方。他想了想，咬着牙说："战友们，把多余的枪全部沉到眼前的庙读河里，机枪带不走，把大件拆下来藏在河边的芦苇里，每人带好步枪，迅速分散隐蔽。"

当时的新四军战士有的没有军装，独立二团的战士常常就是穿着老百姓的服装，他们把武器隐藏好了以后，空着手就和老百姓没有什么两样。日军一时也分辨不出他们是战士还是乡民，所以他们在敌人叫喊的空隙声中，迅速地窜入稻田芦苇丛中隐藏起来。战士们眨眼间就消失得无影无踪。

在先前的战斗中，我连 4 个连级干部和 6 个排级干部，除徐长林以外，全部殉难，一批指战员身负重伤，部队减员半数。

就在战士们浴血奋战的时候，在另一处也发生了战斗，那就是太滆地委领导机关也遭到了日军的攻击。太滆地委书记，新四军独立二团政委陈立平在嶂青指挥后勤机关转移，后来战士们撤离嶂青的时候遇上了日军搜索队。战士谢仁福不幸牺牲，陈立平在嶂青前的黄豆田里被俘。

地委副书记孙章录、马山区区委员张振东和一批干部战士 3 人一组，分散隐蔽在芦苇塘里。独立二团团长杨洪才原先准备在敌军进攻的时候返回西泉的部队指挥阻击敌人，但是敌人已经把他们分隔包围，无法通过，他没办法，只能隐蔽在芦苇荡里。黄昏的时候，他带着警卫员、机要员来到了牛塘，不料敌人再次袭击牛塘，他只得再次突围。突围以后，他一个人爬上了山顶，观察敌情，到黎明前夕仍不见敌人撤走，他又只好摸黑下湖，继续隐蔽在芦苇荡里面。

9 月 16 日，敌人撤走以后，他才把部队余员召集起来。9 月 14 日，敌人以重兵包围马山，党的电台从小墅移至牛塘村时，一股日军袭来，电台的机器被敌人抄了出来，翁履康也在耿湾被俘。学兵队在敌人的进攻下，白天隐蔽在耿湾的鹿眠谭中。后来，他们把沉在姚巷滨中的交通船打捞出来，趁敌人的汽艇向北巡逻之际，沿着盘龙山湾的山脚下湖，借着山影，缓慢移到雁门附近，乘东南风急驶到太湖西岸宜兴。

日军付出了很大的代价占领了马山，并进行了地毯式的搜索。9 月 15 日至 16 日，日军先后将被抓的新四军指战员 17 人和马山的群众 16 人押到了宜兴日本宪兵队。9 月 28 日，因为日伪进攻苏浙皖边的国民党第三战区郎溪、广德时，缺乏民夫，就把他们充当民夫，许多战士就是在充当民夫的过程中突围而出，相约而逃。

这次反“扫荡”，部队战士和马山人民经历了一场严峻的考验，敌人用大量的兵力，采用了如此凶恶的梳篦战术，连续“扫荡”了 3 天，未能把这块临时的根据地彻底摧毁，充分说明了人民的抗日力量是不可战胜的，马山仍然牢牢掌握在人民手中。

尚村大战奏凯歌

邓仲铭牺牲，江渭清、王必成悲痛不已，而此时的斗争极其残酷，十六旅在狭小的地区接连作战，险象环生，部队减员严重，战士们已十分疲劳，而旅部主要指挥人员又患重病。怎么办？下一步十六旅该如何作战？

粟裕十分关心苏南的部队，对十六旅敌后的处境表示了极大的关心，他屡次来电询问敌情，并告诉江、王，师部和军部考虑到苏南敌后地区塘小鱼多，部队过于拥挤，活动给养十分困难，打算将四十八团北调，要十六旅旅部有所准备。

江渭清找到王必成共商对策，王必成先谈了看法："目前北有日伪，南有顽军，我们的大部队夹在中间，确实目标大，给养也不易解决。师部拟将四十八团北调，这是对我们的关心，但是，如果苏南形势一旦发生变化，手里没有一定的力量，怎么办？所以，四十八团不过江也行。到底是去是留，由你决定。"

"你的想法和我不谋而合，我们在南京外围地区转战，虽然艰苦，但对敌人威胁极大。按照苏南三角斗争的规律，日伪一定要把我们'送到溧武公路以南去'。……我们已经熬过半年，最困难的日子可以说就要过去，茅山、太滆'清乡'区的形势已开始好转，我们又有了活动的余地，再困难也困难不到哪里去了。还有一点，敌人分兵南进投入太平洋战场的局面是很可能出现的，这对我们来说是个极好的发展机会，如果我们力量分散，到时候可能就抓不住这个机会。所以，我觉得四十八团目前还是不北调为好，过一段时间再说。"

"好，同意你的意见。"王必成回答得干脆有力。于是，他们两人联名给师部拍了电报，陈述他们的看法。首长一向从善如流，立即向军部转报了江、王两人的建议。不久，军部回电："同意必成、渭清同志的意见，第四十八团坚持苏南不北调。"

四十八团留下坚持，坚持就是斗争，斗争必将艰险、困苦，更大的困难在等待他们，更大的挑战在迎接着他们。

1943 年，江南的日伪在十六旅和地方武装的不断打击下，屡遭失败，于是从苏北调来南浦旅团替换尾本联队，并将全面"清乡"改为机动"清乡"，企图寻歼我军。

9 月 14 日，是农历八月十五，可驻扎在丹徒县宝埝的日军南浦旅团冈崎中队及伪军 100 余人趁机下乡"扫荡"，分两路突袭新四军十六旅旅部驻地——句容县尚村，妄图一举歼灭我首脑机关。

此时旅部与四十八团三营驻在尚村，四十八团一营驻距旅部不远的几个村庄上。部队连续征战已十分疲劳，值此佳节，也想放松一下。中午，许多连队用平时结余的伙食尾子杀猪买肉进行会餐，战士们美美地饱餐一顿后，便按正常管理进行午睡。

敌人采用突袭手段，十六旅事先获得情报，已转移至另一村，但敌人乱碰乱撞，又摸到旅部居住的村庄，待我哨兵发现敌人时，敌距我驻地已近在咫尺了，哨兵按惯例，立即鸣枪示警。

王必成听到哨兵鸣枪报警后，命令一营和三营立即组织部队进行阻击。三营教导员郑大方率七连占领有利地形，就地抗击敌人的进攻；三营营长徐超率领九连从侧翼迂回包抄，断敌退路，力争全歼；八连原地机动待命。一营营长曾旦生命令三连配合七连正面阻击，一、二连待命出击。

日军指挥官下令向我前沿冲锋，遭我三、七连的机枪猛烈射击，我军迂回的九连也从敌人侧后向敌人发起进攻。看到3个日军端着一挺九二机枪向我前沿射击，九连战士迅速冲上去消灭了这3个日军，缴获了这挺机枪。有一个日军看到已无希望，正准备拿刺刀自裁，被九连战士一脚踹倒活捉。突袭的日军发现自己已被包围，企图抢占高地固守待援。这时，一营营长曾旦生看到歼敌时机已经成熟，命令司号员吹冲锋号，一、二连加入战斗，三营营长徐超命令八连从七连阵地出击，向日军发起冲锋，与敌进行白刃格斗。一时间，枪声、手榴弹爆炸声、喊杀声响彻云霄，几十个日军被压缩在一片豆田里。战斗仅用1个多小时，全歼日军冈崎中队一个小队30余人和一部伪军，缴获机枪1挺，步枪20余支，掷弹筒2个，俘虏日军3人。

可惜此战中我四十八团作战参谋周彬、二连连长林下英勇牺牲。

晚上，旅部首长给日军写了一封义正辞严的信，并请当地老百姓将信和日军尸体抬到宝埝日军据点，敌人受到极大地震撼。

尚村战斗后的当晚，为防止敌人报复，部队决定分散转移。一营向西越过京杭国道转移到江宁地区，三营跟随旅部转移到茅山西面宿营。半夜，旅部和三营刚住下，西旸来援的一个日军中队就向我驻地发起进攻，徐超率三营进行阻击，成功地击退了敌人的进攻，随后保护旅部继续向南转移。第二天拂晓，郭庄庙的一个日军中队向我军进行报复，对我旅部进行攻击，徐超率三营边打边掩护旅部快速通过溧武路，终于转移到安全地带。

此战以后，江渭清、王必成看出日军在苏南已成强弩之末之势，黑暗即将过去，光明即将到来，坚持就是胜利……坚持、坚持、再坚持！

尚村战斗的胜利标志着茅山地区反“清乡”斗争已经进入尾声。另外，这场战斗还带来了一个意外的收获，那就是“清除”了叛徒孙爱之。

“孙爱之投敌了。”

“王惠珍也投敌了。”

1943年，一条消息传到十六旅旅部和苏皖区党委，领导们着实吃了一惊，因为孙爱之是溧水县抗日民主政府的副县长，而王惠珍是溧水县妇女部长，尤其是王惠珍，这位民运干部出身的女干部在抗战几年中一直表现十分优异，是一个优秀的干部。

投敌的原因是因为苏皖区党委没有批准他们俩人的婚姻，因为当时他们并不符合“二八五团”的结婚条件。

新四军组建不久，对于干部的婚姻有个规定，即“二八五团”。

当初，新四军刚组建时，项英对干部战士的婚姻问题采取“一刀切”的政策，他认为战士的职责就是打仗，消灭敌人，不准谈恋爱，军部曾一度提出“恋爱枪毙”的过激口号。1939年2月，周恩来到新四军视察工作时，并不赞成项英的做法，首先提出了一个军中统一的标准，即“二八五团”，其规定：年满28岁，有5年革命历史的干部，团级以上干部，符合以上条件的，经过组织批准，即可结婚。

这一规定在军中比较严格，几乎所有的干部都能按这一要求去做，但感情生活是丰富复杂的，极少部分人违背了这一规定，有的脱离了抗日队伍，有的则走得更远，叛变就是属于更远的那一类。

孙爱之与王惠珍当时就携枪来到金坛薛埠镇投敌。他们为什么要从溧水到金坛来投敌呢？

原来，孙爱之是金坛人，他的抗日历史并不短，在抗战队伍中的资历并不浅。他1937年参加金坛西南区抗敌自卫委员会，同年成立金坛西南区青年服务团时，担任了副团长，同年9月调新四军一支队司令部整训改编。后新四军二支队四团老三营调到苏北，四团便缺三营，皖变后，四团改为四十六团，四十六团也一直缺三营。

1941年10月12日，十六旅成立新三营，此三营的部队主要是地方部队改编而成的。三营营长便是孙爱之，副营长为王桂馥，教导员为王美芳。

三营虽为小营，就有120多人，但孙毕竟是营长，所以那时他春风得意，在抗战中表现得比较积极，后于1941年10月底，随钟国楚，黄玉庭西去溧水，一直活动在溧阳、溧水的交界地带，倒也顺风顺水。但后来九连参加了塘马战斗，日寇虽直扑塘马，却没有与九连纠缠，部队没有损失。

但塘马战斗后，重建旅部，由于旅部损失较大，三营被撤销，部队大部并入新建的特务营，另一部则并入四十六团其他营。这样一来，他在军中没有了位置，被安置在溧水县政府，担任一个身份并不重要、地位并不显赫的副县长。

孙爱之投敌后，一直长吁短叹，他觉得自己有点冤，抗战多年，为共产党新四军奔走多年，辛辛苦苦撑起的队伍也交给了新四军，没有功劳也有苦劳。到头来，部队合并，自己弄一个副县长干干，多没劲。这副县长要权没权，要钱没钱，在地方上纯属跑腿，而且1942年后，溧水的地方工作十分艰苦、危险，处境十分复杂，稍有不慎便要掉脑袋，自己在这个位置奋斗了大半年，可谓尽心尽力，呕心沥血，在生活上稍有点随意，便招来批评、打击，甚至连婚姻都解决不了，这干下去有什么意思？

三十六计，走为上，反正不能在新四军干了。不在新四军干，到哪儿去干呢？这新四军能放过自己吗？投国军吧，在溧水还真找不到国军，唯一的办法是投日军。投日军名声可不好听，但眼下顾不了这么多，活一天算一天，在日军那儿干还能过几天舒服日子。在皇军这儿的日子是真舒服，吃得好，穿得好，也玩得好，但这一切可不是自给的，自己要有“贡献”。

可这“贡献”也不好作呀，该出卖的已出卖了，该告发的已告发了，可皇军不满足，还要他继续“贡献”，可他哪能有那么多的“贡献”呢？唉……

溧水县委、县政府也十分痛心，这副县长、妇女部长叛逃，影响不小，说明干部建设的工作还有问题，特别是孙爱之，已表现出他变质的一面。他在白马区活动时，便和某村地主的小老婆勾勾搭搭，不时姘居，在老百姓中造成了很大的影响。当时县委对他虽有批评，也把情况向上级做了汇报，但没有采取果断严厉的措施，以至酿成大患。至于孙爱之和王惠珍一事，除了区党委一致认为孙、王二人不符合结婚条件外，另一原因是孙的影响不好，希望他在之后的工作中有所改正。至于王惠珍，是一个优秀的女干部，为党、为人民、为抗战做出了一定贡献，但在男女问题上昏了头，没有看清孙的本质，县委、县政府多次劝导她未果，但谁也没想到她竟会背叛自己奉献的事业，走上了投敌之路。

县委、县政府在孙、王二人投敌后，也不断努力，希望他们悬崖勒马，抗日政府会宽大处理，至少不要出卖组织、出卖同志，但孙爱之投敌后竟不断出卖灵魂，残害我抗日组织、抗日武装、抗日志士。

为此，十六旅决心除掉这个叛徒，但孙爱之在新四军工作过，深知除奸队的厉害，平昔从不出门，出门时也十分小心，常常是夹在人群中，除奸队一时找不到下手的机会。

十六旅旅部下决心要清除这颗毒瘤，敌工科科长张华南反复考虑，决心利用反间计来离间日伪军与孙爱之的关系。

这孙爱之自投敌后，惶惶不可终日，他知道新四军不会放过他，便从薛埠搬到金坛城，选择与伪军大队部一墙之隔的地方住下来，那是一个四面有围墙的深宅大院。他闭门不出，整日花天酒地，这王惠珍原先投敌是一半被哄骗，一半被挟裹，现在弄到这般田地，悔恨不已，但也无可奈何。

张华南着人写了一封给孙爱之的书信，投递时故意投错，投到伪军大队部去了。这伪军大队长一向和孙爱之不和，加之孙爱之在皇军面前渐已失宠，便把信悄悄地送到五十一联队部，最后送到了即将御任的五十一联队长尾本手里。尾本展信一看，只见上面写道：“孙副县长，区党委交给你的任务为什么至今没有完成，是否确有困难？若有困难，可选择时机返回区党委，返回后去华中党校学习，宜留苏北工作。你深入虎穴，处境困难，朝夕难安，区党委能体谅你的辛苦与难处。实在不行，宜与王部长早日全身而退，谨盼。苏皖区党委。民国三十二年八月。”

尾本看了暴跳如雷，边上的几个日军情报人员也在一边分析：“这孙爱之当上了副县长，为什么还要投奔我们？”“也没听说他犯什么罪，这畏罪投奔也难以成立啊。”“它提供的情报价值不大，所供出的人大都是小人物，稍大一点的人物还未来得及抓便跑了，这也太怪了！”

尾本是个老狐狸，愤怒之后，头脑便冷静下来，“你们，慢慢地下结论，弄不好，这可能是新四军的离间计。这信，这么重要的信按常理不至于错投到大队部，当然……也有可能，他们住得紧靠在一起，送信的人投错了。”

尾本摸着那又浓又密又硬的胡子眯着眼缓缓地说道：“这孙爱之确实有些可疑，堂堂的一个副县长，怎么就提供不了他的地下组织的名单，而且整日不出，几乎是颐养天年了，我们可以试他一下，再下决定。”

五十一联队情报机关，经过反复研究，制定了一个方案，决心对孙爱之作一次彻底的考察。

尾本在 10 月份御任，在御任前，即农历 8 月中旬，他通过汉奸得知十六旅部和四十八团一部在尚村活动，准备闪击尚村，消灭十六旅部。

但鉴于在溧水多次闪击十六旅未果，尾本起初一直怀疑内部有奸细，查来查去，查不出结果，只能认为是十六旅利用地形才躲避了皇军的重拳，所以他停止了侦查。现在他决定重启这项计划，在孙爱之身上试一试。

他关照下属告诉孙爱之，叫他中秋节和皇军一道执行攻击旅部的任务，理由是孙熟悉那儿的地形。

孙一听要攻打旅部，连声说好，但一听要让其参与，连忙摇手，推说身体不适，地形不辨，怕误了皇军的大事，恳求皇军体谅他不能随队前行。

孙爱之确实有病，这一点日本人很清楚，对于拒绝参与随队行动，日本人早有心理准备。因为是试探，日本人也就不勉强，对于这样的军事行动，为了保密，除尾本外，只有极少的几个日本军官知晓。现在带上孙爱之，万一孙真的是假投皇军，这恐怕是要弄巧成拙的。

现在把他留在金坛城，派人死盯，看他有什么反应，所以日军便答应孙爱之不随队行动，但在他住宅周围，布满了日军的密探。

9 月 14 日，日军在丹徒宝堰的岗崎中队及 100 余名伪军突袭尚村，最后惨遭失败，这一下惹恼了尾本。他们认为新四军早有防备，肯定事先得到情报，但谁走漏了风声？这是只有几个人知道的军事行动呀，这唯一的可能便是孙爱之了，其余知情的人都是尾本手下的忠心耿耿的日本军人。

虽然密探们说孙爱之没有异常行动，那几天闭门不出，没有接触任何人，但尾本还是下令抓捕孙爱之，用他来喂大狼狗。

这孙爱之上次听到皇军要攻打旅部，着实高兴了一下，他希望日军消灭十六旅旅部，希望消灭所有认识他的共产党、新四军，这样才能确保自己的安全，但一听说要他随队行动，他吓坏了，他知道他在战场上一露面，新四军饶不了他。他推辞后，皇军竟然同意，又使他疑惑起来，吓得他连大门也不敢出，只是在家中祷告皇军早日得胜而归。几天后，皇军来了，把他请到了宪兵队，向他宣布了走漏消息通敌的罪状，然后不容分说地把其投给了饿了几天的大狼狗，在惨叫声中，孙爱之成了大狼狗的美餐。

其实无论是日军还是孙爱之都不知道，十六旅旅部到底是从哪儿得到了情报，虽然四十八团没有变换住所，但旅部调换了一个地方，日军闪击未果，又遭到四十八团痛击，后来再也不敢下乡“扫荡”。

原来这情报是茅山道士李浩岐送来的，这李浩岐是金坛人，是茅山九霄万福宫四房道士，由于日军占领了九霄万福宫，所以正常的宗教活动展开不了，道士们整日无所事事。日子一久，不少道士与日军混熟了，一些日军还向道士们学习中国话，这李浩岐多长了一个心眼，他不但教日军中国话，也偷学了一些日本话，一般的日本会话，他都能听懂，后来他成了新四军的情报员。

9 月 13 日下午，日军小头目约其下象棋，这日军小队长叫麦谷一郎，30 多岁，五短三粗，一脸横肉，喜聊天，又喜下象棋。他虽凶残，倒也遵守规则，和李浩岐下棋是屡败屡战，这次下棋，李浩岐因有事，无心恋战，便故意下错一招，日军小队长连忙回应，还喜得手舞足蹈：“你的，被将死啦。”接着是一阵哈哈大笑，用日语嚎叫道：“明天你们新四军十六旅旅部也死啦死啦的。”说完，奸笑着走了。

他不知道李浩岐能听懂日语，这李浩岐一听吓出一身冷汗，直奔元符宫找到黎遇航，黎遇航把这一情况送到了樊玉琳的情报站。

王必成得到这一消息后，让旅部居住地移动了一下，结果日军扑空，还遭到四十八团和旅部特务营的痛击。

清水塘战斗

一看到清水塘三个字，也许你会以为它是一个清水见底、水面漾着波纹，鲜花纷披于塘坝的一个荷塘。其实不然，它是一个村庄的名字。这是一个很小的村庄，一个并不起眼的村庄，一个坐落在溧阳余桥地区的小村庄。溧阳的地理环境是北面有山，南面有山，西面也有山，东面都是大湖，中间则是开阔的平原。这一片平原原来是水乡圩区，地势低洼，土地肥沃，河网密布，沟渠纵横。清水塘就是圩区紧靠河边的一个村庄。

清水塘的“清”倒也名副其实。1943 年 10 月初的清晨，空气是那样的清新，乡村是那样的清幽，大地是那样的清洁，一切都处在幽静之中。在这个小山村，你能感受到最真切的田园之美、乡土之乐。不过，这清晨的宁静还是被枪声打破了。

这枪声是在清水塘南面的哨位上我新四军哨兵发出的，这一声枪响惊动了居住的人们。紧张之余，人们纷纷聚集，有村民，有部队，有政府机关工作人员，他们都聚集一起，听领导做出部署。

这儿驻扎有两个不同系列的战斗部队，一个是十六旅五十一团，一个是十六旅的独立二团，政府班子是溧阳县抗日民主政府的干部。

显然，他们受到了日军的攻击，这到底是怎么回事呢？

原来，在 1943 年，日军在苏南搞起了“清乡”。这第二期的“清乡”很快地被我苏南的军民粉碎。到了 1943 年的 9 月底，疯狂的日寇发动了浙赣战役，为了打通宣长线，他们动用了 5 万兵力，把国民党赶到宣长路以南，我十六旅根据形势的变化采取了敌进我进的措施。

王必成带领着四十八团来到了郎广一带。在郎广一带开辟根据地，那么在溧武公路以南的一片广大的地区就形成了一个相对的真空。这个时候，我新四军战士、我抗日民族政府便放手发动群众，准备大张旗鼓地发动根据地的建设。

1943 年的 10 月底，我溧阳抗日民主政府在县长陈练升的带领下，在后周乡下梅村召集了当地的乡绅和群众的会议，开展了轰轰烈烈的抗日斗争。会议开了几天以后，人民群众于 10 月 3 日和五十一团政治处主任江如枝带领着战士移居于清水塘村。

提到五十一团，不得不对它做一番解释。这个团是一个小团，是一个建制不全的小团。起初只有一营，后来搞了一个二营。后二营又被四十六团的团长黄玉庭带走了，只剩下一营。这一营有 4 个连，在战斗中减员太多，后来不得不把溧阳的警卫连拉了进去，这样才勉强凑成 3

个连。

团部直接指挥着这 3 个连，团长是胡品三，政委是李彬山，政治处主任是江如枝。

当时军队地方化，军队的领导也兼任着地方的领导，政委李彬山兼任溧阳县委书记，所以溧阳政府的工作主要由李彬山、陈练升和江如枝负责。因为要开展溧阳的地方工作，江如枝带了五十一团二连和陈练升一道移居到清水塘村。

11 月 2 日，政委李彬山在长荡湖的东面金坛的南部地区布置了抗战任务以后，来到了清水塘村。更巧的是，独立二团团长杨洪才也带领了独立二团五连的七八十个人来到了清水塘村。

杨洪才是怎么来到清水塘村的呢？原来独立团在马山遭遇了日军的围攻，伤亡很大，杨洪才带了部分战士到旅部去汇报工作，旅部的领导指出了他们在战斗中的成败得失，并给他补发了 100 发杂式子弹及五六百颗手榴弹。在返回太滆地区的途中，没想到在溧阳附近的清水塘与五十一团干群相遇，便一道驻扎在清水塘边的一个小村子。

杨洪才之所以留下来，是因为五十一团邀请他联合攻打国民党顽军，消除溧阳的国民党顽军这块绊脚石，搞一批枪支弹药。

他们派侦察员到日军别桥的据点进行了一番侦查，发现此处日军数量有增加，其他地区均无动静，因此认为日军只是南下，只要第二天把国民党顽军的情况搞清楚，黄昏时分再联合攻打，便可大功告成。

哨兵报警的枪声响了不久，日军的汽艇声就在西潘村南面的河里响了起来。很快，日军纷纷登上岸堤，向清水塘扑来。

与此同时，杨洪才、李彬山、陈练升 3 人商量了一下，决定由陈练升带领着政府机关人员先行转移，转移的方向是向北面；由江如枝留下二连的 1 个排在清水塘的南面阻击；李彬山则带领三连的部分人员向东面方向行进，吸引敌人的注意力；而独立二团则快速地越过政府机关工作人员，到达清水塘北面的庙桥，守住桥头，这样才能确保政府机关工作人员脱离陷阱。

一说完便分头行动。江如枝带领 1 个排在清水塘的南面阻击敌人，李彬山带领五十一团三连的部分人员，向清水塘的东北方向沿河挺进，而杨洪才则带领独立二团的部分战士在庙桥驻守，陈练升则急急地带着政府机关工作人员向北面撤退。

陈练升是焦急异常，因为他遇到过类似的战斗，那就是 1941 年 11 月 28 日发生的震惊大江南北的塘马战斗。

那一次他正好住在塘马村，听到枪声后，罗、廖首长命令他作为向导，带领着十六旅党政军机关人员向东转移。由于罗、廖首长留下阻击，延缓了敌人的追击步伐，使我十六旅党政军机关工作人员能够安全地转移到长荡湖西面的芦苇地区，到了夜晚才悄悄地跳出敌人的包围圈。

险情他经历过，残酷的战斗他也经历过，所以眼下就完全有可能和塘马战斗一样，处在日军的包围之中，他怎能不急呢？他带领机关人员拼命向北奔去，来到了清水塘西北的三官殿村，突然听到北面一阵枪响。他一惊，北面有枪声，表明日寇从北面压了过来，也就是说，再要想向北面突围，几乎是不可能了。

正在犹豫之际，独立二团的通信员告知他不能向北突围，庙桥方向已经发现日军。陈练升暗暗叫苦，因为清水塘这个区域河网密布，沟渠纵横，当时之所以选择清水塘地区作为宿营地，也就是因为河岔多，利于防守。而现在日军既然有预谋地从两个方向进攻，那么形势就不太乐观了，所以他必须向西撤退。因为向东是大河，向西才有保障，西面的水西村一带是丘陵地带，利于机关人员隐蔽。所以他立刻从三官殿村向西南转移，如果经过乌圩，在两条河的岔口横渡过去，那么就有可能到达安全的地区。

陈练升带着政府工作人员向西南撤退，过了乌圩，向西穿过了两条岔河上的第一条河，没有发现敌情。当他来到第二条河的小桥的时候，突然火光闪闪，枪声四起，硝烟弥漫，原来日军从西面也包围了过来，封锁了这条木桥，这河上唯一的一座木桥。

陈练升没有料到，11 月 3 日的凌晨，驻扎在别桥、玉华山、棠荫、南渡、金坛薛埠地区的日军 500 余人向我清水塘驻军发起了三面包围，分进合击。

桥面已被封锁，要想穿越而过是不可能的，这儿全是机关工作人员，陈练升十分着急。好在这些机关工作人员大部分都是当地人，都会游泳，虽然天气寒冷，但还不是冰天雪地的时节。所以他带领机关工作人员避开小桥，来到比较窄的一段河面，叫大家迅速地凫水过河。

机关人员纷纷跳入大河之中，向对岸游去，大部分人都游到了对岸。少部分不会游泳的，有的淹死，有的被驻守在桥头的日军发现，饮了枪弹，牺牲在河水之中。陈练升和其他机关工作人员爬上对岸以后，便迅速地向西面的水西村奔跑。

再说杨洪才率领着独立二团的战士守住庙桥，阻击敌人，掩护县政府人员转移任务。敌强我弱，地形又不利，没办法取胜。于是他派通信员与五十一团联系，建议李彬山率部向庙桥方向转移，合力守住庙桥。但是李彬山部因为种种原因，没有迅速地撤下来，没多久，庙桥就被敌人占领了。而且日寇的汽艇已经从水路开来，可以听到那“啪啪啪”的声音了，情况十分危急。

此时，李彬山派通信员去传达他的建议，要杨洪才率领部队先行过河，他马上也将转移出去。杨洪才率队也来到了三官殿的南面，这个时候情况已非常危急，好在溧阳县政府的人员已经转移了。他们到了乌圩地区以后，发现有一只船停在对岸，杨洪才紧急命令一名战士游泳过去，把船撑过来。然后他命令特派员杨萌带领 2 个班和 1 挺机关枪首先过河，在河堤上架起枪，掩护部队撤退。船第二次返回，正准备再次把战士们转运过去时，杨洪才想留下来阻击，但五十一团派了徐正明过来，对他说：“杨团长你带独立二团过去，要不然那边没有人指挥部队，后面的部队要转移，就更不好办了。”

杨洪才只好随船向对岸驶去，他上船以后发现军需龙馨还在河边，就招呼他一道上船。龙馨推了推，摇了摇手说：“你先过去，我等下一次船过来再一道过去。”

杨洪才迅速乘上从对面返回的船，第二次和战士们一道渡河西进。这个时候敌人已经追击而来，杨洪才一来到对岸便立即组织部队进行阻击。而龙馨他们一大批人乘坐了第二次返回的船。第三次从东岸划向西岸，不料这时敌人已蜂拥而至。

敌人已至，所以这条船第三次摆渡的时候，已经承载不了这么多的战士。船上站满了人，两边河里面也掉满了人，竹篙怎么撑也撑不动。这个时候，敌人的炮弹刚好落到船边，船被炸翻，许多人跌落在河中。会游泳的游到了对岸，不会游的大部分淹死了，还有一部分人被追击而至的日军所俘虏，龙馨就是那时被日军所俘。

杨洪才带领着这些刚刚上岸的战士也来到了两条河的岔口处。过了第一座木桥，刚到达第二座木桥时，和陈练升他们一样，也被日军的机枪所压制，无法过桥西行。但是那一带地域比较开阔，日军数量较少，无法进行追击。他们就沿着河堤四散而开，然后渡河而过，向西南方向的水西村聚集。

这时候五十一团的阻击打得极其惨烈，日军凭借着优势的兵力和精良的武器，疯狂地向五十一团进攻。李彬山带着二连本来想把日军领向另一个方向，而这个时候已没有牵制敌人的可能，只能和江如枝一道进行阻击。阻击了一阵子以后，二连的战士伤亡太重，他命令江如枝带领三连的这个排迅速向西撤退，他自己带领着战士们边阻击边撤退。

当他也来到三官殿南面乌圩的两条河的交叉处的时候，河面上还飘荡着一只小船。江如枝带领的三连的一个排已经用船迅速渡至河对岸，并在河边阻击掩护。而敌人已经尾随而至。

小船只有竹篙，没有橹，没有桨，一直在中央打圈圈。所以李彬山上船以后，只能用竹篙撑船，而竹篙撑船船不听使唤，他急中生智，利用竹竿像撑竿跳一样，反跳到河对岸，终于爬上了岸堤。而船漂到了河的西面，无法再回东面，这条船已经无法使用，在东岸的战士只能就地阻击。

李彬山见江如枝带领着战士们在河边阻击，他简单地交代了几句，便带领着其他战士也向水西村方向转移。李彬山刚走了几步，江如枝就被敌人的枪弹击中，壮烈殉国。

河对岸的二连战士已所剩不多，这个时候无船可渡，只能背水一战。他们英勇顽强，绝不屈服。会游泳的就向对岸游去，不会游泳的就地阻击，有的不幸落入水中光荣牺牲。

指导员张家信疯狂地阻击着日军的进攻，他身边的战士越来越少，而日军越来越多。日军想活捉他，就放慢了进攻的速度，他不会游泳，用一发子弹击中一个日军后，便高呼“打倒日本帝国主义”的口号，跳进河里，用最后一发子弹对准自己的头部，结束了宝贵的生命。

清水塘一战近百名战士牺牲，独立二团也有二三十人伤亡，几十名战士为日军所俘虏。

战斗在下午2时结束，在这次战斗中，我军被虏的24名干部战士当天就被日寇押至棠荫村。这24名不会游泳的同志被凶残的日本鬼子惨无人道地用铁丝穿过锁骨，押解到棠荫的日伪军据点，沿途我们的战士高呼“打倒日本帝国主义”的口号，表现出了中华民族英勇不屈的英雄气概。被虏的战士中就有独立二团的军需龙馨。

龙馨，广西省人，1906年出生，1927年在叶挺独立团任连长，同年8月1日参加了著名的南昌起义。抗日战争爆发以后，重新入伍，被分配到新四军二支队工作，后来担任新四军十六旅独立二团的军需。他面对着凶恶的敌人毫不屈服，沿途高唱着新四军军歌，昂首前进。

第二天，日军在棠荫村村口准备屠杀我24位勇士，且强迫村民围观。日军挖了一个大坑，威胁战士们说，谁只要讲一声愿意投降就立即释放，否则统统活埋。

战士个个昂首挺胸，怒目而视，日军的头目拔出军刀，拉出了一名十五六岁的小战士。他认为小战士年纪小，意志薄弱，也许能够找到突破口。他叫翻译员对他说：“你叫什么名字？年纪小小的，只要你讲从今以后不当新四军，就放你回家，否则就杀死你。”

小战士面对天空，昂首喊道：“我们不怕死，新四军不怕死，怕死就不当新四军。”

日军的头目被激怒了，他龇牙咧嘴地嚎叫着。我24位勇士面不改色，视死如归，一个个从容地跳下坑去。“打倒日本帝国主义”“中国共产党万岁”“新四军万岁”，口号声响彻棠荫村的上空。这24位烈士大部分没有留下姓名，只有龙馨，王福昌、左小春3位战士的姓名保留了下来。

这次战斗虽然毙伤了二三十名日军，但是我们的损失也很大。五十一团政治处主任江如枝、二连指导员张家信、独立二团五连指导员杨宝良、军需龙馨都光荣的牺牲了，我军伤亡近百人。

战后，我们不得不思考，我们的部队移居清水塘仅仅两三天，敌人为什么来得这样快呢?而且是四面包围，很有可能是有人告密了。为了查清这个问题，战斗结束以后，溧阳县公安局局长赖峰率领公安人员来到了清水塘地区进行调查，结果他们发现，余桥东村的日伪特工队队长陈金法及其爪牙陈小金在战斗发生前几天频繁出入于棠荫、蚂蚁墩日伪据点之间，并且和三官殿村女恶棍万拉女母子（其儿子史福全是日伪特工队队员）有密切的联系，因此，他们当即抓住了万拉女，并立即枪决，后又抓到了陈金法和陈小金，分别予以镇压。

鲜血染红了清水塘这片土地。

反攻篇
FAN GONG PIAN

溧高战役

日军为了打通浙赣线，于 1943 年 9 月 28 日，集结 2 万多兵力，从皖南，苏南浙西三个方向进攻，3 天之内推进 100 多公里，相继占领溧阳、广德、郎溪、宣城 4 座县城，打通了宣长公路。

令人痛心的是，日军在苏南这个进攻方向只集结了两个联队，只有区区的四五千人，而国民党的中央军党有 15 个团之众，四倍于敌，平日见到新四军凶狠无比，一见日军却是不战而溃，把大片土地丢给敌人。更可恨的是，顾祝同竟然指使溧阳县县长卜镇海、江宁县县长颜德贵、高淳县县长蔡秉禄、“忠救军”支队长王一平、保安团团长沈国钧、国民党江宁县党部书记等大批国民党军政人员投敌。

原来，国民党军向新四军进攻时的一些屯兵之地，如东坝、张渚、梅渚、山丫桥、南渡、上沛埠等，都成了日伪军的据点，南京的日伪机关又给国民党军三战区增加了两条防线。

面对此形势，十六旅领导江渭清、王必成、钟国楚没有一种如释重负的感觉，他们不会额手相庆，因为这毕竟是日寇对中国军队的军事进攻。但对十六旅的生存而言是个好消息，新四军能取代国民党在苏南的抗战是顺理成章的好事。

如今压力骤轻，新四军完全可以采取敌进我进的政策，在溧武公路以南、苏浙皖边区的广大的地区驰骋纵横，战略空间骤然拓宽，这对于采取游击战的新四军而言是生命攸关的大事呀。

江渭清、王必成、钟国楚联名向军部提出建议，在敌人的占领区作战。因为日军不同于国民党军队，他们数量有限，只是占领了几个交通要点，如果现在新四军南下，广大沦陷区即可掌握在我军手中，机不可失呀。

军部很重视十六旅旅部的意见，即刻与一师联系，粟裕、叶飞认为这次确实是个好机会。但苏中形势也很严峻，无兵可调，十六旅只能依靠自己的力量灵活使用兵力，逐步向南发展，到达宣长公路以北。

江渭清、王必成、钟国楚觉得非常遗憾，原来是塘小鱼多，现在是塘大鱼少，只觉得手上无兵可用，所幸四十八团没有北渡，十六旅现有兵力尚可一搏。

此时，三人暗自庆幸没有让四十八团北渡，那时的决定虽有冒险之意，但从长远看，值得值得，现在战机出现，稍纵即逝。

“师部不派兵，我们自己干！”三人几乎发出了同样的声音。

“这是我们梦寐以求的机会，当初谭师长、罗参谋长一直有这个梦想，现在机会终于来了！”江渭清对着地图深有感慨地说。

“此时不进，还待何时！”王必成话语不多，掷地有声。

“南进南进，大展宏图！”钟国楚摩拳擦掌，热血沸腾。

三人决定由王必成率四十八团南进郎溪、广德，实施战略侦察，同时相继打击敌顽势力，准备向南发展；由江渭清和钟国楚率四十六团廓清溧水、高淳一带伪军据点，完全控制溧高地区。

11 月初，王必成亲率四十八团南进，江渭清、钟国楚则挥师溧高。选择此地源于溧高在反顽战役后，新四军兵力甚少，国民党被赶走后，这里便成了真空地带，所以敌人乘机在新桥、东流等地增设据点，妄图以“蚕食”政策逐步并吞溧高抗日根据地，达到缩小苏南抗日根据地、扩大伪化区之目的。另外，敌人还在溧水至郎溪公路沿线的漆桥、东坝等重镇，择要设防，以保护这条交通干线的畅通，确保侵占郎、广地区日军的供应线。

11 月 20 日，江渭清带领旅部特务营从溧阳赶至溧水东流，决心拔掉这个据点。

东流镇地处溧水杭村西北约 5 公里、大李巷西南 8 公里，距离两溧反顽战斗铜山阵地不远，11 月中旬，敌人为了“蚕食”我根据地，派了 1 个连的伪军于此据扎。

二战形势已发生了变化，现在是黎明前的黑暗，日军兵力严重不足，在一些普通的据点全仗伪军据守。

伪军也自感末日不远，所以他们修建据点时，完全以防御为主。他们在镇东侧利用庙宇构筑工事，修建碉堡，挖掘外壕，在外壕外面用树枝建设了一道鹿砦，构成副防御工事。

江渭清率十六旅特务营赶到时，他们的工程还未竣工，碉堡及外壕仅修了一人高。

江渭清察看了地形，心中有了谱。他召特务营营长廖坚持、教导员陈力商量：“我看趁敌立足未稳时实行强攻，眼下敌人的工事还未修好。”江渭清用征询的眼光看着营长和教导员。

廖坚持点点头说道：“我们没有重武器，敌人很狡猾，现在修的工事很坚固，攻坚战宜早不宜迟。”

最后江渭清决定，一连担任主攻，二连以一个排担任新桥、孔镇方向的警戒，另一个排担任预备队。

深夜，一连突然发起强攻。开始战局顺利，在火力的支援下，突击排突入敌人外壕。敌人无奈只能疯狂地投掷手榴弹，在外壕四角碉堡的内侧交叉使用火力，把突击排的冲击压了下去。一连见状，多次变换战法，但均未奏效，且伤亡不小。

时值拂晓，若天亮前不能拿下，敌人很有可能前来增援，眼下特务营兵力有限，且有伤亡。为了保存实力，以利再战，江渭清命全部撤出战斗，转移里佳山，准备重新调整部署、配置火力，夜间再行攻击。

谁料，伪军吓破了胆，乘特务营撤出战斗之际，也仓皇撤离，逃往孔镇据点去了。

“噢，伪军撤走了？”江渭清双眉紧锁，脸上顿显凝重之色，他用手指敲击桌面盘算起来。

若是抗战初期或反“清乡”时，拔掉据点或迫使日军、伪军自行撤走小据点倒是大好事，但形势已发生变化，日本法西斯离崩溃的日子不远了，现在更重要的是要消灭日伪军的有生力量，现在伪军很狡猾，我一打，他便撤，撤后合并到大据点不利于我军攻击歼灭。

他一拍桌子：“必须乘他们未及准备之时，多拔掉些小据点，彻底荡清溧高地区的日伪力量。”于是马上召集廖坚持和陈力商讨下一步计划。

“东流村的敌人一反常态，不固守待援，竟冒着在野外被歼的危险逃往大据点，给我们发出一个极为重要的信号，就是我根据地中心区内兵力薄弱、工事设施差的伪据点有撤回边缘地区较大据点的可能，我们必须再接再厉，继续发动攻势，不失歼敌良机。”江渭清站在挂在墙上的地图前，讲述着自己的作战意图。

廖、陈二人的想法与江政委不谋而合，他们也奇怪这伪军竟然会自行撤退，觉得敌人有抱团取暖的可能。

“江政委，我们应该一鼓作气，端下新桥据点，别让他们给跑了。”廖坚持提出了攻打新桥据点的想法。

“对，江政委，这新桥据点离李巷太近，终究对政府是一个威胁，即使他们不跑，我们也要毁掉它。”陈力补充着自己的意见。

“对，一定要打，一是他们立足未稳，人数不多，消灭他们，消灭敌人的有生力量，另外，以后我们十六旅都要南下，拔掉新桥据点，可绝我溧高政府的后患。”江渭清点着头，“我们来看看，如何打，什么时候打。”

“兵贵神速，兵不厌诈，我看今晚就打，新桥的伪军肯定不会想到我们今晚就会打仗。”廖坚持在溧水滚爬摸打多年，对伪军的战斗力、精神状态、心理状态了如指掌。

“对，一鼓作气，对部队作战有利。”陈力表示赞同。

“嗯。”江渭清微微地点了点头，然后他详细地询问了一下新桥镇据点的情况，最后作出决定：“知己知彼，方能百战百胜。打东流据点，我们还是低估了敌人，以致攻克未果，你们的想法很对，但必须作出周密部署。”

江渭清踱着步，沉思片刻，说：“新桥我熟悉，当初一支队一团从江当芜地区进溧水时，我去过那儿，日伪军在那儿安据点，其工事一定很坚固，所以这次必须用炮，实施炮击，没有重武器，说了真可怜，我们有时连七八个日军据守的据点都拿不下来。把迫击炮连调来，给我用炮轰，有了炮，不怕你工事坚固，以前我们就是吃了没有炮的亏。”

江渭清的话使廖、陈两人眼睛一亮，“对，我们有炮，用炮轰，用炮轰。”

说到炮，江渭清和廖坚持、陈力满脸喜色。原来四十八团二营在南下郎广时，在砖桥、北山卡附近消灭顽军政工队全部，在青松岭意外地发现了国民党丢弃的皖南总仓库，缴获步机枪弹40余万发，炮弹千余发，这下四十八团真是“吃饱喝足”了。由于四十六团还在溧水，四十八团只是紧急送来一部分枪炮，尤其是还有迫击炮，这对于十六旅的战士来说，真是莫大的喜事，这些炮虽不多，但它的作用可不是一般的武器所能替代的。

江渭清决定急调迫击炮连一个排过来，连长必须亲自前来参加战斗，然后他与廖坚持、陈力商量好具体作战计划。这次攻打新桥据点由二连担任主攻，一连担任官塘、东流镇方向的警戒，他亲自指挥作战。

江渭清这次特别谨慎，他是从炮火中钻出来的，无论是红军时期，还是抗战时期，他不知打了多少险仗、恶仗。有些仗打得那么险，那是没有办法，但一个指挥员战前不能故意弄险，更不能重复犯第二次错误，大胆可以，但必须心细。

他亲率攻击部队利用地形秘密地向新桥运动，在下午 5 时左右，他与特务营营部干部以及迫击炮排的同志们一起秘密来到新桥东南约 1 公里的无名高地上。

这里既是指挥所，又是迫击炮的发射阵地。

江渭清第一件事便是把迫击炮连的连长王国富找来，严肃地说："炮的重要性，你是知道的，天黑以前，必须完成一切射击准备，然后向我报告，必须原地待命。"

这次担任攻击的是特务营二连，连长是戎克勤，指导员是周谷云，有趣的是，这两人都是武进人，两人都有不平凡的战斗经历。

戎克勤，武进县梅林乡戎家村人。1938 年的 6 月，江南新四军一支队王必成率部东进，来到戎克勤的家乡进行抗日斗争。

新四军向广大群众宣传抗日，尤其号召青年参加抗日，他们办了夜校，当时只有 18 岁的戎克勤和周围村子的年轻人每晚都聚在一起听新四军讲抗日。7 个晚上后，戎克勤他们明白不当兵就要当亡国奴。为了能够过上好日子，得把日本鬼子赶出中国去。

1938 年 7 月，49 名青年人来到了江苏丹阳，参加了丹阳抗日自卫总团，9 月，他们又来到茅山一带找到了新四军一支队二团团部。

来到二团的第三天，团部宣布，这 49 名青年人编在二团特务连三排，戎克勤成了一名抗日战士。

1939 年秋，戎克勤所在的三营九连安扎在武进、丹阳交界处的一个村子，侦察员了解到日本鬼子日前从丹阳、常州调了 200 多人集结在附近的奔牛镇，分乘两个梯队的汽车到西夏墅集中，准备次日天亮前"扫荡"丹阳方仙桥一带的游击队。

连长决定打一场伏击战，并将地点选在了陈巷桥村。晚上 8 时，大家隐蔽在村南的坏土墙、田埂、坟墓旁。

不到 9 时，公路上传来了汽车声，日军两个梯队的几辆汽车前后总共不到 150 米，向伏击圈开来。

机枪一响，伏击正式开始，大家按照作战顺序打完两排子弹，200 多个日军一下子被打蒙了。前后不到 20 分钟就结束了战斗。

周谷云，江苏武进县张家村人，1925 年 4 月出生，1941 年 5 月参加新四军，1941 年 8 月加入中国共产党。抗日战争时期，在家乡沦陷、国难当头之际，他受进步思想的影响，在地方党组织介绍下参加了新四军，成为新四军十六旅的战士，在四十六团担任通讯员。1941 年马占寺战斗后，钟国楚决定让他陪受伤的连长张启标到塘马养伤，两人 27 日到达塘马，住在新店村。刚住了一个晚上就遇上了震惊大江南北的塘马战斗，在戴家桥，在几乎无兵可用的情况下，他和张启标、陶家坤等人要求留下。作为一个新兵，他表现得十分沉着，不时射击，不时投弹。虽然他战斗力有限，但众战士同仇敌忾，死守木桥，日军多次进攻都无功而返。

除了战斗外，他还要照顾张启标。待天黑，他背着张启标随转移人员走了一夜，累得双脚几乎失去知觉。虽然途中张启标多次要求把他放下，其他同志也主动上来背扶，但他都没有答应，咬着牙，一路将其背到黄金山地区。又经过几年战斗锻炼，他已成长为十六旅特务营的连级指挥员了。

戎克勤、周谷云领重任突击新桥，他们利用地形隐蔽来到了新桥西面，两人按预定方案，作出如下布置：戎克勤率领突击排爬山屋顶，进行突击；副连长率一个排抢占新桥北侧有利地形，切断伪军的退路；周谷云带一个排在突击排左翼向东挺进，配合连长进行战斗。

一切布置妥当，戎克勤率突击排利用镇上房屋作掩护，秘密接近紧临伪军据点，即学校西面的老百姓草屋屋顶，焦急地等待江政委发布攻击命令。江渭清的命令是炮兵排连发三炮，待第三发炮弹爆炸后，二连开始攻击。

下午 5 时，天色渐暗。这新桥据点据有伪军一个连，伪军出于安全考虑，侵占了新桥的一所学校，并进行了改造。他们不同于东流的伪军，构建据点的速度特别快，由于学校墙体厚重，加之伪军在四周增添了许多工事，因此十分坚固，其攻击的难度远大于东流伪军的据点。

这些伪军也渐渐感知日军已呈强弩之末之势，所以士气十分低落，再加上刚刚听到东流据点被袭，吓得龟缩在据点，做起了缩头乌龟。伪军白天无事，便把前几天抢来的猪、鸡杀了，准备好好美餐一顿。他们忙了一天，将菜烧好后盛进盆中，放到桌上，热气还未散尽，便抢着下筷，吞噬起来。

此时，江渭清右手朝下一劈，对着王国富叫道："放！"

王国富适时地给那些正在进晚餐的伪军加了一道"好菜"。

"呼"一声响，炮弹出膛，划出一道美丽的弧线，精确落入院中，瞬间火光一闪。一声巨响后，院内的泥土四溅，接着如雨点般地从空中落下。

那些伪军正在抢夺猪肉，以满足他们的口腹之欲，刚进口的肉正把他们的食欲提高到最高点时，突然一声巨响，火光一闪，只觉山崩地裂，房屋颤抖，泥土屑扑面而来。

有几个伪军不小心碰翻了鸡汤，被烫得嗷嗷直叫。

他们不知发生了什么，乱作一团。他们还不清楚，是新四军来攻打他们，因为他们认为新四军没有炮。

乱了一阵后，伪连长命令手下操枪到院子中看个究竟，哪来的炮弹竟落入了院中，七八个伪军刚进入院中，猛听到上空一阵尖啸之声，刚抬头朝上看，便觉得一个圆柱形的东西坠落下来，吓得他们枪一扔，想挪动双腿，但未及移步，只听得一阵轰响，身体有一种撕裂感，然后就什么也不清楚了。

这七八个伪军被炸的身首异处，四肢残裂，血肉一片。

"打得好，打得好！"江政委和战士们对迫击炮所发挥的高超效率和取得的良好效果，一齐拍手叫好。

"发第三炮！"江渭清下达了攻击命令。

"呼"的一声，第三颗炮弹从炮筒中呼啸而出，又精确地击中院落，顿时火光一闪，烟雾弥漫。

这 3 颗炮弹一炸，整个院落便被烟雾笼罩，为二连偷袭创造了有利条件。

两发炮弹后，伪连长还没有完全明白是怎么回事，便和其他伪军乱作一团。有的想逃，有的想躲，有的到处乱撞，完全失去了战斗力。

戎克勤听到第二声炮响后，兴奋极了，他和战士们早已是迫不及待了。他们马上在草屋顶上跃起，然后由西向东跃过屋脊，顺着屋面的斜坡，像小孩滑梯似的滑进小学的院子里。

由于戎克勤歼敌心切，从屋顶向下滑行时，动作过猛，速度太快，致使失控坠地，腰部受伤，一时疼痛无比。

这些伪军弄不清炮弹是从哪儿来的，也不知该如何应付这局面。因为他们只见炮响，却不见人影，现在突然有人从天而降，他们被吓得在院子里直打圈圈。

戎克勤刚好坠落在几个伪军之间，他跌倒后，一时难以起立，只觉得眼冒金星，天旋地转，耳朵一阵嗡嗡作响，四肢又酸又沉，不听使唤。他握着驳壳枪，竭力想挪动起来，但一瞬间，一切似乎凝固了起来，连思维也凝固了起来，麻木，麻木，还是麻木。所幸这几个伪军早被吓破了胆，手足无措，乱叫乱喊，不过还是有几个清醒过来，想操枪射击。就在短短的几秒内，戎克勤的身体已经复苏，他忍痛爬起，连发数枪，击毙了几个伪军，其他战士落地后也是一阵扫射，把那些原本晕头转向的伪军打得四处乱窜。

戎克勤站起来后，忍痛指挥，喝叫着“缴枪不杀，优待俘虏”的口号。这些伪军被打晕了，现在终于明白是遭到新四军的袭击了，许多人放下武器，磕头求饶。

另一些伪军赶快打开后门，奔向新桥，企图夺桥逃命。

“追！”戎克勤命令一部分战士收容俘虏，一部分战士随他追击。

伪军刚一出门，周谷云一声喊：“打！”战士们排枪齐发，冲在前头的伪军惨叫着倒了下来，其他人仍旧不顾一切，朝前狂奔。

临近桥头时，伪军终于收住了脚，前面黑洞洞的机枪怒吼起来，桥面完全被封锁，冲在前面的已倒下了好几个，他们只好往回跑。

但此时，戎克勤和周谷云已合奔一起杀了过来。

南北夹击，伪军没有别的选择，只有投降一条生路，所以他们能做的便是乖乖缴枪投降，而且这是他们唯一能做的。

此战只用了 20 分钟，特务营无一阵亡，全歼伪军 1 个连。

江渭清露出了会心的微笑，是啊，指挥员灵活应用战术，出其不意地选择攻击时间，精确的炮火支援，以及二连指挥员的勇猛杀敌，无一伤亡，杀敌一连，这难道不值得骄傲、自豪吗？

在里佳山，江渭清与钟国楚的手紧紧地握在了一起。

钟国楚又回到了十六旅，又回到了他呕心沥血创建的四十六团。

钟国楚在 1943 年年初，于二旅南下合并成立新的十六旅时，便由上级决定调至延安学习，后因病滞留在茅山地区，未能去成延安。两溧反顽战役时，他着便装接受江渭清委托，指导十六旅进行作战。病愈后，因江渭清挽留，报上级批准，转任十六旅副旅长、参谋长，钟国楚服从上级安排，愉快地踏上了工作岗位。

对于十六旅，钟国楚自然有一种特别的情怀，十六旅的前身是二支队，他自新四军组成后一直奋战在二支队，先是担任三团政治处主任，后担任四团政委；皖变后，六师成立，他又担任十六旅四十六团政委，兼任十六旅政治部副主任。塘马战斗后，代理政委一职，谭震林南下后，他上任十六旅政委。不久，江渭清到来，他改任旅长，江渭清担任政委，两人带领十六旅奋战在金陵城下、茅山山边，苏南抗战的面貌焕然一新。至1942年年底为止，十六旅恢复并发展了“皖南事变”前的苏南抗日根据地，全区拥有人口100余万，11个县政府和1个县级办事处，十六旅所辖四十六团、四十七团、独立二团，茅山保安司令部，已恢复到2 300余人。五十一团（共一个营）亦由北到南来，归十六旅建制。钟国楚在塘马战斗后、苏南抗战处于低潮时，与江渭清一道为坚持苏南抗日根据地、发展壮大十六旅作出了不朽的贡献。

当初二旅南下后上级调其去延安学习，他还真有点舍不得离开多年奋战的苏南，他对苏南太熟悉了，尤其是溧水，那儿的一草一木都与他有着深厚的感情。延安去不成，所以江渭清一挽留，他就爽快地答应了，只要能上战场，他并不在乎自己的地位、名利。

现在，他又回到岗位上和自己的老搭档开始新的战斗生涯。

特务营和四十六团合并一处，下一步该怎么部署？两人一致认为针对敌人仓促设防、立足未稳的特点，要不失时机地将敌人各个歼灭，加速粉碎敌人的“蚕食”计划。

两人详细研究后决定，在攻打了东流镇伪据点，消灭了新桥伪军后，应迅速南下攻击漆桥，并适时改变战术，在组织攻打漆桥的同时，有计划地组织打援，力求迅速消灭更多的敌人。

11月22日，江渭清、钟国楚率队来到高淳，来到了漆桥以南的游子山。

游子山为茅山余脉，原称梁山、绵山，据当地碑文记载，孔子周游列国时曾登此山，产生了游子思归的念头，后人便将此山更名为游子山。

江渭清看着山势平缓的游子山，真是感慨万千，高淳呀高淳，踏入苏南的第一地便是高淳。想当年（1938年）6月3日到达狸头桥，连夜渡过固城湖，便进入高淳，初到高淳，真是令人眼前一亮，丘陵不多，典型的水网地域。

游子山与大山连绵、人烟稀少的湘鄂赣边区有着天壤之别，当时麦儿刚刚抽穗，令人想起了宋代诗人范成大咏高淳的诗来：

路入高淳麦更深，草泥露润马骎骎。
雨归陇首云凝黛，日属山腰石渗金。
冬柳不春花自蔓，古祠无壁树空阴。
一箪足居前村店，袅袅炊烟起竹林。

那真是一个美好的季节，转眼间，我新四军在苏南转战已是第六个年头了，而今苏南抗战形势明显好转，但日伪军还在垂死挣扎，“清乡”失败后，竟然玩起了“蚕食”的诡计。新四军力量日渐壮大，岂能容你日伪“蚕食”，我们一定要在溧高中心区荡尽日伪，取得反“蚕食”斗争的胜利。

游子山啊游子山，请你作证。日伪嚣张的日子不长了，美丽的高淳惨遭日寇践踏的日子不长了，大好河山一定会回到人民的怀抱中……

江渭清临风而立，紧紧地握住了拳头。

江渭清和钟国楚经过一番实地观察后，决定采取围点打援的方式。

“江政委，现在敌我力量已发生了变化，我军力量已占优，应在大胆攻打据点的同时，再采取‘围点打援’的方式歼灭敌人。”钟国楚对着平摊的地图，用手指在上面划动着。

江渭清连连点头：“对，我看用四十六团主力攻打漆桥，用其他兵力组织打援，诱敌走出‘乌龟壳’，趁敌援漆桥之机，力求在野战中歼灭更多敌人。”他握紧了拳头，“我们一定要粉碎敌人的‘蚕食’计划。”

“我们应立即召开四十六团、溧高地方部队和特务营的领导干部大会，部署攻打漆桥与区分打援的任务。”钟国楚的心情有些迫切。

“好，马上开会。”江渭清即令通信员传令开会。

会议开得十分热烈，干部们的战斗豪情从言谈间、神情中充分地展示出来。气浪在空中回旋，干部们漆黑的脸膛上泛着光亮，双眼放射着炫目光芒。

会议决定四十六团在炮火支援下，负责主攻和歼灭漆桥之敌，同时派出一个营担负毛公埠（溧水）方向警戒，歼灭该方向来援之敌（决定由政治处主任陈绍海同志负责指挥二营），其余部分在溧高地方武警的配合下，担任高淳及固城方向的警戒和打援任务；旅部特务营占领大、小游山及小茅山一线有利地形，组织设伏，歼灭东坝（郎溪）方向之援敌，旅部指挥所设在小游山北侧无名高地上。同时，要求部队到达预设地点后，立即切断漆桥与外界的电话联系，担任警戒设伏部队均要秘密进入指定地区，相关工作人员向部队明确了有关协同事项和联络信号。

四十六团黄玉庭、丁麟章领命而去。他们压抑太久了，自南岗战役后，主要是转移，分散，隐蔽，现在终于可以扬眉吐气地好好打他一仗。

晚饭后，各部立即组织动员，天黑后，组织部队开进指定区域，众战士热情高涨，立即投入了紧张的战备工作。

攻漆桥刻不容缓，因为十六旅连克伪军两个据点，敌人惊慌了，不仅增加夜间的巡逻警戒，还尽可能增加鹿砦之类的防御工事。但他们无论如何也来不及调整兵力部署，所以 22 日晚便攻打漆桥，而且在大、小游山设伏，力争“围点”“打援”，双双奏效是极可能的。

不过，不利的因素也在增加，伪军的装备大大加强，这倒并非日军为伪军着想，日军对伪军一直抱有戒心，重装备一般不会配置给伪军。但这一次有大批国民党军投敌或成为日军的战俘，所以装备大大加强了，驻在漆桥的便是伪三师的加强连，武器是清一色的崭新的德国造弯机柄步枪，兵员中也有许多军事技术过硬的老兵。

另外，漆桥是高淳的一个古镇，据点设在镇东北的一座老油坊里，这房屋非常坚固；另外，这油坊三面环水，一条堤岸和镇上相通，日伪军居高临下，这样的防御工事在缺少重武器的条件下，虽不说是固若金汤，但确实是易守难攻。

黄玉庭、丁麟章把这个任务交给了一营的陈伯元，陈伯元把这个任务交给了二连连长姜恩义。

姜恩义利用短暂的时间对敌据点作了一番观察，想来想去只能用偷袭的方式。他组织突击排，把任务交给排长陆启荣，叮嘱他要利用唯一的通道出其不意地进行攻击，若不能采取突然的措施，一旦敌人有了防备，那就麻烦了。

陆启荣领命而去，他精心挑选了数十名战士，利用夜幕的掩护向敌据点行进。不料敌人在两个据点被拔掉后，便每晚都安排巡逻，刚好碰到陆启荣他们。这些伪军吓破了胆，一面胡乱地放着枪，一面向据点狂奔，并惊呼着“新四军来了”。

这样一来，部队已暴露，偷袭不成了，陆启荣一咬牙，命令突击排紧追不舍，一直追到敌据点的鹿砦前。据点里那些惊醒了的伪军连忙起身，操起武器，在碉堡和工事里玩命地放起枪来，这样唯一的通道被密集的火力封锁住了。

偷袭不成，只能强攻，姜恩义命令突击排强行攻击。陆启荣带着突击排的战士在火力的掩护下匍匐前进到敌人鹿砦工事边。战士们想出了一个办法，用绑腿拴住鹿寨边上的树杈，然后在火力打不到的地方用力拖，一次一次地往返拖。战士们咬着牙、忍着痛，膝盖和臂肘部的衣服都磨破了，没有一个喊疼，没有一个退缩，终于把敌人的鹿砦工事拉出了一个一米多长的口子，突击分队的其他战士从这个口子冲了进去。

但冲进去以后，很快便被外壕所阻，看来像这样的火力和工事，一时是无法攻破的。突击排攻了几次，伤亡不小，但还是无法接近对方的工事。陈伯元火了，命令部队在迫击炮和其他火力支援下，猛攻守敌，但敌人凭借工事顽强抵抗，一营的攻击毫无效果，只能无功而返。

当时四十六团虽有迫击炮，但迫击炮的威力有限，加之夜间看不清，炮兵无法精确决定射击诸元，虽连发数十炮，但命中率极低，仅中一发，不能有效地摧毁和压制敌人的火力点。

陈伯元急得汗水直冒，一时想不出什么办法。

此时旅部来了命令，晚上不要再进行攻击，这样可以作诱饵，吸引东坝之敌前来增援，这样特务营才能实施“打援”的计划。另外，集中部队调进据点对面的营房里，在墙上打枪眼，在圩堤上挖掘工事，把敌人围起来，第二天展开政治攻势，积极做好最后的攻击准备。另外，命令担任警戒打援的各部队必须认真做好 23 日白天消灭可能来援之敌的准备。

新桥一役，特务营无一伤亡，全歼伪军一连，士气十分高涨，现在领受新任务，喜气洋洋直扑游山设伏。

东坝至漆桥有两条公路可通，一条为溧（水）郎（溪）公路，由东坝到嘶马村后转向漆桥，途中须经大、小游山及小茅山之间的狭窄地段，此处有利于组织伏击；一条为山间小道，系通往漆桥的捷径，由东坝到叔村后转向高家，再穿过大、小游山之间的凹部后至漆桥。

江渭清、钟国楚根据长期积累的战斗经验，决定设伏兵于此，此地形利于隐蔽，且地段狭窄，不利于敌人展开兵力。

于是特务营一连 22 日夜间秘密进入大、小游山南麓一线设伏，二连同时秘密进入公路东侧小茅山的小庙及其东北一带的有利地形设伏。

部队一到指定地点，廖坚持立即采取严密封锁消息和伪装等措施，就地待命。

22 日晚上，一阵阵枪声传至东坝，伪军副师长陈炎生翻身起床，他揉了揉双眼，急忙打听何事，一会儿他手下的情报官传来消息，新四军攻打漆桥。他急命侦察员前去侦察，要把战况及时向他汇报，因为漆桥通往东坝的电话已被新四军切断。

陈炎生是汪伪江苏省伪省长之子，凭着他老子的关系，弄了一个副师长的军职，这一次日军全面向南推进，他们趁机蚕食我根据地。为了鼓舞士气，他借机巡视，并给各地驻军送来钱币。他到了东坝，慰问东坝伪军后，下站便到漆桥，没料到刚到东坝，漆桥竟发生了战事。

“真晦气。”他骂了几句，翻身上床搂了下属刚送来的一名女子便沉沉地睡去。几小时后，他正在梦中咂着嘴，做着好梦，谁知卫兵把他叫醒，无奈他只好起床。派出去的侦察兵回来了，也带来了漆桥的消息，原来新四军攻势虽猛，但无奈漆桥镇工事坚固，防守有序，无法突破，而且随着时间的推移，他们的攻势越来越弱。

陈炎生听了狞笑起来，“新四军打来打去就那样，偷袭一下，若成就成，若不成必退，白天一到，他们必走无疑，这是他们游击规律，大家安心睡觉，按原计划行事，明日一大早赶赴漆桥，漆桥的弟兄盼着我们呢！”

吩咐完毕，他完全没有察觉到事态的变化，又翻身上床，做他该做的事儿去了。

第二日，陈炎生香汗淋漓地起床了，他连打着哈欠，带着一个连的士兵加上大量的钱币，大摇大摆地向漆桥挺进。

要说陈炎生完全是个脓包，倒也不是，他还有几分狡猾，他也知道在军事上不能弄险。到漆桥路途不近，按常理新四军攻漆桥未克，肯定远撤他乡，但也不能排除半途设伏。虽然这种可能性极小，他决定部队到叔村后，突然转向西北，经高家向大、小游山之间的小道挺进，取捷径，快速进入漆桥。

一切安排妥当，一大早他即带着人马向漆桥挺进，到了高家后，马上展开战斗队形，边搜索边前进。他其实是个愣头青，倒偏显得十分成熟的样子，他这个方法也是向他的主子日本人学的。搜索了一会，什么也没有发现，他觉得自己真有点神经过敏，何必这么小心。但是，现在哪怕假戏真做，当作演习，也可以锻炼自己的实战经验。

到了马家以西地区时，他开始对大、小游山进行盲目的射击，不仅仅是搜索，而是边侦察边前进，就这样打打停停、停停打打，搜索前进。

然而，一切均在江渭清、钟国楚的预料之中。江、钟二人即令预备队做好战斗准备，随时出击，协助特务营围歼敌人，然后他们隐蔽到小茅山附近指挥战斗。

廖坚持和陈力冷冷一笑，这陈炎生还太嫩了些，这种鬼把戏你玩得再熟，也玩不过日本人，现在日本人就那样，你们还能怎么样。

他们隐蔽待命，沉着气，不予理睬。直到陈炎生的队伍进入特务营有效射程内，他们仍未开枪，直到伪军行进到他们实施反冲锋的地段时，廖坚持才一声喊：“打！”

瞬间，手榴弹、机枪、排枪一起朝伪军轰击。

伪军突遭打击，即刻晕头转向，乱作一团，好在他们终究是搜索前进，士兵与士兵间有一定的间距，一连的一阵猛击倒也没有击毙多少伪军，只是吓得他们扭转屁股哭叫着向东坝方向溃逃，一连即尾随伪军进行追击。

二连埋伏在小茅山，原来预防伪军从那儿通过，不料狡猾的伪军走了大、小游山的凹处。战斗一响，戎克勤、周谷云即率部队按第二道方案作战，他们沿小茅山向叔村延伸的小山岗的反斜面猛插下去，先敌一步抢占了叔村，切断了敌人向东坝逃窜的退路，并以侧射火力配合，围歼逃敌。

这二连刚打完新桥战斗，士气高昂，犹如猛虎下山，直扑敌阵，吓得伪军立马调转方向，向西南张沛桥方向溃逃，他们不再往东坝溃逃，想逃到高淳县城去。

二连在廖坚持率领下穷追不舍，一连右翼排已迅速沿陈村向张沛桥猛插，此时伪军已遭一、二连钳形夹击，被迫向正南溃逃。

不过，这陈炎生还真能跑，别看他过着花天酒地的生活，平昔倒不是养尊处优的花花公子，也经常跑步、射击，若按一个军人的标准来衡量，倒也算有两下子，况且此时遇到险情，便更拼命地奔跑起来。

他原先在队尾，这一转屁股就变成了队前，因此他跑在了前面，加之他喜跑步，跑得比一般人快，此时特长倒也派上了用场，所以他一路狂奔，只有极少的几个卫兵跟上了他。他猛跑了一阵，发现已把新四军甩下了一大段，脱险已完全没有问题。喘息之余，残部已渐渐聚合，也有四五十人，后面的新四军虽尾随而来，但毕竟有一段距离。他和众伪军暗自庆幸，上苍总算眷顾了他们，这一次真可谓死里逃生。

于是他们马上鼓足勇气，又向南奔跑，跑着跑着，陈炎生露出了一丝狞笑，他回头一看，一千个安全，一万个安全。就在他正准备开怀大笑时，突然发现前面出现了一条白色的带子，亮晶晶的，光彩夺目。

陈炎生心里猛地一跳，奔跑的速度放慢了下来。虽然他跑得有些神志不清，但基本的判断还有，那白带子可能是一条河。

是的，是河，奔跑几十米后，那条带子明白无误地变宽、变长了，它变成了一条河，而且是一条宽阔的河。

陈炎生绝望了，几乎是瘫倒在河边，他向河的两端全力搜索，想发现或者希望河上有一座桥，这样，他们这些旱鸭子还有救。但上苍最终没有眷顾他，河上没有桥，求生的希望使他们哭喊着，咒骂着，向河的两端奔跑，还希望河上能出现一座桥，但桥没有出现，他们顿足捶胸。可惜他们离新四军的距离并不远，仅有的一点儿时间是无法让他们找到桥。

新四军扑了上来，“缴枪不杀”的声音撞击着耳鼓，此时除了投降，还能有什么选择呢？

陈炎生双手举过头顶，身体一直发抖。

一、二连的勇士从正北、东北、西北三个方向一起冲向敌群，除了士兵外，六车行李和伪币均成战利品。整个战斗只进行了20多分钟，以特务营无一伤亡全歼敌人而告终。

陈炎生被抓，形势发生逆转，陈是伪南京首都警卫第三师副师长（原系伪九师师长），他是日本“九·二”式步兵炮士官学校毕业，又系汪伪江苏省省长陈群之子。

陈炎生被带至据点外，向据点内伪军喊话，叫他们投降。由于伪军并不认识陈炎生，不知真假，所以他们犹豫了一阵后，还是拒不投降。

江渭清命陈炎生按要求写一封招降信，派人送进去，让他们投降。

送信风险极大，一时没有合适人选，刚巧姜恩义自告奋勇，请求带信入据点，招降伪军。

姜恩义生有异相，脸上长有白眉，一副杀气，一般人见之顿生畏惧之心。他拿着信，来到伪军据点前高喊：“你们听着，你们的师长劝你们投降，你们不信，现在他有书信在此，我带给你们看，让我进来。”

这伪军连长知道陈炎生上午要来巡视，但他并不知道在不久前的战斗中他已被俘，刚才的喊号也不知真假，如有书信，不妨看看再行定夺，况且新四军只有一人入内，料也无妨。

姜恩义面无惧色，大摇大摆地走进了敌人的据点，伪连长三角眼抖动了一下，“书信何在？”

姜恩义把书信递了过去，伪连长一看，从书信的内容和口气倒也像是上司的，但谁能保证不是仿造的。如果是真的，看来顽抗不得，如果是假的，只要坚守待援，新四军也奈何不了我们。

姜恩义见对方还在犹豫，便大喊一声：“到底投不投降，外面全是我们的部队，你们的师长都成了阶下囚，你们还撑着干什么？”

“这……”伪连长眼珠子滴溜溜直转，他看到他手下的那些兵大多无心恋战，打下去也不是个办法，但他贼心不死：“这样吧，我和兄弟们商量一下，商量一下。”

“好，给你们一点时间，你们现在已被我们四面包围，插翅难飞，如果你们放下武器，新四军欢迎你们投入到人民的怀抱，如果你们继续为日本人卖命，那么12点一到，就把你们坚决消灭掉，你们要珍惜这个机会。”姜恩义白眉一竖，吓得伪连长连连后退：“好，好好，12点回复，12点回复。”

姜恩义任务完成，镇定自若地返回到连部，众战士都为他捏了一把汗，他微微一笑：“没事，我看众伪军已无心恋战，撑不了多时了。”

时近12时，伪军没有明显的投降表示，但也没有乱放枪，陈炎生的喊话和书信使下级士兵产生了动摇，姜恩义的警告也起了一定的威慑作用，但伪连长不准投降，他抱着侥幸心理还在观望。

12时1分，攻击开始，迫击炮再次发射，第一发炮弹虽然偏离目标，有几个人探头探脑想看看虚实，我指战员再次喊话：“我们的炮兵开始射击了，你们再不投降只能当炮灰了。”这时，第二发炮弹在敌据点的跟前爆炸，伪军一看炮弹准度远高于晚上，再也不敢拖延下去，赶快在屋顶上竖起了白旗。

1943年12月9日，延安《解放日报》第一版刊载了这样一条消息：（新华社华中5日电）上月22日，我苏南新四军一部，围攻溧水县南漆桥伪军据点，战至23日午，将该据点敌伪全部歼灭。是时，东坝敌伪百余增援，至我伏击圈内，亦为我全部歼灭，是役共缴获长短枪150余支，轻机枪3挺，俘伪第三师副师长陈炎生以下160余名，毙敌大尉及伪中校参谋以下40余，我仅伤亡30余。

杭村战斗

站在山巅之上，脚踩松软的竹叶，透过那薄薄的轻雾，剥开那摇曳的竹叶，你能看到一个小小的山村，它就是安徽广德的杭村。

这个小山村并不显眼，在山林之中，很多人并不知晓它的存在，不过这个小小的山村在抗战史上却是很有名气，因为它和一场战斗，还有一件战利品联系在了一起。这场战斗叫杭村战斗，这件战利品就是那九二式步兵炮。

在北京军事博物馆有各种各样的武器，那件战利品，即九二式步兵炮，静静地躺在陈列室里面，这个步兵炮看上去很一般，黑黑的，并不显眼，但是当你注视它的时候，它似乎在向你默默地诉说着往昔的战斗岁月。

1944 年的 3 月，日伪军对苏南茅山抗日根据地的进攻被粉碎以后，又从芜湖调集 4 000 余人对广德、郎溪、长兴等地区进行残酷的大扫荡。3 月 29 日上午 8 时多，日军南浦旅团小林中队 100 余人和一个伪军大队 300 余人，带着由几匹洋马拖着的一门九二式步兵炮从苏浙皖边境扫荡归来，准备经杭村狮子口返回据点，这个消息被我军驻在长兴仰峰岕一带的四十八团获悉。

团长刘别生兴奋异常，他一面向十六旅旅长王必成报告，一面迅速做出决定。他决定一营由曾旦生带领占领杭村东南的牛头山高地，二营由黄祖煌营长、杨焕章教导员带领埋伏于杭村东北广宜公路的两侧，防止敌人北逃，并截击溧阳、宜兴可能增援的敌人。三营则由徐超和教导员郑大方率领，埋伏在西南祠山谷高地，断敌归路。饶惠谭副团长则带领机炮连随后赶到。

那是一个理想的伏击场所，几乎是两山加一沟，敌军虽然有 100 余人，有九二式步兵炮，有 300 伪军，但是在这个峡谷地带，他们没办法展开兵力，九二式步兵炮也派不上用场。况且我四十八团兵强马壮，战斗经验丰富，战斗意志坚定，战斗的技能也非常娴熟，这是消灭日军非常好的时机。王必成旅长点点头，他决定自己亲赴一营牛头山阵地进行指挥。

下午 2 时多，日军南浦旅团小林中队的日本鬼子和 300 多人的伪军大队来到了杭村一带。他们有的抢了鸭，有的抢了鸡，还有的抢了许许多多的财物，边说边走边笑。有的日本兵用马拉着大炮，有的背着炮弹，还有的骑在马上耀武扬威，好一副喜气洋洋的景象。

他们一路上没有察觉任何的动静，而且离他们的据点也不是太远了。他们有两个据点，一个是广德的门口塘，一个是流洞桥，现在他们正在回流洞桥据点。当然，门口塘据点离他们更近，他们随时可以进入门口塘据点。

当徐超和郑大方带领着三营赶到祠谷山的时候，一部分敌人已经走出了包围圈，不过大部分敌人还在包围圈之内，时机一到，徐超大喝一声“打”，战士们纷纷开枪，有的狠狠地摔出了手榴弹。这阵枪声吓得敌人是惊慌失措，对面的牛头山的一营听到了三营响起的枪声，也大声喊叫着从牛头山上冲了下来。

日军没有想到在这遇到了新四军的伏击，顿时慌了手脚，尤其是伪军，作战经验、作战能力很差，到处乱窜。但是在山沟里，人往哪儿窜呢？日军非常顽强，他们赶快抢占了山脚下的几块小的高地，负隅顽抗。不过那些赶马驮运九二式步兵炮的日兵可倒了霉，因为战马受了枪声的惊吓以后，也是到处乱窜，不再向一个方向前行。他们拼命地用马鞭抽着马，但是马就是不听使唤。他们好不容易把马向一个方向赶动的时候，车轮又陷在小山沟里面，急得他们下了车，纷纷地玩命地转动着车轮。等到车轮落于实地后，那些背着炮弹的马匹又受了惊，急得日军赶快牵住那些马，玩命地向一个方向拉扯。其他的日军则跑到地形有利的地方，向山林中的战士们还击，但是由于地势较低，加之山上有许多树木的遮挡，反击的威力是大大打了折扣。

火光一片，硝烟阵阵，呐喊声声。敌人的战斗意志已成溃散之势。

王必成旅长拿着望远镜亲自指挥，没多久，饶惠谭副团长带来了小炮排。王必成微笑着点点头，把手中的望远镜递给了小炮排的排长戴文辉：“来，看看，你能看到什么？”戴文辉拿过望远镜，往前一看，激动地大叫：“大炮，大炮，日本人的大炮！”

王必成点点头：“我们多么需要大炮啊，我们现在要用小炮打他们的大炮。炮弹少啊，我给你 3 发炮弹，有没有把握打中他们？”

这个小炮也是从敌人手里缴来的迫击炮，炮弹少，又没有瞄准器，这可完全是凭经验目测。

戴文辉久经沙场，有一定的经验，他瞄准好距离后，回答说：“准备好了。”

王必成一声大喊：“打。”戴文辉开动了炮机，第一发炮弹离日军的炮位三四公尺时爆炸了，打倒了几个敌人。王必成从望远镜当中看见日军着慌了，因为新四军作战有步枪、有机枪、有手榴弹，偶尔会有地雷，却很少有炮弹，一有炮弹日军就惊慌了。日军伪军是哇哇乱叫，他们丢下所掳掠的财物，在山地里团团乱转，有的着了急脱下了皮鞋，拼命地奔跑。王必成旅长见状，又命令再打一发，这个时候戴文辉又按下炮扭，一发炮弹又飞向敌阵，这一炮虽然没有打中敌人的炮位，却把炮旁的战马打中了，受惊的战马是狂奔乱跳，又冲倒了几个敌人。

敌人乱作一团，不知所措，他们没有办法安置九二式步兵炮，也没有时间安上炮弹向新四军回击，或者说，即使他们安上了大炮，这些炮在山沟里也很难找准方位，作用也不大。

王必成从望远镜中把战斗的情形看得一清二楚，此时他立即命令战士冲锋，刹那间枪声、手榴弹的爆炸声惊天动地，山沟下的日军一批批倒在我机枪之下，我一、三两个营的干部身先士卒，以迅雷不及掩耳之势把敌人冲得七零八落，几乎全部把他们压制在广宜公路以西的几块油菜地里，那门九二式步兵炮也陷在路西小道的沟旁。

战士们从树林中冲杀出来，年仅 23 岁的教导员郑大方身先士卒，奋勇向前，挥起驳壳枪高呼：“冲啊！”在郑大方的带领下，战士们纷纷冲下小山包，同敌人展开了白刃战，日军没办法只能逃跑。步兵炮有六七个日军在护卫着，他们本来是拉着这门炮向公路上进发的，但是被一条山沟阻拦了，只好停留在公路边的一座小坟包附近，旋即日军死命地用枪托抽打牲口，牲口还是不肯走。战士们冲了下来，他们可吓坏了，但仍负隅顽抗。后日军大部分被我军击毙，牲口也被打死了，只剩下一个负伤的日本兵坐在坟地上挥舞着枪刺，嗷嗷地乱叫着，最后也被我军击毙。

那门九二式步兵炮和 3 发炮弹就成了新四军的战利品，一营和三营合围，60 多个日军大部分被歼灭，剩下的日军畏于被歼，狼狈撤逃。

在杭村战斗中，郑大方像一把尖刀与敌人展开了白刃格斗，连续毙敌数名，再夺取大炮，抢下战马，不幸在追击敌人的过程中被负伤装死的日军打了冷枪，英勇献身。

郑大方的牺牲令人悲伤，他是四十八团三营的教导员，祖籍是广东中山，1921 年 3 月出生在上海的一个职员家庭。1938 年高中一年级的时候投笔从戎，到皖南参加新四军，后来在一师服务团学习后工作。1942 年任二旅四团三营教导员，1943 年年初，随二旅渡江南下，改任四十八团三营的教导员，曾经参加了两溧反顽战役。在攻打回峰山的时候，他作为预备队的教导员，自告奋勇到二营黄祖煌那儿率队作战，可见其勇猛无比。

杭村战斗只打了 1 个多小时就大获全胜。歼灭敌伪军 70 余人，除了缴获敌人大量的战马和枪支弹药外，日军九二式步兵炮和 3 发炮弹也落到了四十八团手中。杭村战斗结束以后，王必成旅长命令小炮排把九二式步兵炮弄到长兴的温塘旅部，当天晚上，又将大炮翻山越岭的转移到了煤山地区。

日军丢炮以后是恼怒异常，因为日军有一个规定，军旗不丢，重武器不丢，重武器中的炮更是不能够轻易丢失。为什么呢？因为这个大炮是有极大作用的，它的摧毁力比较强，日军搞的是碉堡政策，如果大炮改成平射，威力无比，所以敌人是不肯轻易丢下这重武器的。而我军之所以和日军打得如此艰苦，就是因为武器有代差，如果有了重武器，那不正是抓住敌人的软肋了吗？当这消息报告到日寇总司令部的时候，日寇总司令部命令这个师团一要找回大炮，二要增援部队，加紧扫荡。

从第二天起，日军就出动了 1 000 多人，加上大量的伪军特务和汉奸漫山遍野地四处寻找我军作战，寻找大炮，寻机扫荡。而我军则本着敌进我退的原则，避其锋芒，暂不交锋，只和他们打游击。由于郎广山区山高林深，敌人也无可奈何。

四十八团当然珍惜这门大炮，在江南的地盘上缴获敌人的步兵炮，这还是第二次。第一次是在 1940 年的 5 月，由二支队副司令廖海涛率领四团的三营，在句容县的赤山地区伏击日军，首缴大炮。所以新四军在江南地区能够缴获第二门大炮自然是欣喜万分，但是山路崎岖不平，大炮又太重，两匹骡子也拉不动，所以只能拆开来，分成几个部分随军带着走。

他们到了长兴煤山一带，和日军捉了几天迷藏，以后又到了罗界，最后团首长把炮交给驻在那里的团被服厂厂长吕道明同志，要他保管好。吕道明出了一个奇招，由机炮连的吴福庭连长和小炮排的王国富副排长带了几个人在罗界的一座山上勘好地形，挖好地洞，用木板做了大箱子，将炮架、炮轮、炮栓、炮后座装好，由几名老战士和地方的骨干扛上山去，分开埋藏。只有炮身和 3 发炮弹仍然由机炮连带着走，日军扫荡了 20 多天，连大炮的影子也没找到，毫无办法，无法向师团的司令交差。而后日军恼羞成怒，烧掉了杭村等一些村庄，又杀害了几名农会干部，还将一个丢炮的中队长枪毙了。从此以后，日军害怕新四军的枪弹，更害怕新四军的炮弹，再也不敢大摇大摆地出去扫荡了。

1944 年 8 月 23 日，我新四军十六旅发动了长兴战役，当我军攻打合溪伪军据点的时候，伪营长在炮楼上拒不投降，九二式步兵炮发了脾气，大喝一声把敌人的炮楼顶部炸塌了，伪营长连忙投降。由于九二式步兵炮先声夺人，我军一口气拔掉了敌人合溪据点。九二式步兵炮在以后反顽及解放战争中屡立战功，起了不小的作用。

攻打上兴埠

1944年的6月18日，在江苏溧水白马桥地区的一个小山村的茅屋里，十六旅四十六团团长吴咏湘面对着铺在桌上的军用地图陷入沉思之中。

阳光透过窗户照在他清瘦的脸庞上，他的脸颧骨很高，在艰苦的岁月里，由于营养不良，更显得突出了。但他的神情更为坚毅，看得出来，在战火中得到锤炼的钢铁战士，是不会为任何艰难险阻所吓倒的。

战士们透过门缝看到：吴团长沉思着，双眼紧紧盯着军用地图，有时停下来，在小本上写些什么，还不时对照着地图用手比划着。

本为十八旅五十四团团长兼政委的他怎么来到了苏南呢？怎么担起十六团的军事工作了呢？原来1944年的4月，四十六团团长黄玉庭被调到党校学习，团长的这一位置空缺了下来。在苏南艰苦的斗争中一个团是不能没有军事主管的，十六旅政委江渭清便把自己的老部下吴咏湘调到苏南。

调吴咏湘到苏南主政四十六团，是一个明智的、成熟的决定，因为吴咏湘和苏南，尤其是两溧地区有着较深的渊源。新四军第一支队在1938年5月挺进苏南以后，便来到溧水地区，6月8日和先遣支队在新桥会师后，第一支队兵分两路，一团随着傅秋涛、江渭清赴江、当、芜地区开展游击斗争，二团来到了茅山脚下浴血奋战。吴咏湘本是一团二营的营长，按理应该到江、当、芜地区作战，但上级命令他和二营留在了第一支队的支队部，后来又转化为第一支队特务营，奋战在溧阳的北部地区。

溧阳的北部地区沦陷以后，日军伪军横行霸道，肆虐猖狂，地方武装包括一些土匪武装也纷纷而出，形势极其混乱。吴咏湘面对溧阳北部复杂的形势，展开了积极的斗争。他根据统一战线的政策，让当时在溧阳北部地区的许维新部接受了我党的抗日主张，将部队慢慢改进成为溧阳的抗日自卫武装，这也是溧阳的第一支地方武装。在争取许维新部的过程当中，吴咏湘主动和他们交朋友，经过不断地耐心工作，终于完成了任务。

后来，吴咏湘带领特务营来到了黄金山地区，又争取了吴福泽带领的地方武装。吴福泽部有几十条步枪和两挺机枪，但他是个大老粗，他的武装主要是保护地主。吴咏湘努力做他的工作，鼓励他抗日，答应不缴他的枪，并在3天之后派了营书记陈绍海任指导员。后来吴福泽被争取过来了，担任了第二支队四团二营的营长。

吴咏湘在溧阳北部地区打了许多仗，对那一带的地形、民情、战情非常熟悉，后来他又动员了群众破坏了溧武公路上的桥梁，攻打敌人的据点。

1938 年年底，吴咏湘离开溧阳到达皖南，又回到了老一团，担任了老一团的参谋长。皖南事变以后他历经千辛万苦来到了太滆地区，受命在第二支队工作。十八旅成立后，他担任了十八旅五十四团团长兼政委，后来部队来到了江高保地区，他便一直在此奋战。现在他又回到了曾经战斗的地方，非常兴奋。来到溧阳竹箦桥地区以后，吴咏湘安排好家属，到长兴十六旅旅部作了汇报，然后匆匆地回到溧水白马桥地区，率领四十六团英勇作战。

吴咏湘眉毛紧锁，双眼紧紧地盯着地图，因为他要组织一场战斗，也就是说，他要组织来到四十六团后的第 1 场战斗，而这场战斗意义非凡，1944 年的苏南情况变了，形势变了。

说形势变了，因为苏南抗日根据地已经走出了 1943 年的低谷，1943 年两溧反顽以后，我苏南抗日根据地大大缩小，十六旅四十八团在日军伪军、顽军夹击下，曾经一度想渡江北上，但我四十六团在狭隘的横山地区顽强奋战，开展游击战争。经过艰苦卓绝的斗争，到了 1944 年，苏南形势发生了很大的变化，新四军坚决抗日，打退了敌人一次次的进攻，已经从狭隘的横山地区，发展到北起云台山，南到固城湖、南漪湖的广大地区，对日伪军的进攻一一粉碎，纵横自如，四面出击。

但是日军不甘心失败，汪也不甘心失败，他们搞了几期清乡以后，又玩起了新的花样。他们采取了蚕食政策，针对我根据地，今天占一个村庄，明天又占一个村庄，修筑坚固的据点，向我根据地中心推进。

由反“清乡”转为反蚕食，这就是当前的形势，在四十六团担任这份新的工作，不仅要保卫根据地，振奋士气，还要补充人员、改善装备，这就是摆在吴咏湘面前的一个艰巨任务。

怎样打破敌人的蚕食政策，吴咏湘在思考之余，地方政府突然传来一个消息，说伪二师的 1 个加强连，约 4 个排占领了溧阳县的上兴埠镇，正强迫当地老百姓为他们赶做工事。

正是在此情形下，吴咏湘陷入了沉思之中，他面对着地图反复比划。

少倾，他来到了窗前，从窗外吹进了一股热风。6 月的苏南，天气已经非常炎热，知了在树上玩命地叫着，蜻蜓在窗外飞舞着，小麦已经收割完毕，乡民们翻着土地，引水浸泡，准备着夏日的水稻播种工作。刚刚收割完毕并已脱粒的小麦晒在谷场上散发出一股清香的味道。这是一个丰收的季节，在日寇的蹂躏下，苏南大部分地区的乡民仍处在水深火热之中，好在溧水部分地区已被牢牢掌握在人民的手中。这一副安康的景象，已经体现出共产党领导下的安宁幸福。

看着窗外的景象，吴咏湘判断敌人在上兴埠构筑据点，是他们蚕食我根据地的一个重要步骤。如果任其发展，这对刚刚建立而且趋于稳固的溧水抗日根据地是一个严重的威胁，这样的威胁会影响已经南进的十六旅的抗日斗争。

但是要拔除这个据点也不是那么容易的事，在他回来之前四十六团连拔两个据点均未成功，而现在伪军又构筑据点，怎么办？打还是不打？吴咏湘想了想，猛地握紧了拳头：“打！一定要打，一定要把它打掉！”然后他迅速召集了团、营级干部会议。

吴咏湘在会议上，作了如下分析：“敌人初来乍到，立足未稳，比较好打。由于害怕我军的攻击，敌人修筑工事的速度一定是很快的，我们发动攻击的时间宜早不宜迟。我们部队比较擅长突袭，对这样的敌人比较好办，就要选择敌人最容易麻痹的时刻，以隐蔽而快速的动作突入据点，使敌人来不及组织抵抗。发起攻击的时间最好在黎明之前，天亮结束战斗，迅速打扫战场和清查俘虏。因据点紧靠我根据地，战斗结束后我军可以迅速撤回根据地，无需更多兵力掩护。”

参加会议的同志都连连点头，同意吴咏湘的建议。

大家统一了意见以后，吴咏湘就开始排兵布阵。他首先选择一营二连完成主攻任务，一连担任佯攻和警戒，战斗一打响，佯攻部队就先打，吸引敌人火力和注意力，以保证主攻部队的突然性，有利于突破。

为什么要选择二连呢？因为二连连长姜恩义是本地人，熟悉这一代的民情、风情和地形；二排排长赵义金是有名的拼命三郎，战斗作风特别顽强，而且有很丰富的作战经验。

四十六团前面的几次战斗都没有成功，很多战士迫切要求打一个翻身仗。吴咏湘当然也想首战取胜，给四十六团的未来发展打一个良好的开端。

19 日一大早，姜恩义和赵义金就在地方政府安排下扛着两把钉耙，大摇大摆地走到了离伪军据点很近的一块农田里干起了农活。

姜恩义，溧阳大溪藤村人，1938 年日军占领溧阳以后，他和孪生兄弟率领本村及邻村抗日自卫团民众多次抗击凶恶的日军。一日，日军从南边渡小金山下乡骚扰，姜恩义兄弟率众抗击。日军见民众甚多，边打边撤，民众奋然追击时，其孪生哥哥为敌所害。姜恩义发誓报仇，在 1939 年年初，经周城地下交通员“丁长腿”介绍，他到溧水白马桥参加了新四军，成为第二支队四团的战士。因作战勇敢，姜恩义很快由普通战士上升为一营二连指导员，他随罗、廖东征西讨，屡立战功，后随四十六团来到溧水转任二连连长。

姜恩义、赵义金本是农民出身，地里的活样样能干，于他们而言，干这样的农活是小菜一碟。此时，苏南的农村已经进入了秧苗插栽的季节，按惯例小麦收购完了以后就是翻地，然后引水泡秧，再插上秧苗。虽然小麦早已收割完毕，但是地要翻一遍也不是那么容易的事，还需要时日，有钱的地主用牛耕，无钱的农民只能自己拿起钉耙去凿地。

姜恩义、赵义金拿着钉耙，慢悠悠地翻起地来。他们一边翻地，一边用眼睛瞟着那边正在修建碉堡的伪军和乡民。姜恩义、赵义金一看大吃一惊，一个又大又圆的主碉堡将要修成，还有三个配套的小碉堡，也即将完工，外面的壕沟修得又宽又大，鹿寨、拒马、寨栅还没有安置，如果等这些碉堡顺利地建成，鹿寨、拒马、寨栅完全安置好，新四军再要实行强攻，拔除这些据点就非常困难。他们暗暗地佩服吴咏湘的决定，要抓住时机攻取，若当取不取，则以后就没有这个机会了。

不久，一群伪军走了过来，他们两个人并不紧张，因为姜恩义对周围的村庄熟悉，周围的人也认识，他不会怕伪军的盘问。赵义金虽然不是溧阳人，但是他的家在离这儿不远的江宁县，以前乡下农民之间干活换工、借工是常有的事，远赴他乡干农活也并不少见。他们见伪军过来，便往手掌心里吐了一点唾沫，双手勒起钉耙杠玩命地凿起泥土来。

几个伪军见姜恩义、赵义金在干活，便随意地走了过来，他们上下打量着两人，疑惑的眼光在他们身上来回扫视着。姜恩义、赵义金下身穿着大短裤，上身就穿了一条搭背，身边什么也没有。一个伪军东看看西看看，只见田埂上还有一个麻布袋，就想过去看个究竟。

姜恩义挡住了上前的伪军："老总，有事吗？"

伪军是外地人，翻着眼皮，操起了苏北话："你们是哪里人，麻袋里是什么东西？"

姜恩义嘿嘿一笑："老总，能有什么东西呢？我们干重活嘛，肚子容易饿，带来一些粗糙的大麦饼。"

"是吗？"伪军朝着姜恩义看了一眼，又朝赵义金看了眼，他自然不会认真查看，因为干活的农民肩膀上都有红印子，绝对不可能和扛枪打猎联系在一起；手掌心里面也有老茧，也不能就说是拿枪的，因为农民和当兵的有时候真的难以区分，要是城里人有这个特征就会引起注意。况且姜恩义是一口地道的溧阳话，还能有什么怀疑呢？

这个伪军其实并不在乎他们是不是新四军，他们就是想捞点油水，敲点竹杠，想看看麻袋里有没有他们需要的东西。伪军把口袋拉开一看，只有几块大麦饼躺在那儿，这些大麦饼十分粗糙，并不合他们的胃口。口袋里还有一个小布袋，里面不知装了什么东西，伪军便伸手去摸。姜恩义一把抓了过来，原来里面是几包烟，他把烟掏了出来，连忙递了上去，几个伪军一看是"金枪牌"香烟，连忙围了上来。

姜恩义连忙将烟孝敬给这几个伪军。这几个伪军吐着长长的烟圈，装模作样地问赵义金是哪里人，又朝赵义金看了看，姜恩义忙说是帮工的，众伪军哼了一声，把两包烟抢走，也顺势把大麦饼拿走，然后大摇大摆地向据点走去。

烟抢走就算了，可没有麦饼，饿了拿什么充饥？赵义金破口大骂起来。姜恩义摆摆手："观察要紧，午饭至于吗？找一下乡邻解决吧。"

伪军一走，姜恩义、赵义金便放心大胆地观察起来，他们不能够把看到的东西写在纸上，只能靠自己的记忆把看到的内容封存下来，然后转化成地图交给吴咏湘团长。整个上午，他们就是一点一点地靠自己的记忆力，把敌人据点的位置、方位，以及布局的情况印在脑子里。

下午他们在老乡家喝了两碗稀粥，换了一块地，变换角度又详细地观察，再用同样的方式把这几个碉堡的位置和修建情况摸得清清楚楚。碉堡周围的地形地貌了然于心后，两人便匆匆地返回白马桥边的小山村。

姜恩义、赵义金晚上 8 时才回到白马桥的小山村，他们把画好的地图交给了吴咏湘。吴咏湘看后连连点头，有的干部认为他们两个人回来这么晚了，整个部队也没有动员，建议是不是推迟一天进攻。姜恩义连忙提出了自己的看法，根据观察，敌人的据点即将完成，如果推迟一天，那么情况会发生很大的变化。若完工了，壕沟修好了，鹿寨、拒马、寨栅安置完了，攻击的难度将大大增加。吴咏湘连连点头，决定当晚出发，立刻进攻。

经过简短的动员，队伍悄悄地离开了宿营地，向上兴埠进发。吴咏湘带了向导，走在主攻连队的中间。他传下命令，严格要求部队保持安静，并不断询问向导，到了上兴埠哪个方位，以便控制行军速度，保证拂晓前发起攻击。

凌晨 3 时，吴咏湘下达了进攻的命令，姜恩义带着二连迅速地扑向了伪军的据点。伪军的据点还没有完全修好，但已形成一定的规模，碉堡之间的火力点成交叉状，具有一定的杀伤力。

担任警戒的一连首先发动进攻，二连战士迅速冲入壕沟，激烈的战斗迅速展开。

伪军的据点修得很大，壕沟离据点有 50 多米，壕沟以外便是一片开阔地，攻击的战士全部暴露在伪军枪弹的射程范围内，他们冲进壕沟以后就没办法接近伪军的据点，而向伪军投掷手榴弹又太远。

伪军的枪弹不断扫射，刹那间子弹交织的雨幕笼罩于半空中。

战斗打响以后，吴咏湘站在机枪阵地上，一面指挥用机枪火力压制敌人，一面命令后续部队向敌人的据点连续冲击。

敌人利用修建了一半的碉堡和周边的民房，拼命还击。因为壕沟上面是一片开阔地，有五六十米宽，我新四军暂时被伪军的火力压制在壕沟里，无法上前。并且这片开阔地有一定的坡度，如果强行攻击，伤亡太大，只能在壕沟里对射。

战斗呈胶着状态，如果这样拖延下去，天亮以后，就会有日军前来支援，那就麻烦了。因为我四十六团装备太差，还不太适合和日军展开正面较量。

这个时候吴咏湘想到了二连二排的排长赵义金，他把赵义金叫来，问他如何应对。

赵义金对吴咏湘说："我去看一下。"他到阵地前沿侦察了一番，回来以后说："我有个要求。"

吴咏湘说："你说吧。"

"给我一个特击排，拂晓前一定打进去。"

"好，我亲自在运营位置上组织火力，为你们掩护。"

赵义金先后负伤 12 次，但他越战越勇猛，带领的连队气氛特别好，一般的战士一到他的连队就成了好样的，明知道要打硬仗，伤亡大，战士们也愿意去，很快组成了突击排。

赵义金带领着突击排一下子就冲了上去，狡猾的伪军不断地打着冷枪，有时候用机枪扫射，还不时向战士们扔手榴弹。

赵义金带领着战士们向碉堡冲去，这时候伪军扔出的手榴弹虽在空中飞舞，但落地后几秒钟才能爆炸，战士们往往就利用爆炸的一刹那，捡起手榴弹往回掷。有一颗手榴弹刚好落到了赵义金脚下，一位战士捡起来便掷，但不料手榴弹刚刚脱离了他的手掌，就在半空中爆炸，把往前猛冲的赵义金炸伤。

赵义金腹部有三处受伤躺在了地上，肠子也流了出来，没有医生，没有办法，战士们只能用手把他的肠子往肚子里面按，结果这边按下去，那边又冒出来，情况非常危险。后来战士们实在没有办法，就用吃饭的碗扣住肚子。

赵义金被抬下火线，战士们把他放在担架上，送往白马桥的团部据点。

怎么办？突击排没有冲击成功，而敌人又在疯狂的还击，眼看天快亮了，怎么办？姜恩义想到了一个办法，他建议用火攻。火攻，吴咏湘怎能不知：火攻是我红军战士和国民党军队战斗时常常采用的一种方法，抗战的时候对付日军也屡屡奏效，但现在没有办法接近伪军所在的民房和碉堡，还能采用这一方法吗？

姜恩义说行，因为天亮了，火一放，浓烟滚滚，伪军就不太容易看清目标；另外，火一起，烟随风飘过去，会对伪军产生一定的干扰作用。

吴咏湘想想也对，就说："这种方法可以试一试。"

于是战士们找准了位置，铺起了干草，又在干草上放上了许多干辣椒，一点燃，黑烟飘了过去，又夹杂着具有强烈刺激的辣椒味儿。在狂风的作用下，这笼罩在空中的武器纷纷钻进了伪军的碉堡、民房里，呛得伪军眼泪滚滚，一片嚎叫，战斗力明显下降。由于黑烟遮挡了视线，伪军一下子混乱起来，投弹、射击的强度大大降低了。

吴咏湘命令二连实施强攻，与实施佯攻的一连配合进攻。战士们趁伪军惊慌时，奋勇向前，很快就冲到了敌军的碉堡底下，利用死角不断射击、投弹。

有一名战士叫王扣子，是茅山地区人，只有十六七岁，他也要求加入了突击排。他看到突击排没有突击成功，又看到了赵义金受了伤，非常气愤，他冒着枪林弹雨冲上前，几次把手榴弹丢到了伪军的碉堡里，传来爆炸声和伪军的哭叫声。

这样一来伪军慌了，纷纷逃出碉堡、民房，到处乱窜，有被击毙的，有跪地求饶的，很快就投降了。

半个小时的强攻后，七八十个俘虏走出硝烟尚未散尽的据点，战斗结束。这时天光大亮，战士们赶快打扫完战场并迅速撤离，防止上沛埠的日军前来增援。

这一战我军伤亡轻微，很可惜的是，二连的政治指导员孙丙在战斗中不幸中弹牺牲。

吴咏湘上任伊始，初战告捷。

朱家店伏击战

1944 年的 8 月 21 日，浦东支队的支队长朱亚民在朱家店以南的一个小村庄里面得到了一个让他惊喜的消息，日军将从周浦出发，途经六灶向南至新场。这可是一个好消息，因为日军如从六灶到新场，只有两条小道可走，按常理推算日军很有可能走朱家店的这条。

朱亚民为什么高兴呢？因为战机出现了。朱家店一带河港交叉，阡陌迂回，芦苇丛生，坟墩较多，这些可是理想的伏击场所。当然，朱亚民认为这是理想的战机还有一个重要的因素，这儿曾经有伏击日军的先例。

1938 年 11 月，从川沙出发的八十多个日军去南汇潘家泓一带扫荡，在他们到达朱家店的时候，遭到了“边抗四大队”的伏击。由于敌军没有防备，战斗不到一小时，死二人，被俘七人，伤十余人，边抗四大队缴获步枪一支及子弹百余发，无一身亡。

朱亚民兴冲冲地找来了副支队长兼参谋长张席珍，两人一商量，认为日军从六灶转向新场，再回周浦，最大的可能是走朱家店以南这条通向新场的小道。战机来临，不可错失，必须在这设伏。于是，朱亚民命令侦察员密切监视敌人的行动，然后展开了布置。

要说朱家店附近的地形，朱亚民最清楚不过，河岔纵横，敌方的机动性就大打折扣；芦苇丛生，有利于己方的隐蔽。朱家店南面是五丈宽的河，上面有一座石拱桥，是从六灶赶往新场的必经之路。过了桥有一条小路，路西是一个狭窄的池塘，呈南北向；在池堂的南端，小路的东边有附近唯一的制高点——张家袜厂。

袜厂东侧还有一片棉花地，一直延续到五灶港南岸，有四五百米长，且与路西的池塘平行，完全可以用来隐蔽。更可喜的是棉花地的东边，还有一座小河坝。

应该说朱家店附近是两水夹一路，形同于山地的两山夹一沟。当然伏击部队难以发挥侧方的全部优势，但也大大限制了日军的机动性，使日军的兵力难以展开。如果日军遭到伏击，他们没有办法迂回到侧方部队的后面进行反击。另外只要封锁石桥，就可以堵住日军的后撤之路，他们要想逃跑，只能绕过路西的池塘。沿五灶港南岸西侧再布置一些兵力，这样有利于伏击部队抓住时机，进行合围。

还有一个有利的因素，就是朱家店离日军的各据点都很远。一旦战斗打响，外围的日军要想支援，从时间上有一定的难度，有利于浦东支队迅速撤离战场。况且五个月前浦东支队也在这儿同日军的催粮队打过一仗，虽然没有取得很大的战果，但是对这一带的地形有了一定的了解。

张席珍点点头，他知道日本军人接受过专业的军事训练，作战素质明显高于中国军人，中日战斗力差距明显，而且他们也有很强的反击能力，比方说，如果他们遭到了伏击就会迅速反应，通常会以小组为单位展开，抢占伏击地形，就地布置，互为利用。一旦出现这种情况，新四军的战斗部队就很难消灭固守的日军，敌人的援军一到，就不得不撤离。而且如果伏击阵地有限，或者阵地布置不严密，日军还会利用伏击阵地的间隙，穿插迂回。所以两人想来想去，都觉得朱家店南面是最好的伏击场所。

于是朱亚民决心不惜动用全支队的主力，精心选择伏击阵地，最大限度地扬长避短。道路两旁的池塘和河浜令日军很难展开队形，道路附近几乎没有可供利用的掩蔽物，日军也难以占据要点，组织防御；而我军要迅速占领附近的坟墩，这样日军既不能迂回穿插，也不能就地坚守，只能在狭窄的道路上正面实施反击，这就完全处于被动挨打的境地。

为此两人制定了详细的作战方案：翁阿坤“英雄中队”的张宝生率领一个班，带一挺“九九式”机枪，埋伏在五灶港桥的西北，封锁石桥，切断敌人的退路；张锡祚率领“紧张中队”的一个班带两挺机枪隐蔽在庄稼地南端，正面打击敌人；赵熊率领“顽强中队”留守在张家袜厂河浜东岸，从东部打击敌人，并调出一挺机枪和一部分战士，由陈金达率领埋伏于张家袜厂的屋顶上，占领制高点，堵住敌人，关门打狗，不让敌人南逃。另外，由翁阿坤率领的中队在支队指挥部左侧隐蔽待命，准备随时追击逃窜的敌人。

为了有效地消灭敌人，这一次朱亚民还做了两手准备。一是，他们在伏击敌人的黄豆田里面埋了土地雷。所谓的土地雷就是把手榴弹分成 4 束扎好，每一束有 4 颗手榴弹，手榴弹盖头全部拧开，用小铁钎把手榴弹固定好，每隔七八米埋一束，用一根 50 多米长的麻线把它们连接起来，由战士倪海彬操控，由紧张中队的顾志清负责下令。二是，为了迷惑敌人，浦东支队组织群众在附近的田里面劳动，营造了平安无事的气氛。

各中队按预定计划在中午 12 时以前进入预定位置隐蔽，一百多双眼睛牢牢地盯着即将到来的侵略者。为了使敌人稳稳地进入伏击圈，朱亚民还通过关系，也就是命令联络员杨金泉赶到六灶镇让伪区长王季贤、伪镇长徐志良拖住日军，在六灶镇上吃饭，并鼓动他们从朱家店出发。

在六灶镇，日军在伪镇长的安排下吃午饭，下乡清乡的是日军驻扎在周浦的一支小队，一共有 47 人。一点多，日军酒喝足了，饭也吃饱了，便大摇大摆地来到了朱家店，又穿过了五灶港的石桥，进入了伏击圈。日军万万没有想到迎接他们的是地雷和枪弹。

敌人过五灶河港的石桥时，一路纵队沿池塘东面的小道向张家袜厂进发。

这支队伍前面是向导和三个尖兵，20 多米以后是荷枪实弹的日本侵略军。战士们能看到一排明晃晃的刺刀在阳光下闪闪发亮，近了近了，日军很快便进入了伏击圈。支队长朱亚明大喊一声“开火”，首先爆炸的是土地雷。“轰轰轰”，几声之后，硝烟弥漫，紧接着战士们排枪齐放，喊杀声声，刹那间，日本侵略军血肉横飞，死伤大半。

不过日军毕竟训练有素，一阵慌乱以后就迅速组织反击。但是新四军的伏击队已经抢占了棉花地里面的几个土坟墩，进行递进射击，使日军无法展开反击。他们试图打开一条通道，向南面的新场据点推进，但又遭到了新四军部队的正面阻击，新四军人数众多，枪声齐鸣，子弹如雨点一般，日军的反击面太窄，不能形成有效的反击。日军往南面无法逃窜，路西和路南又是池塘，他们唯一的办法就是往回逃。

他们刚刚到了桥上，埋伏在那里的战士们就纷纷出击，凭借着一挺机枪很快就将石桥封锁。由于其他战士隐蔽的地点与石桥有一段距离，战斗打响后，即使迅速赶来也留有一个时间空隙。果然当他们赶到石桥的时候，有七八个日军已侥幸地跑了过去，其余的日军刚想跑的时候，战士们已经蜂拥而上，用机枪封住了桥口，日军只好绕过池塘，向西逃窜。由于在狭隘的地带没有办法展开自己的火力，也没有办法形成很宽的攻击面，更找不到可以利用的隐蔽地形，所以日军很难实施反击，更谈不上迂回包抄、反伏击，他们只能拚命抵抗。但是我新四军在暗处，又居高临下，运用机枪、步枪，交叉攻击，很快地杀伤了大部分敌人，那些机灵的反应较快的日军只能向西逃窜。

这个时候隐蔽在棉花田里面的战士，迅速地发起了冲击，和日军展开了肉搏战。有两个日军端着刺刀，狠狠地向战士傅银华扑来，傅银华扣动了步枪的扳机，不料是颗哑弹，这时一个日军的刺刀已经逼近了傅银华的胸口，他机警地闪开，而另一个日军又刺了过来。危急关头，一个战士冲上前来，击毙了这个日军，傅银华趁另一个日军发愣时，一刺刀把他捅死。狡猾的日军小队长想溜进黄豆地里面逃窜，班长徐刚开枪结束了这个穷凶极恶的日军的生命。

其余的日军仓皇地向河浜里跳，有的沿着五灶港南岸以西向孟将堂方向逃窜，被埋伏在五灶港北岸的同志或用枪打死，或用手榴弹炸死；还有少数日军游过对岸，仓皇遁逃。

朱亚民打扫战场时，发现有两个日军赤膊钻进棉田里面，他立即率队冲上去与日军拼刺刀。新四军人数占据绝对优势，敌人没有招架之功，几个回合后通通被刺死在棉花田里面。但可惜的是，就在“诡雷”布设处附近，战士毛林生在打扫战场的时候，被一名隐蔽在池塘芦苇丛中的日军打了黑枪，成为战斗中我方唯一的伤亡，当然，那名日军也被愤怒的战士打死。

伏击战从打响到结束不过一个多小时。共歼日军 34 人、汉奸 1 人，另有近 13 名日军带了 6 支步枪，逃回了周浦据点；我军缴获掷弹筒 1 具、机枪 2 挺、长短枪 40 多支，弹药 400 多发和 1 部望远镜。

朱家店战斗结束以后浦东支队早早地跳出了南汇封锁圈，转移到海边一带，撤回青纱帐里面与日军周旋。敌人的报复性扫荡搞了半个多月，还是落了空，最后只好把那些小据点的部队全部撤到大据点，剩下的少数日军，再也不敢出来“清剿”下乡了。伪军刘铁城主动找到浦东支队，表示不再“为敌”。

在中国共产党领导下的浦东支队深入人心，在对敌的过程中不断发展壮大，朱家店伏击战是我军在水乡平原不可多得的优秀伏击战例。

在这场战斗中，我军巧选地形，部署周密，各部队攻守围堵分工明确，同时充分利用了情报和当地的群众，发挥了人民的巨大威力。

长兴战役

长兴，是浙江的一个县，位于浙江的西北部，它东接太湖，临近安徽和江苏，是苏浙皖边区的重要区域。皖南事变以后，新四军暂时撤出了浙西，到了 1943 年的夏秋之际，美军在太平洋战场上向日军发起了反攻，中国战场也开始了局部的反攻，在此情形下，我新四军十六旅重新进军浙西，开辟了郎、广、长山区。

1944 年的春天，新四军十六旅连克郎溪、广德，进驻长兴白岘镇，不久又取得了杭村大捷，这才在长兴北部的山区站稳了脚跟。8 月 3 日，毛泽东、刘少奇、陈毅电示华中局："要使游击战争广泛地发展到上海周围、杭州周围、京沪线两侧，使沪、杭两域及沪杭路完全在游击战争的包围之中……"

根据中央的指示，十六旅于 8 月 23 日至 25 日，在太湖的西南岸、长兴、宜兴间 30 公里的战线上发起了攻势。

长兴战役拉开了序幕，当时具体的部署是：四十八团主攻长兴县城外围据点，四十六团阻击长兴城内出援之敌，旅部特务营担负监视、阻击泗安之敌，独立二团配合四十八团作战。

根据旅部的命令，四十八团主要攻打长兴县城的外围据点，也就是合溪镇据点和白阜镇据点。

合溪镇在长兴县城的西面十几公里处，这个镇是敌人伸向我军的前哨据点。镇东头有个大碉堡，碉堡的外围有四五米高的竹篱笆，竹篱笆的外面是一米多深的堑壕；镇中桥南有一个大碉堡；镇西北敌人依托一个祠堂，在门口筑了大碉堡，也配有竹篱笆、堑壕。驻扎的伪军是程万年的一个营，工事坚固、防御很强。白阜也驻有程万年的一个营，防御工事虽说比合溪镇差一些，但也非常了得，筑有一个大碉堡和两个小碉堡。

在我军没有重武器的情况下，这些碉堡的作用是可想而知的。但是这难不倒我英勇善战的新四军，四十八团已经今非昔比。1943 年的下半年，日军发动了郎广战役以后，我新四军十六旅四十八团采取敌进我进，一路来到了郎广山区，连战皆捷。在郎广山区站稳脚跟以后，他们加强军事训练，无论是刺杀、瞄准射击，还是一些班、排战术的演练，水平都已经有了相当大的提高。近战、夜战的能力也有了进一步的提升，应该说具有较强的战斗力。现在是局部战略反攻的时候，这样的虎狼之师正应大显雄风。

刘别生团长胆大心细，在接受了王必成旅长、江渭清政委的战斗任务以后，派出了侦察员侦查敌情，还派出了参战的连队干部，亲自前去敌人的据点摸清情况，这样就做到了心中有数。他们根据调查的情况，决心打下伪军的外围据点并做了具体部署：一营攻打合溪镇；二营攻打白阜镇；三营作预备队，负责向长兴警戒。

攻打合溪镇的是四十八团一营，一营营长曾旦生是能征善战的将领，一营是四十八团的主力营，武器精良，战斗作风顽强。吃过晚饭，曾旦生检查了武器弹药，手一挥，战士们在夜晚凉风的伴随下，轻装出发，急速向合溪镇扑去，于深夜12点到达了目的地。曾旦生命令一连攻打镇东的大碉堡，二连攻打镇北的祠堂，三连攻打镇中的大碉堡。

一连摸到了镇东的大碉堡前，他们扒开了竹篱笆，悄悄地逼近碉堡，然后猛地甩出了一连串的手榴弹。晚上的突袭吓坏了敌人。

我军将士很有战斗经验，包括一连连长李别民、指导员马苏政。这个连老兵居多，不仅有苏北的老兵，拥有丰富的战斗经验，还补充了原来国民党军队解放过来的战士，射击、投弹技术都相当的成熟。

一连对攻坚战有一定的技巧和手法，他们首先用两挺机枪封锁敌人碉堡的后门，手榴弹成排往敌人的碉堡口投去，伪军在睡梦中没有料到新四军在夜间前来突然袭击，所以手忙脚乱，根本招架不住，鬼哭狼嚎、惨叫声一片。在一波波的手榴弹攻击后，一连又采取了攻心战术。

一连的指战员对着碉堡喊叫道：“缴枪不杀，新四军优待俘虏。”

伪军的战斗力本来就差，又遭遇了新四军的突然袭击，几乎是神志不清，突然听到了优待俘虏的喊声，顿时失去了抵抗的决心，碉堡里机枪、步枪声逐渐消失，陷入一片沉静。

新四军作战惯用手榴弹，在遇到坚硬的建筑物，如碉堡一类，一般是用手榴弹开路，因为没有炮，也很少有炸药包，所以手榴弹一顿轰击以后，如果成功就强行突击。

此时听到碉堡里已经没有了声音，加之碉堡的大门也被炸了一个大窟窿，排长钟炳坤带着机枪手迅速冲进碉堡，对着伪军高喊道：

“举起手来，缴枪不杀！”

这些伪军本来就被吓得七荤八素，此时哪敢反抗，便乖乖地举起手来。在一排长严厉的口令下，俘虏们走出碉堡，排队集合。指导员马苏政命令各排战士迅速打扫战场，放出警戒，这些俘虏由副指导员严诚带下火线，连长李别民则兴冲冲地跑到了营长曾旦生处，报告战况。曾旦生见一连迅速地结束了战斗，就命令该连战士向二连靠拢，因为二连进攻的是镇北的祠堂，祠堂门口有大碉堡。

这个时候曾旦生采取了围而不打的战术，由一连在东面警戒，二连继续围攻那个祠堂。

桥南的那个大碉堡也开始组织进攻，疯狂的敌人用火力封锁了桥面，三连的战士很难接近碉堡。曾旦生站在火线的前沿，观察了一番以后，想了一个办法：他组织了三挺重机枪对着敌人碉堡的前端，实施定点的火力反封锁，然后命令三连的战士冲过桥去，接近碉堡，发起进攻。

可惜第一次进攻没能奏效，又接连组织了第二次、第三次，直到中午才终于把碉堡炸开，解决了敌人。曾旦生打过攻坚战，有这方面的经验，因为没有炮，所以很难解决坚固的工事，他的方法就是用重机枪对着敌人碉堡的枪眼实施定点扫射，这些子弹就像雨点一般，“啪啪啪啪啪”地飞向那些枪眼。子弹虽然不能从枪眼钻进去消灭里面的敌人，但是能把枪眼边缘的砖块打碎，那些砖块纷纷掉落下来，这样敌人的枪眼由小变大，最后就变成一个很大的窟窿。这个时候再用手榴弹去攻击，就比较容易。原来的枪眼非常小，手榴弹是甩不进去的。

此时两三个手榴弹甩了进去，敌人就被炸得鬼哭狼嚎，再也不敢抵抗，乖乖地成为俘虏。

24 日中午，桥南的碉堡被解决了。

再说，四十八团二营进攻白阜镇，战果也是一片辉煌。白阜镇是一个小镇，驻守的伪军有一个营，他们缩在镇中间的碉堡里，用火力控制着东西街道。

这一次刘别生团长随二营作战，还带来了在杭村缴获的日军的九二式步兵炮。别小看这门九二式步兵炮，它对整个攻坚战有着举足轻重的作用，有了炮就不怕敌人的碉堡。

营长黄祖煌、教导员杨焕章指挥周德喜为连长的四连迅速突进，很快扫清了外围的哨兵。

黄祖煌能征善战，他的作战特点就是灵活多变，在 1943 年的两例反顽战役中攻打回峰山的时候，他就灵活地采取了多点强攻的方式。

当时镇上驻有伪军一师一团的第三营部和所属十一连及特务连，营部和特务连分驻在街的两头，另有一个排驻守在排旗岭碉堡内。镇上有伪军200余人，配有迫击炮一门，轻重机枪6挺。

当黄祖煌命令突击队向前挺进的时候，战士们奋勇前行，悄悄地向镇中摸索前进，却不慎碰响了竹篱笆。敌人发觉了，使劲地敲打着报警的锣声，街上也发出了尖锐的口令，镇公所里面也点亮了灯，敌人一片惊慌。在此情形下，黄祖煌一声令下，部队开始进攻。

在手榴弹的爆炸声中，在重机枪的猛烈扫射下，战士们迅速突入，占领了伪镇公所及街东的碉堡。

可恨的伪连长还率部反击，当场被我新四军十六旅四十八团二营的战士击毙。在战斗中我光华乡中队队副吴甫臣，奋勇作战，不幸中弹牺牲。

24 日上午，又解决了另外两处碉堡后，我军随即向敌人的营部发动猛攻，敌人都钻进了碉堡顽强抵抗。黄祖煌命令四连由东向西，五连由西向东，对开攻击，六连进攻碉堡的南北。这个时候杨焕章教导员展开了政治攻势，对着敌人喊话，要他们缴枪，新四军会优待俘虏。

伪营长十分骄横，在碉堡里面也扯着嗓子喊道："兄弟们不要怕，新四军没有炮，我们不怕他们！"

因为伪营长知道，这个碉堡是用石块砌成的，十分坚固，如果新四军没有炮，是很难攻克的。

这时候刘别生团长笑了笑，命令炮兵连长架起九二式步兵炮，向碉堡瞄准，又命令二营干部展开新的政治攻势：

"快缴枪吧，再不缴枪，就用大炮轰平你们了。"

敌人的副营长从碉堡顶上伸出半个头，看见了 4 匹大骡马驮来大炮，旋即大炮被卸下，准备发射。这个时候他慌了，因为他亲眼看见了新四军拖来的是九二式步兵炮。我新四军首次缴获九二式步兵炮，是 1940 年由廖海涛率领的四团在赤山之战中缴获的，而十六旅在杭村战斗中缴获的这门步兵炮是苏南作战的新四军第二次缴获。它是战士们付出了很大的代价，郑大方同志就是在这场战斗中光荣牺牲的。虽然没有几发炮弹，但摆在那里就对敌人起到了极大的震慑作用。

伪军副营长一见九二式步兵炮摆开了架势，连忙叫喊道："别打炮、别打炮，只要你们保证我们的生命安全，好商量、好商量。”

刘别生团长微微一笑，当场答复：“只要你们缴枪投降，我保证你们的生命安全。”

敌副营长还不死心，看到刘别生说话掷地有声、大气凌然，便缩头缩脑的问道：“你是什么人？”

战士回答道：“这是我们的方司令，快缴枪吧，我们优待俘虏。”

那个时候，刘别生用了化名，称“方司令”，在长兴一带颇有威名。伪营长、副营长一听到“方司令”几个字，吓了一跳，为了保全自己的生命，就决定全部缴械投降。

碉堡里的伪军伸出了白旗，乖乖地举着枪走了出来，我二营四连、五连的战士一起上去缴了他们的枪，全伏获了守敌。

白阜战斗已经结束，合溪战斗还在进行，刘别生团长带着九二式步兵炮立即赶到了合溪，曾旦生营长将战斗情况向刘别生作了一个汇报：合溪镇的敌人已经被消灭了2/3，但是祠堂的那片开阔地上却进展缓慢，因为部队无法接近，迫击炮也无法轰击，而敌人又十分顽固，所以只能靠九二式步兵炮了。

刘别生团长沿着祠堂看了一下地形，思考片刻，便叫来了炮兵连吴连长，命令他用炮将伪军大门前的碉堡轰开。曾旦生也立刻布置各连待大炮轰开碉堡后，所有的轻重机枪一起开火，部队全部出击。

战士们接到任务以后惊喜万分，睁大眼睛盯着前方的竹篱笆和围墙。虽然敌人负隅顽抗，但九二式步兵炮可不客气了，它一声怒吼，炮弹冲膛而出，“轰”的一声响，敌人的碉堡就被炸塌了一大半。就在这时，几十挺重机枪吐出的火舌也喷射了过去，冲锋号吹响，战士们呐喊着，跃过堑壕，翻过竹篱笆，爬上围墙，冲了进去。一连、二连从碉堡的窟窿里冲进了祠堂，端着刺刀，大喊着缴枪不杀。

伪军一见步兵炮轰开了碉堡的大门，新四军战士又从碉堡的大门冲了进来，哪还有心思战斗，早已慌作一团，有的磕头求饶，有的躲在墙角瑟瑟发抖，还有几个胆大的摆弄着枪想冲上前来，但也早被我新四军战士用手榴弹和步枪给解决了。其余的伪军举枪投降，一个连的士兵大部分当了俘虏，而我营无一伤亡。

再说进攻方山窑方向的部队，在离敌人还有五里路的时候，一听到合溪方向的枪声，就奋力前行，不顾一切发起冲锋，用手榴弹开路，不到5分钟就夺取了村东的碉堡，另外的两个碉堡也先后被我军攻克。

24日上午，林城镇的伪军连长带领着十多人想增援白阜镇的伪军，但到了方山窑我军阵地的时候被包围，全部成了俘虏。林城桥伪军的另一个连，也携械投降，我军又迅速地收复了林城镇。此外，五庄、牛埠墩两个据点也在我军的包围下全部解放；水口镇、丁甲桥两个据点的伪军闻讯后，由伪营长率领趁夜溃逃。至此我军收复了两镇，摧毁了敌人的碉堡19座。24日上午，我独立二团击溃了车渚里伪军70余人，收复该地，敌人向长兴方向逃窜时，又在城郊被我军全部歼灭。

四十八团攻打合溪、白阜，四十六团的任务是阻击长兴的援敌。这个方案是从全盘角度考虑的，因为长兴战役的发起是十六旅全线出战，这个面很广，涉及的地区之大、兵力之多，在江南来说，尚属首次。它要求的不是打开一两个敌人的据点，而是要拔除一批据点；不是说到天亮攻不下就撤走，而是要求坚决攻克敌人的据点，所以它的战斗面很广。当时我军从郎广山区出来，可以说居高临下，进退有序。有利形势是一旦战斗爆发，敌伪就调集大量兵力来增援是比较困难的，所以旅首长考虑在长兴地区发起一次战略性的攻势，拔除一批据点，打退或者部分歼灭前来增援的敌人，这是有充分把握的。

不过战斗可不是一般的演习，在战略上一定要做到不打无把握之战，客观条件虽然有利，但主观指导上需要周到、周全，为此十六旅安排部队在长兴和合溪之间的棋盘岭进行阻击，这是一个很重要的战略部署。

不光是四十六团，为了牵制和迷惑江南的敌人，旅部还命令远在茅山地区活动的四十七团，对金坛县境内的敌伪军展开攻势，并且威胁宁沪铁路，甚至命令活动于溧水、高淳地区的地方部队，向溧阳方向分两路进攻，这样也是为了配合长兴地区的战略进攻。

因此，十六旅四十六团的进攻不是一般性的任务，而是整个战斗中的重要的棋子。棋盘岭控制着长兴通往合溪的简易公路，应该说这是实施战术的一个要点。当时的四十六团有一营和由地方武装上升的三营（二营不在），但是由这两个营进行阻击，兵力上绰绰有余。四十六团接受了阻击长兴援敌的任务之后，官兵都非常高兴，一方面因为有仗可打，而且这样的仗有十分的把握；另一方面又觉得遗憾，因为这是一场被动的仗，一场消耗的仗。

合溪镇的敌人隶属于长兴，长兴的敌人不会坐视不管，出动的兵力也不会少于一个营，常常是伪军打头阵，日军殿后。有两个营摆在棋盘岭，完成任务还是有把握的。但是敌人前来进攻，我们是阻击，一般情况下阻击战不会有多少俘虏和缴获，这就是遗憾的地方。

吴咏湘对于这场战斗有他独到的见解，他紧紧地盯着作战地图，因为阻击战是单纯的防御战，如果要变被动为主动，就必须出奇制胜，必须要有新的方案。吴咏湘看着地图，突然发现长兴城外有几座小山，所以他做了一个大胆的部署，也就是把单纯的防御战变为出奇制胜的伏击战。他根据旅部的作战命令，在基本不变的情况下，把团的基本阵地设在棋盘岭，命令三营再加一个连，在这里凭险据守，而他自己带着两个连来到了长兴城外的几座小山设伏。这样敌人出来可以吃掉一部分，再退回到棋盘岭固守，既能歼灭敌人，又能阻滞敌人前进的速度，还能有所收获。

也就是说，整个阻击战不是盯在一个点上，也不是被动地作为一种防御战，而是先进行伏击，再进行固守。长兴城外的那些小山，可以用火力封锁公路，山上有许多茅草，有半米之高，人趴在里面是不容易被发现的，这是一个理想的伏击场所，更重要的是，敌人想不到他们会在离据点这么近的地方设伏。

攻击合溪的枪声已经响起，四十八团正在鏖战，四十六团迅速来到了预定的位置。吴咏湘团长带着一个连在左前方的山头，二连在右后方的山头，他们死死地掐住了公路，一切听从吴团长的号令。

可是公路上一直空荡荡、静悄悄的。24 日这天，仗打了那么长时间，公路上却毫无声息，这是怎么一回事呢？敌人不可能不增援啊，难道敌人发现了我们而改道去了合溪？难道他们不增援了吗？这真是令人意外的事啊。

不过到了上午 11 时，吴咏湘终于看到在公路的尽头，出现了晃动的人影，不一会儿便看到几个便衣牵着两条狗走在前面，后面跟着黑压压的伪军。哦，大约有两个连，最后是日军。他们已经得到了消息，新四军攻打合溪和白阜，现在他们要去救援。但是他们没有想到新四军这次的活动是一个战略活动，而不是一个简单的战术、战斗活动，不是一次简单的围点打援，更不是简单的攻打据点，而是要扫清这些据点，要拔除这些据点，绝不是以前打得过就打，打不过就走的战略方针。

所以他们大模大样，一路行军，毫不怀疑在他们的控制区域内还有准备的伏兵。战士们趴在草丛中，静静地等待着敌军的到来，只等吴咏湘一声号令。吴咏湘从望远镜里观察敌人的行军，估量着敌人的兵力，考虑在什么时候出击：要咬他一段，如果咬得太多了，我们吞不下，又在敌人的城墙下作战这可不是上策；如果咬得太短，战斗可以结束，但是收获不多，所以他要等到最佳时机，才能发出战斗的号令。当一个多连的伪军进入了我一连的埋伏地段以后，吴咏湘迅速地命令司号长吹响了冲锋号，这个时候我四十六团的机枪、步枪一起开火，一连的战士从山头上奋勇而下。

敌人哪里能想到在这个地方还有新四军设伏，如果有的话最多也只能在棋盘岭一带，怎么也没想到刚刚出了城，就遭到了伏击。那些伪军的战斗力很差，抵抗了一阵子以后就纷纷缴了枪，后面的队伍马上退了回去。所以吴咏湘的这次伏击有了充足的收获，有了很大的缴获，要比原来在棋盘岭阻击的预想要好得多。

敌人很狡猾，也很顽强，经过一番部署以后，便展开兵力，用火力朝我们的阵地发起进攻，当然打头阵的不再是伪军了，而是日军。他们用机枪、掷弹筒搜索着每一个山头，搞清了上面没有人以后再去占领，他们再也不在公路上进攻了。吴咏湘见目的已经达到，而自己所带的战士数量有限，便压上俘虏回撤，并命令二连的战士边阻击向前推进的敌人，边向后撤退。

当所有的部队来到了棋盘岭以后，合溪镇那边的枪声已经沉静。按判断，战斗已经结束，夕阳也快要西下了，但是还没有看到追击的敌人，这是怎么回事呢?

二连的战士阻击着向前推进的敌人，当他们再次后撤、甩开敌人的时候，再也没看到敌人尾随而至。原来日军已成强弩之末，早已没有昔日一往无前的精神了。他们知道，合溪镇的部队，早已覆灭了，所以他们也不敢前行了。

经过 24 日一整天的激战，长兴以西以及西北的各个据点均被我军攻克，长兴县城完全暴露在我们的面前，长兴以北和宜兴以南的敌人受到了严重的威胁，成了惊弓之鸟。25 日，我军不失时机地发动了更大的进攻，一度攻入长兴县城，敌军纷纷溃退，逃向无锡。26 日，我军进击夹浦等敌人的据点，敌伪军匆忙寻找船只，向太湖逃去，而太湖沿岸的新城、环城、河洋等据点也被我军收复，四十七团向金坛县城以西的薛埠镇发起进攻，全歼了伪七师一个营，毙伤伪军 10 余人，俘虏营长以下 108 人。溧水、溧阳地区的地方武装也一度冲入县城，攻占了伪警察所，毙、俘伪警察数十名。

在长兴战役胜利的影响下，长兴以南和以东的十二个日伪据点也纷纷后撤，长兴县一半的地区得到了解放。长兴战役，历时 3 天，敌伪在我十六旅的军事政治攻势下，水口、丁甲桥、夹浦、新塘、环沉、后漾等据点的伪军相继撤逃，我军拔除了日伪据点 13 个，拆毁敌人的碉堡60座，全歼伪军第一方面军一师四个营，迫使伪军一个连投降，毙伤伪军110多人，俘虏了伪军副团长、营长3名、连长4名、排以下官兵420余人，缴获了八二迫击炮两门、轻重机枪11挺、长短枪340余支，收复国土400平方公里，解放人口6万，太湖的西南岸地区为我军控制。

8月29日，新四军军长陈毅致电十六旅，嘉奖全体指战员，《解放日报》也对此作了详细的报导，称赞这是“近年来江南我军最大的一次胜利”。

血战大鱼山岛

嘹亮的歌声在浙江省慈溪县的东埠头村飘荡，时间是1944年8月3日，唱歌的是新四军浙东游击纵队海防大队的战士们，他们一边吃着乡亲们送来的大西瓜，一边互相拉歌、拉节目。

战士们唱呀跳呀，他们积聚了满腔的热情，他们的口中传出嘹亮的歌声，以此抒发着他们的欢乐之情。世界反法西斯的力量空前强大了，日军已是强弩之末，离灭亡的日子不远了。7月31日浙东游击纵队三五支队和教导大队并肩在东埠头打了一场漂亮的仗，将7个连的敌人全部击溃，毙伤伪营长以下官兵100多人，抓到了20多名俘虏，缴获了大量的武器弹药，吓得敌人放弃了设在厉家村等地的据点，连夜北窜。海防大队的这场战斗粉粹了日伪军预定在东埠头构筑新的据点、蚕食我山北根据地的计划和抢粮的企图，更重要的是新四军的这支游击纵队，为配合盟军开辟第二战场，发展舟山地区的游击战争，奉命向日军侵占的海岛进军，他们的目标就是大鱼山岛。有了这样的战争形势，有了这样的高涨热情和胜利经验，战士们怎能不开心呢。

不打无准备之仗，海防大队一中队在登陆大鱼山岛之前，曾经派人去侦察。没多久侦察员回来报告，说大鱼山岛像一条大鱼似的伏在海上，南北长约6公里，东西宽约1.5公里；它的背脊是重重叠叠的山岭高岗，沿岸有大大小小的礁岩，树木不多；有近20个村庄，共有400多户人家，男女老幼1 000多人，主要靠打鱼种地，砍柴为生。更重要的是岛上没有一名日军，只有伪舟山保安总队一个分队，留在岛上的实际只有六七人、五六支枪，应该说这是一座没有设防的岛屿。

1944年8月21日清晨，海防大队第二中队在做了充分准备以后，70余名海上的健儿在副大队长陈铁康的带领下，带上给养，乘坐了5艘帆船，由慈溪县的古窑浦来到了大鱼山岛的南水头上岸。战士们上岸以后，迅速控制了岛上的主要山岗高地，进一步查看地形、敌情，各就各位。副大队长陈铁康发扬了新四军的优良传统，严守爱护群众的纪律。第一天就住在无人居住的大厂基，第二天再移到三面环水、一面临海、地势险要、居民较多的小西洋岙驻扎。战士们到了这个地方，吃住行做到了秋毫无犯，而且帮助当地的老百姓挑水、砍柴，甚至拿出了口粮来救济断了炊的贫苦渔民。他们的行动得到了当地居民的热烈赞许，军民的关系十分密切，老百姓的恐惧和疑虑也纷纷消失。可是陈铁康注意了军民关系，却忘记了控制岛上的危险分子。由于对岛上的伪军没有严加看管，被伪自卫队的头目张阿龙钻了空子，这个阴险狡猾的家伙在

22 日夜晚划着小舢板偷渡到岱山，向日伪军定〔海〕东指挥部报告了我军登陆大鱼山岛的情况。

日军听到这个消息，非常恼火，这简直是在老虎头上搔痒，他们万万没有想到没有任何海军力量的新四军竟敢登上岛屿作战，而且从张阿龙那里得到消息，登上岛屿的新四军的部队只有 70 余名。对于这些为数不多的部队来说，日军头目认为大日本皇军有这么多的枪、炮，还有飞机，围歼消灭他们，应该说是不费吹灰之力。为此，日军制订了严密的计划，准备 25 日围歼我海防大队。

8 月 25 日的清晨，日军 200 余人，伪军 500 余人，在两架飞机和“105”号战舰的掩护下分坐 5 艘汽艇、5 艘机帆船和 1 艘登陆艇向大鱼山岛扑来。

瞭望哨的哨兵在清晨发现敌人的炮舰疾驰而来的时候，已经来不及了，他连忙向陈铁康汇报了海面上的敌情。陈铁康和中队的干部得到了情报，深感情况严重，因为这个岛屿孤悬海上，山上只有一些山岗，而且树木甚少，没办法转移，现在唯有拼死一搏。

中队战友们在指导员严洪珠的动员下，开始分头行动：“同志们，敌人把我们包围了，怎么办？出路只有一条，打，坚决地打。我们是新四军，敌人要消灭我们，我们就要咬紧牙，拿起枪，狠狠地打，把来犯的敌人消灭掉。”

他们按照预订的作战方案，由陈大队副、严指导员和排长陆林生带领着战友们兵分三路，跑步登上了大岙岗、大旗岗、湖庄头 3 处预设的场地：加固野战工事，控制滩头重地；由事务长带着参事员动员居民分散躲藏；要孙炳权班看好 5 艘船，设法隐蔽起来，以备急用。

战斗首先在大旗岗打响，敌军一架飞机迎面而来，向敌舰指示炮击目标，同时向大旗岗阵地低飞扫射，掩护其步兵登陆。日军欺我兵力单薄，孤军无援，在飞机轰炸扫射和战舰炮火的掩护下，从大鱼山岛的南北两端强行登陆，上岸以后，疯狂地向我军的阵地进攻。

不过爬上小西洋岙滩头的那些士兵，遭到了我军机步枪的迎头痛击。几分钟六七名敌人就横死滩头，其余的敌人则龟缩不前。

大旗岗的战斗打响了以后，日伪军在舰炮和随行步兵炮火的支援下陆续向大岙岗、湖庄头阵地发起攻击，每路都是七八十名伪军打头阵，三四十名日军跟在后面，一边行进，一边用枪炮向我射击。

副大队长陈铁康站立在大岙岗的阵地上，看着黑压压的日军向我阵地攻来，心中还有丝丝的恼恨，他恨自己的警惕性不高，让张阿龙逃走造成眼下的困境。当然，现在主要的任务不是认识自己的错误，而是怎样来弥补，重要的是消灭敌人。他和中队长程克明简单地商量了以后，决定把敌人放到离阵地只有五六十米的时候再进行射击，当然最好的方式是用排枪、排子手榴弹，这样才能够弥补武器火力的不足。

敌人在飞机炮火的掩护下，见大岙岗没有什么动静，胆子便放大了，他们直起腰在沙滩上前行，然后一步一步地在礁石上爬行，100 米、70 米、60 米。

陈铁康大叫一声“打”，新四军战士排枪齐放，手榴弹纷纷投向了敌人。敌人死伤惨重，惨叫着从礁石上跌落下来，血溅沙滩。

由于沙滩沙砾较多，日军行动不是很方便，礁石突兀也难以快速地行走活动，所以这种排枪和手榴弹很管用，打得敌人稀里哗啦，溃不成军。

日军不甘心，他们调整了战术，重新经营部署，采取多路进攻的方式，从滩头阵地上慢慢前行，又利用礁石作为屏障，慢慢地向我阵地靠拢。但是由于礁石陡峭，日军无法顺利攻击，只能仰攻。面对我军战士们的手榴弹、排枪，日军往往无功而返，丢下的是一具具惨烈的尸体。

日军头目非常恼火，改用飞机轰炸、炮舰的炮火轰击。这一招十分厉害，飞机在高空中盘旋低飞，用机枪猛烈地扫射，还不时地投掷炸弹。由于山岗上全是礁石，树木甚少，地域狭窄，新四军战士难以躲藏，阵地上的岩石被炸得四处飞溅。

战士们只能在弹坑中进行抵抗，只能用简单的石洞作为掩体，但在如此密集的炮击下，在如此密集的机枪扫射下，伤亡惨重。

老红军陈铁康与中队长程克明在日军的炮轰中，光荣牺牲。但日军始终没有拿下大岙岗阵地，阵地上的战士们忍受着饥渴和太阳的炙烤，在战斗的间隙掩埋牺牲的战友，并加紧抢修被敌人飞机和炮舰炸坏的防御工事。战士们手上的子弹和手榴弹快打完了，就冒着敌人的炮火去收集敌人的子弹与己方重伤员身上的子弹，甚至有的去搬运石块，必要时把它当做杀人的武器。经过 3 个多小时的大战，战士们打退了敌人一次又一次的冲锋，杀伤了不少敌人，敌人始终没有达到预定的目标。

下午 1 时，日伪军调整部署，集中兵力，攻打我大旗岗阵地，炮弹成批成批地在我阵地上爆炸，刚刚修复的工事又被打坏了。战士们灵活地利用弹坑做掩体，成功地一枪枪瞄准杀敌。不幸的是指导员严洪珠的双腿已被日军的飞机炸断，为了指挥战斗，他在阵地上爬来爬去，鲜血染红了他身下的礁石。他呼叫着战士们集中弹药，送到坚持战斗的同志们手中。

他咬着牙，忍着痛，呼喊着："革命战士不做俘虏，不缴枪。留下最后一颗子弹给自己，准备为祖国为革命流尽最后一滴血。"

副中队长朱大钧防守的阵地已经丢失，朱大钧和战士们大部分已经牺牲了。严洪珠知道，大旗岗已经很难守住了，这位工人出身，15 岁就参加抗日救亡运动，18 岁就加入中国共产党的战士，年龄只有 22 岁，他深情地唱起了《繁昌之战》，用来激励战友们奋勇杀敌。严指导员嘴唇蠕动着，细弱地声音从口中发出，他的胸脯一起一伏，声音虽然细小，但坚定有力："我们用雪亮的刺刀、爆裂的手榴弹、猛烈的机关枪前赴后继地冲锋，把敌人打下山岗。"他脸色苍白，双腿由于被炸断失血过多，已经没有了正常人的肤色，他的嘴抖动着，声音源源不断地传送出来，"我们英雄牺牲：不怕饥寒死伤，我们顽强战斗：粉碎敌人的扫荡"。他握紧了拳头，顽强地端坐着，愤怒地面对着疯狂的日军，歌声还是源源不断地从他的口中喷涌而出："五次伟大的胜利，我们坚决地保卫了繁昌。"他咬着牙，忍着痛，用颤抖的手打开了随身携带的文件包，把里面所有的文件抽出，用火烧掉。排长陆贤章从昏迷的机枪手手中拿来机枪，向冲上来的日军扫射，他看到了严指导员正在烧毁随身携带的文件，就叫道："指导员你快撤，我来掩护。"严洪珠答道："不，我来掩护，我命令你带着机枪赶快撤退。"

七八个日本兵叽里咕噜地喊叫着，快冲到眼前了，严指导员坚决不走，命令陆排长先行撤退，陆排长没有办法，就带着战士们向大旗岗下撤退。严指导员用驳壳枪向敌人开火，掩护着他们，当他们走出一段山路后，只听到大旗岗那边传来一声单发的声响，很明显这是指导员战斗到最后一刻，把最后一颗子弹留给了自己。

此时，日军蜂拥而上，根本没办法突围，陆排长忍着悲痛，抱着机枪的枪栓纵身跳下了身后的石岩。

日军占领了大旗岗以后，集中兵力攻打湖庄头，湖庄头是一个制高点，是控制日伪军上岸的要地。陆林生排打得十分艰苦，他们的子弹打完了就用石块，但是由于日军的飞机在空中轰炸扫射，陆林生的双腿也不幸负了重伤，但他仍然坚持战斗。

战士王根生想强行把他背下阵地，他高喊："不能留下一支枪、一颗子弹。"这时候阵地上只有 3 名战士，他们把阵地上的枪支砸断，扔进海里，手中就拿着上好刺刀的枪，准备着最后的拼杀。枪声渐渐稀落，日军指挥官摇着太阳旗大摇大摆地冲了上来，战士张宗发丢出了最后一颗手榴弹，吓得日军四处逃窜。日军穿梭了一阵，伸着头看了许久，发现没有什么声响，估计新四军的子弹也打完了，便叫喊着往上冲。张宗发手起枪响，打死了这个日军指挥官，其他日军则用疯狂的火力向他扫射，他摇晃着身躯倒在了礁石上，另一名战士也在拼杀中光荣地牺牲了。

船老大出身的战士张小弟趁着混乱，按住自己流血的伤口不顾一切地滚下了山岗。

两处阵地已经失守，大岙岗就成了唯一的阵地，日伪军集中了全部的兵力，进行合击。日军冲上了山顶，此时副大队长陈铁康已经牺牲了，一班长施铁山是机枪手，他站直了身子，身体颤抖着，用枪托抵着肩胛骨，猛烈地向敌人扫射，一下子就打死了七八个敌人。但是日军的枪弹无情地击中了他，他摇晃着，把手中的机枪枪栓摔掉，跳出了堑壕，手握枪托，和敌人做最后的拼搏。他身上还藏着一颗柠檬式手榴弹，便灵机一动，故意向山崖跑去。这几个日军见他手无寸铁，想活捉他，便疯狂地在后面追赶。当山崖前面没有任何道路的时候，施铁山猛然转身，拉开手榴弹，冲向敌人，和一个扑来的日军紧紧拥抱。那十几个蜂拥而上的日军，突然看到施铁山迎面而来，而且手上拿着一个冒烟的手榴弹，想转身却没办法，想退去也没办法，只能叫喊着，手在空中乱舞，等待他们的是一声猛烈的爆响，弹片无情地击穿了他们的身躯，这几个日军惨叫着，倒在了山岩上。其他的战士也绝不做俘虏，准备和日军同归于尽，有的抱着日军跳下了山崖，还有的战士学着施铁山拉响了手榴弹。

下午 3 时，战斗结束，20 余名挂了彩的战士落入了敌人的手中，敌人好不容易缴到了十几支步枪，可是没有一支是完好的，恼羞成怒的日军当场枪杀了两名战士，把其余 19 名战士押上了停泊在海上的"105"号战舰。上了敌舰的新四军战士李金根看到甲板上躺着 40 多具已经僵硬的日军尸体的时候，脸上露出了欣慰的微笑："我们够本了，我们消灭了 40 多名鬼子，你们这次终于尝到了中国人民的铁拳了。"

当军舰驶到练柱洋的时候，一群日军上了刺刀，喊叫着向他们冲来。李金根知道这是日军把他们当活靶子，练习刺杀，他知道最后的时刻已经到来，便高唱着《义勇军进行曲》，趁敌人不防备的时候解开绳索，与另外两位战士跳下海去。这群日军一时没有反应过来，反应过来后便用机枪往海面猛烈扫射，李金根的左臂被击中了，但幸好没有伤着骨头。他水性极好，乘着涨潮的海水，顽强地用右手划水，忍痛向岛上游去。这时候身后的"105"号敌舰上传来了密集的枪声和被俘战士们的口号声，十几名受伤的战士被无情的日军杀害了，另外跳入水中的两名战士也光荣地牺牲了，只有他劫后余生，游到了海岛。

跳海逃生的李金根爬上滩涂以后，得到了长礁岙渔民王阿品父子的救护，跳崖的排长陆贤章和战士张小弟也在群众的救助下转到滩浒山，先后回到了自己的部队。隐蔽在岩礁山脚洞处的沈长文和孙民权等人在战斗最激烈的时候，本来想去参加战斗，却被当地的群众阻拦住，群众们劝说："留得青山在，不怕没柴烧！"如果此时去参加战斗，必然是牺牲。

战斗结束以后，他们在群众的帮助下，掩埋了烈士的遗体，同时找到了10多名伤员，当晚用船划到古窑浦向海防大队做了汇报。

大鱼山岛的战斗，我一中队共毙伤日伪军七八十人，自己也付出了牺牲42人的代价，教训是深刻的，但是它也打击了嚣张的日本侵略者，吓得日军占领下的岱山岛连续戒严了3天。日本头目惊叹道，新四军三五支队这样厉害，几十个人竟然和其陆海军、空军对抗，大大的了不起。消息传到延安，新华社9月7日向全国发了新闻，喻之为"气壮山河的大鱼山岛战斗"。10月11日，延安的《解放日报》刊载了新华社7日电讯。当时的海防大队队长张大鹏为大鱼山岛战斗谱写了《海防大队之歌》；《新浙东报》记者巴一熔写了通讯《大鱼山岛之战》；部队的美术工作者创作了连环画，刊登在《新浙东报》和浙东纵队的《战斗报》上。

自此血战大鱼山岛的英雄事迹便广为流传，那首《海防大队之歌》也传遍四方：

"呼呼怒吼的风呀，白浪滔滔的海呀，漂泊在海上的船呀，都由我们自己来撑呀，海上的英雄打鬼子呀，鱼儿鱼儿你安歇吧。"

周城战役

长兴战役的胜利表明了十六旅南进的成功，苏南抗战的形势已经发生了很大的变化，此时的反法西斯战争在中国战场上的战斗渐渐地向战略反攻阶段过渡。新四军军部来电要求十六旅在巩固原有地区的基础上，应该把工作的重心放在太湖的西南岸，沿京杭国道深入天目山，进一步和钱塘江、浙东游击队打通联系，形成一个独到的战略态势。

为什么这样做？因为在这以前粟裕同志已经向党中央提出发展东南地区的建议，这个建议就是配合盟军在浙江沿海登陆作战，党中央复电表示同意，并且重申了对苏浙皖地区的工作应有新发展的部署，特别是这项工作，应视为主要发展方向。应该说，在苏南抗战的战略态势上，已经有苏南向浙东南发展的进攻方向。在这样的情形下，十六旅根据军部的来电，准备发动周城战役。

此时已经是 1944 年 10 月，世界反法西斯战场也起了根本性的变化，欧洲战场上苏联红军向柏林挺进；太平洋战争上美军反击连连得手，已经在菲律宾登陆，日军疲于招架；而我军在江南建立郎广根据地以后抗日根据地也不断扩大。当时苏南主要有 3 块抗日根据地，一个是茅山，一个是溧高，再一个是郎广，郎广虽然在行政上属于安徽，但他属于苏南抗日根据地。在这样的情形下，要想向浙东南方向发展，就有必要打通南北的安全通道。

溧阳境内有 3 个集镇，周城、社渚和南渡。周城、社渚在溧阳的西南部，南渡在溧阳的中部。这 3 个集镇位于苏南和皖南接壤处的交通要道上，抗日后期是我茅山根据地的两溧地区通往新开辟的郎广地区的咽喉。抗战时期，国民党在该地设有重兵，初期国民党六十三师一部曾驻该地，1943 年国民党挺进军的第四、第五、第六 3 个团全部集结在该地区，并不断向我苏南新四军进攻，所以这个地区是南北的咽喉要道。

1944 年 8 月以后，伪军第一方面军第二师全部由苏、常、太地区向西调移到溧阳、宜兴一线，师部居在溧阳城。这个师是伪一方面军的主力，武器装备和其他师相比更为精良，伪师长是任祖萱，是任援道的儿子。他刚到达溧阳的时候，就散发传单，扬言要在 3 个月内消灭新四军。9 月下旬，该师的第四团移到南渡、周城、社渚一线，团部率第二营和一个迫击炮排驻在南渡，这里还有 20 余名日军，第三营驻在社渚，第一营驻在周城。这个团是由原来的伪一方面军总司令教导旅改编而成的，共有 12 个建制连，其中有机炮连、工兵连，武器装备是日本式或捷克式的，可以说是伪一方面军的精锐之师。

为了打通南北的咽喉要道，王必成、江渭清反复研究，采取攻城打援的战略方针。不过这个时期的攻城打援已经有了明显的区别，即根据军事力量的对比而展开。当初新四军进入苏南，也采用过攻城打援的战术，攻城是次要的，打援是主要的；而这个时期，新四军的力量有了很大的发展，不仅数量上有了明显的提高，而且质量上有了很大的改观，武器装备也比以前有了大大改善。此时，攻城是主要的，打援也很重要，可以说攻城打援并举。

江渭清、王必成经过研究决定部署如下：四十八团担任主攻任务，歼灭周城的伪军。四十六团在南渡和周城之间的观山至小金山一线设伏，阻击歼灭可能由南渡增援周城的敌人。四十七团一部 4 个连，在周城、社渚之间的傅笪、陈家一带设伏，阻击前面社渚增援周城的敌人。四十八团由三营和特务连担任主攻，一营、二营对溧阳县城方向警戒，并作为团的预备队。刘别生接到任务以后，胸有成竹，这位勇猛的将领在反顽战役、杭村战斗、长兴战役以后，抗日战斗的信心有了大大的增强，他被具体部署为三营配属团特务连主攻周城，一营为预备队，二营向溧阳方向警戒并担任阻击敌人增援的任务。

这一次担任主攻任务的不是一营，也不是二营，而是由徐超带领的三营。副团长饶惠谭和徐超带领着三营和特务连的干部到达周城地区，对周城进行观察和了解。侦察连的战士混进了周城的街道，对周城的敌人的兵力部署、火力配备、工事性质，进行了详细的侦查，而且抓回了一个舌头，通过审问，获得了许多有价值的情报。经过侦查分析，饶惠谭吃了一惊，他发现周城据点的防御比想象的要严密，周城的伪军对防御工事做了很多的修改，周城的居民有 200 多户，而敌人的据点设在周城街的东南面，它由 7 个碉堡连接而成，中间的一个最大，有 10 米之高，那是营的指挥所，它的周围有很多的土围子和外壕，而土围子的特殊部位设有暗堡，一般五六米 1 个，射孔封锁死角，形成明堡、暗堡和多重火力的结合。这种土围子，既能互相支援战斗又能各自为战，这个防御应该说比较强。而土围子外面呢，他们又挖了一条战壕，这个战壕深达 2 米，宽达 3 米；壕的外面是铁丝网、竹篱笆等障碍；更要命的是这个据点的周围是一片开阔地，是稻田，百米之内没有任何东西可以利用，这也是敌人吸取的我们攻打据点时候的经验教训。所以如果在开阔地带进攻，我们的部队要遭受很大的伤亡。

徐超接受任务以后，并没有畏惧，多年的战斗练就了他一身的功夫，也造就了他非凡的决策能力。你有你的防御办法，我有我的突击战术，徐超的方法就是用穿插的方式分割包围，然后各个歼灭，也就是说，要求突击队和火力组配合好，勇敢地插到敌人的中间和后面，分割包围，各个歼灭。这要求预备队必须紧跟突击分队，不失时机地投入战斗中。

针对这个情况，担任突击主攻的七连、九连要协调好，相互之间配合好，对于防御的障碍、器材的配备，要就地解决，进攻的器材无非就是木梯、门板、桌子和铁钳，这些东西要全部带上。10 月 23 日下午 6 时，部队出发，经过几个小时的行军，各个连队按照规定的路线顺利抵达了进攻的出发地。此时，天下起了大雨，雨水和汗水浸透了战士们的衣服。23 时 50 分，我七连、九连利用下雨的良机，摸到了敌人的铁丝网前。此时，敌人一无所知。24 时，战斗正式开始，七连的突击排排长用钳子将铁丝网剪断，战士们立刻由这个缺口进入了外壕，用架人梯的办法翻入了土围子。此时敌人仍然没有发现，但我七连的战士正准备向敌人发起进攻时，后续部队扛梯子的战士不小心将铁丝网上的报警器碰响，敌人听到后立即开枪，而且迅速抢占了他们预设的阵地。刹那间枪声四起，七连的突击排进入土围子以后，没有因为敌人的还击而停留，而是猛烈地向敌人进攻，用手榴弹打退敌人的反击，并乘着硝烟未散之际，占领了一些房间，歼灭了一部分敌人。七连的另一个排跟在突击排后面，向左开展进攻，且向敌后实施大胆的穿插包围，更可喜的是八连本来是作为预备队，但在七连攻进去以后，也加入了战斗。副连长徐小根带一个排向右开展进攻，使突破口进一步扩大，接着连长又带了两个排冲了上来，此时三营有两个排加入战斗，已经将敌人的防御体系撕开了一个口子，而担任突击任务的九连，因为暴露了目标，所以被敌人火力锁住，一时没有攻入周城镇。此时，团长刘别生来到了三营的指挥所，徐超营长和副营长向团长报告了这里的进展情况和到达的位置，刘别生指出特务连配合九连再组织一次进攻，一定要突破敌人的防御。七连、八连可以利用现有的成果向纵深发展，这样形成多路进攻的局面，部队一定要在凌晨之前完成歼敌的任务。

徐超给各个连下达任务，强调进攻前一定要选好目标和路线，任务要交代清楚，火力要组织好，进攻的时间听他的命令。此时，在九连和特务连的方向，由于我军几个方向的猛烈进攻，敌人被迫退入碉堡，与我继续顽抗，阻止我向纵深发展。九连先前突击没有成功，被日军的火力封锁在水田里面不能前进，六排的班长李明友身上竟然挂了 8 颗手榴弹，背着一把铡刀，强行带着突击组，摸到铁丝网前。一名战士正要砍铁丝网的时候，李班长连忙制止，他说："用不着，把被子拿过来，放在铁丝网上，再铺上稻草。"突击组按此法一下子跃了过去，战士们很快通过了碉堡群的外壕，突破了敌人的防御，同时，特务连也从北面攻进了据点，我军部队分割包围了敌人。我军部队又集中兵力火力对各据点的敌人采取了各个歼灭的战法，并结合战场喊话对敌人进行瓦解。此时的战斗主要是攻占敌人的碉堡，七连突击组不顾敌人火力的拦阻，匍匐前进。子弹唰唰飞，炮弹轰轰响，他们在地面上匍匐进攻，到敌人的碉堡前面时，利用死角将手榴弹从地堡的射空里塞进去，利用集束手榴弹炸敌人碉堡的门。对于炸碉堡，战士们有丰富的经验，随着爆炸声起，突击组冲进碉堡，很快就歼灭了一个排，然后他们调整了力量，在我火力的掩护下，用自制的"土坦克"慢慢地向碉堡进攻。所谓的"土坦克"就是在八仙桌上绑上一床弄湿的棉被，敌人的子弹没办法穿透这张桌子。当接近碉堡的时候，敌军不知道这个黑乎乎的是什么东西，正在他们诧异犹豫之间，躲在"土坦克"后面的战士突然掏出手榴弹，一边扔，一边射击，直接攻占了碉堡，歼灭了两个排。那边八连的战士也连连得手，他们利用弯曲的战壕死角接近敌人的地堡，也歼灭了一个排，其他排则向敌人的防御中心发起强攻。由于敌人的碉堡配置比较严密，火力配置也很猛，我军几次尝试都没有成功，七连攻掉两个地堡，八连攻掉一个地堡，敌人仍然据守 4 个碉堡，负隅顽抗。

此时天已经亮了，刘别生决定将团里面配属的步兵炮架到土围子上，炮口对准敌人的碉堡，并要求做好一切射击准备。另外，用两挺重机枪瞄准敌人碉堡的射孔，用密集的火力实施急速射击，利用子弹的力量来削蚀砖块，使其最后倒塌。这个方法在长兴战役中已经试过，效果明显。突击组调整力量，选好冲击目标，待命发起新的进攻。

担任南渡方向打援的是四十六团，团长吴咏湘、政委丁麟章为什么此时停止进攻呢？因为如果周城战役完全结束了，那么南渡和社渚的敌人就不会再来增援，这一次是围点打援，围点和打援并重。

此时的四十六团已今非昔比，部队的数量扩大了，装备的质量也大为提高，战斗力已经得到了极大的增强，他们此前在郎、广山区进行了长时间的整训。郎、广的山区是一个非常适合整训的地方，有茂密的竹林，也有潺潺的流水，战士们在这个地方可以得到很好的休息，还可以安下心来学点军事、政治文化。在郎、广山区的时候，团里面的军事教员就反复训练过围点打援战术。如果要把敌人从坚固设防的据点里引出来，在打援的时候选择战场就非常重要，这次他们是围点和打援并重。吴咏湘在军事训练当中担任教员，专门为战士们准备敌情和地形图，战士们在假设的敌情和地形图前思考怎么部署战斗，团长再进行总结。吴咏湘以一场军事会议，当作郎、广地区训练的最后一堂课。伪军一个营据守的周城据点如果受到了四十八团的猛烈攻击，必然要向团部求援。按常情，团长因为自己的主力营有被擒的危险，肯定会来增援的，那么在周城和南渡之间有一条公路相通，公路沿线有山头，这是设伏的好地方，它在观山至小金山一线，观山可以设伏兵。可问题是，公路的西面有一片圩区，虽有道路相通，但河流纵横，部队如果在那边设伏的话，可能不容易展开。如果要选择有利的地形部署兵力，但是圩区又不利于部队的行动，又没有办法隐蔽，那么应该怎么处理这些问题。

此时，一营二连的连长姜恩义提出了自己的看法。姜恩义是溧阳土生土长的本地人，他出生的村庄叫滕村，在南渡和周城的公路的西侧，因此他对那儿的地形非常熟悉。按常理，因从大小金山经过观山到达周城的这条公路比较宽敞，敌人增援时选择这条路的可能性比较大，旁边观山也比较利于设伏，完全应该在这里设置重兵，但是这条路路程长，不利救急。他知道南渡到周城还有一条比较近的路，在公路的西面，它要经过一片圩区，圩区里面有芦苇荡，这个地方不利于部队展开作战，也不太利于设置伏兵。但是战场上的情况是千变万化的，也很难说敌军就不会从这条线来增援，有备才能无患。为了做到万无一失，应该在圩区一带也设置伏兵。圩区有一个渡口，是增援部队的必经之地，如果在这个地方设伏的话，可以把渡口封死，就能起到意想不到的作用。

吴咏湘听取了他的意见，作出如下部署：团的大部分主力隐蔽在观山公路边的山头和树林里，另外派一个连隐蔽在圩区的渡口对岸，把渡口封住。这样不管敌人从哪条路来，我们都可以把他赶到圩区里面，一部分一部分地歼灭。

计划制订好了以后，22 日，四十六团就从山区出动，团里面的指挥员考虑到了第二天、第三天的作战任务，想让战士们在集结地休息得充分一点，同时考虑到行军的保密性，就命令部队吃过午饭再出发。不巧的是到溧阳戴埠镇时碰到了日军，但此时的日军已经是强弩之末，他们不敢正面出击，怕新四军伏击，就用炮轰击各个山头掩护撤退。四十六团也不想和日军纠缠，就在公路边把山上的灌木丛点燃，趁着浓烟滚滚，在重机枪的掩护下，迅速通过公路到达集结地点。

四十八团打响战斗后的第二天，旅部的作战命令下来了，要求四十八团在 24 日中午 12 时左右拿下周城据点。这是出于两个方面的考虑：一方面是攻占据点需要时间，敌军用一个营守备坚固设防的据点，攻打据点不会一帆风顺；另一方面考虑到只要周城的敌人还在抵抗，南渡和社渚的敌人就会来增援，但时间不能拖得太长，因为敌人如果从南京、溧阳等地抽兵增援的话，一两个小时就能赶到。如果出现这种情况，那么我们战场上的主动权就会丧失。

到了24日上午9时左右，敌人的碉堡已经被攻下了5个，还有一两百敌人占领的余下两个碉堡继续顽抗。

吴咏湘站在观山上，思绪万千。他分析周城的一个营已经被消灭了一大半，形势危急；社渚的一个营一半被消灭，一半已溃散，这时伪团长如果不亲自作战，那么他无论如何也活不下去。他出来的时候为了加强火力，一定会带上曲射炮，日军也会出动配合，即使日军的数量很少。故吴咏湘提出一个口号：活捉伪团长，夺取曲射炮。炮于部队而言，太有诱惑力了。

团的指挥所设在公路旁的观山上，二营、三营就隐蔽在观山的两侧。这里的地形居高临下，便于观察，山上有国民党军挖的野战工事，战士们在里面非常安全。一营部署在大小金山一线，石街头一带，他们的任务是：当敌人受到我们打击后企图穿过据点时进行拦截，并占领南渡。

等啊等，等啊等，敌人就是不来。天亮以前，敌人不敢出动，战士们可以靠着背包打瞌睡，但是日上三竿了还不见动静，战士们就已经有点按捺不住了，像一个炸药包等待爆炸一样。

突然，吴咏湘听到观山西边响起了激烈的枪声，他举起望远镜一看，敌人已经出动，且走了将近一半的路程了。先头部队已经到达了西面的渡口准备强渡，因此埋伏在那里的一个加强排主动出击了。原来伪团长牟新我改变了通常的作战路线。当他听到了伪营长的求救声时恼羞成怒，他没有办法，如果走常规路线的话，时间太长，为了抢时间，他采纳了部下的建议，从溧阳的西义、上吴等地往南边走。伪军很狡猾，出了据点走上圩区的那条路后，不从圩堤上面走，因圩堤上面还有普通的群众，而是从圩堤的下面走，这样行军速度虽然很慢，但由于路程比较短，从时间上说也是很划算的，且行军很隐蔽，能使对方看不到自己的行动，这显然表明他们对作战已缺乏信心。

封锁渡口的是一个加强排，敌人到了渡口，准备找渡船强渡的时候跟加强排打上了。

枪声一响，吴咏湘就判断出敌人已经走了西线，没有走他们预设的路线，便下令吹起冲锋号。此时从山沟里、树丛中、村庄边冲出十几支伏击部队，向渡口一线的伪军攻击；设伏在小金山一带的一营从小街口立即冲向南渡以南的古城、西义，断敌后路；二营、三营则从埝前一带往西进攻。激烈的战斗持续了一段时间，伪军开始急速撤退，伪军后面还有20多名日军，他们正在古城附近和四十六团一营交战，因人数较少，见到这么多的新四军前来攻击，气焰哪还敢嚣张，连忙往南渡的据点回撤。姜恩义所在的二营拼命追击，但日军十分狡猾，因交锋占不得便宜，见有一批南渡小学的学生在往南渡跑，就趁机混在学生当中向南渡方向撤退。

我军追击的时候，看到日军和学生混在一起无法开枪，只能让这批日军侥幸地逃回了南渡。我军在西义、古城一带，切断了敌人的退路后，伪军被分别围歼，伪团长牟新我也被虏获，还缴获了日式迫击炮和大批枪支炸药。

在打扫战场的时候，我军对俘虏进行了审讯，这时一个奇怪的现象出现了：有几个俘虏兵手上竟没有武器，只有一支小马枪。经过审讯，原来他们是炮兵，他们把炮扔到了圩区的芦苇荡里面，这几个炮兵是在逃窜的时候，被我一个通信员追上了，由于通信员只有一支小马枪，遭到了炮兵的回击，他们用枪把通信员刺死了。

虽然炮很快就被打捞上来，但姜恩义发现自己的通信员牺牲在战场上，非常难过。

担任社渚方向伏击任务的是四十七团，1944年10月23日，王直和张强生副团长率领一营赶到了周城和社渚之间的陈庄一带。夜半12时，四十八团攻打周城的战斗打响以后，四十七团也进入了阵地。担任正面阻击任务的是一连，位于周城方向的小河沟高地；担任袭击任务的是三连，在去社渚方向的小山嘴；二连居中接应。此时四十七团领导的心情和往常不一样，为什么呢？因为十六旅的发展已经迅猛异常，四十八团四十六团已是主力团，按规定还要有一个团要上升为主力团，谁上呢？有两个竞争的名额，一个是四十七团，另一个是独立二团。独立二团在复杂、艰苦、紧张的斗争当中，也发展壮大了起来，他们配合四十六团、四十八团，发起了长兴战役，而且战果辉煌。当然四十七团在坚持茅山地区的斗争当中战果也不小，在长兴战役以前就攻打过金坛以西的薛埠镇，歼灭了伪一方面军七十八团的第一营，俘虏了伪营长以下108人，四十七团在王直、黄玉庭、张强生等人的领导下，得到了长足的发展。但他们要接受眼下的考验，要把自己的团上升为主力团，所以对于这次战斗格外地重视。

巧的是，王直通过监听的话筒，听到了周城的敌人向社渚方向的叫喊声。从这个叫喊声当中，他听到周城伪军的最高指挥官，着急地向社渚的陈劲飞求援。陈劲飞原是驻守周城的伪营长，怎么会出现在社渚呢？原来他参加了一个朋友的宴会，没料到新四军当夜就发起了进攻。王直从这个电话里也听到伪四团团长牟新我厉声质问陈劲飞："你紧急关头擅离职守，你还有几个脑袋，还不赶快回周城，否则军法难容！"

听到这个消息，王直确认社渚的敌人必来增援，不过左等右等就是不见敌人的影子，难道敌人绕过去了吗？难道敌人没有出来？这是不可能的呀，每条线上都有自己的侦察员，各条道路上的侦察员不时地回来报告，都没有发现异常情况，此时周城的枪声还十分地激烈。

天亮了，仍不见敌人，王直便想出一个主意。他告诉周围的群众起火做饭，下田的还是下田，该做什么就做什么，枪声一响，赶快隐蔽，这样可以让敌人以为这儿没有部队。

而陈劲飞果然是老奸巨猾之徒，他带着队伍出来怕有伏击，便放慢速度，一边走一边观察。他站到一间高房顶上，用望远镜向去周城的路上搜索，只见那边的村庄炊烟袅袅，一点战斗的气氛都没有，他完全放心了，便吼叫道："快速前进。"

当敌人进入伏击圈以后，一连首先开枪，陈劲飞一看不妙，忙命队伍后撤。此时三连立即发起进攻，陈劲飞只得命令自己的部队突围。最后二连带着刺刀冲了上来，陈劲飞在一片缴枪不杀声中举手投降。王直审讯陈劲飞后，什么都清楚了。他擅离职守是因为社渚三营的一个连长要办喜事，三营长是陈劲飞的老相识，请他务必赴宴，所以他就来了社渚。当晚他正喝得意犹未尽，牟新我催他，他没办法，只好回来。天亮三营长就让他带了一百五六十名士兵，并亲自送他回周城。现在，三营长和士兵都为他送了命，他自己也被抓获。

王直严肃地对他说："你知道新四军的政策是立功赎罪，你应该叫周城的部下放下武器。"

陈劲飞没办法，只好答应。被押回周城后，他觉得新四军的这几条破枪是攻不下坚固的碉堡的，此时南渡方向也传来了稀稀落落的枪声，估计日军可能要赶来增援，所以他不肯喊话了。而周城的伪军也非常顽固，坚守这两个碉堡。

就在这时，王直得到了一个非常好的消息，南渡的援军已经被消灭。王直告诉陈劲飞，两处的人马已被歼灭，牟新我也被捕了，现在是他立功赎罪的好机会，如果再不喊话，就按汉奸论处。

陈劲飞无奈只好喊话。他一喊话，伪军就乱了，一批一批地从碉堡里出来投降，有几个不投降的，挣扎几下就被消灭了。下午 2 时，战斗全部结束，周城战役全歼了汪伪军第四团，俘虏了团长牟新我、副团长陈劲飞以下 700 余人，缴获了日军的曲射炮 2 门、重机枪 4 挺、轻机枪 18 挺、步枪 400 余支、快慢机驳壳枪 32 支、子弹 4 万余发，以及许多军用物资，周围各个小据点全部撤走，四十七团也被升为主力团。

在周城战役的影响下，盘踞在溧阳城北的竹箦桥、陆笪里、玉华山、罗村坝等据点的伪二师六团，因害怕遭到与四团同样的命运，仓皇撤离了溧阳城。直到 1945 年 8 月日军投降，日军也不敢对这一地区进行扫荡，我们的根据地扩大了，两大根据地之间，一条宽敞的走廊被打通了，苏南抗战的局面完全打开了。

泗安战斗

长兴战役取得了胜利，群情激奋。1944 年 8 月 26 日，新四军首长致电十六旅和一师《向东南发展游击战争的方针和步骤》中，要求十六旅应该向浙江方向发展，建立游击基地。正当十六旅准备作出部署的时候，9 月 27 日，中共中央又致电华中局，发了电文《关于发展苏浙皖地区的方针和部署》。电文明确指示，我军为了反攻，造成配合盟军的条件，对苏浙皖地区的工作应有新的部署，特别是浙江方面的工作，应视为主要发展方向。

这其实和中共中央早期制定的新四军的发展方针完全一致，这也证明了毛泽东同志对新四军发展的谋略是英明正确的，那就是“向南巩固，向北发展，向东进攻。”

苏浙皖边区在新四军刚刚成立的时候，是作为一个根据地筹划的。新四军成立了以后，由于种种原因，才选择了以茅山为中心的抗日根据地。新四军一支队、二支队、三支队北上东进，多年顽强抗战，现在国际形势发生了很大的变化，应该向这个方向发展了，更何况还有一个重要的战略任务需要完成，那就是配合盟军作战。这两大因素，促使中央做出了新四军向浙江方向发展的决定。

为此，十六旅旅长王必成、政委江渭清决定发起泗安战斗，同时也是为了迎接即将南下的一师部队。

那为什么要选择在泗安发起战斗呢？这和泗安的战略地位有关。浙江省长兴县泗安镇，是浙江长兴西南拥有万余人口的大镇，它遏宣长公路的要冲，东距长兴城 50 余里，西距安徽广德县城 40 余里，南枕天目山，北临郎、广、长根据地；镇中有一条河流通过，街道被划分成南北两侧，东西延伸 6 里，人口万余。正因为泗安的战略地位如此重要，遂成为兵家必争之地。

1937 年 11 月下旬，川军第一四五师曾于泗安、广德一线阻击图谋进攻南京的日寇，师长饶国华壮烈牺牲，泗安广德县即陷敌手。1938 年春天，泗安镇被吴奇伟率领的第九集团军收复，后面虽然遭到日伪的“扫荡”与“清剿”，但仍然被国民党流亡于山区的县政府所统治。到了 1943 年秋天，日军为了配合太平洋战争，发动了浙赣战役。9 月 30 日开始，敌寇以 3 个师团各一部约 5 000 人，分别侵犯苏南、浙西和皖南。那个时候驻长兴的国民党部队不战而退，退缩到天目山，至此泗安又处于日军的铁蹄之下。

敌伪在该据点花了一年多的时间构筑了坚固的工事，外围至少布置了 3 道障碍物，1 道竹篱笆、1 道铁丝网、1 道河沟，最多的地方甚至布置了 5 道障碍物，并且在碉堡下面挖了地道。到了 11 月 27 日，日伪军将苏中的主力三十四师调到江南，使泗安据点增加到两个营，伪三十四师师长周铁夫甚至大吹大擂："泗安是铜墙铁壁，坚不可破。"

中央指示新四军第一师主力与十六旅担负南进任务，配合盟军登陆作战，这就要求他们必须沿宁杭公路向东南挺进，发展太湖西南地区，造成与浙东打通联系的战略形势。而泗安，就是我们发展战略上面的一颗钉子——必须拔除的一颗钉子。

为了完成这个任务，十六旅旅部决心趁敌人立足未稳之际，消灭它，决定由四十八团主攻泗安，四十六团和旅部特务营负责对长兴、梅溪警戒。四十八团接受任务以后，就在槐坎研究敌情，团长刘别生、副团长饶惠谭、政委罗维道，经过反复研究，定下了如下的作战计划：确定了一营、二营由南北两个方向，攻打下泗安；特务营攻打中泗安；三营做团队预备队，到上泗安警戒广德可能增援之敌。

不料天降大雪，天气寒冷异常，四十八团前进到距离泗安 34 里的长潮岕、茶夥一带后，又具体布置为：一营的任务是从泗安北面的沟水弄向南打；二营是从泗安南门向北打，然后在 12 月 14 日晚上向泗安进发。四十八团在向泗安进发之前，有过深入的侦查，他们先后派了两个连长，向泗安方向侦查。二营驻青东，四连为主攻连，五连跟进，六连为营预备队，二营长黄祖煌在青东先派了五连长高守坤化妆成老百姓，深入敌人的据点进行观察，但是高连长不幸被伪军当做民夫抓去，修了一天的据点，没有获得情报；第二天黄祖煌又派主攻连连长周德希去侦查了一天，基本摸清了泗安的地形、敌情和出击路线。

到了进攻这一天，又下了一场大雪，虽然寒冷异常，但战士们的情绪高涨。战士们不约而同地翻了口袋，谁都不想把最后一个铜板留到泗安。他们烧水的烧水，买鸡的买鸡，拔毛的拔毛，饱餐之后，全营集合，斗志激昂地奔上了战场。二营四连的周德希连长和褚庄六指导员，想组织两个突击班，但报名的人太多，就变成了 4 个班组成的突击排；五连正在准备一个 20 多人的突击队，结果增加到 32 个人，可见战士们的战斗激情十分高涨。

12 月 14 日，正值寒冷的季节，那一天没月亮，风特大，雪花纷纷而下，虽然有纸伞，但是也挡不住雪花的侵扰。战士们沿着山道在雪地上行走，山道又陡又滑，十分困难，虽然只有 30 里地，却要花费极长的时间。

雪花如鹅毛，吹到人的身上化成了水，而水又迅速地结成了冰，但是战士们的激情丝毫没有消减，因为他们要完成一个神圣的任务，要拔除宣长公路上的那颗钉子，为以后的战略布局打下基础。

二营的前卫是主攻连，五连居中，后卫是六连，当然，走在最前面的是侦察员、向导和一个突击班，接下来就是四连的连部和营部。路途艰辛，战士们却奋勇前行，跌倒了爬起，摔倒了站起，你搀扶着我，我搀扶着你，在没有月光的雪地里，就这样走了两个多小时。

他们一路急行军，在穿过了二界岭、仙山，刚刚到达泗安的西北时，突然发现泗安的东北有火光，并且传来了一阵阵机枪的扫射声和手榴弹的爆炸声。

他们判断，这应当是营长曾旦生、教导员江淦衡率领的一营和敌人交火了。

他们的判断是正确的，一营从长潮岕出发，从另外一条路直扑泗安镇，他们的速度非常快，两个小时就到达了泗安的外围。这个时候战士们已汗流浃背，气喘吁吁，远看着泗安镇，灯光影影绰绰，偶尔能听到几声狗叫。曾旦生命令部队停止前进，让大家修整一下，战士们有的也把手榴弹弹盖松开，有的把子弹带加满，同时辨明方位。

大约 10 时，突击排便率先发起攻击，而尖刀班的同志则悄悄地向前摸索。他们看到前面是黑黢黢的房屋，有的房屋里面闪着一丝光亮，走到近处一看，原来是一个黑乎乎的碉堡，这时候一排长钟炳生轻轻地对尖刀班的班长说："到了碉堡啦，前面就是敌人，能够把哨兵摸掉更好，摸不成就用手榴弹给我上。"

这个时候突击排已经闪开，在通向大街的道路两旁摸索前进，当摸到距离敌人只有三四十米时，敌人的哨兵突然大喊："什么人？口令！"

这个时候用枪是不行的，只有手榴弹。随着两颗手榴弹的投出，"轰轰"发出两声巨响，突击排的战士们随着响声，冒着硝烟，借着火光，迅速地扑进了哨卡，这个时候哨卡里的敌人班长就向冲进来战士们胡乱地开起枪来，我火力班的机枪也同时吼叫了起来。

一营迅速发起了冲锋，因为突击排已经扫除了前面的哨所，但当进入街心的时候，却被一座高桥挡住了去路。一营战士乘机发起冲锋，准备冲过大桥，突入桥堍的为保安队驻地泗广公司，以战斗英雄丁焕祥为首的突击排，悄无声息地冲入了敌人的机枪阵地，一个伪军正要扣动机枪，丁焕祥一个箭步冲上前去夺过机枪，吓得伪军忙举手投降。一营另一部也以神速攻占了桥东、桥西 4 处碉堡，冲过大桥以后，又摸掉了伪军的几个哨兵，进入了大街。这个时候，后面的部队被敌人的火力封锁，没有能够及时跟上，突击排的战士和后续部队失去了联系。战士们的手榴弹用完了，而主力部队的前进道路又被碉堡里的敌人火力封锁了，情况危险异常，突击排的王儒谦同志奋勇而出，他叫到："我去联络部队。"接着，他机智地利用敌人机枪射击的瞬间，越过街头和部队联系上了，他马上又拿了 4 枚手榴弹，迅速返回。

此时他回头一看，部队还是被敌人的火力压制着上不来，便转身再次出击，但这次却不幸被敌人的枪弹击中，缓缓地倒了下去。

在前面房子里坚持战斗的 5 位突击排的同志，也碰到了从碉堡里下来的 4 个伪军。夜里看不清，伪军把他们当作了自己人，等靠近以后，突击排一拥而上，4 个伪军被缴了械，做了俘虏。其他的伪军发觉了，大喊着"捉活的"，疯狂反扑。但 5 位战士沉着应战，坚守着每间房屋，狠狠地打退了敌人的多次进攻，一直坚持到主力部队攻下了碉堡。

由于突击排的勇敢顽强，吸引了敌人的火力，一营的战士便奋勇出击，突击到一所大房子里面。里面的敌人有的反应很快拿起了枪，慢的还没有穿好衣服，在"缴枪不杀，举起手来！"的喊声中，全部乖乖举手，一个排的敌人束手就擒。这所大房子的后面还有一个小房子，连长和太太还在床上做着梦，没想到在这大雪纷纷的夜晚，转眼间就成了俘虏。

一连成功后，二连、三连迅速冲上大街，向敌人的营部搜索前进。这个时候二营知道一营已经发起了攻击，就按照原来的战斗部署，迅速地从泗安的西侧，迂回绕到了泗安的西南，然后向南门扑去。曾旦生从北面向南面进攻，而黄祖煌从南面向北面进攻。黄祖煌选定的突破口是在下泗安的西南角上，不过南门与西门头之间有一条一人多宽的土埂路，敌人在这条通道上布满了各种工事，地势十分险峻。土埂大路两侧是两个布满鹿柴的大深塘，塘内有铁丝网和一人多高的土围墙，围墙之内还有明堡、暗堡各种障碍，土埂路上有 3 道粗木障碍栅栏门，土埂大路的里面有一座封锁土埂路的大碉堡，碉堡向内一边是一座四合院，另一边是一排草平房，住着一个连的伪军，他们专门防守土埂路和两边沿塘的围墙。土埂路的外面还有一条横向的田埂路，田埂路的外面是一片铺满了积雪的麦地。

敌人架着机枪在碉堡里封锁这条土埂路，这真是一夫当关万夫莫开啊，但这吓不倒我英勇的新四军战士。二营仍然采取强攻的方式，当他们到达了田埂路外面开阔地的时候，便向土埂大路猛扑。

碉堡里的机枪立即向他们扫射，周德希连长命令机枪班的战士猛烈开火，压住敌人的火力，一个突击班的战士乘机在大雪中冲上土埂路，手持大斧砍开栅栏门和 3 道粗木障碍，把手榴弹掷到敌人的碉堡上。另外两个突击班分别沿着土埂路两侧的深塘，不顾天寒地冻，从水中游过池塘，上岸剪断铁丝网；再翻过一人多高的土围墙，扫清围墙里的种种障碍，掩护中路部队越过土埂路向敌人逼近。

在并进的三路大军的冲击下，土埂路碉堡里的敌人被吓跑了，二营的战士迅速进入土埂路内，攻取了四合院和那排草房，打垮了伪军一个连的防守，突破了敌人的第一道防线。

黄祖煌率领部队继续挺进，一道一道的障碍被消除，他们迅速地来到一条街旁，准备沿着大街往里攻，但没想到 40 米外的街西有一座碉堡。碉堡里射出白光，把大街照得一片银白，敌人的机枪范围本就封锁着大街的道路，此时更是疯狂地扫射起来。四连的八班长闵德贵、九班长、青年班长和几个战士，纷纷倒下了。

一想到街中心有碉堡、有灯光，敌人竟如此疯狂地反扑，指战员无比愤怒。营长、连长、排长及每一个战士，都在寻找对付他们的方法。

卫生员谢震趁着机枪扫射的间隙在大街上来来去去，多次抢救伤员。

突然谢震听到街的对面有人叫道："小医生，小医生快来。"

但敌人的子弹在疯狂地扫射，他没有办法过去，等到枪声一停，他迅速冲了过去。在街旁一处隐蔽的地方，他看到了一个战士坐在雪地上，怀中抱着二排长周才德。原来周排长战斗心切，在搜索前进的时候，刚好在街边露了脸，即刻被碉堡里的机枪打中，腰部血流如柱，棉裤湿了一大片，谢震还没有来得及包扎，他的呼吸就停止了。

谢震悲痛异常，为老战友的牺牲流下了眼泪。等到枪声停止的一刹那，他迅速越过街道，跑回街南，向黄祖煌营长报告："营长，二排长牺牲了。"

黄祖煌铁青着脸没有说话，谢震又重复了一遍："营长，二排长牺牲了。"

黄祖煌突然大叫一声："周德希，命令部队进民房打洞，一道墙一道墙地打过去，我看他们跑到哪儿去。"

在黄祖煌的命令下，战士们迅速进入民房，开墙打洞，向前挺进。这个时候街上只剩伪军的灯光在照耀，他们的枪发出的声音断断续续。

没有多久，民房被打通，一直打到了敌人的碉堡前。战士们到了碉堡前，几十颗手榴弹齐齐地飞到"乌龟壳"上，碉堡上火花四溅，四周炸弹声隆隆。敌人虽负隅顽抗，但也只是盲目地开着枪，灯光胡乱地照射着。

他们从枪洞里往外丢出几颗手榴弹，但是街上已经没有我军的战士了，手榴弹只能炸碎街上的几块石头。战士们向他们展开了政治攻势："快缴枪吧，新四军不杀俘虏！""缴枪不杀，不缴枪是没有出路的。"

但敌人很顽固，继续开枪。打了一阵子以后，战士们又叫喊了起来："你们全都被我们包围了，缴枪不杀，不缴枪不要怪我们不客气了。"

在战士们强烈的政治攻势下，伪军碉堡里的枪声沉寂了下来，伪军知道他们四周的碉堡已经被我军分割包围了，而且战士们用不着从大街上进行攻击，他们的枪弹也已经打不着我们的战士了，我军战士们已经靠近了他们的碉堡，如果不投降，就只能挨战士们的枪子。而且时间一长，碉堡就会被炸出一个大窟窿，手榴弹就会像雨点一样飞进去，那时只能是死路一条。

他们绝望了，很快就传出了"不要打，我们缴枪"的声音。于是一支一支的步枪从碉堡里掉落下来，突击队迅速冲上碉堡，抓了一批俘虏，缴获了一堆战利品。战士们都戴上了头盔，补充上了子弹，用上了"红木炳"的新"手炮"。

解决了当街的拦路虎，部队继续前行，目标是和一营汇合，攻打敌人的大本营。

部队虽向前挺进，但是巷战和两军对垒的野战不同，在地形不熟，敌人不明的情况下，随时都有遭受敌人射击的可能。二营五连的刘立东排长就是在走进房屋查看准备指挥部队前进时，被敌人从碉堡里射出的子弹打中，子弹穿过了他的肋部，光荣地牺牲了。

他倒在指战员身边的最后一句话是："同志们分别了，你们完成任务吧。"

排长的牺牲激起了战士们强烈的复仇火焰，遇到工事就破坏工事，遇到碉堡就炸掉碉堡，有的直接冲进敌人的房屋，冲进地堡，踢开敌人的大门，扫上几发子弹，或直接扔上几颗手榴弹。

在战士们无畏的攻击下，路途中的碉堡被一个一个地清除了，最终他们来到了敌人的大本营。而一营的进展也很快，此时也来到了大本营。

大本营有营房、有碉堡、有围墙，其中碉堡有3个，2个小的，1个大的，大的有2.4尺厚，3层楼高，碉堡里的机枪疯狂地朝街上射击，掷弹筒发出呼啸之声，爆炸声、机枪声响彻雪后的夜空。

我军前进受阻，为了减少伤亡，指挥员想进一步摸清敌情。从俘虏口中得知，这里是一三四团团部，有一个营的兵力驻守，分布在3个碉堡里。

这个时候，上泗安也被攻克，团部特务营一个突击组向驻守在那里的一个伪军保安队发动进攻。保安队有一个伪军正在结婚，除了哨兵以外，所有的伪军都聚在一起吃喝，他们怎么也不会想到大雪天，新四军会突然降临，等到突击组占领了一个碉堡以后，他们才发现有了战况，慌忙地开了两枪。在我强大的攻势之下，这些伪军仍拒不缴械，因为他们以为国民党忠义救国军又来抢东西了。昔日，忠义救国军来了以后就是抢东西，放了几枪就跑掉了，也不和伪军真正作战。

这些伪军等到密集的枪声响起来以后，才弄清楚，这是新四军的部队。他们被吓破了胆，马上放下了武器，经过教育以后，有的后来就参加了新四军。

现在就只剩下大街上大本营里的大碉堡。黄祖煌和曾旦生经过一番讨论，决定分头行动，为了减少伤亡，稍作调整后，一营从北向南，二营从南向北，两面夹击敌人。

二营离开大街爬上民房，从屋顶向碉堡接近，一营则冒着雪游过河，从后街接近碉堡。应该说，战士们学会了在战争中取得的经验方法，他们用手榴弹、机关枪，加上政治喊话，连续进攻，两个小碉堡很快就解决了，就是这个大碉堡始终不肯投降。胖子营长吴国钧在那里坐阵，打了好久，就是不缴枪。

这个时候，刘别生团长已经到了前方。天渐渐亮了，刘别生用号声与各个连进行联系，联系上后，刘别生命令一连、二连的轻机枪都集中瞄准碉堡的枪眼，将敌人的火力点通通封锁住，然后两个营的突击连在团部的统一号令下，由轻重机枪掩护，向敌人猛冲。

轻机枪喷出愤怒的钢弹钻进了碉堡的枪眼，那些手榴弹也精确地飞上了乌龟壳的壳顶，炸得碉堡上的砖头飞溅，稻草和棉絮乱飞。敌吴国钧营长终于在碉堡里待不住了，就钻到底层，他被我军的沉重打击吓坏了。敌兵们也在碉堡里面吓得瑟瑟发抖，只是胡乱地打几枪，胡乱地丢几颗手榴弹。

这个时候部队一边继续猛攻，一边利用被俘的伪军集训营营长魏江田向伪军二营营长吴国钧喊话。魏江田还算老实，抖抖索索地对着碉堡喊：

“吴营长，赶快缴枪吧，我们都缴了，新四军不杀俘虏，对我们很客气，缴了枪有优待啦。”

魏江田喊了几遍，见没有反应也跟着发火了，他对着战士们说：“岂有此理！兄弟们，你们就打吧。”

战士们见魏江田的喊话没有效果，就立刻用轻重机枪、手榴弹进行攻击。刹那间，枪弹如雨点般向敌人的碉堡射击。时间一长，大碉堡的顶层被炸塌了，墙壁被我军的机枪打成了筛子。

战斗到上午 9 时，伪军的军心被瓦解了，那些伪军也顾不得吴国钧的阻拦，把一支一支的步枪丢了出来。

“敌人缴枪了，敌人缴枪了。”

战士们叫喊着冲向碉堡，一个个穿着黄色军服、带着火药味的俘虏，无可奈何地从碉堡里走了出来。战士们抓俘虏的抓俘虏，收缴战利品的收缴战利品，内心的喜悦难以形容，相互庆贺着胜利。

这次战斗应该说打得比较艰苦，消灭了伪军的两个营：一个是伪军集训营，另一个是伪军的第二营。伪军的第二营营部外围的碉堡被攻占了以后，其核心工事，也就是那个 3 层楼高的大碉堡屡攻不克，但是在战士们顽强的打击下，最终也被攻克了。

这次战斗历时 13 个小时，摧毁了大小碉堡 22 座，歼敌 2 个营，毙伤伪军中校团副徐炎以下敌兵 26 名，俘伪营长吴国钧以下敌兵 400 名，缴获了小型高射炮 2 门、重机枪 4 挺、轻机枪 17 挺、冲锋枪 3 支、掷弹筒 7 个、长短枪 320 余支、钢盔 250 顶，以及其他许多战利品，我军伤亡排以下指战员 20 人。

延安《解放日报》于 12 月 30 日登载《新四军冒雪攻克泗安镇》的战斗新闻。1945 年的 1 月 1 日又在头版以《攻克泗安——新四军真似活神兵》为题，详细报道了攻打泗安的战斗经过。

胜利篇
SHENG
LI
PIAN

天目山三次反顽战役

第一次反顽战役

1945 年的 2 月 10 日，中国重要的传统节日春节的前两天，有一支部队悄悄地于夜晚从浙江长兴的槐花坎向东南方向的武康、德清地区进发。部队刚一出营地，就迎上了凌厉的寒风，寒风带着呼啸之声吹打着战士们的身体。

寒意侵袭，他们哈着气，搓着手，跺着脚。战士们虽然气宇轩昂，斗志昂扬，但是在大自然面前，还是感到了极大的不适。他们的头上戴着厚厚的棉帽，棉帽上还做了两个耳扇，虽然遮住了脸面，但是挡不住严寒的进攻；衣服的单薄使热量很难保存；脚上穿的是薄底的草鞋，虽套上了鞋袜，但还是抵挡不住寒气的侵袭。

他们现在只有一个信念，“前进、前进、再前进！”不料天空的云层越来越低，天色变得越来越黑，又下起了细细的小雨，坚硬的泥地瞬间变得湿滑起来了，人行其上，不时摔倒。但是战士们毫无怨言，跌倒了再爬起，向着既定的方向前进、前进、再前进。

不知道过了多久，队伍终于穿过了宣长公路，所有人都长长地松了一口气。因为宣长公路是日军封锁的交通线。但大自然好像故意和人过不去，雨停了，雪花又纷纷而下，这个时候风雪打在人脸上，犹如刀割一般，战士们的帽子、眉毛、嘴巴、胡子全沾满了雪花，战士们身上发出了强烈的寒意，他们不时地抖掉身上的雪，唰唰的脚步声、呼啸的北风声和急促的呼气声交合一起。

由于路途艰辛，他们走走停停，不时地有人掉队，不久便和前面的人拉开了距离。“不要停下，赶快走”，战士们听到口令声，又奋力前行，一会儿就赶上了前面的队伍。就这样，他们终于熬过了漫长的夜晚。

第二天，战士们烤干了衣服，又匆匆上路，虽然雨雪已停，但是路面更滑了。他们的帽檐上挂着水珠，棉衣在汗水的浸润下，渐渐地又湿透了。走着走着，部队就停了下来，战士们感到纳闷：“怎么回事，怎么又停下来呢？”

他们伸着头开始嘀咕了：“天公不作美，怎么专走这么窄的小路呢？”“参谋怎么搞的，为什么走走又停下来呢？”

战士们不清楚，原来先头部队遇到了一条大河，在寒冷的天气里，他们没有船，也没有其他任何渡船的器材，只能发愁，怎么渡过去呢？这是一条很宽的河，有五六十米宽，一米多深。

几个领导在滔滔的河水前来回走着，他们要做出一个前所未有的决定。

他们是什么部队，他们为什么要向这个方向作长途的行军呢？原来他们是威震江南的抗战部队——新四军十六旅，现在改名为苏州军区第一纵队。

1945 年 1 月 15 日，苏浙军区奉中央军委的命令，在长兴县仰峰岕成立，粟裕任司令员，谭震林为政治委员，刘先胜为参谋长，统一指挥苏南与浙东部队。军区下辖 3 个纵队：十六旅为第一纵队，司令员王必成，政治委员江渭清；浙东游击纵队为第二纵队，司令员何克希，政治委员谭启龙；三旅为第三纵队，司令员陶勇，政治委员阮英平。每纵队下辖 3 个支队，依次编为一至九支队。

苏浙军区成立以后，遵照中央关于加强江南、江北部队会合后团结问题的指示和新四军军部关于利用空隙时间，抓紧对部队进行教育的指示，开展了一系列活动。

根据中央和华中局的指示，把加强苏浙皖边根据地工作作为主要任务。军区还有按预定向东南发展的军事部署：第一纵队沿京杭国道全部进入莫干山地区，控制武康、德清和杭嘉湖地区，进一步打通与浦东和浙东的联系，建立前进基地；第三纵队二支队进入泗安、广德、誓节渡以南地区，一个支队在广泗公路两侧，配合第一纵队行动，掩护运输交通；第二纵队除继续巩固三北、四明地区外，逐步向西发展，策应浙西主力南进作战。各部队按进军部署进行了政治动员、颁布新区政策、纪律教育，实施了以山地战为主的军事训练。

党中央之所以要采取这一英明战略决策，是因为在欧洲战场的德军面临覆灭，亚洲的盟军在菲律宾登陆成功，并直接威胁到日本的本土。进占这些地区后，既可以迎接盟军的登陆，破坏日军在东南沿海集结兵力与盟军决战的计划，也可以为我收复南京、进入上海创造条件。我军这一行动，必然会遭到国民党顽固派的反对，因为这里既是蒋介石起家的地方，又是重要的经济地域。为确保任务的顺利完成，上级对我们提出要有不怕困难、不怕牺牲和连续战斗的思想准备。

按既定计划，第一纵队出周坞山，在安吉梅溪附近涉水越过齐腰深的西苕溪，然后分 3 路向莫干山地区前进。纵队部率第一支队直插递铺（现安吉县城）；第二支队经和平、大冲插向莫干山东麓之三桥埠、武康一带；第三支队经和平、回车岭、上合至吴兴大冲一带。

现在部队经一夜一天的行军来到了西苕溪。

这是一条大沙河。它发源于西天目山，经过孝丰、梅溪等地，向东流入太湖。他们要通过的地段，离日军据点梅溪只有几公里。

河有五六十米宽，水深 1 米多，河底是沙石，流速不快。但河上所有的桥梁和渡口都为敌伪控制。敌军不仅设有坚固的桥头据点，而且水陆交通便利，能迅速出动截击我军。

怎么办？涉水过河！

一支队所在的杨保渡口被日伪军所控制。支队长刘别生下令："大家快过河，不能在这里做任何停留，水冷一些，并不太深，干部先下。"大家一听是支队长的命令，都赶快脱去裤子过河。

二支队到达河边，河面似一根白带，水气寒冷，直袭心头。涉河的命令虽下，但有些战士仍面露迟疑之色。二支队支队长吴咏湘深知时间不允许耽误，站在岸边十分焦虑，稍顷坚决命令部队立即脱下棉裤下水过河。他要求各营连干部走在前头，为部属做出榜样。

二营长何永棉率先下水，并一次又一次地搀扶那些个子矮小和体弱的战士过河。他拼命地招呼大家："水冷，没有风冷，走一段就好了。"当趟到水深的地方时，他告诉大家："最深的地方就在这里，过后就浅了。"

在暗夜里过冰河异常艰难，但听到熟悉的首长声音，又看到他身先士卒的行动，战士们充满了信心和力量。在对岸的村子里，上了岸的战士已烧起几堆火，烤一下棉裤，迅速穿上，又急匆匆地往前赶去。

一纵 3 个支队顶风冒雪，于 2 月 12 日向莫干山敌后挺进，沿途击退了安吉、梅溪等地日伪军的阻挠，连克和平、妙西、埭溪、三桥埠、戴桥、递铺等日伪据点。接着，一支队乘胜攻克武康县城，二支队攻克德清县城，三支队则于吴兴境内消灭一个伪常备大队，活捉了 40 多个敌人。

冒着风雪严寒，冲破了日伪军的拦阻，一支队终于进入了莫干山地区。

莫干山位于德清县的西北，是天目山的一个分支，相传春秋时期吴国在此铸造出莫邪、干将两把剑，锋利无比，故得名。山的主峰为塔山，高 719 米。这里还有剑池、龙潭等名胜。夏天气候凉爽，是避暑休养的好地方，还盛产毛竹。莫干山距我郎广根据地 100 多公里，中间隔有宣长公路和日伪军的控制地区。国民党在这个地区，除地方顽固势力外，还有浙江保安团。因此，我们不仅要和日伪军作战，还要和这些顽固势力斗争。

登上莫干山山顶，这里山水秀丽，风光独好，但有谁顾得上去观赏哩!此时，战士们所想的都是怎样把群众动员起来，共同去建设这个新的具有战略意义的抗日根据地。

早在我纵队的各个支队向莫干山地区挺进时，苏浙军区司令员粟裕同志就判定，国民党顽固派必然要对我进行破坏。为此，他下令第三纵队的第七支队，通过宣长公路，经上吴村，进到上堡之线，对南面和东南方向实施警戒措施，确保我纵队的侧后安全。

果然不出粟裕所料，我纵队刚出动，国民党顽固派即令其第二十八军的六十二师师长刘勋浩，指挥其 3 个团、国民党"忠救军"1 个团和浙江保安团，妄图以 5∶1 的兵力围歼我七支队于上堡乌石山、大瓜岭地区。

刘勋浩的具体部署是:国民党"忠救军"由广德县小白店出发经高村向凤凰山我军进攻；六十二师的一八四、一八五团，由孝丰出发，经竹根新村向大青山、金鸡岭、大瓜岭进攻；他自己率一八六团进到梅村中白桥之线，为师的预备队，并向东北警戒；浙江保安团于递铺之线阻拦我纵队由莫干山西进。顽固派限定刘勋浩在两天内解决战斗。因为顽军估计我东面部队回援到达这里至少需要 3 天时间。

进入莫干山的一纵队正在调整部署，准备向日伪军发起一次进攻，以巩固扩大新的抗日根据地，突然接到了军区首长要他们兼程西进协同三纵队各支队对顽军实施南北夹击的命令。

原来国民党"忠救军"12 日在孝丰上堡袭击我军第七支队，当即被我七支队击退并占领景坞里、茅园里、上书垓、观音桥一线。刘勋浩指挥国民党六十二师 3 个团、浙保 1 个团从孝丰以南北开，并派"忠救军"1 个团迂回至樟吴村，于 14 日向我七支队展开猛烈进攻，企图围歼我七支队，并隔断我一纵队与根据地的联系。

14 日中午，我七支队于上堡西北之凤凰山阵地遭到“忠救军”1 个团的进攻，激战 5 小时后，五连阵地失而复得。黄昏时在营增援下将顽军击退，夺回阵地，又连续打退“忠救军”数次进攻。

15 日顽六十二师抢占了上堡东之金鸡岭、大青山、小爪岭，向我大爪岭阵地猛攻，九支队八连在章吴东山抗击顽军 1 个团的连续进攻，激战一天，杀伤顽军数百人，全连虽伤亡大半，但阵地屹立不动。顽六十二师两个团迂回景坞里，向我三纵队侧背攻击。15 日起我三纵队全部投入战斗，与顽军激战于景坞里以南、丁岭以北一线。

敌我双方处于对峙状态。

接到命令后，我一支队即经递铺、塘铺、皈山场、前出梅村、观音桥之线，冒着蒙蒙细雨和泥泞不堪的小道飞速地向指定的地点前进，此时时间是 2 月 16 日。我前卫分队通过皈山场时已是夜晚，抓到顽军向后撤退的一些伤员和病号，他们交代因走不动，上级不管他们了。

一支队赶到梅村边时，顽军的话得到证实，敌军主力已全部撤走。鉴于这一情况，刘别生支队长当机立断要部队停止前进，后队改成前卫，向孝丰城追击，并强调动作要快，途中不要理睬少数敌人，必须追上敌人的主力。就这样，一支队开始了追击战。

16 日，一纵主力由递铺经圹铺出观音桥夹击国民党六十二师，当晚一纵队、三纵队全线出击，整夜混战于西亩以南之分水岭一带山地，顽军一八四团、一八五团被我分割，歼其一部；另一方面，我三纵七支队在永善里激战时，一纵三支队奉命前去增援。而顽军与我三支队竟同走一条山沟，同是六连，便发生了下面的事情。

永善里的战斗胜负未卜，三支队接纵队电报后匆匆吃了中饭，于 12 时 30 分急促起程。赶到左岭时，天已黑。支队长黄玉庭一看地图，离永善里还有 30 多里，便要王直带团部和二营停下做晚饭，他自己则带着备有干粮的一营继续前行。

从烧好饭到吃完饭，仅半个多小时，估计一营前行了 10 里路。王直他们一抹嘴巴，连忙起身，翻岭上公路，快步往前追。

此时雨夹雪纷纷而下，原先下雪，能见度较高，但雪一停，又下起毛毛雨，天空便黑乎乎一片，只见人影晃动，其他什么也看不清了。只要拉开了距离，前后就会脱节失去联络，队伍就会分成两截。要是若干人拉开了距离，队伍就四分五裂了。王直马上前后传令，指挥员注意掌握好部队距离，一个紧跟一个，一步也不准落。

走着走着，担任前卫连的六连连长孙永安忽见有些人经过身边却往后走了，感到非常奇怪，他以为有些战士走昏了头，走回头路了。他有些火，一营饿着肚子，昏了头，有情可原，二营吃得饱饱的，怎么会昏了头，他不由得大声责骂了一句:“你们怎么乱走一气？”

“我们没走错啊！”对方极不服气地回应着。

“还没走错，真是昏头昏脑!你们是哪个单位的？”他一愣，反正是二营战士，即使不是六连的，也要纠正他们的走向。

“我们是六连的！”对方口气依然很硬。

“六连的？”孙永安连长一听，好不恼火，自己的连怎么出了这种兵？口气还这么硬，可这种时候没工夫和他们磨牙，就大声喝道："我是六连连长，快掉屁股跟我走！"

那些人一听是连长，都一声不吭地调过屁股跟着走了。"一个紧跟一个，一步也不准落！"孙永安又补充了一句。

六连指导员陈涛觉得情形有些不对，六连的战士怎么会这样昏头？便侧脸辨认起调转屁股跟着走的人，虽无法看清面孔，却发现头上的帽子似乎少了点什么。定睛仔细一看，啊，少了两只"耳朵"！原来红军下山后便换下红军服，脱掉八角列宁帽，军装、军帽和国民党军就一样了。到了冬天，为了防寒，特在军帽上加做了两块"护耳"，平时绑在帽子上，冷了就放下，把耳朵和面颊一起盖住，可以御寒。

但现在这些人没有那两块"护耳"，很有可能是走散了的顽军，再一想他们刚才反向而行，陈涛更坚定了他的判断："这不是我们的人，是顽军!"

陈涛认准了，但他不露声色，只是悄悄地吩咐身前身后的几个战士，赶快分头去找这些顽军的机枪手，进行体力"互助"，把机枪"互助"过来。

"这鬼天气打仗，没打死也得累死！"顽军的一个机枪手见有人"互助"，十分欣喜，但没有忘掉发一通牢骚，他连忙把机枪卸下肩来让给了六连战士。

此人的牢骚一出，马上引来刚才反向奔走的那群士兵的共鸣："他娘的，年也不让过，还能不倒灶！"

"不是倒灶，是开门见红，大吉大利！"

"开门见红的是新四军，我们是开门见血！"

听到这些牢骚，六连的同志都明白，现在是和敌人混在一起了。

"缴枪不杀！"孙永安连长出其不意地大吼一声，同时打了一枪。

"缴枪不杀！"全连应声齐吼，个个动手捉拿这些送上门来的敌人。可黑天暗地里，不易辨清，许多敌人趁乱窜上公路，顺势往两边的山上跑去，有些顽固的，还边打枪边骂：

"你们算老几？我们一八五团是老虎团，六十二师的主力！"

顽军虽然狂吹牛皮，不过六连战士也确实一时奈何不了他们。尽管他们惯于打夜战，但夜间搜山的仗却从没打过，冒冒失失地斗气搜山，弄不好会吃大亏。何况，从俘虏的口中已得知，这些敌人正是从永善里溃退下来的，三纵七支队已胜利地结束战斗，三支队不必再赶去了，有充分的时间来收拾这些家伙!

他们会不会乘黑夜溜跑了？不会的。溃败之军如惊弓之鸟，而且他们已迷失方向，也没胆量瞎摸乱逃。

王直派出几支小分队围着他们四处放枪，他们不敢分散逃命，扎堆在一起，凭山林与三支队二营对峙。

天一亮，王直下令分片包围，组织搜山，集中"抓鸡"，这些"老虎团"的"老虎"，原形毕露，顿时变成一只只不飞不跳的山鸡，任捉任拿。到八九点钟，这些"鸡"被集中到公路上，竟有 300 多个，连"老虎团"的团长也在内。

"抓鸡"收获空前，有轻机枪 30 多挺，马克沁重机枪 1 挺，八二阻击炮架、重机枪架各 1 具，可惜炮筒子、枪筒子不知被丢到哪里去了!

这个时候，黄玉庭带着一营回来了，见到排在公路上那一排排机枪和一堆俘虏，一问原委，高兴得两手抱拳，向大家一揖："过年讲句年话，恭喜发财啊，同志们！"逗得大家一齐哄笑起来。

他嘴都笑得合不拢了："我们不如你们，只抓到几十个俘虏，真是赶得早不如赶得巧啊！不过，我多少也可以沾着点光，是我把你们留下做晚饭吃才有这样的收获呀！"大家听了，又是一阵哄笑。

事后，三支队发电报向纵队王必成司令员和江渭清政委报告了战果，王必成司令员看后笑嘻嘻地说："嗬，这个四十七团不简单嘛，四十六团才搞到个机枪连哩！"

刘勋浩见腹背受击，便率国民党一八六团由梅村边向孝丰城撤退。17 日上午，一支队于孝丰城北之塔山岭将一八四团击溃后，乘胜追击，午后 1 时占领孝丰城，余下顽军向天目山方向逃窜。

我一支队各营按命令要求立即离开梅村边和观音桥，向孝丰城方向追击敌人。经过一阵强行军，天色微明，在孝丰城以北的塔山岭、石家塘之线，我二营追上了顽军的掩护分队，敌人利用阵地，施展火力阻止二营前进。二营战士听到敌人轻重机枪开火，反而感到高兴，长长地松了一口气，因为可以不与敌人赛跑了，强行军追击太疲劳了。

此时，刘别生支队长立即命令二营先展开火力，尔后各分队用穿插分割的办法将敌歼灭，而且动作要快，不要又放跑敌人。他要一营、三营由塔山岭左侧的周村猛插敌人的后方，截断敌方的去路。

顽军本来就是掩护后撤的一些分队，哪有决心与一支队拼杀。我有些分队仅做一般展开，敌就逃跑。2 月 17 日中午，一支队解放了孝丰城。

前卫分队进城后，除留少数部队外，其余兵力到城外一些山头搜索，以防敌人的反击。

18 日凌晨，我一支队奉纵队首长指示，继续会同三纵队一部，于渔溪口、西圩村地区围剿国民党"忠救军"二纵队四团。我二支队则向天目山的出入口报福坛地区前进。

战士们有了一个夜晚的休息，精神饱满，走起路来特别轻快。当走出孝丰城不到 5 里时，山头上传来稀疏的枪声。到石坑，听到枪声紧密，估计我三纵队已经和"忠救军"开始对决了，于是二支队便加快了前进的速度。

但国民党"忠救军"这支特务部队能进攻，也能逃跑，能攻时就猛攻，攻不动时就溃逃，而且逃得很快。当看到一支队向他进攻，讨不得便宜时，他们很快地向西圩村逃去。

刘别生支队长说："前卫分队不要开枪还击，沿道猛追。"

可是前卫分队猛追，敌人就乱跑。追到西圩村，他们就向新桥头逃跑，连一个人影都看不到，甚至连枪声都听不到了。

天目山首战，历时 5 天，一支队参战仅 3 天，加上进军时间就是 8 天，对部队的锻炼很大。他们懂得了运动战与打游击的区别，就是战斗不仅行动协调一致，而且持续时间较长，因它不是一场战斗的，是由若干个战斗组成的。

三纵主力在上堡战斗后，紧追国民党"忠救军"，占领九松岭，出大王山至大小杭坑一线，在一纵队协同下，将"忠救军"第四团一部围歼于大小杭坑至西圩市、渔溪口一线，残顽向章村、杭垓方向西窜。

这次战斗共歼顽军 1 700 余人，缴获迫击炮 3 门，轻重机枪 50 余挺，步枪 600 余支，汤姆冲锋枪 14 支。这些都是美造的新式武器。天目山战斗的重要意义，在于它为我今后的战斗创造了一个回旋的余地。

第二次反顽战役

我军第一次反顽战役胜利后，毛泽东同志于 2 月 28 日指示："粟裕部占莫干山后应巩固现地，勿再主动前进。如顽来攻，则反击之。"国民党第三战区司令顾祝同发出秘密侵犯我军的电令（2 月 27 日）称："相机在孝丰附近将奸匪围歼，粉碎其打通海北及浙东之联系，剿匪部队行动严守秘密，勿使盟军发觉，以重国际听闻。"国民党苏浙皖挺进军总司令陶广于 2 月间召集团以上军官秘密会议，制订"清剿"计划，企图乘我立足未稳，先击孝丰城附近之我军，收复孝丰，进而将我军逐至广泗公路以北。其调集其国民党一九二师、五十二师，六十二师、"忠救军"、挺进一纵队、三纵队、浙保第四旅等 12 个团兵力，命二十八军军长陶柳指挥，向我军发动第二次进攻。陶柳于 2 月 24 日率军前进指挥所由于潜、方无铺进抵宁国指挥，电令各部："军以肃清该匪收复孝丰之目的，自丑俭（2 月 28 日）由现地攻击前进，予定寅江（3 月 3 日）前，进出灵峰山、五峰山、塔山、许家庄、上下平乐、西圩市之线，坚工固守，准备第二步进剿。"顽军各部慑于我军威力，各自为保存实力，行动互不协调，矛盾重重，浙保四纵队讨价还价，显系避战，"忠救军"临时请求改变作战地境，行动迟缓。至 3 月 2 日，"忠救军"总指挥马志超要求改期于 3 日拂晓开始攻击。

我军以一纵三支队（欠一营）和独立二团坚守孝丰城外围山地，除节节抗击和阻滞来犯顽军外，还集中主力 5 个支队寻找有利战机，歼敌一部粉碎其进攻。

3 月 3 日，国民党"忠救军"的 4 个团向我们三支队的西圩市阵地发起进攻。我们凭借有利地形和预筑工事，与其对抗。

3 月 5 日，我三支队奉命转移阵地，坚守孝丰城。但在本次转移中，七连指导员巫有根同志英勇牺牲了。

在巴山全线反冲击时，七连面对的敌人很顽强，火力也特别猛，战士们被打得抬不起头来。巫有根同志端起身边的机枪，跳出工事，一面向敌人猛扫，一面高喊："同志们，冲啊！"就是这个时候，一颗子弹打中他的胸部，鲜血染红了半个身子，可他像没发觉似的，还是端着机枪猛扫。卫生员赶上去抱住他时，他手中的机枪还在"突突"叫，但他已一句话也说不出来了。

国民党"忠救军"由宁国狮桥方向入侵。4 日，第二团主力进至广孝边之小白店、虎岭关、大杭坑、小杭坑一线，第一支队进占百步村，并向西圩市、渔溪口攻击前进。

国民党一九二师一一八团附五十二师一五六团 2 个营，是刚从宁国调来参战的主力，统归一九二师副师长文道平指挥。4 日，由千秋关方向入侵，进至孝丰西南之大竹杆、新桥头附近。5 日，其一一八团前伸至孝丰西北之横溪坞、石坑坞、上下平乐一线。

国民党六十二师由天目山入侵。4 日，进至王北坞、金山、汤口、青山一线。6 日，攻占青明山，与我三支队对峙。

国民党挺一纵队、浙保四旅由东天目山经统里向孝丰东南方向进攻，配合国民党六十二师。

我军于3月6日午夜开始出击。一纵主力一支队、二支队由渔溪口、合山楔入西圩市，攻击“忠救军”侧背。

3月6日，我一支队、二支队按上级命令进入进攻出发地区。我一支队的第一梯队是：二营、三营，其他两个营跟进。发起进攻时，天空黝黑，加上满山的树林和毛竹，伸手不见五指，唯一能识别的是每个指战员的左臂上扎有一条不那么显眼的白毛巾。视觉虽然不好，但对我们惯于近战夜战的部队来说，则是歼敌良机。两个营的分工是：二营沿山脚攻击前进，三营沿山梁前进。他们各分队利用黑天和山的死角，迅速地插入敌人的侧翼和后方，很快在这里便响起了阵阵机枪声和手榴弹声。我军从多个方向的进攻，使这支全部装备美国造的汤姆冲锋枪、卡宾枪的“忠救军”摸不着头脑。敌本来就是疲劳之师，哪能挡得住我们这种猛烈的攻击，只好没命地奔跑，于是当即被我歼灭一部，西圩村周围阵地为我占领。此时，刘别生支队长命梯队的两个营进行休整，准备再战，并令一营和特务营继续追击敌人。

国民党“忠救军”一溜烟地逃跑后，其防守在新桥头、李家坞、红庙地区的五十二师一五六团的侧翼暴露在我军面前，我特务营一连很快攻占了一个山头。自称三战区的主力、“反共急先锋”的国民党五十二师，当然不肯就此罢休，拼死夺回了阵地。在此情况下，特务营教导员马苏政立即命令二连、三连再次发起冲击，不仅夺回了阵地，并歼敌一部，当场缴获几挺带有轮子的苏式重机枪。此枪的特点是故障少、口径大、射程远，所以大家非常高兴。敌一五六团并不因遭我打击而后撤，仍然守在红庙、大竹杆，以这些山头作依靠继续顽抗。

在我各反击部队均取得胜利的情况下，粟司令下令全线向敌出击。我一支队不顾疲劳，经红庙、大竹杆、吉才坞赶到报福坛。

7日，一支队、二支队与国民党“忠救军”激战于新桥头、野乐村，迫使其向中岱村遗退；北路的“忠救军”由桃花山向我孝丰西之牛山、八卦山、石鼓山三纵阵地发动猛烈进攻，八支队第三连固守要冲石鼓山，连续打退顽军数次进攻。阵地上弹药告罄，勇士们跃出掩体用刺刀、枪托、锹镐与顽军拼杀，战斗英雄陈阿弟率领二排大部分战士在拼杀中阵亡。三连在7个小时内连续打退顽军六次进攻，毙伤顽军200百余人，全连虽只剩13名战士，仍保住了阵地，保证了主力对顽军出击部署的准备。

7日，六十二师被我军狙击于青明山、四明山，坝山一线。我一支队向北攻击大小杭坑、吴家村之顽军，打到小白店与三纵主力会合。我二支队与顽一九二师一八团激战，并与国民党五十二师一八六团在大竹杆对峙。

8日，我一支队与三纵主力由北向南攻击，一支队由吴家村攻击红庙、石山村，与二支队协同攻国民党一一八团。战至中午，我军将国民党一九二师指挥部打乱，副师长文道平率残部往汤口、章村、石门坎逃跑。进攻孝丰正面之国民党六十二师等部，经我三支队、独立二团顽强抵抗和利用夜间袭击消耗其战斗力之后，见左翼“忠救军”、国民党一九二师进攻失利，即行后撤。我守军尾追至老石坎、下张坞一带，歼其一部，顽军向天目山逃逸，一纵各支队于报福坛、汤口、新桥头一带会合。

第三纵队打退国民党“忠救军”进攻后，七支队向西南穿插，8日拂晓行至杭坑附近之黄泥冲，七支队第三营前卫八连与正在西撤之顽一八六团遭遇；八连行至黄泥圹西北侧时，发现顽军大队人马正以几路纵队向西运动，先头部队已接近248高地北侧三岔路口。黄泥冲是条由东北向西南的狭长深谷，西侧为312高地，南侧为248高地，另有221高地南北延伸，地形复杂。为先机制敌，八连在教导员徐馨伯率领下，跑步至三岔路口，抢占有利地形，待顽军接近时，以各种火器先敌开火。顽军以两个连反扑遭我击退，故又分多路抢占248东无名高地，企图抢占制高点待援。当我八连占248高地再冲向无名高地时，敌已先占并以猛烈火力阻我前进，八连多次冲击均受阻，伤亡较大，便主动撤至312高地、野乐村一线，堵敌西逃，等待主力赶来围歼该敌。顽军兵力在猛烈炮火掩护下组织四五次冲锋，我三营营长陈桂昌率七连、九连参加战斗，配合八连将顽军压缩在以248高地为中心的两山之间狭小地域内。13时30分，三纵主力赶到，全线出击，经3小时战斗，将顽一五六团两个营大部歼灭。

8日，一支队到吉才坞时，将国民党一九二师副师长文道平的指挥所冲垮。敌人失去指挥后顿时大乱，其一一八团因此大部被我歼灭。

10日后，顽军整个战线崩溃，一路向西南的孔夫关、章村方向撤走，另一路则向东西天目山撤走。我军3个支队在天目山北麓的报福坛地区会师。为发展顺利，纵队令二支队、三支队攻夺天目山，一支队则由统里、风动石等地进入天目山东南的横畈，尔后继续向西发展。

3月12日，第一纵队第二支队由报福坛登羊角岭进占天目山，

上级命令二支队乘胜夺取羊角岭。负责指挥这次夺险任务的是团长吴咏湘（原四十六团团长，现为二支队支队长），执行这个夺险任务的是第一营。

吴咏湘要参谋找来一个熟悉道路情况的老百姓，把地图上的标记和老百姓口述的情况作了对照核实，他要求一营的先头部队人员要精干，火器要加强，体弱者全部留下；要求各级指挥员把自己的指挥位置尽量靠前，即连长到排长的位置，营长到连长的位置，他自己带几个参谋、警卫人员随同一营营部前进，以便随时处置突发情况。

最后，他告诉一营干部："敌人已被我们打垮，兵无斗志，他们的指挥系统也被打乱，要很快部署兵力进行有组织的防守比较困难。但是，古代兵法中有'穷寇勿追'这一条，现在我们是要去追穷寇，宁可把敌情估计得严重一些，把弱敌当作强敌打。另外，羊角岭是个天险，易守难攻，但是一路上地形复杂，可利用的死角多，又是有利条件。"

他总的指导思想是：既要夺取羊角岭，又要减少伤亡。战士们对团长指挥上的沉着机智，以及对敌情判断的正确，是极其佩服的；团长对战士们的士气和战斗力，也充满信心。战场上这种相互信任，是克敌制胜的重要条件，只是那些由于体弱而被留下的战士也争着要去，说服工作很难做，最后只能要求他们坚决服从命令。

部队经过简短的动员，就以战备行军的姿态向羊角岭开进。

担任前卫的连队走了以后，吴咏湘团长就带着他的指挥组加入行军队列。

走了很长一段路，什么迹象也没有发现。既没有看到溃逃的国民党散兵，也没有看到从南边来的行人。山林中静极了，只有树梢上落下露水的嘀嗒声伴随着战士的脚步声，偶然还有一两声鸟鸣。战斗打响前的寂静常常使战士的心弦绷得更紧。

走了约5公里，到了一个名叫三步石的小村子，才有一个老人指指点点说一股国民党军队

刚从这里过去。于是团长命令前卫连加速前进，准备战斗。

终于，尖兵班发现了一股敌人在缓缓地向上攀登，就迅速向敌人接近并高声叫喊，要他们停止。这些敌人回头一看是新四军，立即边打枪边跑，我尖兵班举枪还击。在对射了一阵之后，这股敌人分散钻到两边的毛竹林里去了。

团长了解了这个情况，要求前卫连继续向上攀登，要求后卫连抽出部分兵力搜索藏匿起来的敌人，并命令前卫排长再遇到敌人溃兵时不要过早开火，而要迅速接近他们，抓几个活的了解情况。

前面又发现了一股溃退中的敌人。这次，前卫分队学乖了，他们一不喊叫、二不开枪，而是迅速追上去。开始，敌人以为前卫队是和他们同命运的人，不理不睬，继续赶路，及至发现他们是新四军时，想要抵抗也来不及了。

这股敌人分属好几个单位。在他们放下的武器中，有几支崭新的美制汤姆式冲锋枪。这是“忠义救国军”装备的新式武器，它们被缴获，为二支队拥有这种武器首开纪录。

这些国民党溃兵不了解羊角岭的设防情况，更不了解国民党军的整个部署。团长把手一挥，要前卫连继续加速前进，把俘虏交给后卫连看管。

峰回路转，羊角岭就在前方，仰首望去，只见一条长约百米，坡陡约 70 度的山岭挡住去路。它的右边是陡壁，通道是一条长长的石阶路，中间还要转弯，即使是在平时，胆小的人也会望而生畏。

二支队的尖兵一露头，岭上的敌人就用机步枪射击，封锁通道。看来，敌人已作好了准备。我们的前卫分队立即停止前进，就地利用地形地物隐蔽下来。

这个时候团长带领他的指挥组赶到前面来了。他看到战士们隐蔽在路边，点头表示赞许。因为在向羊角岭作最后冲刺以前，要保存力量，要恢复体力。战士们十分担心团长的安全，不断地提醒团长注意隐蔽，不要再往前面去。但团长从容自若，似乎很有把握地知道飞来的每一颗子弹和自己的距离。他到了最前面，亲自观察了地形和通道，听了前卫连副连长的报告，作出了夺取羊角岭的部署。

他命令前卫连立即布置火力，掩护一部分兵力从正面强攻，另一部分兵力轻装攀登陡壁，直插敌之侧后。二支队在火力上明显占着优势，虽然处于不利的地形进行仰射，但还是压制住了敌人。穿插分队抓住陡壁上的杂树，爬了上去，正面强攻的分队也一鼓作气冲上羊角岭。但敌人又跑掉了，羊角岭上只剩几间用竹子打墙、茅草盖顶的小屋，里面的铺草已被压成粉末，爬满了虫子。

吴咏湘登上羊角岭，极目远眺，赞叹说：“羊角岭名不虚传，但是，天险之地，还是要看什么人来攻，什么人来守啊！”

团长要一营后续分队跟上前卫连，乘胜追歼逃敌。他叮嘱营连干部，不要因为占领了羊角岭而麻痹，要注意搜索。

果然，下山也有许多弯道，在这里还是同敌人进行了激烈的战斗。

二支队占领了山下一个叫作一都的地方。国民党军败走了，驻在这里一个美军顾问组和他们的警卫分队，竟还没有走。二支队的先头部队一到，美国顾问就送来名片，要求见二支队的高级指挥官。吴咏湘带着指挥组来到后，同他们进行了接触，由会讲几句英语的卫生队长陈石士担任翻译。最后，双方互赠了礼品，美方送给吴团长一支卡宾枪和一些急救包，吴咏湘回赠他们一支手枪。

这件事，在国民党军三战区那边引起不小的震动。因为，顾祝同在下令向我进攻时，曾密嘱他的部下："对剿匪部队行动严守秘密，勿使盟军发觉以重国际听闻。"原来，国民党顽固派也知道，日寇未逐，国土未复，自己热衷于反共摩擦战，"国际听闻"也是不赞成的。

3 月 25 日，我一支队进到天目山的南麓青云桥地区时，遇到后撤的挺进纵队。敌人一见逃跑得更快了，连临安城也不守了。我乘机发起追击战斗，歼敌一部，顺利攻占了临安。3 月 26 日，天目山第二次战役胜利结束。

这次战役，共歼顽军 1 700 余人。其中，击毙顽一五六团团长朱丰以下 300 余人，俘顽一五六团副团长周则居以下 1 000 余名。缴获迫击炮 4 门、轻重机枪 80 余挺、长短枪 600 余支。我军完全占领了天目山，解放了临安，控制了浙西纵横各 100 余公里，拥有 100 多万人口的广大地区，打通了浙西与浙东的联系。第二次天目山反顽战役的胜利，为尔后的斗争创造了有利条件。

第三次反顽战役

1945 年 4 月 1 日，粟裕司令员在向新四军军部的报告中提出，"为适应发展情况及乘敌调防之际，希叶率部南下"的建议。新四军军部即令第一师副师长叶飞和政治部主任钟期光率领由第一旅第一团、苏中军区特务第二团、江（都）高（邮）宝（应）独立团组成的苏中军区教导旅 3 个团 6 000 余人，以及从苏北、苏中抽调的金明、章蕴等党政干部 250 余人，于 4 月 7 日从苏中的江都县大桥、嘶马和靖江地区，分两路渡江南下，当晚到达丹（阳）北延陵地区。时逢连绵大雨，部队穿越沪宁铁路和溧武公路，于 4 月 26 日抵达浙西孝丰白水湾。叶飞、钟期光等与粟裕在吴家道会合。按新四军军部决定，叶飞任苏浙军区副司令员。教导旅被入苏浙军区，序列为第四纵队，司令员廖政国、政治委员韦一平、参谋长夏光、政治部主任曾如清。所属 3 个团依次编为第十、第十一、第十二支队。第十支队支队长谢忠良（后陈挺）、政治委员孙克骥、参谋长谢有才、政治处主任朱启祥。第十一支队支队长余光茂、政治委员张孤梅、参谋长方铭、政治处主任姚念。第十二支队支队长廖昌金、政治委员贺国华、参谋长杨绍良、政治处主任陈虹。

在苏中教导旅南下期间，苏浙军区第一纵队第二、第三支队和第三纵队第七支队返回苏南打击日军、伪军的抢粮活动。第三纵队第八支队和独立二团，向粮源充足的德清、吴兴以东平原地区挺进，先后攻克下舍、和尚兜、双林、菱湖、东塘等 10 个集镇，直逼杭州北郊拱宸桥，开辟了新区。在中共杭嘉湖工委领导下，德清、吴兴逐步建立了抗日民主政权和自卫武装。

1945 年 5 月，天目山地区粮荒严重，群众开始吃青苗并出现饿殍，部队食粮不济，已有部分部队发生断炊现象。苏浙军区于 19 日决定以战备姿态分兵到敌占区边缘地区就地筹粮，开展对日伪的斗争。为防顽军乘我分兵之隙向我进攻，部队作了相应的部署：第一纵队一支队暨纵直特务营担任自于潜、横路头、藻溪、将军庙、云昌（现名永昌）至富春江边防务，控制富春江渡口；二支队、三支队北开苏南宜兴太湖边地区打击日伪，肃清该地伪军，打开大湖局面，收税购粮；第三纵队两个支队在孝丰章村、杭坑，广德柏垫、桥头镇一线担任宁国方向警戒，其中一个支队开抵郎溪城南北地区活动，歼灭梅渚等地伪军，安定该地局面，采购粮食；第四纵队十支队拟继续南渡富春江，位于富春江两岸控制渡口，策应天目山作战和声援浙东部队挺进会稽山地区；十二支队一部担任军区警卫，两个营进入杭嘉湖地区，协助地方武装开展抗日游击，打通与海北的联系。军区指示担任天目山、孝丰防务的一纵队、三纵队，需加强构筑防御工事，如顽军向我天目山地区进攻，我赴苏南、皖南部队可于五六天内赶回，富春江南岸的第四纵队 3 天内亦可集中到天目山；第二纵队配合接应四纵队主力渡富春江后即由四明山西进，控制会稽山，与金萧地区打成一片。

此时，杭嘉湖地区和苏南茅山地区日军、伪军，都集中部分兵力向我“扫荡”。国民党第三战区在第二次进攻失败之后，仍不改弦更张，为与我争夺江南，秘密制订了《清剿沦陷区奸匪以配合盟军登陆之方案》，企图在盟军向我东南沿海登陆之前肃清江南我军，并限于 7 月底前达到目的。国民党军先从淳安调主力七十九师归二十八军军长陶柳指挥，该师于 5 月 20 日抵新登城，在城内和周围构筑碉堡群，我四纵十支队被阻于富春江北，浙西与浙东的联系被切断。

5 月 27 日，顾祝同又将驻于福建光泽的国民党二十五集团军调来浙西，由该集团军总司令李觉接替陶广任前敌总指挥，准备对我天目山地区发动更大规模的第三次进攻。正在调集第三战区机动部队主力除七十九师外，尚有原属闽浙边三十二集团军的突击总队（又称“国际突击纵队”）一队、二队（少第九、第十两营）、独立三十三旅和二十三集团军的二十八军、“忠救军”、苏皖绥靖指挥部挺进纵队等共计 14 个师 42 个团 66 000 余人。国民党企图第一步占安吉天目山，第二步占孝丰，将我军围歼于孝丰地区或驱逐我军出江南。

苏浙军区面临顽军与敌伪夹击的严重情况，发表《告浙西同胞书》，从政治上公开揭露顽固派勾结敌伪将向我进攻之阴谋，号召军民紧急动员起来为粉碎敌伪“扫荡”和顽固派的第三次进攻而斗争；在军事上，为控制富春江两岸，确保浙东浙西之联系，决乘顽军立足未稳之际，命一纵一支队、三纵七支队、四纵十支队向进占新登北之何阜殿边、云昌（现名永昌）、施家村、大岭一线之顽七十九师进攻，并乘胜占领新登城，控制渡口，打乱顽军进攻部署，集中我分散之部队。

叶飞副司令员与王必成、陶勇、廖政国等纵队司令员率一支队、七支队、十支队于 5 月 29 日从临安出发，当天午夜抵达新登以北。七支队为左翼，直插方家井，一支队向大岭，十支队为右翼向何阜殿边、永昌攻击前进，分别与顽七十九师之二三七团、二三五团激战两昼夜。一支队相机攻占小岭、马登（现名毛墩）、上云山、松溪等地，十支队攻克释子山、石佛山、沃桥头等碉堡，七支队攻占方家井，歼顽军一个营。一支队于 2 日凌晨攻克新登城。顽七十九师指挥所由新登城移至城西七板桥附近唐棣王家，其所属各团退守城西潭山、天柱山、大老山（现名大力山）一线。

新登县位于杭桐公路中段，南濒富春江，北接天目山，东通杭州，西连桐庐，历代为军事要地。国民党七十九师是顽军的主力，也是参与皖南事变的刽子手之一。到达新登地区后，其师部设在新登城西约15公里的棠棣汪家。二三五团驻青山、石家、永昌一线；二三七团驻大岭、小岭、毛墩、松溪、方家进一带；二三六团驻胥口、全慈和新登城郊。县城驻一个加强营，并设前进指挥所。配合国民党七十九师的独立三十三旅驻湘主殿、岩口岭、三溪口一带，兵力达13 000余人。顽军采取十年内战时期的步步为营、碉堡推进手段，在新登城及外围山地构筑了300余座碉堡。

5月29日，3个支队在叶飞副司令指挥下，在王必成、陶勇、廖政国3位纵队司令的率领下，由临安分3路向新登进军。右翼十支队由三口经何阜殿进击永昌顽军；左翼七支队从临安经大墓庙、上唐进击方家井顽军；主攻中路的一支队和纵队特务营，从临安翻越青树岭，经邵家、洛坞殿，向大岭、小岭顽军发起攻击。

大岭，地处新登县东北边境，是临安至新登的重要通道之一。这里两侧高山，中夹通路，路的最高处有一座凉亭，亭子和两个山尖成一字形排列，地势险要。顽军在两个山尖和凉亭口都筑有碉堡，还砍伐了大量竹木做路障。下午4时，一支队一营在刘别生支队长率领下，抵达大岭附近。大岭有敌人一个连据守，一营到达后，即向敌人展开攻击。顽军居高临下，凭借碉堡火力，相互支援，致使我白天攻击没有效果。天黑以后，下起雨来，营长房铭德和教导员江淦衡指挥部队抢先占领了亭北的一座高山，用重机枪向顽军3处碉堡射击，敌人猛烈还击，双方激战多时。随后，一营派了几个战士带着集束手榴弹，通过竹木障碍物，匍匐前进到碉堡边，“轰隆”一声巨响，敌人的碉堡被炸开。战士们迅速冲上去，于30日拂晓，攻占了大岭顽军的3个阵地，烧毁了碉堡，歼敌一部。

当日夜晚，一营又乘胜攻占了小岭，歼敌一个连，俘虏了一批顽军。31日拂晓，敌人以两个营的兵力从毛墩向我刚占领的小岭阵地偷袭。一营已在小岭西南面的白果湾高地设了埋伏，当顽军接近时，一营在二营的配合下，给敌人以突然痛击，歼灭敌3个步兵连和1个机枪连，其余敌人惊慌逃窜，我军乘胜占领了毛墩村。毛墩村虽只有十几户人家，但居于交通要道，王必成司令即在此设立临时指挥部。与此同时，我左翼十支队经过激战，也胜利攻占了永昌。

5月31日下午，一支队和十支队分别从毛墩、永昌两路攻击前进。当一营攻至松溪北面的上云山、下云山时，顽军一个营凭险要地势和坚固工事顽抗。一营几次进攻未能得手，伤亡较大，教导员江淦衡壮烈牺牲。夜晚，先由一营4名侦察员摸进敌人侧后的新堰村，19岁女青年周明珠主动向他们报告顽军情况，并为我军带路。该营当即包围驻在该村的一连顽军，迫使敌人举械投降。接着就冲上了上云山、下云山，烧毁了山上的碉堡，余敌狼狈逃窜。在里官、周家和松溪的顽军，见上、下云山起火，慌忙逃走。6月1日上午，永昌、松溪一片全为我军控制。左翼七支队一路击败敌人，入欢坞，过罗介桥，到达铜坎、大山白家，为进攻新登城起到了肃清外围据点和堵击顽军逃跑的作用。

6月1日下午3时，一纵队王必成司令员率领一支队和各营领导，隐蔽到达新登城北约3里的一个小村庄，用望远镜观察了新登周围的地形和顽军布防外貌，然后返回松溪。下午5时，刘别生支队长和罗维道政委在松溪村外一个小山坡上召开了各营营长和教导员会议，传达了王司令要一支队在兄弟支队配合下攻夺新登城的命令。支队领导决定由二营主攻新登城，天明以前解决战斗。

三营攻占城东裘家岭，歼灭于家石庵的敌人，确保二营左翼安全；特务营随后跟进；一营为预备队。刘支队长在下达作战命令的同时，讲了当前敌情、地形的特点和应采取的作战手段。最后，他强调说："攻击新登城是新登战役关键的一仗，只能成功，不能失败。我们是光荣的老虎团，同日本鬼子交手上百次，从未失过手。日军都不可怕，顽军更不在话下。但是，我们不要轻敌，我们一个团要对付顽军一个正规师，而且敌人筑有坚固的碉堡和防御工事，更要胆大而心细。要认真做好战前和战斗中的政治思想工作，要打出老虎团的威风，树立不打好这一仗决不罢休的决心。"

二营叶藻营长受领任务后，即率领4个连长深入前沿阵地观察，并找来当地老乡进一步查明驻地敌军和防御设施情况。新登城内顽军驻有一个加强营，相当于一个小团。在城墙上和城内共筑有33个明碉暗堡，其中北门最多。每隔100米，就有一个子母堡群。在城中的丁字街头建有一座砖石中心堡，设指挥所，城墙外有一条护城河，布满了鹿砦，在城墙四周，还埋设了许多地雷。北门守敌有两个步兵连，并配有重机枪、火炮；城内指挥所有一个连的机动预备队；城东裘家岭和城西雉鸡山各驻顽军一部，互为犄角。显然，攻克新登城是一场攻坚硬战。叶藻营长经过现地勘察，认为西门敌工事虽弱，但离营的驻地有4公里之多，又靠近顽军七十九师师部及所属的一个团；北门敌工事虽强兵力也多，但东西我军有安全保障，时间上也富余，为此他把全营编成一把锋利"快刀"，即以五连突击，其他3个连队成临战队形跟进，做好随时突击的准备，形成一波未成再一波的连续突击战法，直至突破新登城。集中火力，以确保突击分队的前进。

为确保攻克新登城，支队长刘别生首先带领第三营于21时对城东的裘家岭和于家石庵发起强攻，守敌约一个连不支，向南逃跑。支队长令一部继续追击和巩固已占阵地，同时在岭上举火打信号，令第二营向新登城发起进攻。

跟随二营的参谋长曾旦生和二营长看到火起信号后，即令五连迅速又静悄悄地从水稻田里向北门匍匐前进。静，再静，快，再快。尽量隐蔽接敌，出其不意。可是，当第一突击分队运动至护城河北端时，还是被敌人发现。顽军以猛烈的火力向我射击，一场恶战开始了。

五连突击分队选择敌人的薄弱点勇猛突袭，枪炮声越来越密集。防守北门的顽军居高临下，碉堡和子母堡组成重叠交叉火力网，把整个北门和护城河严密封地锁住了，我突击分队被压在田埂边，头都抬不起来，护城河里有大量鹿砦阻挡，战斗近1个小时，北门仍未突破，只好暂停进攻，等待时机再行突击。

为打开这种对峙的僵局，叶藻营长迅速赶至护城河边察看地形，附近正好有块坟地。他急令机炮连调一挺马克沁重机枪占领坟地，以压制敌东侧碉堡的火力点，掩护突击分队前进。可是，正当重机枪进入阵地准备架设时，"轰隆"一声巨响，一个战士踩响了地雷，重机枪班伤的伤、亡的亡，重机枪也被炸坏。在这紧急关头，叶营长抓住敌人都在观望地雷爆炸，火力暂停的瞬间，果断命令五连高瑞坤连长："快！快！冲过去！冲过去就是胜利！"

五连战士们迅速一跃而起，一下扑向护城河，钻过鹿砦，当敌人醒悟过来时，我突击分队已越过护城河到了墙根。敌人开动了所有火力向我突击分队猛烈射击，弹如雨下，可是已经晚了，五连突击分队利用敌人火力死角飞快地架起人梯，奋不顾身地攀登城墙。一个副班长振臂高呼:“爬上城墙了，冲啊!”敌人慌了，注意力都集中到了城墙上，火力也转移过去了，使侧射火力失去了应有的效果。五连指战员前赴后继，勇往直前，终于在2日凌晨4时撕开突破口，但在战斗中，教导员陈浩负了伤。北门突破后，五连在巩固北门阵地的同时，继续向南进攻。四连、六连飞速进入突破口，扩大战果。四连沿城墙向西，夺取西门，六连沿城墙向东，封闭东门，全营以钳形攻势围歼新登城内守敌。

二营各连进入新登城后和顽军展开了激烈的巷战。我所有突击分队都发挥近战特长，以手榴弹开路，刺刀跟上，同时积极开展政治攻势，高喊“缴枪不杀，想回家的可以回家”等口号。敌人最怕近战，看到我突击队端起亮镗镗的刺刀冲过来，原准备顽抗的只好一个个乖乖地举手投降。只剩城中的中心碉堡，二营四面包围，集中火力强攻，最后迫使守敌放下武器。从南门弃城逃窜的一个顽军连长踏响了自己埋的地雷，当场毙命。二营从俘虏中找出了几个知道地雷埋设位置的士兵，命令他们把所有地雷挖掉。

6月2日清晨，二营已全部控制了新登城，新登城解放了。在二营进攻新登城的同时，刘别生支队长率领三营从城东裘家岭绕到城北，向城西的雉鸡山、潭山头等地攻击，拂晓前也占领了上述阵地，保障了攻打新登城右翼的安全。

战斗胜利后，王必成司令和刘别生、罗维道等支队领导来到了新登城，沿途见到在稻田里、鹿砦中、护城河里、城墙根下躺着许多光荣牺牲的二营战士，特别是牺牲在水稻田里的同志，周围是殷红的血水，身上爬了不少蚂蟥，他们心里很难受。王司令和刘支队长一致鼓励二营:“这一仗打得很好，在短短的时间内，面对严密设防的守敌，能迅速解决战斗，应该表扬祝贺!”由于五连伤亡较大，王必成司令当场决定把纵队部的侦察连补充到五连。

新登解放了，街上一群群的老百姓拍手称快，有的说:“新四军打得好，为我们除了害。”有的说:“这些国民党遭殃军再不除，我们老百姓要被刮光了。这下好了，可以安宁了。”当天下午，就有部分商店开门营业。

6月2日上午，攻城战斗结束后不久，叶飞和陶勇、廖政国司令来到新登城，同王必成司令一起商定了下一步的作战部署。一支队一营、一纵队特务营和十支队，涉越葛溪，追歼国民党七十九师余部；一支队二营守卫新登城；一支队特务营接防城西雉鸡山、塔山一带，阻击胥口方向顽军；一支队三营出青云桥，沿新（登）桐（庐）公路挺进，和已从方家井尾随逃敌抵达柴场附近的七支队会合，共同阻击桐庐方向来援的顽军。

接到命令后，上午10时，徐超营长率三营出青云桥沿新桐公路跑步前进，很快就攻占了百丈山、郎家村（在虎山左翼）一线阵地。一营也在罗维道政委、饶惠谭副支队长率领下，多路穿插，佯攻巧取，摧毁了一批碉堡，攻克了虎山。十支队沿葛溪向国民党七十九师师部方向攻击；七支队则沿新桐公路迂回西攻，顽军边战边逃。

新登城被我攻克后，顽军七十九师师长段霖茂，一边把部队集中到潭山头、贤明山、宦塘坞、苦竹坞一线，组成3道火力网顽抗，一边急电其上司求援。国民党第三战区前敌指挥李觉，即令经英国教官训练、全部美械装备的顽军最精锐的主力突击纵队第一队5个营6 000余人，星夜从严州、桐庐赶来增援，配合国民党七十九师向我反扑，企图夺回新登城。于是，打破敌人反扑、保卫新登城的浴血奋战开始了。

6月3日上午8时，敌突击一队抢占了双庙、徐庄、裘家坞、西山等地，并在西村设立了司令部，随后袭占章家山南麓。顽七十九师以密集炮火开路，向我虎山阵地发起了猛烈进攻。虎山屹立于新登城西南5里处，是新登城的西南屏障。一支队政委罗维道和副支队长饶惠谭率领一营坚守虎山进行顽强抗击。饶惠谭是刘别生的得力助手，是出名的“饶傻子”。“饶傻子”可不是一个贬称，大家这样称呼他，意思是他打起仗来不顾一切，勇敢凶猛。在他的指挥下，我一营隐蔽在小树林和山沟里。当顽军一窝蜂地扑向我阵地时，一营出其不意地猛烈开火，给予迎头痛击，接连打退了突击一队的3次反扑，并抓获了一些俘虏。在新登城指挥所的刘别生支队长，听到一营方面不时传来不寻常的枪炮声，他想有必要去看一下，随后便带领有关人员去一营阵地。这也是他一贯的指挥特点，哪里战斗打得最紧张、最艰苦困难时，他就出现在哪里，他出现在那里时会给部队带去信心、力量和办法，这也使他深受全团指战员的爱戴和赞赏。他到一营阵地已是中午12时，敌我双方正在重新调整兵力部署。为了更有效有力地打击敌人，刘支队长潜到距敌人200米处骑马石旁的草丛中，用望远镜观察敌人的动态和兵力部署。突然，敌军的隐蔽火力袭来，支队长腹部、左臂、左腿均被击中，伤势极为严重，随行卫生员立即进行包扎。他紧握政委的手，轻声说：“政委，我不行了，你要把部队带好，守住阵地，要保持老虎团的荣……战斗还在激烈进行，暂时不要把我的情况告诉部……”说完话，他把身背后的一只皮包交给了卫生员，吃力地说：“苏迪（刘别生同志的爱人）刚生下老二，暂不要告诉她……要她听党的话……”虽然进行了紧急的处理，但在护送的途中，这位威震江南的老虎团团长还是因伤势过重壮烈牺牲了。

敌突击一队又以两个营的兵力一次次地向我阵地冲击。饶惠谭副支队长手提快慢机，高呼：“同志们，我们宁愿血染虎山，也不让敌人前进一步！”一营指战员看到领导身先士卒，个个精神大振，英勇战斗。在我手榴弹和刺刀的拼杀下，大批敌人倒在阵地前，虎山红旗始终屹立不倒。才到任3天，年仅25岁的我一营教导员狄公在虎山阵地英勇地献出了年轻的生命。

根据当时敌情，我军指挥部决定乘顽军突击一队刚到新登对地形不熟之际，采用暗度陈仓的战术，由一支队三营和七支队一部共同袭击驻西山村敌突击一队司令部。西山村位于西山脚下，突击一队司令部率一个营驻扎在此。

3日晚8时，三营从百丈山出发，经将军殿、孙家园迂回到西山村侧后，向敌人发起突然袭击。当晚天很黑，3米以外看不见人影，七连十分隐蔽地接近敌人。由于敌人警戒疏忽，未遇激烈抵抗就被歼灭了一部分。九连跑步插到七连左翼包围了西山村，敌人多次反扑均被七连、九连打退。这时，七支队谭知耕支队长率领三营经裘坑坞插到西山村的右翼投入战斗。两个三营密切配合，迅速包围了敌突击一队司令部。顽军司令胡旭盱一边令轻重机枪从驻地楼窗口疯狂扫射，一边令部队拼命杀出一条血路，企图突围逃跑。经过两个多小时激烈战斗，我军歼灭敌人一个营，打伤其突击一队副司令王理真，击毙顽军连长沈守熙，捣毁了突击一队司令部，顽军司令胡旭盱在混乱中仓皇从后门逃命。

在攻击西山村的同时，支队一营在纵队特务营的配合下进攻大湾岗，他们用突然而隐蔽的动作迅速接近敌人，使其重武器不能发挥作用，以刺刀、手榴弹消灭了驻大湾岗的敌人。七支队的另一个部队同时攻击山外围的桃花岭，在我3门小炮的掩护下，迅速击溃了顽军，占领了桃花岭。这样，在6月3日夜间，我军取得了西山、大湾岗、桃花岭三战三捷的胜利。

十支队亦于当晚向百丈岭、大力山国民党七十九师发动进攻，激战彻夜，达到打乱顽军进攻部署目的。6月4日晨开始，一支队、七支队由西山逐步向新登城后撤；十支队在大力山东北高地、白家、五里桥头，一支队特务营在潭山、雉鸡山节节抗击顽军反扑，迟滞敌人。

顽军不甘心失败，6月4日上午，其突击一队和七十九师集中兵力在大炮重机枪掩护下，分3路向我军发起进攻。一路从大力山出击，再攻我虎山、章家山阵地。我一支队一营顽强抗击，击退了顽军多次进攻，并寻机和十支队一部协同反击，一举攻上了大力山顶，歼灭了一批敌人。另一路顽军向我十支队发起猛烈进攻，企图窜出苦竹坞，堵住我军后路官塘坞。然而，在我十支队英勇堵击面前，激战数日，敌人始终未窜出苦竹坞。再一路是顽军七十九师一部从胥口奔来，向新登城西侧的天然隘口雉鸡山我阵地进攻，企图夺回新登城。守卫雉鸡山阵地的是一支队特务营，他们是新组建起来的部队。这次战斗对他们是一次严峻的考验。6月4日上午，顽军先以大炮狂轰，继而在强大炮火掩护下，凭借其兵力武器的优势，一批又一批地轮番向我雉鸡山阵地冲锋。特务营在教导员马苏政和副营长吴仲亨指挥下，奋力拼搏，一次又一次地打退了敌人的进攻。

雉鸡山顶筑有一座3层的方形砖石碉堡。当敌人再一次向我进攻、冲到离山顶碉堡只有数十米时，碉堡里我两挺重机枪一齐开火，一连、三连跳出战壕，端起闪亮的刺刀直扑向敌人，把其打下山去。副营长吴仲亨不幸身负重伤，光荣牺牲。教导员马苏政率领全营在原地顽强坚持战斗，下午5时多，他也中弹负了重伤。从上午到夜晚，特务营打得英勇顽强，形成了一道坚固防线，前后共击退顽军8次反扑，使敌人寸步难进，并歼灭其一部，俘虏20余人。在战后的评比中，特务营被誉为“碉堡营”。

新登战役从5月29日打响到6月4日结束，历时6昼夜，以我军胜利敌人失败而告终。全战役摧毁敌人碉堡300余座，歼灭顽军七十九师一个团和突击纵队两个营，计2 200余人，毙伤1 500余人，俘虏719人，缴获迫击炮1门，重机枪15挺，轻机枪45挺，长短枪500余支。一支队在整个战役中承担了艰巨任务，打出了老虎团的威风，战绩突出，受到了纵队和军区首长的夸奖。

新登战役中，一支队付出了沉重的代价，刘别生支队长也献出了自己年轻的生命。刘别生从1938年初开始就在这个团作战，朝气蓬勃，精明强干，文武双全。他打起仗来，身先士卒，勇猛顽强，沉着冷静，多谋善断，机智灵活，指挥若定，一直是王必成司令员手下的爱将、战将，倚之为左右手。1942年，刘别生同志接任团长以后，保持和发扬了老虎团的优良传统和作风。在他的领导下，老虎团战无不胜，攻无不克，威震大江南北和郎广浙西。无论是日本鬼子还是顽军，一听到老虎团，无不胆战心惊。刘别生同志牺牲以后，全支队指战员痛哭流涕，发誓要为他报仇。他短暂的一生创造的英雄业绩，将被载入老虎团的光辉史册，永远不会磨灭。一支队一营教导员、武进籍的江淦衡，以及接任江淦衡职务的溧阳籍干部狄公等252名指战员也光荣牺牲。

苏浙军区为集中优势兵力，选择有利地区和时机与顽军决战，粟裕司令员果断决定撤离。6月8日，我军撤出临安城，守备天目山的一纵三支队和独立二团完成任务后，于15日撤至孝丰地区集结。顽军见我军迅速连续撤退，误以为是“溃逃”。于是浙江省政府拨款百万元慰劳部队，诩李觉“当机立断，一战克新登，再战收复临安，追奔逐北，望风披靡”，李觉集团军于临安城大肆“祝捷”。顾祝同于9日发出巳佳临战电令：由李觉组编国民党左右两个兵团倚东天目山之支撑，从临安、宁国两地分兵向孝丰合击，务期一举略取孝丰，求匪主力歼灭之。左兵团由国民党五十二师、一四六师、独立三十三旅、绥靖一三纵队、挺一纵队组成，江南苏皖边区绥靖指挥部司令刘秉哲任指挥官；右兵团由国民党七十九师、突击总队一队、二队（少第九营、第十营及在新登被歼一个营）组成，由突总副司令胡琪三任指挥官，在胡未到达前由国民党七十九师师长段霖茂代理；二十八军军长陶柳指挥国民党一九二师、六十二师、“忠救军”进占天目山，筑碉固守，两兵团均限于寒（14）日完成攻击准备。

我军按预定计划在孝丰城周围集结，第一纵队位于孝丰至鹤鹿溪之间，第三纵队位于孝丰至梅村边之间，第四纵队在孝丰东南港口以北地区稍事休整，进行决战动员，提出“消灭五十二师，为皖南事变死难烈士报仇”的口号。部队斗志昂扬，严阵以待。顽军侦悉我军出没孝丰，又错误地判断我军“有继续北逃之征兆”。

6月19日，李觉令左右兵团向孝丰进击。国民党五十二师在其一四六师四三八团掩护下，于19日14时进占孝丰西南之新桥头、红庙、百步村及孝丰西之虎岭关、桃花山、小白店一线，并抢占了百步山高地；国民党独立三十三旅之六九八团进至汤口、上下梅村一线；其右兵团由临安横畈、双溪一带稳步向横湖（现名黄湖）港口前进；“忠救军”等向天目山“连剿”，左右兵团相距30公里。

苏浙军区首长决心除了以四纵十一支队、三纵八支队和一纵独立二团一个营部署在孝丰城外围山地迎击顽右兵团之进攻外，集中主力一纵三个支队、三纵二个支队和四纵十支队等6个团兵力，进一步围歼顽左兵团，伺机扩大战果。

6月19日晚，天气晴朗，一轮明月高悬在清澈无际的夜空，这是江南梅雨季节少有的好天气，有利于我大部队全方位联络。当晚10时，一纵队从鹤鹿溪出发，经大竹杆直插塘河、周家桥。二支队在三支队配合下，从塘华村、观音桥楔入了国民党五十二师与三十三旅的结合部，把他们分割开来，并歼灭了独立三十三旅一一个营。午后，二支队、三支队向百步山顽军一五四团发起猛攻。一支队以三营为前卫，一营、二营和特务营紧随其后，经红庙迅速通过国民党五十二师与独立三十三旅的结合部向西北迂回，不顾顽军沿途抵抗，直插六亩冲，完成了对一五四团的分割包围，切断了顽军的退路；三营的七连、八连即抄后路猛扑驻抗岑庙的一五四团团部。顿时，枪声大作，数十颗手榴弹抛向敌阵。顽军的联络指挥中断，阵势大乱。一五四团团部被迫由抗岑庙撤向北小坞山头，进行顽固抵抗。七连、八连经过与顽军多次短兵相接、白刃格斗，很快歼灭了下横头、寨岳村的敌人，国民党五十二师副师长韩德考被我七连俘获。紧接着三营在兄弟部队的配合下，对撤到山头上的一五四团团部发起3次冲锋，敌人在走投无路的情况下，弃阵突围，但没有成功。一营在通过国民党五十二师与独立三十三旅的结合部后，立即由南向北攻击石回山一五四团阵地，激战数小时，攻占了几个山头。天明以后，顽军乘一营立足未稳之际，组织了几次反击，都被一营击退。20日下午，在饶惠谭支队长和罗维道政委指挥下，一支队对顽军一五四团部及其占领的几个山头发起总攻，黄昏前将一五四团全部歼灭，其团长张俊清、副团长殷金广被我击毙。与此同时，二支队、三支队直捣百山顽军五十二师师部及一五六团，一举将其消灭。七支队、九支队、十支队等3个支队也歼灭了一五五团。经过一昼夜的激烈战斗，至21日上午，围歼左路顽军主力国民党五十二师的作战胜利结束了。

这次战斗中，二支队作战异常精彩。二支队编在向西线出击的部队内，作战对象正是敌左路纵队的主力国民党五十二师、独立三十三旅等。和以往不同，这次二支队要在这两个部队的结合部插进去，插到其指挥所附近，战斗将从这里发起。敌人占领的山山岭岭不能飞越，却必须飞越，这是命令。二支队要在这里同兄弟部队一起，把敌人分割包围，各个歼灭。

这当然是一次非常大胆和勇敢的作战行动，历史上多少兵家都想这么做，但是能采用这种战法而且取得成功的很少。原因是钻到敌人的窝里去，会出现非常复杂和难以掌握的局面：敌人被打乱了，自己也可能被打乱；你包围了敌人，自己也在敌人的包围之中。只有政治觉悟很高、凝聚力很强，在失去指挥的情况下仍能独立作战的部队，才能完成这项任务。

现在，看我们的部队如何主演这幕活剧吧！

6月19日晚，雨后放晴，繁星满天。在远处的山头上，不时射出一串串曳光弹，划破长空，像是阵阵流星雨。二支队排以上干部，集合在孝丰城南的一片干河滩上，由支队指挥员部署今天晚上的战斗。

大家听着远远近近、时疏时密的枪炮声，意识到担任正面防御的部队正在顽强抗击强大敌人的进攻，为坚守每一个山头、每一个阵地而付出代价，不禁热血沸腾，壮怀激烈。

支队长吴咏湘传达了上级赋予的任务：从顽敌五十二师和独立三十三旅的结合部插进去，在敌人指挥所附近展开兵力，先打乱敌人的指挥系统，切断敌人的退路，然后协同友邻部队全歼国民党五十二师的一五四团和一五五团（一五六团已在上次战役中被击溃）。政治委员丁麟章联系到前几天我军的“大转移”，作了“让不见谅，退无可退，只有奋起反击”的政治动员。支队政治处主任陈绍海高举汤姆式冲锋枪表决心：为了粉碎敌人的进攻不惜流血牺牲。

参谋长宣布了全支队按二营、一营、三营序列开进。他要求各分队在遇到敌人火力拦阻时，就跑步强行通过；遇到少数敌军扼守通路时，就用近战火器开道，然后迅速把敌人甩掉，继续往里插。总之，要求在任何情况下都不减速地前进。

在山边的竹林里，口号声此起彼伏，这是连队在进行战斗动员。

21时，全支队按原定顺序向作战地域——百步山地区开进，支队的指挥所设在前卫营的后面。

由于敌我双方都注意保守军事机密，都注意捕捉对方的侦察人员，而且敌人的部署也在不断地变更，因此二支队白天侦查到的情况，有的不确实，有的也已经发生了变化。所以，在整个开进过程中，还要随时准备应付各种意外情况。

大家保持着高度的戒备心理，紧盯着前面人的一举一动，同时留心着两边山林里的动静。有时，尖兵排发现了可疑的情况，需要弄清后再前进，后面的部队也就停止前进；如果停的时间长了，团长就带着参谋前来了解情况并作出处置。停一阵，就要猛跑一阵。

这样跑了一二十公里，敌人竟没有发现，原因是夜间他们把部队收缩到山上去了。另外，各个山头上的敌人一有动静就胡乱开枪打炮，反而对二支队的行动起了掩护作用。

跑着跑着，走在二支队指挥所前面的警卫员被地上的什么东西绊了一下，差点摔倒，他伸手一摸，是几根电话线，于是立即报告了支长队。支队长定神一看，前面依稀可见一个小山村，电话线就是从那里通出来的。从行军的时间、行程和周围的枪炮声可以断定，这里是敌人的一个指挥所。二支队现在已经插到上级指定的作战区域，必须由穿插的行军纵队调整为进攻部署。

吴咏湘立即命令二营继续向西北方向前进，一营攻占东南一线山头，调三营上来，作团的预备队，以应付各种突然情况。

参谋到后面去调兵，只带来三营的两个班，其余部队还没有跟上来。

支队指挥所带着这两个班占领了这个小山村。看来，敌人是在天黑时或开始听到枪声时就上了山的，村子里可以看到他们仓促撤走的痕迹。老百姓都是关门闭户，电话线未撤收证明敌指挥所可能还保持着同上下级的联络。

支队长和政治委员正在村头分析情况，突然从山上射来一串银白色的曳光弹。这正是大家非常熟悉的敌五十二师装备的俄造重机枪子弹，政委丁麟章不幸中弹牺牲。

现在摆在吴咏湘面前的是一个很严重的局面，战友牺牲，支队指挥所被居高临下的敌人火力压制着，手头没有足够的兵力，天又快亮了；而消灭山头的敌人，解除对支队指挥所的威胁，是急中之急。吴咏湘一面派人联络三营上来，一面和一位参谋带领指挥手头的两个班，攻击山头的敌人。战士们的英勇无畏，加上夜色的掩护，又一次创造了奇迹，山头被我攻占了。溃败的敌人丢下了那挺重机枪逃跑了，剩下一部分成了俘虏。这个山头的控制不仅使一、二营的侧后安全有了保障，也给三营继续开展进攻提供了前进阵地。

天空渐渐发亮，原来被夜幕笼罩着的山头一个个显露出来了。晨雾中，机枪喷吐着火舌，炮弹和手榴弹爆出闪光，连续不断的爆炸声在山谷中回荡，四面八方到处都在进行激烈的战斗。

吴咏湘观察了周围敌人的火力点和地形，清醒地判断：二支队现在还没有到达进可以攻、退可以守的位置。在还没有和友邻部队会合，仍处于四面受敌的情况下，当前对我们威胁最大是西北方向的一个山头——杭岭冲。攻占了杭岭冲，就可以为攻占主要目标百步山扫清道路，并和友邻部队会合，这盘棋就活了。他立即命令三营组成两个突击分队，选择作战勇敢机智的指挥员带领，全部轻装，只携带手榴弹和冲锋枪，以快速勇猛的动作，攻击杭岭冲的一八三高地。他把支队直机炮连和二营的部分火器调到了支队指挥所附近的一七六高地上，进行火力支援。

突击分队一开始运动，敌人就以密集的火力封锁他们前进的道路。我一七六高地的轻重机枪立即对一些大的火力点进行压制射击，三营的后续部队也以火力支援突击分队。

敌人的抵抗是顽强的，他们毕竟受过正规训练，而且装备精良，打起仗来也从来不吝啬弹药的消耗。但是，他们的战斗意志远远赶不上二支队有高度政治觉悟的战士，特别是他们习惯于有后方作依托的有“督战队”在后面督战的那种正规的攻防战，对现在这种“打乱仗”的局面显得很不适应。

经过勇猛地拼杀，艰苦地攀登，我突击分队终于接近一八三高地的棱线。一排手榴弹炸响，一阵冲锋枪猛扫，敌人从山头上垮了下去。

他们跟在敌人背后，向下一个目标——百步山追击，同他们一起执行穿插分割任务的兄弟部队，也插到这个地区来了。国民党五十二师的一五四、一五五团，部分已被歼灭；未被歼灭的也已被切割成一些小块。

到20日下午，这个不可一世的“反共急先锋”——国民党五十二师主力基本被全歼。

当20日下午全歼国民党五十二师已成定局的时候，粟裕司令员就把指挥重点转向东线战场，部署了下一步的作战方案，就是把孝丰变成一座空城，守备部队放开东路，控制城周围各个山头要点，形成三面埋伏，关门打狗。除留九支队在西线肃清余顽外，主力全部东移，包围分割歼灭东线敌人。

国民党顽固派这时一股脑儿往粟裕司令员预设好的圈套里钻。21日，国民党五十二师实际上已被我歼灭，顽军前线总指挥李觉仍错认为我军主力还在孝丰以西同其五十二师激战，便急令右兵团连夜向孝丰、鹤鹿溪挺进并相机占领，协同左兵团企图对我“夹击而聚歼之”。这对粟裕司令员来说，真是正中下怀，求之不得。结果就是，顽军突击一队一部进入孝丰后，发现是一座空城，急忙退出，但已脱不了围了，顽军右翼兵团主力直接陷入了我军重重包围之中。

21日下午4时，部队还来不及打扫战场，一支队就奉命向西圩市集中。5时，支队部召开营长教导员会议，传达了军区首长的作战命令。一纵队经大竹杆、报福坛、上市占领黄金边、山坞、井村一线，从孝丰南面向东迂回，切断顽军向南逃跑的后路；三纵队经孝丰东北向顽军右翼迂回，由北向南攻击；四纵队则从孝丰正面向东出击。我军目的是将顽军压缩在草明山、尖山、曼塘、灵岩山、孝子桥、白水湾地区，尔后分割包围，各个歼灭之。

东线顽军右兵团主力突击纵队和七十九师，正是新登战役中杀害刘别生支队长的部队。当一支队指战员领受了军区首长要歼灭这部敌人的作战命令后，全支队上上下下只有一个信念：发扬老虎团的优良传统，坚决打好这一仗，为刘别生支队长报仇！

下午7时，在西线坚持一昼夜战斗而粒米未进的一支队出发了。出发前，一营营长房铭德亲自交代副官送一块把元麦冲碎后做成的麦饼给三营营长徐超。这种麦饼很难吃，平时也没有人吃，但在当时断炊已几天的情况下，它是何等的珍贵呀！徐超收到麦饼后思绪万千，这块麦饼体现了他俩在这多年抗日战争中同生死共患难、用鲜血凝聚成的生死友谊。但没有想到，这块麦饼竟成为房铭德同志一生送给徐超同志的最后一件无价的礼物。

这天夜晚，阴云密布，细雨绵绵，山路崎岖，道路泥泞难走。但善于连续作战和敢打硬仗恶仗的老虎团近4 000名干部战士没有被饥饿疲劳和困难压倒，个个精神抖擞，斗志昂扬。经过一夜行军，部队于22日黎明，到达黄金边、山坞、井村一线隐蔽待命。二、三支队也同时抵达了上市地区。这样，我军完全切断了顽军南逃之路。

22日上午，我军一、三、四纵队完成了对顽军右兵团的分割包围，分别将顽军压缩在孝丰东南的草明山（突击一队）、曼塘、灵岩山（七十九师二三五团）、孝子桥（七十九师师部）、台水湾（七十九师二三七团）、尖山（七十九师二三六团），以及耕种地东北白水湾以西（突击二队）的狭小山谷地区。各个山头枪炮声密集，烟雾弥漫，我军猛烈进攻，敌人顽强抵抗，战斗十分激烈。

下午1时，王必成司令员来到一支队三营隐蔽地黄金边，发现草明山的顽敌在东移，便要徐超营长马上将饶惠谭支队长找来。饶支队长来了，王司令指着草明山说：“你们看，敌军在东移，可能要突围。”又指着东北的山头，果断下令，“你们三营立即攻占这个毛家山山头，然后直插孝子桥，分割突击纵队和七十九师的联系，阻止顽军突围。”徐超营长当即率领九连跑步奔向毛家山，七、八连随后跟进。九连在机枪连密集炮火掩护下，奋不顾身，前赴后继，经过反复冲杀，终于占领了毛家山。尔后，七、九连又齐头并进攻击莫家山。敌突击二队凭借有利地形，居高临下拼死抵抗，多次反击。这个时候，三营已插入顽军阵地，周围草明山、缸窑岭、岗义山和白水湾北面的山头上，都是顽军，他们用火力支援其突击二队从三面抗击我三营的进攻，情况异常严重，阵地反复易手，打得难分难解。下午 4 时许，一支队参谋长曾旦生带领一营机炮连跑步来到毛家山，支援三营作战。在 40 余挺重机枪的掩护下，三营用刺刀和手榴弹打退了顽军 9 次反冲锋，牢固地坚守着毛家山阵地。在 22 日下午的激烈战斗中，三营营长徐超负了重伤。

22 日晚上，支队部决定一营从三营阵地投入战斗，攻占缸窑岭、岗义山，尔后和三营共同攻击孝子桥顽军七十九师师部；特务营佯攻白水湾，以钳制突击二队；二营继续在井村警戒，阻击南来增援的敌人。当晚 9 时，一营向缸窑岭发起进攻，经过一夜战斗，在拂晓前攻占了缸窑岭。紧接着，一营又马不停蹄地攻打岗义山。岗义山是个尖顶山，面积不大，但它比周围的山都要高，敌人在山顶上架起轻重机枪，对我威胁很大。然而，岗义山上生长的都是灌木丛林，我军只要能够接近山脚，顽军的火力就会失去作用。一营就抓住这个特点，于黎明前隐蔽接近山脚，天明后在强大火力掩护下，迅速攻占了岗义山。一营营长房铭德当晚在指挥作战中英勇牺牲。与此同时，三营也攻占了莫家山。缸窑岭、岗义山、莫家山被我攻占后，我军的轻重机枪就直接威胁到草明山经孝子桥至白水湾的唯一通道。所以，顽军突击二队和七十九师拼命对我进行反击，妄图夺回阵地，但在老虎团的铜墙铁壁面前，始终没有得逞。

23 日上午，一、四纵队从四面围攻草明山，将突击一队指挥所及第三营全歼。

23 日拂晓，苏浙军区各支队集中轻重火器，尤其是第四纵队，用大量自制小口径迫击炮向顽军阵地齐射，部队从四面八方冲向草明山。第三支队第一营营长邹志成率部队在顽军防御薄弱处首先冲上草明山，打掉了顽特击总队第一队指挥部。顽军失去指挥，顿时大乱。

邹志成如何能轻而易举地冲上山，打掉敌指挥所？原来他带一营在草明山下待机，眼看攻打草明山的兄弟部队攻不上去，十分着急，便仔细地察看了一番山势地形，觉得自己待机的这个方向，既可能是敌人的一个薄弱环节，又可能是敌人的一个重要位置。先看前沿阵地构筑在石头底层上，工事无法挖下去，人在里面只能藏半个身子，这就有险也无惧，容易攻击了。再看阵地后面的不远处，隐隐约约地露出了一些帐篷，这很有可能是敌人的指挥机关，是“打蛇打七寸”的“七寸”处。于是，他当机立断，把全营的自动武器集中起来，准备炮打帐篷，机枪扫射前沿阵地。他又把各连连长叫来，指着敌人阵地分配了任务，规定机枪打长点射时，立即冲锋。

一营这个战前会议只开了 5 分钟。接着，枪响齐鸣了 5 分钟，全营便在他的率领下个个像小老虎似的往上冲，不过半小时，俘虏就已捉到 300 多人。枪械嘛，那帐篷里也不知有多少，足足堆了两屋子。

一营这个方向的突破，使敌人乱了阵脚，兄弟部队也乘机攻了上去，彻底歼灭了“顽军突纵”的指挥部和 3 个营。

“怎么样？这一仗打得还可以吧！”邹志成讲完后显得挺得意。

是啊，一个指挥员，指挥了一场胜利的战斗，哪有不开心的？不过，他打这一仗，是待机不待，擅自动兵，违反战场纪律的，三支队政委不能不给他浇点凉水：

“你呀，先不要得意，等着你的，恐怕不是战功，而是处分！”

“唔，很可能，到时候你这五尺汉子可不要跟我们火冒三丈！”黄玉庭说。

“处分就处分，反正仗打赢啦！打赢仗，比什么都舒服，只要不杀头，再处分我也不发火！”

话是这样讲，若是纵队首长追查下来，黄玉庭他们还是准备给他说情、辩白的。打仗的积极性可要保护啊，何况我军历来提倡打仗要灵活机动呢！

但不料，追查下来的竟是军区司令员粟裕：“这个营是哪个支队的？营长是什么人？”

这一下糟糕啦！粟司令向来思想周密，办事严肃，他说要处分，理由肯定无懈可击，我们还怎么辩护？

“哦，他叫邹志成，是三支队的。”

“三支队还有这样一员虎将啊！”粟司令查清后似乎有点惊讶，接着就夸奖道，“草明山一时攻不下，忽然出现他这支奇兵，势如猛虎，一下就突了上去，真解决了大问题啊！”原来，他查问邹志成根本不是为了惩罚啊！夸奖过后，他又问起：“邹志成是不是土生土长的茅山子弟兵？”了解底细的同志告诉说：“邹志成不是茅山子弟，是方志敏同志领导的、著名的赣东北弋横暴动所在地横峰县人，先当赣东北省委书记唐在刚同志的警卫员，后来随刘毓标同志的皖南独立团上张公山打游击，抗日整编后编在一支队老二团，不久前才调到三支队这个茅山子弟兵团来的。”粟司令听了，深沉地“哦”了一声后，就不再说什么。大概，这引起了他对方志敏同志的无限怀念。邹志成曾“随刘毓标同志的皖南独立团上张公山打游击”，那个皖南独立团，不正是方志敏同志在危急时刻当面向刘毓标交代的吗？当时，粟司令是方志敏同志率领的北上抗日先遣队（红十军团）的参谋长，这一切他都十分清楚。如今，皖南独立团的番号是没有了，刘毓标同志还在，部队还在，像邹志成这样的虎将也成长起来了，可方志敏同志呢……

粟司令的这些话传到他们的耳朵里，他们那悬着的心才放回心窝里。战斗年代，哪个领导不护能打仗的部队？

一营打草明山立了功，参加主攻顽军主阵地的二营也立了功。二营营长陈绍良也是员虎将，他是菲律宾归侨，生得很黑，人黑腿长跑得快，冲起锋来像一道黑光。那张脸更是黑得发亮，咧嘴一笑，露出一排雪白的牙齿，活像黑人牙膏上那个黑人。因此，与“矮子营长”一样，他也有个形象的外号，叫“黑人牙膏”。这次他带领二营参加主攻，俘虏敌人比一营还多，缴获也不少，光轻机枪就有 30 多挺，还有两挺重机枪，两门阻击炮。

下午 4 时，总攻号令一响，我军数百发炮弹同时射出，“隆隆”炮声响彻云霄，指战员们一个个冒着弹雨，飞上山梁，冲入敌阵，枪杀刀刺，敌人顿时大乱。顽军指挥官突击纵队副司令胡琪三慌忙下令突围，但在白水湾附近遭到我一支队预先组织好的数十挺轻重机枪的猛烈扫射，死伤累累。

第三纵队与第四纵队一部对顽七十九师的围歼战亦基本结束。顽右兵团指挥部率残部仓皇向临安方向逃窜，又在井村遭我第一支队伏击，毙伤千余，歼其一个山炮营。第一支队和第二支队追至黄湖附近，奉命停止追击。顽七十九师突击一、二队大部被歼，残部向临安天目山逃窜。至此，第三次反顽战役胜利结束。

第三次反顽战役孝丰决战阶段，共歼顽军 6 800 余人，内毙伤 3 500 余人，俘 2 800 余人，顽突击第一队司令胡旭盱、国民党第七十九师参谋长罗先觉等 11 名将校级军官被击毙。缴山炮战防炮各 1 门，迫击炮 11 门，重机枪 21 挺，轻机枪 108 挺，枪弹筒 22 具，掷弹筒 6 具，长短枪 1 000 余支，以及大批军用物资，我军伤亡干部战士 1 626 名。

天目山三次反顽战役，是抗日战争时期新四军最大规模的反顽战役之一。三次反顽战役的胜利，巩固和发展了苏浙皖边的根据地，推进了抗日战争的胜利进程，因而，它在中国革命史上留下了光辉的一笔。

四明山战役

1945年5月8日，德国向盟军无条件投降，世界反法西斯战争取得了决定性的胜利。不过，在东方战场上，日军还困兽犹斗，做垂死挣扎，更可恨的是，这个时候还有国民党的军队向日寇投降，与人民为敌。

5月26日，居上虞的国民党田岫山部第三次公开投日，被伪军收编为伪中警特遣部队，并在第泗门（今泗门镇）建立伪军据点。为了巩固这块抗日根据地，浙东区党委和浙东游击中队司令部决定争取国民党张俊升部保持中立，集中兵力讨伐田岫山部。

一支部队三次投敌，首领田岫山是一个什么样的人呢？田岫山，又叫田胡子，他名岫山，字锦锋，湖北文安人，行伍出身，典型的地痞流氓，且刚愎自用，性格十分残忍。他原来混迹于旧军队，学了一套流氓伎俩，培养出了升官发财、争权称霸的野心。他和共产党势不两立，在旧军队里经常制造内讧。靠着这一套变化无常的欺诈手段混迹成瘾，才从连长混为一个营长。

这个人的行为也十分奇特，虽然是个典型的流寇，但是他却把自己打扮成一个侠客的形象，常常穿戴着红衣红帽，鼻子下面留着两撇高高翘起的神丹胡子，所以被人们称为田胡子。他还喜欢在嘴角上抹一点口红，让自己的面目显得更加狰狞。

说他杀人不眨眼，毫不过分，提到他的残忍，人们更是谈虎色变。他杀人如麻，而且喜欢吃刚刚被执行枪决的人的心脏。往往被枪决的死者刚刚倒地，就有士兵上前破开胸膛，取出心脏扔进滚烫的水锅里，还没煮熟，他就会捞出来咀嚼。

为了团结抗日，浙东三北游击司令部的司令何克希曾经在1942年6月就深入已经担任国民党三十师八十八团团长的田岫山部，与他彻夜长谈，希望他能够共同抗日。何克希毫不畏惧地深入虎穴做他的思想工作，一共和他见面7次，但田岫山生性反复，居心叵测，竟然还是投降了日寇。投降之后，他又反正回归三十师，遭到了日军的围攻。何克希以民族大义为重，命新四军三、五支队帮助田部渡过姚江，进入四明山许岙。但是到了1943年7月，国民党第三战区司令长官顾祝同执行蒋介石“限期剿灭”我浙东部队的命令，统一整编了浙东地区的游击队，把原八十八团改为第三战区“挺进第四纵队”，把八十九团改为“挺进第五纵队”，然后向我浙东抗日根据地大举进攻。

1943年11月26日，中共四明地委书记陈洪在姚南紫龙山脚下与田部遭遇时不幸牺牲。

12月19日，田岫山又来信，“限令”我军3小时内撤离梁弄。对于田岫山背信弃义的行为，我军忍无可忍，进行了有效的反击。

1945 年 2 月 21 日，国民党投敌的伪三十六师一六三、一六四、一六五 3 个团，围困了上虞的“挺四”田岫山部，情况十分危急。在此情形下，我军仁至义尽，但为争取田部团结抗日，不计前嫌，决定再次给予援助。田岫山解危以后，虽然一度表示“感谢”，而且与我“靠拢”，但是并没有改变他反共反人民的本质，他竟然在 1945 年 5 月 26 日第三次投敌，在第泗门建立伪据点。

田岫山反复无常、无恶不作，数次投敌，群众对田的仇恨已经到达了沸点。为了巩固三北和四明山抗日根据地，浙东区党委根据田顽的罪恶和民众的强烈要求，决定首先消灭这支汉奸部队，为民除害。四明山战役就是在这样的情形下展开了。

四明山战役的第一个行动是攻打第泗门。第泗门驻扎的是田岫山所属的特务大队 300 余人，这 300 余人是 5 月 27 日在他们的参谋长郭玉鑫的率领下，穿戴伪军的服装，佩戴特遣部队的臂章，在第泗门的街头投降的。田岫山投敌以后，田部被日寇改编为“中央税警团第三特遣部队”，并且命令他们驻守在上虞城、许岙、丁宅街、第泗门等地。这样一夜之间，上虞地区就变成了敌占区，人民沦为了亡国奴。

5 月 28 日的晚上，浙东纵队的领导决定由刘亨云带领三支队（缺二大队）、五支队和余上特务营执行这项任务。刘亨云用了半天时间集中了余姚、上虞地区的民兵、自卫队 2 000 余人，当天晚上率主力部队从梁弄出发。

29 日拂晓，第泗门战斗打响，我军奋力搏杀，反复冲击，在民兵的配合下，于下午战斗结束。俘虏了伪军 140 多人，毙伤了 40 多人，一部分残敌逃进了周巷据点，但后来又潜回到上虞。

我军在姚北第泗门痛歼田部，驻扎在慈北东埠头等地的伪中警团惊慌失措，下午 4 时 30 分即慌忙放弃据点西撤，群众闻讯立即将 3 个据点的工事碉堡全部毁平。

在激烈的战斗中，有一个现象引起了刘亨云的注意，就是进攻发起 1 小时以来，各路的进击部队接连报告：“松厦日军向第泗门增援。”“周巷援敌迫近！”“庵东方向打响！”“余姚方向发现了日伪军车。”

刘亨云皱着眉头，他知道日军是纷纷前来支援的，而且有四路之多，来增援的部队已经全部出动了。以往我军在攻打日伪军据点的时候，还没有遇到过日军全力救援的情况。虽然我们事先有了周密的部署，各路的援军也被一一击退，但从中可以看出，日军如此四面增援，可见非常重视田岫山这股力量，也许可能其中隐藏着更大的阴谋。

在后来从缴获的文件中看到郭玉鑫了投敌后给田岫山的密电，又通过对俘虏的审问，我军找到了答案：田岫山这次投敌，天台方面不但默许，而且还怂恿他联合更多的伪军结成反共同盟，以便南北配合，夹击新四军浙东游击纵队。

31 日，第泗门战斗取得了胜利以后，我军第三支队、第五支队在刘亨云参谋长的率领下，准备向田岫山的司令部所在地上虞进发。

要想消灭上虞伪军，必须扫清他的一些外围要点，我军首先占领了上虞县城以南、丁宅街以北的制高点——上沙岭。刚巧，6 月 3 日下午 4 时许，田岫山部 150 余人到丁宅街方向去接运弹药，而驻扎在许岙方面的田岫山部也派出150余士兵护送弹药前来被我方发现。在上沙岭激战两个小时后，两处的敌军全被我方击溃，这样我们就占领了上沙岭这个战略上的要点。

占领上沙岭以后，4日我军又攻克了田岫山的重要据点——丁宅街，这样我军完全切断了田岫山司令部所在地上虞城与田岫山重要后方基地许岙之间的交通运输线。在这以后，我军又在当地民兵自卫队和余上特务营二中队的支援配合下，用少数兵力包围了上虞城的田岫山部。

这样，消灭了第泗门的伪军，又占领了丁宅街，接下来第二阶段的任务便是围攻田匪老巢许岙。

刘亨云他们进行了详细分析。现在田岫山的部队有两个点，一个点是上虞县城，还有一个点就是他的老巢许岙。到底应该怎样消除这两个点？纵队领导和友队干部都有自己的看法。

双方研究后大致认为，应该先攻打许岙，因为上虞城的部队是由田岫山亲自指挥的第二支队，一共有两个大队，这支队伍武器比较精良，配有突击炮连、重机枪连、教导队，这样等于一共有3个大队的兵力。城外四周建有大量的碉堡、地堡等工事，还有城墙护城河作为屏障，从我军当时的武器装备来看，一时难以攻克。再看它的老巢许岙，是由第一支队驻守，第一支队也有两个大队，但是这些部队兵力比较弱，大部分为后方机关、眷属等非战斗部队，但是，许岙是田岫山经营多年的老巢，且碉堡林立，同样不易攻打。不过经过两相比较，许岙虽然碉堡林立，但是他们分兵把守，利于我各个击破，更何况许岙的守敌是由敌人的第一支队长蔡广沄指挥，蔡广沄不善于指挥打仗，这也是敌人的一个重要的弱点。

最后，纵队领导确定了“先打许岙，保卫上虞”的方针，具体部署是，由刘亨云，张文碧指挥许岙战斗，他俩率领三支队一、三大队及警卫大队、余上特务营主攻许岙，五支队3个大队仰攻上虞城。这样的安排不仅有利于我军集中军力，各个击破，又避免了上虞、章镇方面可能的增援。

6月7日，纵队参谋长刘亨云和政治部主任张文碧率领着三支队、五支队一部和警卫大队、余上特务营共4个营的兵力连夜从上虞城郊出发。7日正午时分，部队到达了离许岙不远的一座山村。刘亨云和张文碧召集几名支队领导干部，上山查看地形。

这许岙位于崇山峻岭之中，是个四面环山的小村子，一共不过百来户人家。根据山势的高低，分成了里外许岙。刘亨云和张文碧两个人来到山上趴在地上，用望远镜由远而近、由高而低的仔细观察。

两人不由得大吃一惊，因为里面碉堡林立，两个人一个个地数，一个个地记，竟然大大小小有20多个碉堡，且守军非常狡猾，把靠近村子的那些山头上茂密的树木砍得精光，像癞痢头一样，这样就变成了四周没有遮蔽物，视线没有遮挡的情形，在碉堡里面可以清清楚楚看见外围的景物。守军还在每个碉堡的四周都布满了鹿砦、篱笆。

根据调查的信息，田岫山还给碉堡取了些名字，什么钢打的“锦锋碉”、铁浇的“武德碉”、铜铸的“蒋山碉”，吹嘘他的防线是攻不破的“东方马奇诺防线”。

田岫山十分狡猾，他模仿日军坚守据点的办法，一个碉堡上放上一个班或者一个排的兵力，在地势上互为犄角，在火力的交配上互相交错，相互呼应。

这田岫山的防御确实有一套办法。再看我们的部队基本上没有攻坚的经验，只打过几次攻坚战（比方说梁弄战斗就是攻坚战），但是他那些建筑物不是碉堡群，无法实施奇袭的方法，摆开来打攻坚战是不可能的，攻坚需要武器，但是整个纵队只有几门82式的迫击炮，且炮弹又少。虽然为了保证战斗的胜利，兵工厂的同志克服了许多困难，造出了一定数量的手榴弹、子弹、刺刀和迫击炮的炮弹，但是这点数量远远不够攻坚战的需要。

怎么打？刘亨云和张文碧进行了通盘考虑，并且开展军事民主讨论会，进一步让大家分析敌我双方的长短优劣。这番民主的讨论确实有效，大家认为应该利用敌人封闭把守碉堡、相互隔绝的弱点，避开其火力交叉的长处，多打夜战。也就是说敌人的碉堡相互隔绝，火力虽然交叉，如果晚上攻打，伪军这种火力交叉的长处难以发挥，这样就能一个个地把碉堡吃掉。碉堡虽然很多但是打一个少一个，采取一个一个攻占的办法，而不是全面攻打。

根据大家所提的意见，刘亨云和张文碧最终确定了攻打许岙的具体部署，那就是先打“太平碉”，突破敌人前沿的阵地，再打“蒋山碉”和“武德碉”，控制制高点，最后向敌人的中心发展，攻占田家山，消灭“锦锋碉”，解放许岙！

根据预先设置战略的部署，三支队一大队、三中队在晚上开始行动，他们沿着许岙东面的百丈岗悄悄前进，一举攻占了“太平碉”，歼灭了敌人1个班。

三支队一营的教导员戈阳，他率领陈光发的三中队利用晚上视线不清的优势，悄悄地靠近碉堡，仅用了4颗手榴弹就将敌人制服。

原来，敌人当时还在睡梦中，没有料到我军会进攻，所以4颗手榴弹一炸，吓得他们心惊胆战，全部被虏。此仗缴获了步枪6支，子弹500余发。

8日的清晨，军号声响起，警卫大队的指战员跑步向“蒋山碉”挺进，警卫大队投入了战斗，刘亨云和张文碧也亲自前往。

指战员们沿着许岙敌人的右翼棱线插上山去，八九里的险山隘道在战士们的脚下就像平地一般，进展迅速。在行进中，他们突然发现在大碉堡中还有两个黄泥碉堡。那是上午11时左右，他们当即作出决定，用手榴弹开道。有“手榴弹大王”之称的鲁国俊一连丢了3颗手榴弹。

敌人没有料到我新四军从天而降，乱成一片。趁手榴弹爆炸慌乱之际，战士们杀进碉堡，解决了战斗。第二个黄泥碉的守军看到新四军突然进攻，也瞬间慌作一团，还没有等我警卫大队战士前去进攻就开了门，逃进大碉堡去了。就这样，警卫大队用两个班的兵力连克了两座黄泥小碉堡。战斗打得非常顺利。

整个战斗的部署是把敌人的碉堡一个一个地吃掉，第一阶段顺利打掉了“太平碉”，第二阶段就是攻打“蒋山碉”和“武德碉”。8日下午3时，三支队和警卫大队向“蒋山碉”发起了进攻。对于这场攻坚战，战士们做好了充分的心理准备，因为“蒋山碉”和“武德碉”可不是一般的碉堡。就拿“蒋山碉”来说，这是一个中型的碉堡，上下两层，守敌有一个排，他后面是更大更高的“武德碉”，这两个碉堡火力交叉，不宜接近，如果仅用机枪跟手榴弹是很难完成任务的。

刘亨云马上调迫击炮连来作战，这迫击炮在战前做过试验，架在山上向许岙村打了几发，可惜因为射程太远、力量太小，连碉堡的砖块都没有轰落下来。但是如果现在近距离用迫击炮，因为外围的碉堡“太平碉”已经被扫除，前沿的阵地已突破，那么效果将会大不一样。

这炮连的排长黄林根很有办法，把迫击炮改为平射，连续发炮，打得敌人是惊慌失措。此时步兵连又充分发挥步枪、机枪和手榴弹的威力，打得碉堡里面的敌人不敢露头，效果十分明显。但是战斗依旧僵持着，因为迫击炮很难把敌人的碉堡轰塌。

这个时候，炮火交战之中有一颗硫磺弹燃着了“蒋山碉”旁一间用稻草搭成的伙房。刹那间，烈火滚滚，把碉堡外围的鹿砦、篱笆烧成了一圈丈把高的火墙。我军趁机火攻，战士们将预先砍的许多柴草和当地的老百姓送来的很多柴火和辣椒纷纷扔到了“蒋山碉”下面。火焰迅速裹住了“蒋山碉”，碉墙上的砖石也被烧成了红红的一片，连敌人碉堡里面瞭望孔的木板也喷出了火苗。

碉堡里面的敌人就像野牛被关在火笼子里一样横冲直撞，发出了绝命的叫声。烈火无情地烧着碉堡外的砖石，火苗无情地从枪口钻进了碉堡里面，浓烟也无情地灌进了碉堡里面。

敌人无法忍受，打开了碉堡大门，刹那间涌出来十几个浑身着火的士兵，他们边脱着衣服边捶着胸膛，叫喊着向另外一个大碉堡——“武德堡”跑去。

这个时候战士们冷静地向逃跑的士兵射击，四五具敌人的尸体滚下了山腰，“蒋山碉”也终于在烈火的燃烧中轰然倒塌。

我军攻打“蒋山碉”的时候，田岫山可没有闲着，他急得像热锅上的蚂蚁，在室内跑来跑去，不断用电话、无线电台传递着自己的信息。

下午 4 时，田岫山为了牵制我军力，亲自出马，率领了 4 个连 300 余人的兵力，兵分三路从上虞出发，妄图袭击我侧背。

这是他作战时的惯用伎俩，但是他没有想到，一出东门就遭到我上虞城部队的迎头痛击。

这伪军一出门就遭到伏击，再也不敢前行，因为他见我们有了防备。此时，田部的本性充分地暴露出来，他们一不做二不休，到了东门外就大肆地抢劫，并丢下燃烧弹。刹那间，东门的一、二、三保中心地区大火冲天。

敌人的凶残激起了我军民的愤怒，我围攻上虞的新四军部队从东北、西南两个方面左右夹攻，把伪军逼回城里。

我新四军战斗之余协助群众救火，上虞县民主政府也前来抚慰，直到把田岫山的伪军全部围困在上虞城内的时候，部队才从容返还。

田胡子在上虞城的东门外火烧了 500 多间房子，熊熊的烈火惊动了老百姓，老百姓是呼天抢地，声震于天，情景十分凄惨。我新四军一面泼水抢救东西，一面安慰村民，和伪军形成了鲜明的对照。纵队江岚科长带领着政工队的队员起草了《为消灭浙东人民公敌田岫山告全军同志书》《消灭顽伪田岫山战役政治工作指示》《告田部官兵书》，我军在政治上进一步取得了胜利。

接下来的任务就是攻打“武德碉”。这“武德碉”不大容易拿下，因为这是许岙东面最大的碉堡。这个碉堡被田岫山称为是“铁打的”，虽然夸张，却也有几分道理。“武德碉”有 3 层楼那么高，一层有 4 间房那么大，全部由一尺见方的条石筑成，它边上的山嵴上有一条直通嵊县、天台的暗道，“武德碉”控制着这条道路，碉堡内还有两个武器精良的步兵排扼守着。

如果战士们不拿下“武德碉”，那么战斗就没有办法向许岙村的中心延伸，我们的部队就会完全暴露在“武德碉”的火力之下。

晚上7时，我军组织1个排向武德堡做试探性攻击，但激战1个多小时都没有效果，只能暂停。

田岫山原先是打算把他最后的归宿选在这个地方，所以在我军试探性地进攻了以后，上虞城的田岫山从电台中得到“武德碉”被围的消息，十分着急，他火速命令许岙守敌组织增援“武德碉”。不久，许岙守敌100多人纷纷出动增援“武德碉”，在各个碉堡火力的掩护下，向武德堡涌来。

刘亨云和张文碧迅速命令三支队，坚决打垮敌人的反冲锋，不准他们靠近武德堡一步，不准他们进入“武德碉”碉堡内。

10日早晨，山里面有许多云雾，在这天色未明之际，能见度很低。敌人的反扑非常疯狂，但我三支队战士沉着应战，以消灭敌人的有生力量为目标，敌人的几次进攻被纷纷击退。

“武德碉”十分坚固，很难被攻陷。面对这种情况，我军采用了一种新的战术，就是严密封守“武德碉”，控制碉外的井水、泉坑、伙房、不让敌人吃上一口饭，喝上一口水，准备将敌人困死。

10日的晚上，战士们抓住了一个从碉堡里出来偷水的伙夫，经张文碧审讯后，我们从伙夫的嘴里知道，敌人已经断吃断喝20多个小时了，碉堡里的士兵和尸体挤在一起，随地大小便，已经臭不可闻。

组织科长徐放抓住机会向俘虏做政治思想工作，让他饱餐一顿，喝足水，然后动员他回武德堡送刘亨云写的劝降信。这个伙夫连连点头，说“一定效忠，一定效忠”。

1个小时以后，碉堡里出来一个蓬头垢面的士兵，自称是班长，他代表连长来谈判投降的条件。徐放说会保证他们的生命安全，但是不准破坏武器，否则严惩不贷。敌班长不住地点头哈腰，其实他已经无心谈判，什么样的条件都能接受。他饮足了水之后，鞠了一个90度的躬，回碉堡去了。

没多久，“武德碉”内的30多个士兵排着队出来投降，其中有七八个人头发眉毛已经烧光，就像被火烧的猴子一般。原来这七八个人是从“蒋山碉”堡里面逃出来的那一批人，不过他们仍然做了俘虏。

“武德碉”被占领后，我军控制了整个许岙的制高点，居高临下，锋利的钢刀直插许岙敌人的心脏。6月11日，我军又把攻击矛头指向保护田匪印刷厂的黄泥碉。

敌人为了保护印刷厂与我军殊死相搏，加上我军地形生疏，这场进攻持续了两天两夜也未能奏效。

11日晚上，为了攻占敌人的巢穴，我军又攻克了田家山村庄附近的大小碉堡3座，使许岙的敌人只能龟缩在相距不到1 000米的4个大碉堡里了。

敌人的外围已经全部被切断，在我军的火力攻击和政治攻击下，敌人的内部也开始瓦解。敌大队长蔡国玉和中队长杨玉贵率领一个中队100余人，携带轻机枪1挺、步枪五六支、驳壳枪2支、手枪4支向我投降。

12日至14日这三天中，我军夜晚出击，又攻入许岙村内部，给伪顽重大杀伤力，并占领了“锦锋堡”下的一座小碉堡。这个黄泥小碉堡控制着整个里许岙村，被占领后直接切断了4个大碉堡之间的联络。“锦锋堡”的封锁给顽军以严重的威胁。

15日，三支队副支队长周瑞球和五支队七中队队长都曼令率领一个加强连向田家山猛攻，一口气占领了山上几座碉堡，又斩断了“锦锋堡”和“永和碉”之间的联系。这个时候，刘亨云和张文碧要求战士们做好思想准备，带足干粮和饮用水和敌人做最后的决战。

面临困境，在上虞城内的田岫山成了热锅上的蚂蚁，接连向各碉堡部队下达死守命令。同时，顽三十三师以每日80公里的急行军逼近上虞，浙保的几个团也从天台急行军奔来，田岫山又从上虞派出他最后一个支队增援许岙。

何克希司令员从梁弄发来急电，催促我攻坚部队速攻速决。

田岫山的增援部队倾尽全力，向我田家山守卫队连续发起了9次反扑，都曼令指挥2个班在敌人的重围中孤军奋战。

敌人从上虞城派出的部队有第二支队二大队，还有教导大队。15日上午，他们一方面向田家山阵地连续发起反扑，另一方面又向我五支队七中队的2个班坚守的刚刚攻下不久的碉堡发起冲击，我方共有21人在战斗中英勇牺牲。

中队长都曼令和曹排长临危不惧，坚守阵地，但最终因为弹药耗尽而被迫撤退。都曼令的手上脸上都被手榴弹的弹片划破，身上还穿着血迹斑斑的军衣。边上一名战士抱着步枪在问：“老和尚呢？”“老和尚”是一名战士的称号，另一名战士悲愤地回答道：“我刚刚看见他挂了彩，倒在地上，大概也牺牲了”。

敌人的疯狂挣扎激起了指战员们的愤怒。当晚，趁敌立足未稳时，我军再度反击田家山。

战士们喊着“消灭田胡子，为牺牲的同志报仇”，如潮水般地涌向田家山。不到1小时，田家山阵地再次被我军拿下。

16日和17日，我军冒着大雨继续出击，进一步清洗村里的伪军，并在18日重新部署全面攻打“锦锋堡”的计划。

18日晚上，攻打许岙主碉堡“锦锋堡”的战斗开始了，我一部在百丈岗牵制许岙东北的“永和碉”南面的敌人；一部封锁敌人指挥碉；一部警戒反冲锋；另一部勇猛进攻，开始反击。

我军两次猛攻就把“锦锋堡”周围的3个土碉堡和工事全部占领，同时把“锦锋堡”西北2个小高地也夺了过来，并连夜修筑工事，完成了完全孤立“锦锋堡”的任务。

不过，在战斗中，我军2名同志英勇牺牲，10位同志轻伤。牺牲的同志当中有一位叫杨奚。那天晚上，都曼令中队发扬了连续作战的精神，由排长率领一个突击队，全部带上短枪和手榴弹，背上干柴，腰插横刀，向“锦锋堡”附近敌人一个伙房发动火攻。

杨奚同志随同突击队，在战士们的掩护下，迅速越过铁丝网，跃进到伙房一侧死角处，放下干柴，点火后，火焰顿时腾起，“锦锋堡”完全暴露在火光之中，但杨奚同志不幸中弹牺牲。班长陆水生以浓烟为掩护，越过碉堡，把手榴弹扔向碉堡中。

19日，我军占领许岙全线阵地，直接控制了外许岙，留下的只是里许岙和田岫山最后两座碉堡“锦锋堡”和“永和碉”。但我们不只是简单的围困，还不时地施加压力。警卫大队的神枪手从碉堡外面的机枪眼里面一枪打进去，打死2个，打伤1个，一枪打倒3个敌人，吓得敌人在里面哇哇乱叫。

激烈的战斗得到了群众的大力支持，群众值勤的工作做得十分出色。桥头堡太平山村的群众积极投入支前工作，部队的柴草、粮食、蔬菜得到了极大补充。妇女们为前线的战士煮饭烧水，洗补衣服。为了配合主力部队作战，接送作战物资上火线，抬担架救护伤员，他们还抽调民兵去接受任务，每人带一把剪刀、一把钩刀，每组一副担架，剪铁丝网，拆竹篱笆，抬伤员。

为了攻打伪军的碉堡，主力部队要用火攻。民兵不怕危险，把柴火辣椒直接运送到碉堡下堆好，引火熏烧；为了把陷入孤立无援的“锦锋堡”的供给水源破坏掉，民兵王六斤提着煤油桶潜入许岙的外堡，在水井里倒入煤油，切断了守敌的饮水。

18时，我军加紧了对“锦锋堡”的包围，利用敌人只在一处饮水更为困难的弱点，展开正式攻势。

纵队政治部的组织科长徐放带领民兵和战士逼近敌人的碉堡，同时向敌人喊话。

田父在匪部中有极大的封建权势。得知他在碉堡中，我军便利用这一点，指名道姓要他搭话，劝说他应该顾及一家老小的性命，顾及跟随田岫山多年的兄弟的性命，不要执迷不悟，落得个死无葬身之地的下场。

但老奸巨猾的田父一面表示愿意谈判，一面又拖延时间，口口声声说要到20日以后才能作出决定，他的目的就是要等他的儿子来解围。但是我新四军战士明确地告诉他，日伪军救不了他，他儿子也救不了他。

何克希司令亲自来到许岙，给田父下书说明，只要交出电台，20日决定也可以。19日晚上，我军又集中十几挺轻重机枪向“锦锋堡”的伙房攻击，广大的民兵此时赶回纷纷参战。他们每个人都背着一捆干柴，提着一篮辣椒，在重机枪的掩护下，伙同突击班一起钻进铁丝网，砍开竹篱笆，冲到伙房附近，点火烧着了柴草和辣椒，熏得敌人眼泪鼻涕直流。

19日晚上，敌人交出了电台，20日早晨，“锦锋堡”顶上举起了一件白色衬衫，敌人终于愿意投降。我军迅速率领一个排抢占碉堡出口，敌军从碉堡中涌出，第一个举着双手出来的是田岫山的父亲，后面是几个中青年妇女，随后是田部近百官兵。

投降的敌人一走出碉堡，就向战士们讨水喝。敌人被我围攻多时，早已陷入狼狈之境，战士们随即进入碉堡搜索，只觉得臭味扑鼻。战士们发现碉堡的枪眼内塞着棉花，有几处还装上了铁丝网。这是敌人防止我军将手榴弹塞入枪眼的办法，可见敌人也想尽了一切办法防守。里面还有两具发出腐臭的尸体，原来是我们警卫大队的神枪手一枪打死的那两个。

20日下午，伪顽一支二大队五连连长王建廷率部30余人，携机枪2挺、步枪20余支向我投降。

不久，据守在许岙东北“永和碉”内的一个排的敌人也携带着轻机枪2挺、步枪20多支向我投降。接着，剩余的几个碉堡也被我相继攻克。

许岙战斗从6月7日晚上开始到20日结束，经过了14个昼夜，我军攻占了28座大小的碉堡，掳获和反正支队长以下官兵1 000多人，缴获迫击炮1门，重机枪3挺，轻机枪14挺，手提式机枪3挺，长短枪600余支及其他战利品，我军伤亡仅80人。

许岙战斗打响以来，被我军围困在上虞城的田岫山部，日夜盼望救兵，却一次次失望。许岙战斗结束以后，国民党军三十三师两个团及浙保第五团才匆忙赶到，但被我军击败。

之后，国民党天台“绥靖指挥部”共调约有10个团的兵力，向北推进，妄图与日伪军呼应，对我实施南北夹击，且首先向张俊升开刀。

27日，伪军不顾我警告，侵占丁宅街和官山村阵地。当晚，我三支队、五支队分两路出击，打得伪军是仓皇退却。28日，我军继续发起攻击，将顽军击溃。到了30日，顽军已经全部向南逃窜。田岫山眼看国民党军队增援无望，便于6月30日凌晨率领残部弃城西窜，上虞又回到了人民的手中。

从5月29日攻打第泗门战斗开始，到6月30号上虞城解放，讨田战役一共进行了33天。当时延安的《解放日报》作了报告，宣告我军解放上虞县城。新四军军部特来电嘉奖讨田战役的部队。上虞解放，不仅使得三北、四明、会稽地区连成一片，浙东和浙西连成一片，而且巩固和扩大了浙东抗日根据地，为后来中队顺利北撤奠定了基础。

东坝战役

江渭清、王必成率领一纵队来到了高淳地区，其胜利的喜悦自不待言，苏南老解放区是他们奋斗了多年的地方，现在以胜利者的姿态返身杀回，能不激动吗？

军民重逢，真可谓喜不胜喜，当然可喜的还有其他因素，如中共七大的闭幕，兵员的补充，武器的更新等。一纵的面貌有了翻天覆地的变化，全纵开展军政教育，军事训练，部署学习中共七大文件，总结南下经验，掀起了拥干爱兵，拥政爱民和技术练兵的热潮。

江渭清、王必成忙得是不亦乐乎，他们厉兵秣马，养精蓄锐，准备进一步施展身手，现只等上级命令，随时展开战略反攻。果然，苏浙军区有了新的指示，要求一纵进一步扩大解放区，缩小沦陷区。

1945 年 8 月上旬，江渭清、王必成在高淳决心发起东坝战役。

发起东坝战役是苏南战略反攻的第一步，因为高淳已是日军推行伪化政策的重点地区。原来伪独立第十五旅胡冠军部乘我军南进天目山之机，在五六月份进占高淳，进一步扩大伪化区，在东起溧阳社渚、梅渚，西至宣城狸桥、水阳一线修筑工事。一纵必须扫除这个障碍。

江、王两人反复研究，最后作出如下部署：二支队及溧高地方武装攻击东坝、定埠、漕塘，固城、下坝之敌；三支队及宣城当地武装在右翼攻击社渚、梅渚之敌。8 月 7 日晚，各参战部队进入预定地点，午夜 23 时向敌军发起总攻击。

张强生接受了新任务，有一种异常的兴奋，因为他要作为军事主管即二支队的支队长来做战斗部署。兴奋的原因有很多，并非仅仅是作为军事主管，他担任过的一支队二团一营二连连长、一支队一团二营营长、二旅五团团长、兴化独立团团长（未到任），都为独当一面的角色，但这一次可不一样，形势变了，部队的战斗面貌变了。对于苏南抗战，张强生再熟悉不过，初上抗日战场进入苏南，便来到了高淳，后来虽然在苏北战斗过三年，但大部分时间还是在苏南，从那几年的战斗看，虽然新四军英勇作战，但敌强我弱的力量态势一直没变化，部队战斗基本是在高压态势下的游击，正面进攻、强攻的情形不多，心头总有一种不畅的感觉。而今世界格局已变，反法西斯力量空前强大，法西斯力量已近崩溃，德国投降了，日本在垂死挣扎，中国人民的抗日力量空前强大，战略大反攻已拉开了序幕。指战员们的精神面貌大变，个个摩拳擦掌，只等一声令下。

看看现在部队的实力装备、人数。

十六旅在1944年年底，主力和地方部队已发展到12 700人，民兵24 000人，自卫队14万余人，四十八团有4 000余人，有4个步兵营、1个炮兵连和1个重机枪连。四十七团自周城战役后，由2个营发展到3个营，从小团上升为主力团，士兵有1 000多人，四十六团又合编为3个营，士兵近3 000人，其装备大为改进，苏浙天目山三次反顽战役后，部队人数激增，装备更强，重机枪多了，炮多了，还有半自动式卡宾枪，汤姆式冲锋枪。

部队军事力量猛增，精神面貌焕然一新，作为一纵的主要力量之一的二支队支队长其心情的激奋是可想而知了。

张强生在纵队会议上便控制不住激奋的心情，脑海里浮现出各种作战方案，一回到高淳小山头村，便开始分析自己原先构思的作战方案。

他思考许久，觉得方案已经成熟，便步出室外。江南的8月初，正是炎热的日子，8月7日那天虽然是伏季已尽，但毕竟还带着大伏的尾巴，酷热天气有时丝毫不亚于顶峰时期。战士们顶着烈日训练，个个汗水淋漓，大气直喘；到了晚上，在树底下露营，散散暑气，感受初秋的凉意，欢声笑语，精神饱满。

烈日下，张强生用望远镜四下审视了一番，做着纯军事的判断与分析。对于东坝这样的文化名镇，一般的人作这样的审视，无论如何都会涌起一种文化情怀，光是那种民间传说便足够令人回味，什么朱元璋、刘伯温呀，什么铁牛吃草啦，什么洪水滔天啦。张强生在老家江西安福苦读过三年私塾，在新四军中他也算是有文化的人，他自然会有这样的情怀，高淳境内的双女坟这样的流风余韵，就在他心中掀起过波澜，但是他是军人，他是处在战略反攻中的二支队的军事首领，此时他对东坝只能做军事上的思考。

东坝呀，东坝，水陆码头，一条大河西出固城，东下溧阳、宜兴，直通太湖，陆路发达，北经溧水，直达南京。

东坝呀，东坝，你是军事要地，是国民党三战区向我游击根据地进攻的要点，只要国民党正规部队从后方开到东坝一线，反摩擦斗争便近在眼前，现在你已成为日伪第二道防线的重要据点，日伪常常在你这儿集结兵力，向我游击区进攻、骚扰。

现在，我英勇的新四军一纵二支队已兵临城下，一定要让你回到人民的怀抱中。

张强生正在观察东坝，忽听到一阵呼哧呼哧的声音，他回头一看，只见一条金黄色的狗走到他面前。因天气炎热，狗伸着舌头，摇着尾巴，双眼露出友善之色。

张强生极通狗性，他知道这狗并无恶意，正向人表示着友善，他伸手在狗头上抚摸了一下，狗的尾巴摇得更欢。

警卫忙上来："张队长，不怕狗咬？"

他笑了笑："不会的，不会的。"张强生当然知道，他极喜爱狗，小时候经常逗弄着狗，也养过好几条狗。年少时，他一家在山上挖山石烧石灰，他就养了一条小狗，后来他去村外十几里地的山村去读私塾，由于白天要下地干活，只能晚上去，晚上回。所以他总是挎着书包，拿着油灯，带着小狗去，人与狗之间的情感融合真是非同一般。

现在又见到可爱的狗了，他情不自禁地在狗头上抚摸了一下。

看着可爱的大黄狗，张强生的心里掠过一丝悲凉，抗战多年，为了不暴露目标，战士们不得不打掉一些会叫的狗。每当看到这一情景，他心里便极度地难过，但没办法，这是战斗的需要。当然，这也是一笔账，也要算在日本人头上，让他们偿还。

现在好啦，形势变化了，不必打狗了，不怕目标暴露了，他有时想，如果有可能，他还想养一条狗。后来，他果真养了一条狗，而且与狗有一张极具神韵的合影。三纵司令员陶勇也看上了张强生的这条通人性的大黄狗，要了几次，张强生只好忍痛割爱，让陶司令的警卫员牵走了。

晚上召开战前会议，政委吴咏湘分析了形势："往昔，东坝驻有日军一小队，伪军一个营和国民党土杂部队，这东坝工事坚固，且东面有梅渚，西北有漆桥，西南有狸头桥等据点，一旦受攻就会相互支援。当然，现在不用担心了，形势变了，四十八团在攻歼梅渚、社渚之敌，四十七团在攻歼狸头桥、耕牛巷等据点之敌，我们的后方，是地方武装在攻歼漆桥、游山等据点之敌，因此我们可以放心地打。"

参谋长接着说："对，放心地打。昔日他们神气得很，我们有一年多的时间在这一带活动，也交过手，在漆桥消灭过他们一个连，但敌人兵力多，常常多路配合，不易消灭，在分散游击的情况下，四十六团也没有足够的兵力和攻坚手段拔除这个据点，相反呢？他们还趁我们集结天目山之际，集结独立十五旅的一八九团和他们控制的大刀会，对游击区进行了持续 48 天的扫荡，还在东坝周围增设了一批据点……现在该收拾他们了。"

参谋长拿出预设的方案："据我们全面侦察，现在东坝的布防是这样，镇北降福殿驻有伪高淳县保安中队和伪军一个连，南面濮阳公祠驻扎的是日军，攻击东坝，主要清除这两个点。"

最后，张强生、吴咏湘、参谋长商量决定由一营去解决固城据点的敌人，团直特务队去解决漕塘据点的敌人，二营、三营、重机枪连、迫击炮连去攻击东坝。

开战前会议时，张强生言语不多，他喜欢听别人的意见，然后用自己的方案去对照，再加以修正，这是他一贯的风格。战友们倒喜欢他这样，干净利落，简洁。其实他的风格和他的形貌相似，张强生个子不高，但骨架硬朗，尽显精明强干的风姿；他脸容清瘦，头发超短，粗一看，疑似光头，给人一种简洁明朗的感觉；最神奇的是他双眼炯炯，眼光灼灼，临战时神情像一头凶猛的豹子，一副标准的硬汉形象，这一点最为人乐道。事实上，他的神情正印证了他的战斗作风，他打仗硬朗，简洁明快，从不拖泥带水。新丰战斗时，他担任突击连连长，以极其迅捷的速度扑进敌新丰车站的兵营里，打响了新丰战斗的第一枪。他带的队伍也突出了快捷、硬朗的战斗作风。

现在张强生发话了："同志们，任务已经下达，我强调重要的一点，现在离总攻时间不多了，我们离东坝还有一段距离，部队必须在 11 点前到达预定位置，为什么？因为总攻一到，只要兄弟部队枪声一响，日伪军马上会醒来，到时候我们的攻击若起不到突然的效果，这会增加多少困难。"

他止住了话语，顿了顿，然后严厉地说道："记住，总攻前，各部必须到达预设位置，时间一到，给我狠狠地打！"

"是！"众干部齐声回答，领命而去。

二、三营首长都对了一下表，然后立刻急行军。三营包围了北面的降福殿，二营包围了濮阳公祠。

三营突击分队战士总攻时，敌人还在梦中。他们先占领了日伪军的一些前沿工事，11 时一到，便猛烈地攻击起来。三营火力强大，猛冲猛打，天亮前，降福殿附近的一些地堡全被攻克，不久，伪保安中队和伪军一个连全被歼灭。

二营的枪声几乎和三营同时响起，突击分队猛扑濮阳公祠，但设伏点与濮阳公祠有一段距离，加之日军反应奇快，枪声一响，他们全被惊醒，马上占领了全部工事，密集的火力封锁了各突击分队前进的道路。

突击分队利用夜暗和敌人火力的死角继续前进，前进到敌人设置的各种副防御设施前，但已近天亮，攻击还是被迫停止。

这濮阳公祠的周围不仅筑有各类碉堡，而且碉堡与碉堡之间有围墙相连，围墙内挖有交通沟，便于兵力机动，围墙上开有射击孔，祠堂中间筑有一个很高的炮楼，这个炮楼既能观察情况，又能架设重机枪，以火力支援各个碉堡的战斗，围墙外面有一道宽 3 米多、深 2 米多的外壕，壕内还有很深的水，壕上有一道铁丝网，敌人为了保障这个据点的安全，用启闭式的木桥控制人员的进出。为了及时发现我军的进攻，据点周围可用来掩护接近的建筑物已被清除，敌人还设了警戒阵地，在火力组织上，各个点均有周密的分工。

“好狡猾的日军。”张强生不由得感叹道，他与日军打交道多年，深知日军的特性，这些措施是日伪军总结了与我们多年作战失败的教训后采取的，像这样的工事，没有充分的时间和强大的火力，确实不易攻克。

他暗叹道：这就是军事上的辩证法，你有什么样的攻击武器，我就修筑什么样的防御工事，你采取什么样的攻击手段，我就采取什么样的防御战术。当初在敌后作战的部队多数没有平射火炮，敌人就用砖砌的碉堡来对付我们；我们通常采取夜袭、近战的手段，敌人很快就用外壕，铁丝网等阻止我们接近，而且事先对可能被我占据的位置测好了距离，选好了瞄准点，夜间你到达什么位置，他们就按预先的测定开火。

现在没有强大的火力，而离完成上级交给的任务的时间也不多了，只能用强攻。

上午 10 时左右，我军再次发起强攻，但由于不能完全压制敌人的火力，加上敌人据点里又有暗火力点出现，二营战士通过铁丝网和外壕的器材也不足，攻击再次受阻。

为减少冲击分队的伤亡，张强生命令部队暂停攻击。

现在，部队已靠近敌人工事，迫击炮派不上用场，为此，张强生调集了 6 挺重机枪支援二营，要求他们首先用重机枪火力摧毁核心阵地中的高碉堡，使它失去观察和以火力支援各抵抗点的作用。同时，给各突击分队找来了通过外壕的一些简便器材，营指挥员也重新给各连下达了新的进攻路线、任务和战法。

下午 4 时，一声号令，6 挺重机枪一齐狂吼起来，不时喷射出条条火舌，弹雨像水柱般射向敌人的核心碉堡，六对二的火力优势，顿时把那大碉堡里的火力压了下去，在密集的子弹的喷射下，砖块如风化的岩石一般一片一片地剥离下来。不一会儿，碉堡的北侧开了一个大洞，这个洞口一开，敌人难以坚守，精神上的压力骤增，我前沿分队的攻击位置又向前推进了一步。

张强生也知道，用几百发重机枪子弹在敌人的碉堡上打一个窟窿，对于视弹药如珍宝的新四军来说，这样的代价过于昂贵，但此刻，只有不惜代价打开据点，才能取得胜利，同时可以缴获敌人武器装备，补充消耗，将昂贵的代价弥补回来……这也是辩证法。

战斗到了最后关头，所有突击分队都已到达发起冲击的位置。天色渐渐地暗下来，在团指挥所的号令下，各分队奋起冲击，在一片“缴枪不杀”的喊声和手榴弹爆炸声中，敌人这个修筑多年、自诩为攻不破、打不开的核心阵地被我军攻占，周围碉堡里的敌人也全部肃清，伪营长以下 240 多个官兵成了俘虏。

另一边，溧高县地方武装要解决的是敌埠伪军据点，8 月 6 日，溧高县强埠区区委书记兼区大队长范征夫便参加了溧高县县委会议，县委书记兼武装总政委王一凡要求大家迅速组织力量，配合新四军苏浙军区第一纵队发起东坝战斗。

东坝战斗的目标是全部拔除从定埠到固城、从东坝到漆桥 100 多里的两条公路线上的 19 个日伪军据点，要歼灭的日伪军达 3 000 多人。

强埠区的任务是牵制并包围定埠镇伪军两个主力连，不让他们前来增援，并相机歼灭伪区、乡自卫团武装。

许治副总队长最后关切地对范征夫讲：“你区兵少，武器差，只要能牵制住两个连的伪军，就是胜利。”

范征夫胸脯一拍：“放心吧，保证完成任务！”

范征夫一回到强埠区便兴奋地向众人传达县委会议精神和上级布置的战斗任务，众人一听，兴奋异常，个个摩拳擦掌，恨不得马上扑向敌阵。

区委副书记胡凯兴奋的神色久久没有消失：“这次一下子要拔掉近 20 个据点，太令人兴奋了。”

讨论到具体任务时，大家一下子冷静下来：“定埠虽说是个小镇，但也有 4 000 多户人家，1.3 万多人口，还有不少商店，它处在苏、浙、皖三省交界的地方，地理位置显然重要，光靠区大队要牵制伪军两个连不能西援，确实难以办到……”说到此处，众人一脸为难之色。

范征夫胸有成竹，微微一笑：“同志们要说有困难，每支部队都有困难，同志们，我们有党，还有群众，天大的困难也能克服。毛泽东说过，抗日战争是人民战争，如果我们全区各乡的乡中队，把所有的民兵及广大的民众都发动起来，必将组成浩浩荡荡的大军，到那时，那两个连的伪军还不能牵制住吗？”

众人一听，顿时脸上绽开了笑容，眼睛也为之一亮：“对对对，把群众发动起来，这伪军绝对挪动不了半步。”

范征夫见众人都赞同这一建议，便具体部署起来：范征夫和区副大队长史标解放伪区、乡自卫团武装；胡凯和区农会主任芮春木指挥上千民兵和群众，围困定埠两个碉堡，并派出警戒力量，防止南渡等日军的支援。

为了解决伪区、乡自卫团武装，范征夫、史标开始策反伪自卫团武装里面的人员。

有几个伪自卫团武装人员是高淳本地人，一听宣传，知道日本人大势已去，马上决定戴罪立功，答应做好内应，策应区大队解决自卫队武装。7 日晚上 11 时，总攻枪声一响，范征夫、史标直扑伪区公所，在“内线”人员的配合下，几乎“兵不血刃”地活捉了伪区长及伪自卫团团长，解决了伪自卫团武装，收缴了30多支长短枪，然后冲向碉堡。

起初伪军一听枪声吓了一跳，刚一露头看到如此之多的人，几乎瘫倒在地，但渐渐地，他们看清了举着火把的人群几乎全是当地百姓，有的拿着扁担，有的拿着锄头，有的拿着钉耙，少数拿着大刀；有枪的是民兵，不过是老掉牙的破枪，根本没有威胁。这一下，伪军胆气上来了：原来是地方武装，不是什么正规军，别说炮了，连轻重机枪都没有，这怎么奈何得了我钢筋混凝土构建的碉堡，只要不出去便高枕无忧。他们索性缩了进去，任凭外面采取行动。

范征夫一看，牵制伪军的目的已经到达，现在是后半夜了，凭手中的力量难以实行攻击，便命令民兵和群众围住伪军，待天亮后，再想办法解决他们。

第二天，范征夫带人观察了一下敌情，发现敌人龟缩在碉堡里毫无突围、援助、出击之意，只是有时悄无声息地向外望望，好像外界什么也没有发生一样。

范征夫想了想，便采取政治攻势，希望通过宣传消减敌人的斗志，瓦解他们的士气。

连喊了几次，那些伪军见是区大队，哪放在眼里，如果不是忌惮出来会遭到新四军正规部队的伏击和众多民众的攻击，他们早就开门应战了，现在见范征夫他们在呼喊，便用极其下流的脏话回应着，还不时放着冷枪，范征夫等人险些被击中。区大队、乡中队的同志见状，气愤极了，想冲上去和伪军拼命，范征夫连忙阻止：“别急，同志们，不能盲目出击，你们看，伪军用两挺机枪封锁了碉堡前的开阔地带。我们没有炸药包，光靠手榴弹是炸不开的，我们不能做无谓的牺牲，还是请老大哥四十六团的部队来解决吧。”

四十六团的番号当时已变成二支队，但习惯上人们还是称之为四十六团。由于丁麟章在天目山反顽战役中牺牲，所以吴咏湘改任政委，张强生从三支队调入二支队任支队长。

范征夫便写信给吴咏湘，请求增援。

10日下午3时左右，东坝等据点已被攻克，吴咏湘亲自带一个连加一门迫击炮、两挺重机枪、几挺轻机枪前来支援。

区大队、乡中队战士见到主力部队到来，喜上眉梢，个个摩拳擦掌，跃跃欲使，士气一下子高涨起来。

吴咏湘要求他们再次展开攻势，于是范征夫他们又向伪军喊话，敦促他们放下武器。

伪军头头笑嘻嘻地答话说：“你们这些土游击队只有几十支破枪，还想打下定埠？有炮你们就放一下，我们就下碉堡投降。”

吴咏湘微微一笑，命令开炮，并对炮手说；“三炮必打中碉堡。”

这个炮手是天目山战役刚俘虏过来的，是参加我军不久的新战士，他这门迫击炮只剩下3颗炮弹，听到吴政委下命令，有些紧张。

第一炮没打准，偏到碉堡一边去了，吴咏湘喝令他瞄准，下一炮一定要打中。还未等第二炮发出，据点内伪军便响起一片叫喊之声：“不好，不好，有炮，有炮，正规部队来了。”

炮手又打第二炮，炮弹正好落在碉堡的边角上，轰的一声，冒起一阵浓烟，我军阵地一片欢呼：“打中了，打中了！”

吴咏湘命令轻机枪同时开火，一下子把碉堡内往外扫射的火力全部压住了，伪军慌作一团，大喊大叫。吴咏湘立即命令号兵吹号，发起冲锋，众战士一拥而上，冲到碉堡边，伪军见有枪有炮，再挺下去死路一条，便反绑着他们的头头，摇起白旗，走出碉堡，举手投降，我军缴获伪军两个连的全部武器。当晚结束战斗后，二支队队部及区大队自此全都在定埠住了下来。

苏南军分区特务营这边，则担任了主攻高淳外围漆桥敌伪据点、阻击高淳增援之敌的任务。

1943 年溧高战役时，四十六团曾拔掉过这一据点，两年不到新四军又战漆桥。

而今漆桥如往日一样，仍是敌伪高淳外圈的重要据点，也是我军向南发展的主要障碍。这里地形比较复杂：东、南、西三面有河，东南面河里小坞上驻有日军 30 余人，筑有地堡；北面，敌人又构筑了碉堡，封锁道路，其守备工事比 1943 年又加固了许多，我兄弟部队曾多次袭击，均未成功。

苏南军分区特务营是刚刚组建的，由独立三团抽调来的一、二、三连和机炮连组成，樊道余原是十六旅教导大队大队长，现在是苏南军分区特务营营长，攻打漆桥是该营成立后的第一仗。

攻击敌伪据点的前一天中午，军分区司令员钟国楚找樊道余布置任务："我主力今晚要发动战役攻势，命你营攻克漆桥敌伪据点，并准备打击由高淳出来增援的敌人。"

樊道余一愣，营刚刚建立，突然接受这样重的任务，还是感到有点突然："我没有侦察过敌情，地形不熟悉呀。"正说着，溧高县军事科许治科长拿来一张简单的地图，介绍了漆桥镇敌伪据点情况。

钟国楚感慨万分，当年溧高战役时，他和江渭清一道参与指挥，事过境迁，两年不到，他的部队又要啃这块难啃的骨头。不过当年他没有在漆桥一线指挥，对于漆桥的地形，他也一点儿不熟悉。

钟国楚指示樊道余边打边侦察："首先控制街道，选好地形再进攻。"

樊道余回到营部后，召开了干部会议，做了详细的研究和部署，决定以一连为主攻连。部署完毕后，各连队领导立即回去作好战斗准备。

7 日晚饭后，部队集合并进行战前动员，随即由溧水李家山出发，次日凌晨 3 时左右到达漆桥西边的一个村子。一连沿着河堤接近漆桥西河边时，发现溧高县军事科提供的情况和地图与实际不符。原说镇西茶馆旁没有敌堡，有一条小路可进入街的中心，樊道余便选择了该处为进攻路线。但一连进到该处却发现有敌人的碉堡，小路也被敌人用铁丝网拦住，而且夜间不准通行。

一连前卫排迅速摸掉了敌人步哨，进入街道后，便控制了街东南大桥，以防河里小坞上的日本鬼子出来。但一连后续部队前进时被碉堡里的敌人发觉，敌人马上向他们扫射，当即有两名战士负伤。敌堡用火力封锁他们前进道路，切断了他们的内外联系。

危急之时，当地群众冒着弹雨支援特务营。他们抢着抬门板，扛木材，架起了浮桥。部队迅速通过浮桥进入街道，控制了主要房屋。

一连的战士在茶馆的楼上用机枪火力封锁住敌堡枪眼，没多久，堡内的敌人便被消灭。特务营俘虏伪军 30 余人，缴获轻机枪 1 挺。接着，部队又排除了前进的障碍，包围了镇西北两个大碉堡内的敌人，并切断其水源。

樊道余立即组织干部察看地形，实地部署各连队任务。

黄昏时分，特务营对敌人的两个碉堡发起了进攻，他们用轻重机枪封锁了敌人的枪眼，用手榴弹绑在竹竿上伸进碉堡里爆炸，很顺利地解除了堡内敌人的武装。伪军全部当了俘虏，特务营缴获敌轻机枪两挺、步枪 60 余支。至此，漆桥战斗胜利结束。

此时，漆桥东面 3 里处的游山头盘踞着伪军的一个连，已被我溧阳独立团团团围困住。钟国楚指示特务营要在第二天晚上拿下游山头，消灭伪军。

樊道余在两溧反顽时曾在观山与国民党五十二师恶战，他深知地形对作战的重要，于是即刻去察看了地形，但因情况有变，溧阳敌人要扫荡我白马地区，特务营为配合主力歼灭该敌，临时改为由溧阳独立团进攻，特务营炮兵支援独立团。

独立团进攻之前，樊道余便早早到达炮兵阵地。黄昏前，炮兵发射了 3 排（12 发）炮弹，全部命中山头。伪军驻的大庙四处起火，外围工事也被炸成废墟。可惜由于部署不周，有小股敌人从山南小路突围而出，向高淳逃窜去了，其余的全被消灭。

游山位于东坝、漆桥之间，三面峭壁，一面斜坡，山顶古庙驻伪军 1 个连，庙前、庙后及天井筑有 4 座碉堡。游山战斗由苏浙军区第一分区独立第一、第三团主攻，军分区特务营协同独立第一团作战。9 日夜，独立第一团趁黑登山准备突袭，但守敌受漆桥战斗惊吓，敌人加强了戒备，不时用机枪扫射，突袭未成。经“诸葛亮会”研究，决定采用“土坦克”强攻。10 日下午，战士们将群众送来的棉絮和方桌顶在头上，向山顶冲去，冲至敌堡附近。但伪连长信子厚下令狙击，后续部队被封锁在山腰，攻上山的部队只能被迫撤回山下。11 日晨，在第二支队猛烈的炮火支援下，独立第一团团长胡品山、参谋长毛英奇率部冲至山顶，押着东坝俘虏的伪营长曹正华喊话，开展攻心战。伪连长信子厚带小股敌人从丛林逃脱，其余全部束手就擒。

主攻狸头桥的是苏浙军区一纵队第三支队十六旅四十七团（团长黄玉庭），指挥部设在莲花塘，一营主攻狸头桥，二营攻击更楼巷、韦村，三营 1 个连主攻慈溪和阻击水阳来援之敌，另两个连做预备队，宣当人民抗日自卫总队的人员分别编入各营协同作战。8 月 9 日 23 时，战斗打响，一营叶营长率领一连向狸头桥街道及周围的敌人发起进攻，迅速扫清外围障碍，直插街心，攻克徐家祠堂，歼灭伪军 1 个排。遂包围臭水塘敌堡，在火力掩护下，战士们奋勇杀敌，迫使碉堡内守敌全部投降。同时，该营一部占领油榨头敌堡附近的民房，利用墙体做掩护猛攻敌堡，但因敌人工事坚固，火力凶猛，攻击数次受挫。正在此时，受伤的李连长身先士卒，身背集束手榴弹，飞快登上云梯冲向敌堡，将手榴弹塞进堡内，与敌人同归于尽。战士乘势而上，攻克敌堡，俘敌 70 余人。进攻狸头桥街道这一战，除伪军一八九团团部外，其余敌人均被击毙或生俘。随后，一营又分兵数路包围云山、塔山之敌，抢占文昌宫和附近有利地形，切断敌人的对外联系和粮、水补给。8 月 10 日中午时分，我军向守敌发动进攻，经过激战，云山守敌全部投降，随后凭借险要地形和坚固工事顽抗的塔山之敌也被全歼。

二营营长邹志诚带领两个连攻打更楼巷。更楼巷是狸头桥街道通往昝村、东夏、昝家台、郑村及东坝、漕塘的必经之地，伪军在此修筑了 3 处工事和碉堡，有 1 个连防守，是伪团部的重要前哨阵地。更楼巷战斗进行得异常激烈，敌人拼命抵抗，火力凶猛，二营反复冲锋均未得手，1 名副连长、1 名指导员和 37 名战士牺牲。后从俘虏口中得知，在战斗打响前不久，伪一八九团向更楼巷增援 1 个营，防御力大大增强。团长黄玉庭即派预备队和一营一部前来增援，在 10 日上午攻破敌据点，取得更楼巷战斗胜利。与此同时，盘踞慈溪的敌人被三营全歼。

8 月 10 日下午，四十七团和宣当人民抗日自卫总队全部开赴狸头桥街道附近，22 时对伪军一八九团团部发起进攻。在火力掩护下，战士们顶着“土坦克”，攻至敌团部驻地附近。经 2 小时激战，除伪军团长潜逃外，余敌全部被歼。整个战斗歼伪军 1 000 余人，缴获迫击炮 4 门、轻重机枪 42 挺、长短枪 1 200 余支和大量弹药。

四十八团顺利攻下了梅渚、社渚等重要据点。

这次战役，从 8 月 7 日开始到 10 日结束，先后攻克日伪据点东坝、下坝、梅渚、社渚、定埠、固城、漕塘、狸头桥、耕牛巷、咎村、游山、漆桥等 10 多处，摧毁敌人各类碉堡 50 余座，消灭一部分日军和伪独立十五旅的一八九团，以及安徽保安团两个营、伪高淳县保安中队，共约 3 000 余人。

这场战役的胜利，使溧阳、溧水、高淳、郎溪、广德之间广大乡镇为我控制，出现了纵横数十公里内没有日伪军据点的大好局面。这个胜利，给予了南京伪政权和侵华日军的指挥中心一个沉重的打击。

东坝战役临近结束时，传来了苏联红军进入我国东北的消息，战士们欣喜万分，抗日战争的最后胜利已指日可待了。

日寇投降前的最后一仗

“我们回来了，溧水！”

“溧水，我们回来了！”

江渭清、王必成一踏上溧水李巷的土地，满怀豪情地发出了由衷的呼唤。

离开溧水一年多了，率部重回溧水，江渭清、王必成是感慨万分。

自 1943 年 10 月起，日军为了打通宣长公路，出动两万之众向苏浙皖边区发动了大规模的战役行动，国民党是一溃千里。11 月，王必成、江渭清便分兵南下郎广，离开了征战多时的苏南抗战中心区溧水，倏忽间，已过去一年多了，如今又打回到溧水这块土地上了。

江、王二人拴好马，来到了李巷的村外，远望绵延起伏、青翠一片的毕家山。

一年多了，战场上血雨腥风，风云变幻。1943 年 11 月初，王必成亲率南进部队经高淳进入郎溪，又向东插入广德，半月内先后进行了侯村、芦塘、泉村、砖桥等 9 次战斗；而江渭清则和钟国楚一道指挥了溧高战役。

1944 年，十六旅进行的杭村战斗、白埠战斗、长兴战役、周城战役是有声有色。1944 年全年，十六旅在苏南作战 1 242 次，毙伤日伪军 6 700 余人，攻打据点 80 处，苏南主力和地方武装已发展到 12 700 人，民兵 24 000 人，自卫队 14 万余人，真可谓是兵强马壮。

苏浙军区成立后，江、王二人成为一纵队的首领，直捣新登，三战天目，可谓威风八面。7 月上旬，二人重回苏南，时值中共七大召开，部队面貌焕然一新。一纵趁势发动了东坝战役，五战皆胜，共计摧毁日伪军据点 50 余处，歼日伪军 1 800 余人，解放了苏皖边区多个市镇，真有点秋风扫落叶的架势。

8 月 6 日，美军在日本广岛投掷了第一颗原子弹；8 月 8 日，苏联红军出兵中国东北；8 月 9 日，毛泽东发表了《对日寇最后一战》的声明，抗日战斗进入全面大反攻，苏浙军区准备夺取京、沪、杭。

但风云突变，日、伪、顽合流，反共硝烟又起，蒋介石依仗美军的支持，连日空运大批部队抢占沿海各大城市。

苏浙军区随即改变计划，准备就地向四周发展，夺取县城、集镇和广大乡村，准备长期作战。这样，一纵队打回苏南，准备向南京挺近。于是东坝战役一结束，江、王二人马不停蹄，率一纵队迅速来到溧水，又回到一年前战斗过的地方。

不管如何，两人在溧水的岁月虽为短暂，但对溧水的一山一水、一草一木都有着极深的战斗情意。游梦缠绕，如今分别一年，又肩负重任，重返故土，怎不生出一种特别的战斗豪情呢？

许久，许久，江渭清开口了："王司令呀，南京近在咫尺，我们还得认真对敌，别看我们人强马壮，但日寇还没有正式投降，他们肯定还要垂死挣扎，咱们马虎不得，日军的战斗意志和战斗力你我是十分清楚的。"

"对，江政委，我们豪气冲天，但绝不能盲目行事，我看日军不会轻易投降，他们武器好，战斗力强，倘若他们固守城市，在眼下我们缺乏重武器的情况下，是不宜于打阵地战的，我们只有寻机而动，见机行事，在战略上采取进攻架势，在战术上采取灵活机动的策略。不可浪战，想办法在行动中作战。"

"对！"江渭清点了点了头，"我看我们纵队部暂时居住在李巷、岗上一带，一支队可缓缓向北推进，务必小心作战。"

"好！"

突然警卫送来一份情报，有敌情：敌人分两路南下，企图合击一纵队。

原来在反法西斯战争行将全面结束时，狂妄的日寇还在苏南做垂死的挣扎，他们决定 8 月 14 日分兵南下，妄图阻挠我新四军苏浙军区主力向南京挺进。

"好嚣张呀，垂死挣扎，负隅顽抗，快灭亡了，还如此狂妄。秋后的蚂蚱，还神气啥，我们还正愁你不出来呢。"看完情报，王必成捏紧了拳头。

"王司令，现在日本还没宣布正式投降，我们务必认真对待。因为日军的战斗力尚在，不可小觑。"江渭清神色凝重起来。

"对，我们务必认真对待，粟司令命我们挺近南京近郊，静候中央指示，随时准备拿下南京城，我们的大方针不变。这些战斗我们马虎不得，否则会影响我们收复苏南的战略部署。"王必成点点头。

江渭清想了想，现在形势已变，我抗日部队已今非昔比，而日军是日趋没落，此消彼长，我军不仅可以和日军正面较量，而且力量上已占上风，完全可以实行大规模的运动作战。想到这一股豪情涌上心头："王司令，我们的战略部署不能打乱，我们的步伐不能因此而放慢。我看对付这股敌人只要靠一支队就够了，其他部队协调配合，不必纠缠，现在一纵主要是向北推进，为慎重起见，请求苏浙军区第一分区特务营予以支援，暂归一支队指挥，如此，方可无虞。"

"好，有一支队和特务营加上其他部队协同配合，解决这些敌军，是不会有什么问题的。"王必成点头同意。

南京日军大本营，命令句容县城之守敌，分两路南下，合击苏浙军区的新四军。日军抽掉各据点兵力，合计 1 400 余人，由伪第三师师长任祖萱带领，兵分两路，进行"扫荡"。

敌军兵分东、西两路，东路由任祖萱亲自率领，计有日军 1 个中队和伪第三师八团两个营，向溧阳上兴埠、上沛埠进犯；西路则有伪第三师八团团长吴庭阶和句容县天王寺自卫团总团长戴静波率领，计有日军 1 个中队、伪军 1 个营和伪保安大队，向溧水白马桥、经巷等地"扫荡"，企图闪击我苏浙军区第一纵队驻地。

任祖萱狂妄地叫嚣："新四军龟缩郎、广山区久矣，今日前来，无异于送死，谁捉住江渭清、王必成，赏大洋10万。”

敌情通报不断传来，江渭清、王必成仔细研究后认为，西面发现敌人，说明敌人已经行动。估计敌军明日拂晓前会突袭李巷，此仗必须打好，而且要速战速决，否则会延误北进的速度。为此，他们两人决定部署如下：命饶惠谭率一支队在白马桥附近歼灭南下之敌，命黄玉庭率三支队在上兴埠以西阻歼南下之敌，命纵队特务营和张强生的二支队视情待命，投入战斗；命溧水、溧阳、金坛等县总队对溧水、方边、天王寺、薛埠、朱林、金坛等地警戒，阻击可能前来支援之敌；命溧阳、溧水县地方政府连夜动员在敌南下行军路线两侧的群众进行坚壁清野，疏散隐蔽，以免遭受损失。

14日晚，溧水北经巷西侧的一小村内，一民房灯火明亮，一支队领导和苏浙军区第一军分区特务营营干部及前来送信的白马区抗日民主政府的区长程华平一起开着军事会议。

一支队的支队长为饶惠谭，副支队为颜伏，政委为罗维道，副政委为彭冰山，副参谋长为黄祖煌，这些首长个个都是能征惯战的将领。

饶惠谭在十六旅时为四十八团副团长，苏浙军区成立后为一支队副支队长，在刘别生于新登战役牺牲后，他顺理成章地成为支队长，现在他接到纵队首长的指示，要求他带领一支队和第一军分区特务营粉碎西路进犯之敌。

煤油灯映照出他那清瘦的面容，他的头发又短又硬，显得格外精神。他两眼炯炯有神，战前惯有的双眉紧锁的表情却意外地荡然无存。看得出，他的心情特别好，没有通常战前的那种紧张和凝重。

是的，他完全有理由如此，因为现在的一支队亦即原先的四十八团有4 000之众，武器也大为改善，说兵强马壮并不言过呀，有了这样雄厚的资本，怎能不雄心勃勃？况且部队经过天目山三次反顽战役后，已经经过大规模作战的磨炼，可谓是底气十足。对于眼下这一群伪军，即使有日军助阵，也完全不是昔日那样的不对等战斗了。

他抽了一口烟，缓缓地、长长地吐出了一串白烟，抗战这些年，他见证了新四军由小到大，由弱变强的战斗历程。想当初湘鄂赣红军游击队被编入一支队一团，他随陈毅、傅秋涛进入江南，旋即参加了粟裕的先遣支队。他作为先遣支队的一员，参加了江南对日作战的第一仗韦岗战斗。虽然大获全胜，但他也充分领教了日军战斗素质的过硬和武器的精良，敌强我弱，部队只能以弱者姿态和敌进行巧妙的夜战、近战。后来，经历了5次繁昌战斗、血腥的“皖南事变”，这一路都在以弱战强。1943年南下苏南后担任了四十八团副团长，又大大小小打了许多仗，尤其是两溧反顽战役，真可谓是惊心动魄呀，虽然战果甚佳，但部队一直没有改变处于弱势的地位，直到日军打通了宣长线，十六旅采取敌进我进战略后，日子才渐渐好过起来。有了广大的山区，部队回旋的余地大大拓宽，缴获了国民党的军火库后，武器装备也大为改善，尤其是有了一定的重武器后，打起仗来威力大不一样。

部队的扩军出奇顺利，供给也十分顺利，难怪十六旅原来的老首长罗忠毅、廖海涛一直盯着朗广山区。渐渐地，自己和战友们的心理也有了改变，这在以后的战斗中也看得出来，如杭村战斗、长兴战役、固城战斗、牛头山、泗安战斗，以及后来的天目山三次反顽，部队的精神面貌和战斗力完全不可同日而语，战斗基本上朝对等的方向展开，且渐渐向我军倾斜。如今，日军行将灭亡，这些乌合之众怎能挡住我一支队的步伐。

饶惠谭眉头舒展后，又凝重起来，这是打仗，不是演戏，不得丝毫马虎，俗语云：骄兵必败。

饶惠谭在油灯下用凝重的声音对众干部说道："纵队首长和军区首长得到敌情后，决定全力迎击敌军，敌军还是有较强的战斗力，我们马虎不得，首长指示我们采取诱敌深入的方针，围歼敌军。"

饶惠谭把眼光投向了副参谋长黄祖煌："黄副参谋长，你把战情分析分析，再谈一谈初步的作战方案。"

"好吧，"黄祖煌顺手拿出一张军用地图，摊开在八仙桌上。一名小战士掌着煤灯，灯光下，几位首长齐齐伸头，眼睛紧紧盯住地图。黄祖煌用手指点着地图上标有文字的村庄、小河，小声地讲着，有时用手比画着，说着作战的构想。

黄祖煌 1945 年在第一次孝丰战役后，调去苏浙公学参加整风，整风还没结束，6 月便回一支队任副参谋长。7 月，参谋长曾旦生调至浙西独立团任团长，黄祖煌便负责一支队司令部的工作。

这黄祖煌可不是学院式的参谋长，他是从炮火里钻出的一位赫赫有名的抗日战将，所以他对战斗的理解、对战斗的谋划，除了他在书本上学到的军事艺术外，还具有十分贴近实际的现实经验。

他在战前对战况、地形，甚至气候的调研都掌握的十分精细，战斗中的偶然性因素被降到了最低点，所以首长对黄祖煌的作战预案十分满意——实用、精确而又不乏创造性。

对黄祖煌来说，他的这份本领不是先天具有的，而是在战争的实践中慢慢掌握的。

他对着地图缓缓说道："同志们，这一仗不同于以往，敌人分兵前来，妄图阻挠我们北进，我们只能速战速决，不能久而不决，但敌人数量不少，也不是一下子就能吞掉的。

今非昔比，我们现在完全可以正面迎敌，充分利用现有兵力，采取分割包围的战术消灭日军，这是我们的既定方案。但是分割包围需要一定的地理条件，现在敌人从句容出击，西边敌军必沿溧水东边南下，那儿有许多山丘，两溧交界处有曹山、落步山、影头山，西面有狮子山、白虎山、杨家山、马占山，倘若我们北上迎敌，敌人很有可能聚集于山丘，利用地形，负隅顽抗，这必将形成阵地战，于我不利。我们的总体原则是引诱，于敌示弱，引诱敌军南下白马镇，然后在这一片开阔地带，实施穿插包围战术，歼敌于回峰山、毕家山之间平原地带。"

副支队长颜伏直点头，"对，这一带地形开阔，利于穿插包围，加之我们有反顽战斗的经验，十分有利于运动战。"

政委罗维道也点头赞许："我们在这儿待的时间长，这儿的一山一水一木，我们都很熟悉，利于作战，加之这儿的群众基础好，苏皖区党领导下的地方政府经营多年，真正可以让敌人淹没于人民群众的汪洋大海中。"

"对，黄副参谋长，你再谈谈作战预案。"饶惠谭干过多年的参谋，也担任过较长时间的参谋长，他对黄祖煌的预案完全赞同，现在主要是让他拿出来再让大家议一议，进一步完善这一计划。

黄祖煌用手指在上面划动着，众人齐齐地把头凑了过来："现在敌军从北而来，部队具体分布的位置是一支队在北经巷以西，我们一分区特务营在正北的西杨庄。如果设伏，还是选择丁家边以东、回峰山以西、北经巷以北为好，那一带地形相对低洼，利于伏击。”

颜伏说道：“那我们必须正面迎敌，挡住敌人南下，北经巷的群众基础好，村子大，房屋也坚固，利于防守。”

饶惠谭微微点头：“对，我们不能让敌人越过经巷村，想办法把敌人围住，这样方能瓮中捉鳖。”

罗维道朗声赞道：“这方案可行。”

“谁来诱敌深入呢？”

“谁在经巷阻敌呢？”

一个又一个问题被抛出，黄祖煌一一作答，一个又一个问题被解决，最后定下了战斗的最终方案：白马区区大队诱敌深入，完成诱敌任务后，立即迂回敌后，阻击敌军逃窜和组织战场救护工作；一支队和第一分区特务营全力合作，在经巷一带伏击来犯之敌，然后根据战场情况的变化再定行动方案。

白马区程区长连夜返回，率区大队深夜出发，在白马桥以北与敌接火。

程区长打游击很有一套，他熟悉地形，带着队伍在夜晚东一枪西一枪，搞得敌人弄不清方向，找不见人儿，乱作一团。

此时的日军已从不同渠道得知大势已去，士气较为低落，兵无斗志，不愿突击。而伪军大多是乌合之众，也从不同方面得知，汪伪政府行将覆灭，当前只是鼓噪而行，只有敌酋还在做着春秋大梦，还想挣扎一番，强赶着日伪军追击区大队。

15 日凌晨 4 时许，区大队将敌军吸引到张家岗北侧的毛笪里，便把任务交给待命的一支队，随即翻过回峰山，埋伏在白马桥东南杨家塘一带，守候阻击。

一支队司令员饶惠谭率部队来到张家岗附近，召开了营连干部会议，进行具体的战斗布置：一营一连接应白马区大队，继续担任诱敌深入的任务，把敌人从张家岗引到回峰山西南经巷一带，其余各连埋伏在经巷附近，待敌到达时，正面阻敌；二、三营由回峰山东侧，向白马桥迂回包围，断敌退路；支队特务营和一分区特务营分别隐蔽在回峰山北侧的长冲和马占山下的西杨庄，待敌进入伏击圈后，即由长冲直插毛笪里，由西杨庄直插蒋家坝，将敌军部队拦腰切断。

支队司令员饶惠谭拿起一封信，对一营二连连长说：“你连里不是有个‘潜水大王’吗？你回去马上叫他把这封信送到一分区特务营驻地。”

一营二连连长回到部队后，通讯员带着沈顺金来到连长面前。沈顺金，又叫沈老王，1924 年出生，余杭区黄湖镇清波村人。一支队一营二连三排战士。

“你来看。”二连长指着地图对他说，“你马上换上便衣，从九间桥下过河，把这封信送到一分区驻地，交给首长后，马上回来到经巷东南附近，我们在这里埋伏，来去共有 60 里，争取在天亮前回到这里。”连长抬起头看着他，又问道：“有困难吗？”沈顺金坚定地答道：“没有，保证完成任务！”

通讯员小张拿着便衣递给沈顺金，他穿好便衣，告别连长后，转身消失在夜幕中。

第一支队一营来到经巷附近，营长观察地形后立即布置，他对 3 个连长说：“一连放下重武器，轻装直奔到张家岗北侧，到毛笪里接替白马区大队，与敌人接火后，把敌军引到经巷后，立即进入经巷西岭中段阵地。三连在经巷西南岭、西北岭埋伏。二连在经巷西南岭西南埋伏，等一连把敌人引到岭下时，给我狠狠地打！”

到达指定位置后，一支队一营一连遭遇敌军，“乒乒乓乓”一阵排枪，打得敌人晕头转向。

敌人恼羞成怒，先前被区大队东一枪西一枪，东一颗手榴弹西一颗手榴弹弄得团团转，明知道是一些零星的游击队，却没有办法围歼，他们便开足马力全队直压了过来。现在遇到一阵排枪，便知道遇上了正规部队，但凭枪声看，人数并不多。

吴庭阶一阵狂喜，看来是一股小小的新四军部队，柿子该挑软的捏，这小小的部队何足为虑，灭此朝食，岂不是大功一件？他命部队全速推进：“兄弟们，抓住他们，有赏！”

一支队一营一连抵敌一阵后，便向南撤退引敌军追击。

伪军嚎叫着冲过来，日军都有些迟疑，一连长见状，便命战士们利用有利地形朝日军齐射，日军在惨叫中倒下数人。

这一下激怒了日军，日军中队长中村指挥刀一挥，日军奋勇进击，发疯似的追赶起一连战士，众伪军也齐跟着，雪球般向战士们滚来。

一连领导率领战士们向南撤退，这是预定的计划。一连连长、副连长都姓李，指导员就是顾肇基。

顾肇基感慨万分啊，这是他在溧水参加第三个有名的战斗了。他和溧水有缘，参加过里佳山战斗，参加过反顽战斗，如今胜利在望，新的战斗又在召唤着他，他现在的身份是一纵一支队一营一连的指导员。

天目山反顽战役，他受了伤，伤愈后，他回到了团部，被分派到一营一连任指导员，原来的指导员叫须壮，被调到特务营任副教导员，顾肇基接替了他的职务。

一连的正、副连长都是红军，连长老实、朴素、忠厚，副连长热情，他们的关系相处得很好，他们体谅顾肇基，认为顾肇基是一个优秀指导员。

顾肇基是一名老指导员了，他从1939年就开始就担任这个职务，并在这个位置上一直干到1945年，他的工作能力和水平并不低于营教导员，有时，老战友一见面就开玩笑地说，让老顾担任团政治处主任也不成问题。

顾肇基笑着说：“我的事情领导、组织最清楚，我是老牛拉破车，不行啊！”两个老李同志很尊重他，有事就和他商量，配合默契。

可惜的是，在向南撤时，连长老李在离白马桥6里地的时候，在一个岗子上为日军枪弹所伤，当场牺牲。当时，顾肇基就站在连长东面的岗子上，这个圈子目标太大，日军的手榴弹同机枪向他们袭击。顾肇基一面命令通讯员迅速把连长抬走！一面继续向张家岗撤退，把敌人引到死胡同里面。

敌人越过毛笪里，越过张家岗，现在逼近了经巷。

一营战士早已严阵以待，营长谭忠喊一声“打”，密集的子弹便射向敌群，雨点般的手榴弹飞向敌阵。日军发现新四军战士利用经巷的土垣、房屋、树林有层次地阻击着，知道遇到了劲敌，哪敢怠慢，忙收住脚，待后面的伪军赶齐，再实施强攻。

经巷村是溧水白马有名的大村，村内房屋林立，墙壁宽厚，土垣众多，是很好的掩体。战士们利用房屋、树林、土垣有效地施射，日军强攻了几次，除了丢下几具尸体外，一无所获。

二连战士沈顺金与三排战友们面对日本士兵的攻击，沉着冷静地伏在战壕里，等日军爬到距阵地 30 米时，不慌不忙地瞄准敌人，一枪一个，打得日本鬼子和伪军人仰马翻，丢下 20 多具尸体，慌忙退下。连长命令全体指战员马上进入工事隐蔽，只留哨兵，监视敌人行动。

不久，七八个日本鬼子交替掩护着攻击上来，离排长只有 30 多米，沈顺金见状，一把抓起一颗手榴弹，侧身，随即左手拉弦，右手一挥，把手榴弹投向敌群。就在这一瞬间，敌人的子弹射进了沈顺金的胸膛。沈顺金当即倒下，三排长一把抱住他，大叫："沈顺金！"

沈顺金躺在三排长怀里，用左手指了一下，什么也没说便壮烈牺牲了，排长拿起手枪叫着为沈顺金报仇，当场把一个日本鬼子撂倒在地！

中村气得嗷嗷直叫，一面用刀砍死几个溃退的伪军，一面命士兵集齐掷弹筒、小钢炮、步兵炮，向村庄进行轰炸。刹那间，炮声隆隆，火光一片。

但日军轰击许久，除了炸毁几座房屋、毁坏几堵土墙外，丝毫奈何不了英勇的新四军。强攻几次，均被击退，弄得他们不知如何是好。

吴庭阶和中村商量，准备迂回包抄经巷，从东、西、北三面进攻，以便早点拿下经巷，趁势向李巷突击。

可天光大亮了，他们还没布置完毕，忽然发现新四军有大量人员向回峰山东北侧运动，顿感不妙。

中村是个老狐狸，他知道日军强撑不了几天，现在南京一带的日军数量有限，否则这次合击新四军不会让汪伪部队挂帅，眼下新四军顽强阻击，并不后退，又有其他人员向东北侧移动，这不明摆着是想围歼自己吗？

他叹了口气，几年作战，新四军已发展壮大了，他们不仅保持着数量上的优势，而且作战水平上也有了明显的提高，虽然武器装备没有明显的改观，但枪多了，子弹足了，自制的手榴弹也多了，若加以合理的利用，那么日军的优势也将丧失殆尽。

中村第一次有了一种危机感，他忙和吴庭阶商议，不宜再强攻经巷，而应收缩兵力，回撤句容。吴庭阶一听，猛然醒悟，连连点头，急令伪军收缩兵力，后撤白马桥。

一连战士见敌军后撤，便知对方有意退军，便纷纷奔出村子，分成几股分队出击，打得敌军不得不回身应战。

日军也纷纷向北撤退，一连战士在顾肇基和副连长的带领下向北追击。日军不断还击，但子弹还是像雨点般地向他们射去。

日军仓皇奔逃，十分狼狈！牛肉干、果酱、面包、糖果丢了一地，战士们并没有顾及这些战利品，而是快速向前奋力追击。

此时的二营、三营在副支队长颜伏的带领下经杨塘村向白马桥、杜巷挺进，堵住退缩的敌军，而支队特务营和一分区特务营则像两把利刃，将敌拦腰切断，横向冲击敌军。

二营从回峰山东侧向白马桥方向奔跑前进时，五连的重机枪排被前面 100 多米长的山间小道挡住去路，营长命令机枪排暂缓前进，绕道过崖，再赶上部队。

林玉相，机枪班战士，余杭区黄湖镇赐璧村人，1921 年出生。他仔细观察山崖小道，只能一人扛着重机枪才能通过，四个人抬着重机枪便无法通过。他看了看重机枪后对排长说：“让我一个人扛着重机枪走吧。”林玉相叫战友们抬起重机枪，他从枪架中间钻进，用肩扛着枪身，两手各抓住一只枪架座脚，“蹬……蹬……蹬……”，只见他扛着重机枪快步前走起来。

三营八连连长命令全连放下背包，轻装前进，刚到杜巷附近，见日军中队长带着敌人气喘吁吁地向杜巷窜来，连长命令全连快速抢占前面的制高点，一线拉开阻击。战士王金川，1913 年出生，余杭区黄湖镇清波村人。他内力深厚，率先冲上制高点，对着最前面的五个日本鬼子手起枪响，“啪啪啪”，三枪把三个日军撂倒在地。后面的日本鬼子吓得纷纷退却，向四周乱打一阵。这时，连长来到了王金川身边，伸出双手拍着王金川的肩膀说：“你真棒！”

伪军一阵溃败，哪还经得起冲击，支队特务营和一分区特务营便把敌军切成两块，一块在杜巷以南、毛笪里以北地区，一块则在蒋家坝南面、经巷北面的张家岗地区。

中村见势不妙，忙命日军撤回张家岗，占据村中的高屋大房，高耸的土墩土墙，又让日伪军占领村边的竹林、坟包，准备负隅顽抗，固守待援。

敌人慌乱了一阵，很快整合起来，在毛笪里、张家岗有板有眼地抵抗起来。

顾肇基发现，张家岗村的西南方向有一个水塘，还有一条路通到张家岗村的西面，不过那是一片开阔地，敌人的火力很猛！顾肇基命令战士们占据了张家岗西南方向的一个小村子，这个小村子的北面有土墙，可以作为掩体和日军对射，防止敌人撤退。

战士们在小村里搜索日军，顾肇基又命人联络李副连长，共同对付张家岗的日军，但是不知道副连长在什么地方，联络不上。原先他们在经巷向北追击的时候，副连长在左侧，顾在右侧，一起在日军的后面追击。

这时候，一个司号员走了过来，他俘获了一个日军，这个日军士兵是躲在草丛中刚被发现的，只穿了一条短裤。

司号员懂一些日语，顾叫其宣传新四军优待俘虏的政策：“你的子弹、枪哪儿去了呢？”日军说枪丢到水塘里去了，顾便命战士们去捞。

然后，顾叫来 3 名战士，让他们押着这个俘虏去团部，还写了个条子：“送上俘虏日本鬼子一名，望收。”

为什么派 3 名战士呢？因为 1 个人押俘虏，有时会跑掉或者是被群众打死了，派 3 名战士就比较保险了。

日本俘虏非常害怕，不断地向顾肇基磕头，顾开心极了！想当年在上海经过外白渡桥时，还要向日本鬼子鞠躬，现在轮到日本人向我们磕头求饶了！

顾肇基清点了一下人数，一排现在剩下不到两个班了，大部分战士受了伤。

新四军的兵力一共只有 5 个营：一支队 3 个营，特务营，一军区 1 个特务营。5 个营分两处围攻盘踞在村庄里的日伪军，力量显然不够。

江渭清、王必成听到战情汇报后，立即决定，集中优势兵力，先打弱敌，然后再汇歼强敌。

“宜速战速决，若平均用力，久而不决，敌人前来增援，情况就不好办了。”王必成拿着铅笔在地图前比画着。

“对，把拳头收回来，先砸向毛笪里，毛笪里有伪军两个连和句容县保安大队，400余人，战斗力较弱，先吃掉他们。另外，关照政工人员，阵前喊号，瓦解敌人，坚决彻底消灭他们！”江渭清点头赞同。

天王寺自卫总团团长戴晴波满头是汗，浑身发抖，他是句容天王上杆有名的大地主，抗战初期，他脚踩三只船，他和新四军有往来，也出过一些力，但同时他又和国民党来往，后来他又和日军勾搭上了。“皖南事变”后，他担任起句容县天王寺自卫团总团长。他哪有什么信仰，一切为了他个人的生存，他也没有什么军事才能，只不过是一个恶霸，根本经不起战争的考验。刚才一阵枪炮早已把他吓坏，他原以为这次“扫荡”不会遇到什么强敌，县大队、区大队这些地方部队都是小菜一碟，没想到碰上了新四军主力，而且还被分割包围，看来势，对方迅如奔马，势若猛兽，今日必定是凶多吉少。他后悔贸然答应出兵，现在唯一的办法是鼓足士气，坚守待援，实在不行，则趁乱突围。好在日军突击在前，现被围困在张家岗，没有人监督自己，自己则有了充分回旋的余地。

他找到了伪八团团长吴庭阶：“老兄，看来情况不妙，这毛笪里是个死地啊，新四军人多势众，地形有利，这样下去，咱们凶多吉少呀。”

这伪八团团长吴庭阶早已无心恋战，一听戴晴波的口气就心中有数：“老弟说的是呀，听说日本快撑不住了，这日本撑不住，汪先生也不一定能保得住，我们得灵活些，总不能白白送死。”

“对，先让兄弟们顶住，然后伺机而动。”戴晴波擦了一下汗：“让弟兄们利用房屋、牛棚、土墙作依托，做好战斗准备，再谎称日军的援军即刻就到，马上可以围歼新四军。”

“好，高见，就这么办！”吴庭阶一阵狞笑。

泄了气的伪军早无斗志，受了戴晴波和吴庭阶的威逼利诱，便又强打起精神，慌慌忙忙抢占民房、牛棚、土墙，架好枪，安好炮，摆起阵势，迎战起来。

饶惠谭决定用一营佯攻张家岗敌军，其余部队全部集中于杜巷以南、毛笪里以北地区对敌围攻。

一阵猛烈的枪炮声后，盘踞在毛笪里负隅顽抗的伪军大乱起来，乘此，一支队特务营教导员须壮带领宣教科的战士们前来喊话。

须壮，原名焕武，江苏武进安家乡包家塘人。1938年，他参加了抗日青年训练班。11月，新四军一支队二团路过，他就参加了战士服务团，当时他只有14岁。后调江抗三路政治部当文化教员、青年干事，1943年，任新四军四十八团一营二连政治指导员。每当部队集合出发打仗前，他的连队总是歌声嘹亮，他还指挥全营唱雄壮的军歌。同年冬，在溧水上沛埠的战斗中，他身先士卒，带领连队直插顽保安团团部，经过激战，歼敌大部，将抓到的俘虏缴获的武器和重要文件及时送到十六旅政治部，得到了表扬。1945年6月，调任为四十八团特务营指导员。

须壮是出色的政治工作者，现在接到纵队首长江政委的命令，旋即挥戈上阵。大敌当前，瓦解敌之军心为上，敌之军心一动摇，那么战斗力会骤然下降，这会大大缩短消灭该部敌人的时间，那么张家岗之敌就难以固守待援了。

如何攻心呢?

须壮有自己的一套。昔日作战时，经常呼“中国人不打中国人”，但眼下形势大变，这样的口号缺乏力度，应抓住日本军国主义行将崩溃的消息，让那些不知情的伪军闻之，其心理自然就会崩溃。

他拟好口号，主要是以下几条:“苏军出兵东北了”“原子弹落到了日本”“全国大反攻了”“日军已全面投降了”“不要替日军卖命了”“新四军优待俘虏”。

战士们在高处用喇叭对着伪军呼喊，这一喊果然应验，伪军的枪声渐渐稀落，没多久，在毛笪里村的东北口，有 60 个伪军举着白旗，叫喊着“不要开枪”，投降而来。

吴庭阶挥枪叫喊着，但伪军已无斗志，乱成一团，纷纷逃窜，场面失控。戴晴波早已做好打算，他见东北口已打开了一个缺口，便赶快躲进老百姓的猪圈里，脱去军装，穿件汗衫，又到厨房内抓了一根扁担，挑起两只水桶，装作伙夫的样子和其他伪军一道混杂一起向村外逃窜。

这下，伪军几乎全作鸟兽散，新四军一支队战士和一分区战士蜂拥而入，除极少的负隅顽抗的伪军被打死外，其余的纷纷举手投降。

戴晴波想蒙混过关，企图逃脱，却被平日里受他欺压的下级士兵一把揪住，送到了二营六连连长面前，吓得他身子如筛糠一般，哆嗦不停。

吴庭阶躲在老百姓的床底下，也被拖了出来，像癞皮狗一样躺在地上一动不动。

一小时后，毛笪里战斗全部结束。

此时，一支队接到纵队通报，左路之敌被二支队张强生部阻于白马桥东北的分界山、瓦屋山一线。敌发现我二支队一部向其北侧行动，三支队正向他们的东南侧后行动，怕被我包围歼灭，迅即向东北撤退，二支队在追击中，敌狼狈向天王寺逃窜。

未等打扫完战场，饶惠谭命特务营战士们又齐齐折回张家岗，协同一营围歼张家岗之敌，一支队副参谋长黄祖煌统一组织指挥围歼战斗。

张家岗有日军 1 个中队、伪军 1 个连，约 300 余人，武器好，又因有日军 1 个中队，战斗力自非毛笪里的伪军可比。

日军中队长中村是一个能攻善守的将领，在中日战争中打过许多恶仗，也知道新四军人多势众，如强行突围，那么在行动中若无地形依托，必遭覆灭之灾；若以民房为依托，固守待援，凭借日军强大的火力，支撑一天问题不大。因为张家岗是一个大村子，且村西有一地主高楼，居高临下，火力可以控制一片区域，如果再把村内民房打通，便可以组成道道火力网，没有重炮的新四军就奈何不了自己。若再配以其他一些工事加以阻击，张家岗虽不说固若金汤，也可说万无一失。

刚才为了消灭毛笪里的日军，新四军只留下一营一连少数战士佯攻，中村赶紧命士兵挖战壕，修工事，打通民房。待到毛笪里战斗结束后，中村的部署也已完毕。

黄祖煌受命后，根据张家岗的地形地物，要一营在村南侧东面对敌攻击，三营在北，特务营在村北侧西边对敌攻击，并要求各营以一部兵力在东西两头对敌佯攻。

面对新四军发起的第一轮攻击，中村在高楼架起了九二式重机枪、歪把子轻机枪，子弹像雨点一般倾泻而下。一波攻击后，新四军伤亡很大。

由于张家岗四周是一片开阔地，毫无遮掩，战士们根本近前不得。

战士们想起了老办法，借来八仙桌，上裹棉絮，浇上冷水，当坦克一般推着往前进攻，企图用炸药炸毁敌人据守的大楼。

但日军已把附近的民房打通，明枪暗箭一齐放，推着八仙桌的战士推不多远便被枪弹击中，偶尔近前的也被日军丢下的手榴弹炸到。敌军的火力几乎没有死角，战士们根本近前不得。

战士着急，干部更着急，日军的顽固在精神上是难以被瓦解摧毁的。

三营在张家岗北面，八连担任主攻，七连、九连火力掩护。八连连长命令王金川班打前锋。班长将全班分成5个战斗小组，相互掩护，交替攻击。王金川班平时训练有素，滚翻迅速，但将近民房时仍为敌发现，王金川与两名战士不幸中弹，壮烈牺牲。

庄子中瘦瘦的、黑黑的、高高的，此时眉头紧锁，一时也想不出什么办法。

庄子中是特务营营长，菲律宾华侨，生于1918年，祖籍福建省同安县。1938年，他同菲律宾的爱国华侨青年学生返回祖国，参加了新四军，在皖南教导总队学习，并加入了中国共产党；1939年冬，他加入一支队，后在四十八团三营任副营长；1944年春，四十八团成立特务营，他被调到特务营任营长。

现在敌军据守张家岗村，战士们久攻不下，这样拖下去总不是个事情。

他把自己的担忧告诉给了须壮，须壮点头称是。

现在特务营的任务是配合其他营作战，怎么办？

他用望远镜看了看四周的地形，发现张家岗村的东面有一个不算太高的岗子，岗子上有些坟包，他灵机一动，带队来到岗子，占据高地，以便窥视村内的情况，伺机出击。

他和须壮来到岗子山，趴在坟包边，用望远镜瞭望村内。

岗子离村子只有200多米远，庄子中与须壮立起身，大胆地观察了一会，实在想不出办法。这个村子特别大，村边的民房特别坚固，固守的敌人又指挥有方，看来突击是不可能的了，只有像牵牛鼻子一样把敌人牵出来，才能消灭敌人，可敌人的要害在哪里呢？

庄子中想着，猛然想起他们久立在坟包前有一会儿时间了，脚下的岗子也在敌人的射程之内，他的心一阵紧缩，忙想招呼须壮趴下。突然，尖啸之声破空而来，一股凉风刮过脸上，随即他感到全身震疼，直觉天旋地转，迷茫一片。

庄子中、须壮被敌人的机枪击中要害，缓缓地倒下了。

战友们冒着弹雨抢下了庄子中、须壮，但两人伤势太重，嘴一张一合，却发不出一点声音，眼光渐渐迷离，身体变冷……

两位英雄永远长眠于苏南溧水的土地上。

一连李副连长在村西南攻击时，也在水塘边开阔地带英勇献身了。

庄子中、须壮、李副连长的牺牲激起了战士们的愤怒，他们高喊着为烈士报仇的口号，又发起了一轮进攻，但收获不大。

几次攻击未能克敌，饶惠谭支队长亲赴前沿，和黄祖煌、谭忠商量后，建议发挥我军夜战特长，把白天攻击改为夜间攻击，并将攻击突破点改在张家岗村东北角和西南角，并建议调二营上来接替特务营的攻击任务。但敌人仍盘踞村中，逐屋攻击，伤亡太大。

黄祖煌见久攻不下，心里也十分着急，他清楚地知道，现在的这套攻坚办法和刚下山对付日军的办法没有什么区别。贺甲战斗基本上也是采用这种方法，战斗时间也特别长，伤亡也特别大，他下意识地摸了一下右肩膀，那次战斗留下的伤疤还在，现在不应该再采用这种办法了。

他猛想起去年8月23日至8月25日的长兴合溪战役，当时四十八团在独立二团的配合下主攻长兴城外围合溪、白埠等据点。白埠镇是个小镇，守敌伪军一个营主力放在小镇中间的碉堡里，以火力控制东西街道，他作为二营营长和教导员杨焕章指挥周德喜为连长的四连迅速突进，很快扫清外围哨兵，直逼街中碉堡。伪营部就在碉堡边上，枪声一响，敌人都钻进了碉堡，固守顽抗。他命令四连由东向西，五连由西向东，六连警戒碉堡南北。此时，杨焕章教导员展开政治攻势，对敌喊话，但伪营长在碉堡上喊叫："新四军没有炮，我们不怕。"

"奶奶的，你们不怕。"他命令士兵推来从杭村缴来的大炮，对准碉堡。伪营长一见，吓得连声叫喊："别打炮，我们投降。"战斗顺利结束。白埠战斗结束后，四十八团如法炮制，又把九二步兵炮调到合溪镇。在攻打镇北大祠堂的战斗呈对峙状态时，九二步兵炮瞄准祠堂正门，一声怒吼，碉堡一下被轰了一个大窟窿。刘别生和曾旦生指挥一营3个连同时发起冲锋，敌军吓破了胆，纷纷叫喊投降，可见炮弹的威力。

现在一纵有大小炮十几门，轻重机枪几百挺，掷弹筒几十个。一支队的重武器最多，但当初制定计划时是速战速决，想把敌人分割于旷野中，部队没有配备炮兵，没想到中村钻进了张家岗村，利用坚固房屋，配以强大的火力，用原先的办法对付伪军可以，对付日军可不行。再这样拖下去太不明智了。

"应该用炮击扫清这些火力点。"他向饶惠谭提出建议。

饶惠谭也早有此意，战场上情况瞬息万变，应赶快作出调整。

饶惠谭调团机炮连前来，归二营指挥，在张家岗对东北侧对敌实施主攻，一营在村东南进行辅助性攻击，特务营做预备队。

任务布置完毕，饶惠谭支队长命令各营统一于19时30分发起攻击。

罗维道和彭冰山分别到一营、二营和特务营进行战斗动员，坚决消灭拒不投降的敌人。

19时30分，天已近黑，二营和一营同时对敌炮击，各佯攻部队也开始了行动。

二营叶藻营长看到炮弹均落在指定目标上，便利用炮击成果命部队迅速对敌冲击，四连在路北，五连在路南，利用民房打洞攻击前进。

五连机枪班战士林玉相见前方20米处有土堆，可以架重机枪压制敌人火力，就叫战友抬起机枪放在他肩上，他扛着重机枪到那土堆边去打击敌人。于是，他扛着重机枪，在战友们的火力掩护下，快速向土堆挺进。快到土堆时，他被敌人发现，重机枪向他疯狂扫射，说时迟，那时快，他几个箭步冲到土堆上，可敌人的子弹还是击中了他的胸膛和腹部，林玉相连人带枪慢慢地倒在土堆上。

班长见状，大吼一声："不怕死的跟我上！"手一挥，带着机枪手快速地运动到土堆下，架起重机枪，对着日伪军的火力点猛烈扫射。

在重机枪的掩护下，五连最先突破敌人的火力封锁，冲进村里与敌短兵相见，展开肉搏战，班长随后冲进敌阵内喊道："为林玉相和牺牲的战友们报仇，杀！"

他们逐屋攻击，不时遭到日伪军反击，这时，他们除以火力击退反击外，还与日伪军进行白刃格斗，用拼刺刀的战术将反击的日伪军打下去。终于，经过一个多小时的激烈巷战，全歼村庄东边守敌。

谭忠营长亲自指挥的营机炮连的六〇炮班，炮击村西南角独立家屋和村口两处民房。他见目标均已被摧毁，亲率二连攻占这两处地方，然后命二连进村小路北侧，三连进村小路南侧攻击前进。敌据分散在民房，逐屋顽抗，二、三连逐屋攻歼，经过两个多小时的激烈战斗，全歼村庄西边守敌，与二营在村庄中部会合。这时已是21时，一、二营正分别集合整队清理，忽听村西北角有激烈枪声，谭忠营长即命一连前去查明，原来是残敌利用夜晚逃窜到村西北角一地主家隐蔽，被特务营三连佯攻分队进村搜索发现，他们立即对敌展开攻击。

由于敌人居高临下，火力凶猛，加之这一片民房早已被打通，众战士仍无法接近，一时间难以攻下。

正在围歼残敌之时，支队接到纵队命令：一支队迅即撤出战斗，残敌交由军分区特务营负责歼灭之。

王必成、江渭清闻及庄、须牺牲，异常悲痛，考虑到残敌难以一时歼灭，若拖延太久，势必影响整个纵队的战略计划。建议第一军分区特务营留下阻敌，其余部队抛开守敌，全力北上，进军南京。

支队处理了战后事宜，连夜又向金坛疾进。

苏浙军区成立时，下辖三个纵队两个军分区。一军分区即茅山地区，司令员为钟国楚，副司令员为熊兆仁。

战斗打响后，熊兆仁来到前线，现在其他部队开拔北上，只留下特务营阻击，重任就落在他这个副司令身上。

熊兆仁暗想，日军在白天不敢轻易突围，怕在途中遭歼，到了晚上必然要逃窜，纵队首长虽然没有要求全歼日军，但也不能轻易让敌人跑掉，怎么办？

他细细地看着军用地图，突然眼睛一亮。他发现张家岗北面数里外有一大河，名叫蒋家坝，上有一座石桥、两座小木桥。日军要北窜，必然要越过蒋家坝，蒋家坝石桥并不宽，部队急速难以通过，而蒋家坝的河面较宽，水又深，不会游泳的士兵无法渡河。倘若拆除木桥，设重兵封锁石桥面，敌人无法度过，必遭围歼。“对！”他一拍桌子，“好，就这么办，放蛇出洞。”

天一黑，熊兆仁急命战士撤出战斗，放弃包围，他急步来到蒋家坝，命战士将蒋家坝上的木桥拆除，又把几挺机枪架在坝头的小石桥边，严阵以待，只待日军逃窜。

天黑了，据守张家岗的日伪军松了一口气，中队长中村拿着望远镜向四周望了望。下午他见新四军围攻的部队越来越猛，始终不敢出村突围，现在天黑了，夜幕一降，目标不明，也就不怕新四军设伏，这里熟悉路径的伪军有的是，只要北上突击，进入旷野，凭日军的火力，新四军是无法合围的。

为保险起见，他命伪军在前突击，日军殿后，一出村，一字长蛇阵，纷纷向蒋家坝涌来。

快到蒋家坝时，他命部队停下，派人搜索河面，看看是否有异常情况。

探子回来说木桥被拆下，只有石桥尚在，中村心一凛，有一种不祥的预感，但考虑到事已至此，只能硬着头皮闯，没有别的路可走，回头是不可能的了。

他先叫几个伪军上路，几个胆大的伪军弯腰探头，走上桥面，发现没什么动静，便直接起身叫道：“皇军，新四军的没有，大大的安全。”

众日伪军一听，大喜过望，纷纷喊着往石桥上涌，就在前面的日伪军刚要过桥时，只听一声喊：“打！”刹那间，“啪啪啪”“哒哒哒”枪声一片，日伪军一阵惨叫，有的倒在石桥上，有的跌入河中，有的忙退了回去。

中村拔出战刀，发现身后又有新四军战士放枪，自知死路一条，于是举着刀嚎叫着，命令士兵强行冲击。

几个日军冲上来，旋即被打倒在地，其余的再也不敢上。

日伪军见后面有追兵呐喊着追来，便不顾一切沿河逃窜，有的跳河逃命，不料河水太深，下去的日伪军大半被淹死，侥幸爬上来的也被子弹撂倒。

也算中村命大，这一中队的日军大都擅长游泳，趁乱从远处凫水过河。上岸后虽被击毙一批，但小部分光着身子逃脱而出，总算捡了条命。

没有渡河的伪军早早地举起了手，缴枪投降了。

看到奇计奏效，熊兆仁露出了胜利的笑脸。

张家岗战斗共歼日军 30 余人，以及伪军一个营和句容县保安大队，其中毙敌 300 余人，俘虏 400 余人。

缴获机枪 10 多挺，长短枪 600 多支，以及其他军用物资若干。

张家岗战斗以其辉煌的战绩夺取了溧水地区抗战时期最后一仗的胜利。

战后张太良看着庄子中、须壮这两位为了抗日、为了中华民族而献身的新四军干部，心中万分悲痛。张太良也是大塘洼村人，他带领的抗日游击小组从战场上抬回英勇牺牲的须壮、庄子中的遗体。但是，当时部队只给他们备了一口棺材，还缺一口，怎么办呢？忽然，他似乎想起了什么，掉转头便往家里跑去。

到家后，他十分沉痛地对父亲说：“爹，新四军有两位干部牺牲了，现已抬进村。爹！我有件事想求您老人家。”父亲问他是什么事，他就直截了当地把捐献寿材的想法讲了出来。起初，他父亲思想上还转不过弯来，但一想到新四军平时对老百姓的深情厚谊，又看到儿子的一片诚心，也就点头答应了。

张太良在得到父亲的同意后，立即叫几名游击小组组员抬出了父亲的寿材，装殓了庄营长的遗体，与须副教导员一同埋葬在离村不远的山坡上。

张家岗抗日战斗胜利的捷报刚刚传开，又传来了日本宣布投降的喜讯。

“胜利啦！胜利啦！我们胜利啦！”溧水的百姓拥抱着，泪流满面，沉浸在胜利的喜悦之中，十四年抗战终于有了结果。

攻打溧阳城

1945 年 8 月 17 日夜晚，有一支部队从溧水县白马桥的张家岗村向北挺进，没走多远，又向东进发。战士们感到疑惑，有的战士议论道："欸，应该沿着北斗星走啊，我们不是要解放南京吗？"还有的战士嘀咕道："奇怪，怎么还要向东进发呢？"当然，还有的战士回答道："不要吵，不要闹，服从命令，听从指挥。"战士们感到不解，干部们也感到疑惑。

前几天日军已经投降，日本天皇在 8 月 15 日已经发布了《停战诏书》，我英勇的抗战军民应该收获这抗战的胜利果实。按照预定的计划，十六旅，也就是现在的苏浙军区第一纵队，应该挺进南京，和二师会合，接受南京日伪军的投降。但是蒋介石却任命汉奸头目任援道为"先遣司令"，负责守卫地方治安，统辖这里的伪军。

这使得指战员们感到十分气愤，这样臭名昭著的大汉奸，突然摇身一变就成了国民党的高官，这不是使他们明目张胆地让为战争付出重大代价的我党我军做出更大的牺牲吗？当然，谁都清楚，国民党的命令是针对共产党的，所谓的"防奸保民"，是醉翁之意不在酒，而在于阻止我英勇的八路军、新四军接受抗战胜利的果实。

党中央非常清楚，国民党反动派反共、反人民的本质不会改变，内战随时都有可能发生。在此情形下，凭现在的兵力，我新四军苏浙军区要攻取南京城，困难极大，现在应该改变方针，向四周发展，夺取广大的农村和城镇。故苏浙军区决定，第一纵队放弃对南京城的占领，而是转向广大的农村，由江渭清率领第一支队攻打金坛城，由王必成率领第二支队、第三支队、溧阳警卫营攻打溧阳县城，所以战士们在向北挺进的途中突然转弯向东进发。

部队稍事休息以后，干部们向不了解实情的战士做了一些解释，然后加快步伐向溧阳进发。战士们听到了这些解释以后，愤怒无比，他们捏紧了拳头，在领会了上级的意图后，步伐迈得更为坚定，更为有力，频率也随之加快，双脚踏着坚实的土地向溧阳进发！进发！

部队到达了溧阳的前马便就地休息，然后进行了动员。

第二支队的支队长是张强生，政委是吴咏湘。张强生在红军下山以后便进入了一支队二团，一直奋战在茅山脚下，后来随二旅到达苏北，在兴化一带作战，1943 年又随王必成南下，奋战在四十七团，战略大反攻以后，随四十七团来到了苏浙皖边区，后任新四军苏浙军区第二支队支队长。他对苏南这一带的山川地形十分熟悉，作战非常勇敢，在东坝战役当中就显现了他卓越的指挥才能。

吴咏湘对溧阳更为熟悉，他下山后在新四军一支队一团担任二营的营长，新桥会师以后，他来到了一支队司令部，担任一支队特务营的营长，一直奋战在溧阳、金坛这一带。后来他又回到皖南军部，“皖南事变”以后，突围到溧阳地区，又转到太滆地区，十八旅成立以后，他担任十八旅五十四团的团长，后又随十八旅来到江、高、宝地区，之后他又南下担任了四十六团的团长，曾经在 1944 年 10 月带领四十六团参与指挥了周城战役，所以他对溧阳有一份特殊的感情。

现在二支队经过天目山作战和东坝战役后，兵员和武器都得到了补充，士气高昂。吴咏湘摩拳擦掌，准备去迎接新的挑战。

溧阳是一个特殊的地区，在很长的一段时间内，它是苏南抗战的战略指挥中心。

这要追溯到 1937 年 11 月 7 日，当时我军在溧阳水西村成立了江南指挥部，陈毅、粟裕坚决执行新四军的战略方针，那就是“向北发展、向东进攻、向南巩固”，水西村成为全盛时期茅山抗战根据地的指挥机构、指挥机关所在地。1941 年 10 月以后，十六旅旅部驻扎在塘马地区，指挥着整个苏南的抗战，是我新四军抗战的战略指挥中心。巧合的是，1939 年年初，国民党第三战区第二游击区的司令部设在溧阳的山丫桥，是国民党苏南抗战的战略指挥中心。

所以，溧阳在整个苏南抗战中的地位非同一般。

至于溧阳县城，也有它独到的战略价值。溧阳县城在太湖的西面，原来是国民党军的前线城市，1937 年 12 月 1 日被日军占领，后来被国民党收复，到了 1943 年的冬天又被日军占领，这里的日伪军和宜兴、张渚等地的日伪军组成了一条既对我军也对国民党军的攻防地带，而且同溧水、高淳县城的日伪军形成犄角之势，不断地侵袭和蚕食我抗日根据地。溧阳县城有水路和陆路，能够通向宁沪线上的常州和无锡，交通非常便利，而且它是山区和平原的货物集散地，还有些残破的城墙和古建筑，无论是政治上、经济上、军事上，它都有独到的地位，显然新四军要夺取胜利果实就必须要攻克这个目标。

大家提前吃了饭，和往常一样，张强生、吴咏湘检查了群众纪律的执行情况，就整装出发了。不过，他们的内心还是有一些波动，溧阳城情况还不明朗，那里日伪军是根据日本天皇的《停战诏书》放下武器呢，还是接受国民党当局的收编，坚决抵抗呢？

不过，新四军已经做了两手准备，一方面向日军发出了苏浙军区的“最后通牒”，要他们停止一切抵抗，并向伪军发出了紧急通告，要他们立即反正。另一方面呢，新四军也做了充分的突袭和强攻准备，消灭敢于抵抗的敌人。

至于具体的部署，王必成命令，二支队担任主攻任务，三支队协同作战，阻击从常州和宜兴方向来的援敌。

看着部队在前进，张强生和吴咏湘感到自豪，不过他们丝毫不敢大意，部队有了长足的进步，战斗力也加强了，可这个仗是个硬仗，因为新四军长期的作战方式是游击战，主要是攻打一些比较小的据点，对于一些大的县城，攻打收复的比较少。1938 年新四军攻打过句容城，但是，那是很少发动的一次攻坚战。现在的溧阳城，日伪军比较多，在城内城隍庙驻扎着日军的一个大队，在长富亭巷内驻有日军宪兵部、联络部，共 100 余人，在城外上水关外砻坊电厂驻有日军一个小队。另外，在方塘埂戏馆驻有伪警卫第二司六团团部，在西后街徽州会馆驻有保安部队李国光部伪军数千人。这些人如果顽强抵抗，以县城的建筑为依托，在没有强大的火力配合下，是很难消灭的，所以必须强攻、突袭加巧攻。

部队在前进，担任前卫任务的是一营，营长是陈伯元。陈伯元是福建龙岩桔松祠人，1932年参加革命，1938年加入了中国共产党，担任过新四军的战士、班长、排长、连长、副营长，长期奋战在四十六团，1945年成立苏浙军区以后，担任第一纵队第二支队一营的营长。他长期奋战在茅山脚下，这儿的一山一水他都十分清楚，现在看着稻浪，闻着稻香，睹着远山，望着小河，脚踏着充满泥香的土地，心情是激动的，血液是激荡的，因为他要收获这胜利的果实，这胜利的果实是我苏南抗日军民奋斗多年的结果，所以它应该回到人民的手中，决不能落入反动派的手里。

部队向前推进，时间悄悄地流逝，行进了一阵子以后，已是星斗满天了。我军一路纵队向前挺进，这时候，在右侧出现了一条四五十米宽的河流，部队立刻悄悄地沿着河堤开进，此时向导通知，已经接近城郊。

这个时候不能盲目地按原来的行军速度行进，必须一边行进，一边观察敌情，所以行进的速度一会快一会慢，当然，有的时候还会来一阵子猛烈的奔跑。有经验的老兵知道，这种情形表明战斗即将打响，如果没有战斗，部队的行军速度和行军姿态是一致的。

果然，他们跑跑停停没有多久，便听到前面一阵枪声，先是步枪声，然后是机枪声。陈伯元一听，便知晓那是突击分队和城里的敌人交火了，他命令后续分队飞快前进，自己则紧紧地跟随着突击分队，不断判定各种枪响的位置和枪声的类别。他听了一会，觉得战斗比较顺利，就命令后面的连队加紧跟上。

没多久，后面的战士发现部队停止前进，不仅大部队停止前进，连突击分队也停止前进了。“卧倒！”一声令下，战士们卧倒在河堤的一侧，大路上瞬间空无一人，我军的攻击受到了阻击。

陈伯元营长利用敌人的火力间隙飞速前进，他来到了先头部队的前面一看，原来有一些碉堡不断地喷吐着火舌，我二支队前进的道路被敌人的火力封锁住了。

原来，溧阳城的西北及西门方向有两座桥，这就是有名的双桥，一座是平面的石桥，还有一座是拱形的、带有栏杆的石桥，两座桥之间有一段距离，而伪军在拱桥的东南方向设置了重要的火力点，用火力封锁着拱桥。我前进的部队攻占了第一座平面石桥以后，在拱桥的前面被阻挡住了，所以部队一时难以攻占。

陈伯元命令战士用机枪火力压制敌人，但是几次冲锋都被打回，好在这个时候三支队也来到了这个地方。三支队在击溃了从南渡出来的伪军以后也来到了城西，他们紧急调来两门迫击炮，猛轰敌人的桥头堡，又集中一个营的轻重机枪，向着敌人四周的火力点猛烈地开火，这一下把敌人的火力压制了下去。

陈伯元手一挥，战士们纷纷冲过了拱形石桥，但是伪军并不慌乱，他们又利用原先设置的战斗堡垒继续阻击，而石拱桥以东的地区地形也比较狭隘，部队一时也难以展开有效的反击。陈伯元到达以后做了一番观察，命令突击分队调整力量，继续向纵深猛插，同时命令所有的连、营，火器就地展开，压制敌人的火力，掩护突击队强攻。

经过一番激战，前沿阵地的敌人全部被我军肃清，还抓了一批俘虏。这个时候，敌人依托一座发电厂和城墙上碉堡的火力，掩护部队向后撤退，阻止我军突入城区的中心。为了争取时间、夺取胜利，团指挥所要求三营在一营的右侧投入战斗，两个营形成钳形攻势向前推进，准备打破这僵持的局面。

这时天已放亮，战士们向前推进，来到了电厂跟前，一看吓了一跳，这电厂的建筑又高大又坚固，还做了一些永久性的工事，这攻坚的难度实在太大了，但必须夺取发电厂，消灭这里的敌人。如果发电厂不能拿下，那么我军就很难突入溧阳城的中心，占领全城也是不可能。所以张强生和吴咏湘命令一营要克服一切困难，必须拿下发电厂。

陈伯元领命以后，便对部队稍加调整，在火力的掩护下向发电厂猛攻。但是狡猾的敌人表现得异常顽强，他们利用战斗的间隙也做了一些部署，顽强抵抗，步步后缩。我英勇的新四军战士发扬了大无畏的精神，呐喊着、高叫着不断地向前冲刺，轮番进攻。他们冒着枪林弹雨，付出了极大的牺牲才冲进了发电厂，消灭了这里近一个营的敌人。

陈伯元为了拿下发电厂来到了战斗的前线，他带领着指战员们反复冲杀，枪林弹雨前他毫不畏惧，但是一颗无情的子弹击中了他的头部，他慢慢地倒了下来，鲜血染红了大地。

这个时候，三营也在另一侧发动攻击，带领三营指挥作战的是副营长刘成富。刘成富出生于四川，是中国共产党党员，1938 年参加革命，苏浙军区成立以后，他担任第一纵队第二支队三营副营长。他作战勇敢，是有名的拼命三郎。此刻，他带领三营利用城市民房相邻的特点，沿着街道向敌人纵深猛插。但是敌人的火力很猛，如果单纯地从街道向前挺进，伤亡太大，而且效果不佳。刘成富很有经验，遇到这种地段就进入居民的民房，打通民房向前推进，这样伪军也没有办法阻击。虽然这样的战斗速度很慢，打通房屋也只能逐步前进，但是效果很好，不仅把伪军和日军的联系切断了，也把伪军切成了几块，一些碉堡不攻自破。

三营终于来到了盘踞在城隍庙的核心工事门前，不过在这里遇到了日军顽强地抵抗。地形不利，又是白天进攻，三营被迫停止了下来。遗憾的是，在这次进攻中，刘成富副营长遭到了日军子弹的密集攻击，负了重伤，经抢救无效，也光荣献身了。

在一营攻占了发电厂以后，张强生和吴咏湘命令二营和团部特务连迅速加入战斗，向纵深发展。守城的伪军一部分被歼灭，一部分四散溃逃，到了 19 日下午 2 时，新四军从西门外码头街合力攻城，从洋桥突入城内，而后突破中桥上的铁丝网和碉堡。此时的溧阳城已基本为我军控制，只有几百名日军依托着城隍庙的顽强工事，坚守着继续抵抗。

战斗已经持续了 18 日的一个晚上和 19 日的大半天，指战员们感到十分疲劳，脸被硝烟熏黑了，眼睛也陷下去了，肚子咕咕直叫，但是看到溧阳城已控制在我军手中，心里乐开了花。

溧阳的老百姓也纷纷涌上街头欢庆胜利，溧阳抗日民主政府的负责人也来，慰劳攻城的部队，在一些饭店设宴，招待连以上的干部，给各连队送去了鱼肉，让战士们开怀地大吃了一顿。

到了晚上，团指挥所组织了二、三营和特务连，对日军进行一次军事和政治上的攻势。先是用轻重机枪实行压制射击，接着是投出一排排的手榴弹，号兵们集中吹起冲锋号，并将印得很讲究的日本天皇的《停战诏书》（日文）和苏浙军区的《最后通牒》送到敌人的据点里面，要日军放下武器，并且不时用日语叫喊"缴枪不杀""优待俘虏"。但是日军没有反应，只是顽强地驻守。由于日军的工事十分坚固，日军的战斗精神又特别顽强，武器又特别精良，我军一时还不能攻克。

张强生和吴咏湘判定，日军是固守待援，不肯投降，等待常州、宜兴方向出动援兵把其接走，所以通知各部加强戒备，做好新的战斗准备。不出所料，到了 20 日，日军竟然出动了两架飞机，到溧阳城上空投放炸弹。由于没有封锁住道路，特别是水路，所以从常州和宜兴方向扑来的大批日军在 19 日夜间钻进了城，和城里的敌人会合了。

20 日，飞机轰炸，炸弹吸引了市民和战士们的注意力，日军用九二式步兵炮轰击，扰乱我新四军和广大居民的视线。到了晚上，狡猾的日军趁机从跃龙关乘汽船向宜兴方向溃逃。21 日早晨，当部队发现日军全部逃走了以后，便迅速占领了城隍庙。至此，溧阳城全部收复，商店纷纷开门营业，人们在一片欢笑声中迎来了新的生活。

攻占溧阳城的战斗经历了两个夜晚和一个白天，二支队和三支队共击溃伪军两个团，杀伤了一部分日军，俘虏了伪军 700 余人，缴获了八二式迫击炮 4 门、曲射炮 1 门、平射炮 1 门、重机枪 3 挺、轻机枪 4 挺、步枪 600 余支。敌伪军伤亡很大，我军也伤亡 200 多人。

对溧阳、金坛和其他 10 多个县城的攻克，进一步扩大了我军抗日根据地，增强了我军的战斗力，为我军今后胜利渡江、执行新的任务创造了有利的条件。

巧克金坛城

1945年的8月15日，日军宣布无条件投降，但是苏浙地区的日伪军却拒绝向我新四军投降，因为他们接受了国民党军的指令。我苏浙军区的首长根据党中央的命令，命令所属部队向敌人展开了大反攻。

按照原先的设想，张家岗战斗以后，我苏浙地区第一纵队向南京进军，准备和南下的二师在南京城会合。后来，中央根据形势做出了调整，放弃攻打沪宁线上的重要城镇，改为攻击沪宁线以外的中小县城。所以，苏浙军区第一纵队准备攻歼溧阳、金坛之敌。

十六旅，也就是苏浙军区第一纵队，司令员王必成率领第二、第三支队向溧阳出击，江渭清政委率领第一支队和纵队特务营向金坛进攻。金坛是日军的重要据点，曾经是五十一联队的司令部，它的周围也有许许多多大小不一的伪据点，所以江渭清政委也很谨慎，他决定先扫清外围据点，然后再来攻击坚固的金坛城。

他命令纵队特务营16日攻歼溧武路上金坛以西10公里的朱林镇据点，命令一支队攻歼溧武路上金坛以西6公里的后阳、金坛西北12.5公里的直溪桥和金坛以北5公里的白塔等据点。

特务营和一支队受命以后，于15日20时分别从溧水的李巷、张家岗出发，向后阳朱林镇快速推进。但没料到，直溪桥、薛埠、白塔等敌全部撤到金坛城里面去了。江渭清据此推断日军在收缩兵力，便命令部队到达直溪桥南之西直里、滩田村、蒲塘等地集结待命。

16日上午8时，部队到达了集结地域，江渭清召开了由茅山保安司令部，茅东县、金坛县等负责同志参加的，研究攻歼金坛之敌、接管县城工作等问题的会议。大家根据敌情、地形等条件讨论后认为，由城西、城西北、城西南对敌攻击比较好，突破以后由西向东，攻击城内之敌。最后会议决定，一支队负责攻歼金坛之敌，茅山保安司令部，茅东县、金坛县地方武装，负责对金坛县周围之敌进击，重点是天王寺、珥陵、皇塘等处，阻击前来增援的敌人，纵队特务营为预备队，依情况的变化随时接受新的部署，金坛县委负责统一组织接管城区的工作。

一支队（即四十八团）饶惠谭支队长和罗维道政委参加完会议以后，在晚上7时急急忙忙地跑回支队部，召开了党委扩大会议。刚传达完会议精神，侦察员就回来报告金坛城内敌伪兵力和城防情况，称他们同时侦察到城北三里桥、城西三号桥、南关、北关、西关、小南关等有伪军一个排到一个班驻守。饶惠谭根据所得到的情报，做出了以下决定：一营夜袭三号桥、西关之敌，支队机炮连加强一营强攻西门，突破后沿西门大街，过漕河南新桥，攻歼东门大街以南诸敌；二营夜袭三里桥，强攻小北门，突破后以一个连监视小北门东南荷花池日军，营率主力沿丹阳门大街直插县前街小学，攻歼伪九团、绥靖队，得手后由西向东过漕河北新桥，消灭公交东门大街以北诸敌；特务营夜袭小南门，突破以后，以一个连迅速攻歼南门守敌，营率主力直插南门大街，协同一营攻歼伪三师师部，三营进至城西 1.5 公里之徐家庄待命。支队前指随一营跟进，战斗定于 18 日 23 时开始。

布置完作战任务以后，支队长饶惠谭反复强调，各个营突破以后要穿插、分割、包围，打巷战、攻据点，要注意组织火力掩护和战斗协同。另外，要尽可能展开政治攻势，争取让敌人放下武器，减少伤亡。

18 日 20 时，支队分左、中、右三路向金坛开进。其中一营是中路，一连是一营的前卫，营部、二连、机炮连、三连依次跟进，向金坛的西门运动。21 时，部队到达了城西 5 公里处的三号桥。附近有伪军的一个加强排固守在碉堡里，部队要拿下这个碉堡，必须横渡十几米宽的一条大河。

部队向河边开来的时候，那些龟缩在碉堡里的伪军神色紧张，在窗口窥视着战士们。但是，当战士们接近碉堡，匍匐前进时，敌人没有开一枪。战士们也觉得奇怪，但管不了这么多，迅速跳下河，泅水到对岸，而在岸边准备压制敌人火力的战士则端好机枪，瞄准了敌人碉堡的窗口，这样，我军迅速地占领了碉堡附近的几间小房子。

一营二连副连长何扬高向碉堡里的伪军喊话，这是政治攻势，队上早已交代，攻打的时候要尽可能展开政治攻势，以减少伤亡。

“伪军兄弟们，日军已无条件投降了，你们也应该放下武器。不然的话，死路一条！”何副连长讲完了以后，等待敌人的回应。

敌人悄无声息，大约过了几分钟，有伪军在碉堡里结结巴巴地回话了：“缴枪，我们愿意缴枪。不过我们缴枪以后，你们得放我们回家，还有，要保证我们家族的安全，还有，私人财产不能没收。”

何副连长一听，大声地叫喊：“可以，都可以办到，你们赶快下来投降吧。”

不久，30 个伪军举着一件破旧的白衬衫，连同他们的排长都乖乖地下来投降了。这场战斗我军没放一枪，顺利地拿下了三号桥。伪军为什么不敢开枪呢？因为他们知道日军已经投降了，梅渚、社渚都被新四军攻下来了，如果这个时候开枪，那不是明摆着要把自己送上西天吗？他们才不做这个傻事。

二连战士拿下三号桥，欣喜不已。脸上的笑容还没有消失，卫生员余立基就走到桥前，到公路上警戒。

这个时候来了一辆三轮车，三轮车上坐着一个胖子。三轮车来到桥前，胖子大摇大摆地下了车，车夫上前讨要车费，只见胖子给了车夫两个耳光，嘴里还骂骂咧咧：“他妈的，还跟老子要钱！”

车夫很委屈，只能看着胖子匆匆地向桥头走去。余立基拦住了他问：“干什么的？”

胖子很傲慢，眼皮一翻，“我是给你们排长送钱的。”

余立基冷静地看着他：“把钱交给我吧。”

没料到胖子鼻子哼了一下："你算老几？"

余立基冷冷地说："你看看我是谁。"

胖子一看余立基的服装上绣有"新四军"的字样，顿时满头大汗，脸色苍白，双脚像捣蒜泥一般抖动不已，忙说："新四军长官，饶命饶命。"

车夫上前指着胖子说："新四军同志，他是一个汉奸，不能放走他！"

余立基笑着说："不会的，送上门的鱼怎么会让它溜走呢？"然后命人把他押送到后方。

二连拿下三号桥以后迅速前进，去歼灭西关祠山庙的伪军。祠山庙的伪军，是伪县特工站控制的行动队，成员是地痞、兵痞、流氓、反动地主的子弟，抗战中他们经常搜捕新四军，敲诈勒索，抢劫财物，老百姓对他们是恨之入骨，要求新四军坚决予以歼灭。

何副连长在三号桥投降的伪军当中找到两个熟悉祠山庙情况的伪军带路。22 时，部队悄悄地来到了西关，由那两个被俘虏的伪军上前与祠山庙的哨兵打交道，说找队长有事，趁敌人疏于防备，一排的战士悄悄地上去，迅速地解决了哨兵门卫，又悄声进入庙内，以迅雷不及掩耳的动作分头冲进伪军的住房，大喊道："不准动，谁动就打死谁！"

那些家伙正在打牌赌博、抽大烟。别看他们平时耀武扬威，对老百姓任意地杀戮，但是一遇到真正的战斗，他们没有丝毫的战斗力，更何况他们还有家族老小，于是乖乖地举起手走到了院子里。

何副连长把他们关在一间厢房里，由六班看押，命令二、三排的战士收集枪支弹药，集中放在一间房子里。一连一枪未发，还没有暴露目标，就歼灭了祠山庙的伪军。

谭忠营长高兴异常，他命令一连和二连悄悄地进入预选的攻城地段，做攻城准备。

一连、二连来到了预选的攻城地段以后，准备攻城，二连在西门的南侧，一连在西门的北侧。二连何副连长率领一连二排、三排的战士，游水过了护城河，架上梯子，迅速攀上城墙。

他们来到城墙上，发现城楼里还有灯火，敌人在里面有说有笑，于是他命令二排的战士悄悄地摸到南侧，解决碉堡的守敌。

他自己率领着三排战士进入城楼，当他出现在敌人面前的时候，敌人还未做出反应，他拿着手榴弹大喝一声："不准动，缴枪不杀！"

那些伪军还没有看清楚来人，一听这话吓得直打哆嗦，哪敢动弹，乖乖地成了俘虏。

何副连长一查问，原来西门守敌是伪绥靖队的一个排，何副连长就命令伪军下城开门，迎接我军进城。

二排呢，也一枪未发就歼灭了碉堡里的敌人。

西门外，谭忠营长正在督促二连爬梯登城时，一连的三排长跑来报告，他们已经歼灭了城楼上的敌人，城门已经打开了，部队可由城门进城。谭忠营长高兴异常，命令二连、三连、机炮连快速地从西门进城，又命令一连由城墙歼灭小南门守敌，迎接特务营进城。一连在攻击小南门守敌的时候与敌人的战斗打响了。也就是说，一营在这个时候，才打响了第一枪。

这个时候，二营在小北门也与敌人交火了。此时，金坛城内枪声四起。原来，叶藻营长和徐文华教导员率领这群人在金丹公路上向前挺进，21 时才到达三里城，发现敌人已经撤回了金坛城。他们命令部队加速前进，来到了金坛北门，四连是前卫，过了溧武公路以后，发现有一股伪军向小北门走去。

周德喜连长要二排不要惊动他们，跟在敌人后面，伺机行动。

敌人过了护城河，到了城门下，叫喊着要开门。这个时候，周连长率领着二排也到了护城河，他们在石拱桥的西侧隐蔽了下来，顺势观察。

只听到伪军叫喊道："我们是九团三营七连的，是从珥陵撤回来的，快开城门让我们进去。"

叫喊了一阵子，守城门的伪军就是不开门。周连长觉得奇怪，就命人向营长做了汇报，叶藻营长听到这个消息以后非常高兴，他眼睛一亮，觉得战机来了，用不着强攻城门了。他对徐文华说："你在这里掌握部队，我到前面去看一下"

他跟随周连长到了护城河边，观察着敌情。此时城门下的伪军是沸沸腾腾、吵吵嚷嚷，急于要进城，大骂城楼上的伪军，可是城楼上的伪军就是不开门。叶藻营长觉得奇怪了，他判断，可能是伪军的保安队还没有接到上级的命令，当然不敢擅自开城门。不过这些伪军是真伪军，楼上的伪军很快就会得到真正的消息，最后肯定是会开门接纳他们的。

因此，他对周德喜连长说："敌人一定会开门的，我们要耐心等待。"果然，到了晚上11时，守城门的伪军接到上级的命令，下来开城门了，城门外面的那些真伪军骂骂咧咧地进了城。

叶藻营长见机而动，命令四连的战士，悄悄地尾随着伪军也进了城。然后他派通信员告诉徐文华教导员，如果听到枪声，就带领五连、六连、机炮连迅速进城。

周德喜连长率领着二排的战士，尾随着伪军进了城。一进城就迅速地解决了开城门的伪军，同时歼灭了城门楼上的守敌，追歼了进城的伪军一部，占领了城门楼和城门内民房。

此时，荷花池的日军却没有丝毫的动静，叶藻营长命令四连指导员率领一个排在小北门防止敌人反扑，命令周德喜连长率领一个排监视着荷花池日军。如果遇到日军反扑，一定要坚决地将敌击退。他交代完了以后，便率领着五连沿着丹阳门大街向县前街小学搜索前进，六连机炮连也随后跟进。

在县前街小学里驻扎的是伪九团，听到小北门、小南门响起枪声便慌忙地进入工事。他们的脑袋里还有抵抗的念头，因为上面有国民党的命令，要他们维护地方治安，接受国民党大员的招降。当五连战士接近敌人驻地的时候，他们迅速向我军开枪，叶藻营长命令五连从东面南面进攻，六连从北面西面包围敌人，机炮连配置在五、六连中间。到了晚上11时30分的时候，我军已经完成了对敌人的包围。

二营教导员徐文华要五、六连的战士对敌喊话，开展政治攻势，因为这是上面布置的一个很重要的战术，况且在日军投降以后，这个政治攻势往往会起到很大的作用。没料到敌人这一次竟然不回话，还对着我军喊话组进行射击。叶藻营长、徐文华教导员十分恼火，到了夜里12时，叶藻下令，全面攻击。五连、六连的战士纷纷射击投弹，而机炮连也让迫击炮"开口"了，炮弹火速地飞向敌人的院子。

炮火一响，火光一闪，五连战士纷纷站起，突入小学的院子内向敌人开火，六连的战士也在炮火的掩护下冲了进去。敌人哪敢抵抗，纷纷举手投降，一下子就被我军俘虏了300余人。

此时，营长谭忠率领一营过了漕河南新桥后，迅速向东当铺巷的日军五十三大队司令部、思右街中段的宪兵队、神树巷的特工情报室、火巷口的宣抚班等日军驻地搜索前进。巧的是，日军已经撤走，各连迅即分头向东门城楼的守敌、太常卿庙伪特工队、次鼓桥伪突击队、中山公园伪县政府攻击。

战斗很迅速也很顺利，敌人大部分直接缴械，我军俘虏了250余人。这个时候，日军已经毫无斗志，便悄悄地撤走了。那些伪军见没有了日军，而且接到了国民党要求他们只维护地方治安的命令，哪个肯卖命呢？所以投降是他们最明智的选择。

这个时候，一营接到了支队的命令，派一个连在河东城区协助地方搜索漏网之敌，营的主力协同特务营攻歼伪三师师部，二营攻歼了伪九团团部和其一营以后，迅速地向德聚堂的伪绥靖队出击。伪绥靖队稍做抵抗便缴械，我军俘虏了100余人。

此时已经到了19日凌晨，叶藻营长命令六连对北门的守敌攻击，他自己亲率五连对慈云寺伪保安队、关帝庙伪警察局攻击，很快地歼灭了这些伪军。

六连到了北门，发现守敌已向城外逃窜，叶藻营长命令六连留守北门，他自己率领五连和机炮连到荷花池去增援四连，他找来了四连连长周德喜，查问荷花池日军的情况。

周连长忙说四连在荷花池的北侧和西侧，已经做好了打敌反扑的准备。等了许久，没见日军进行反扑。便监视敌人并与之对峙，不过到了零点的时候，还不见日军的动静，就派人到接近敌人据点的地方射击，却仍然没有动静。都知道日军的战斗力强，而且武器精良，显然不能贸然进攻，尤其是巷战的时候，更要小心。但是敌人毫无动静，这就奇怪了。进入据点一看，发现敌人已经全部跑了。

原来在四连向东、向北、向南、向东搜索的时候，敌人趁我军没有占领北门的这样一个时机，偷偷地经北水关、北门，向丹阳逃窜了，那些守北门的伪军也跟随着日军一起逃跑了。

叶藻向饶惠谭报告了荷花池日军经北门逃窜的情况，饶惠谭命令二营以一个连在城区河西协助地方搜索并肃清漏网的残敌，营的主力集结在县立中学待命，视情况再投入战斗。

日军已经投降了，驻守在金坛城的日军已经毫无斗志，他们也不想遵守国民党的命令进行作战，悄悄地撤走了，剩下来的都是伪军。我军左路特务营二连在小南门外摸掉了伪军一个班，这样，小南门打开了，许小根代营长命令二连进城攻击南门守敌，南门也得手了。进城后，留下一个排守好南门，防止敌人向城外逃窜，连长则率领两个排到营部待命。

许小根交代完以后就率领一连和机炮连直插南门大街伪三师师部，这个时候已经是晚上11时40分。

伪三师的师部，在南门大街西侧的朱立帮宅院。这个宅院可不小，是金坛城里面最大的私人宅院。伪三师占领以后进行了一番布置，在院内驻有瞭望台，并设有明暗枪眼，火力能够交叉封锁街巷。

特务营在敌师部西侧和南侧进行了一番火力侦察。刚好饶惠谭支队长来到了特务营，围着敌师部驻地看了几遍，他迅速命令攻击敌人的师部，重点突击敌人的南北两侧。“你们攻南面，一营攻北面。突破一面，敌人就支撑不住了。19号凌晨2时发起攻击，发起攻击以前，你们要对敌人的师部进行喊话，进行政治攻势，要敌人投降。特务营和一营随时做好准备。”

战士们听到支队长的命令以后，即刻准备完毕。谭忠营长指挥全营的轻重机枪和支队加强的重机枪，集中火力摧毁敌人那座瞭望台，还有院墙角的那座碉堡。同时，又集中火力打塌了敌人北侧的一处院墙。

猛烈的火力轰塌了敌人北侧的院墙，高处的瞭望台也遭到了攻击，枪弹乱飞，吓得伪军不敢还击。院墙角的碉堡虽然喷出火舌，时断时续，但是也没有了刚开始的那股气势。

二连在火力的掩护下向打塌了的院墙，一下子就进入了敌人师部的院内，向敌人发起了猛烈的攻击，特务营也趁机从南侧突入了敌人师部的院内，敌人在我军南北夹击之下只好举手投降。凌晨 3 时左右全歼了伪三师师部、直属队、伪九团三营，俘虏了 700 余人。

金坛被攻克不久，我军便在城内的公园里，由金坛县县长诸葛慎出面召开公审大会，枪决了伪金坛县长马荫棠、国民党特务头子朱心海、日寇突击大队大队长杨文礼等，在社头、朱林公审并枪决了残害人民的王子贤、徐金斗等，真是大快人心，群众敲锣打鼓表示庆贺。

应该说，攻克金坛县城，是一个了不起的胜利，因为金坛县城的敌军数量不少，且有日军。虽然驻在城内的日军不多，但是他们的战斗力可不能小看，好在金坛城内的日军当天晚上逃走了，这样战斗的难度相对就降低了。但是由于伪军的数量很大，再加上城内有民房，有碉堡，攻克的难度并不小。而且金坛县城是一个老城，城墙周长 4 000 余米，高 5 米，城墙外侧是砖石，内侧垒土，有 6 个城门。如果我军没有强大的火力武器，要想攻破这些城门也非易事。好在我新四军战士抓住了战机，又展开了强大的政治攻势，加之日军投降以后伪军的战斗力、战斗意志都大幅度地下降，所以就没有遇到强有力的反击。虽然金坛县周围的敌军也很多，但是在那种情景下，他们的增援也是杯水车薪，我新四军巧妙地利用了这些有利条件，终于拿下了坚固的金坛城。

金坛城是日军在苏南一个很大的据点，也是日军在溧武路上最大的一个据点，这个据点驻扎了日军的一个联队部、伪军的一个师部，是战略上的一个要点。攻克金坛城是我军一支队对日伪军的最后一战，四十八团的前身就是老虎团，在十四年抗战当中，打了许许多多的仗，威震大江南北，战功显赫，金坛之战也为老虎团的抗战史书写了浓重的一笔。

李家桥战斗

抗战胜利的消息刚刚传到淞沪支队，淞沪支队就获悉大汉奸周佛海、熊剑东已经成为国民党行动总队的正、副司令，而且他们阻止新四军进入上海，这些摇身变成国军的原伪军部队还向淞沪支队及其所属部队频繁地进犯，且占领了北新泾、七宝等镇。我淞沪支队坚决予以还击。8 月 18 日，淞沪支队准备解决浦东的顾桂秋部。

当时留在南汇县的淞沪支队是新六纵队，由教导员徐黎带领。他们受命解决顾桂秋的队伍。顾桂秋的队伍现在也摇身一变成了国军，这些人聚集在南汇县的李家桥，司令部就设在大地主唐梦生的房子里。

这些伪军刚刚变成国军，战斗力也不是特别强，但是他们占据了有利的住宅设施，再加上他们还有一定的守卫经验，新六纵队要想拿下李家桥也不是那么容易的事情。

徐黎反复研究，决定夜晚强攻突袭。凌晨 2 时，徐黎带领着新六纵队的队员们开始行动，他们来到了李家桥，悄悄地向岗楼摸去。两个岗哨正背靠背打着哈欠，这些哨兵平时娇养惯了，战士扑来时竟毫无知觉，仍半睡半醒，还没等到他们反应过来，脖子已被套上了绳索。战士们转过身去，往身上一拉一背，用背背包的方式悄无声息地解决了这两个岗哨。

外围第一层的敌人就这样在睡梦之中被我新六纵队的战士团团包围，还没有反应过来就全部做了俘虏。战斗的收获颇大，战士们不仅俘虏了敌军，且缴获了大量的武器，对他们来说，武器比什么都重要。

战场打扫完毕，徐黎乘胜追击，带领着战士们继续向北前行。他们来到了桥北面的大绞圈房子里，外围第一层的敌人刚刚被消灭，里面的敌人还未察觉，所以战斗进行得特别顺利。

战士们在徐黎的指挥下一拥而上，徐黎很有经验，把机枪架在门口，大喝一声："不准动，举起手来！"

里面的伪军有的还在睡觉，有两个伪军下意识地到墙上去摸枪，只听"乓乓"两声枪响，新四军淞沪支队战士手起枪响，那两个伪军顿时倒在了血泊之中。其他的伪军一下子就乱了套，有的找衣服，有的找鞋子，有的抱着头，有的护着胸，有的哭喊着请求饶命。我淞沪支队迅速解除了他们的武装。这次收获更大，俘虏了伪军，同样缴获了很多的武器。外围的敌人已经解决，下面的任务就是攻打顾桂秋司令部。

这顾桂秋的部队已经被任命为国军，不过其真面目还是伪军，他们全部缩在炮楼里面做着最后的抵抗。徐黎带着战士们越过了柴垛，接近了炮楼，现在对其只能采取强攻的手段。

但是顾桂秋顽抗，他用密集的火力阻止战士们前行。顾桂秋有一定的战斗经验，防守时也有一定的办法，他用火力交叉阻止淞沪支队的战士们前行。

战士们一看这个情况，就争抢着想去炸毁敌人的火力点。徐黎叫住了他们，决定自己前去转移敌人的火力点，然后再让他们前去炸毁顾桂秋的工事。

徐黎是拼命三郎，他有着辉煌的战斗经历，战斗经验十分丰富。昔日的朱家圈战斗后，紧接着进行了十墩村袭击战，当时敌人驻扎在十墩村，以河为屏障，防备甚严，南面、北面都设有机关哨，徐黎带领的一路队伍是撑船去的，虽然在远处的没有被敌人发觉，但到近前的时候，敌人的哨兵发觉了，并且鸣枪报警，敌机枪手慌忙架起机枪，趴在地上准备封锁桥头。如果敌军机枪一响，我船上的战士就很难有生还的机会，这个时候，徐黎甩开前来阻拦的通讯员，一个箭步跳了上去，攀上了桥栏，几个翻滚接近了敌方，然后猛地向敌人的机枪手扑去。敌人的机枪手刚想扣动扳机，一下子看到徐黎扑了上来，慌了手脚。徐黎夺过敌人手中的机枪，倒转枪头向敌人猛烈地扫射。敌人一看机枪的枪口已经倒转，哪还顾得了自己的同伴，立即四处奔跑，到处乱窜。战士们乘机冲上岸去全部解决了敌人。胜利之后，战士们才发现徐黎的肩膀上挂了彩，徐黎以身作则的精神深为战友们所敬佩。

这个时候，他提出这个方案，战士们连连点头。徐黎的目的就是用自己的行动吸引敌人的火力，然后战士们才有时间和空间接近顾桂秋，才有机会炸毁这个顽固的堡垒。

徐黎大叫一声跳出隐蔽处，敌人听到了叫喊声，看到徐黎跳了出来，机枪的枪口调转方向，齐齐地向徐黎发射。

徐黎很有战斗经验，或爬行，或跳跃，或向侧面行进，可惜敌人的子弹过于密集，他猛觉得右侧大腿一麻，摇晃了一下，倒在了地上。他的右侧大腿被打伤，手脚也不再听使唤，无法扭动一步。他扭过头来一看，自己也被吓坏了，鲜血像流水一样哗哗地流淌着。

敌人的火力被转移了以后，我军一大队人马四面出击，发起强烈进攻，顾桂秋在更楼里顽强抵抗，但是由于火力被徐黎吸引过去，淞沪支队的队员扑到了更楼脚下。这个时候，指挥员决定用浸湿的棉被叠到屋面上作为工事，集中火力进攻更楼里的敌人。

战士杨福生奋勇前行，在湿棉被的遮蔽下扑到了更楼的门前，猛地甩了几颗手榴弹。几声响之后，手榴弹无情地炸破了更楼的门。门被炸了一个大窟窿，战士们冲进去，解决了更楼里的敌人。

更楼里的火力点被解除了，排长赶了上来，来到徐黎的身边，想扶他上去。徐黎咬咬牙，说："不要紧，受了点轻伤。赶快去解决炮楼里的敌人。"通讯员闻讯拿了急救包，可是徐黎的鲜血直往外涌，下半身的血和泥粘连在了一起，通讯员流下了眼泪。

徐黎脸色苍白，额头上已经冒出了许多汗，不时地滴落着。他挪动着嘴唇，唇皮翘立着，微弱的声音从嘴里面慢慢地吐了出来，"这次我恐怕不行了，不要管我了，你还是前去多打几个敌人吧。"说完就昏厥了过去。

更楼里的火力点被摧毁了后，顾桂秋看到四周全是淞沪支队的人，其他几个火力障碍也全被清除，他自己已感到无路可逃，只好命令手下打出白布衫，决定投降。

战斗结束了，消灭了敌人 6 个连，缴获了大批武器，光机关枪就有 16 挺，可惜徐黎教导员因为流血过多，抢救无效，献出了年轻宝贵的生命，时年 25 岁。

洋溪渡战斗

9月12日，这个日子在苏南已是初秋时分，夏日刚过，热量还没有散发尽，热气还在大地上蒸腾。秋天的桑树地里面，桑叶还在疯狂地生长着，秋天的桑叶虽然比不上春天的桑叶那么鲜嫩，那么富有生命力，那么充满绿的色彩，但是这个季节的苏南气候好，使桑树地里面的桑叶生长丝毫不亚于春日的生长，旺盛的生命力使它变得又肥又厚又绿。对于农夫来说，秋日于养蚕而言也是一个创收的大好时节，所以他们对于秋日桑树的期盼更胜于对春日桑叶的期盼。此时他们正在桑树地里面紧张地采摘着桑叶。

苏南宜兴洋溪这一带，有一条贯穿南北的大河，叫横塘河，横塘河东西两岸植有成片的桑树。在洋溪港的北面有一个洋溪渡口，洋溪渡口的四周也一样，植有大片桑树，一批农夫在那边忙碌着。

这些农夫主要是由女人组成的，不过，在这女人当中也有好几个男性农民，他们漫不经心地采着桑叶。

乍一看，人们以为是男人在授受采摘桑叶的技能。看，他们边采摘桑叶边东张西望，但他们的目光主要是投向西南方向的宜兴县城。

这些人在干什么呢？按理说，男人是不采摘桑叶的，这活儿是由女人完成的，而且他们那种漫不经心的样子似乎是在玩耍。

对，他们是在玩耍。他们是些什么人？怎么会有这样的闲情逸致？

噢，他们不是别人，他们是新四军战士，是新四军苏浙军区第三纵队的战士，采摘桑叶只不过是掩人耳目而已。

1945年的9月12日，日本政府已经宣布了无条件投降，中国人民经过14年的艰苦抗战，终于取得了伟大的胜利。但是，国民党政府想独吞胜利的果实，他们命令在苏南这一带的日伪军原地坚守，不得向我共产党领导下的人民军队投降。而且美国的远东司令部也命令日伪军沿地驻守，只能向国民党政府和国民党军队投降。

但是，中国共产党领导下的新四军坚决执行延安总部毛泽东同志的命令。苏浙军区司令员粟裕、政治委员谭震林向驻扎在京、沪、杭、甬沿线各地的日伪军发出了新四军苏浙军区对日本驻军的通牒，命令日军停止一切抵抗活动，等待接收。

可是，日伪军气焰十分嚣张，他们拒不投降。在这样的情况下，苏浙军区的第一纵队独立二团和苏浙军区的第二军分区司令首先对宜兴的日伪军发起了进攻。随即，苏浙军区第三纵队在司令员陶勇的率领下，向宜兴境内的日伪军纷纷发起反击，拔掉了一个又一个的据点，在宜兴，只剩下孤零零的一座城还在日军的手中。

苏浙军区第三纵队已经牢牢地把控着局势，把日军团团地包围了起来。但是日伪军固守宜兴城，负隅顽抗，随时随地有可能向无锡方向逃窜。

其实，我新四军有这方面的教训，驻扎在溧阳的日军在第一纵队第二、第三支队的攻击之下，乘着夜色从水路逃到了宜兴，那么宜兴的日军也很有可能向无锡方向逃窜。

所以，陶勇把第七支队、第八支队迅速布置在宜兴城一带。把第七支队布置在宜兴的东北方向，也就是宜兴城朝无锡的那个方向，其目的主要是防止日军逃向无锡方向。

宜兴的敌人如果要逃到无锡城，只可能从水路逃走，如果从水路逃走，必进东横塘河。于是，纵队首长决定由三纵七支队一部在洋溪渡口之南、横塘河东西两岸的洋溪坝、裴家村和北大圩一带设伏，拟将逃敌歼于北逃途中。

不过，部队包围宜兴城已达三天，却不见宜兴城敌人的动向，为了防止宜兴敌人逃窜，便在洋溪港一带布置了哨兵。

刚才的几位采桑农夫就是哨兵，他们以在洋溪渡口的桑树地里面劳动为名，边采桑叶边观察宜兴城日军动向。当然，他们的眼光主要盯住宜兴城方向的横塘河，防止日军从水面上逃窜，所以他们才显得那样的漫不经心。

就在哨兵漫不经心地采摘着桑叶的时候，东北方向突然传来了一阵阵马达声，而且不时地夹杂着怪异的汽笛声。战士们一愣，按常规来判断，这个马达声必然是汽艇发出的，而汽艇在当时情况下只有日军才拥有，不可能有其他的人或其他的部队拥有这样的交通工具。那么从东北方向来，也就是从无锡方向来，这是怎么回事呢？如果日军要突围，只能从西南方向往无锡方向进发，这才符合常理啊！

战士们放下了手中的桑叶，拨开了桑枝，紧紧地盯住河面。他们在想，难道还有其他的部队出现在河面上吗？

马达声越来越响、越来越近，已经在撞击耳膜了，他们的视线所及之处也变得越来越清晰。

两个小小的黑点从河面上慢慢地移来，待进入他们目力所及的范围时，他们看到了两面猎猎作响的太阳旗。

“啊！日军！日军的汽艇！”战士们跳了起来，顺手拿起了枪，紧紧盯住了河面。战士们马上判断出，这两艘汽艇是从无锡开来的，船上站满了荷枪实弹的日军。看来无锡的日军出动了，他们到这儿来只有一个目的，那就是想救宜兴城里被围困的日军，否则在这个时间、这个方向是不可能出现日军的。

看来注重宜兴方向敌人逃窜的战斗部署已经出了问题。怎么办？战士们拿起了枪，趴在桑树梗上，紧紧盯住河面。如果确知是日军向宜兴城发动进攻，那按常规必须鸣枪报警，就地阻击。

战士的判断没错，那些人确实是无锡的日军，也确实是前来营救在宜兴城里面困守待援的日军的。在大佐的带领下，100 多名日军分坐两条船前来救援，他们是从太湖水面漂到沙塘港口，然后向东进入横塘河，由北向南，直扑洋溪渡口，想通过水路来抢救宜兴的日军，因为溧阳的日军就是从水路逃到宜兴的，他们有这方面的经验。

日军做出这个决定也费了一番周折，在无锡城内，他们接到了宜兴守军的求救，他们反复地考虑后认为宜兴的守军不能向共产党的军队投降，否则后果难以承担。所以他们千方百计想把宜兴城的守军抢救出来，然后向国民党政府的军队投降，以获取政治上的一些有利条件。

而且他们认为共产党领导下的新四军虽然发展壮大了，但是由于武器装备非常落后，应该说在正面交战上仍处在劣势。100 多个日军相当于一个中队，一个中队在苏南的土地上，凭借着精良的装备和战斗的素质，在通常情况下，新四军会避开这样的战斗，所以他们信心十足，开足了马力，直扑宜兴城。

马达声越来越响，汽艇在河面上飞驰，它们贴着水面，呼着热气，发出怪异之声，拼命地向南进发。

到达洋溪渡口的时候，日军突然遇到了哨兵的枪击，枪声在空中回荡，手榴弹划出了一道又一道的弧线，飞向了汽艇。虽然没有精确地投掷到汽艇上，但在汽艇的周围溅起了阵阵的水浪、水柱，使得船上的日军发出了一阵阵惊恐的叫声。

但是，老奸巨猾的日军大佐马上从枪声中判断出，岸上的部队数量不多，手榴弹投掷的密度十分稀落，火力明显不足，这肯定是一小股侦察队，或者是哨兵。稀落的部队有什么可怕，完全没有必要把他们放在眼里。

富有作战经验的日本大佐让两条船分别向西岸和东岸靠拢，抢占陆地的地形要点是他的首要任务。所以日军第一艘汽艇在西岸登陆以后，一部分人向南，通过架设在芳桥港上的浮桥（我方预先架设）冲进了姚家村，他们的目标是向南进攻陈家村。另一部分人从西岸上岸以后，向西北一里多的潜濠圩进发，准备抢占潜濠圩的制高点。第二艘汽艇也很快地在洋溪渡口的东岸停靠，他们迅速地爬上河坝大堤，立即占据了渡口边那块早已被我军拆坏了的、他们原先设置在那儿的据点的凹地，他们用密集的火力支援着西岸的人，向我军哨兵发动猛烈的攻击。

我支队首长接到了敌情通报，马上组织部队进行反击，原先他们的部队布置在宜兴的四周，主要是监视宜兴城的敌人，没料到宜兴城的敌人没有动静，反而在宜兴外围的东北方向有了敌情。也就是守敌没有出现，外来有人增援，所以部队马上调整了方向，一起转向日军的援兵。

我驻北大圩的部队首先抢渡了芳桥港，又占领了潜濠圩，并在村东面的高楼上架设了机枪多挺，居高临下，痛击日军，然后掩护部队向洋溪渡推进。原先埋伏在裴家村的部队，迅速向北移动，向姚家村及四角渡口发动猛烈的攻击。

这个时候，我陈家村的部队也以强大的机枪火力向姚家村推进。双方一交手，日军嚣张的气焰顿时消失得无影无踪。日军大佐也感到万分后悔，因为在 1944 年下半年以后，我新四军部队和日军交战的次数并不多，尤其我新四军十六旅移居到郎广山区以后一直精心训练，战斗技术有了很大提高，又在和国民党顽军 3 次战斗以后，兵力大增，武器也得到了很大改善，可谓是今非昔比。这一交手，不仅在火力上、人数上，而且在作战的风格、方式上已经是完全压制住了日军。日军见这架势，只能退缩，他们想退缩到汽船、汽艇上，然后逃跑。

但此时芳桥港上的浮桥已被我新四军炸断，他们没办法退缩回去，只能在渡口的小土地庙那儿顽强抵抗。

这个土地庙非常奇特，它的门前是一片开阔的稻田及芋头地，可以说毫无遮挡。我军完全暴露在日军的火力之下，而日军依靠河北、河东的火力支援，使我军在前沿的开阔阵地上难以发起有效的进攻，仅有的一次进攻也造成了我军极大的伤亡。所以，小庙中的敌人一时还不能够消灭。

在芳桥港北面的敌人，在潜濠圩、陈家村、姚家村高屋上的强大火力及我军从西面、北面对渡口的冲击下，全部被歼灭。我胜利的部队趁势游泳泅渡芳桥港，来到了土地庙的背后。虽然一时没有办法消灭屋内的敌人，但是把土地庙团团围住了。

日军负隅顽抗，死不投降，战士们采用了最常用的攻击手法——火攻，把大量的柴草摆在了小庙的墙边，点上了柴火。

熊熊的火焰纷纷地吻上砖块、瓦片，屋上木柴的火苗很快地窜进了屋内，浓烈的火焰在屋内盘旋、弥漫、扩散，里面的日军被呛得东躲西藏，咳嗽阵阵。在火苗疯狂地吞噬之下，庙里的日军全被烧死。

没多久，房屋倒塌，里面到处是烧焦了的日军尸体，极少几个从废墟中跑出来的日军也在我军的枪林弹雨之下全部被击毙。

在横塘口西岸，枪声阵阵，炮火连连，激战过后日军也全部被消灭。此时，横塘口东岸的战斗还在激烈地进行着，我军驻洋溪坝的一部向北挺进到洋溪港南渡口的圩埂下，与东岸的敌人隔河对峙。

由于我军的武器得到了极大改善，部队的数量也远远超过敌人，隔河相互射击时，日军的火力并不占优，渐渐地被压制了下去。在洋溪港北面张家圩的我军战士抢渡了洋溪港，直接从东面、北面向东岸敌人的后方迂回、冲击，形成了合围之势。东岸的日军和在西岸的日军一样，心慌意乱，完全丧失了斗志。

由于日军已经宣布了在中国大陆投降，所以他们的战斗士气大大受挫，内心也没有疯狂战斗的欲望，加之我新四军已经发展壮大，完全有力量和其进行正面较量。此情形下，日军虽做困兽犹斗，但已经不能够进行有效的抵抗了，所以，两个小时以后，其被我军全部歼灭。日军山本大佐以下的官兵有 39 人被俘虏，这在新四军抗战史上，是生俘日军数量比较多的一次战斗。而在抗战初期，生俘如此多的日军是难以想象的。

洋溪渡战斗取得了很大的胜利，但我方也付出了较大的代价，一共牺牲了 25 名战士。我三连一排排长、战斗英雄丁学礼在战斗中身先士卒，奋勇杀敌，在与敌人展开的白刃战中英勇牺牲。当然，在这场战斗中，我军也有深刻的教训，就是在围困敌人的时候，忘了打援，没有料到无锡的敌人在抗战已经胜利的情况下还会前来增援，这个教训必须牢牢记住。

杨市战斗

1945年9月19日，苏南的大地处在一片宁静之中，时近中秋了，月光是如此皎洁，大地银灰一片，水稻的色泽黄中泛白，稻浪翻滚不已。河流出奇宁静，水面上跳荡着银色的波光，那岸上的杨柳在微风的吹动下飘荡，水面上的波光柔射着这些灰色的倩影。乡村早已被寂静所笼罩，由于贫困，乡民们不可能以油灯作为聊天的陪衬，因为油灯需要油来提供能源，贫穷的他们不可能有这样的享受，即使要在夜晚交谈，也只能在黑暗中进行，故一片寂静的村庄没有一点亮光。

是否这大地上已经没有了其他生命？不，在无锡和武进交界处有一大批人在涌动着，他们排好队，站列一排，静候着指挥官向他们做战前动员。这些生命，这些青春的活力，搅动了周围的空气，空气呈升腾之势，月光朗照起来，光波有一种激荡的征兆。

月光下一个矮矮的、粗壮的人出现了，他就是独立二团参谋长王香雄。他个子很矮，却十分结实，他的脑袋圆圆的，脸的轮廓饱满圆润，双腿粗壮、结实有力，腰板坚硬。这个在闽西参与了三年游击战争，又在抗战的岁月中经受了打磨的优秀指挥员，用他那特有的嗓音向战士们做着战前的动员："同志们，根据团部的布置，今晚我们要拔除杨市据点，粉碎伪军拖延时间、拒不缴械的阴谋。我们要解放锡西百姓！"

他顿了顿，清了一下嗓子："现在我命令独立二团一营、武南县警卫连、锡西大队按原计划迅速出发。"他手一挥，那些排列整齐的战士按照预定的方向迅速出发。月光下，那些黑色的人影有序地向着既定的目标挺进。

这三支部队在王香雄的带领下，从锡武边境出发来到了无锡的杨市。王香雄迅速展开布置，他看了看手上的挂表，时针悄悄地指向了子夜12时。

抗战胜利了，蒋介石竟想独吞胜利的果实，命令日伪军只能向国民党投降，绝对不能向共产党投降，并且对那些日伪军发出命令，要他们在原地驻守。蒋介石竟无耻地对这些日伪军封官许愿，这些日伪军得到了蒋介石的封官许愿后，一下子就转变成国民党的正规军了，他们腰也粗了，气也壮了，拒不向共产党领导的这些新四军投降，现在独立二团需要做的就是清除无锡一带的伪军。当时在无锡杨市这一带的伪军主要有3支。一支是徐梅初部，驻守在北新桥；一支是贾世强部，驻守在洛社镇；还有一支就是马产兴部，驻守在杨市镇。

这一次王香雄率队主要是要消灭杨市的伪军，另外对贾世强、徐梅初部连带清除。王香雄做了精心的布置，采取了围点打援的计划，围的是杨市的据点，打的是洛社的援军。

时近中秋了，丝毫没有战斗的迹象，那些日伪军受到了国民党的封官许愿以后，完全沉浸在胜利的喜悦之中。他们忘乎所以，毫无戒备，有的酣睡在静寂的夜空之中，打着呼噜，做着美梦，还有的哼起了小调，喝起了酒，喝完酒后也早早地入睡了。

独立二团的战士犹如天兵神将，迅速下落到杨市镇。王香雄一声命令，战士们兵分多路，直扑马产兴官兵龟缩的西街典当铺。

“打！”王香雄一声令下，机枪手和投弹手立即发起了冲锋。刹那间，枪声、手榴弹爆炸声在杨市的上空迅速响起，一股硝烟迅速在周边弥漫，火光四起，照亮得如同白昼。

那些伪军全部龟缩在典当铺里面，听到枪声以后早已吓成了一团。这些伪军本来就没有什么战斗力，又早已在蒋介石的封官许愿下失去了戒备，突然听到枪声、炸弹声，吓得是屁滚尿流。他们迅速穿上衣服，你踩着我的头，我踩着你的脚，哭声一片，胡乱之中抄起了枪，在马产兴的威胁之中朝外开枪。当然，这些枪弹是胡乱地开着，没有任何组织，开枪只是本能的反应。胡乱打了一阵子以后，他们才在马产兴的指挥下做起稍有计划的抵抗。

抗战胜利后的新四军的战斗力今非昔比，武器也得到了很大的提升，攻击非常凶猛。刹那间，爆豆般的炮弹响彻天空，没多久，典当铺的一扇门就被打开了。

不过马产兴十分狡猾，他有一定的战斗经验，他依靠典当铺坚固的建筑，做着垂死挣扎。另外，他威胁伪军，说什么新四军的武器装备落后，战斗力又有限，现在有蒋委员长撑腰，不用害怕。

他认为两处不远的地方驻扎着自己的兄弟部队，马上可以赶来解围，新四军一时奈何不了他们。

在马产兴的鼓动、欺骗和威吓下，伪军振作精神，猛然反击。刹那间，火力凶猛起来，一时间战斗呈胶着状态。

富有作战经验的王香雄看到自己的手中没有强有力的重武器，没有强大的炮火，对这些坚固的砖木结构建筑物一时也奈何不了，如果强行攻击，损失很大，效果也未必理想，他命令部队暂缓进攻，密切注意着敌情的变化。

这时天色放明，东方已露出了鱼肚白，天光渐渐变亮。王香雄微微一笑，手一挥，他早已安排了一支部队潜伏在洛社和杨市之间的青石桥一带，主要的任务是围住杨市这个点，攻打洛社前来增援的部队。

埋伏在杨市和洛社之间的青石桥一线的部队是武南县警卫连。武南县警卫连虽然战斗力有限，但是在战火的洗礼下，已经迅速成长。战士们听到杨市方向传来激烈的枪声、炸弹声，非常兴奋，恨不得马上回到杨市，投入到战斗之中。但是他们清楚地知道，他们的任务是要伏击前来增援的洛社的伪军，所以只能按捺住自己激动的心情，静静地在青石桥一线守望着前来增援的伪军。按惯例，增援的部队只能在白天出发，黑夜里是难以增援的。果然左等右等，不见伪军前来，有的战士按捺不住急躁的心情，想起身观望。

指挥员命令战士们要耐住性子，不要暴露目标。有的战士手拿着枪，手心里冒出了汗，等待敌人上钩。

9时左右，贾世强的援军果然出动了。黑压压一大片，他们急匆匆地向杨市赶来，想解杨市伪军的围。

敌人越来越近了，战士们按捺不住喜悦的心情，黑洞洞的枪口齐齐地对着那些前来的伪军。那些伪军扭动着身躯，两腿艰难地往前迈动着，他们的内心带着惶恐、紧张、无奈，因为他们知道，去解这个围是要冒着生命危险的，他们也不想为他们的主子卖命，也爱惜自己的生命，但军令一下，他们也没办法，只有垂头丧气地拿着枪，勉勉强强地在吆喝声中前行。

由于贾世强发出了严厉的命令，这些伪军只能跑步前进，但从那打着战的双腿来看，显然是毫无斗志，惶恐无比。

那些伪军提心吊胆，也怕途中有埋伏，所以跑的时候也是四下张望。跑了许久，见路途没有任何的动静，便放下心来，脚步也从容了起来，速度也加快了。

等啊等，等啊等，等到伪军全部进入了口袋以后，武南县警卫连的战士们便奋勇出击。手榴弹首先飞出，在伪军的上空飞扬，接着枪弹齐齐飞射，向着敌人的身躯倾泻，尤其是突击班的战士，切断了伪军前、后的联系。这一来，伪军被搞得晕头转向。在手榴弹的爆炸声中，在枪弹的枪击声中，在熊熊的火光之中，这些伪军死的死、伤的伤，早就失去了战斗力，有的跪地求饶，有的缴枪投降，还有的在稻田之中胡乱爬行，瑟瑟发抖。

这贾世强也是勉强前来增援的，他也知道在增援的途中常常会遭遇伏击。抗战以来，他吃新四军的苦已不少了，一见这情景，知道大势已去，唯一的办法就是赶快跑回洛社，所以他指挥着伪军疯狂地逃命。但是这些伪军早已乱了章法，也不会听他的命令，他们不是向一个方向逃窜，而是四散溃逃。这样，贾世强身边的伪军越来越少。

突然“啪啪”两声枪响，贾世强身躯一阵抖动，像被打断了的蛇一样慢慢地瘫倒在河岸边，随即挣扎了两下，滚到了清凉的河水之中。

贾世强一死，这些伪军群龙无首，内心早已崩溃，纷纷跪下求饶。

这个伏击战打得非常出色，竟然半小时就完成了任务。

这时候，王香雄也得到了伏击援军胜利的捷报，他信心满怀，高喊道：“同志们，贾世强的援军已经被打垮了，现在就看我们的了。同志们，给我狠狠地打！”话音刚落，机枪、步枪一阵猛攻，手榴弹也在空中飞舞，打了一阵子以后，战士们乘机打起了攻心战：“不要再抵抗了，贾世强已经被我们消灭了。”

但是敌人没有屈服，回报战士们的是密集的枪声，而且还有几个伪军抛出几颗手榴弹，差点炸伤了我军战士。

王香雄眯着眼睛看着这样的情景，他知道马产兴十分顽固，是不见棺材不掉泪，依仗着坚固的建筑想顽抗到底，也依靠着自己武器的精良想垂死挣扎。如果再次强攻下去，不会有什么效果，因为这些伪军士兵在长官的严令下是不会轻易缴枪的。

但王香雄早有自己的计谋，他手一挥，“通讯员，把她们领过来。”

没多久，一群妇女、老太哭丧着脸被带了过来。原来这些人都是伪军的家属，王香雄把她们抓来就是想让她们向伪军喊话，如果伪军的军心动摇了，即使马产兴再严厉也不会有效果，甚至会出现兵变的情况。

王香雄对这些妇女、老太严厉地说:“我们现在不再进攻，你们向自己的儿子、丈夫喊话，如果再顽抗下去，必然是死路一条。”这些妇女、老太连连点头，哆哆嗦嗦、连滚带爬地爬到典当铺门前，开始喊话:“阿根啊，你们不要再打了，打下去是死路一条啊。”“富生啊，我是你的娘啊，不能再打了，打下去没有结果，你们就出来吧。”

这一招果然有效，典当铺里的枪声悄然消失了，这些伪军已经没有了战心，只听到马产兴严厉的喊叫声。但喊叫后，只出现了稀落的枪声，并不密集，看来这些伪军也不愿意再打了。

王香雄微微一笑，掖好手枪，手一挥:“陈县长，看来这些敌人的军心已经动摇了，我们可以使用下一手了。”

他拿出陈成书县长写的《敦促马部投降书》，交给身边的杨市镇镇长袁炳生，说:“杨镇长，麻烦你走一趟。”这伪镇长哪敢不应，抖抖地接过投降书，向典当铺走去。

这马产兴本来想顽抗到底，因为他还想着蒋介石给他封赏的官职，他也知道自己投降以后，因为之前作恶多端，不会有好果子吃。没料到自己的部下经他们的妻子或者母亲一叫喊，迅速失去了抵抗力，不管他如何严厉敦促，这些伪军就是龟缩着不动，不开一枪。他本来想枪毙几个伪军杀鸡儆猴，但此时许多伪军都不动，如果胡乱杀人，自己的性命也难保，所以他只能唉声叹气，反背着手，在屋子里走来走去。

这个时候，一个伪军的小头目跑了过来，说:“马队长，镇长一人走了过来，怎么办？”

“慌什么，依我安排。”这马产兴强打着精神，装作十分镇静的样子，其实他的手心、额头早已冒出了虚汗，他知道，这个时候再抵抗下去，已经没有任何意义。一方面，他自己的部下不一定会答应自己再顽抗下去；另一方面，新四军已经消灭了贾世强部，自己再抵抗，被攻破那是早晚的事，这样下去真的是只有死路一条，或许袁镇长过来有一定的希望，因为他对新四军的政策有所了解。所以他假装着威风凛凛的样子，但内心是十分虚弱，眼睛眨巴着想找出对策，“好吧，把镇长放过来。”

镇长进入典当铺，见到了马产兴，他哀求马产兴:“马队长，兄弟我向你问候来了，外面全是新四军的部队，黑压压一片，现在蒋委员长的部队还不见踪影，这何时才能到苏南？你不想想，他封的官，能够许到你的头上吗？眼下你只有一条生路了，你想想看，这些部队被团团围住，还能抵抗多久呢？你不为自己想，难道不想想弟兄们的生命吗？新四军优待俘虏是明摆在那儿的，你应该考虑考虑啊。”

这马产兴以往心狠手辣，十分顽固，这个时候却没有了底气。他看了看自己的部下，那些部下都用恳求、哀求的神色看着他，不过那些神色之中还有一些隐藏着的反抗因子，如果这个时候不答应，他很有可能被这些部下一拥而上，反绑出去。如果真的是那样的话，他的性命肯定不保了，现在做出决定，还可以以投降的名义为自己保一条生路。但他又不甘心，想来想去还是默不作声。

这典当铺里一片沉寂，好像连一根针掉下去都会发出爆炸似的响声。良久，马产兴终于抬起他那无力的右手，挥了一下，“你们准备准备吧，缴枪。”

伪军们一听如释重负，长长地嘘了一口气，有几个都流出了眼泪。他们马上把枪整理好，齐齐交了出去，然后在马产兴的带领下，如丧家之犬一般，一个跟着一个走出了据点，把枪放到指定的位置。

胜利了！胜利了！战士们清点了战利品，一共有 80 余支步枪、1 挺轻机枪、10 多支手枪。王香雄率领的部队围点打援，取得了辉煌的战果，为中秋节献上了一份厚礼。

后记

俄乌战争硝烟四起，此时为《擎旗溧阳》书写后记，完全有别于昔日书写后记的感受，昔日的书写后记，完全以内在的情怀为主线，而现在……我反复咏诵："兵者，国之大事，死生之地，存亡之道，不可不察也。"仿佛不是在为文学文本写后记，而是为哲学文本写后记。

《擎旗溧阳》从初始的酝酿到全书的完成长达十年之久，创作的繁复与辛劳有别于昔日同类题材的作品，自然也形成了自身的特点。

其特点如下。

一、全面性和系统性是其基本特点。昔日笔者写过许多大型的报告文学，但《擎旗溧阳》有别于昔日的文学文本，它和昔日的个别的战斗、局部区域的战斗的叙写有着本质上的区别。《擎旗溧阳》叙写的战斗，时间跨度接近八年，区域为整个苏南、浙东及皖南部分地区，它完整地、系统地再现了苏南抗日根据地和浙东抗日根据地的抗战画面（和昔日的片段性、阶段性有着极大的区别，更具有复杂性、广阔性），让读者系统地了解在抗战时期游击运动、游击战争、游击战术、游击动作、游击基点、游击区域的面貌，深入了解新四军与八路军游击之战的区别、新四军战斗的艰难及铁血精神的闪光之处，同时给人以启示，如何剖析现代战争条件下的游击战争的演变延伸，如何掌握游击战的精髓以应对现代的高科技战争。

战斗众多，时间跨度长，地域跨度大，但它有一根主线贯穿其中，即这些战斗都是围绕着建立以溧阳、溧水为中心的抗日根据地的战斗，或在此基础上衍生出来的战斗。

二、加重了文学文本的报告性。作为报告文学，报告性与文学性并重，更何况此书在当下还承担着宣传、研究的重任，所以对于这些辉煌的战斗，在史料的引用和把握上，态度极其严谨，笔者认真细心地加以收集考证，零次文献、一次文献的应用恰当，资料经筛选、剔除后也加以合理地引用。对于战斗发生的过程、细节及指战员们表现出来的那种大无畏的精神和英雄的举动有了新的发现和新的挖掘，并加以突出叙写与表达，让读者从理性层面体会到某种规律性的东西。这是本书的一大特色，大大强化了以前创作中的这一元素。

三、以事件构成作品，结构宏大。和笔者以往的一系列的作品一样，《擎旗溧阳》仍以宏大的结构来构建作品。因为是报告文学，不是小说，所以笔者没有必要刻板地遵守"从注重以事件构成作品，到人物性格发展的主线来构成作品"，因为这个文学文本是由众多的战斗组成的，以时间为顺序，展示了苏南、浙东八年抗战的历史画卷。让读者从这一系列的战斗中了解新四军是如何在中国共产党的领导下从小到大，从弱到强，从战术上的游击战上升到战略上的游击战，彻底打败日本帝国主义的。因此以历史的事件、过程来构成作品，顺理成章。

《擎旗溧阳》全书分七个部分，第一部分为序幕篇，其主要战斗是为了建立以溧阳、溧水为中心的茅山抗日根据地而进行的序幕战。战斗分三类，一是实行战略侦察的韦岗战斗，二是二支队根据军部 1938 年 2 月 15 日的电文进行的一系列战斗，三是一支队根据竹箦桥会议的精神所进行的一系列战斗。三类战斗都是为了实现毛泽东在 1938 年 2 月 15 日的电文中指出的建立以溧阳、溧水为中心的茅山抗日根据地而展开的战斗。

第二部分为奋战篇，主要写一支队司令部移居溧阳以后，逐渐形成以溧阳为苏南抗战中心而展开的一系列战斗。第一类战斗是由二支队完成，二支队处在宣当芜、江当溧地区，和一支队不属于同一个区域，也不属于同一个指挥系统，但是他们都是向着溧阳这个战略指挥中心的最终的实现而进行战斗的，江南指挥部成立时，军事上、组织上获得了统一，整个的游击区连成一片。第二类战斗是北上的战斗，第三类战斗是东进的战斗，均由一支队进行，战略部署是在溧阳进行的，均为了执行第一个五四指示，这些战斗都是苏南新四军的战略扩张的活动。

第三部分扬威篇，叙写的是在江南指挥部时期所进行的战斗，江南指挥部时期，军事上、政治上都获得了全面的统一，茅山抗日根据地达到了全盛时期，虽然有些战斗并不发生在茅山地区，如东路，但东路是由一支队开辟的，火种来自于从溧阳出发的六团，后谭震林去东路是江南指挥部的领导对军部提出的要求所致，江南指挥部为其提供了干部，并一度让江抗二团归其指挥，东路战斗仍可统摄于溧阳这个中心之下。

第四部分艰难篇，其战斗是陈毅、粟裕率领新四军北渡以后，苏南新四军在新二支队领导下所进行的一系列战斗，并最终形成了第二阶段的以溧阳为中心的茅山抗日根据地、苏南抗日根据地。当然有的战斗也并不发生在以溧阳为中心的区域之内，但和上述的原因一样，战斗指挥员是在溧阳这个大摇篮中锻炼成长的，和溧阳有着千丝万缕的、不可分割的渊源联系。

第五部分为相持篇，其中叙写的一系列战斗发生在塘马战斗以后，苏南的抗战中心移居溧水，但是溧水的抗战中心和溧阳的抗战中心有传承关系，因为塘马战斗保存了苏南抗日的有生力量，这些抗日的有生力量从溧阳转移到溧水。后王必成南下的部队主体是老二团，就是原来在一支队、江南指挥部的人马。浙东的领导人在溧阳受过训练，得到培养，许多指挥人员是从四团三营转移过去的。

第六部分是反攻篇，叙写苏南、浙西初步的反攻战斗，是夺取抗战胜利的进军号。

第七部分为胜利篇，苏浙军区成立，苏南、浙西的抗日力量空前加强。苏浙军区就是江南指挥部的加强版，无论是干部人员还是战斗组织，都有着血浓于水的关系。天目山三次反顽的胜利对巩固抗战胜利的成果，有着积极的意义，新四军苏浙军区一纵队在解放溧阳的战斗中，奏响了辉煌的乐章。大反攻的战斗都是在苏浙军区的指挥下进行的，苏浙军区和江南指挥部的渊源关系，说明这一系列的战斗都和溧阳有着不可分割的关系。.

四、人物塑造重在展现英雄们的英雄主义、爱国主义、集体主义、理想主义的情怀和铁军精神，体现军事文学的特有的文化价值。

本书虽然战斗、事件数量多，时间跨度大，但没有一个一以贯之的人物，塑造的是英雄的群体的形象，所以在篇幅有限的情况下，主要是表现指战员们在极端环境下最本质性的精神属性，那就是英雄主义、爱国主义、集体主义、理想主义的情怀和大无畏的战斗精神。

军事文学，不管是报告文学还是小说，它必然要以人为主体，因为战争是由人类演绎的，但人的形象的塑造在报告文学和小说中所占的比重不一样，因为报告文学的报告性很强，不仅仅是文学性，但军人的形象跟美学的特质还是始终不能缺失的。

对于军事文学而言，对爱国主义和英雄主义文学的宣扬十分重要，因为战争是人类社会的一种特殊的产物，在特殊的环境下，在特殊的条件下，爱国主义和英雄主义是最本质的显现，战斗是消灭对方，消灭对方需要的是勇气，需要的是力量。在此情形下，人类的勇气和力量发挥到了极致，那么英雄主义的产生就是自然而然的，它是一种本质性的东西。另外就战争的一方而言，他们都在保卫着自己的集体利益，而这种集体往往是国家、民族，所以爱国主义的精神永远贯彻在战争之中。

作为意识形态领域的军事作品，审美规律必然和特定的历史内容相结合，审美与意识形态必然是统一的。

在这样的主题召唤下，指战员的形象就体现了一定的特质，即传奇性和榜样性。战争本来就是一个特殊的形态，它不是平昔的、日常的、普通的生活，而是矛盾激烈、尖锐、交错的，指战员表现出来的特质肯定是非同寻常的，传奇性必然而来。榜样性是从传奇性中延伸而出的，且加以强化。虽然不一定全面，但是在战斗条件下，它会显示出一些最有特色，最为集中的品性。英雄是历史性的存在，是历史性的，且时代需要英雄，国家需要英雄，笔者必然义无反顾地去歌颂英雄。

笔者并没有刻意去遵循新古典主义形态的文学创作原则，也不允许人为地杜撰历史，拼凑、剪贴奇异的生活图景，或过于淡化战争的惨烈，增加生活的诗意，或过于强调人性的关爱，胡编战争特殊环境下的爱情生活，或把当下现实中的生活观念、生活方式移植到昔日的生活场景中，或强调人物形象的丰满，捏造那时不可能存在的人的一些情怀和举动，使战争完全变成了一场闹剧和庸俗游戏，甚至出现精神矮化、道德失范的现象。

因为英雄是历史的存在，歌颂英雄是历史本身的反应，也是军事文学，尤其是抗战文学追求的目标，因为在文学的本质属性当中就有认识功能、教学功能，不仅仅只要审美功能、审美原则。

报告文学有别于小说，它的宣传作用、教育作用尤为突出，当然笔者并没有忽略它的审美性，所以笔者在塑造英雄的时候，虽然抓住了他们本质的东西，但是在表现的方法上也是多角度的、全面的，也就是说英雄的形象不是类型化的形象，而是个性化的形象。

鉴于报告文学的特色和历史的本真，故意突出“人性”和“英雄性”的交织与缠绕，并对“崇高”英雄进行适度解构，虚构驳杂人性的呈现，对“小我”生存空间无休止地拓展，并采用“去宏大化”的叙事视角，在笔者看来，这些在撰写《擎旗溧阳》这样的文本时已完全没有必要，这也是抗战文学的文化选择，也是对意识形态召唤的积极回应，也是后人对战争历史、战争人物的高度负责。

英雄主义、爱国主义、集体主义、理想主义的情怀是内在的，在表现英雄的时候，笔者是在外在的向度上，通过一系列的战斗来体现他们的战斗精神。

战斗精神，跟中华民族自强不息、勇于进取、不怕牺牲的价值观息息相关。战争是英雄的舞台，战斗精神是在极端条件下的人类社会的个体品质的显现，是赴汤蹈火大无畏的气概、追求崇高的理想和不折不挠的斗志，为了国家和民族自我牺牲的无私的品格、不怕困难、顽强拼搏、永不言败是战斗精神的主要内涵。

以陈毅、张鼎丞、粟裕、谭震林等为代表的新四军英雄群像，其英雄主义、爱国主义、集体主义、理想主义的情怀和铁军精神在《擎旗溧阳》得到了很好的表现。

军事文学是震撼人类的心灵的艺术形式，它不仅对人类产生广泛深刻的效应，更引导人类走向新的社会，并创造出新的世界。战争是历史的现实，军事文学由战争激发，是战争的回忆，是一个民族历史记忆的有机构成要素，报告文学用审美的方式和报告的手段记载叙述并阐释战争，它不是简单地描摹战争的场景，而是写战争中的人、人与战争。《擎旗溧阳》始终追随着战争的足迹，真实地记录着战争前进的脚步，讴歌着抗日的英雄，反映着游击战争的规律。

本书的创作得到了江苏省溧阳市委宣传部、中共溧阳市委党校、中国人民解放军国防大学、中国新四军和华中抗日根据地研究会、新四军暨华中抗日根据地研究会及六师分会、上海市新四军历史研究会及六师分会、江苏省新四军和华中抗日根据地研究会及六师分会、福建省新四军研究会、常州新四军历史研究会、中共溧阳市委党史工作委员会、新四军江南指挥部纪念馆、江苏省溧阳市老促会等的大力支持，在此表示衷心感谢！

刘志庆

2022 年 11 月 14 日

参考文献

[1]《陈毅传》编写组.陈毅传[M].北京市：当代中国出版社，2015.

[2] 韩洪泉.蒋家河口战斗·韦岗战斗[M].南京市：南京出版社，2017.

[3] 茅山新四军纪念馆.新四军与苏南抗日根据地：上、下册[M].南京市：江苏人民出版社，2005.

[4] 北京新四军研究会六师苏南分会.江南铁军[M].北京市：北京新四军研究会六师苏南分会，2009.

[5] 上海市新四军历史研究会六师(苏南)研究分会.劲旅雄风：江南铁军征战纪实[M].上海市：中国中福会出版社，2015.

[6] 南京陆军指挥学院，中国新四军和华中抗日根据地研究会.新四军对日作战研究[M].北京市：军事科学出版社，2015.

[7] 粟裕.粟裕回忆录[M].北京市：人民出版社，2022.

[8] 中共苏州市委党史工作办公室.苏南东路抗日根据地研究文集[M].苏州市：古吴轩出版社，2005.

[9] 关河五十州.战神粟裕[M].北京市：现代出版社，2018.

[10] 中国抗日战争军事史料丛书编审委员会.新四军·参考资料[M].北京市：解放军出版社，2015.